MAHĀBHĀRATA
Bhandarkar Oriental Research Institute
Poona 1933-1966

本书是中国社会科学院重点项目
主持人　黄宝生
本书出版得到中国社会科学院出版基金资助

印度古代史诗

摩诃婆罗多
MAHĀBHĀRATA

[印] 毗耶娑 著

（一）

金克木
赵国华 译
席必庄

中国社会科学出版社

图书在版编目(CIP)数据

摩诃婆罗多（全6卷）/［印］毗耶娑著；黄宝生等译. —北京：中国社会科学出版社，2005.12（2024.5重印）

ISBN 7-5004-5246-2

Ⅰ.①摩… Ⅱ.①毗…②黄… Ⅲ.①史诗—印度—古代 Ⅳ.①I351.22

中国版本图书馆 CIP 数据核字（2005）第 109642 号

出 版 人	赵剑英	
责任编辑	郑文林	冯 斌
责任校对	李小冰	
责任印制	张雪娇	

出　　版	中国社会科学出版社	
社　　址	北京鼓楼西大街甲 158 号	
邮　　编	100720	
网　　址	http://www.csspw.cn	
发 行 部	010-84083685	
门 市 部	010-84029450	
经　　销	新华书店及其他书店	

印刷装订	北京市十月印刷有限公司
版　　次	2005 年 12 月第 1 版
印　　次	2024 年 5 月第 6 次印刷

开　　本	710×980　1/16
印　　张	286.25
插　　页	28
字　　数	4224 千字
定　　价	999.00 元（全6卷）

凡购买中国社会科学出版社图书，如有质量问题请与本社营销中心联系调换
电话：010-84083683
版权所有　侵权必究

在这祭祀大会上,你们各位都是道德高尚,像太阳、火焰一样大放光芒;都斋戒沐浴,纯洁无瑕;都默诵经咒,祭献圣火;都坐在这里,身心康强。列位婆罗门啊!请问要我讲什么呢?(1.1.13)

这时多刹迦害怕火烧，慌忙拿着耳环出了自己的宫殿，对优腾迦说："请您把耳环拿回去吧。"(1.3.159)

那位国王面带笑容,已被大蛇多刹迦紧紧地盘绕住了。他从中钻出来的那枚水果,恰是他向国王赠送。(1.39.33)

那时候,蛇中魁首多刹迦继续朝着祭火坠落着,阿斯谛迦心想:"正是时候!"便急切地说道:"如果你赐给我恩典,我将挑选一个心愿。镇群王啊!请停止你的这场祭祀吧!众蛇不要再坠入火中了!"(1.51.16—17)

却说那少女为了孝顺父亲,一天正在水上撑船,朝拜圣地的破灭仙人,在游历途中看见了她。(1.57.56)

补卢,我真喜欢你!孩子,我太高兴了!我赐你:你的后代将一切如意,昌盛兴隆,拥有王国!(1.79.30)

国王啊！这就是从前你和我生的第八个儿子。他是你的，人中之虎啊！请你把他领回家中吧！(1.94.31)

就这样,般度有了五个儿子,都是天神所赐,力大无穷。他们出生之后,声名远播,使俱卢族兴旺昌盛起来。他们一个个吉相具足,有月亮似的可亲面容。(1.115.25—26)

玛德利正在悄无人处,国王突然把她紧紧抱住了。王后为了阻止他,努力挣扎着。(1.116.8)

难敌又在怖军的饭里投下毒药,那是新鲜的黑蜂草毒,十分猛烈,会使人拘挛,毛发竖起。(1.119.39)

在他发出命令的同一瞬间,毗跋蓰(阿周那)射出了五支利箭,杀死了潜身水中的鳄鱼,而其他人慌手慌脚,不知所措,才从各处奔来。(1.123.71)

大王啊！普利塔之子，般度之子翼月生(阿周那)，身穿铠甲上场了，因此，有这无比巨大的欢声。(1.125.16)

随后,又有一位少女,般遮罗国公主,从祭坛中央升起来了。她洪福齐天,体态绝美,腰身纤细犹如祭坛,妩媚动人。(1.155.41)

王儿啊！你的两个弟弟带着木柱王的女儿，来到我的跟前。我当时没有留心，就像往常一样，脱口说道："你们一同分享吧！"(1.182.4)

然后,普利塔之子和摩豆族后裔谈论起过去的英雄业绩,提起其他一些有趣的事,两人都很开心。(1.214.28)

他们愤怒地对准杀奔而来的天神们,用金刚石一般的利箭,把他们一个个击退了。(1.218.40)

微风吹拂,从四面八方把水中荷花的芳香以及陆地上的各种各样的花香带给般度族,供他们分享。(2.3.33)

这样说完，童护从上等座位上站起身来，和国王们一起离开这个集会。
(2.34.23)

但是，国王啊！黑公主的衣服被扒下的时候，里面又会出现一件同样的衣服，这样一次又一次。(2.61.41)

贡蒂的儿子们赌输了,决定去过林居生活,按照规定披上了兽皮衣。(2.68.1)

《摩诃婆罗多》总目

（一）

印度大史诗《摩诃婆罗多》译本序 ……………… 金克木（1）
前言 ……………………………………………… 黄宝生（5）
《摩诃婆罗多》内容提要 ………………………………（27）
主要人物表 ………………………………………………（39）
婆罗多族谱系 ……………………………………………（43）
导言 ……………………………………………… 黄宝生（1）
第一　初篇 ………………………………………………（1）
第二　大会篇 …………………………………………（499）

（二）

导言 ……………………………………………… 黄宝生（1）
第三　森林篇 ……………………………………………（1）

（三）

导言 ……………………………………………… 黄宝生（1）
第四　毗罗吒篇 …………………………………………（1）
第五　斡旋篇 …………………………………………（105）
第六　毗湿摩篇 ………………………………………（445）

（四）

导言 ……………………………………………… 黄宝生（1）
第七　德罗纳篇 …………………………………………（1）

1

第八　迦尔纳篇 …………………………………………（433）
第九　沙利耶篇 …………………………………………（663）
第十　夜袭篇 ……………………………………………（859）
第十一　妇女篇 …………………………………………（901）

（五）

导言 ……………………………………………… 黄宝生（1）
《和平篇》内容提要 ………………………………………（1）
第十二　和平篇 ……………………………………………（1）

（六）

导言 ……………………………………………… 黄宝生（1）
《教诫篇》内容提要 ………………………………………（1）
第十三　教诫篇 ……………………………………………（1）
第十四　马祭篇 …………………………………………（489）
第十五　林居篇 …………………………………………（643）
第十六　杵战篇 …………………………………………（703）
第十七　远行篇 …………………………………………（721）
第十八　升天篇 …………………………………………（731）
译后记 …………………………………………… 黄宝生（743）

目　　录

印度大史诗《摩诃婆罗多》译本序 …………… 金克木（1）
前言 ……………………………………………… 黄宝生（5）
《摩诃婆罗多》内容提要 ……………………………（27）
主要人物表 ……………………………………………（39）
婆罗多族谱系 …………………………………………（43）
导言 ……………………………………………… 黄宝生（1）

第一　初篇

序目篇（第1章）………………………………………（3）
篇章总目篇（第2章）………………………………（16）
宝沙篇（第3章）……………………………………（28）
布罗曼篇（第4—12章）……………………………（41）
阿斯谛迦篇（第13—53章）…………………………（53）
原始宗族降世篇（第54—61章）……………………（132）
出生篇（第62—123章）……………………………（163）
火焚紫胶宫篇（第124—138章）……………………（310）
希丁波伏诛篇（第139—142章）……………………（334）
钵迦伏诛篇（第143—152章）………………………（342）
奇车篇（第153—173章）……………………………（359）
木柱王之女选婿大典篇（第174—189章）…………（397）
婚礼篇（第190—191章）……………………………（426）
维杜罗来临篇（第192—198章）……………………（429）
得国篇（第199章）…………………………………（440）
阿周那林居篇（第200—210章）……………………（443）

劫妙贤篇（第211—212章） ……………………………………（463）
取妆奁篇（第213章） ………………………………………（467）
焚烧甘味林篇（第214—225章） ……………………………（472）

第二 大会篇

大会堂篇（第1—11章） ……………………………………（501）
商议篇（第12—17章） ………………………………………（526）
诛妖连篇（第18—22章） ……………………………………（538）
征四方篇（第23—29章） ……………………………………（549）
王祭篇（第30—32章） ………………………………………（559）
献礼篇（第33—36章） ………………………………………（564）
诛童护篇（第37—42章） ……………………………………（570）
赌骰篇（第43—65章） ………………………………………（580）
赌骰后篇（第66—72章） ……………………………………（627）

附录一 《摩诃婆罗多》1993年版第一卷翻译说明 …… 赵国华（641）
附录二 《摩诃婆罗多》1993年版第一卷后记 ………… 赵国华（643）

印度大史诗
《摩诃婆罗多》译本序

《摩诃婆罗多》，这部古代印度伟大作品的全译本开始呈现在读者眼前了。

译者只是起桥梁作用，用不着在书前面说三道四。书的内容如何，读者自己会看。除了全书目录、内容提要、主要人物表以及翻译说明以外，译者不必在读者阅读以前向他提供成见。这是一部有文学性质的作品，只需要译者对特殊用语加以注释，此外，书自己会向读者说话。

作品自己向读者说话，读者心中理解并评价，有时会提出疑问又向书中寻求解答，这形成了读者和作品（不一定达到作者）之间的对话。这是平常的自然的过程。

这是一部很古的书，又是外国的书，又是很大的书，译本有几巨册之多。原作者不会只是一人。最初成书年代至少在两千年前，有些内容甚至更早。读者和本书进行对话会成为马拉松式的长途赛跑。不过可以分段对话，不必一气呵成。这书的体裁也是对话。一对又一对，一层又一层，从头到尾是对话。只有很少的叙述和标明对话者的词不是对话，也不是诗句。这种对话和诗句的体裁表明，这书原是口头吟唱、传诵、表演的底本。这是古代民间文学的常用形式，读者一望便知。读者一面看书，一面听印度古人将故事一个一个、一层一层讲下去，用问答形式表演下去；自己有意无意也在参加对话。这又好像是台上台下、演员观众一同参加的一幕一幕、一场一场的戏剧，连台戏、连续剧。

一幕戏展现一个世界，各个世界连起来构成一个世界的历史。读者若能进入这个世界，就会发现原来不熟悉的人物活动，渐渐又会发现原来也还是有点熟悉的。古人和今人，外国人和中国人，书中人和自己，都不是那么隔绝不能相通的。这样，我们不由自主要对书中人和事指指点点，进入书中世界和书中人对话了。这书就看得下去，不厌其长了。《红楼梦》中的大观园不就是这样的世界吗？我们听到宝玉和黛玉的对话，不是如同进了"太虚幻境"吗？是虚幻的，又是真实的。是生疏的，又是熟悉的。王熙凤、薛宝钗出现在我们眼前，我们对她们有了意见，我们就谈起话来了。古和今，书和读者，由对话连接起来了。

　　印度的这部书能不能吸引中国读者进入其中世界并进行对话呢？译者不是导游，不便从中插嘴，硬要读者照译者一样看，一样想。那显得对读者的独立自主能力缺乏尊重。译者不等于研究者、指导者。研究论文可另作。

　　这部大书在印度古时被称为"历史传说"。欧洲人照古希腊荷马的书的归类称它为史诗。这里面有印度古人装进去的种种世界缩影。有家谱和说教，那是祠堂和教堂的世界。有数不清的格言和谚语，那是老人教孩子继承传统的世界。有神向人传授宗教哲学被印度人尊为圣典，那是信仰的世界。还有政治、军事、外交、伦理等统称为"正法"的各种各样的世界。有一个大故事是大世界。还有许多小故事是小世界。读者游览这个复杂的世界比进大观园的刘姥姥还会迷惑。不过可以不先想像画出全图，只是怡红院、潇湘馆……一处一处游览过去便是。若只想知道大世界，那就可以跳过许多小世界，过门不入，不"求全责备"。否则，在小世界中流连忘返也行，可以"不顾大局"。若是一水一石、一草一木都毫不遗漏，那是研究，不是阅览了。若不是以研究为目的，就不必那样看书。这不是课本，不需要字字句句通读、细读。若是有选择的读，书中有不少世界的情景也许不亚于小说那样有趣，寓言教训也不见得完全过时，印度古人好像离开我们今天中国人也不是那么遥远，但也不是中国佛教中的菩萨、罗汉。

　　这是一部有诗的形式，历史文学的性质，百科全书内容的印度古书。不同的读者可以各自读出不同的意义。译者不可能，也不必要，在书前面介绍自己所读出的，印度人和印度以外的人、古人和今人所读出的，形形色色的意义。还是读者自寻意义为好。

译者的愿望并不仅是使中国书库里具备这一大部世界古代名著，主要的还是使这书能有和它对话的中国读者，使这部外国古书能在中国现代起一点多积极而少消极的作用，使读者能由此多了解一点邻国印度的真实面貌。遗憾的是原来的诗体无法照搬。原书虽用古语，却大体上是可以通俗的诗句，不便改成弹词或新诗。我们决定还是照印度现代语全译本和英译全本、俄译全本的先例，译成散文。有诗意的原文不会因散文翻译而索然无味。本来无诗意只有诗体的部分更不会尽失原样。这样也许比译成中国诗体更接近一点原来文体，丧失的只是口头吟诵的韵律。这是我们的希望，也是翻译过程中努力的目标。

译者本不需要在书前讲话，而似乎又不能不讲话，于是讲这些。读者可以看，也可以不看。我写下了也可以涂抹去，涂抹去了还可以留下来。最后这半句话是当代欧洲有位哲学家讲过的意思，这里借用一下。历史和古书都是时间涂抹去了的，但留下了轨迹，还不断意义翻新。

金克木
1986 年 8 月 30 日

前　言

一　翻译缘起

《摩诃婆罗多》和《罗摩衍那》并称为印度两大史诗。中国早在五世纪初就已知道这两大史诗。鸠摩罗什（344—413）译《大庄严论经》卷五曰："时聚落中多诸婆罗门，有亲近者为聚落主说《罗摩延书》，又《婆罗他书》，说阵战死者，命终生天。"但这两大史诗属于印度婆罗门教文化系统，也就没有进入中国历代佛教高僧的译经范围。倘若这两大史诗是佛教典籍，尽管卷帙浩繁，凭中国古代高僧们的译经能力和气魄，将它们转梵为汉是不成问题的。这样，这两大史诗的翻译任务延宕了一千多年，留给了我们。

1960年，北京大学东方语言文学系开设了一个梵文巴利文班，季羡林和金克木两位先生亲自执教五年，培养了一批弟子。这批弟子踏上各自工作岗位不久，便爆发了"文化大革命"。两位先生在"文化大革命"中备受折磨，弟子们也是学业荒废。在"文化大革命"后期，季羡林先生尚未"解放"，却在学术本能的驱使下，开始偷偷翻译《罗摩衍那》。从1973年到1976年，已经译出近三卷。"文化大革命"结束后，有了出版机会，季先生便乘兴继续译下去。在八十年代头五年中，七卷八册的《罗摩衍那》汉译本全部出齐。

随着季先生的《罗摩衍那》汉译本陆续出版，我们这些弟子很自然会想到什么时候能把《摩诃婆罗多》也译出来？《摩诃婆罗多》的篇幅相当于《罗摩衍那》的四倍，令人望而生畏。而根据西方学者译介《摩诃婆罗多》的经验，可以先从其中的插话入手。早在五十年代，金克木先生就曾选译《摩诃婆罗多》中的一个著名插话故事《莎维德丽》，发表在《译文》杂志上。1979年，金先生又译出《摩诃婆罗多》的楔子《蛇祭缘起》，并写了一篇剖析文章，发表在《外国文学研究》杂志上。当时，我的同学赵国华有志于献身《摩诃婆罗多》翻译，译出了另一个著名的插话故事《那罗和达摩衍蒂》，于1982年由中国社会科学出版社出版。

随后，赵国华与席必庄和郭良鋆合作，由金先生开列插话故事篇目，译出了《摩诃婆罗多插话选》，于1987年由人民文学出版社出版。与此同时，在金先生支持下，赵国华约定席必庄、郭良鋆和我一起合作翻译《摩诃婆罗多》全书。译文决定采取散文体，译本拟分作十二卷。金先生亲自动笔翻译了《摩诃婆罗多》的前四章。这前四章中包含全书的篇目纲要，翻译难度很大。金先生的译文为全书的翻译起了示范作用。

当时，我和郭良鋆手头有别的工作，与赵国华商定，我们从第五卷开始参加进去，前四卷主要由他和席必庄承担，先译起来。这样，到了1986年，他和席必庄译出了第一卷。可是，这时国内出版社普遍开始注重经济效益，在寻找出版单位方面遇到了困难。直至1990年年底，中国社会科学出版社以学术事业为重，接纳了这个出版计划。

就在译出第一卷后不久，赵国华在平时读书中，突然获得一个学术灵感。他从解开八卦符号原始数字意义入手，探讨原始人类的生殖崇拜文化。前后用了两年时间，凭着他的聪明才智，广泛搜集材料，调动自己毕生积累的知识学养，写成一部三十万字的专著《生殖崇拜文化论》，于1990年由中国社会科学出版社出版，在国内学术界赢得好评。他本人也有意于将这门课题的研究继续引向深入。他自信地认为"如果能将产食经济文化与生殖崇拜文化结合起来研究，文化人类学会发生一场革命"。

在这个时期，赵国华如痴如醉，与我们相见，言必"八卦符号"和"生殖崇拜"。但他也念念不忘《摩诃婆罗多》的翻译宏图。1990年年底，中国社会科学出版社正式决定出版《摩诃婆罗多》后，他再次和我们商定翻译计划的分工和实施，由我和郭良鋆承担第五、九、十和十一卷的翻译，其他各卷的翻译由他和席必庄承担。

不料，正当《摩诃婆罗多》翻译工程重新启动之时，赵国华于1991年突发心肌梗塞，猝然逝世。他年仅四十八岁，正处在学术生命的巅峰期。噩耗传开，他的老师、老同学和同事们无不为他英年早逝而扼腕痛惜。《摩诃婆罗多》第一卷《初篇》于1993年年底出版，他也未及看到。当时，我们读到这第一卷译本的后记中，赵国华写有这样的话语："翻译这部大史诗，却犹如跋涉在无际的沙漠，倾尽满腔热血，付出整个生命，最终所见或许只是骆驼刺的蒙眬的绿。好吧，就为了那蒙眬的绿！"读来仿佛是他的谶语，令人黯然神伤。命运有时确实显得过于残酷。

赵国华逝世后，对于这项翻译工程是否继续进行下去，我们有些犹豫。而《摩诃婆罗多》第一卷问世后，社会反响很好。中国社会科学出版社领导希望我们继续完成《摩诃婆罗多》全书的翻译，并委托我主持这项工作。我考虑到《摩诃婆罗多》本身的文化意义，也考虑到应该实现亡友赵国华的遗愿，便决定担起这份责任。席必庄和郭良鋆是原定的参加者，我又邀请葛维钧和李南参加进来。后来，段晴也志愿加入我们的行列。翻译工作基本按照第一卷确定的体例进行。这项翻译工程也得到中国社会科学院科研局的支持，于1996年列为院重点科研项目，并提供必要的经费资助。

这样，又经过近十年的艰苦努力，我们终于完成全书的翻译工作。全书原计划分成十二卷出版，现在按照出版社的要求，合并成六卷。按照最初的翻译设想，大家分头翻译，文责自负。后来，季羡林先生提醒我，这样的集体翻译，译文应该互相校订一下。由于大家手头的工作都很繁重，全书的译文便由我负责校订和定稿。1993年版的《摩诃婆罗多》第一卷《初篇》这次重新排版，与《大会篇》合成一卷，作为新版第一卷。趁此机会，我也对《初篇》译文作了校订。原有的"翻译说明"和"后记"作为附录收入新版第一卷，以示对赵国华翻译《摩诃婆罗多》首创之功的纪念。

《摩诃婆罗多》这部史诗规模宏大，内容庞杂，为方便读者阅读，我决定为每卷译文撰写导言。导言的任务是介绍每卷的主要内容，进行简要的评析，也可以提供必要的文化背景资料，或对值得研究的问题做些提示。这样做也有助于对《摩诃婆罗多》的深入研究，符合我们翻译这部史诗的本意。

当然，按照金克木先生在"译本序"中表达的想法，译者可以不写这样的导言，让读者自己去读。但我考虑再三，还是忍不住要这样做。这或许正如金先生所说："译者本不需要在书前讲话，而似乎又不能不讲话。"因此，对于我撰写的这些导言，我也仿效金先生的说法："读者可以看，也可以不看。"

二 《摩诃婆罗多》的成书年代

关于《摩诃婆罗多》的成书年代是梵文学者长期探讨和研究的一个问题，虽然不能说已经形成确切的定论，但也产生了一些多数学者可以在原则上表示同意的看法。

首先，我们可以排除一种将神话传说当作历史的印度传统说法，即认为《摩诃婆罗多》写成于公元前三千一百年。这种说法的依据是《摩诃婆罗多》中写道：

> 这位黑岛生大仙，
> 孜孜不倦整三年，
> 终于完成这杰作——
> 摩诃婆罗多故事。(1. 56. 32)[①]

黑岛生即传说中的《摩诃婆罗多》作者毗耶娑（Vyāsa）的本名（出生在岛上，皮肤是黑的，故得此名）。《摩诃婆罗多》中又写道：

> 在迦利时代和
> 二分时代之间，
> 普五地区发生
> 俱卢般度之战。(1.2.9)

按照印度神话传说，迦利时代开始于公元前三千一百零二年，黑天死于迦利时代的第一天。又按照《摩诃婆罗多》故事，般度族五兄弟在黑

[①] 《摩诃婆罗多》引文均依据印度班达卡尔东方研究所精校本，括号中所标数字依次为篇、章、颂。本节中的引文，我按照诗体译出，与本书采用的散文体译法有所不同。

8

天死后，结束统治，远行升天。而毗耶娑在般度族五兄弟升天后，开始创作《摩诃婆罗多》，用了三年时间。这样，成书年代便是公元前三千一百年。

这种成书年代貌似精确，但只能当作神话看待，绝对不足凭信。奥地利梵文学者温特尼茨（M. Winternitz）曾经提出《摩诃婆罗多》的成书时代"在公元前四世纪至公元四世纪之间"，尽管时间跨度八百年，长期以来反倒为多数学者所接受。温特尼茨的结论主要依据如下事实：首先，整个吠陀文献没有提及《摩诃婆罗多》，只有在一部年代无法确定的《阿湿婆罗衍那家庭经》（Āśvalāyana Gṛhyasūtra）中提到过两部圣书名《婆罗多》和《摩诃婆罗多》。最早明确记载俱卢和般度两族战争故事（虽然未提及书名《婆罗多》或《摩诃婆罗多》）的文献是波颠阇利（约公元前二世纪）的《大疏》。公元前三、四世纪的佛教巴利文经典没有提及《摩诃婆罗多》，只有其中的《本生经》提到这部史诗中的一些人物名，但具体事迹与史诗颇有出入。因而，《摩诃婆罗多》的原始形式不可能出现在吠陀时代结束前，即不可能早于公元前四世纪。其次，古典小说家波那（约七世纪）和哲学家枯马立拉（约八世纪）的著作以及公元五世纪后的铭文记载表明这部史诗在那时已经成为一部宗教经典，而且在篇幅上已经达到十万颂。因而，《摩诃婆罗多》的现存形式不可能晚于公元四世纪。[①]

至于《摩诃婆罗多》在这漫长的八百年间的具体形成过程，学者们经过多年探讨，现在一般倾向于分成三个阶段：（1）八千八百颂的《胜利之歌》（Jaya）；（2）二万四千颂的《婆罗多》（Bhārata）；（3）十万颂的《摩诃婆罗多》。这三种字数的《摩诃婆罗多》故事，在现存抄本的第一篇中都曾提及：

我和苏迦知道
这八千八百颂，
或许全胜也知道
这八千八百颂。[②]

[①] 参阅 M. 温特尼茨《印度文学史》第 1 卷，新德里，1972 年版，第 454—475 页。
[②] 这颂见《摩诃婆罗多》精校本《初篇》第 884—885 页校勘记。

> 他编了《婆罗多本集》，
> 共有二万四千颂，
> 里边没有加插话，
> 智者称作《婆罗多》。(1.1.61)
>
> 他又编了另一部，
> 颂数总计六百万，
> 其中一半三百万，
> 流传天国天神间。
>
> 列祖列宗百五十万，
> 罗刹药叉百四十万；
> 余下这个十万颂，
> 流传尘世凡人间。①

这里所引第一和第三、四首见于某些抄本，精校本正文未收。第一首中的"我"是吟诵史诗的歌手，八千八百颂指最早由毗耶娑口授，群主记录下来的原始版本。② 第二、第三首中的"他"是指毗耶娑。当然，这八千八百颂和二万四千颂的说法也带有传说性质，但可以作为象征性的参考数字。因为《摩诃婆罗多》的篇幅经历了一个逐渐膨胀的过程，这一点是毫无疑义的。

《摩诃婆罗多》的原始形式可能叫做《胜利之歌》。这是因为在一些抄本的开卷第一首献诗是这样的：

> 首先向人中至高的
> 那罗延和那罗致敬！

---

① 这两颂见《摩诃婆罗多》精校本《初篇》第12页校勘记。
② 《摩诃婆罗多》通行本（青项本）开头讲到毗耶娑创作了婆罗多故事，但不知找谁记录下来。于是，大神梵天推荐群主（象头神）担任毗耶娑的记录员。精校本编者认为这是晚出成分，因而没有采入正文。

前　言

> 向娑罗私婆蒂女神致敬！
> 然后开始吟诵《胜利之歌》。(1.1. 献诗)

另外，在《摩诃婆罗多》中，"胜利"一词有时也直接作为这部史诗的代名词。例如：

> 渴望胜利的人都应听取
> 这部名曰《胜利》的历史，
> 听后他能征服大地，
> 也能击败一切仇敌。(1.56.19)

可以设想，毗耶娑的《胜利之歌》讲述的是婆罗多族大战的核心故事。毗耶娑将这《胜利之歌》传授给自己的五个徒弟，由他们在世间漫游吟诵。这些徒弟在传诵过程中，逐渐扩充内容，使《胜利之歌》扩大成各种版本的《婆罗多》。

> 向苏曼度和阇弥尼，
> 向拜罗和儿子苏迦，
> 传授四部吠陀以及
> 第五部《摩诃婆罗多》。(1.57.74)

> 赐人恩惠的尊师
> 也向护民子传授，
> 从此婆罗多本集
> 由他们分别传诵。(1.57.75)

现存《摩诃婆罗多》是护民子传诵的本子。毗耶娑的这五个徒弟实际上是各种宫廷歌手苏多[①]和民间吟游诗人的象征。据此我们可以想象《摩诃婆罗多》的早期传播方式及其内容和文字的流动性。

[①] 苏多（sūta）通常是刹帝利男子和婆罗门妇女结婚所生的儿子。他们往往担任帝王的御者和歌手，经常编制英雄颂歌称扬古今帝王的业绩。

如果说从《胜利之歌》向《婆罗多》的演变，主要是充实故事内容，"里边没有加插话"。那么，从《婆罗多》向《摩诃婆罗多》（意译是《伟大的婆罗多》或《大婆罗多》）的演变，主要不是充实故事内容，而是汇入大量与核心故事关系不太紧密的插话。这些插话大多是可以独立成章的神话传说、英雄颂歌、寓言故事以及婆罗门教的哲学、政治、伦理和法律论著。精校本首任主编苏克坦卡尔令人信服地证明，这二万四千颂左右的《婆罗多》曾经一度被婆罗门婆利古族垄断。由于《婆罗多》是颂扬刹帝利王族的英雄史诗，因而婆利古族竭力以婆罗门观点改造《婆罗多》，塞进大量颂扬婆利古族和抬高婆罗门种姓地位的内容。此后，原始的《婆罗多》失传，代之以《摩诃婆罗多》流传至今。①

关于这部史诗的作者毗耶娑，我们目前所知道的都是传说，很难断定他是真实的历史人物。他既是这部史诗的作者，又是这部史诗中的人物。按照史诗本身的故事，毗耶娑是渔家女贞信嫁给福身王之前的私生子，名叫黑岛生。贞信和福身王的儿子奇武婚后不久死去，留下两个遗孀，面临断绝后嗣的危险。于是，贞信找来在森林中修炼苦行的黑岛生，让他代替奇武，生下三个儿子——持国、般度和维杜罗。此后，毗耶娑仍然隐居森林，但他目睹和参与了持国百子（俱卢族）和般度五子（般度族）两族斗争的全过程。在般度族五兄弟升天后，他创作了这部史诗。如果史诗中的这些内容不是后人杜撰添加的，那么可以认为毗耶娑是这部史诗的原始作者。

按照印度传统，毗耶娑不仅被说成是《摩诃婆罗多》的作者，还被说成是四吠陀的编订者、往世书的编写者、吠檀多哲学经典《梵经》的作者，等等。将相距数百乃至上千年的著作归诸同一作者，显然是荒谬的。不过，我们应该注意到，毗耶娑这个名字本身具有"划分"、"扩大"、"编排"等含义。因此，将毗耶娑看作一个公用名字或专称，泛指包括《摩诃婆罗多》在内的古代印度一切在漫长历史时期中累积而成的庞大作品的编订者，也未尝不可。在往世书神话中，就提到有二十八个毗耶娑，依次在循环出现的二分时代，将吠陀编排一

---

① 参阅苏克坦卡尔《婆利古族和〈婆罗多〉》，载《苏克坦卡尔纪念文集》第 1 卷，孟买，1944 年版，第 278—337 页。

次。这或许可以作为这一看法的一个佐证。

由于印度古代史学不发达，可供引为旁证的史料有限，近代以来，印度国内外学者对《摩诃婆罗多》成书过程的研究只能主要依据这部史诗本身，以印度古代宗教和文化发展背景为参照，探寻它的思想内容中隐约存在的差异、层次和发展轨迹。1986年，印度班达卡尔东方研究所出版了耶尔迪（M. R. Yardi）的《〈摩诃婆罗多〉的起源和发展——统计学研究》。这部著作另辟蹊径，对《摩诃婆罗多》的诗律进行统计学研究，试图由此确定这部史诗的内容层次和发展过程。

《摩诃婆罗多》全书绝大部分采用一种简单易记的阿奴湿图朴（anustubh）诗律。这种诗律的一般规则是每颂（"输洛迦"）即每个诗节两行四个音步，每个音步八个音节，总共三十二个音节。每个音步的第五个音节要短，第六个音节要长，第七个音节长短交替。除了这几个音节之外，其他音节长短自由。耶尔迪正是依据那些自由音节的长短音使用特点，运用统计学方法，归纳出五种诗律风格，分别代表《摩诃婆罗多》文本中的五个层次或五个发展阶段。按照他对《摩诃婆罗多》精校本的统计，全书共有75595.5颂。其中，最初由护民子诵唱的《婆罗多》有21161.5颂，此后，毛喜增加17284颂，毛喜之子厉声增加26728.5颂，《诃利世系》作者增加9053颂，《篇章总目篇》作者增加1368.5颂。

依据《摩诃婆罗多》现存文本，整个故事是由厉声讲述给飘忽林中的仙人们听的，而厉声讲述的故事又是在镇群王蛇祭大会上从护民子那里听来的。同时，厉声讲述的故事中也包含他从自己的父亲毛喜那里听来的内容。《诃利世系》是《摩诃婆罗多》的附篇。《篇章总目篇》是《摩诃婆罗多》第一篇《初篇》中的第二章。耶尔迪对《摩诃婆罗多》中分属这五个层次的篇目章节都有具体说明。

按照耶尔迪的看法，通常所说的十万颂《摩诃婆罗多》应该包括《诃利世系》在内。因为根据《篇章总目篇》中提供的《摩诃婆罗多》篇章颂数，总共也只是八万二千多颂。而根据现存通行本（青项本），《摩诃婆罗多》约八万四千颂，《诃利世系》约一万六千颂，这样，总共约十万颂。这也是通行本编者青项明确表示过的看法。①

耶尔迪的这项统计学研究花费了十余年时间。当然，他的研究结论还有待验证。无论如何，对《摩诃婆罗多》成书过程的研究，采取多种视角，运用多种方法，确实是应该提倡的。

三　关于《摩诃婆罗多》精校本

我们的译文依据印度班达卡尔东方研究所出版的《摩诃婆罗多》精校本。这里值得介绍一下这个精校本的编订过程和校勘原则。

如上所述，《摩诃婆罗多》在古代印度始终以口耳相传的方式创作和传诵。这部史诗经历了漫长的成书过程，现存形式大约定型于四世纪。有关文献记载表明这部史诗在那时已经成为一部宗教经典，篇幅为十万颂。此后，这部史诗以抄本的形式传承。抄写使用的材料主要是桦树皮和贝叶。

到了十九世纪，开始出现《摩诃婆罗多》的印刷文本。《摩诃婆罗多》的各种抄本大体分为南北两种传本。而最早整理出版的两种文本——加尔各答版本（1839）和孟买版本（1863）均属于北传本。显然，为了适应现代研究的需要，应该利用各种抄本，进行认真校勘，编订一部《摩诃婆罗多》精校本。

最早主张编订《摩诃婆罗多》精校本的学者是奥地利梵文学者温特尼茨（M. Winternitz）。他在1897年巴黎召开的第十一届国际东方学者会议上提出这个建议，旨在"为《摩诃婆罗多》研究以及一切与印度史诗有关的研究提供一个坚实的基础"。在此后的几年中，他一再重申这个建议。开始的时候，只有少数学者赞同这个建议，而大多数学者持怀疑态度，认为"要编出这部史诗的精校本是不可能的。现有的加尔各答版本和孟买版本已经足以代表北印度版本，我们只能满足于再编印一部南印度版本"。直到1904年，国际科学院协会采纳了温特尼茨的这个建议，决定着手编订《摩诃婆罗多》精校本。在柏林和维也纳科学院的资助下，编订工作开始启动。德国学者吕德斯

---
① 青项的通行本是北方传本。然而，按照南方传本，《摩诃婆罗多》本身就有十万颂。

(H. Lüders)首先编了一个精校本样本（《摩诃婆罗多·初篇》的头67颂），于1908年提交给哥本哈根召开的第十五届国际东方学者会议。此后，由于第一次世界大战爆发，西方学者从事的这项编订工作中断，不了了之。

1917年，印度班达卡尔（Bhandarkar）东方研究所成立，决定编订《摩诃婆罗多》精校本。1919年，编订工作正式启动。1923年，乌特吉卡尔（N. B. Utgikar）编出《摩诃婆罗多·毗罗吒篇》精校本（试验本），分送国内外梵文学者征求意见，受到普遍好评和热情鼓励，并提供了许多建设性意见。1925年，苏克坦卡尔（V. S. Sukthankar）担任《摩诃婆罗多》精校本主编，印度许多著名梵文学者参加这项工作。1933年出版精校本第一卷，1966年出齐全书，共十九卷。整个编订工作历时将近半个世纪。其间苏克坦卡尔于1943年逝世，继任主编是贝尔沃卡尔（S. K. Belvalkar），最后一任主编是威迪耶（P. L. Vaidya）。

班达卡尔东方研究所编订《摩诃婆罗多》精校本的工作步骤，首先是搜集和整理《摩诃婆罗多》的各种抄本，以通行的《摩诃婆罗多》青项本（Nīlakaṇṭha）为基础，逐字逐句进行对勘，记录下不同之处。收集到的抄本共有一千二百多种，其中全本占少数，多数是单篇抄本。这些抄本的年代绝大多数属于十五世纪以后，其中流行最广的天城体青项本是十七世纪晚期的产物。抄本的书写材料大多是贝叶和纸张，少数是桦树皮。经过鉴别，确定具有校勘价值的抄本，排除重复的抄本。这样，用作校勘的抄本为七百多种。

《摩诃婆罗多》的抄本分为北传本和南传本两大类。北传本又可按字体分为舍罗陀、尼泊尔、梅提利、孟加拉和天城体传本，南传本也可按字体分为泰卢固、葛兰陀和马拉雅拉姆传本。这些传本也还可以作出进一步细分。各种抄本在词、句、诗行、诗节上存在不同程度的歧异。总的说来，南传本的篇幅大于北传本。北传本全书分为十八篇，南传本分为二十四篇。与北传本相比，南传本在故事细节描写上更为丰富，词句更为正确，语义更为连贯。因此，北传本可称作"简朴本"（textus simplicitor），南传本可称作"修饰本"（textus ornatior）。

在北传本中，舍罗陀字体本是一个相对独立的传本，最少受其他传本影响，保存了这部史诗比较古朴的形式，因而它对于编订精校本最有参考价值，在校勘过程中最受重现。

在校勘中，优先采纳北传和南传各种抄本一致的词、句、诗行和诗节。但各种抄本完全一致的地方毕竟有限，更多的情况是互有差异。凡有差异，则采纳南北传本多数抄本一致的地方，也可采纳北传抄本之间或者南传抄本之间一致的地方。凡与上下文不协调或不连贯的篇章、诗节或诗句，只要不见于一种重要的抄本，便可作为衍文删去。

古代写本在传抄过程中，一般容易简化难词僻语。而按照校勘原理，一些难词僻语可能恰恰表明它们是古老原始的形式。如果许多抄本在这些地方具有一致性，就不应该怀疑它们是错讹。史诗的原始文本不一定语言规范，措辞精确。"简朴本"往往比"修饰本"更接近原始形式。因此，不管校勘的结果怎样，都应该尽可能客观地依据抄本提供的证据，确定精校本的文本。

在校勘中，重要的是作出解释和说明，而不应该随意改动原文。对于明显的传抄中形成的错讹，则在有关词句下面加上曲线。有时北传本和南传本出现歧异，而两种读法都能读通，也在有关词句下面加上曲线。

校勘的目的无非是"求古本之真"，恢复作品的原始形式。但对于《摩诃婆罗多》来说，这是一种不可企及的理想。与一般的古典作品不同，史诗以口耳相传的方式创作和传诵，文本始终处在流动中，现有的规模也是逐渐扩充而成，很难确定它的原始形式。因此，《摩诃婆罗多》精校本不是恢复传说中的毗耶娑创作的《摩诃婆罗多》，也不是恢复毗耶娑的弟子传诵的《摩诃婆罗多》。它只是在现存的各种并不古老的抄本基础上，提供一种尽可能古老的版本，也就是可以称作现存所有抄本的共同祖先的版本。

这样，最终完成的这部《摩诃婆罗多》精校本排除了传抄中的一些错讹和伪增，也抢救了在传抄中逐渐流失的古老成分，而成为现存抄本中最古老和最纯洁的版本。精校本的篇幅总量不是十万颂，而是近八万颂。但它以校勘记和附录的方式将所有重要抄本的重要异文一一列出。这使它实际上比现存任何抄本都完全，确实为《摩诃婆罗多》研究奠定了一个"坚实的基础"。

《摩诃婆罗多》精校本于 1966 年出齐后，班达卡尔东方研究所又继续完成《摩诃婆罗多》的附篇《诃利世系》的校勘本（两卷本，1969—1971），并编制了《摩诃婆罗多》诗句索引（The Pratīka Index of the Mahābhārata，六卷本，1967—1972）。同时，《摩诃婆罗多》文化索引（The Cultural Index to the Mahābhārata）编制工作也在进行之中，已经出版第一卷第一分册（1993）和第二分册（1995），全部索引的完成还有待时日。这些工作都为《摩诃婆罗多》研究提供了极大方便。

我们的译文原则上依据《摩诃婆罗多》精校本正文，精校本中列出的异文只是用作参考。我们坐享精校本的校勘成果，理应向前仆后继从事这项校勘工作的印度梵文学者们表示崇高的敬意和衷心的感谢！

四 《摩诃婆罗多》的社会背景

史诗的叙事特点是现实和神话交织。《摩诃婆罗多》呈现的是神话化的历史。因此，现代读者阅读《摩诃婆罗多》应该对印度史诗时代的社会背景和神话形态有所了解。

印度现存最早的文献是四部吠陀本集：《梨俱吠陀》、《娑摩吠陀》、《夜柔吠陀》和《阿达婆吠陀》，成书年代约在公元前十五世纪至公元前十世纪。十八、十九世纪的西方学者通过印度古代语言和欧洲语言的比较研究，确认吠陀语和梵语属于印欧语系。而且，通过《梨俱吠陀》和波斯古经《阿维斯陀》之间语言、神话和宗教的比较研究，发现两者之间存在密切的文化亲缘关系。同时，在小亚细亚出土的泥版文书中，有公元前十四世纪赫梯王和米丹尼王签订的和约，以一些吠陀神祇为见证者和保护者。由此，多数学者认为大约公元前十五世纪前，居住在中亚地带的部分雅利安人离开故乡，向南迁徙，一支向西进入伊朗，成为伊朗雅利安人；一支向东进入印度，成为印度雅利安人。

雅利安人原本是些游牧部落，在进入印度的初期，仍然过着部落生活。每个部落由若干村落组成，每个村落由若干父权大家庭组成。部落的首领称作王（"罗阇"），由部落"议事会"选举。有关部落的大事由"人民大会"讨论决定。因此，部落社会的政体具有共和制性质。而吠陀时代的部落社会战争频繁，开始是雅利安人征服以"达娑"（或"达休"）为代表的印度土著居民，后来是雅利安人各部落之间互相掠夺吞并。《梨俱吠陀》中描写的十王之战就是当时影响很大的一次战争。

约在公元前六世纪初，印度的雅利安人部落大部分过渡到国家。同时，社会政体逐渐由共和制演变为君主制。当时有阿槃底、犍陀罗、憍萨罗、跋祇和摩揭陀等十六个大国，还有许多小国。此后，印度进入列国纷争和帝国统一的时代。从公元前六世纪至公元四世纪，印度大小王国林立，互相争霸。其间出现过统一规模较大的难陀王朝、孔雀王朝、贵霜王朝和笈多王朝，但大多不超出北印度范围。

《摩诃婆罗多》的成书年代约在公元前四世纪至公元四世纪，正是处在列国割据和争霸的时代。这个时期的印度社会推行种姓制度。种姓是社会分工和阶级分化的产物，出现在吠陀时代后期。在吠陀后期文献中，用作种姓的专门名词是"瓦尔那"（varṇa）。然而，这个名词在《梨俱吠陀》中的意思是"色"，并无种姓的含义。《梨俱吠陀》中说到的"雅利安色"和"达娑色"，是从肤色上区分雅利安人和印度土著居民。在《梨俱吠陀》中，只有一首晚出的颂诗（一般称作《原人颂》）提到后来的所谓"四种姓"。这首颂诗描写众神举行祭祀，以原始巨人补卢娑作祭品。当众神分割补卢娑时，"他的嘴变成婆罗门，双臂变成罗阇尼耶（即刹帝利），双腿变成吠舍，双脚生出首陀罗"。(X. 90. 12) 这是在吠陀时代后期出现种姓区分后，婆罗门祭司将种姓的起源神话化。

这种种姓区分随着印度部落社会向国家社会转变，逐渐制度化。第一种姓婆罗门是祭司阶级，执掌神权，教授吠陀，主持祭祀；第二种姓刹帝利是武士阶级，执掌王权，从事战争，治理国家；第三种姓吠舍是平民阶级，主要从事商业和农业。这前三种种姓统称"再生族"，也就是他们出生后，到达入学年龄，要举行"再生礼"，佩戴圣线。他们都有学习吠陀和举行祭祀的权利。第四种姓首陀罗是低级种姓，担任各种仆役，为前三种姓服务。他们没有私人财产，也没有学习吠陀和举行祭祀的权利，对前三种种姓有人身依附关系，类似奴隶。在这四种姓之外，还有各种"贱民"，主要从事渔猎、屠宰、制革、酿酒、清扫和焚尸等所谓"不洁的"职业。种姓是世袭的，由家庭出身决定。可是，不同种姓之间通婚也时常发生，由此产生"杂种姓"。原则上，高种姓男子与低种姓女子通婚称为"顺婚"，但所生子女依然属于低种姓。而高种姓女子与低种姓男子通婚称为"逆婚"，所生子女则沦为贱民。

从《摩诃婆罗多》中反映的情况看，既有对种姓制在理论上的严格要求，也有在实践中的宽松现象。毗耶娑是渔家女贞信与婆罗门仙人波罗奢罗的私生子，但他仍然是婆罗门仙人。贞信与福身王生下的花钏和奇武先后担任国王。维杜罗是毗耶娑代替奇武王与一位首陀罗侍女所生之子，但他始终担任俱卢族王室的总管和顾问，是一位伟大的智者。《森林篇》（第196—206章）中讲到婆罗门悭尸迦向首陀罗猎人法猎求教正法。在毗湿摩对坚战的教诲中，也讲到首陀罗可以担任国王的大臣（12.86.7）。迦尔纳的身份是车夫之子，而难敌王依然封他为盎伽王。这些可能反映种姓制在形成过程中的早期状况，也可能反映婆罗门教理论和实际脱节的现象。

当然，在《摩诃婆罗多》中，这些理论和实际不一致的现象都经过神话化处理，而得到化解。贞信是一位国王的精子落入河中，在一条雌鱼肚中孕育而成，因此，她是刹帝利之女。维杜罗则是正法之神的化身。首陀罗法猎前生是婆罗门。迦尔纳是刹帝利公主贡蒂和太阳神的私生子。尽管如此，神话不能取代现实。

在史诗时代，婆罗门精心制订种姓法，强调四种姓各自的职责，确立婆罗门在种姓社会中的至高地位。婆罗门垄断吠陀教学和祭祀活动。刹帝利有义务向婆罗门分封土地和施舍财物。尤其是婆罗门为刹帝利王族主持各种祭祀仪式，能获得大量"酬金"，也就是说，与刹帝利分享社会财富。

在《和平篇》中，毗湿摩教导坚战说："具有学问和吉祥标志，通晓一切经典，国王啊！人们称赞这些婆罗门与梵天相同。具备祭官和老师的资格，履行自己的职责，国王啊！这样的婆罗门与天神相同。祭官、王室祭司、大臣、使者和司库，国王啊！这样的婆罗门与刹帝利相同。马兵、象兵、车兵和步兵，国王啊！这样的婆罗门与吠舍相同。那些缺乏高贵出身和职业，猥琐卑微，国王啊！这样的婆罗门与首陀罗相同。没有学问，不侍奉祭火，遵行正法的国王应该向这样的婆罗门征收赋税，派遣劳役。听差、神像守护者、星宿祭祀者、村庄祭祀者，第五是出海经商者，这些是婆罗门中的旃陀罗（贱民）。除了与梵天相同和天神相同的婆罗门之外，国王国库不足，可以向这些婆罗门收税。"（12.77.2—9）这说明在现实生活中，出于谋生的需要，也有婆罗门从事其他种姓职业的情况。但按照婆罗门教的种姓法，婆罗门的主要职责是教授吠陀和为刹帝利王族主持祭祀，并由此享有特权。

婆罗门和刹帝利是种姓社会的统治阶级。王权保护神权，神权辅佐王权。但婆罗门和刹帝利也难免互相争权夺利，存在矛盾和斗争。《森林篇》中著名的持斧罗摩传说（第116—117章）具有象征意义，讲述食火仙人之子持斧罗摩三七二十一次杀尽人间侵害婆罗门利益的刹帝利。精通武艺本来是刹帝利的职责，正如精通吠陀是婆罗门的职责。但婆罗门想要保持自身在种姓社会中的至高地位，似乎单靠神权还不够，有时也要仰仗武力。因此，毫不奇怪，在《摩诃婆罗多》中，俱卢族和般度族王子们的教师爷德罗纳和慈悯是两位武艺高强的婆罗门。

刹帝利王族的基本职责是执掌王权，保护臣民。辅佐国王的朝廷成员有大臣、将军和王室祭司。国王必须努力抵御外来侵略，镇压国内盗匪，保证农业丰收和商业繁荣。一旦国库充实，武力强大，国王就能征服世界，成为统一天下的转轮王。或者获取胜利，或者捐躯疆场，这是刹帝利武士们的人生追求。因此，在史诗时代，王族内部争夺王权，列国之间争夺霸权，成了社会的常规政治形态。

史诗时代的经济基础是农业、手工业和商业，主要由吠舍种姓承担，通常以收益的六分之一向国家交纳赋税。首陀罗种姓主要承担各种仆役工作，也可以从事农业和手工业。一旦发生战争，吠舍和首陀罗也都可以充当士兵。

尽管史诗时代的印度属于农业文明社会，但《摩诃婆罗多》中人物活动的背景主要是城市和森林。城市（尤其是首都）是政治活动的中心，宫廷的所在地。而森林既是婆罗门仙人们的修行处，也是失去王国的刹帝利王族们的流亡处。当然，这是就《摩诃婆罗多》的主体故事而言，如果将史诗中的神话传说也包括在内，故事的背景可谓崇山峻岭，江河大海，天上地下，无所不包。

五 《摩诃婆罗多》的神话背景

史诗时代的婆罗门教已从吠陀时代的多神崇拜转变成为三大主神崇拜，这与部落社会变成国家社会以及列国纷争趋向帝国统一的历史发展相对应。三大主神梵天、毗湿奴和湿婆与吠陀神话有联系，也有区别。梵天司创造，由吠陀时代抽象的创造主——梵演变而成。毗湿奴司保护，原是吠陀神话中一位同名的次要的神。湿婆司毁灭，由吠陀神话中一位次要的神楼陀罗演变而成。而在史诗神话的发展中，又逐渐将毗湿奴或湿婆塑造成集创造、保护和毁灭于一身的至高之神。

在史诗神话中保留了吠陀诸神，如因陀罗（天王）、阿耆尼（火神）、苏摩（酒神）、苏尔耶（太阳神）、双马童（医神）、伐楼拿（护法神）、伐由或伐多（风神）、摩录多（暴风雨神）、楼陀罗（凶神）、俱比罗（恶神）、阎摩（死神）、毗诃波提（祭司神）、娑罗私婆蒂（语言女神）和阿提底（母亲女神）等，但都被说成是由梵天创造的。同时，其中一些神的功能有所变化，如苏摩变成月神，伐楼拿变成海神，俱比罗变成财神。另外，在吠陀神话中，与天神为敌的恶魔是达娑（或达休），与凡人为敌的恶魔是罗刹。阿修罗在《梨俱吠陀》中原本的含义是天神，只是在晚出的成分中才含有恶魔的意思。而在史诗神话中，阿修罗成为恶魔的通称，达娑（或达休）则失去恶魔的含义，主要是指盗匪。

按照史诗神话，整个世界处在创造和毁灭的无穷循环之中。世界在每次毁灭后，淹没在汪洋中。而在每次创造之初，毗湿奴躺在水面上，从他的肚脐上长出一株莲花，从莲花中诞生梵天。然后，梵天按照自己的心意创造出摩利支等六个儿子，由他们繁衍产生包括天神、仙人、凡人、恶魔、动物和植物在内的世界万物。例如，摩利支的儿子迦叶波娶陀刹的十三个女儿为妻。其中，迦叶波与阿提底生下包括因陀罗和伐楼拿在内的十二位阿提夜，与提底生下一位提夜，与檀奴生下四十位檀那婆①。在史诗中,阿提迭是天神的同义词,提迭和檀那婆则是阿修罗的同义词。

天神和阿修罗原本都生活在天国。后来,众天神和众阿修罗一起搅乳海,搅出月亮、吉祥天女、酒女神、白马和摩尼珠等宝物,最后搅出甘露。天神和阿修罗为争夺甘露,发生一场大战。结果,阿修罗战败,纷纷逃往地下和海中②。甘露是喝了能长生不死的仙液。天神们分享了甘露。因此,天神又称"不死者"。

在史诗神话中,阿修罗和天神的威力不相上下。他们使用的武器大同小异,双方都有法宝,也都能变化自己的形体和施展幻术。天神能打败阿修罗,阿修罗也能打败天神。天神能够保住天国,主要依靠三大主神的庇护。一旦天神不能战胜阿修罗,面临危机,便由大神毗湿奴或湿婆出面诛灭阿修罗。阿修罗也经常通过修炼苦行,取悦梵天,向梵天乞求不可战胜的恩惠。梵天考虑到天神和阿修罗都是自己的后代,也会赐予阿修罗恩惠,但所赐的不可战胜的恩惠中都留有余地,即不包括被凡人战胜。于是,获得这种恩惠的阿修罗往往能打败天神,最终却死在人间英雄手中。

按照史诗神话,天国位于高耸入天的弥卢山上。天神们的形体和生理功能一般与凡人相同,特异之处在于他们能随意变形,还有就是不流汗、不眨眼,没有污垢、没有影子,佩戴的花环不会枯萎和脚不沾地。他们拥有豪华的宫殿和美丽的花园,有女神作为配偶,有能歌善舞的天女和健达缚相伴。他们身穿华丽的衣服,佩戴顶冠、首饰和花环,乘坐狮、象、牛、马和车,也乘坐凌空而行的飞车。天神们之间也有职能的分工,如因陀罗是天王,双马童是医师,毗首羯磨是工匠,俱比罗是司库,室建陀是天兵统帅,毗诃波提是天师,等等。此外,还有天神使者、天神差役、飞车护卫、门卫和车夫等。可以说,史诗神话中关于天神生活形态的描写,并没有超出对人间帝王宫廷生活的模拟和想象。

至于天神们日常的饮食,则来自人间的祭祀。婆罗门和刹帝利举行各种祭祀,向天神供奉各种食品、酥油和苏摩汁。这些祭品投入祭

---

① 参阅《初篇》第59章。
② 参阅《初篇》第16和第17章。

火中,也就是通过火神传送给天神。因此,天神们也理所当然,努力保护婆罗门和刹帝利,维持正常的社会秩序,消灭侵扰人间的阿修罗和罗刹。

阿修罗虽然住在地下或海中,但他们的生活水准并不亚于天神。他们也拥有豪华的宫殿和美丽的花园,也讲究穿戴和装饰,也有歌舞伎相伴。他们的工匠大师摩耶技艺高超,甚至胜过天国工匠毗首羯磨。因此,阿修罗们的城堡、宫殿和飞车的工艺成就与天国相比,有过之而无不及[①]。但阿修罗的食物全靠自己取得,不像天神依靠人间祭祀供奉。他们坚持与天神为敌,企图夺取天国,取代天神的地位。同时,他们也侵扰人间社会,破坏祭祀,践踏正法,杀害崇拜天神的婆罗门和刹帝利。

一旦阿修罗肆虐人间,众生陷入苦难,大神便采取化身下凡的方法,消灭阿修罗,拯救众生。《摩诃婆罗多》中写到大神毗湿奴曾向摩根德耶仙人显身,告诉他说:"什么时候正法衰微,非法猖獗,优秀者啊!我就创造自己。提迭热衷杀生,而优秀的天神消灭不了他们。一旦他们和凶恶的罗刹在这世界上横行,我就诞生在善人家里,采取人的形体,平息一切。"(3.187.26—28)黑天(毗湿奴化身)也对阿周那说过类似的话:"一旦正法衰落,非法滋生蔓延,婆罗多子孙啊!我就创造自己。为了保护善人,为了铲除恶人,为了维持正法,我一次次降生。"(6.26.7、8)

在《摩诃婆罗多》中,除了黑天本身是毗湿奴化身外,还提到毗湿奴曾经化身罗摩、野猪、侏儒和人狮。其中,化身罗摩诛灭十首魔王罗波那的传说见于《森林篇》中的插话《罗摩传》(第258至第275章),化身野猪诛灭恶魔、拯救大地的传说见于《和平篇》第202章,而化身侏儒降服魔王钵利和化身人狮诛灭恶魔希罗尼耶西格布只是偶尔提及。毗湿奴化身下凡的传说在后来的往世书神话中得到充分发展,所描述的毗湿奴化身下凡事迹有二十多次。《摩诃婆罗多》中有些传说,如洪水传说、搅乳海传说和持斧罗摩传说,在往世书神话

[①] 在《摩诃婆罗多》中,阿周那协助火神焚烧甘味林时,曾经救护过摩耶。摩耶为报救命之恩,为般度族在天帝城建造了一座大会堂。那罗陀仙人称赞这座大会堂胜过所有天神和阿修罗的大会堂。参阅《初篇》第219章和《大会篇》第1—11章。

中，也都变成毗湿奴化身下凡的传说。

化身下凡的概念不同于轮回转生。按照史诗神话，三大主神梵天、毗湿奴和湿婆是永恒的，而众天神喝了甘露，也都长生不死①。人、动物和阿修罗则有生有死，处在轮回转生中，每个人死后，灵魂不灭，按照生前的业，或投胎为人（其中有高级种姓、低级种姓乃至贱民的区分），或投胎为动物（其中有高级动物和低级动物的区分），或投胎为阿修罗，或坠入地狱，或升入天国。天神化身下凡，也采取投胎的方式，但不以原有生命的死亡为前提。因此，天神化身下凡，又称作"部分化身"，类似于采用"分身术"。一旦完成化身下凡的使命，又返回天国，即返回自身。还有另一种化身下凡的情况。那是天神或天女，由于某种原因受到仙人或大神诅咒，贬谪下凡，化身为人或动物。一旦诅咒期满，便摆脱诅咒束缚，返回天国。

《摩诃婆罗多》的主体故事也与天神化身下凡传说交织在一起。在《初篇》第58章至61章中讲述阿修罗在天国战败后，纷纷投生大地，转生为各种人和动物，其中许多是暴戾的国王，横行不法，危害众生。大地女神忍受不了这种重负，向大神梵天寻求庇护。梵天便安排众天神化身下凡铲除阿修罗。大神毗湿奴应众天神的请求，也与他们一起化身下凡。这样，婆罗多族大战实际成了神魔大战。俱卢族一方的大多数国王和王子是阿修罗和罗刹转生，而般度族一方的大多数国王和王子则是众天神化身下凡。其中，黑天是毗湿奴，坚战是正法之神，怖军是风神，阿周那是因陀罗，无种和偕天是双马童，德罗波蒂（黑公主）是吉祥女神。

当然，在《摩诃婆罗多》中，主体故事基本上是按照现实生活展开的，神魔的身份始终隐藏在故事背后。天神的化身在大地上也都按照人间的方式行事。这样，《摩诃婆罗多》才得以演出宫廷争夺王权的复杂斗争场面，展现列国时代群雄争霸的宏大历史画卷。

以上粗略勾勒了《摩诃婆罗多》的神话背景。《摩诃婆罗多》中神、魔和人关系密切，含有丰富的神话传说，异彩纷呈，错综复杂，是研究史诗神话的一个宝贵的资料库。诸如史诗神话的起源和发展，

---

① 这种长生不死是指在世界从创造到毁灭的一个周期内。一旦世界毁灭，众天神也随之毁灭。

与政治、经济、宗教、哲学、道德和文化心理的关联，象征和隐喻，神魔之争是否含有上古时代雅利安游牧部落和印度河流域城市文明冲突以及雅利安部落社会内部冲突的基因，这些都是有待深入探讨的论题。无论如何，神话研究是史诗研究的题中之义，两者不可能截然分割，因为这是史诗时代的文化现实，真实反映古人的思维形态。

黄宝生

《摩诃婆罗多》内容提要

《初篇》

国王豆扇陀和仙人的义女沙恭达罗自主结婚，生下威震环宇的婆罗多王。婆罗多王下传若干代，其子孙称做婆罗多族。婆罗多王的后裔俱卢王下传几代，其子孙又称做俱卢族。

福身是婆罗多族和俱卢族的一代名王。他先与恒河女神结婚，生子天誓。恒河女神归位之后，他爱上了渔家女贞信。渔父提出苛刻的嫁女条件：王位要由贞信生的儿子继承。天誓为了父亲，不要王位，并发誓永不结婚。天誓由此得名毗湿摩（立下可怕誓言的人）。

贞信婚前与仙人生子岛生，号黑仙，又名毗耶娑。贞信和福身王结为伉俪之后，生下花钏和奇武两个儿子。花钏战死，奇武病故，都未留下子嗣。贞信用意念召来儿子毗耶娑，让他和奇武王的两个遗孀生下持国和般度，又与一女奴生下维杜罗。

持国先天失明，般度继承王位。持国娶妻犍陀罗国公主甘陀利，生有百子，难敌为首。般度娶妻贡提国公主贡蒂和摩德罗国公主玛德利。般度遭到仙人诅咒，不能与妻子同房，否则猝死。贡蒂服从丈夫的要求，用法术召来正法神阎摩，生子坚战；召来风神，生子怖军；召来天帝因陀罗，生子阿周那。贡蒂又为玛德利召来双马童神，生子无种和偕天。这便是般度五子。般度五子和持国百子中，坚战居长。贡蒂婚前与太阳神生子迦尔纳，遗弃河中，被一车夫收为养子。

般度未能逃脱厄运，玛德利殉葬。持国执政。般度五子和持国百子一起生活在宫中。难敌觊觎王位，欲先害死臂力非凡的怖军，未能得逞。毗湿摩请来武术大师德罗纳，向众王子传授武艺。阿周那武艺超群，又引起难敌的嫉恨。难敌收罗了武艺高强的迦尔纳，封他盎伽王，以同阿周那对抗。

坚战长大成人，应当继承父亲般度的王位，持国表面同意，却又不甘心自己的子孙永远不能执掌朝纲。难敌更想霸占王位。于是，父子设计，将般度五子从首都象城赶至多象城。难敌勾结大臣布罗旃，在多象城建造了一座易燃的紫胶宫，让般度五子和母亲居住，企图烧死他们。由于维杜罗暗中相助，母子六人从事先挖好的地道离开火海，逃入森林。

怖军在森林中杀死一个吃人的罗刹，娶其妹为妻，生子瓶首。尔后，般度五子按照毗耶娑的指点，乔装成婆罗门，偕母住进独轮城，乞食度日。怖军在独轮城为百姓除害，杀死了要市民轮流供献生人的罗刹钵迦。

这时，般遮罗国木柱王之女黑公主举行选婿大典，般度五子乔装前往应试。阿周那施展神奇的弓箭术，战败无数对手。五兄弟赢得黑公主为共同的妻子，但也暴露了身份。难敌发现暗害的阴谋失败，又动杀机。持国听从毗湿摩和德罗纳的劝告，召回般度五子，分给他们一半荒芜的国土。五兄弟建都天帝城。

阿周那又两次结婚后，前往多门城拜访雅度族王子黑天，结为好友。黑天的父亲婆薮提婆，本是贡蒂的亲兄弟，阿周那的舅父。阿周那爱上了黑天的妹妹妙贤公主。黑天授意阿周那抢走妙贤，生子激昂。阿周那和黑天火烧甘味林，开辟国土。

《大会篇》

阿周那从森林大火中曾救出一位阿修罗，名唤摩耶。摩耶为般度五子的新城建造了一座大会厅，鬼斧神工，恍若天宫宝殿。来往于天上人间的那罗陀大仙驾到，提议坚战举行王祭，以示称霸。坚战征求黑天的意见，黑天予以支持。

盛大的王祭开始。坚战凭借怖军的勇武，黑天的智谋，除掉了强大的对手摩揭陀国王妖连，解救出被囚禁在山城中的许多国王。随后，坚战派四位弟弟出征世界。阿周那征服了北方，怖军征服了东方，偕天征服了南方，无种征服了西方。坚战举行王祭大典称帝。各处的国王和王子应邀云集天帝城。在典礼中车底国童护王自恃其勇，欲争首座，黑天祭起神轮，诛杀童护。

难敌来到，目睹了天帝城的繁华，王祭典礼的盛况，十分妒忌。他在富丽堂皇的大会厅中，目眩神摇，痛苦难忍，又遭到怖军的嘲笑，不禁怒火中烧。于是，他和母舅沙恭尼设下圈套，邀请坚战掷骰子赌博。维杜罗试图阻止，未能成功。精通掷骰子的沙恭尼代表难敌和坚战赌博。坚战连连失利，输掉了所有财产和王国，又将四个弟弟和自己作为赌注，仍被斗败，最后押上了五兄弟共同的妻子黑公主，终未能挽回败局。六人一起沦为难敌的奴隶。

黑公主在赌博大厅奋力抗辩。难敌的弟弟难降当众侮辱黑公主，剥掉她的衣裳。难敌也露出大腿，朝着黑公主淫笑。怖军怒不可遏，发誓要报仇雪恨：撕开难降的胸膛喝血，打断难敌的大腿。这时出现种种凶兆。持国心怀恐惧，答应黑公主的请求，释放坚战五兄弟。

难敌再次提出赌博，持国溺爱儿子表示准许。坚战大败亏输。依照约定，五兄弟和黑公主流放森林十二年，第十三年还要躲藏起来，如被发现，要再流放十二年。从此，以坚战五兄弟为一方的般度族，和以难敌百兄弟为一方的俱卢族，结下了深仇大恨。

《森林篇》

坚战五兄弟和黑公主前往森林，众多品行高贵的婆罗门追随而去。维杜罗劝请持国召回般度五子，未能生效。黑天访问住在森林中的般度族，鼓动他们反抗。黑公主和怖军也支持黑天的意见，但坚战决心恪守诺言。

阿周那上雪山求神，和化身为山野猎人的毁灭大神湿婆作战。他英勇无畏，深受湿婆的嘉许，赐他兽主法宝。阿周那升上天宫，生父天帝因陀罗也赐他法宝。阿周那潜心学习，受到天帝的称赞。

这期间，坚战诸人过着艰辛的林居生活。坚战在苦难中发出哀叹。巨马仙人为了安慰坚战，向他讲述了那罗王掷骰子赌博失国又复国、夫妻离散又幸福团圆的故事。毛密仙人向他讲述了阿周那在天宫的情景。

坚战诸人出发朝拜圣地，一路上听取许多有关圣地的传说和故事。其中有投山仙人吃掉檀那婆达伐比，并与残印结合生子的故事；有尸毗王舍身救鸽的故事；自幼守贞的鹿角仙人被女人诱惑的故事；食火仙人之子持斧罗摩三七二十一次杀尽刹帝利的故事；美娘对行落仙人忠贞不贰，行落仙人感激双马童神使之恢复青春，为请双马童神饮苏摩仙酒而与天帝因陀罗斗法的故事；太阳神之子摩奴王与洪水的传说；苏摩迦王将独生子献祭因而得到百子的故事。五年后阿周那从天堂归来，众兄弟相会于香醉山。般度族在财神俱比罗的乐园里，愉快地度过了四年时光。

难敌为了羞辱般度族，听信迦尔纳的主意，率军去森林耀武扬威。俱卢族军队和健达缚军队发生战斗，难敌兵败被俘，坚战不记前仇，派阿周那救出难敌。

在流放生活的最后一年，黑公主被信度国胜车王劫走，迅疾如风的怖军紧追不舍，及时救回黑公主。坚战五兄弟感到受辱，心情郁闷。摩根德耶仙人为了解除他们的烦恼，向他们讲述了罗摩王的妻子悉多被罗刹王掳走，罗摩兵伐楞伽岛救回王后的故事；还讲述了太阳神女儿莎维德丽以智取胜，向死神阎摩索回丈夫生命的故事。

十二年流放的期限届满，坚战的四个弟弟喝了一个魔池的水，全部死去。魔池的主人药叉，是正法神阎摩变化而成。他为了教训儿子坚战，提出了种种难题。坚战一一正确地回答了，四个弟弟死而复生。般度族得到恩典后，向西方行去。

《毗罗吒篇》

第十三年开始了。般度族离开森林，乔装之后，潜入摩差国。他们来到毗罗吒王的宫廷，隐姓埋名充当各种仆役。坚战担任侍臣，怖军担任厨师，阿周那担任舞蹈师，无种驯马，偕天牧牛，黑公主做了宫娥。摩差国的国舅空竹企图污辱黑公主，黑公主假意应允，怖军暗中冒充，将空竹掀翻在地，结果了他的性命。

难敌闻知摩差国的统帅空竹身亡，遂与三穴国联合发兵入侵摩差国，劫掠牲畜。摩差国国势薄弱，无力抵抗。坚战五兄弟挺身而出，协助毗罗吒王击败强敌。这一战暴露了他们的真面目，却恰好十三年流亡期满。

阿周那在战场上独驱战车，所向披靡，深受毗罗吒王的敬重。国王欲将爱女至上公主许配给阿周那，阿周那接受她做了儿媳。至上公主与阿周那之子激昂成婚。

《斡旋篇》

般度族在水没城住下之后，即向难敌要求归还那一半国土，同时串连盟国，积极备战。难敌也抓紧时机，争取盟友，秣马厉兵。难敌和阿周那都赶到多门城向黑天求援。黑天将自己的军队和他本人分作两份，由二人挑选。昏愦的难敌选择了黑天的庞大的军队，阿周那选择黑天作为不战斗的谋士。摩德罗国沙利耶王是无种和偕天的舅父。他先受骗允诺难敌支持俱卢族，后又向坚战保证在战场上暗中策应，与难敌的心腹大将迦尔纳作对。

持国得知黑天做般度族的军师，十分忧虑，夜不成眠。他派全胜为使者找般度族讲和，般度族坚持索回国土。坚战为了避免流血战争，作出最大让步，只要求归还五座村庄，特派黑天前往象城谋求和平。难敌一意孤行，声称连针尖大的地方也不给。迦尔纳和难敌策划囚禁黑天。黑天察觉后，在众王中间展示了自己瑜伽自在王的本相，全身呈现出纷纭的世界。黑天暗中劝说迦尔纳与生母贡蒂相认，遭到拒绝。贡蒂也亲自向迦尔纳透露了他的出身秘密，迦尔纳不肯原谅母亲的遗弃行为，表示要对难敌竭尽忠诚。

谈判破裂。般度族和俱卢族的大军向俱卢之野集结。双方挑选统帅。般度族的统帅是黑公主的哥哥，从祭火中诞生的猛光。俱卢族的统帅是老族长，恒河女神之子毗湿摩。难敌派人送去了傲慢的宣战书，得到了强硬不屈的答复。大战一触即发。

《毗湿摩篇》

惨绝人寰的俱卢之野大战揭开了战幕。大战的第一天，般度族和俱卢族的军队摆开了阵容。双方共投入了十八支大军的兵力。印度全境几乎所有的王国和部族都卷入了这场惊天动地的大血战。

阿周那面对这场同族互相残杀的战争，心中不禁产生疑惑和忧伤。担任御者的黑天以解脱哲理开导他，着重解说了业行瑜伽，要他履行个人对社会的义务和职责，积极行动起来。这篇宗教哲理长诗被称为《薄伽梵歌》（尊神之歌）。

般度族有七支大军，军力较弱，初战失利。但难敌一方人心离散，亦无大胜。统帅毗湿摩告诫难敌，不义之战必然失败。难敌责怪统帅心向敌人，不肯尽力。大将迦尔纳受到毗湿摩轻视，擅离战场。老英雄毗湿摩身先士卒，杀死了上万名战车武士。

九天过去了，双方将士各有伤亡，战局变化莫测。这天夜里，坚战五兄弟和黑天决定直接去向毗湿摩求教。毗湿摩为之出谋划策，指示他们躲在战士束发身后向他射箭。束发前生是一国公主，名唤安芭，曾被毗湿摩从选婿大典上抢来，准备给弟弟奇武王做妻子。毗湿摩得知她已有意中人，又将她送回。可是，安芭的意中人不再爱她。她转而向毗湿摩求爱，又遭到拒绝。安芭怀着对毗湿摩的满腔愤怒，转生为束发女郎。后来，她与一药叉交换性别，变成男人，做了般度族的一员武将。毗湿摩认定束发是女子，发誓不与他交战。

大战的第十天，阿周那躲在束发身后放箭，毗湿摩从战车上倒下。双方将士停止战斗，聚集在老族长的周围。毗湿摩满身中箭，犹如平躺在箭床上。他让阿周那用三支箭支撑起头。阿周那还挽弓搭箭，穿地取水，为毗湿摩解渴。毗湿摩告诉众人，他要躺在箭床上，直至太阳移到赤道北。

《德罗纳篇》

　　金星贯日，对般度族显示出胜利的吉兆；野兽哀嚎，对俱卢族显示出失败的凶象。著名的武术大师德罗纳，接替身负重伤的毗湿摩担任了俱卢族的统帅。双方首领都是他的徒弟，他的心中颇为矛盾，不满难敌，不愿作战。但他仍然忠心耿耿为俱卢族效命。

　　德罗纳布下坚不可摧的战阵，亲执武器守卫要冲。少年英雄激昂单独打破敌阵，不幸陷入重围。难敌的妹夫，信度国胜车王杀死了激昂。阿周那怒不可遏，闯入敌群，横扫俱卢族七支大军，杀死胜车，彻底歼灭了俱卢族的敢死队，为儿子报仇。德罗纳杀死了黑公主的父亲，童年时的朋友，般遮罗国木柱王。他还杀死了摩差国毗罗吒王。迦尔纳与怖军之子瓶首经过一场恶斗，胜负难分，迦尔纳祭起法宝诛杀了瓶首。

　　为了从精神上打垮德罗纳，般度族采纳了黑天的计谋。怖军杀死了一头与德罗纳的儿子马嘶同名的战象，高喊"马嘶死了"。德罗纳听到喊声，询问以诚实著称的坚战，坚战欺骗他说："马嘶确实死了。"德罗纳以为爱子沙场殒命，万念俱灰，丢下武器，打坐入定。木柱王之子猛光趁此机会，将德罗纳斩首。德罗纳担任了五天统帅，虽然武艺超群，毕竟力不胜智。马嘶为父报仇心切，使用了那罗延法宝，未能奏效。

《迦尔纳篇》

　　骁勇的迦尔纳继任俱卢族统帅。前一次战役中，般度俱卢两族连折多员大将，兵士死伤无数。因此，在他挂帅的第一天，战场相对趋于平静，双方都无突出的成绩。

　　第二天，摩德罗王沙利耶担任迦尔纳的御者，但在出战途中两人一直恶言相向。沙利耶不断辱骂迦尔纳，致使迦尔纳心烦意乱。

在一场鏖战中,怖军和难敌的弟弟难降肉体相搏,怖军摔倒难降,撕开他的胸膛喝血,为黑公主雪耻,实践了当初的誓言。

太阳神之子迦尔纳和天帝因陀罗之子阿周那,本是一母同胞。战场相逢,两人进行一对一的战车决斗。在这场兄弟互斗中,迦尔纳的战车损坏,一只车轮脱落,一只车轮陷入地下。迦尔纳请求阿周那遵守武士之道,暂停战斗。阿周那听从黑天的指使,拒绝了迦尔纳的要求,出其不意地射出利箭,夺去了迦尔纳的性命。

《沙利耶篇》

摩德罗国沙利耶王担当俱卢族的第四任统帅,俱卢之野的大战进入第十八天。此时,军中大将几乎都已阵亡,俱卢族败局已定,沙利耶亦无回天之力。在双方一次次激烈的车战之后,沙利耶与坚战对阵,旋即血染沙场。沙利耶担任统帅只有半天时间。

难敌的母舅,心地邪恶的犍陀罗王沙恭尼,虽然善施幻术,诡计多端,终于在坚战的小兄弟偕天手下伏诛。

难敌收拾残军,亲任统帅,以图最后一逞。般度族大军迅猛进击,俱卢族全军覆灭。难敌孤身一人,逃离战场,奔向恒河附近的一个池塘。他威风扫地,疲惫不堪地倒卧在水中,纹丝不动。

怖军等人追踪而来,找到难敌。一场争辩之后,怖军向他挑战。难敌与怖军决斗,进行了一场凶恶的杵战。难敌杵功不凡,手舞铁杵,旋转不已。两人势均力敌,怖军一时难以取胜。黑天暗示怖军不要顾忌战斗规则,猛击难敌腹部以下。于是,怖军挥杵打断了难敌的大腿,为黑公主洗辱,实践了当初又一誓言。

俱卢族三员残存的大将马嘶、慈悯和成铠前来看望垂死的难敌。马嘶发誓要灭绝般度族。难敌任命马嘶为统帅。

《夜袭篇》

马嘶、慈悯和成铠三人寅夜潜入酣睡的般度族军营，杀死了猛光和全体般遮罗人，消灭了黑公主的五个儿子和般度族的残军，只有坚战五兄弟和黑天因不住军营而得幸免，还有一名武将脱险。马嘶向垂危的难敌报告了夜袭成功的消息，难敌听后欣慰地死去。

《妇女篇》

十八天的大战结束了，平坦的俱卢之野上血流成河，尸骸遍地。般度族和俱卢族的十八支大军毁灭殆尽。在这场惨酷的战争中，般度族将士剩下七人，俱卢族将士剩下三人，只有十名幸存者。

持国和甘陀利、贡蒂以及众多妇女来到战场。坚战五兄弟拜见持国和甘陀利。他俩先是充满忿怒，甘陀利的目光灼伤了坚战的脚趾甲，持国的双臂挤碎了替代怖军的一尊铁像。后来，他们感情平息，仁慈地对待坚战五兄弟。

妇女们看见自己的儿子、兄弟、父亲被杀死在战场上，永远不能再回来，痛苦如焚，极度悲哀，恸哭不已。甘陀利诅咒黑天，认为他对这场大屠杀负有责任，他的家族也将这样毁灭。应持国的要求，坚战为所有的阵亡将士举行了葬礼。

《和平篇》

坚战认为自己造成了父辈、兄辈、子弟辈、许多亲属和戚友的死亡，因而陷入了深深的忧伤，精神沮丧。在众人的劝说下，他终于灌顶登基为王。尔后，黑天陪同坚战王五兄弟前往战场，请躺在箭床上的毗湿摩向坚战传授王者之道。为此，毗湿摩解说了国王在正常时期的职责，在危险时期的职责和应变之策，并且指明了因由。他还详尽地讲述了摒弃世俗生活而获得解脱的方法。

《教诫篇》

坚战虽然受到毗湿摩一番训导，他的思想仍不能平静，良心不安，引咎自责。所以，毗湿摩继续进行教诫，向他说明了追求正法应当具备的全部行为，回答了坚战提出的种种问题。毗湿摩死期来到，离开了尘世。

《马祭篇》

大战之中，坚战五兄弟都失去了儿子。阿周那的儿子激昂，留下的一个遗腹子，这时诞生了。因为他诞生在婆罗多族濒于灭绝之时，由此得名继绝。

老祖父毗湿摩的死，亲兄长迦尔纳的死，使坚战深感内疚，不胜忧戚。毗耶娑劝告坚战举行祭祀，以消除一切罪孽。坚战同意举行马祭。阿周那跟随放出的祭马漫游，一路上到处战斗，击败了祭马涉足的所有王国的王子。一年后，阿周那和祭马回到象城。毗耶娑选定吉日，为坚战王举行了马祭大典。

《林居篇》

坚战王仁慈宽厚，身居王室之后，对持国和甘陀利仍然十分敬重，请他们享有最高的荣誉地位。但怖军不听坚战规劝，经常冒犯持国。持国忍耐了近十五年后，决定前往森林道院过隐居生活，甘陀利、维杜罗、御者全胜，和他一同启程。心地善良的贡蒂看见持国离去，乐于侍奉这位老人，也放弃了宫廷生活，随之进入森林。

两年以后,持国、甘陀利和贡蒂死于森林大火。般度族闻讯,前往恒河祭奠持国、甘陀利和贡蒂。

《杵战篇》

黑天的雅度族,在大海岸边酗酒大醉。他们拔起灯心草,竟然变成了一根根金刚杵。于是,人人挥舞金刚杵互相残杀起来。黑天意识到这是命运的驱使,大限已到,和兄长大力罗摩也投入了这战混战。雅度族几乎彻底灭亡了。

黑天独自坐在树下凝神冥想,一位猎人误以为他是一头睡兽,射出一支利箭,羽箭由脚底入身,黑天复归天位。

阿周那前往多门城,目睹了雅度族灭亡的惨象,哀伤不已。他安葬了舅父婆薮提婆,为黑天、大力罗摩等人举行了葬礼,然后率领雅度族的老人、妇女和儿童离开了多门城。回到象城后,他向坚战王报告发生的一切。

《远行篇》

惊悉黑天逝世和雅度族灭亡的噩耗,般度族五兄弟和黑公主一致决定结束他们的尘世生活。坚战总共在位三十六年。这时,他将王位传给了般度族惟一的后嗣继绝。然后,五兄弟和黑公主动身远行,前往诸神居住的须弥卢山。

在登山途中,黑公主、偕天、无种、阿周那和怖军相继倒下死去,最后只剩坚战一人和一条狗。因陀罗乘坐天车前来迎接坚战,鉴于他的伟大功德,天帝赐以特殊的恩惠,允许他带着肉身升天。

《升天篇》

坚战到达天上，看见难敌等一班恶人安坐神位，却听说自己的弟弟等众多贤良正身陷地狱。坚战表示绝不与敌人共住天堂，只愿和亲人同处地狱。

坚战毅然前往地狱。他仿佛看见兄弟们受苦的惨状，他仿佛听见妻儿们悲切的呼唤。因陀罗告诉他，这不过是幻象。结果，坚战和黑天，俱卢和般度两族的所有死者，都成了天国神祇。

赵国华　编写

主要人物表

大梵天——司创造的大神，又称世界之祖、生主、自存者
毗湿奴——司保护的大神，意译遍入天，又称诃利、那罗延
湿婆——司毁灭的大神，又称大自在天、持三叉戟者、青项
因陀罗——众神之王，一名释伽罗，故简称天帝释或帝释天；他名号极多，其中有毁城者、执金刚雷杵者、诛灭波罗者、诛灭弗栗多者、百祭、千眼大神等；他又是雷雨之神
阿耆尼——火神
伐楼拿——水神
伐由——风神
毗婆薮——太阳神
旃陀罗——月神
阎摩——死神、正法神
迦摩——爱神，又名摩曼特、无形者
双马童——医神
辩才天女——智慧女神、文艺女神
吉祥天女——司幸福与财富的女神
俱比罗——财神
迦叶波——大梵天之子，生主之一，医神
婆苏吉——龙蛇之王
多刹迦——龙蛇之王
迦楼罗——大鹏金翅鸟，鸟王
婆利古——著名的仙人
太白仙人——婆利古的后代，阿修罗的祭师，天上的金星
毗诃波提——众神的祭师，天上的木星，意译是祭主、语主

极裕——水神伐楼拿之子，著名的仙人

波罗奢罗——极裕之孙，著名的仙人，毗耶娑的生父，意译破灭仙人

众友——原是刹帝利国王，后成为著名的婆罗门仙人，沙恭达罗的生父

补卢——婆罗多族的祖先

豆扇陀——著名的国王，婆罗多之父

沙恭达罗——豆扇陀之妻，婆罗多之母

婆罗多——上古名王，婆罗多族的创始人

俱卢王——婆罗多王的后裔

福身王——俱卢王的后裔

恒河女神——福身王之妻，天誓之母

毗湿摩——原名天誓，福身王与恒河女神之子

贞信——福身王之妻

毗耶娑——著名的仙人，传说是《摩诃婆罗多》的作者；他是贞信和波罗奢罗仙人的私生子，一名岛生，号黑仙；他又是持国、般度、维杜罗的生父

护民子——著名的仙人，毗耶娑的大弟子，他在镇群王举办的蛇祭上唱诵出《摩诃婆罗多》

花钏王——福身王和贞信的长子

奇武王——福身王和贞信的次子

安必迦——奇武王之妻，持国之母

安波利迦——安必迦的姊妹，奇武王之妻，般度之母

安芭——安必迦的姊妹，后转生束发女郎，又变成束发武士

持国王——安必迦之子

般度王——安波利迦之子，持国之弟

维杜罗——持国之弟，母亲是一女奴

妙力——犍陀罗国国王

甘陀利——妙力王之女，持国之妻

沙恭尼——妙力王之子

贡提婆阇——贡提国国王，贡蒂的继父

主要人物表

贡蒂——般度王之妻，一名普利塔
婆薮提婆——雅度族苏罗王之子，贡蒂的胞弟
大力罗摩——婆薮提婆之子，又名力天、持犁罗摩
黑天——婆薮提婆之子，大力罗摩之弟
妙贤——黑天之妹，阿周那之妻
玛德利——摩德罗国公主，般度王之妻
沙利耶——摩德罗国王子，玛德利的兄弟
难敌——持国的长子
难降——持国的次子
坚战——贡蒂的长子，又名法王、无敌，生父是正法神阎摩
怖军——一名毗摩，绰号狼腹，贡蒂的次子，生父是风神
阿周那——又名胜财、毗跋蹉、翼宿生、吉湿奴，贡蒂的三子，生父是天帝因陀罗
迦尔纳——贡蒂婚前生子，生父是太阳神
无种——玛德利之子，生父是双马童神
偕天——无种的孪生兄弟
木柱——般遮罗国国王，又名祭军
猛光——木柱王之子
黑公主——木柱王之女，坚战五兄弟的共同妻子
希丁芭——罗刹女，怖军之妻
瓶首——怖军和希丁芭之子
激昂——阿周那和妙贤之子
毗罗吒——摩差国国王
至上公主——毗罗吒王之女，激昂之妻
继绝——激昂和至上公主之子
镇群——继绝王之子
食火——著名的仙人
持斧罗摩——食火仙人之子，著名的婆罗门武士
婆罗堕遮——著名的仙人
德罗纳——婆罗堕遮之子，著名的武术大师
有年——著名的仙人

慈悯——有年仙人之子，著名的武术大师
慈悯——有年仙人之女，德罗纳之妻
马嘶——德罗纳和慈悯女郎之子
全胜——持国的大臣、御者
布罗旃——持国的大臣，难敌的心腹
妖连——摩揭陀国国王
童护——车底国国王
胜车——信度国国王，难敌的妹夫
那罗陀——来往于天上人间的著名仙人
巨马——著名的仙人
摩根德耶——著名的仙人

婆罗多族谱系

婆罗多——豆扇陀和净修林女郎沙恭达罗之子。由豆扇陀王往上推溯的祖先中，有补罗王、迅行王、友邻王、长寿王和补卢罗婆娑王等，直至生主阿多利仙人、梵天和毗湿奴

俱卢——婆罗多后裔

福身——俱卢后裔，波罗底波之子

毗湿摩——福身王和恒河女神之子

贞信——渔家女，福身王之妻

毗耶娑——贞信婚前和波罗奢罗仙人的私生子，称号为岛生黑仙

花钏——福身王和贞信的长子。继承福身王的王位。在与一位健达缚交战中阵亡

奇武——福身王和贞信的次子。继承花钏王的王位。与安必迦和安波利迦成婚。后患肺病死去，未留后嗣

持国——毗耶娑代替奇武与安必迦所生之子，天生眼瞎

般度——毗耶娑代替奇武与安波利迦所生之子，继承奇武王的王位

维杜罗——毗耶娑代替奇武与安必迦的一位侍女所生之子，称号为奴婢子

甘陀利——犍陀罗国妙力王之女，持国之妻，生下以难敌为首的一百个儿子和一个名为杜沙罗的女儿

难敌——持国和甘陀利的长子

难降——持国和甘陀利的次子

尚武——持国和一个吠舍侍女所生之子

贡蒂——贡提波阇王之继女，般度之妻，又名普利塔。因般度遭到一个仙人诅咒，不能生育，她便召唤天神代替般度生

43

子

玛德利——玛德罗国公主，般度之妻

坚战——贡蒂和正法神所生之子，称号为法王、无敌和正法之子等

怖军——贡蒂和风神所生之子，称号为狼腹和风神之子等

阿周那——贡蒂和因陀罗所生之子，称号为胜财、毗跋蹉、吉湿奴、翼月生、驾驭白马者、左手开弓者和因陀罗之子等

无种——玛德利和双马童所生之子

偕天——玛德利和双马童所生之子

迦尔纳——贡蒂婚前和太阳神的私生子，称号为罗陀之子、车夫之子和太阳之子等

黑公主——木柱王之女德罗波蒂，坚战五兄弟的共同妻子

妙贤——黑天之妹，阿周那之妻

激昂——阿周那和妙贤之子

至上公主——毗罗吒之女，激昂之妻

继绝——激昂和至上公主之子

镇群——继绝之子

导　言

一　关于《初篇》

　　阅读《摩诃婆罗多》首先要适应这部史诗话中套话、故事中套故事的框架式叙事结构。整部史诗处在不断的对话中，在对话中展开故事，而大故事中可以插入中故事，中故事中还可以插入小故事。这是一种开放型的叙事结构，为各种插叙敞开方便之门。《摩诃婆罗多》成为古代文明世界中最长的史诗，这也是原因之一。

　　我们现在来看看《摩诃婆罗多·初篇》（Ādiparvan）的叙事结构。熟悉了《初篇》的叙事结构，也就理解了全书的叙事方式。

　　歌人厉声来到飘忽林中寿那迦大师的十二年祭祀大会上。在与林中仙人们的交谈中，厉声讲到自己在镇群王的蛇祭大会上，听到护民子仙人讲述毗耶娑创作的《摩诃婆罗多》故事。仙人们请求厉声讲述他听来的《摩诃婆罗多》故事。于是，厉声先介绍《摩诃婆罗多》的概况，讲述了《摩诃婆罗多》的篇章目录和内容提要。以上是《序篇》（第1章）和《篇章总目篇》（第2章）。

　　接着，在《宝沙篇》（第3章）中，歌人厉声讲述镇群王举行蛇祭的缘起：一位名叫优腾迦的仙人，与蛇王多刹迦结有冤仇，告诉镇群王说，他的父亲继绝王是被蛇王多刹迦咬死的，鼓动他为父亲复仇，举行蛇祭，烧死多刹迦。

　　在《布罗曼篇》（第4—12章）中，歌人厉声又应寿那迦的询问，讲述仙人婆利古世系的故事。故事落脚在一条蜥蜴劝说婆利古后裔羚羊仙人不要杀生，并告诉他镇群王举行蛇祭，蛇族面临灭亡，最后得到一个名叫阿斯谛迦的婆罗门的救护。

　　在《阿斯谛迦篇》（第13—53章）中，歌人厉声又应寿那迦的询

1

问，讲述镇群王举行蛇祭和阿斯谛迦拯救蛇族的故事。其中讲述了仙人阇罗迦卢与蛇王婆苏吉的妹妹结婚，生下儿子阿斯谛迦。又追溯从前生主的两个女儿迦德卢和毗娜达为争辩高耳马（天神和阿修罗搅乳海搅出的宝物之一）的尾巴是黑是白而打赌，由此引起迦德卢诅咒自己的一些蛇儿子将在镇群王举行的蛇祭上烧死。而大梵天预言阿斯谛迦会终止这场蛇祭。接着讲述继绝王在一次狩猎中，冒犯一位严守禁语之戒的仙人，遭到仙人的儿子独角的诅咒：大蛇多刹迦将在第七天咬死他。尽管继绝王回宫后严密防守，多刹迦却化作一条小虫，藏在水果里，趁继绝王享用水果时，钻出来咬死了继绝王。最后讲述镇群王得知父亲继绝王的死因后，举行蛇祭，消灭蛇族。群蛇纷纷坠入烈火，面临灭绝的危险。阿斯谛迦前往蛇祭现场，凭自己的智慧和法力制止了这场蛇祭。

讲完有关蛇祭缘起的故事后，歌人厉声又应寿那迦的请求，继续讲述《摩诃婆罗多》故事。这部《摩诃婆罗多》故事是在蛇祭大会的间歇时间中，护民子奉老师毗耶娑之命向镇群王讲述的。这样，从第55章开始，是歌人厉声转述护民子向镇群王讲述的《摩诃婆罗多》故事。

《原始宗族降生篇》（第54—61章）也可以看成是《摩诃婆罗多》正文的开始。护民子首先简要介绍俱卢族和般度族矛盾的由来和发展，最终爆发大战。大战结束后，毗耶娑用了三年时间创作这部《摩诃婆罗多》故事。然后，护民子讲述俱卢族和般度族诸位英雄的出世缘由：众阿修罗在天国屡屡败于众天神，便纷纷下凡转生，到人间作恶。诸如妖连王、童护王和胜军王都是阿修罗转生，难敌是恶神迦利转生，他的弟弟们是罗刹转生。为了维护人间众生利益，大梵天命令众天神用各自身体的一部分下凡转生。这样，坚战是正法神的部分化身，怖军是风神的部分化身，阿周那是因陀罗的部分化身，无种和偕天是双马童的部分化身，黑天是那罗延（毗湿奴）的部分化身。由此说明，般度族和俱卢族之间的斗争也是神魔之间的斗争。

《出生篇》（第62—123章），护民子应镇群王请求，讲述婆罗多族祖先们的事迹。护民子首先讲述婆罗多的诞生故事，也就是著名的插话《沙恭达罗》（第62—69章）：国王豆扇陀爱上净修林女郎沙恭达罗，两人按照健达缚方式自由结婚。后来，沙恭达罗带着儿子去京城宫中会见豆扇陀，后者却不肯相认。最后，天上传来话音，说服豆扇陀相认，并给他的儿子取名婆罗多。古典梵语诗人迦梨陀娑的著名戏剧《沙恭达罗》就是根据这个传说故事改编的。

然后，护民子讲述婆罗多族另一位祖先迅行王的事迹，也就是插话《迅行王传》和《迅行王后传》。《迅行王传》（第70—80章）讲述迅行王和太白仙人之女天乘结婚，生下一子，又与天乘的侍女多福（魔王牛节之女）私通，生下三子。为此，迅行王遭到太白仙人诅咒，失去青春，变得衰老。迅行王依次请求四个儿子，要用自己的衰老换取他们的青春。前三个儿子都表示拒绝，只有小儿子补卢表示同意。这样，迅行王用补卢的青春继续享受了一千年人生，然后，将青春归还补卢，并将王位让给补卢。《迅行王后传》（第81—88章）讲述迅行王为补卢举行灌顶登基礼后，隐居森林，修炼苦行，最后升入天国。他在天国居住了很长时间，后来骄傲自大，在因陀罗面前出言不逊，而失去功德，被逐出天国。迅行王从天上往下坠落，即将着地时，遇见自己的几位外孙。这几位外孙把各自的功德赠送给他，使他得以重返天国。

讲完迅行王的故事后，护民子讲述补卢世系的历代国王，一直讲到福身王、毗湿摩、花钏、奇武、持国和般度。可以说，护民子讲到这里，《摩诃婆罗多》故事才真正进入正题。

象城福身王爱上渔夫的女儿贞信。渔夫嫁女的条件是王位由贞信生下的儿子继承。福身王已经有个与恒河女神生下的儿子天誓，无法答应这个条件。天誓得知情况，愿为父亲作出最大牺牲，向渔夫发誓自己放弃王位，独身一世。天誓由此得名毗湿摩（意思是"立下可怕誓言的人"）。贞信为福身王生下花钏和奇武两个儿子。花钏和奇武先后继承王位，都没有留下子嗣就死去。贞信请求毗湿摩和奇武的两个遗孀同房生子。毗湿摩恪守自己的誓言，严辞拒绝。贞信征得毗湿摩同意，找来自己婚前和破灭仙人生下的私生子毗耶娑，让他和奇武的两个遗孀生下持国和般度，又和一个女仆生下维杜罗。持国天生眼睛，由般度继承王位。持国娶妻甘陀利，生下以难敌为首的百子；般度娶妻贡蒂和玛德利，生下坚战、怖军、阿周那、偕天和无种五子。

3

这便是婆罗多族的两支后裔，前者称为俱卢族，后者称为般度族。

般度族的五个儿子是贡蒂召来天神生下的。因为般度一次在林中狩猎，射杀了一对正在交欢的麋鹿。那头公鹿是一位仙人化身，临死前诅咒般度也将在交欢中死去。从此，般度带着贡蒂和玛德利在林中过苦行生活。但般度为没有子嗣而苦恼，请求贡蒂自由选择男子生育几个儿子。贡蒂征得般度同意，运用少女时从一位婆罗门仙人那里学会的召唤天神的咒语，先后召来正法神、风神和因陀罗，与她生下坚战、怖军和阿周那。贡蒂又让玛德利召来双马童，与玛德利生下孪生子偕天和无种。后来，在一个春光明媚的时节，般度遏止不住自己的情欲，与玛德利发生交欢而命殒气绝。玛德利悲痛至极，追随丈夫登上火葬堆。

贡蒂带着般度五子回到宫中。般度五子和持国百子在宫中一起生活，持国之子难敌总是企图谋害般度五子。毗湿摩聘请慈悯大师和德罗纳大师教授般度五子和持国百子各种武艺。阿周那出类拔萃，成为德罗纳心爱的弟子。

《火焚紫胶宫》（第124—138章）讲述般度五子长大成人。在一次比武大会上，阿周那大显身手。贡蒂婚前的私生子迦尔纳也来参加比武。他从小被贡蒂遗弃，由一位车夫收养，身份是"车夫之子"，在校场上受到羞辱。而难敌趁机拉拢他，封他为盎伽王。

市民们盼望般度长子坚战登基为王。但难敌企图霸占王位，设计谋害般度五子。他派人在多象城建造一座易燃的紫胶宫，让般度五子和贡蒂去住，准备伺机纵火烧死他们。由于维杜罗暗中相助，般度五子和贡蒂从紫胶宫中预先挖好的地道逃入森林，躲过了这场烈焰焚身的灾难。

《希丁波伏诛篇》（第139—142章）和《钵迦伏诛篇》（第143—152章）讲述般度五子在森林中遭到罗刹希丁波威胁。怖军杀死希丁波，并与这个罗刹的妹妹希丁芭结婚，生下儿子瓶首。然后，般度五子进入另一座森林，遇见毗耶娑。按照毗耶娑的指点，他们前往独轮城，寄居在一个婆罗门家里。怖军为民除害，杀死要求独轮城轮流贡献活人的罗刹钵迦。

《奇车篇》（第153—173章）讲述般度五子继续住在婆罗门家中，

一次来了一位婆罗门客人，般度五子听他讲述木柱王的儿子猛光和女儿黑公主分别从祭火和祭坛中诞生的故事。听完这个故事，般度五子和母亲贡蒂一起动身前往木柱王的京城。

途中，在恒河边的一处圣地，般度五子遇见健达缚王炭叶（又名奇车）。炭叶发出挑衅，被阿周那制服。阿周那听到炭叶称他为"炎娃的子孙"，便询问原因。炭叶的说明形成插话《炎娃》（第160—163章）：俱卢族祖先广覆王在山林狩猎时，遇见太阳的女儿炎娃，向她求婚。炎娃表示要征得父亲太阳神同意。国师极裕仙人为广覆王完成这个任务。广覆王和炎娃结婚后，在丛林和水滨寻欢作乐，达十二年之久。在这期间，国内滴雨不降，黎民百姓遭受饥荒。于是，极裕仙人把广覆王和炎娃请回京城，国内又像从前一样沛然降雨。此后，广覆王和炎娃举行长年祭祀，生下俱卢。因此，般度族是"炎娃的子孙"。

这位健达缚王又应阿周那的请求，讲述极裕仙人的事迹，形成插话《极裕仙人》（第164—173章）：曲女城国王众友一次进入森林狩猎，在极裕仙人的净修林中见到一头如意神牛。众友愿以一万头牛乃至整个王国，交换这头如意神牛，遭到极裕仙人拒绝。于是，众友用武力抢夺。而如意神牛从自己的身体中造出无数士兵，击败众友。众友深感刹帝利的威力不如婆罗门。此后，他潜心修炼苦行，最终获得婆罗门身份。

后来，斑足王和极裕仙人之子沙迦提在一条小路上相遇，互不让路。斑足王挥鞭抽打沙迦提，沙迦提诅咒斑足王将变成吃人的罗刹。此时众友已成为具有法力的婆罗门仙人，立即指派一个罗刹潜入斑足王的身体。不久，罗刹附体的斑足王又遇见沙迦提，便吃掉了沙迦提。在众友仙人的指使下，斑足王接连吃掉极裕仙人的一百个儿子。极裕仙人得知自己的儿子全被众友仙人害死，悲痛欲绝。后来，他发现儿媳隐娘怀着沙迦提的儿子，便打消了寻死的念头。极裕仙人又运用咒语，使斑足王摆脱了罗刹的控制。他劝告斑足王以后再也不要轻视婆罗门。斑足王请极裕仙人与王后交合，生下王子阿湿摩迦。

隐娘生下的儿子波罗奢罗（即破灭仙人）得知父亲沙迦提是被罗刹吃掉的，心中便产生毁灭世界的念头。极裕仙人便劝阻他，讲述了股生仙人的故事，形成插话中的插话《股生仙人》（第169—172章）：成勇王是婆利古族的施主。成勇王去世后，家道中落，他的后人们向婆利古族讨取钱财，遭到拒绝。盛怒之下，那些刹帝利斩尽杀绝大地上的婆利古族人。婆利古族中有个女人为了保存后代，将胎儿改怀在大腿里，生下股生仙人。股生仙人想为婆利古族复仇，修炼大苦行，发誓要毁灭世界。婆利古族祖先们及时劝阻了他，引导他将满腔怒火投放进海水中。

听了这个故事，波罗奢罗（破灭仙人）打消了毁灭世界的念头，只是举行一场罗刹祭，烧死许多罗刹，以悼念父亲沙迦提。最后，在一些仙人劝阻下，波罗奢罗（破灭仙人）停止罗刹祭，将祭火投到雪山北坡的大森林里。

然后，阿周那又询问健达缚王，为何斑足王要让妻子与极裕仙人交合？健达缚王告诉他说，斑足王在罗刹附体时，一次在林中寻觅食物，遇见一对准备交欢的婆罗门夫妇。斑足王吃掉了婆罗门男子，婆罗门女子便诅咒斑足王若与妻子交合，便会丧命。因此，斑足王摆脱罗刹控制后，让王后与极裕仙人交合，以便传宗接代。

《木柱王之女选婿大典篇》（第174—189章）和《婚礼篇》（第190—191章）讲述般度五子到达般遮罗国京城，木柱王之女黑公主举行选婿大典。般度五子乔装婆罗门前往应试。阿周那技压群雄，按照选婿要求，挽开大铁弓，射箭命中目标，赢得黑公主。阿周那将黑公主带回家，对母亲贡蒂说："这是我们化缘所得。"贡蒂以为是他们乞讨回来什么食物，随口回答说："你们大家一同分享吧！"而般度五子确实也都喜爱黑公主，这样，黑公主就成了般度五子的共同妻子。

木柱王对这桩婚事有所疑虑，觉得一夫多妻符合法典，而一妻多夫违反世情和正法。这时，毗耶娑仙人来到，向木柱王解释这桩婚事符合正法，形成插话《五个因陀罗》（第189章）：从前有一次，因陀罗得罪湿婆大神。湿婆大神命令因陀罗钻进一个山洞，与过去的四位因陀罗一起转生下凡。原先的四个因陀罗要求转生人间时，让他们的生母通过正法神阎摩、风神、因陀罗和双马童生下他们。湿婆大神答应这个要求，并让吉祥天女转生下凡做他们的妻子。这样，因陀罗转生为阿周那，其他四个因陀罗通过正法神、风神和双马童转生为坚战、怖军、偕天和无种,而吉祥天女转生为木柱王之女黑公主。

在这个插话中,毗耶娑仙人还讲到从前在一个净修林里,有个仙人的女儿修炼苦行,赢得湿婆大神欢心。湿婆大神赐给她恩惠时,她一连说了五遍:"求您赐给我一个品德完美的丈夫。"结果,湿婆大神允诺她转生后,会如愿得到五个丈夫。毗耶娑向木柱王指出这个仙人的女儿就是现在的黑公主。

木柱王听完毗耶娑仙人的解释后,欣然同意黑公主嫁给般度五子,为他们举行了隆重的婚礼。

《维杜罗来临篇》(第192—198章)和《得国篇》(第199章)讲述这桩婚事暴露了般度五子的真实身份。难敌发现般度五子并未葬身火海,大为恼火,又想设计谋害般度五子。但持国听从毗湿摩和德罗纳的劝告,派遣维杜罗去接回般度五子,分给他们一半国土,重修和好。这样,般度族在分给他们的一半国土上建都天帝城。

《阿周那林居篇》(第200—210章)、《劫妙贤篇》(第211—212章)和《取妆奁篇》(第213章)讲述那罗陀仙人来访天帝城,告诫般度五子定出一个规约,以免为了共同的妻子黑公主造成不和。为此,那罗陀仙人引证了一个故事,形成插话《孙陀和优波孙陀》(第201—204章):阿修罗两兄弟孙陀和优波孙陀修炼大苦行,大梵天赐给他俩不被三界生物杀害的恩惠。此后,他俩所向无敌,征服了三界。出于对众生的怜悯,仙人们请求大梵天制服这两个恶魔。于是,大梵天请工巧大神造出一位绝色美女,名叫狄罗德玛。两兄弟为争夺狄罗德玛互相残杀,同归于尽。

听了那罗陀仙人的话,般度五子作出一个规定:五兄弟中,若有一人和黑公主单独在一起,其他兄弟就要回避。如不回避,就必须去林中过十二年梵居生活。

后来,一位婆罗门遭到盗贼抢劫,前来求救。当时,坚战和黑公主恰好单独呆在存放兵器的屋里。阿周那为了救助婆罗门,进入屋里取出兵器。他制服盗贼回来后,不肯接受坚战的挽留,坚决遵照规定,出发前往森林,过十二年梵居生活。

其间,阿周那先后与蛇王之女优楼比和花乘王之女花钏结婚。后来,阿周那应苾湿尼族黑天的邀请,前往多门城。阿周那爱上黑天的

7

妹妹妙贤。他按照黑天的建议，采取刹帝利常用的抢婚方式与妙贤成婚。十二年期满后，阿周那带着妙贤返回天帝城。黑天赠送了大量财物，作为妙贤的妆奁。妙贤为阿周那生下儿子激昂。黑公主也为五位丈夫生下五个儿子——向山、子月、闻业、百军和闻军。

《焚烧甘味林篇》（第 214—225 章）讲述坚战以法治国，过着幸福的生活。一天，火神化作婆罗门，前来请求焚烧甘味林，让自己饱餐一顿。阿周那答应他的请求，协助他阻止因陀罗降雨灭火。火神赠给阿周那一张甘狄拨神弓、两个取之不尽的箭囊和一辆战车，也赠给黑天一个飞轮。阿周那和黑天使用这些法宝，战胜因陀罗，挡住滂沱大雨。大火烧死甘味林中一切生物，只有蛇王之子马军、阿修罗摩耶和四只小花斑鸟幸免于难。

护民子向镇群王解释四只花斑鸟幸免于难的原因，形成插话《四只小花斑鸟》（第 220—224 章）：从前有个名叫迟护的仙人终身修炼苦行，没有生育子女，死后被挡在天国门外。他想到飞鸟能生出许多后代，便转生为花斑鸟，与一只雌花斑鸟结婚，生下四只小花斑鸟。然后，它离开甘味林，又去与另一只雌花斑鸟结伴。火神焚烧甘味林时，四只小花斑鸟眼看母亲无法带着它们逃命，便劝母亲独自逃命。它们留在林中，依次赞颂火神。火神感到满意，烈火绕过它们，保住了它们的生命。

火神焚烧甘味林，喝足血肉脂油，高兴地向阿周那显身。因陀罗也自天而降，表示要赐给阿周那恩惠。阿周那请求因陀罗赐给自己兵器法宝。因陀罗答应以后会将兵器法宝赐给他。

以上依据叙事结构，将《初篇》的主要内容作了梳理，想必会对读者有所帮助。当然，它至多也只能起到一份"导游图"的作用，其中各个"景点"的细部和意蕴，还要读者自己去观赏和领会。

二 关于《大会篇》

《大会篇》（Sabhāparvan）是《摩诃婆罗多》情节发展中关键的一篇，展现婆罗多族大战的直接起因。

般度族在分给他们的一半国土上建都天帝城。在火烧甘味林中，阿修罗摩耶得到阿周那营救。摩耶出于感激之情，为般度族建造了一座大会堂。仙人那罗陀前来看望坚战，向他讲述了治国术，又向他描述因陀罗、阎摩、伐楼拿、俱比罗和梵天的大会堂，指出在这大地上，没有哪座大会堂能与般度族的大会堂媲美。那罗陀也向坚战传达已经升入天界的般度的心愿，希望他仿效王仙诃利旃陀罗，举行王祭。

坚战派遣使者前往多门城，请来黑天，征求他的意见。黑天支持坚战举行王祭，并向他指出首先要杀死在大地上逞雄的摩揭陀王妖连。取得坚战同意，黑天、阿周那和怖军乔装改扮，前往摩揭陀国京城，向妖连挑战。妖连接受挑战，与怖军展开搏斗，最后被怖军杀死。

他们得胜归来后，作为举行王祭的必要步骤，坚战派遣四位弟弟征服四方。阿周那征服北方，怖军征服东方，偕天征服南方，无种征服西方。然后，坚战举行盛大的王祭，邀请各地国王和王子参加。

王祭结束时，要向与会的客人献礼。坚战接受毗湿摩的建议，将黑天视为最杰出的客人。车底王童护立即表示异议，认为黑天不配享受首席客人的待遇。童护不听毗湿摩和偕天的劝说，以激烈的言辞诋毁黑天，直至向黑天发出挑战。黑天接受挑战，杀死童护。

难敌也参加了坚战的王祭，在天帝城亲眼目睹般度族的荣华富贵，心生妒忌。沙恭尼建议难敌邀请坚战掷骰子，并保证替他赢得坚战的全部财产。他们说服持国王后，向坚战发出掷骰子邀请。

坚战尽管不想赌博，但出于礼节，还是接受了邀请。维杜罗试图劝阻，没有奏效。精通掷骰子的沙恭尼代表难敌与坚战进行赌博。坚战渐渐输掉一切财产和王国。他输红了眼，又接连押上他的四个弟弟和他自己，最后押上他们五兄弟的共同妻子黑公主。沙恭尼为难敌赢得了所有一切。难敌命令自己的弟弟难降将黑公主强行拽来。暴戾的难降当众侮辱黑公主，剥掉她的衣服。怖军怒不可遏，发誓要报仇雪恨：在今后的战斗中杀死难降，撕开他的胸膛喝血。难敌也放肆地露出大腿，朝着黑公主淫笑。怖军又发誓要打断难敌的大腿，杀死他。最后，持国王预感凶兆，不得不出面干预，答应黑公主的请求，释放坚战五兄弟。

难敌不死心，说服软弱的持国王召来坚战五兄弟，再进行一次赌博。这次沙恭尼建议只赌一次，输者流放森林十二年，第十三年还要乔装改扮生活。如果在这一年里被发现，就要再次流放十二年。赌博的结果自然是坚战再次输掉。这样，般度族五兄弟和黑公主只能放弃王国，动身前往森林。

本篇的篇名《大会篇》也可译作《会堂篇》或《大会堂篇》。会堂（sabhā）也是王权的象征。阿修罗工匠摩耶为报救命之恩，为般度族建造了一座巧夺天工的大会堂。那罗陀仙人向坚战描述天国众位天神的大会堂，并指出坚战的大会堂在人间无与伦比。这表明坚战有资格称霸天下。因而，那罗陀鼓励坚战举行王祭。

王祭是征服世界的象征。获取王权，称霸天下，是刹帝利的共同心愿。黑天支持坚战举行王祭。为此，首先要征服摩揭陀王妖连。妖连也在从事争霸世界的事业，他已经囚禁八十六个国王，还要征服另外十四个国王。连黑天也惧怕妖连，而从马图拉移居多门城。

就获取王权，称霸世界而言，妖连和般度族兄弟并无本质区别。阿周那赞成消灭妖连，举行王祭，对坚战说道："只有以打败敌人为职责，才配称为刹帝利。"（2.15.9）面对黑天、阿周那和怖军的挑战，妖连也说道："刹帝利的生活法则就是征服别人。"（2.20.26）他们只是在征服和统治世界的方法上有所区别。妖连把征服的国王们囚禁起来，准备用作祭神的牺牲。因此，黑天当面指责妖连的行为愚蠢残酷。而般度族诛灭妖连后，释放了那些国王。这样，般度族俨然成为除暴安良的救世主。那些国王自然也就俯首称臣，拥戴坚战为王中之王。

黑天是大神毗湿奴化身下凡。他在本篇中按照凡人的方式行事。他受到妖连的威胁和迫害，现在借助般度族的力量，消灭了妖连。在般度族征服四方后，黑天前来协助坚战举行王祭。因此，在为坚战王举行灌顶仪式那天，那罗陀仙人不禁感叹道："这位消灭敌人的诃利（毗湿奴）现在确实成了凡人。"（2.33.18）正因为如此，童护并不把黑天视为大神。他不满坚战将首座客人的荣誉赐予黑天，竭力贬损黑天。甚至连黑天诞生以来的种种神奇事迹，诸如杀死化作兀鹰的罗刹女和化作牛的阿修罗，在童护看来，也只不过是杀死鸟和牛的凡人行为。童护蛮横粗暴，激怒黑天。黑天不顾自己曾向童护的母亲许下"宽恕童护"的诺言，用飞轮杀死童护，以保障坚战的王祭顺利完成。

坚战举行王祭，也邀请俱卢族出席。般度族和俱卢族分治婆罗多族国土。坚战现在实际上是代表婆罗多族举行王祭。坚战向应邀前来的俱卢族长辈和难敌兄弟们表示："我这里的财产就和你们自己的一样，你们随意使用，不必拘束。"（2.32.2）俱卢族也积极配合，协助坚战完成王祭。但是，婆罗多族本身的王权并未由此解决。坚战的辉煌政绩点燃难敌的妒忌之火。难敌的舅舅沙恭尼深知用武力无法对付般度族，便施展掷骰子赌博的诡计。

沙恭尼精通掷骰子，有把握替难敌赌赢坚战。持国王明知这种做法不正当，但他经不起难敌纠缠，只得表示同意，并为这次掷骰子赌博修建了一座大会堂。难敌认定"刹帝利的行为准则在于夺取胜利，不用管自己的行为合法还是不合法"。（2.50.15）而持国王表面上责备难敌，心中还是盼望命运保佑难敌赌赢。从本篇中的描写看，坚战是出于礼节，勉强接受掷骰子邀请的。但他一陷入赌局，便身不由己，按照赌徒的心理发展，失去理智，输光一切。因此，对于这场掷骰子赌博造成的严重后果，坚战本人也应该负有一定的责任。

后来，坚战在森林中流亡时，曾向怖军承认："想从持国之子手里夺取王位和王国，我才赌博掷骰子，不料妙力之子沙恭尼为了难敌的利益与我作对。""眼看那些骰子，无论是奇数或偶数，全部顺从沙恭尼的心意。我若能克制自己，就不会再赌下去。但是，怒气扼杀人的沉着。"（3.35.2、4）这说明争夺王权的心理，双方都是根深蒂固，掷骰子赌博也是一种表现形式。

在掷骰子赌博中，坚战在输掉一切财富和国土后，又输掉四位弟弟和自己，最后输掉黑公主。难降奉难敌之命，将黑公主强行拽到赌博的大会堂。黑公主奋力抗辩，认为坚战已经先把自己输掉，就没有权利再把她作为赌注押上。在大会堂上，为此展开一场争论。难敌、难降和迦尔纳得意忘形，肆无忌惮地羞辱般度族兄弟和黑公主。德高望重的毗湿摩对此也束手无策，向黑公主表示："正法微妙，我不能正确解答你的这个问题。一个没有钱的人不能拿别人的钱作赌注，但女人们又应当听命她们的丈夫。"（2.60.40）同时，他认为坚战自愿参加赌博，并承认自己输了，换句话说，坚战是咎由自取。因此，他苦涩地提醒黑公主说："我认为坚战能对这个问题作出回答，说明你是否被赢走。"（2.62.21）

维杜罗和毗迦尔纳（奇耳）竭力为黑公主辩护。维杜罗认为坚战先把自己输掉，也就不再是黑公主的主人。"而一个不是财产主人的人，把那财产押作赌注，就是输掉了那也不过像梦中见到的财产。"（2.63.19）毗迦尔纳的辩护比维杜罗更深一步。他指出黑公主是般度族五兄弟的共同妻子，不能由坚战一人做主。同时，他把赌博归入给国王们带来灾难的嗜好，说道："一个人迷上这些嗜好，就会做事不顾正法。对这样的人做出的事，世人不予承认。"（2.61.21）赌博古已有之，是人类难以改掉的恶习之一。《森林篇》中的插话《那罗传》也描写古代国王那罗在赌博中输掉王国，流亡森林，历尽磨难，最后又通过赌博赢回王国。如果不首先确认赌博非法这个前提，赌博中的是非是争论不清的。

难敌和坚战双方都确认赌博合理合法，并把它作为争夺王权的一种手段。正如沙恭尼对难敌所说："赌博是我的弓，骰子是我的箭，骰子点是我的弓弦，骰子盘是我的战车。"（2.51.3）而坚战也怀抱侥幸取胜的心理。因此，他没有吸取第一次赌博的惨痛教训，又应邀参加第二次赌博。赌输后，坚战也严格按照赌输的条件履行诺言，以显示自己恪守正法的美德。相比之下，在这次赌博事件中，难敌一伙的行为奸诈、粗野和卑劣。最终的结果是，难敌在赌博中是赢家，在道义上是输家，而坚战在赌博中是输家，在道义上是赢家。

本卷中的《初篇》由金克木译第 1 至 4 章，赵国华译第 5 至 173 章，席必庄译第 174 至 225 章，《大会篇》由席必庄译。我对本卷译文作了校订。

黄宝生

第一　初篇

序 目 篇

一

顶礼那罗延、那罗、无上士，

及辩才天女，随应歌胜利。

毛喜之子厉声是一个歌人，通晓古事，他到了飘忽林中，寿那迦大师的十二年祭祀大会上。(1)①

这位歌人之子有一次来到森林中，向这些正在静坐的守戒梵仙②鞠躬致敬。(2) 住在飘忽林中的这些修道人见他来到道院，③便在那里将他团团围住，都想听一听奇闻古事。(3) 他对所有仙人合掌致敬，问讯修行成就，也受到了仙人们的礼遇。(4) 于是这些修道人都一一就座。毛喜之子也在指定座位上谦恭坐下。(5) 此后，见他已舒适就座，倦怠消失，便有一位仙人向他问讯，以便引起谈话。(6)

"歌人之子啊！请问你从何处来临？一向在何处游历？眼如莲花的人啊！请你回答我的问题！"(7)

歌人说：

在高贵的王仙④，继绝王之子，王中首长，镇群王的蛇祭大会上，(8)护民子仙人依礼叙述了黑仙岛生所说的功德无量的种种故事。(9)我听了这些有神奇意义的、依据《摩诃婆罗多》的故事，巡

---

① 这一节原文是散文。
② 婆罗门祭司出身的道行最为高深的仙人。
③ 或译森林道院、净修林，是仙人修行的处所。
④ 修过苦行的国王，或者是国王出身的仙人。

游了许多圣地和古迹,(10)到了名叫"普五"的地方,那是再生者①朝拜的福德圣地,从前的大战场,般度族和俱卢族和所有的国王曾经在那里进行过一次大战。(11)从那里我来到你们这里,一心想会见你们,在我看来,你们各位都是和大梵一样。(12)在这祭祀大会上,你们各位都是道德高尚,像太阳、火焰一样大放光芒;都斋戒沐浴,纯洁无瑕;都默诵经咒,祭献圣火;都坐在这里,身心康强。列位婆罗门②啊!请问要我讲什么呢?(13)我是讲依据往世书③的、依据正法④的故事呢,还是讲国王们和高贵的仙人们的往事呢?(14)

仙人们说:

高贵的仙人岛生所说的往世书,天神和仙人听了都尊敬;(15)那是最好的故事,有绚丽的词句和章节,有微妙的意义和正理,装饰着吠陀⑤的奥义;(16)那是婆罗多族的历史,能赐福泽,蕴蓄着群书的内容,含有华饰,具备梵性,包括各种学问;(17)那是在镇群王的祭祀大典上,护民子仙人奉岛生仙人之命,满意地、如实地讲出来的;(18)那是同四部吠陀相等的,毗耶娑仙人所编订的神奇著作,符合正法,能消除罪孽和恐惧;我们想听一听。(19)

歌人说:

先顶礼原始的布卢沙(人),主宰,那备受祷告的,备受赞颂的,正直的,一音不朽的,显现和不显现的,永恒的梵⑥,(20)不实在的,实在的,一切实在与不实在中最高的,高与低的创造者,古老

---

① 印度古代把婆罗门、刹帝利、吠舍这三个种姓的人称为再生者。所谓再生,是因为他们有信仰宗教的权利,而信仰宗教即为再生。再生者,一般指婆罗门。

② 印度古代把垄断文化的祭司称为婆罗门,把掌握武力的奴隶主、贵族、帝王称为刹帝利,把从事农商的自由民称为吠舍,另有首陀罗被视为下等人,这便是四大种姓。所谓种姓,是将人照家世出身分为高低贵贱的一种社会制度。

③ "往世书"是印度一些古代经典的类名。这些经典是长期积累的作品,成书时代大概在从公元前不久到公元后约一千年左右的期间。现存的往世书有十八部,另有小往世书十八部。主要内容是民间神话传说和宗教,还有帝王的世系和各朝代的记述。印度传统认为往世书是"历史传说"。"往世书"又译作"古事记"。

④ 正法是婆罗门教规定的行为轨范,如执行宗教规定的仪式等。

⑤ 吠陀,本来是知识、学问的意思。印度古代传统把上古文献一概称做"吠陀"。掌握文化的婆罗门祭司把这些长期积累的文献编订为四个集子,即《梨俱吠陀本集》、《娑摩吠陀本集》、《夜柔吠陀本集》和《阿达婆吠陀本集》,当做神圣的经典,简称吠陀或四吠陀。

⑥ 梵,大梵,印度唯心论哲学指宇宙精神的术语。

的，崇高的，不灭的，（21）吉利的，吉利，毗湿奴，至善的，无咎的，高洁的，感官主宰，动物与静物的师表，诃利大神，（22）我将讲这一切世间尊敬的、至圣的、光辉无比的大仙人毗耶娑的全部教导。（23）过去有一些诗人讲过，现在有另一些人讲，将来还有别的一些人在世上讲述这部历史。（24）这是三界①中建立的伟大智慧；它有详本和简本为再生者们传诵。（25）它为华丽的辞藻所装饰，有天上人间的各种事情，有各种韵律，为学者所喜爱。（26）

没有光辉，没有明亮，各方面都为黑暗所笼罩，出现了一个巨卵，是众生的不灭的种子。（27）传说这是在由伽（时代）②之初形成的巨大神物；传说其中有真实存在，光，梵，永恒，（28）奇异，不可思议，处处相同，是未显现的细微原因，具有真实与非真实本性。（29）从这里生出了老祖，主宰，惟一的生主，梵天，天神祖宗，天柱，摩奴，谁，最上者，（30）波罗吉多族，还有陀刹和陀刹七子，从此生出了二十一位众生之主。（31）还有那本质无限量的布卢沙（人）。这一切是仙人们都知晓的。还有一切神，阿提迭，婆薮，双马童，（32）药叉③，沙提耶④，毕舍遮⑤，俱希迦⑥，祖先。从此生出了有知识的、有教养的、无污垢的众梵仙，（33）以及许多具备一切品德的王仙，还有水，天，地，风，空，方位，（34）年，季，月，半月，日，夜，依次出现；还有世间见到的一切。（35）所有这些眼见的，静止的和活动的，出现的东西，到由伽（时代）灭尽时全世界又再减缩起来。（36）正如季节中种种季节现象都变换一样，在由伽（时代）之初这种种事物再出现。（37）这样，这无始无终的，造成万物出现又收回的轮子，无始无终地在世间旋转。（38）

简要说来，天神在创造出来时，共三十三千又三十三百又三十

---

① 印度神话一般把世界分为三重，即地下、地上、天上。有时又分为七重，十四重。
② 印度神话将这个世界分为四个由伽（时代）：圆满时（又称天神时），三分时，二分时，争斗时。有一种说法认为这就是一劫。四时比较起来，时间越来越短，人的体质和道德也越来越坏。争斗时一结束，就是劫末，世界要毁于烈火。然后重新创造出新的世界，开始新的四时。
③ 或译"夜叉"，一种小神灵，有时也与恶魔并列。
④ 一种小神灵。
⑤ 印度神话中的恶鬼。
⑥ 如同药叉一样的小神灵，与药叉同是财神俱比罗的随从，保卫其财富。

5

三。(39)提婆(天、光)之子是巨日,眼目,阿提芒,毗婆婆薮,萨毗多,利吉迦,阿罗迦,婆奴,阿娑婆诃,罗毗。(40)这些是毗婆薮(太阳)之子,其中最幼小的是摩希耶。他的儿子是天誓,他生出苏婆罗吒。(41)苏婆罗吒生出三个儿子,十光,百光,勇武的千光,都子孙繁多,声名远扬。(42)伟大的十光有一万儿子。百光有十倍于他的儿子。(43)千光又有更多十倍的儿子。从他们生出了俱卢族,雅度族,以及婆罗多的后代,(44)迅行族,甘蔗族和一切王仙宗族。许多宗族由此而生。众生繁衍,日益众多;(45)一切众生居处日广。其中各种奥妙,吠陀、瑜伽①与智慧;以及法、利、欲;②(46)法、利、欲的论(学),以及各种之论(学);还有处世之学;——出现并为仙人所见。(47)还有历史和附解说的种种"所闻"(经典)。一切著作(经典)的要领在这里都依次而说。(48)

仙人将这伟大智慧详说又略说。世间学者愿意传诵简本与繁本。(49)有些人读《婆罗多》由摩奴开始,另一些人由阿斯谛迦开始,另一些人由优波离遮罗(高行王)开始;婆罗门都正确地学习。(50)智者们照明了这种种智慧的结集;有些人善于讲解;另一些人传诵这部著作。(51)

贞信之子(毗耶娑)炼苦行,修梵行③,分别编集了永恒的吠陀,著作了这部赐福的历史。(52)饱学的,持戒的,梵仙,波罗奢罗(破灭仙人)之子(毗耶娑)④,深通正法,奉母亲之命并应恒河之子(毗湿摩)的请求,(53)在古代,在奇武王的妻子身上,这位岛生黑仙,精力过人,生下了三圣火一样的俱卢族三子。(54)这位多智的仙人在持国、般度和维杜罗生下以后,又回森林道院去修炼苦行了。(55)

在这些人生长、衰老、走上最高途径(死亡)以后,伟大的仙人毗耶娑才在这人世间说出了《婆罗多族的故事》。(56)由于镇群王的询问和千百婆罗门的请求,他命令坐在身旁的弟子护民子宣讲。(57)

---

① 瑜伽是一种包括身心两方面的修炼。
② 法,即正法;利,即财利;欲,即爱欲。印度古代认为这是人生的三要。
③ 梵行,一种终身节欲的修行。
④ 此下通行本有一大段叙述群主记录此诗,精校本删去。

他坐在参加祭祀者之间宣讲了《婆罗多族的故事》;在祭祀的间歇时间里,受到听众一再的敦促。(58)岛生仙人正确叙述了俱卢族的详尽历史,甘陀利的正法品性,奴婢子(维杜罗)的智慧,贡蒂的坚定。(59)尊敬的仙人讲述了婆薮提婆之子(黑天)的伟大,般度族的守信,持国诸子的恶行。(60)

他著作了二万四千颂的《婆罗多族故事集》,没有插话,智者称之为《婆罗多族故事》。(61)以后仙人又作了一百五十颂的提要,序目章,篇目内容。(62)岛生先将这书教了儿子苏迦,以后这位著者又教了有同样品质的一些弟子。(63)那罗陀向天神们宣讲,阿私多·提婆罗向祖先们宣讲,苏迦向健达缚①、药叉、罗刹②宣讲。(64)

难敌是一株忿恨构成的大树,迦尔纳是树干,沙恭尼是其枝柯,难降是茂盛的花果,根是昏聩的老王持国。(65)③ 坚战是正法构成的大树,阿周那是树干,怖军是其枝柯,玛德利之子(无种和偕天)是茂盛的花果,根是黑天、梵、婆罗门。(66)

般度以战斗和勇武征服了许多国家以后,到森林中狩猎,和随从一同住下。(67)由于杀死了交合中的鹿,他遭了大灾难。普利塔(贡蒂)诸子出生后就在那里依礼受到一次次仪式。(68)他们是依照正法奥义由两位母亲获得法王(阎摩)、风神、天帝释(因陀罗)和双马童神的恩惠所生。(69)他们在修苦行者之间长大,由两位母亲保护,在赐福的祭祀林中,在修道仙人的道院中。(70)这时他们由仙人们亲自带领到了持国王面前。这些孩子丰姿俊秀,头挽辫髻,青年修道人打扮。(71)"这些是你们的孩子,兄弟,学生,朋友;他们是般度的后代。"仙人们说完话就隐去不见了。(72)

这时,俱卢族人见到了那几个被称为般度后代的孩子,那些有教养的种姓的城市居民都热烈欢呼。(73)有些人说:"这不是他的儿子。"另一些人说:"这是他的儿子。"又有些人说:"般度死了这么久,怎么会是他的儿子?"(74)四面八方都听到呼声:"无论如何也要欢迎。天幸我们得以见到般度的后代。大家都来喊欢迎吧!"(75)

---

① 健达缚,或译乾闼婆、伎乐天、寻香主,印度神话中的一群小神,容貌美丽。
② 罗刹,一种妖魔,有时实指落后的民族。
③ 第65、66两颂改变诗律。

呼声停止，传来了看不见的精灵的喧嚷声，响彻四方。（76）天降花雨，芬芳四溢，螺声、鼓声响成一片。这是普利塔的儿子们进来时发生的奇景。（77）所有城市居民高兴得欢呼不息；歌颂不止的巨大声音震动了天庭。（78）

般度的后代学习了全部吠陀，各种经论，就在那里住下了。他们受到尊敬，没有畏惧。（79）臣民们欣赏坚战的纯洁，怖军的坚定，阿周那的勇武，（80）贡蒂的善事尊长，双生子的彬彬有礼。人们全都对他们的英雄气概感到满意。（81）

此后，在黑公主的选婿大典的大会上，阿周那完成了一件艰难的箭术，得到了那位公主。（82）从此他受到这世界上所有射手的尊崇。他在战场上像太阳一样不可逼视。（83）他征服了一切国王和一切族群。阿周那为国王举行了伟大祭祀王祭。①（84）

坚战举行了伟大祭祀王祭，食品丰富，布施繁多，具备一切品德。（85）他借助于婆薮提婆之子（黑天）的智谋和毗摩（怖军）与阿周那的勇力，杀掉妖连和以勇力自恃的车底国王（童护），完成祭典。（86）

随后难敌来到。他们献上了种种珍品，宝石、黄金、珍宝、牛、象、马等财富。（87）他见到般度族的繁华和富贵以后，妒忌引起了他的极大忿怒。（88）他又看见了般度族得到摩耶修造的可与天宫相比的大厅，更是怒火中烧。（89）在那里，他目眩神摇，像傻瓜一样被毗摩（怖军）在婆薮提婆之子（黑天）面前嘲笑。（90）

持国得知难敌在享受种种食品和珍宝时面无人色，惨白而消瘦；（91）这以后溺爱儿子的持国便准许了一场赌博。婆薮提婆之子（黑天）听说以后大怒。（92）他（持国）心不乐意也同意了那些争吵发生，对赌博等等可怕的不正行为连续出现也视若无睹。（93）不听信维杜罗、德罗纳、毗湿摩和有年仙人之子慈悯的劝告，在这场大混战中刹帝利互相残杀。（94）

般度族胜利时，持国听到了这大不吉利的消息，想到了难敌、迦尔纳和沙恭尼的主意，思索一阵后对（御者）全胜说：（95）

"全胜啊！听我说完所有的话吧。你不要对我埋怨。你有学问，

---

① 一种规模浩大的祭祀。

聪明，有智慧，这是贤人们都同意的。（96）我并不赞成战争，我也不愿意俱卢族灭亡，我没有偏爱自己的儿子，我对般度的儿子也一样。（97）我的儿子们满腔忿怒，怨我年老；可怜我没有眼睛，由于爱儿子，忍受了这一切；跟着那没有心肠的昏聩的难敌，我也昏聩了。（98）他在王祭大典上看到了高贵的般度族的豪华，在登上大厅时受到了讥笑，（99）心怀怒气，不能在战争中打败般度族，又软弱无力，不能照刹帝利方式得到荣华，他便和犍陀罗国王（沙恭尼）一起商量了掷骰之计。（100）现在，全胜啊！听一听我所知道的一切吧。听了我的话，正确理解了有关的事，御者之子啊！你就会知道我是有智慧眼的了。（101）①

"我听说，阿周那弯下弓，射中奇特的目标，箭靶落地，当着群王夺走了黑公主；全胜啊！那时我就不怀胜利希望了。（102）我听说，在多门城，摩豆族的妙贤公主为阿周那强劫婚配，苾湿尼族的两位英雄（黑天与大力罗摩）都去了天帝城；全胜啊！那时我就不怀胜利希望了。（103）我听说阿周那用神箭阻挡了天帝释的大雨，以甘味林满足了火神；全胜啊！那时我就不怀胜利希望了。（104）

"我听说，坚战在赌骰子时被妙力之子（沙恭尼）击败，失去国土，仍有无限勇力的兄弟们追随；全胜啊！那时我就不怀胜利希望了。（105）我听说，木柱王之女（黑公主）含泪呜咽，忧伤悲苦，被带去大厅，身披一衣，正在经期，有主人却若无主人；全胜啊！那时我就不怀胜利希望了。（106）

"我听说，那些向森林去的，守正法的，为爱长兄而烦恼的般度族的种种行为；亲爱的全胜啊！那时我就不怀胜利希望了。（107）我听说，德行完备的、成千上万个品性高贵的婆罗门，随正法王（坚战）去森林居住，求乞为生；全胜啊！那时我就不怀胜利希望了。（108）我听说，阿周那在战斗中使天神中的天神，化为山野猎人（吉罗多）的三眼大神（湿婆）满意，得到了他的神奇武器'兽主宝'；全胜啊！那时我就不怀胜利希望了。（109）我听说，胜财（阿周那）到了天上，从天帝释亲手得到了神奇武器，依法学习，受到称

---

① 此下第 102 至 158 颂改变诗律。

赞，信守诺言；全胜啊！那时我就不怀胜利希望了。（110）我听说，毗摩（怖军）和普利塔的其他儿子和名声之子（俱比罗）一同到了凡人不能到的地方；全胜啊！那时我就不怀胜利希望了。（111）

"我听说，我自己的儿子们在牧场之行中，听信迦尔纳的意见，被健达缚捆绑起来后，又被阿周那救出来；全胜啊！那时我就不怀胜利希望了。（112）我听说，正法之神（阎摩）变化为药叉，遇上了正法王（坚战），提出一些问题，他一一正确回答了；御者全胜啊！那时我就不怀胜利希望了。（113）我听说，我这方面的众多佼佼者，被住在毗罗吒国土上的阿周那独车战败；全胜啊！那时我就不怀胜利希望了。（114）我听说，摩差国王把品性善良的优多罗（至上）公主许配给阿周那，阿周那接受她做儿媳；全胜啊！那时我就不怀胜利希望了。（115）我听说，坚战赌输了，贫穷了，流放了，离开了自己的人，却有了七支大军；全胜啊！那时我就不怀胜利希望了。（116）

"我听说，那罗陀仙人讲，他常在梵天神界见到那罗和那罗延，黑天和阿周那；全胜啊！那时我就不怀胜利希望了。（117）我听说，摩豆族的婆薮提婆之子（黑天），传说他曾一步跨过大地，全心全意进入般度族一边；全胜啊！那时我就不怀胜利希望了。（118）我听说，迦尔纳和难敌打好主意要囚禁美发者（黑天），他展现了自身的多种形象；全胜啊！那时我就不怀胜利希望了。（119）我听说，婆薮提婆之子（黑天）临行时，美发者（黑天）安慰站在车子一边的忧伤的普利塔；全胜啊！那时我就不怀胜利希望了。（120）我听说，他们般度族有婆薮提婆之子（黑天）和福身王之子毗湿摩出谋划策，婆罗堕遮之子（德罗纳）也祝福他们；全胜啊！那时我就不怀胜利希望了。（121）我听说，迦尔纳对毗湿摩说，'你参战时我不参战'，抛下军队，离开了；全胜啊！那时我就不怀胜利希望了。（122）我听说，婆薮提婆之子（黑天）和阿周那，还有那威力无比的甘狄拨神弓，这极端英勇的三个合在一起；全胜啊！那时我就不怀胜利希望了。（123）

"我听说，阿周那在战车上为烦恼袭击，垂头丧气，黑天在自己身上显出了种种世界；全胜啊！那时我就不怀胜利希望了。（124）我听说，克敌制胜的毗湿摩在战场上杀了上万的乘车战士，其中却没有一个突出的；全胜啊！那时我就不怀胜利希望了。（125）我听说，无比英勇的毗湿摩被普利塔之子（阿周那）所害，是由于（阿周那）把不可伤害的束发放在前面；全胜啊！那时我就不怀胜利希望了。（126）我听说，老英雄毗湿摩在消灭了大多数苏摩迦族人以后，为羽箭所伤，躺在箭床上；全胜啊！那时我就不怀胜利希望了。（127）我听说，福身王之子毗湿摩躺在那里想要水喝，阿周那受到敦促就穿地取水满足了他；全胜啊！那时我就不怀胜利希望了。（128）

"我听说，金星贯日对贡蒂诸子显示胜利吉兆，而对我们却是野兽一直在嗥叫；全胜啊！那时我就不怀胜利希望了。（129）我听说，勇健善战，在战场上显示了种种武艺的德罗纳，竟没有杀死般度族中的最优秀者；全胜啊！那时我就不怀胜利希望了。（130）我听说，我们的战车武士、敢死战士被派去杀死阿周那，都被阿周那杀死；全胜啊！那时我就不怀胜利希望了。（131）我听说，别无他人能破的我军阵势，由婆罗堕遮之子（德罗纳）亲持武器守卫，竟被妙贤之子（激昂）单独打破入阵；全胜啊！那时我就不怀胜利希望了。（132）我听说，我们的战车武士包围了少年激昂，将他杀死，个个喜形于色，却不能对付普利塔之子（阿周那）；全胜啊！那时我就不怀胜利希望了。（133）我听说，难敌这一边杀了激昂，愚蠢地欢呼起来；阿周那便在信度王（胜车）身上发泄了怨气；全胜啊！那时我就不怀胜利希望了。（134）我听说，阿周那发出誓言，要杀信度王（胜车）；他在敌人中间实践了誓言；全胜啊！那时我就不怀胜利希望了。（135）

"我听说，胜财（阿周那）的马疲乏了，婆薮提婆之子（黑天）放马去饮水后又带回来套上战车；全胜啊！那时我就不怀胜利希望了。（136）我听说，车上有了马，车中的阿周那用甘狄拨神弓阻挡了所有的战士；全胜啊！那时我就不怀胜利希望了。（137）我听说，苾湿尼族人善战（萨谛奇）搅乱了德罗纳的军队，被象队逼得无气力时，到了黑天和普利塔之子（阿周那）所在的地方；全胜啊！那时我就不怀胜利希望了。（138）我听说，攻打迦尔纳的怖军挨了一顿嘲骂，受到弓角的打击，那英雄却被迦尔纳放走了，没有被杀死；全胜啊！那时我就不怀胜利希望了。（139）当德罗纳、成铠、慈悯、迦尔纳、德罗纳的儿子（马嘶）、英勇的摩德罗国王（沙利耶）都忍受信度国王（胜车）的被杀时，全胜啊！我就不怀胜利希望了。（140）我听说，天神之王（因陀罗）所赐的神奇武器力宝，由于受摩豆族人（黑天）愚弄，掷向形状可怕的罗刹瓶首；全胜啊！那时我就不怀胜利希望了。（141）我听说，在迦尔纳和瓶首的战斗中，车夫之子（迦尔纳）发出了力宝，那本是要在战场上杀死阿周那的；全胜啊！那时我就不怀胜利希望了。（142）我听说，德罗纳大师独自在战车中决心死亡，被猛光违反正法杀死；全胜啊！那时我就不怀胜利希望了。（143）我听说，玛德利的儿子，般度之子无种，当着众人，和德罗纳的儿子（马嘶）进行单独车战打成平局；全胜啊！那时我就不怀胜利希望了。（144）我听说，德罗纳被杀时，德罗纳之子（马嘶）误用了神奇的那罗延法宝，以致般度族并未因此死亡；全胜啊！那时我就不怀胜利希望了。（145）

"我听说，英勇无敌的迦尔纳在战场上被普利塔之子（阿周那）杀死，这场兄弟互斗是天神的秘密；全胜啊！那时我就不怀胜利希望了。（146）我听说，德罗纳之子（马嘶）、慈悯、难降、勇猛的成铠，都无法攻击坚战；全胜啊！那时我就不怀胜利希望了。（147）

"我听说，英勇的摩德罗王（沙利耶）在战争中一直与黑天敌对，在战斗中被法王（坚战）所杀；御者全胜啊！那时我就不怀胜利希望了。（148）我听说，掷骰赌博争吵的根源，善施幻术的、罪恶的妙力之子（沙恭尼），在战场上被般度之子偕天所杀；全胜啊！那时我就不怀胜利希望了。（149）我听说，难敌孤独一人，疲乏不堪，奔向池塘，卧在水中，纹丝不动，没有战车，失去骄气；全胜啊！那时我就不怀胜利希望了。（150）我听说，在恒河池塘边，般度之子和婆薮提婆之子（黑天）一起站着，对我的不能忍受侮辱的儿子进行攻击；全胜啊！那时我就不怀胜利希望了。（151）我听说，孩子啊！他在杵战中使用了种种方式，旋转不已，由于婆薮提婆之子（黑天）的主意而不正当地受到伤害；全胜啊！那时我就不怀胜利希望了。（152）

"我听说，德罗纳的儿子（马嘶）等人杀害了熟睡的般遮罗族人和木柱王的儿子们，犯下了可怕的败坏名声的罪过；全胜啊！那时我就不怀胜利希望了。（153）我听说，马嘶为怖军所追逐，愤怒中将最上法宝爱湿迦刺进了（优多罗公主的）胎中；全胜啊！那时我就不怀胜利希望了。(154) 我听说，梵颅宝法宝被阿周那口念'吉！'用另一法宝制止，马嘶交出了额上宝珠；全胜啊！那时我就不怀胜利希望了。(155)

"我听说，德罗纳的儿子（马嘶）的伟大法宝击中了毗罗吒的女儿（优多罗公主）怀的胎儿，岛生仙人（毗耶娑）和美发者（黑天）都对他发出了诅咒。(156) 甘陀利失去了子子孙孙，实可哀悯，妇女们失去了父亲、叔伯和兄弟。般度族做到了难做的事，他们再得到了无与匹敌的王国。(157) 唉，我听说，战争中只剩下了十个人，三个是我们的，七个是般度族。在这场刹帝利互相争斗的大战中，十八支大军遭到毁灭。(158) 黑暗布满周围，昏晕进入我身，御者啊！我失去知觉，心摇曳不定。"(159)

持国说完了这些话后，悲伤不已，痛哭流涕，昏迷过去；他再苏醒过来时又对全胜说：(160)

"全胜啊！这些事情发生以后，我就想立刻放弃生命，我看不出再活下去有什么结果。"(161)

对这样说话的，可怜的，哭泣着的国王，聪慧的牛众之子（全胜）说出了富有伟大意义的话：(162)

"你听到岛生仙人和聪慧的那罗陀仙人说过，有许多刚烈的，勇武的王者，(163) 出生于伟大的王族，具备各种品德，善用神奇武器，光辉赫赫如天帝释，(164) 依据正法征服了大地，进行过发散布施的祭祀，在这世间获得了声誉，此后就归属于时间（死亡）的管辖下。(165) 有英雄的威尼耶，摩诃罗陀，优秀的征服者斯楞遮耶，苏诃多罗，兰迪提婆，迦弃盘，奥湿遮，(166) 波力迦，陀摩那，尸毗王子，沙利雅提，阿吉多，吉多，杀害仇敌的众友，勇武的安波利沙，(167) 摩录多，摩奴，甘蔗王，伽耶，婆罗多，十车王之子罗摩，兔丸，跋吉罗陀；(168) 迅行王勋绩卓著，在祭祀中得天神之助，他的祭坛和祭柱标志着这具有森林和矿藏的大地。(169) 以上这二十四位王者，是天神之师那罗陀仙人从前对那怀丧子之痛的尸毗王子叙述的。(170)

"此外还有另一些以前的更勇武的王者，都是战车武士，有高尚胸怀，具备各种美德。(171) 补卢，俱卢，雅度，苏罗，光辉的毗首伽婆，阿尼那，优婆那娑，迦俱尸佗，毗柯罗密，罗怙，（172）毗吉提，毗提诃多罗，跋婆，湿威多，巨师，优湿那罗，百车，刚迦，杜力杜诃，德鲁摩，（173）骄生，波罗，维那，娑伽罗，超越，尼弥，阿遮耶，波罗苏，崩德罗，商部，天增，无瑕，（174）提婆诃耶，妙相，妙志，巨车，伟奋，伏我，苏迦罗都，尼奢陀国王那罗，（175）诚誓，寂畏，妙友，妙力，波罗普，膝股，阿那罗尼耶，阿罗迦，爱仆，吉誓，（176）力友，尼罗摩陀，旗角，巨力，勇旗，巨旗，耀旗，尼罗摩耶，（177）阿毗弃，伟力，杜罗多，成友，坚囊，伟古，商波毗耶，对支，波罗诃，湿卢提，（178）这一些，还有另一些，许许多多，成百成千，成千成万，以亿万计，（179）智慧具备，武力高强，许多君王，伟大无比，都抛弃了富贵，遭遇了死亡，像你的儿子们一样。（180）

"那些建立过神圣功勋，有勇力，善施舍，品德高尚，忠诚，信实，纯洁，正直的人，（181）在世间为往世的有学问的最优秀智者诗人所叙述，具有一切高贵品德，他们也都走向死亡了。（182）

"你的儿子们禀性顽劣，怒火中烧，贪欲成癖，恶行累累，你不应当为他们悲痛。（183）你是有学问，有智慧，聪明，为智者所尊敬的人；凡是以心意追随经典的人都不会糊涂的，婆罗多的后裔啊！（184）国王啊！恩惠与惩罚两者你都是知道的，听到后果你就不必为保儿子而过度忧伤了。（185）那是必定发生的事，因此也不必悲伤了。谁能有特殊智慧违抗命运呢？（186）创造之神创造的道路谁能超越呢？有与无（已往与未来），乐与苦，一切都以时间为根株。（187）时间使一切物成熟；时间使众生收缩；焚烧众生者是时间，时间又使它熄灭。（188）时间在世间变化一切物，不论其善恶祸福；时间没收一切众生，又重新创造出来；时间在一切物之间行走，不受约束，对一切平等。（189）过去、未来、现在一切物皆由于时间，知道这一点，你就不应当失去知觉了。"（190）

歌人说：

这里，黑仙岛生说了功德奥义。学习《婆罗多》是一件功德；即使是诚心相信学习一句，也洗净了一切罪过，毫无余剩。（191）这里叙述了具功德的，有福行的，天神仙人、梵仙、王仙，以及药叉和龙蛇。(192)这里还叙述了婆薮提婆之子（黑天），至尊，永恒；他是真理，正道，纯净，功德；(193)永久，梵，最上，坚定，光，永恒；智者们叙述了他的神圣行为。(194)从这位天神流传出来非真实真实，真实非真实，传统，行为，生，死，再生。(195)这里叙述了精神，也叙述了以五大种（地、水、火、风、空）品德为本性的物。还有趋于"不显"等的，也在其中歌唱。(196)还有那卓越的修道人们，专心修炼的，具有禅定和瑜伽力量的（修道人），如同观镜中影像一般看到处于自己心中的东西。(197)

有信心的，经常修炼的，崇尚真实正法的，攻读这一章的人将免除罪孽。(198)《婆罗多》的这一章名为《序目篇》，诚信的人从头常听（宣讲）就不会堕入困境。(199)在清晨和薄暮诵读这《序目篇》的一部分，就可以顿时脱离在白昼和黑夜中犯的罪过。(200)这是《婆罗多》本身，是真实，是不死甘露；如同奶酪中的酥油，如同两足人中的婆罗门。(201)积水之中海为最上，四足之中牛为最优，正如这些列为最优，《婆罗多》也是同样。(202)若有人在祭祖时对婆罗门宣读其中一句诗，他献给祖先的饮食将永垂不灭。(203)吠陀由历史书和往世书而得增长；吠陀又恐惧少知识的人，怕他误解了自己。(204)学者诵读这《黑仙吠陀》，了解其意义，连杀死胎儿的罪行都会消灭，这毫无疑义。(205)

纯洁的人若在每一月变日（朔、望、上弦、下弦）诵读这一章，我认为他就学习了全部《婆罗多》。(206)若有人心怀诚信经常诵读这仙书，他将获得长寿、名声并升天。(207)四部吠陀在一方，《婆罗多》在另一方，从前天神和仙人曾经聚集一起放上天平衡量；在伟大和重要上这比那都胜过；(208)由于更大和更重，它被称为《摩诃（大）婆罗多》。知晓它的含义的人消除一切罪恶。(209)

苦行非罪，学习吠陀非罪，自然的吠陀礼法非罪，强取财物非罪，只有破坏了其本性时，这些才是罪。(210)①

以上是吉祥的《摩诃婆罗多》中《初篇》第一章(1)。

《序目篇》终。

---

① 第210颂改变诗律。

篇章总目篇

二

仙人们说：

歌人之子啊！你所说的"普五"，我们想依从正理全部听一听。(1)

歌人说：

如果你们愿意听，婆罗门啊！我来讲那些吉利故事。你们会听到名为"普五"那地方的故事，善人们啊！(2)

在第二与第三由伽（时代）之间，卓越的执武器者（持斧）罗摩为仇恨所激，不止一次杀戮了刹帝利王族。(3) 他暴烈似火，以自己的力量消灭了刹帝利，在普五地方造成了五座血池。(4) 他怒火攻心，在这些血池之间以血向祖先献祭；这是我们听说的。(5) 于是以利吉迦为首的优秀的婆罗门祖先来到，对他说："止！"由此他就停下了。(6) 那些血池一带地方从此名为福地"普五"。(7) 智者们说：由某一件事联系而为其特色的，该地便以该事为名。(8) 在第三与（第四）迦利由伽（时代）之间，在普五地方发生了俱卢族和般度族的两军大战。(9) 在那最高法地，毫无坎坷的地方，十八支奋战的大军集合到一起。(10) 再生者们啊！那地方的名称就是这样取的。我向你们说明，那是有福的，美好的地方。(11) 那是在三界之中著名的地方。至上的修道人啊！我已经说完一切了。(12)

仙人们说：

歌人之子啊！你说到了所谓"大军"，我们很想如实听一听这一切。(13) "大军"有多大规模？多少车、马、人、象？请你如实告诉我们，因为这都是你所知道的。(14)

歌人说：

一车、一象、五步兵、三马，智者称之为一波底。(15) 三倍波底，智者称之为一兵口。三兵口称之为一兵集。(16) 三兵集名为一兵群。三兵群为一兵聚。三兵聚,智者称之为一团。(17)三团为一旅。三旅为一师。十倍于师,智者称之为一大军。(18)至上的再生者们啊!一大军中的战车数目,精通算数的人认为,是两万一千,(19)加八百,加七十。象的数目也是一样。(20)无罪过的人们啊!人的数目是十万九千三百五十。(21)马的数目是六万五千六百一十。这是他们计算出来的。(22)这是知道算数的人们说的一个大军。至上的再生者们啊!我已经向你们详细说了。(23)

照这数目计算,俱卢族和般度族的大军总数是十八支。至善的再生者们啊!(24)(他们)聚集在那个地方,走向死亡。这是制造奇迹的"时间"以俱卢族为因而造成的。(25)通晓武艺的毗湿摩战斗了十天。德罗纳将俱卢族军队保护了五天。(26)摧毁敌人军力的迦尔纳不过战斗了两天。沙利耶只(战斗了)半天。以后就是一场杵战。(27)当天夜里,成铠、马嘶、慈悯杀死了熟睡的无防备的坚战的部队。(28)这部《婆罗多》的详尽故事,我将在你寿那迦的祭祀中叙述,其中开篇以下便是布罗玛的故事。(29)这书是有奇妙意义和词句的故事,有不止一个时期的故事;聪慧的人们追求它,好像求解脱的人们追求离欲(出家)一样。(30)正如"我"在应知事物中,生命在亲爱事物中,这部以"本"(梵)为主旨的历史书在一切经典(阿笈摩)中是最优越的。(31)在这部最上的历史书中存放着最上的智慧,正如依据世俗和吠陀的语言有着全部的音(辅音)和韵(元音)一样。(32)请听一听这部聪慧人们所追求的,有奇妙意义和词句篇章的,《婆罗多》历史书的篇章总目吧。(33)

首篇是(一)《序目篇》,次篇是(二)《篇章总目篇》,(三)《宝沙篇》,(四)《布罗曼篇》,(五)《阿斯谛迦篇》,(六)《原始宗族降世篇》。(34)以下是奇异的、天神所作的(七)《出生篇》,(八)《火焚紫胶宫篇》以及(九)《希丁波伏诛篇》。(35)以下是(十)《钵迦伏诛篇》,以下是(十一)《奇车篇》,以下是神奇的、般遮罗族公主(黑公主)的(十二)《选婿大典篇》。(36)遵照刹帝利法(规定)得胜后便是(十三)《婚礼篇》。还有(十四)《维杜罗来临篇》和(十五)《得国篇》。(37)(十六)《阿周那林居篇》之后是(十七)《劫妙贤篇》。在劫妙贤公主以后便是(十八)《取妆奁篇》。(38) 以后是（十九）《焚烧甘味林篇》，其中还有和摩耶的会见。以后名为（二十）《大会堂篇》。以后是（二十一）《商议篇》。(39)（二十二）《诛妖连篇》。(二十三）《征四方篇》。《征四方篇》以后名为（二十四）《王祭篇》。(40) 以后是（二十五）《献礼篇》。以后是（二十六）《诛童护篇》。以后名为（二十七）《赌骰篇》。以后是（二十八）《赌骰后篇》。(41) 以后是（二十九）《森林篇》。还有（三十）《诛斑驳篇》。自在天和阿周那的战斗名为（三十一）《野人篇》。(42) 这以后应知是（三十二）《登帝释天宫篇》。此后是有智慧的俱卢族之王（坚战）的（三十三）《朝拜圣地篇》。(43)（三十四）《诛辩发阿修罗篇》。此后是（三十五）《战药叉篇》。在这以后应知是（三十六）《蟒蛇篇》。(44) 这以后名为（三十七）《摩根德耶遇合篇》。以后是木柱王之女（黑公主）与真光的（三十八）《对话篇》。(45) 以后是（三十九）《牧场篇》。以后是（四十）《梦鹿恐惧篇》。这以后是名为（四十一）《斗米篇》的故事。(46) 以后是森林中由于信度族王（胜车）而发生的（四十二）《黑公主遇劫篇》。这以后名为（四十三）《盗耳环篇》。(47) 以后是（四十四）《引火木篇》。此后是（四十五）《毗罗吒篇》。(四十六）《诛空竹篇》。以后是（四十七）《夺牛篇》。(48) 还有激昂和毗罗吒的女儿的（四十八）《婚礼篇》。这以后就是非常奇异的（四十九）《斡旋篇》。(49) 这以后应知名为（五十）《全胜出使篇》。这以后是持国忧虑难眠的（五十一）《不寐篇》。(50) 还有深奥的（五十二）《永善生篇》讲述精神世界。这以后是（五十三）《和谈篇》。还有（五十四）《黑天出使篇》。(51) 此处应知还有高贵的迦尔纳的（五十五）《争议篇》。以后是俱卢族和般度族军队的（五十六）《出战篇》。(52) 这以后名为（五十七）《列数武士和大武士篇》。增长愤怒的（五十八）《优楼迦出使篇》。(53) 这以后应知是（五十九）《安芭故事篇》。应知还有令人惊奇的（六十）《毗湿摩挂帅篇》。(54) 这以后是（六十一）《赡部洲构造篇》。此后应知是（六十二）《大地篇》，详述各州。(55)（六十三）《薄伽梵歌篇》。以后是（六十四）《杀毗湿摩篇》。(六十五）《德罗纳挂帅篇》。以后是（六十六）《灭敢死队篇》。(56)（六十七）《激昂阵亡篇》。还有（六十八）《立誓篇》。

（六十九）《诛胜车篇》。以后是（七十）《瓶首阵亡篇》。(57) 此后应知是令人惊恐的（七十一）《德罗纳阵亡篇》。此后名为（七十二）《祭放那罗延宝篇》。(58) 此后应知是（七十三）《迦尔纳篇》。这以后是（七十四）《沙利耶篇》。（七十五）《入池塘篇》。这以后是（七十六）《杵战篇》。(59) 这以后是（七十七）《婆罗私婆蒂篇》，叙述圣地和宗族世系功德。这以后便是可怕的（七十八）《夜袭篇》。(60) 这以后称为恐怖的（七十九）《芦苇篇》。(八十)《献水祭篇》。这以后是（八十一）《妇女篇》。(61) 以后应知是俱卢族拜祖先的（八十二）《祭祖篇》。聪慧的正法之王（坚战）登基的（八十三）《灌顶篇》。(62)（八十四）《斥遮婆迦篇》，那是婆罗门形象的罗刹。这以后名为（八十五）《分宅篇》。(63) 以后是（八十六）《和平篇》，叙述了《王法篇》。还有（八十七）《危机法篇》。这以后是（八十八）《解脱法篇》。(64) 这以后应知是（八十九）《教诫篇》。这以后是（九十）《毗湿摩升天篇》。(65) 以后是消除一切罪恶的（九十一）《马祭篇》。以后是讲述精神世界的（九十二）《薄伽梵歌后篇》。(66) 还有（九十三）《林居篇》。以及（九十四）《见子篇》。这以后是（九十五）《那罗陀来临篇》。(67) 这以后描述了可怕的（九十六）《杵战篇》。（九十七）《远行篇》。以后是（九十八）《升天篇》。(68) 这以后是名为附篇的往世书（九十九）《诃利世系篇》。在附篇中还有奇异的，伟大的。（一百）《未来篇》。(69)

这完全的一百篇是高尚的毗耶娑仙人讲述的。歌人之子毛喜之子（厉声）再次如实地 (70) 在飘忽林中讲述了，分为十八篇。这就是所说的《婆罗多》的总括，称为《篇章总目》。(71)

《宝沙篇》中叙述了优腾迦的赞颂词。《布罗曼篇》中详细称述了婆利古家族。(72)《阿斯谛迦篇》中（讲了）全体蛇族和（大鹏）迦楼罗的出生，还有搅乳海以及高耳神马。(73) 在继绝王之子（镇群王）的蛇祭上讲述了高贵的婆罗多王族的来历。(74) 在《出生篇》中还讲了各王族的各种各样的出生。还有其他一些婆罗门以及岛生仙人的出生。(75) 其中还叙述了天神们的部分降世，还有提迭、檀那婆以及光辉的药叉，(76) 以及龙蛇、健达缚、鸟，以及其他种种生物的出生。(77) 还有高贵的婆薮们的出生于跋吉罗陀之女（恒河）

怀里，在福身王的宫中，以及他们的重新升天。（78）其中还有集合了各部分（婆薮）的光辉的毗湿摩的出世，以及他的放弃王位和发誓独身守贞的行为；（79）还有他的坚守誓言，以及保护花钏王，以及在花钏王去世后保护他的兄弟（奇武王）；（80）以及立奇武为王。正法神由于矛尖曼陀仙人的诅咒而出生为人。（81）由于岛生黑仙的赐恩惠而持国和般度出生，以及般度五子的出生。（82）般度五子的赴多象城之行以及难敌的计谋，他们由于维杜罗的话而用地道计策脱身。（83）般度五子在可怕的森林中见到了希丁芭。其中还叙述了瓶首的出生。（84）乔装隐名的般度五子住在一个婆罗门家里，诛杀了钵迦怪，全城人民惊喜。（85）这时阿周那在恒河岸边战胜了健达缚炭叶，与众兄弟一同前往般遮罗国。（86）这里还叙述了炎娲故事、极裕仙人故事和至上的股生故事以及五个因陀罗的神奇故事。（87）木柱王对于一女嫁五夫的考虑，以及木柱王之女（黑公主）的天神注定的非人间的婚事。（88）维杜罗的到来和他同美发者（黑天）的会见。般度五子居住甘味城以及他们统治的半个国土。（89）由那罗陀的命令，木柱王之女（黑公主）作了轮流时间规定。这里还叙述了孙陀和优波孙陀的故事。（90）还有普利塔之子（阿周那）去森林居住，途中与优楼比相遇。（他）游历福德圣地，以及褐乘的降生。（91）在多门城，有王冠者（阿周那）由于情爱并获得婆薮提婆之子（黑天）的同意，得到了美人妙贤。（92）他取得了妆奁，又得到了提婆吉之子黑天，还得到了轮和弓。还有甘味林的燃烧。（93）光辉至上的激昂由妙贤而诞生。摩耶由火中得救以及巨蛇的逃脱。大仙人迟护的花斑鸟形的孩子的出生。（94）这以上是第一篇名为《初篇》的详述。至上光辉的卓越仙人毗耶娑计算的是二百一十八章，（95）共有七千九百八十四颂；这是大仙人所见的著作。（96）

第二篇名为《大会篇》，有很多事情。般度族修建大会厅。（他们）检阅仆从。（97）见到天神的那罗陀描述天王的大会厅（宫殿）。王祭的开始。妖连的伏诛。（98）黑天解救围困在山城的诸王。关于王祭献礼（首座）的辩论以及童护的伏诛。（99）见到祭祀典礼上的繁华景象，难敌感到痛苦和忿恨，又在大殿上遭到怖军的讥笑。（100）他升起了怒火，制造了骰子赌博。法王之子（坚战）在骰子赌博中为狡猾的沙恭尼斗败。（101）木柱王之女（黑公主）像一艘船一样从大海里救出了沉没在赌海中的他们。难敌知道了他们的得救，又召唤般度族去赌博。（102）这一切为高贵的仙人毗耶娑称作《大会篇》，算来共有七十二章。（103）这一篇中共有二千五百一十一颂。（104）

此后是博大的第三篇《森林篇》。城镇居民们随从聪慧的法王之子（坚战）。（105）其中有苾湿尼族的来临，还有般遮罗族从各方来临。其中有诛梭婆故事，还有诛斑驳（罗刹）。无限光辉的普利塔之子（阿周那）为求神奇武器而流放。（106）他和化为野人吉罗多的大神（湿婆）作战。他会见诸天王，升上因陀罗的天宫。（107）圣洁大仙人巨马的会见。悲伤的坚战在艰辛中哀叹。（108）合乎正法的，引起悲悯的那罗故事，其中有那罗遭遇不幸时达摩衍蒂的情况。（109）毛密仙人对森林中居住的高贵的般度族叙述阿周那在天宫的情景。（110）其中还有高贵的般度诸子朝拜圣地，还描述了诛杀辫发阿修罗。（111）怖军在香醉山为木柱王之女（黑公主）派遣去采曼陀罗香花，因而毁坏了莲花池。（112）还有他和罗刹的一场大战，还和以佩珠为首的勇力高强的药叉（作战）。（113）其中还有投山仙人的故事，他吃掉伐达比。残印和这位仙人为了生子而结合。（114）这以后是鹰与鸽的故事；因陀罗、阿耆尼（火神）和正法神（阎摩）试探尸毗王。（115）自幼守贞的鹿角仙人的生平。食火仙人之子，光辉灿烂的（持斧）罗摩的生平。（116）这里还描述了海诃夜族的国王作武的被杀。还有美娘的故事，婆利古之子行落仙人（117）在沙利耶提（芦箭）的祭祀上使双马童得饮苏摩酒，这位修道人从他们得到了永久的青春。（118）这里还有赡度的故事，其中说苏摩迦王将儿子（赡度）献祭因而得到一百个儿子。（119）还有八曲仙人在辩论中战胜般丁，救出沉入大海的父亲。（120）阿周那为长者（坚战）获得神奇武器，和居住金城的全甲族大战。（121）普利塔之子（阿周那）和弟兄们在香醉山相会，同作牧场之行；有王冠者（阿周那）与健达缚大战。（122）他们又到双林水边。胜车从道院之中劫掠了木柱王之女（黑公主）。（123）他遭到迅速如风的怖军的追逐。摩根德耶仙人和他们在一起，一篇一篇地讲述了许多故事。（124）黑天的会见以及黑公主和真光的谈话。斗米的故事以及帝释光的故事。（125）还有莎维德丽和优陀罗迦以及维纳的故事。还有详尽的罗摩衍那故事。（126）这里还有迦尔纳被毁城者（因陀罗）劫去双耳环。还有林中故事，正法之王（阎摩）教训儿子（坚战）。般度五子得到恩典后向西方行去。（127）以上是第三篇《森林篇》。至高仙人计算为二百六十九章，（128）共一万一千六百六十四颂，作为这一篇。（129）

此后应知是详尽的《毗罗吒篇》。般度族到毗罗吒的都城时，在火葬场见到一株大莎弥树，就把武器藏在那里。（130）他们进了城里便隐姓埋名住下。其中还有邪恶的空竹被狼腹（怖军）诛杀。（131）其中还有在抢夺牛群时，普利塔之子（阿周那）战胜了俱卢族，般度族夺回了毗罗吒的牛群。（132）毗罗吒将至上公主（优多罗）许配给有王冠者（阿周那）作儿媳妇，与妙贤所生的消灭敌人的激昂成婚。（133）以上说了广大的第四篇《毗罗吒篇》，高贵仙人也计算了其中章数，（134）共六十七章。再听我说其全部颂数，共两千加五十颂。这就是这一篇中最高尚的仙人计算的数目。（135）

以下请听第五篇《斡旋篇》。般度族在水没城住下。为了争取胜利，难敌和阿周那都到婆薮提婆之子（黑天）那里去，（136）说："在这次战争中请您帮助我们。"（他们）讲了这句话后，智慧的黑天说：（137）"两位人中雄牛啊！一边是不作战只出计策的我，一边是一支大军的军队，我该把哪一样给哪一方呢？"（138）神志昏聩的愚蠢的难敌选了军队。胜财（阿周那）选了黑天作为不战斗的谋士。（139）光辉的大王持国派遣全胜为使者到般度族那里去讲和。（140）听说般度族那边有黑天作首领，持国由于忧虑而无法安眠。（141）这时维杜罗向聪明的持国王讲了各种各样的有益教训。（142）这里还有永善生仙人向忧虑满怀哀叹不已的国王讲了高尚的精神的教训。（143）到早晨，在宫廷上，全胜讲述了婆薮提婆之子（黑天）和阿周那两位卓越英雄的精神一致。（144）名声显赫的仁慈的黑天想维持和平，亲自到以象为名的城市（象城）去谋求和平。（145）难敌王拒绝了黑天为双方有利而提出的和平要求。（146）其中还有黑天知道了迦尔纳和难敌等人的罪恶策划以后，在众王中间展示了自己的瑜伽自在王的本性。（147）还有黑天设计将迦尔纳载入车中对他劝告，他却由于骄横而拒绝。（148）以后是车象人马大军由首都象城开出来，以及军力的列举。（149）其中还有恶言恶语的国王（难敌）在大战前夕派优楼迦为使者到般度族方面去。战士及将领的列举，以及安巴的故事。（150）这就是《婆罗多》中关于和平与战争的事件繁多的第五篇，称为《斡旋篇》。（151）其中章数是一百八十六而颂数是六千六百（152）九十八。这是高贵的、知识渊博的毗耶娑仙人在这一篇中所说的，以苦行为财富的诸位修道人啊！（153）

这以下叙述了内容丰富奇异的《毗湿摩篇》。其中由全胜讲了赡部洲的形成。（154）其中叙述了凶猛的残酷的十天大战。其中还有坚战的军队的极度悲哀。（155）其中叙述了智慧高超的婆薮提婆之子（黑天）以解脱哲理的一些理论消除了普利塔之子（阿周那）的由愚痴而生的忧伤。（156）其中还有神弓手普利塔之子（阿周那）将束发置于前面，以利箭射中毗湿摩，使他从战车上倒下去。（157）这就是《婆罗多》中广大的第六篇。章数共有一百一十七。（158）这一章中共有五千八百八十四颂。这是精通吠陀的毗耶娑仙人在《毗湿摩篇》中计算的。（159）

这以下是有许多事件的奇异的《德罗纳篇》。其中有敢死战士们将普利塔之子（阿周那）赶出了战场。（160）其中有在战场上如同天帝释的福授大王，乘着巨象妙颜，却败于有王冠者（阿周那）。（161）其中有未成年的少年英雄激昂，被以胜车为首的许多举世闻名的战车武士杀死。（162）激昂一死，激怒了普利塔之子（阿周那），他在战场上消灭了七支大军，杀死了胜车。敢死队战士的残余也在战争中被消灭干净。（163）指掌、闻寿、勇武的水连、月授之子、毗罗吒、战车武士木柱、瓶首等其他将领也在《德罗纳篇》中死去。（164）马嘶在德罗纳阵亡之后放出了不可抵御的凶猛的那罗延宝。（165）这就是《婆罗多》中所说的广大的第七篇。在《德罗纳篇》中，那些提到的英雄，人中之雄牛，大地的保护者，差不多都死亡了。（166）所说的章数共有一百七十章。颂数是八千九百（167）加九颂。这是见真理的牟尼（修道人）破灭仙人（波罗奢罗）之子（毗耶娑）经过思虑后在《德罗纳篇》中所计算出来的。（168）

此后说的是最令人惊异的《迦尔纳篇》。聪慧的摩德罗王（沙利耶）任御者。其中还叙述了三城怪毁灭的往世故事。（169）其中还有迦尔纳和沙利耶在出发路途中的粗暴的对话。其中还插进了天鹅与乌鸦的故事。（170）坚战和有王冠者（阿周那）互相间的愤慨。迦尔纳在单独车战中为普利塔之子（阿周那）所杀。（171）这是《婆罗多》的研习者指出的第八篇。《迦尔纳篇》中共有六十九章，四千九百颂。（172）

此后讲的是内容丰富奇异的《沙利耶篇》。军中大将都阵亡了。摩德罗国王（沙利耶）成了领袖。（173）其中一一叙述了许多次车战。在《沙利耶篇》中叙述了俱卢族方面首要人物的灭亡。（174）其中还说到了沙利耶死在战车武士正法之王（坚战）手中。其中还叙述了混乱的杵战。还叙述了娑罗私婆蒂河的一些朝拜圣地的功德。（175）这是富有意义的奇异的第九篇。精于计算者认为（176）共有事件繁多的五十九章。其中总颂数说是三千二百二十，都是保持俱卢族名声的牟尼（修道人）毗耶娑所作。（177）

这以后我将说惨烈的《夜袭篇》。其中说愤怒的难敌王断了大腿。（178）在普利塔的儿子们（般度五子）走开以后，三位战车将领走来了。他们是成铠、慈悯和德罗纳之子（马嘶），时已黄昏，他们周身血迹。（179）愤怒至极的战车武士，德罗纳之子（马嘶）发了誓言：“若不把以猛光为首的所有的般遮罗族以及般度族和他们的同盟者全都杀死，我绝不解下盔甲。”（180）到夜间，以德罗纳之子（马嘶）为首的这些人中雄牛就杀死了熟睡的，不提防的，般遮罗族连同全体家属。（181）除了普利塔的五个儿子，还有善弓箭者萨谛奇（善战），仗黑天的力量脱险以外，其余的人全死去了。（182）木柱王之女（黑公主）为儿子死亡而悲伤，为父兄被杀而哀痛，决心绝食自杀，到了丈夫们身边坐下。（183）勇力可怖的怖军愤怒已极，便去追寻他的老师的儿子，婆罗堕遮之子孙（马嘶）。（184）德罗纳的儿子（马嘶）由于害怕怖军，又为命运所推动，在愤慨之中发出了神奇武器，说：“让般度族完全灭亡！”（185）他的这句话被黑天说的"不"所制止。颇勒古拿（阿周那）发出神奇武器抵御。（186）德罗纳之子（马嘶）和岛生等人的相互诅咒。所有这些王族进行了沐浴和向祖先献水仪式。（187）普利塔这时说出了自己的儿子迦尔纳出生的秘密。

这就是第十篇《夜袭篇》。（188）高贵仙人说的这一篇共有十八章。其中总颂数是八百（189）七十颂。无限智慧者（毗耶娑）在这篇里结合了《夜袭篇》和《芦苇篇》。（190）

这以后说的是悲哀可怜的《妇女篇》。其中记下了英雄的妻子们的极度悲哀的哭泣，以及甘陀利和持国的愤怒与平静。（191）她们看见了那些刹帝利（武士）、英雄，那些躺在那里永不回来的儿子、兄弟、父亲被杀死在战场上。（192）其中还叙述了那智慧的，一切行正法者中最好的国王依经典规定焚烧了那些王族的身体。（193）这说的是非常悲痛的伟大的第十一篇。这一篇中共说了二十七章。（194）其中共说了七百七十五颂。高贵的作者著作了《婆罗多》故事，它使善人心伤为之流泪。（195）

这以后是增长智慧的第十二篇《和平篇》。其中有正法之王坚战陷入忧伤，因为他使人杀死了父辈、兄辈、子弟辈、许多亲属和戚友。（196）在《和平篇》里，箭床上的毗湿摩解说了正法，都是愿知正确政道的王者所应知晓的。（197）其中还有灾难的正法，指明时间和因由。一个人懂得了这些就会得到正确的一切智。这里还说了奇异的详尽的解脱正法。（198）这标明为第十二篇，是智慧的人们所喜爱的。这一篇中应知共有章数三百三十又九，以苦行为财富的人们啊！（199）所说的颂数是一万四千五百二十五。（200）

这以后应知是高尚的《教诫篇》。其中俱卢族之王坚战从跋吉罗陀之女（恒河）的儿子毗湿摩听到正法的决定而复归本原。（201）其中说明了求正法者的行为全部，以及种种布施的个别情况所联系的果实。（202）还有各种受施者的情况以及布施的最高法则。还有行为的规定准则以及真实的最高法则。（203）这是内容丰富的高尚的《教诫篇》。其中还叙述了毗湿摩的上升天堂。（204）这是指示正法决定的第十三篇。其中章数共有一百四十六，颂数六千七百。（205）

此后说的是第十四篇，名为《马祭篇》。其中有高尚的卷云和风授的故事。（206）坚战得到金库，以及继绝王的出生，他遭到马嘶的神奇武器之火烧死后，又被黑天救活。（207）跟随着放出的祭马的般度之子（阿周那）的游行，一处又一处和愤怒的王子们战斗。（208）胜财（阿周那）和花钏公主之子褐乘的战斗以及指出其疑心。还有在马祭大祭祀中的獴鼬的故事。（209）以上说的是奇异的《马祭篇》。其中唱出了一百三十三章。（210）三千三百二十颂，由见真理者毗耶娑算出来了。（211）

　　以下相传是第十五篇《林居篇》。其中持国王放弃了国土，偕同甘陀利，和维杜罗一起去了森林道院。（212）那时，善女普利塔看见他出发，便放弃了儿子（坚战）的国土，乐于侍奉老人，也随着去了。（213）其中说到国王持国见到了已去另一世界的，被杀的子孙和其他国王等英雄们重新回来；（214）由于仙人的恩惠，又见到黑天的无上的奇迹；他放弃悲哀和妻子一起达到了最高的成就。（215）其中维杜罗履行正法达到了善境；还有那有学识的，能控制感官的，牛众之子大臣全胜也是这样。（216）在这篇中正法之王坚战见到了那罗陀，从那罗陀听到了苾湿尼族的大毁灭。（217）这所说的就是极其令人惊奇的名为《林居篇》的一篇。这篇计算有四十二章，（218）一千五百零六颂，由见真实者叙述了出来。（219）

　　此后应知是那惨烈的《杵战篇》。其中那些人中之虎，在战争中能经受武器打击的人，为梵（婆罗门）刑罚所毁，在咸海的岸边，（220）酗酒大醉，为命运驱使，以爱罗迦（灯心草）化形的金刚杵互相残杀。（221）其中（大力）罗摩和美发者（黑天）两位，造成了全族毁灭以后，也不越过达到同样毁灭一切的"时间"。（222）其中，人中之雄牛阿周那到了多门城，见到那里已没有了苾湿尼族，大感悲伤，十分哀悼。（223）他安葬了自己的舅父，雅度族之雄，梭利（婆薮提婆），见到了雅度族的英雄们在酒醉中互相大屠杀的结果，（224）以及高贵的婆薮提婆之子（黑天）和（大力）罗摩的尸体，为他们和苾湿尼族的首领们举行了葬礼。（225）他率领老人和幼儿等人离开了多门城，在残酷的灾难中见到了甘狄拨神弓的失败，（226）以及一切神奇武器的无效，苾湿尼家族的灭亡，威权势力的无常，（227）十分悲痛，又受到毗耶娑的话的推动，便到正法之王（坚战）身边，要求弃世（出家）。（228）这说的是第十六篇《杵战篇》，共有八章，三百颂。（229）

　　这以后相传是第十七篇《远行篇》。其中，人中之雄牛般度五子放弃了王国，和王后木柱王之女（黑公主）一同达到最高的成

就。(230)这里共说了三章,一百二十颂,是见真实者所叙述的。(231)

此后应知是非人间的神圣的《升天篇》。这一篇中叙述的有三章,二百颂,以苦行为财富的人们啊!(232)

这些所说的全部无余共是十八篇,还附上《诃利世系》以及《未来篇》。(233)

这是以《篇章总目》说了全部的《婆罗多》。十八支大军为战争而集合,惨烈的大战经历了十八天。(234)

一位再生者(婆罗门)通晓四部吠陀和吠陀支①及奥义书②,却不通晓这一故事,他就不能算做智者。(235)听了这一部故事,就不会再乐意听其他,正如同听了雄杜鹃鸟的鸣声就不愿再听乌鸦叫喳喳。(236)从这一部至上的历史书产生出诗人的智慧,正如同从(地、水、火、风、空)五种粗大元素③产生出三界的聚积。(237)诸位再生者(婆罗门)啊!在这一故事的境域内活动着往世书,正好像在天地之间的境域内活动着(胎生、卵生、湿生、化生)四种生物。(238)一切行动和品质都依存于这部故事,正好像全部的(感觉等)器官的活动都依存于种种的心意活动。(239)若不依靠这部故事,世上就没有故事,正好像维持身体不能不依靠饮食。(240)所有的优秀诗人都依靠这一故事而生存,正好像求上升的仆人们依靠贵族主人。(241)④

从黑仙岛生唇中出来的,不可衡量的,赐福德的,纯洁的,消除罪恶的,善的《婆罗多》,若有人来听它的诵读,他何必还要去圣莲花池沐浴呢?(242)

这一部无上的,有伟大意义的长篇故事在这里由《篇章总目》而安排好了;一开头听了这一章,正如同人们有了船就很容易进入广大

---

① 所谓"吠陀支",是印度古代企图总结当时科学成果的著作,实际并不隶属于吠陀。一般分为六个分支:一是关于祭祀和风俗习惯的,二为语音学,三是语法学,四是词源学,五是诗律学,六是天文学。

② 奥义书是印度古代许多种宗教和哲学著作的类名。

③ 地、水、火、风、空,五种粗大元素,亦简称"五大"。古代印度哲学认为这些是构成一切的物质元素。

④ 以下两颂改变诗律。

的咸水海一样。(243)

以上是吉祥的《摩诃婆罗多》中《初篇》第二章(2)。《篇章总目篇》终。

宝 沙 篇

三

歌人说：

继绝王之子镇群王和兄弟们一起在俱卢之野举行长年祭祀。他的三兄弟是：闻军、猛军、怖军。(1)[①] 当他们正进行祭祀的时候，天狗娑罗摩的儿子，一条狗，来到了那里。他被镇群王的兄弟们打了一顿，哭喊着跑到母亲的身边。(2) 母亲对这哭喊着的儿子说："你为什么哭？你挨了谁的打？"(3) 他听到这样问他，便答复母亲说："我挨了镇群王的兄弟们的打了。"(4) 母亲对他说："你一定是在那儿犯了过错，因此才挨了打。"(5) 他又对母亲说："我一点过错也没有犯。我没有看祭祀的酥油，也没有去舔。"(6) 他的母亲娑罗摩听了这番话，为儿子的痛苦感到难过，便来到镇群王和兄弟们一同举行祭祀的地方。(7) 她在那里愤怒地对镇群王说："我的这个儿子并没有犯什么过错。为什么他挨了打；既然他没有过错挨了打，那么你必将遭到意外的灾祸。"(8) 镇群王听到天狗娑罗摩这样一说，大为惊慌，很是忧虑。(9)

他在祭祀完毕后回到象城，极力访求一位合适的祭司，想消除自己的罪过。(10) 这位镇群王有一次去打猎，在自己的国内一个地方看见了一所道院。(11) 那里住着一位仙人，名叫闻声。他的心爱的儿子名叫月声，也住在那里。(12) 继绝王之子镇群王走向那位仙人的儿子，选中他做自己的祭司。(13) 他向那位仙人行礼后说："仙人，请让你的这个儿子做我的祭司吧。"(14) 仙人听他这样说，便回答道："镇群王啊！我的这个儿子是牝蛇生的。他有极大的苦行法力，

[①] 本章原文大部分是散文叙述。

精通学业，承受了我的苦行威力，是牝蛇饮了我的元阳以后在她肚子里养大的。他能够消除你的一切罪孽，只有对大神（湿婆）他无能为力。可是他有一个秘密的誓愿：不管哪个婆罗门向他求无论什么东西，他都要给他。如果你能够答应他这件事，你就可以带他去。"（15）镇群王听了这番话，便回答道："仙人，就这样吧！"（16）

他带了这位祭司回去，对兄弟们说："这是我选中的师父。不论他说什么，都得不假思索地照办。"（17）他的兄弟们受到他这样嘱咐，就遵照执行。他这样教导过兄弟们以后，便出发去征讨怛叉始罗，征服了那个地方。（18）

这时候，有一位烟氏仙人铁牙。他有三个门徒：优波曼纽、阿卢尼、韦陀。（19）他派一个门徒，般遮罗人阿卢尼去堵塞田埂的缺口。（20）般遮罗人阿卢尼奉师父之命去到那里，却堵塞不住田埂的缺口。（21）他心里很难受，想到了一个办法。"好吧！我就这样做吧。"（22）他在田埂缺口处躺下。水止住不流了。（23）

过了一些时候，烟氏仙人铁牙问门徒道："般遮罗人阿卢尼到哪里去了？"（24）他们回答说："您自己派他堵塞田埂缺口去了。"（25）他听后便对门徒说："那么我们大家都到他那里去吧。"（26）他到了那里以后就大声喊叫他："般遮罗人阿卢尼啊！你在哪儿？孩子！来呀！"（27）阿卢尼听到了师父的话，便从田埂缺口处一下子起来，到了师父身边，对他说："我在这儿田埂缺口里躺着，把这阻挡不住要往外流的水堵住！听到老师您的声音，我才一下子让水冲那缺口，起身到您的身边来。我向您敬礼。请您吩咐吧！您要我做什么事？"（28）师父对他说："因为你起身让水冲了田埂缺口，从今以后你的名字就叫优陀罗迦（起身冲破者）吧。"（29）他受到了师父的祝福："因为你服从了我的话，你将得到幸福。一切吠陀，还有一切法典，都将照耀你。"（30）他听到师父这样说，便到自己愿意去的地方去了。（31）

烟氏仙人铁牙的另一个门徒名叫优波曼纽。（32）师父派遣他去放牛，说："孩子，优波曼纽啊！去看守母牛吧！"（33）他奉师父之命看守那些母牛。他每天放牛，傍晚回到师父面前行礼。（34）师父看见他肥胖，便对他说："孩子，优波曼纽啊！你靠什么生活的？你很胖啊。"(35)他回答师父说:"我是靠乞讨生活的。"(36)师父对他说:"没有献过我,你不应该享用乞讨来的东西。"(37)

他答应"是"以后,仍去放牛。放牛回来,他照常到师父面前行礼。(38)师父看见他仍然肥胖,就说:"孩子,优波曼纽啊!你乞讨来的食物,我一点不剩全拿来了。现在你还靠什么生活呢?"(39)他听师父这样说,便回答道:"我把第一次乞讨来的献给了老师您,我又乞讨第二次。我就靠这个生活。"(40)师父又对他说:"这不是正当的待师之道。你这样做会伤害别人的生活。你是贪心的人。"(41)

他答应"是"以后,仍去放牛。放过牛后他又回到师父家里,到师父面前行礼。(42)师父看见他依然肥胖,又对他说:"我把你乞讨来的食物全都拿了。你又没有再去乞讨。你还是肥胖。你靠什么生活呢?"(43)他回答师父说:"老师啊!我是靠这些母牛的奶生活的。"(44)师父对他说:"你没有得到我的允许便享用牛奶,你这样做是不对的。"(45)

他答应"是"以后,放过牛,又回到师父家中,在老师的面前行礼。(46)师父看见他依然肥胖,便对他说:"你不吃乞讨来的食物,又不乞讨第二次,又不吃牛奶,你还是肥胖。你靠什么生活呢?"(47)他听了这话便对师父说:"老师啊!我是靠那些小牛犊吃母亲的奶时喷出的泡沫生活的。"(48)师父对他说:"这些有德行的小牛犊因为对你怜悯才喷出很多泡沫来的。可是你这样做就要伤害小牛犊的生活了。你连泡沫也不应该吃。"(49)

他答应"是"以后,就不吃东西而放牛。他这样被限制着,不能吃乞讨来的食物,不能乞讨第二次,不能吃牛奶,不能吃牛奶的泡沫。(50)有一回,在森林里,他饿得难受,便吃了太阳树的叶子。(51)吃下去这些又咸又辣又苦又难消化的太阳树的叶子,伤害了他的两眼,他瞎了。他瞎了眼还是走着,走着,便掉进了一口井。(52)

这以后,他没有回去。师父对徒弟们说:"优波曼纽被我完全限制住了。他一定生气了。因此他走了这样久还没有回来。"(53)他说了这话,便到森林去喊优波曼纽:"优波曼纽啊!你在哪儿?孩子,来吧!"(54)这时他听到了师父的喊声,高声回答道:"老师啊!我在这儿，掉进井里了。"（55）师父对他说："你怎么掉下井去的?"（56）他回答师父道："我吃了太阳树的叶子，眼瞎了，所以掉下了井。"（57）师父对他说："你赞颂双马童吧。这两位医神会使你恢复双眼的。"（58）他听见师父这样说，就用《梨俱吠陀》诗体歌颂天神双马童：（59）①

　　我歌颂你们，先昼夜而生，
　　无边光彩，先日月而升，
　　一对天神，仙翼无纤尘，
　　横空而过，照耀世间明。（60）

　　黄金双鸟，飞翔过九霄，
　　胜利无虚，隆准美容貌，
　　催送光明，织锦称奇妙，
　　辉煌灿烂，促黑暗全消。（61）

　　双马童啊！由美翼（叶）之力，
　　吞下的羽毛，你们已放开；
　　有德之神啊！以幻力降临，
　　把最好的红牛重新带来。（62）②

　　六十神牛，加神牛三百，
　　产生一犊，合力将奶挤；
　　挤奶人一而牛栏则多，
　　双马童神挤热奶献祭。（63）

　　轮毂惟一，轮辐有七百，
　　轮辋之上又有二十辐，

---

① 以下第60至70颂不见于现存《梨俱吠陀》传本。
② 这一颂义晦涩，语意双关，把神的"美翼"和太阳神的"美叶"，"展开"翅膀和"解除"毒力，都用一词表现。大意是描写神而暗含请救瞎眼之意。

无辋之轮常转不朽腐,
双马童神!幻力迅推汝。(64)

一轮常转,中有十二辐,
辋中六毂,一轴持甘露,
一切天神尽附于其上,
双马童神解除我痛苦。(65)

双马童神功德无穷尽,
降伏群魔,掩蔽因陀罗,
双马童神劈山于一日,
巡游大地,云中雨水多。(66)

你们二神曾创造十方,
高高在上,行车在一起,
列位仙人追随其动向,
众神与人生活于大地。(67)

你们二神曾创造色彩,
形形色色施加于寰宇,
太阳光辉追随于其后,
众神与人生活于大地。(68)

双马童神真实无虚假,
我谨致祭,并及莲花环;
真实无虚,正直且永在,
列位天神遵循不变迁。(69)

双马童神!由口得成胎,
死去之人由此得再来,
新生婴儿吮吸母亲奶,

请赐生活，使我双眼开。（70）①

双马童受到他的歌颂，来了。对他说："我们很欢喜。这是给你的一块糕。吃了它吧。"（71）他听了这话便回答道："二位大神说话是真实无虚的。但是我没有把这糕献给老师，我不敢吃。"（72）于是双马童又说："从前你的师父也曾经这样歌颂我们，我们欢喜了，给了他一块糕。他没有献过老师就吃掉了。你也照师父那样做吧。"（73）他听了这话又对他们说："双马童啊！我请求你们恕罪。没有献过师父，我不敢吃。"（74）双马童对他说："我们很喜欢你这样对待老师，你的老师的牙齿是黑铁的。你的牙齿将成为黄金的。你也将恢复双眼。你还将获得幸福。"（75）双马童这样一说，他的眼睛好了，便到师父身边，向师父行礼，并且叙述了经过。师父也很喜欢他。（76）师父对他说："正如双马童说过的，你将得到幸福。一切吠陀都将照耀你。"（77）这就是优波曼纽所受到的考验。（78）

烟氏仙人铁牙的另一个门徒名叫韦陀。（79）师父命令他道："孩子，韦陀啊！在这儿住下吧。你要在我家里服务一个时期。这对你将有好处。"（80）他答应一声"是"，便在老师家里住了很久，专心服侍老师。他像一头牛一样，永远背负着重担，忍受起冷、热、饥、渴的痛苦，从来也不违抗。（81）过了很长一个时期，他才得到老师的欢心。由于老师的欢喜，他得到了幸福和一切智慧。这就是韦陀所受的考验。（82）

他得到师父允许以后，便离开了在老师家中生活时期，进入了在自己家中生活时期。他在自己家中生活的时候，有了三个门徒。（83）他从来也不对门徒说："你做一件事"或则"你侍候老师"。他知道在老师家中生活的痛苦，不愿折磨门徒。（84）

过了一些时候，镇群王和宝沙王两位刹帝利来了，选中了婆罗门韦陀做师父。（85）有一回，他为了祭祀的事情要到别处去，便派一个名叫优腾迦的门徒照料家事，说："优腾迦啊！如果我家里缺什么，我希望你使它不缺。"（86）他这样嘱咐优腾迦以后，便出发了。（87）

---

① 有些写本此下还有一颂，语言浅易，与上文不同，精校本删去。其大意是：我无力充分颂扬你们，我瞎了眼，迷了路，落在井中，求你们救我。

于是，这愿为老师服务的优腾迦便住在老师家里实行老师的嘱咐。(88)他住在那儿的时候，师父家中的妇女一起把他叫了去，对他说:"你的师母的经期到了。师父不在家。为使她的月经不空来，你就做应该做的事吧。这事正使人发愁呢。"(89)他听了这话，便对那些妇女说:"我决不听妇女的话，做这件不该做的事，我也没有受到师父嘱咐说可以做不该做的事。"(90)过了些时候，他的师父从外地回家了。他听说了这件事的经过，很是高兴。(91)对他说:"孩子，优腾迦啊！我应该做一件什么使你高兴的事呢？因为你按照正法为我服务，所以我们之间的友爱增加了，我现在允许你走了。你将获得一切成就。走吧！"(92)他听了这话，回答道:"我应该做一件什么使您高兴的事呢？因为古语说过：(93)

> 若不依正法做解说,
> 若不依正法而发问,
> 两人中必有一死亡,
> 彼此间又必生仇恨。(94)①

您允许我走，我愿意送您一件您所想要的谢老师的礼物。"(95)师父听他这样说，便回答道:"孩子,优腾迦啊！你再住一些时间吧。"(96)有一回，优腾迦问师父说:"请您吩咐吧，要我送您什么谢礼。"(97)师父回答他说:"孩子，优腾迦啊！你催问几次要什么谢礼了。那么，你去吧。进去问问师母要什么吧。她说要什么，你就拿什么来吧。"(98)他听了师父的话便去问师母:"师母啊！师父允许我回家了。我愿意送一件您所想要的谢老师的礼物，还清了欠下的情再走。请师母吩咐，要我送什么谢礼。"(99)师母听说后，对优腾迦说:"到宝沙王那儿去，向他要王后戴的那对耳环，把它拿来。从今天起再过四天就是功德日。② 我想戴上那一对耳环招待婆罗门。你让我在那一天能用那对耳环打扮吧。愿你有福了。立刻就去吧。"(100)

---

① 此颂同今传本《摩奴法论》第2章第111颂。但"解说"作"说"，"又"作"或"。
② 据说这是主妇布施婆罗门求福的日子。

优腾迦听了师母的话便动身走了。他在路上看见一头极大的公牛，一个人骑在牛身上，也是非常高大。（101）那人对优腾迦说："优腾迦啊！把这牛粪吃了吧。"（102）他不愿意。（103）那人又对他说："优腾迦啊！吃下去吧。别迟疑了。你的师父以前也吃过。"（104）优腾迦听了这话，说声"好吧"，就把牛的粪和尿吃了，又向宝沙王住的地方走去。（105）

优腾迦走到了，看见国王正坐着。他到了国王身边，祝福行礼后，说："我是来向您乞讨一样东西的。"（106）国王回礼后说："师父，我就是宝沙王。您要我做什么呢？"（107）优腾迦对他说："我是来乞讨王后戴的那对耳环作谢老师的礼物的。请您给我吧。"（108）宝沙王对他说："请到后宫去向王后乞讨吧。"（109）他听了这话便进了后宫，却没有看见王后。（110）他又对宝沙王说："您不该对我说谎。您的王后不在后宫。我没有见到她。"（111）宝沙王听了这话，对他说："现在您是食后未洗净的人吧？想一想吧。那王后是不能见食后未洗净的人或则不洁的人的。她由于坚守贞洁，是不肯见不洁的人的。"（112）优腾迦听了这话，想了一想，说："的确我食后没有洗净，我是走着路时匆忙洗漱的。"（113）宝沙王对他说："这就是了。食后洗漱是不能在走着或站着时做的。"（114）于是，优腾迦说了声"是"，便面朝东坐下，把手、脚、脸都好好洗了一下，毫无声息地饮了三次直下到心口的水，又用水洗了两次全身各窍；然后进了后宫，见到了王后。（115）

她见到优腾迦便起身行礼，说："师父，欢迎您。请吩咐，您要我做什么。"（116）他对她说："我乞讨这对耳环做谢师礼，请给我吧。"（117）她很喜欢他的善良品性，认为这是不应拒绝的人，便脱下了耳环，交给他。（118）她又对他说："蛇王多刹迦想要这对耳环。您带走时要小心。"（119）他听了这话，对王后说："王后啊！请您放心。蛇王多刹迦胜不过我。"（120）

他说了这话就向王后告辞，到宝沙王那儿去。（121）他见到国王时对他说："宝沙王啊！我满意了。"（122）宝沙王对他说："师父啊！一个值得布施的人是很久才能一遇的。您是有德的客人。因此我要做一场功德①。请多留一会儿吧。"（123）优腾迦回答道："我可以留一会儿。我想快点吃。您把现成的食物拿来吧。"（124）国王答声"是"，便用现成的食物招待了他。（125）

　　优腾迦看到冷饭里有头发，认为不洁，就对宝沙王说："既然你给我不洁的食物，那么你将瞎掉眼睛。"（126）宝沙王对他说："既然你把不脏的食物当做了脏的，那么你将没有后代。"（127）后来，宝沙王知道了食物的不洁。（128）他想到这是披散头发的女人拿来的，所以有了头发，是不洁的，便求告优腾迦说："师父！由于无知，这饭里有了头发，又是冷的。我求您饶恕，不要让我瞎眼吧。"（129）优腾迦答道："我的话不能空说。你瞎了眼后不久就可以复明。你也取消对我的诅咒吧。"（130）宝沙王答道："我不能够取消我的诅咒。现在我的气也还没有消。您难道不知道这话吗！（131）

　　　　婆罗门心肠如同鲜酥油，
　　　　言语中却有锋利的剃刀；
　　　　刹帝利恰好两者都相反，
　　　　言语如酥油，心肠似利刀。（132）

事情既然这样，我的心肠像利刀，不能改变诅咒了。你走吧。"（133）优腾迦对他说："你承认了食物的不洁，我已经宽恕你了。你以前还说过：'既然你把不脏的食物当做了脏的，那么你将没有后代。'既然食物确实是脏的，你对我的这个诅咒就不会实现了。（134）这样，我也达到目的了。"优腾迦说完这话，拿着耳环走了。（135）

　　他在路上看见一个裸体的出家人忽隐忽现地走着。优腾迦把耳环放在地上，走去找水。（136）这时那出家人急忙走过来，拿起耳环跑了。优腾迦赶上去把他捉住。他变了形象，成了蛇王多刹迦，突然钻进了地上裂开的一个洞里。（137）进洞以后，他就到自己的蛇国洞府去了。优腾迦也从那洞里追了进去。进洞后，他用这些颂歌赞扬龙蛇：（138）

---

① 原文此处用的词是指祭祖先的仪式。

爱罗婆多统御下，
龙蛇骁勇善争战，
一如大风吹浓云，
纷纷雨下挟雷电。(139)

姿容俊美又多变，
更佩奇丽双耳环，
爱罗婆多诸后裔，
俨如太阳耀中天。(140)

无数道路龙蛇行，
聚于恒河河北岸，
如非爱罗婆多王，
日光军中谁愿战？(141)

既有八千零八蛇，
复有蛇群共两万，
蛇王持国出行时，
护卫随行在身畔。(142)

或者行走在其旁，
或者分离独行远，
爱罗婆多为长兄，
我今对之作礼赞。(143)

迦德卢之子多刹迦，
俱卢之野为家园，
甘味林中曾居住，
我今颂赞为耳环。(144)

多刹迦王与马军，

>一双兄弟紧相连,
>俱卢之野同居住,
>伊楚摩底大河边。(145)

>多刹迦王有幼弟,
>闻军之名处处传,
>所住吉地名巨光,
>欲在蛇中争领先;
>对此雄心大志王,
>我亦永远作礼赞。(146)

他这样歌颂了群蛇,还是得不到耳环。这时,他看见两个女人在织布机上织一块布。(147)织布机上有黑的线和白的线。他又看见六个童子在转一个轮子。他又看见一个容貌俊美的男人。①(148)他用这些颂歌赞扬这一切:(149)

>此轮永恒不息常回转,
>中有三百又加六十分,
>且有二十又四分关节,
>六名童子推动甚殷勤。(150)

>此一包罗万象织布机,
>二位少女织布永不息,
>黑线白线来回常转动,
>一切众生世界共推移。(151)

>手持雷杵,保护全世界,
>杀弗栗多,又斩那牟吉,
>英武天神,身披黝黑衣,

---

① 有些写本上说还有一匹马。

在此世间分别真伪理；（152）

大海深处曾获一神马，
实是火神，充当神坐骑，
世界之主，三界之主宰，
因陀罗神，我将永顶礼。（153）

于是那人对他说："你的这首颂歌，使我欢喜。你有什么事要我做呢？"（154）他对他说："我要制伏这些蛇。"（155）那人又对他说："你对这马的肛门吹气吧。"（156）他便对那马的肛门吹气。这马一被吹气，就从全身各窍喷出了烟火。（157）蛇国被烟火充满了。（158）这时多刹迦害怕火烧，慌忙拿着耳环出了自己的宫殿，对优腾迦说："请您把耳环拿回去吧。"（159）优腾迦收下了耳环。收回耳环以后，他想："今天正是师母的功德日。我已经离开了这样远，我怎么才能去向她行礼呢？"（160）他正这样想着，那人对他说；"优腾迦啊！骑上这匹马吧。这马可以使你立刻到你师父的家里。"（161）

他说了声"是"，骑上了马，回到了师父的家。师母已经洗过了澡。正在坐着梳头发，心里想着，若优腾迦还不来，就要诅咒他。（162）这时优腾迦进来了，向师母行过礼，把那一对耳环交给了她。（163）她对他说："你来得正是时候，正是地方。孩子，欢迎你。你差一点就要受到我诅咒了。愿你有福。祝你成功。"（164）

随后，优腾迦去向师父行礼。师父对他说："孩子，优腾迦啊！欢迎你。你怎么来迟了？"（165）优腾迦对师父说："老师啊！蛇王多刹迦阻挠了我的事。他把我带到蛇国去了。（166）在那儿我看见两个女人在织布机上织布。织布机上有黑线和白线。那是什么？（167）我还看见那儿有一个轮子，轮子上有十二个辐。六个童子在转动它。这又是什么？（168）我还看见一个男人。这人又是谁？（169）还有一匹极大的马，这又是谁？（170）在路上我看见一头公牛。一个人骑在牛上。他和气地对我说：'优腾迦啊！吃下这牛的粪吧。你的师父也吃过'，随后我就照他的话吃了牛粪。我想请您告诉我，这是怎么回事？"（171）

师父听了他的话，回答道："那两个女人是陀多和毗陀多（维持者和创造者）。那黑线和白线是黑夜和白昼。（172）六个童子推动着有十二个辐的轮子是六季和年。那个人是雨神。那匹马是火神。（173）你在路上看见的公牛是象王爱罗婆多。骑牛的人是天神因陀罗。你吃的牛粪是令人长生不死的甘露。（174）因此你在蛇国才没有死。因陀罗是我的朋友。（175）你得到他的恩惠，才能拿到耳环回来。现在，好孩子，走吧。我允许你走。你将得到幸福。"（176）优腾迦获得师父允许离开以后，对蛇王很愤怒，一心想复仇，便到象城去。（177）①

这位最上的再生者（婆罗门）不久便来到了象城。优腾迦会见了镇群王。（178）他见到这位曾经战无不胜从怛叉始罗回来的胜利者在众大臣的围绕之中，（179）对他先依礼祝愿胜利，然后按时说出有音韵的语言：（180）

"至善的国王啊！你有另一种应当做的大事，至上的国王啊！你却像儿童一样只做其他的事。"（181）

镇群王心情平和，听到婆罗门讲这番话后，便向这位修道人致敬，回答说：（182）

"我保护了人民，执行了自己的刹帝利正法。高尚的婆罗门啊！请你告诉应办之事。今天我很愿意听从你的话。"（183）②

那位至善的再生者（婆罗门），优秀的行功德者，听到至上君王讲了这话，便对那神光焕发的国王讲出了国王应办之事：（184）

"王中之王啊！你的父亲被蛇王多刹迦害死，你应当对这条恶毒的蛇报复。（185）我认为应办的时间已经到了。这是命运注定的行动之时。国王啊！行动吧！为你的高贵的父亲报仇吧！（186）你父亲并无过失，却遭那恶毒心肠的蛇咬伤，以致那位国王（死去）归于'五大'（地、水、火、风、空），如同大树遭了雷打。（187）那卑鄙的蛇，仗恃力量桀骜不驯的多刹迦，他任意胡为，犯下大罪，咬死了你的父亲。（188）他将那位王仙之族的保护者，如同不死天神一样的国王杀死。那罪人还逼走了迦叶波。（189）你应当将那罪犯烧死，举行

---

① 原文以上是散文加诗，以下全是诗体。
② 第 183、184 两颂改变诗律。

蛇祭，将他在熊熊祭火烈焰中焚烧。大王啊！这就是你应当做的事情。(190) 这样你便能为父亲报仇雪恨，也为我做了一件大好事，国王啊！(191) （因为）我正在去办谢师礼的事，大地的保护者啊！那恶棍竟加以阻挠，无罪过的大王啊！"(192)

国王听了这一番话，对多刹迦大怒。优腾迦的话如同酥油，像烈火上加油一样。(193) 那时国王怀着悲痛，便当着优腾迦向自己的大臣，询问关于自己父亲升天的事。(194) 那时，这位王中之王沉没在痛苦和悲哀之中，因为他听到了优腾迦说了他父亲惨死的情况。(195)①

以上是吉祥的《摩诃婆罗多》中《初篇》第三章(3)。《宝沙篇》终。

布罗曼篇

四

毛喜之子厉声是一个歌人，通晓古事，他到了飘忽林中，寿那迦大仙的十二年祭祀大会上，侍候那些迎上前来的众仙人。(1) 这位通晓古事者在往世书上下过工夫，他向众仙人敬礼以后说："诸位想听些什么？我应当讲些什么？"(2) 众仙人对他说："毛喜之子啊！我们将问你最上之事，请你对我们这些渴望听到的人讲一些故事。大仙寿那迦此刻正在祭火坛上。(3)② 他通晓神圣的故事，天神和阿修罗③的故事，人和蛇以及健达缚的故事，他什么都通晓。(4) 歌人之子啊！他在这场祭祀大典中是有学问的大师，再生者，能力非凡，坚守誓愿，智慧卓越，是经论和森林书④的师尊，(5) 言而有信，崇尚和平，修炼苦行，信持誓愿，为我们大家所尊敬，因此应当等待他。(6) 等

---

① 下面直接相连的内容从第45章起。
② 原文以上3颂是散文，以下是诗体。
③ 印度神话中的恶神、魔，亦称提迭、檀那婆。
④ 婆罗门祭司只能在森林中传授的秘密的书，内容是神秘主义的祭祀理论。

41

大师在这最受尊重的座位上就座，那时这位最善的再生者问你什么，请你再说什么。"（7）

歌人说：

就这样吧！等那位高尚的大师就座后，他问到我时，我再说种种的功德故事。（8）

此后，那位最上的再生者依次行完了应行的礼仪，以语词祭天神，以圣水祭祖先令其满意，来到这里。（9）这里信守誓愿的梵仙们一切成就，坐在行祭的地方。歌人之子坐于前方。（10）当众祭师①和参加祭祀者都就座后，这位主祭者寿那迦也坐下，问起以下的话。（11）

以上是吉祥的《摩诃婆罗多》中《初篇》第四章（4）。

五

寿那迦说：

全部往世书，孩子，从前令尊全都了如指掌。如今，你大概也已经通晓全部。毛喜之子啊！（1）往世书中的那些神圣的故事，那些睿智人物的有始以来的家族世系，从前我们已经听你父亲讲述过；因为现在正被人们广泛传诵，（2）我也愿意就此首先听一听婆利古族的世系。请你讲讲这篇故事吧！你的赞美之辞，我当洗耳恭听。（3）

歌人说：

再生者之佼佼啊！这一世系，护民子为首的一批高贵的婆罗门，从前他们知道得一清二楚，从前他们也曾讲述过。（4）我的父亲，尔后，又有我本人，对此都十分精熟，准确无误。包括因陀罗在内的诸位天神，包括火神、风神在内的群神，对它十分敬仰。婆利古族的不同凡响的世系，且请你仔细听来，婆利古的后代啊！（5）婆罗门啊，思想伟大的人物！婆利古族的这一世系，已编成故事，纳入往世书，

---

① 印度古代的大型祭祀中，有祭师四人，一为诵经者，一为咏歌者，一为行祭者，一为祈祷者。每个祭师配有三名一般祭司为助手。每个助手还可有三名助手。举办祭祀的人为主祭者。

此刻我开始为你述说端详。（6）

婆利古有个十分可爱的儿子，婆利古之子名叫行落。行落也生了一个儿子，明瞭正法，取名谋远。谋远膝下也有一个儿子，是妻子露浓所生，名唤羚羊。（7）羚羊也有一个儿子，名叫修那迦，精通吠陀；是嬉姑所生。他以正法为魂，胜过你的先祖。（8）他修炼苦行，享有美誉，富有才学，是精通圣典的一位精英；他信守正法，言语真实，克己自制，征服了感官。（9）

寿那迦说：

歌人之子啊！灵魂伟大的婆利古之子行落，他的事迹既然广泛传扬，就请你为我讲一讲它吧！（10）

歌人说：

婆利古有位十分可爱的妻子，唤做布罗玛，芳名远播。婆利古朝她倾注元阳，她怀上了胎孕。（11）有同样品性的合法妻子布罗玛怀胎之后，婆利古的子孙啊，享有盛誉的婆利古，（12）这位坚持正法的杰出人物，一天外出沐浴去了。有个罗刹名叫布罗曼，随后来到了他的森林道院。（13）

罗刹走进那座森林道院，看见了婆利古的纯洁无瑕的妻子，不禁欲火中烧。他失魂落魄地走到布罗玛的身旁。（14）面庞俊俏的布罗玛，当时用野果和根茎招待了前来的那个罗刹。（15）而那个罗刹，婆罗门啊，从一见到她，就受到情爱的折磨，此时此境他更是喜出望外，心生妄想，打算带走这位纯洁无瑕的女郎。（16）

尔后，罗刹看见圣火坛中火光熠熠，祭火熊熊。于是，他当时便朝着光彩辉焕的火神问道：（17）"请你告诉我，她是谁的妻子？火神阿耆尼啊！我恭敬地问你。你是诚实的。火神啊！我在问你，请你向我说真话吧！（18）这位姿色殊丽的美女，本来我已经先选中她做妻子，可是后来，她的父亲却将她许配给了虚伪的婆利古！（19）倘若这位美臀女郎是婆利古隐藏的妻子，那么，请你讲句真话吧，我想从这座道院将她带走。（20）愤怒如同烈火一样，此刻正燃烧着我的心，只因为这位妙腰女郎，原是我首先选定的妻子，竟被婆利古弄到他的手里！"（21）

那个罗刹如此这般求告光辉闪耀的火神，怀疑女郎是婆利古的妻

43

子，再三再四地向火神问道：（22）"火神啊！你永远潜行于一切众生的心里，积功德造罪孽你都一目了然。火神迦毗啊，请你吐露几句真情实话吧！（23）我首先选中的妻子，被虚伪的婆利古夺去了。如果这女郎果真是她，你应该如实地告诉我呀！（24）待我听到了你的回答，就从道院带走婆利古的妻子。火神啊！请你口吐真言吧，我正目光灼灼地注视着你啊！"（25）

听罢那个罗刹的一番哀求，有七色光辉的火神也十分难过，于是，他悄悄地告诉罗刹："我惧怕虚假，又惧怕婆利古的诅咒。"（26）

以上是吉祥的《摩诃婆罗多》中《初篇》第五章（5）。

六

歌人说：

听完火神的这句话，那罗刹立刻驮走了女郎。婆罗门啊！他变化为野猪之形，疾如思想，迅捷如风。（1）尔后，婆利古族的后代啊！那个怀在母腹的胎儿，驮行中受到颠动，便从母腹掉落了。他由此得了"行落"之名。（2）那个从母腹掉落下来的婴儿，放射着太阳神的璀璨神光；那罗刹一见，便放开女郎，栽倒在地，化为一堆灰烬。（3）

美臀女生下了婆利古的儿子，婆利古之子行落。布罗玛将儿子一把抱起来，婆罗门啊，她心疼得一阵昏厥。（4）众世界的老祖宗大梵天，亲眼看见了婆利古的纯洁无瑕的妻子啼哭不已，满眼泪水。世尊，老祖宗大梵天，好生安慰了那妇人一番。（5）婆利古的享有美誉的妻子，珠泪纷垂，潸然而下，汇成了一条滔滔大河，沿着她来的那条路奔涌向前。（6）众世界的老祖宗看到她来的路，那时竟变成了一条波涛滚滚的大河，世尊当时给这条河取名为"妇泪河"。这条河流向行落的森林道院。（7）婆利古的法力高强的儿子行落，就这样诞生了。在那里，父亲发现了他，发现了美丽的妻子。（8）

婆利古勃然大怒，随即询问妻子布罗玛："是谁供出了你，向企图拐走你的罗刹？因为巧笑粲然的你就是我的妻子，那罗刹对此并不

了解。(9) 真情实况请你说一说吧！因为我怒不可遏，我今天要诅咒他。谁不害怕我的诅咒？他犯下了这样的过错！"(10)

布罗玛说：

尊者啊！是火神告诉了那个罗刹。随后，罗刹就带走了我，我像一只雌鹗似地哀号不休。(11) 多亏你这个儿子的神光，我才得救。那个罗刹丢下我，栽倒在地，化为灰烬了。(12)

歌人说：

听罢布罗玛上述之言，婆利古愤慨万分，他怒气冲冲地诅咒了火神，说："你将以一切为食物！"(13)

以上是吉祥的《摩诃婆罗多》中《初篇》第六章（6）。

七

歌人说：

却说火神受到婆利古的诅咒，很是气恼，当即向他说道："婆罗门啊！刚才你为什么要做下这件冒失的事情？(1) 我恪守正法十分虔诚，我言语真实不偏不倚，我受人询问讲了真话，就此而言我有何罪过呢？(2) 一个亲眼目睹又知证据的人，受到询问时却另讲一套，那末，他就会把自己家族之中前七辈后七代一起毁掉！(3) 一个人了解事件的目的和底细，明明知情竟然绝口不提，他也就是和那罪恶同流合污了，这是毫无疑义的。(4) 虽然我也能够诅咒你，我还是应该敬重婆罗门。有些事情你尽管了解，我仍然给你讲述明白，你要好好地领悟！(5)

"我用瑜伽神功将众多的自我造成，存在于一切纷纭的有形，存在于日常祭奠、长年大祭、礼仪庆典，以及其他祭祀中。(6) 念诵吠陀，遵守礼仪，酥油浇注在我的身躯，这酥油使诸位天神，也使祖先们感到满意。(7) 众天神是水，众祖先也是水。新月之祭和满月之祭，既是为了诸位天神，也是为了祖先。(8) 所以，天神即是祖先，而祖先亦即是天神，在月亮的朔望盈缩之期，他们或混一或单独受到祭飨。(9) 由于诸位天神和各位祖先，总是通过我享用献祭的酥油，就这样，我被称作是三十三天神①和祖先之口。（10）新月之夜的祖先们，满月之夜的诸位天神，本是通过我这张口，歆享着献祭的酥油。而我若是以一切为食物，岂能再做他们之口？"（11）

火神让婆利古好生考虑，自己遂将圣火澌然熄灭了，从婆罗门的日常祭祀，从长年大祭和各种礼仪庆典。（12）（祭祀上）念诵"唵"、"伐舍吒"真言的声音中断了，祈福的"娑婆陀"、"娑婆诃"祷词也停止了，因为圣火消逝，一切众生都陷入了深深的痛苦之中。（13）

众位仙人焦虑万分，遂即前去禀告天上诸神："由于圣火消逝，诸般法事受到破坏，无辜的三界一片黑暗，请就此指示如何是好，千万不要耽误了时间啊！"（14）尔后，诸位天神偕同众仙，来到大梵天的面前，禀告他火神遭到诅咒，诸般法事都被迫中断了。（15）他们说："洪福齐天的尊神啊！出于事由，火神受到婆利古的诅咒了。他作为众天神之口，向来是首先分享一份献祭的酥油。在诸世界中，火神是祭品的享用者，他岂可落到以一切为食物的地步呢？"（16）

世界的创造者（大梵天）听罢他们的这番话，便将火神召来了。为了一切众生永远安宁幸福，大梵天向他温和地说道：（17）"你是一切世界的创造者，又是一切世界的毁灭者，你护持着三重世界，推动着诸般法事的正常进行。请你例行职事吧，世界之主啊！为使诸般法事免遭破坏。（18）为什么你竟这般糊涂？你是主宰，又是祭品的享用者啊！你在世界上纯洁常净，一切众生都皈依你啊！（19）你和你的所有的真身，不会落到以一切为食的地步。你放射的光焰，将把一切都焚烧净尽，火神啊！（20）正如太阳光接触的一切，全都变得纯净清洁，你的火焰焚烧的一切，同样会变得纯净清洁。（21）火神啊！你有灿烂的神光，它发自你本身的法力；主公啊，请施放你的神光，把仙人的诅咒变为真实吧！经你口贡献给众神的祭品，你自己的一份仍请照取！"（22）

"遵命！"火神这样回答过老祖宗，便动身前去执行最高天神的命令。（23）诸位天神和众位仙人皆大欢喜，随后都像来时一样纷纷离

---

① 三十三位天神的说法不一。一般认为指十二位阿提迭，八位婆薮，十一位楼陀罗，再加上双马童神。

去了。众位仙人又如同以往举行起各种祭祀和诸般法事。（24）天上的诸神快快活活，诸世界的一切众生欢欢喜喜，那位驱除黑暗的火神，也获得了极大的快乐。（25）

这篇传说自古流行，它由火神受诅咒而兴。罗刹布罗曼殒命，行落仙人降生。（26）

以上是吉祥的《摩诃婆罗多》中《初篇》第七章（7）。

八

歌人说：

婆利古之子行落，婆罗门啊！他和妻子美娘生养了一个儿子，名叫谋远，灵魂伟大，神光闪烁。（1）谋远也有一个儿子，妻子露浓所生，取名羚羊。羚羊膝下也有一子，名唤修那迦，是妻子嬉姑所生。（2）婆罗门啊！神光辉焕的羚羊仙人的全部事迹，我将仔细地讲上一讲，特请你留意聆听端详！（3）

从前有位伟大的仙人，苦行的法力十分高强，富有学识，名叫披发，他热心于为一切众生谋利益。（4）而就在此时，有位健达缚王，名唤广慈，声震遐迩，他和天女美那迦相好了一场。（5）后来，天女美那迦按时生下了一个婴儿，婆利古的后代啊，就在披发仙人的森林道院附近。（6）天女将婴儿生在河畔，独自走开了。那个俨然天神之种的女孩，仿佛闪烁着吉祥的光辉。（7）神光璀璨的披发大仙，在河岸上一处荒凉僻静的地方，发现了被亲人遗弃的初生的女孩。（8）再生者中的高贤披发仙人，看见了那个女孩之后，当时就把她抱起来了。出类拔萃的仙人，满怀怜悯之情抚养着她。女孩在仙人的森林道院里日渐长大，成了一位娇艳的美臀女郎。（9）在年轻俏皮的女友之中，这位女郎超群出众，她秀色天成，具备一切美好的品德。后来，大仙给她取名叫做"嬉姑"。（10）

就在披发大仙的森林道院里，羚羊见到了嬉姑女郎，这个以正法为魂的人，魂儿被爱神紧追不舍。（11）后来，他通过几位朋友将心事转告了父亲。谋远闻听之后，便前去拜访享有盛誉的披发大

47

仙。(12)父亲将女儿嬉姑许配给了羚羊,并将翼宿初见之日定为他们的结婚吉期。[①] (13) 他们订婚之后,几天过去了。一天,姿色俏丽的女郎正和几位女友一道嬉戏,(14) 竟没有发现有一条毒蛇蜿蜒伸展睡卧在一旁。这位被死神召来找死的女郎,一脚踩到了毒蛇身上! (15)受到死神意志的驱使,那条毒蛇将它注满剧毒的尖牙利齿,狠狠地咬进了不慎的女郎的身体里。(16) 女郎突然遭到蛇咬之后,跌倒在地,神志不清。她看上去虽然已经气绝身亡,依然现出婉丽的形象。(17) 遭到毒蛇伤害的女郎,仿佛在地上甜甜入睡了。这一位女郎腰肢苗条,更平添一种夺人心魄之美。(18)

尔后,嬉姑的父亲,以及另外几位苦行者,发现艳若莲花的女郎四肢扭曲躺倒在地。(19) 接着,众位杰出的再生者,满怀痛惜之情也都纷纷赶来了。其中有娑昳多勒耶,巨膝,拘湿迦和螺带仙人;(20)有婆罗堕遮,憍那拘蹉,阿哩湿底赛那,以及乔答摩。又有谋远和儿子羚羊,还有另外一些山林隐士。(21) 看到那少女已被蛇毒毒死,停止了呼吸,他们心中凄恻,都恸哭不已。而羚羊更是悲痛欲绝,独自朝外面走去。(22)

以上是吉祥的《摩诃婆罗多》中《初篇》第八章(8)。

九

歌人说:

众位婆罗门围绕着嬉姑的遗体坐下之后,心中极度痛苦的羚羊,走入森林深处,在那里大放悲声。(1) 忧心如焚的羚羊,一边思念着嬉姑,一边为爱人哀伤不已。他泪水潸潸,倾诉着满腹衷肠:(2) "细腰女郎躺倒在地上,令我的忧愁不断地增添,对于她的众位亲人,有甚比这更痛苦难当呢?(3) 如果我确实实行布施,修炼苦行,尊敬师长,请让我的爱人死而生还吧!(4) 既然我从出生那一天起,一直克己自制,恪守戒行,那么,请让娇艳的嬉姑女郎今天就站起来

[①] 翼宿,二十七(或二十八)宿之一。印度古代有太阴历,有太阳历,一年都分为十二个月。印度的翼月相当于中国夏历的腊月十六日至正月十五日。印度古代风俗认为翼宿主婚姻美满。

吧！"（5）

众神的使者说：

羚羊啊！你凄凄楚楚表达的心愿，不过是些无用的空话。一个注定要死、阳寿已尽的人，正法为魂的人啊，不可能再活命了。（6）那位健达缚和天女的女儿，虽然委实可怜，可她生命已逝了。因此，亲爱的！你的心切莫要一味愁烦！（7）眼下有个办法，它是高贵的诸神从前规定下来的。如果你愿意将它实行，你将会重新得到嬉姑。（8）

羚羊说：

天神们规定了什么办法？请您详详细细地说一说吧，巡行天空的天神使者啊！我听过之后立即照办，请您救一救我吧！（9）

众神的使者说：

你拿出寿命的一半给那女郎吧，婆利古的子孙啊！这样，羚羊啊！你的妻子嬉姑定会站起身来！（10）

羚羊说：

我给女郎一半寿命，巡行天空的出类拔萃的天使啊！我的爱人美丽又多情，请您让她站起身来吧！（11）

歌人说：

尔后，健达缚王和众神使者，这两位卓越的贤明之士，走到正法之王（阎摩）①的面前，向他说道；（12）"法王啊！羚羊的妻子嬉姑，已有了他的一半寿命，倘您俯允，请让幸运的女郎死而复生吧！"（13）

法王说：

众神的使者啊！如果你愿意，就让羚羊的妻子嬉姑起死回生，分享羚羊的一半寿命吧！（14）

歌人说：

法王此言刚刚出口，嬉姑女郎立刻霍然而起。有了羚羊的一半寿命，姿容妙曼的女郎好似一觉睡醒。（15）

具有无上光辉的羚羊，为了妻子缩短自己的一半寿数，这在将来会被看到。（16）随后，在吉日良辰，两位父亲兴冲冲地为他们举行

---

① 阎摩是死神，又是正法之王（正法神）。

了结婚典礼,互相盼望对方幸福。(17)

莲花花蕊般娇媚的嬉姑女郎,这位不可多得的妻子,一向严守誓愿的羚羊得到她之后,就立下了一个消灭蛇类的誓愿。(18)羚羊只要一见到蛇,满腔的怒火立刻升腾起来,总是挥动武器,杀死近在身边的蛇。(19)

有一天,这位婆罗门羚羊,走进一座浩瀚的森林,看见一条上了年岁的蜥蜴,躺卧在林间的土地上。(20)婆罗门当即高举起死神神杖一般的棍棒,怒气冲冲上前就打。这时,那条蜥蜴对他开口说道:(21)"深有道行的苦行者啊!今天我对你没有做任何错事,你暴跳如雷执意要杀死我,这究竟是为了什么呢?"(22)

以上是吉祥的《摩诃婆罗多》中《初篇》第九章(9)。

一〇

羚羊说:

如同我性命一般的妻子,竟然遭到蛇咬;蛇呀,我自己因此立下了一个严酷的誓愿。(1)假如我见到蛇,我就一条一条除掉它。所以,我也要打死你,你即将丧命了!(2)

蜥蜴说:

婆罗门啊!咬人的毒蛇是另外一种,我和毒蛇不过模样相似,你不应该因此伤害我。(3)我们蜥蜴与那些蛇,向来是一同遭难,福不共享,一同受苦,不共安乐,你既为通晓正法之人,这四脚蛇请勿杀伤!(4)

歌人说:

听了那条四脚蛇上述之言,羚羊这时感到惶恐不安,他料想这四脚蛇是位仙人,没有再对它施以棍棒。(5)羚羊尊者仿佛安慰那条蜥蜴,问道:"四脚蛇呀!请你告诉我,你是何人变成了这般模样啊?"(6)

蜥蜴说:

羚羊啊!我从前是一个仙人,名叫千足,由于遭到一位婆罗门的

诅咒，我变成了蛇类。(7)

羚羊说：

那位再生者为何发怒诅咒了你？非凡的蛇呀！你的这一副形体，又要持续多少时候呢？(8)

以上是吉祥的《摩诃婆罗多》中《初篇》第十章（10）。

— —

蜥蜴说：

从前我有一位朋友，名叫行空，是位再生者。他的语言十分厉害，孩子，他苦行的法力尤为高深。(1)年轻的时候，我有一次和他开玩笑。我用草编成了一条蛇，他正聚精会神地忙于日常祭祀，突然受到惊吓，当时就昏过去了。(2)等他重新恢复了知觉之后，他怒不可遏，好似烈火烧身一般。他一向恪守戒行，深有苦行法力，能出语为实。于是，他诅咒我说：(3)"你做的这条草蛇虽然毫无能耐，却使我受到一场虚惊；由于激起我满腔怒火，你也要变成一条同样没有威力的蛇！"(4)

深有道行的人啊！我深知他苦行法力的厉害，心里万分恐惧，一再哀求那位林中隐士。(5)我被吓得不知所措，向他合掌致敬，又弯腰鞠躬，然后侍立一旁对他说道："朋友，我是笑着和你逗乐啊！(6)婆罗门啊！请你饶恕我吧！这个诅咒你千万要撤消啊！"后来，他看见我心惊胆战，惶恐不已，终于又对我说了几句话。(7)那位苦行者艰难地呼出热气，然后对我说："我一言既出不能落空，这件事无论如何也要实现。(8)不过，我告诉你几句话，你要听好！恪守戒行的人啊！你听过之后，务必把它铭记在心！以苦行为财富的人啊！(9)谋远有个纯洁的儿子，名叫羚羊，他将来会救你。大约不久之后，你会见到他。你见到他就可以解除这个诅咒了。"(10)

你的名字叫做羚羊，正是谋远的纯洁的儿子。今天我恢复了自己的本相，为了你的幸福，我讲几句话。(11)不害一切众生是最高的正法，这是一项规定。因此，婆罗门无论处在什么环境都不应该杀害

51

众生。（12）婆罗门要温柔敦厚，也就是应该成为活人之人。这是一条最根本的圣典。孩子！一个精通吠陀和吠陀支的婆罗门，不向一切众生施加恐惧。（13）不害，言语真实，以及仁恕，是婆罗门的最高正法，甚至高于婆罗门掌握吠陀。（14）持棍杖，施暴行，保护臣民百姓，这是刹帝利的正法，而它并不属于你。（15）这本是刹帝利的职责。羚羊啊，你请听我说！从前镇群王曾经大灭群蛇。以正法为灵魂的人啊！（16）蛇祭上众蛇正惶恐万状，却得到了一位婆罗门的保护。他有苦行的神勇和法力，通晓吠陀和吠陀支，名叫阿斯谛迦，是位首屈一指的再生者。再生者之翘楚啊！（17）

     以上是吉祥的《摩诃婆罗多》中《初篇》第十一章（11）。

一二

羚羊说：

刹帝利镇群王怎样大杀群蛇？亲爱的！那些蛇遭到杀戮，又是何原因呢？再生者至贤啊！（1）阿斯谛迦解救那些蛇又是为了什么呢？且请你为我从头讲起吧！我特别愿意洗耳恭听。(2)

仙人说：

羚羊啊！阿斯谛迦的伟大事迹，你将会全部听到。会有婆罗门告诉你。——仙人说罢上述之言便隐身不见了。(3)

歌人说：

羚羊极想再见到那位仙人，于是，他跑遍了整座森林。后来，他累得筋疲力尽，一头栽倒在地上。（4）羚羊恢复知觉之后，返回家中。那时，他向父亲禀告了一切。父亲受到他的询问，讲述了全部事情的原委。(5)

     以上是吉祥的《摩诃婆罗多》中《初篇》第十二章（12）。
  《布罗曼篇》终。

阿斯谛迦篇

一三

寿那迦说：

那位王中之虎镇群王，为什么要用一场蛇祭将众蛇驱向死亡呢？请你为我讲一讲此事吧！（1）再生者之佼佼，优秀的诵经者阿斯谛迦，为什么从那熊熊燃烧的祭火中解救众蛇？（2）那位举办蛇祭的国王是谁人之子？那位卓尔不群的再生者又是谁人之子？请你为我讲一讲吧！（3）

歌人说：

阿斯谛迦的故事说来话长，我将在此讲一讲它。再生者啊！这个故事，请你完完整整地聆听周详吧，善于辞令的人啊！（4）

寿那迦说：

享有盛誉的婆罗门阿斯谛迦的古老的传说，怡悦人心，我愿意一字不漏地听一听它。（5）

歌人说：

这篇古老的历史传说，黑仙岛生曾经讲述过它，居住在飘忽林中的众位耆老，当时都亲耳聆听了。（6）我的父亲歌人毛喜，他是毗耶娑的一位聪慧的弟子，从前他应众位婆罗门之请，也讲述过它。（7）关于阿斯谛迦的这篇故事，我是从父亲那里听来的。寿那迦啊，蒙你下问，我这就原原本本地向你们开讲。（8）

阿斯谛迦的父亲，像生主一般大有本领，他修炼梵行，控制饮食，一向热衷于严峻的苦行。（9）他名叫阇罗迦卢，是固锁元阳的一位大仙。他明了正法，严格守戒，在耶耶婆罗家族中首屈一指。（10）

一天，他在漫游途中，看见自己的列位祖先，一个个脚朝上、头朝下，倒悬在一个大洞穴中。（11）阇罗迦卢看见了列位祖先之后，向他们问道："诸位先生是什么人啊？竟然头朝下倒悬在这个洞穴之中！（12）一簇毗罗那香草虽然把你们挂住了，久住这洞穴的一只老

鼠，却在偷偷地从四面咬那草根呢！"（13）

祖先们说：

我们称做耶耶婆罗家族，我们是恪守戒行的仙人。婆罗门啊！只因为子孙不继，我们才头朝下坠落到了地上。（14）而我们有个惟一的后代，据说他名叫阇罗迦卢，我们不幸有这么一个不幸的东西，只知道埋头修炼苦行。（15）他是一个糊涂虫，竟然不想娶妻生子！由于子孙赓续遭到破坏，我们才倒悬在这个洞穴之中。（16）有他这个指望，我们真是造下了罪孽，我们和没有指望的人一样啊！你是谁呀？你像我们亲人似地伤心，贤明的君子啊！（17）婆罗门啊！你逗留此地，我们想知道阁下究竟是何人？虽然我们满怀愁绪，何以值得你大动怜悯之情呢？（18）

阇罗迦卢说：

你们原来是我从前的父辈和列位祖先，请你们告诉我，我如今应该怎么办呢？我本人就是阇罗迦卢啊！（19）

祖先们说：

你曾精进不懈，孩子！你还要致力于我们家族儿孙的赓续！为了你自己，也为了我们。这就是正法。卓越的人啊！（20）正法的果实，孩子！广大的苦行，并不能达到有子嗣者的目的。（21）因此，你要努力娶下妻子，你要一心一意去生养儿子，孩子！你要听从我们的嘱咐。这就是我们的最高利益啊！（22）

阇罗迦卢说：

我将来绝不娶妻，我一直怀有这个决心。但是，为了你们的利益，我还是准备娶一个妻子。（23）如果你们同意，我将遵照古时候的规定去办。倘若这样我会得到妻子，我就不必再采取其他的途径了。（24）若有一个姑娘和我同名，她的亲属又愿意将她布施给我，她既然成了一件施舍物品，我也将依照规定接受她。（25）因为我是这样一个乞丐，谁会心甘情愿地许配给我一个妻子呢？而如果有人肯于施舍，我则去接受布施。（26）就这样，各位祖先啊！为了娶到妻子，我一定尽心竭力。我将始终遵行这一规定，不用其他办法。（27）我将生一个儿子，把你们从这里救度出去。他会让你们高高兴兴地到达永恒之境。我的各位祖先啊！（28）

歌人说：

尔后，为了娶到妻子，严守誓愿的婆罗门阇罗迦卢，周游了整个大地；可是，那时候，他一心求妻却未能得妻。(29)

有一天，这位婆罗门牢记着祖先的嘱咐，来到了一座森林。为了乞讨到一个姑娘，他似乎是轻轻地叫了三声。(30) 这时，蛇王婆苏吉将妹妹送来给他。阇罗迦卢以为那姑娘和自己并不同名，没有接受她。(31) 他心想："我应该接受的妻子，必须是布施给我的同名的女郎。"当时，高贵的阇罗迦卢，心里抱定了这样一个主意。(32) 于是，大智大慧、广修苦行的阇罗迦卢，向蛇王婆苏吉问道："你这位妹妹是何芳名？请你告诉我真话，蛇呀！"(33)

婆苏吉说：

阇罗迦卢呀！这是我的妹妹阇罗迦卢。为了你，她以前一直备受保护。请你接受她吧，出类拔萃的再生者啊！(34)

歌人说：

通晓圣典的佼佼者啊！因为众蛇从前曾遭到母亲的诅咒："在镇群王的祭祀上，你们将被风神之友（火神）烧死。"(35) 为了破除这个诅咒，卓越的蛇王婆苏吉，才把妹妹布施给这位恪守戒行的苦行仙人。(36)

阇罗迦卢以规定的仪式，接受了婆苏吉的妹妹。高贵的仙人和她生了一个儿子，取名阿斯谛迦。(37) 灵魂伟大的苦行者阿斯谛迦，精通吠陀和吠陀支，对一切世人一体关怀，他消除了父亲和母亲的恐惧。(38)

尔后，度过了漫长的岁月，般度族的后裔镇群王，举办了一场浩大的祭祀，名为"蛇祭"，声动遐迩。(39) 就在那场要灭绝众蛇的祭祀正举行当中，享有最高荣誉的阿斯谛迦，破除了那个诅咒。(40)

阿斯谛迦一举拯救出舅家龙蛇，同时也拯救出其他许多亲戚。他像运用苦行法力一样，用自己的后代救度了列位祖先。婆罗门啊！他恪守种种戒行，诵习吠陀，还清了宿债。(41) 他以举行布施丰厚的祭祀，让诸位天神感到满意；以研习吠陀，使仙人们满意；以有子嗣，使祖先们满意。(42)

严守誓愿的阇罗迦卢，这样搬开了祖先们的重负之后，他也随同自己的列祖列宗，登上了天堂。（43）阇罗迦卢仙人得到了儿子阿斯谛迦，到达了无上正法之境，享有天堂的岁月十分绵长。（44）

这篇阿斯谛迦的故事，我已经如实讲述完了。婆利古族之虎啊！您还听什么？请说一说吧！（45）

以上是吉祥的《摩诃婆罗多》中《初篇》第十三章（13）。

一四

寿那迦说：

歌人之子啊！这个故事，请你再详详细细地讲讲吧！因为善良的阿斯谛迦仙人的故事，我们最想听。（1）文雅的先生啊！你的语句音柔字正，你讲起来是多么甜美动听啊！亲爱的！我们非常高兴，这个故事你讲得和你父亲一样。（2）对于希望听故事的我们，你的父亲总能令人心情愉快；你的父亲怎样讲这个故事，请你也怎样讲吧！（3）

歌人说：

益寿延年的阿斯谛迦的故事，我现在为你仔细讲一讲；如同父亲娓娓述说的时候，我在他身旁听到的那样。（4）

从前，在天神时代，婆罗门啊！生主有两个女儿。她们光艳照人，大有福分，容貌美丽，妙不可言，纯洁无瑕。（5）这两个女儿，一个名叫迦德卢，一个名叫毗娜达，都做了迦叶波仙人的妻子。如同生主一般的丈夫，心中高兴，许给她们一个恩典。因为有这样两位符合正法的妻子，迦叶波实在乐不可支。（6）

闻听丈夫迦叶波惠然许给一个至上的恩典，两位女中翘楚喜不自胜，高兴莫名。（7）迦德卢挑选的心愿是：有一千个蛇子，彼此有同等的神光。毗娜达挑选的心愿是：有两个儿子，不单膂力要胜过迦德卢的儿子，而且本领高强，神光璀璨，更要勇敢非凡。（8）丈夫许给毗娜达的恩典是，她所盼望得到的儿子，给她一个半。"就这样吧！"当时，毗娜达这样向迦叶波说。（9）做过了应该做的事情，毗娜达怀上了两个勇武过人的儿子，迦德卢也怀上了有同等神光的一千个儿子。（10）"你们务必尽心尽意地保胎！"大有苦行法力的迦叶波，这

56

样叮嘱她们之后，便到森林修行去了。他的两位妻子，因为得到恩典，一个个兴高采烈。（11）

漫长的时间过去了。迦德卢生下来一千个蛋。婆罗门魁首啊！这时，毗娜达也产下两个蛋。（12）女仆们欢天喜地地捧起她俩生的蛋，放入带湿气的钵子里，一孵就是五百年。（13）五百年的光阴逝去之后，迦德卢的儿子都从那些蛋里生出来了。可是，毗娜达的两个儿子，还不见踪影。（14）

尔后，求子心切的女神，感到十分羞惭，随即敲破了一个蛋。大有苦行法力的毗娜达，看见蛋里有一个儿子。（15）他的上半身已经发育完好，另一半却还没有成形。蛋中的儿子十分恼火，传说他这样诅咒了毗娜达：（16）"我竟被你弄成了这个样子！母亲！贪心迷住了你啊！如今我只有上半截身体。因此，你将要变成奴隶！（17）你和迦德卢将有一番争斗，你要沦为她的奴隶，长达五百年。你的那个儿子，会使你摆脱奴隶的地位。母亲呀！（18）如果你把那一个蛋也敲破，母亲啊！你将会把他弄得像我一样，不是没有身体，就是没有四肢，受到痛苦的煎熬。（19）你应该坚定地守护着他，一直到他出生的时刻。你盼望他有非凡的力量，就要超过五百年啊！"（20）儿子这样诅咒了毗娜达，随即倏地飞向了天空。婆罗门啊！每当黎明时分，他显现为绯红的曙光。（21）

诛灭龙蛇的大鹏金翅鸟，终于按时出生了。他刚一出生就离开毗娜达，振翅飞向了高高的云天。（22）他要自己去取应该吃的食物。婆利古族之虎啊！这食物造物主已经给他安排好了，为了他饥饿时有食可吃。（23）

以上是吉祥的《摩诃婆罗多》中《初篇》第十四章（14）。

一五

歌人说：

几乎就在同一个时间，以苦行为财富的人啊！两位幸运的女神，看见神马高耳从附近飞驰而去。（1）这匹无上的宝马，是搅甘露时产

57

生的。诸位天神和一切群神,都喜形于色,对它十分崇敬。(2)这匹神马气势恢宏,力大无穷,是骏马群中的非凡上品。它吉祥,永葆青春,神圣,显露出各种吉相。(3)

寿那迦说:

那甘露,诸位天神是在哪儿怎样搅出来的?雄健的光辉夺目的马王,又是怎样在那儿诞生?请你为我讲一讲吧!(4)

歌人说:

至高无上的弥卢山,华光万丈,一片灿烂,它的座座山峰金光辉焕,黯淡了太阳的煌煌光芒。(5)它有黄金装点,无比奇妙,天神和健达缚在此安居。弥卢山高大莫测,众多的不法之徒无法攀越。(6)凶恶的修蛇猛兽在山间出没,一丛丛仙草光辉闪闪,这一座大山巍然耸峙,遮挡住了高高的苍穹。(7)此山超出了另外一些人的想象,它有条条江河,广袤的森林,种种不一的迷人的成群飞鸟,鸣啭之声在山间回响。(8)这一架大山,堆积着许许多多的珍宝,光辉闪映;无量劫①中,它高高耸立,岿然不动。有一天,力大无穷的全体修罗②登上了它的顶峰。(9)

诸位天神一一落座之后,开始举行会议。他们苦修苦炼,长于自制,他们是为了求甘露聚集在此。(10)诸位修罗一边用心思考,一边互相仔细商量。这时,天神那罗延向大梵天开口说道:(11)"请让众天神和阿修罗们一起搅动乳海吧!在搅动的大海之中,那里将会出现甘露。(12)既然已经得到各种仙草,又得到了所有的奇珍异宝,诸位天神啊,你们搅动乳海吧!你们随后也定会发现甘露。"(13)

以上是吉祥的《摩诃婆罗多》中《初篇》第十五章(15)。

---

① 印度神话说,世界要经历无数的劫。劫的长短说法不一,一般认为有四亿三千二百万年。这是宇宙循环历史中的一个周期。到了一劫之末,就有劫火出现,烧毁一切,然后再重新创造世界。劫,或译劫波。

② 修罗即天神。因神魔对立,魔为阿修罗(非修罗),神亦称修罗。

一六

歌人说：

尔后，众天神走向曼陀罗山。这座优美的高山，巍峨的群峰形若天顶，到处布满蔓藤。（1）形形色色的飞禽，鸣啭之声回响在山间；形形色色的走兽，布满了山冈；众多紧那罗①、天女，以及许多天神，居住在这座山上。（2）它向上高高耸起一万一千由旬②，它稳稳地深入地下，也是一万一千由旬。（3）

那时，全体天神云集一处，也未能拔起那座山。于是，他们走向一旁端坐的毗湿奴和大梵天，说道：（4）"带来无上幸福的高深智谋，请你们二位在此施展吧！为了我们大家的利益，请你们尽心竭力拔起曼陀罗山吧！"（5）"好吧！"毗湿奴和大梵天这样应道。婆利古的子孙啊！受到大梵天一番鼓励，无限蛇③随即站起身来。那罗延（毗湿奴）也说，他确有勇力成就此事。（6）尔后，力大无穷的无限蛇，奋力拔起了众山之王，婆罗门啊，连同山林和林中动物。（7）

众位修罗带着这座山，一起来到大海。他们对大海说："为求甘露，请允许我们搅动海水吧！"（8）众水之王（水神）当即答道："如果有我的一份，那么，曼陀罗山旋转起来，我甘心忍受沉重的碾压。"（9）

众位修罗和阿修罗，对龟王阿拘跛罗说："请您权且充当一下支撑那座山的底座吧！"（10）"是！"那乌龟这样回答之后，就让他们把曼陀罗山放在了背上。因陀罗则用一个器具，压住那座山的顶端。（11）

把曼陀罗山当做搅棍，又把蛇王婆苏吉当做搅绳，天神们开始搅动百川汇集的浩淼大海。为了求取甘露，婆罗门啊！提底的儿子们和

---

① 一种神话动物，意为"人乎？"人身马头或人头马身。
② 或译"逾缮那"，印度古代的长度单位，长度说法不一。一种说法是，一由旬约相当于九英里。
③ 无限蛇又名湿舍，是支撑大地的神蛇。

檀奴的儿子们①,随后也一起来了。(12)

为数众多的阿修罗,紧紧抱住蛇王的一端;全体天神会合一处,牢牢揪住蛇王的尾巴。(13)无限蛇和尊神那罗延一起,他一次又一次地抬起蛇头,一次又一次地将蛇头放低。(14)天神们突然双手一松,一股股狂风裹着水雾,挟着电光,立刻从蛇王婆苏吉的口里,接连不断地喷涌而出。(15)那些一团一团的水雾,凝成了挟带电光的乌云,修罗们这时又累又热、身体消瘦,云中飘洒下纷纷细雨。(16)从那曼陀罗山的绝顶,也飘坠下来阵阵花雨,间有许多花冠和花环,散落到每个修罗和阿修罗的身上。(17)

这里,众位修罗和阿修罗一起,用曼陀罗山搅动着海水,所发出的隆隆响声,犹如云中巨雷的轰鸣。(18)那边,各色各样的鱼类,被巨大的石杵碾为齑粉,它们成千成千地悄然融入浩森的海水。(19)伐楼拿的水族之众,居住地府的各种生灵,由撑持大地的曼陀罗山,把它们一起引向了死亡。(20)

曼陀罗山飞快地转动着,山上落有鸟雀的大树巨木,彼此猛烈地碰撞个不停,一片一片地从山峰倒下。(21)大树巨木互相摩擦,燃起一场熊熊的大火,蓦然间照亮了曼陀罗山,犹如电光映现出暗蓝色的天空。(22)许多大象和狮子东奔西突,都被烈火活活地烧死了。形形色色的各种动物,也统统丧失了性命。(23)那一场大火,由此及彼猛烈地燃烧,天神之佼佼因陀罗,布云降雨才将它彻底扑灭了。(24)

尔后,山上大树巨木流出的汁液,山上仙草的汁液,种种不一,许许多多,涓涓汇入了大海之中。(25)那些汁液有不死之功效,何况又是汁液之乳,还因为有黄金之露,众修罗达到了不死之境。(26)

尔后,从那大海中产生了水乳,它与上品的汁液混合之后,又从这浓乳中产生了清奶油。(27)这时,赐恩典的大梵天安坐一边,众天神又向他说道:"我们已经筋疲力尽了,大梵天啊,那个甘露还没有出现。(28)除了那罗延天神,底提诸子和蛇中佼佼,他们搅动这个大海,也有很长时间了。"(29)大梵天随即对天神那罗延说道:

---

① 提底、檀奴都是女神。提底之子称提迭,檀奴之子称檀那婆。提迭、檀那婆常常与阿修罗等同,被视为恶神、恶魔,是天神的敌人。

"请你赐给他们一些力气吧！毗湿奴啊！你在此地是最大的依靠了！"（30）

毗湿奴说：

我向致力于此项工作的全体天神赐些力气。请再去摇撼浩淼的大海！请把曼陀罗山旋转起来！（31）

歌人说：

听罢那罗延的几句话，他们顿时有了力气，齐心协力从大海之中又搅出了无比丰富的水乳。（32）随后，从大海中生出了月亮，其光线似乎有百千之数，华光熠熠，分外的皎洁，闪烁着凉爽的清辉。（33）接着，从清奶油中产生了吉祥天女①，身着乳白衣。然后，又产生酒女神和一匹乳白色的神马。（34）一块神圣的摩尼宝石，名叫憍斯杜跋，从甘露中产生出来。它光芒四射，十分吉祥，自动装饰在那罗延的前胸。（35）酒女神，吉祥天女，月亮，疾如思想的神马，沿着太阳的轨道前往众天神那里。（36）

尔后，相貌英俊的医神檀文陀梨，从大海中冉冉升起，他手捧一只白色的钵子，甘露就装在钵子里面。（37）看见这场伟大的奇迹之后，檀奴诸子都一跃而起。为了争得甘露，他们大声叫嚷个不停，一个个狂呼道："这是我的！"（38）深有法力的那罗延，当即施展幻力，变成一位妖娆的美女，去和檀奴诸子厮混。（39）檀奴诸子和提底诸子，都为那女子失魂落魄，他们一个个糊涂蒙心，把甘露统统送给了她。（40）

以上是吉祥的《摩诃婆罗多》中《初篇》第十六章（16）。

一七

歌人说：

身上披挂好头等的甲胄，手中紧握着不同的兵器，提底诸子和檀奴诸子，随后一起冲向了那些天神。（1）天神毗湿奴英勇非凡，本领

---

① 掌财富的幸福女神，十分美丽，后来成了司保护的大神毗湿奴的妻子。

高强，他拿好那些甘露，偕同那罗，从檀奴诸子的首领群中夺路而出。(2)

尔后，所有的天神之群，在毗湿奴面前分得了甘露。这时，他们急不可耐，乱乱纷纷，啜饮起来。(3) 诸位天神正在啜饮那盼来的甘露，有个名叫罗睺的檀奴之子，变成天神的模样，当时也饮着了甘露。(4) 当那甘露刚刚流到檀奴之子的咽喉的时候，月神和日神一心为了众位修罗的利益，将他揭露了。(5) 握有法宝神轮的世尊，立刻祭起了神轮；那檀奴之子正在狂饮甘露，他的矫饰的头颅已被神轮砍掉了。(6) 檀奴之子的那颗头颅，硕大无朋，山岳一般，它被神轮砍掉之后，呼然坠落在负载万物的大地之上。(7) 从此，罗睺和月神日神永远结下了不解的仇恨，直到今天，他还用那一张嘴巴吞食他俩。[①] (8) 世尊诃利又随即隐去幻化而出的绝色美女，手持种种可怕的武器，使檀奴诸子心惊胆战。(9)

此后，在有咸味的海水的海滨，爆发了修罗和阿修罗的一场大战。这场大战，远比一切更令人胆寒。(10) 巨大而又锋利的标枪，成千上万地投掷出去了；许许多多尖头极锐的长矛，以及各种各样的法宝，也投掷出去了。(11) 有些阿修罗被飞轮砍死，喷吐出一大摊一大摊的鲜血；有些阿修罗遭到重刀劈、大杵伤；他们接二连三地栽倒在地面上。(12) 在这场险恶的战斗中，被三叉戟砍下的头颅，精炼黄金制造的锁子甲，那时候不断地掉落下来。(13) 一些躯体魁伟的阿修罗，全身沾满了淋漓的鲜血，尽被杀死，满地横躺竖卧，犹如一座座染成红色的山峰。(14) 当一轮旭日冒红之际，数以千计的修罗和阿修罗，挥舞着刀剑互相猛砍猛刺，嗷嗷的呐喊声，一时从四处响起。(15) 他们使用铁棍，又用黄色的大斧对砍；在近处猝然相遇，就用拳头对打，他们的喊杀声直上九霄。(16) "砍呀！" "劈呀！" "追呀！" "撂倒他们！" "前进！"洪亮而又可怕的呼喊声，战场处处都可以听见。(17)

喧声鼎沸，险象环生，这场恶战就这样地进行着。那罗和那罗延两位天神，也一起投入了战斗。(18) 毗湿奴在战场上看见了那罗的

[①] 因罗睺已饮甘露至喉，故头得不死。他吞食日、月，从口入，又从喉出。这是解释日食和月食的神话。

神弓，这位世尊也油然想起诛灭檀奴之子的神轮。(19)① 世尊心中刚刚一想，神轮立刻从天空中飞来了。这个严惩敌人的神轮，光芒万丈，如同太阳一般；它名叫妙见，轮周的边缘十分锋利；它令人畏惧，所向无敌，至高无上。(20) 它飞来的时候，闪烁着耀眼的火光，造成一片恐怖。臂如象鼻的阿周多（毗湿奴），将它放了出去。它能去又能还，高高飞起，十分神速；它放射出一片大光明，能摧毁敌人的城镇。(21) 光亮闪闪的神轮，俨如光辉灿烂的死神一般；那时候，它迅速有力地一次又一次地向下猛砍。由于布卢沙婆罗（毗湿奴）在战斗中祭起了神轮，成千上万的提底之子和檀奴之子，都粉身碎骨了。(22) 那神轮犹如一团熊熊燃烧的烈火，到处喷吐着火焰。它坚韧不拔，砍死了一群又一群的阿修罗。那时，它倏忽之间飞上了天空，倏忽之间又来到了地上；它在战场上痛饮着鲜血，好似一个毕舍遮一样。(23)

这时，众位阿修罗毫不灰心，他们随后搬起一座又一座大山，用它不断地袭击那些修罗。力量非凡的阿修罗，数以千计，都登上了天空。他们的光辉如同退去的乌云。(24) 尔后，阿修罗们从空中扔下一座又一座大山。那些大山，树木丛生，原是恐怖的渊薮；巅顶蚀去，山势平缓，呈现出千姿百态的云朵之形。那些大山，下落时互相猛烈撞击，发出隆隆巨响。(25) 遍布森林的大地，随之也抖动个不停。大山不断地落下，大地处处受到打击。那些修罗和阿修罗，彼此之间猛然发出厉声的吼叫。整个大地都变成了他们争战的沙场。(26)

尔后，那罗射出了神箭，箭镞都以纯金为饰，这密密长箭阻断了天上的道路；密密长箭又劈碎了阿修罗手中的座座大山。那时，阿修罗全被封锁住了，陷入了巨大的恐怖之中。(27) 为数众多的阿修罗，遭到修罗这番打击之后，又见到名叫妙见的神轮，闪烁着耀眼的火光，怒气冲冲朝天飞来，他们有些钻进地里，有些潜入了大海。(28)

众位修罗随之赢得了胜利。那座曼陀罗山，修罗们向它深表敬意之后，将它送回了原地。全体修罗齐声欢呼，声音响彻了四方，响彻了天空，直上九霄。然后，他们携了琼浆，像来时一样离去了。(29)

---

① 以下第 20—30 颂改变诗律。

众位修罗得到了极大的快乐。他们随即将甘露妥善地放置起来了。诛灭波罗者（因陀罗）和众位长生者（天神），把甘露宝交给头戴天冠神（那罗）保存。(30)

以上是吉祥的《摩诃婆罗多》中《初篇》第十七章(17)。

一八

歌人说：

这就是搅出甘露的全部详情，我已经如实为你讲述完了。那匹神马就是产生于此，它十分吉祥，无比矫健。（1）却说那时候，迦德卢看见那匹神马之后，便对毗娜达说道："神马高耳是什么颜色？贤妹，你要立刻就说出来！"（2）

毗娜达说：

这个马王一身全白。那么，你认为怎样呢？光艳的女郎啊！你也说说它的颜色吧！然后。我们就此打赌。（3）

迦德卢说：

我认为那匹神马的尾巴毛是黑色的，笑意甜蜜的女郎啊！来吧！请你和我打赌，输了要当奴隶！胆怯的女郎啊！（4）

歌人说：

就这样，两姊妹之间做了输者为奴的规定。然后，二人各自回家去了。她俩相约说："明天我们去看一看吧！"（5）

而迦德卢，此后便想要弄一个花招，那时，她吩咐一千个儿子说："你们要变成乌亮的毛，（6）赶快附到神马尾巴上去！这样，我就不会成为奴隶了。"有些蛇不肯听从她的话，迦德卢向他们发出了诅咒：（7）"在睿智的般度族的后裔王仙镇群举办的蛇祭上，火神将烧死你们！"（8）

迦德卢的这个诅咒，被老祖宗亲耳听到了。尽管迦德卢发出的这个诅咒实在太残忍，太过分，（9）大梵天和诸位天神，还是答应了她。大梵天对众蛇已经做了多方观察，他想保护众生的利益。（10）

有一些蛇十分凶悍，毒性猛烈，咬人成习，力大无比。因为他们的毒

性极其厉害，大梵天念及众生的利益，向高贵的迦叶波传授了疗毒之术。（11）

以上是吉祥的《摩诃婆罗多》中《初篇》第十八章（18）。

一九

歌人说：

尔后，黑夜退去，旭日东升，以苦行为财富的人啊！这时，迦德卢和毗娜达两位幸运的女神，也随之出现了。（1）下的赌注是当奴隶，焦急难耐又激动不安，当时，她俩怀着这种心情，动身前去从近处观察神马高耳。（2）

姊妹二人走在中途的时候，看见了大海，众水之库。海中到处布满了鲲鲸大鱼，隐藏着许多摩迦罗怪兽。（3）水族众多，成千上万，形态不一，潜身其中。海龟和鲨鱼不计其数。因为有许多蛇怪，这大海永远不可战胜。（4）它是水神伐楼拿的居处，是他所有珍宝的仓库；它是龙蛇的可爱的洞府，又是河川的至高无上的主人。（5）它是地府之火的居室①，又是众位阿修罗的庇护所；它是众生恐怖的渊薮，也是动荡不定的乳汁之库。（6）它美丽又神圣，是长生诸神的甘露的最好源泉；它不可度量也不可思议，美妙的功德水蔚为奇观。（7）它十分可怕，水族的狂鸣使之更显狰狞，涛声呼啸，到处布满深深的漩涡，让一切众生心生畏怖。（8）它被岸上的风时时吹拂，犹如一架秋千摇来荡去；它颠颠簸簸波浪不断起伏，好像摆动手臂到处跳舞。（9）由于受到月亮盈亏的制约，它翻涌的波澜难以平息；它是神螺五生②的诞生之地，是一座无上的珍宝之库。（10）那位找到大地的世尊，力量无穷的乔宾陀（毗湿奴），曾经化身为野猪之形，在这大海中胡搅乱动，使海水变得混浊。③（11）梵仙阿低利，含辛茹苦，用

---

① 印度神话说，劫末之火藏于海底。
② 黑天从恶魔手中夺得的神奇螺号名。
③ 毗湿奴曾多次下凡救世。其中一次是，大地沉入海中，毗湿奴下凡，化身为野猪，在茫茫大海中找到大地，并将大地重新驮起。

了整整一百年的时间,也没有找到它的底,那个永恒的地府。(12)脐生莲花、闪烁无量神光的毗湿奴,为让最高灵魂安享瑜伽之眠,各时代伊始都以它为床榻。① (13) 这大海,向牝马嘴②燃烧的烈火,奉献上海水以为祭品;它美丽非凡,深无底大无垠,不可济渡,不可测量,是河川之主。(14)

姊妹二人又看见那大海,有许许多多、数以千计的大江大川,蜂拥而来与它汇合,好似互相在争宠一般。(15)③ 姊妹二人看见那大海,到处是深深的漩涡,布满了鲸鱼、摩迦罗奇兽和蛇怪;水族的狂鸣,伴和着各种可怕的声音,在海面回荡;它不可济渡;它宛似碧空;它深无底,大无边,是浩瀚无垠的众水之库。(16) 如是大海,到处布满了大鱼和摩迦罗怪兽,波涛滚滚,漩涡深深;它广阔无垠,犹如茫茫的天宇;地府之火喷吐的烈焰,照耀那海水显得晶莹透彻。那时候,姊妹二人一边观赏着大海,一边匆匆地向前遄行。(17)

以上是吉祥的《摩诃婆罗多》中《初篇》第十九章 (19)。

二〇

歌人说:

迦德卢和毗娜达越过了大海,脚步迅捷的迦德卢似乎一瞬间就降落在神马身旁了。(1) 她俩看到神马的尾巴上果然有许多根黑毛,因此,迦德卢便将面带愁容的毗娜达置于一个奴隶的地位了。(2) 在这一场赌博中,毗娜达败给了对手,她沦落为奴隶,痛苦如焚。(3)

就在事情发生的时候,大鹏金翅鸟诞生的时辰也到了。身边失去了母亲,神光璀璨的金翅鸟,自己破壳而出了。(4) 大鹏金翅鸟的整个身体,俨然一团闪闪发光的火焰,令人惊恐万状。他猛然之间长大起来,身躯魁伟,冲天而起。(5)

---

① 据印度神话,一劫分为四个时代,前一时代之末、新一时代之始时,毗湿奴为了让最高灵魂(指宇宙精神)得到休息,以瑜伽之法睡在海上,脐中有莲花生出,大梵天端坐在莲花上。
② 地府的入口,位在南极海中。
③ 以下两颂改变诗律。

一切众生看见他之后，都去找火神寻求保佑。他们跪倒在火神面前，向端坐的多形者（火神）说道：(6)"火神啊！你若不想烧死我们中的某一个人，请不要膨大你的身体了！因为你的那一团火焰，极其巨大，正在四处蔓延呢！"(7)

火神说：

请你们不要把事情认作是这样，诛灭阿修罗的各位神仙啊！他是大鹏金翅鸟，力量非凡，他的神光和我一样辉煌啊！(8)

歌人说：

诸位天神和一大群仙人，听罢此言当即离去了，霎时间来到大鹏金翅鸟的面前。这时，他们念念有词，将他歌颂道：(9)

> 你是仙人，你享洪福，
> 你是天神，鸟禽之主；
> 你有华光，犹如太阳，
> 你是我们无上的庇护！(10)①

> 你有力量复仁慈，
> 你是不朽之真实；
> 你有圆满之结果，
> 你是不可抗拒者。
> 声名完美金翅鸟！
> 你是苦行与知识，
> 你是一切之未来，
> 你是一切之已逝。(11)

> 一切动物和植物，
> 君临其上你最高，
> 犹如灿烂之太阳，
> 光焰无际普天照。

---

① 以下第11—14颂改变诗律。

你似辉煌一日轮，
光芒万道射频频；
一切永恒与可变，
你是它们之死神！（12）

如同造成白昼者[①]，
无名怒火烧生灵；
光辉俨然火神者！
你也那样伤众生。
你造恐怖与绝灭，
你似烈火毁一切；
四个时代之循环，
是你造成其终结。（13）

你是一切鸟禽首，
我们寻求你保佑；
力大无穷驱黑暗，
云天大地你遨游。
金翅大鹏力非凡，
我们齐趋你身边；
你是因果你赐恩，
不可战胜殊勇健！（14）

大鹏金翅鸟美翼，那时受到诸位天神和众仙这一番歌颂，便将自己的神光收敛起来了。（15）

以上是吉祥的《摩诃婆罗多》中《初篇》第二十章（20）。

[①] 太阳神的称号之一。

二一

歌人说：

　　大鹏金翅鸟能够如意翱翔，英勇非凡，力量无穷。尔后，他飞到了在大海对岸的母亲身边。(1) 就在那个地方，毗娜达在赌博中被对手战胜了。她沦落为奴隶，好似火烧一般极其痛苦。(2)

　　后来有一天，迦德卢把毗娜达叫去了；那时，她当着儿子的面，俯首躬身。迦德卢吩咐她说：(3) "贤女啊！龙蛇的洞府，令人心旷神怡的快乐岛，在大海中央一个僻远的地方。毗娜达，你背我到那里去吧！"(4) 随后，美翼的母亲背起了众蛇的母亲，金翅鸟在母亲的催促下，也背起了众蛇。(5) 毗娜达之子大鹏金翅鸟，靠近太阳飞行。在太阳光芒的笼罩下，众蛇逐渐变得僵硬了。看到儿子们的那番处境，迦德卢随即歌颂起天帝释：(6)

　　　　向你致敬，众天的神君！
　　　　向你致敬，诛灭波罗者！
　　　　诛灭那牟吉者，向你致敬！
　　　　千眼的大神！沙姬的主人！① (7)

　　　　太阳晒得蛇儿昏昏，
　　　　请你用水淋淋他们！
　　　　你是我们最高的庇荫，
　　　　出类拔萃的天神！(8)

　　　　破敌城堡的英雄！
　　　　因你是播下丰沛雨水的主公，
　　　　你是云，你又是风，
　　　　你也是火，你是闪电在长空！(9)

---

① 印度神话说，因陀罗有一千只眼睛，其妻名叫沙姬，所以他又有这样两个称号。

你是在天空中布云之神，
人们因此又称你"巨云"；
你是金刚杵无敌又可怕，
是霹雳轰鸣的钵罗诃迦！① （10）

你是诸世界的创造者，
亦是破坏者，所向无敌；
你是一切众生的光明，
你是太阳，光焰无际。（11）

你是伟大的元素②，不可思议；
你是王，你是修罗，崇高无比；
你是遍入天③，你有千目，
你是天神，你是终极。（12）

你是全部的甘露，天神！
你是最受景仰的苏摩④；
你是一牟呼栗多，阴历一日，
你是一腊缚，又是一刹那⑤。（13）

你是白半月，又是黑半月，
你是迦腊，迦湿吒，多卢底，③
你是一年，若干季，若干月份，

---

① 印度神话说，在劫末出现七大"巨云"，使世界陷入一片黑暗。钵罗诃迦是七大巨云之一。
② 指地、水、火、风、空五大元素。
③ 遍入天一般指毗湿奴，此处指因陀罗无所不在。
④ 指苏摩酒，用植物苏摩榨成的仙酒，据说有不死之功效。苏摩有时又指甘露。
⑤③ 印度古代的阴历，一年分为十二个月。由月望至月望为一个月。月望至晦，称为黑半月，由朔至望，称为白半月。大月三十日，小月二十九日。一日（一昼夜）分为三十牟呼栗多，一牟呼栗多分为三十腊缚；一腊缚分为六十呾刹那；一呾刹那分为一百二十刹那。由此可知一牟呼栗多为四十八分，一腊缚为一分三十六秒，一刹那为七十五分之一秒。另据记载，一迦腊为四十八秒，一迦湿吒为一点六秒；多卢底则为最最短的时间。

你是若干黑夜与若干白昼。(14)④

你是崇高之大地,
载有山岭与林莽;
你是明澈之天空,
高高悬挂有太阳;
你是茫茫大海洋,
有鲸有鲲布水上;
洪波巨澜多怪兽,
水族洞府海中藏。(15)

伟大荣誉你歆享,
你能令人心欢畅;
睿智之士⑤与大仙,
永远将你勤供养。
祭祀之上受赞美,
你饮苏摩仙酒浆;
及饮祈福之酥油,
它随祷词投火上。(16)

追求祭果婆罗门,
永远拜倒你面前;
吠陀支中受称赞,
你这伟力之渊源!
精通祭祀再生者,
他们因你之缘故,
努力研习吠陀支,
以及吠陀之全部。(17)

以上是吉祥的《摩诃婆罗多》中《初篇》第二十一章(21)。

---

④ 以下第15—17颂改变诗律。
⑤ 指婆罗门。

二二

歌人说：

栗色神马驾车的世尊（因陀罗），受到迦德卢这番歌颂之后，那时，他便用暗蓝色的云团，笼罩住了整个的天空。(1) 团团乌云降下了丰沛的雨水，放出一道道明亮的闪电；乌云和乌云之间，彼此似乎都施雷过量，天上不断有隆隆震响。(2) 巨大而又奇异的浓云，一团一团，几乎堆满了天空，洒下了无数绝妙的雨滴，伴和着一声声霹雳的轰鸣。(3) 起伏的云涛处处翻涌，天空好似在不停地舞蹈；雨云发出的滚滚雷声，响彻了整个的天空。(4) 婆薮之主①沛然降雨，那时，众蛇一个个无上欢喜；大地上也到处布满了潺潺的溪流。(5)

以上是吉祥的《摩诃婆罗多》中《初篇》第二十二章(22)。

二三

歌人说：

美翼背着众蛇，很快到达了那处地方。它的四周环绕着海水，到处回响着鸟群的鸣啭之声。(1) 那地方，长满了成排的树木，斑驳陆离的奇花异果悬挂在枝头；华美的宫殿鳞次栉比，又有一处一处的荷塘。(2) 那地方，点缀着一片片的湖泊，碧波澄澈，千姿百态；有祥瑞之风为之送爽，带来习习浓郁的天香。(3) 那地方，檀香诸树上接云天，将它装扮得美丽非凡，阵阵清风摇动了树木，洒下纷纷扬扬的花雨。(4) 那地方，众蛇一到，鲜花便似雨点似地撒落他们全身；它令人心旷神怡，十分神圣，是健达缚和天女们喜爱的所在；它有鸟雀啁啾，景色迷人，迦德卢诸子为之欣喜若狂！(5)

众蛇来到了一处森林，兴高采烈地游逛了一番，然后，他们又向

---

① 指因陀罗。婆薮是一种天神，共有八位。

英勇非凡的出类拔萃的大鹏美翼吩咐道：（6）"你背我们去别的海岛吧！要风光旖旎，水波浩淼。因为你飞翔起来，会看见许许多多可爱的地方。鸟啊！"（7）这时，大鹏鸟思索了一下，向他的母亲毗娜达问道："母亲啊！是何原因，我必须听从蛇的吩咐？"（8）

毗娜达说：

我成了那个幸运的贱女人的奴隶了，出类拔萃的鸟儿啊！因为那些蛇从中作弊，我押空了赌注。（9）

歌人说：

闻听母亲诉说了原因，大鹏鸟为那不幸十分难过，他对众蛇说道：（10）"要拿来什么东西，要传授哪样本领，或者办成什么力所能及的事情，可以脱离你们不再做奴隶？请你们告诉我真话，众蛇呀！"（11）众蛇听了，对他说道："凭你的本事拿来甘露吧！然后，你们就从奴隶的地位解放了，鸟啊！"（12）

以上是吉祥的《摩诃婆罗多》中《初篇》第二十三章（23）。

二四

歌人说：

金翅鸟听罢众蛇的话，随后向母亲说道："我现在去取甘露，我想知道应该吃的食物。"（1）

毗娜达说：

在海湾的一隅，有尼沙陀人①的重要住处。你将尼沙陀人吃掉几千几万，就去取甘露吧！（2）但是，无论如何你也不要有伤害婆罗门的念头。因为一切众生都不可伤害婆罗门，他们像烈火一样啊！（3）一个被激怒的婆罗门，会成为火，烈日，毒药，利刃。一切众生中，婆罗门应该首先享受饮食，是最好的种姓，父亲，老师。（4）

金翅鸟说：

婆罗门有些什么样的光辉特征，使我可以认出他们呢？出于这个

---

① 印度古代的一种土著居民，一般以渔猎为生。

原因，母亲！请你再回答我的询问吧！（5）

毗娜达说：

一物进入你的咽喉，好似吞进一枚钓钩，它像炭火一样烧你，儿子呀！你就要知道那是婆罗门雄牛。（6）

歌人说：

毗娜达虽然知道儿子英勇无敌，出于对儿子的疼爱，又对他说了一番话，句句饱含着祝福的深情：（7）"请风神保护你的双翼！请月神保护你的脊背！儿子呀！请火神保护你的头颅！请太阳神保护你的一切吧！（8）儿子呀！我永远专注于你的平安和幸福，愿你踏上平安的路程，孩子，为了事情大功告成啊！"（9）①

大鹏金翅鸟听过母亲的祝福，尔后，他展开双翼，冲天而起。接着，力量无穷的金翅鸟，逼近了尼沙陀人。那时候，他饥饿思食，俨然伟大的死神一般。（10）他把许许多多的尼沙陀人赶到了一起。那时，他扬起了滚滚尘埃，其势巨大，上接云天；他吸干了海湾水，动摇了矗立在近旁的群山。（11）然后，鸟王变出了一张巨口，用它拦住了尼沙陀人的去路。尼沙陀人急急忙忙地逃命，那时，他们沿着道路全都跑进了食蛇者（金翅鸟）的巨口之中了。（12）他们进入他张开的巨口，如同惊恐的鸟雀飞进茫茫的天空，成千上万，本来是在森林当中，但狂风大作，树木摇撼不止，迷漫的风沙弄得他们晕头转向。（13）尔后，严惩敌人的，能到处遨游的，力量雄伟的大鹏金翅鸟，合上了巨口。那时，饥饿思食的鸟禽之主，杀死了许许多多形形色色的食鱼者（尼沙陀人）。（14）

以上是吉祥的《摩诃婆罗多》中《初篇》第二十四章（24）。

二五

歌人说：

有一位婆罗门，也和妻子一起进入了金翅鸟的咽喉，他如同一块

---

① 以下第10—14颂改变诗律。

燃烧正炽的炭，金翅鸟被灼，对他说道：(1)"出类拔萃的再生者啊！我的嘴巴张开了，请你快快出来吧！因为我不伤害婆罗门，即便他永远热衷于犯罪。"(2) 金翅鸟说了这几句话，婆罗门回答他说："我这妻子是位尼沙陀妇女，请你让她和我一同出去吧！"(3)

金翅鸟说：

那位尼沙陀妇女，你立刻抱上她出来吧！你要赶紧救出自己，我的神力也消化不了你。(4)

歌人说：

那位婆罗门和尼沙陀妇女，随即走了出去。那时，他将金翅鸟称赞了一番，然后便去了心愿的地方。(5)

那位婆罗门携了妻子出去之后，鸟王展开双翼，冲天而起，如同思想一般迅速。(6) 尔后，他看见了父亲。受到父亲的询问，他告诉父亲说："因为众蛇打发我要竭尽全力取来苏摩①，为了让母亲摆脱奴隶的地位，今天我要将苏摩取回来。(7) 母亲指示我：'你吃尼沙陀人吧！'我吃了几千个，还没有吃饱。(8) 因此，我得吃些别的食物。尊者啊，请你指给我吧！我吃饱了，才会有力气取回甘露。主人啊！"(9)

迦叶波说：

从前有位大仙名叫辉煌，极易动怒。他有个弟弟，名叫妙相，苦行的法力广大。(10) 妙相大仙不愿意和哥哥一起共同享有财产，随后，他不断地提出来分家。(11)

后来有一天，哥哥辉煌对妙相说："有许多人由于糊涂，总是希望能分开财产；他们分得之后，迷恋于财利，彼此之间漠不关心。(12) 这些热衷于自己财利的糊涂虫，于是成了拥有自己财产的孤立的个人。而敌人们察知此情，装出朋友的面孔，又瓜分他们的财产。(13) 他们的财产怎样被瓜分净尽，其他人明明知道，却重蹈覆辙。受瓜分者的彻底毁灭，就是这样迅速地进行着。(14) 所以，那些有识之士，不称道人们分割财产，即便他们拘泥长者之法，互相猜疑。(15) 由于你不能约束自己，处心积虑想分得一份财产，因此，妙

---

① 此处指不死仙酒（甘露）。

相啊，你将变成有手者（大象）！"（16）

妙相这样遭到诅咒之后，也诅咒辉煌说："你将变成一只乌龟，只能在水中游荡！"（17）妙相和辉煌这样互相诅咒之后，因为财利迷住了心窍，他俩变成了大象和乌龟。（18）由于愤怒联结着错误，二人投胎变成了动物，现在还热衷于互相仇恨，仗恃身强力壮彼此大抖威风。（19）

两个身躯魁伟的宿敌，在这片湖水中互相角逐。二者之中的吉祥的巨象，现在逼向前来了。（20）伏卧在水中的那只乌龟，一听到大象的长鸣声，那庞然大物也挺起身来，掀动整个湖泊翻腾不住。（21）那头大象一见到乌龟，卷起长鼻，跳入水中，用牙齿、鼻子、前额、尾巴和蹄子，迅速进击，十分勇猛。（22）大象搅动了鱼类繁多的湖泊，那只乌龟也高昂起头，迎上前去和它搏斗，大逞雄威。（23）大象身高六由旬，身长是身高的二倍；乌龟横展三由旬，圆壳之围是十由旬。（24）那两个东西酣战方兴，都盼望战胜对手，你赶快把它俩享用了，去完成自己心愿的事情吧！（25）

歌人说：

听罢父亲的这番话，大鹏鸟以令人生畏的神速，用一只爪子抓起大象，又用另一只爪子抓起乌龟。（26）大鹏随后飞上了高高的云天。他来到阿楞波圣地，朝着一片神树飞去。（27）一株株神圣的迦那迦树，受到大鹏翼下强风的伤害，当时，它们惶恐万状，抖抖颤颤，说："求你不要压断我们！"（28）大鹏望了望迦那迦树林，见树上枝条摇曳，果子和嫩芽赏心悦目，便向另外一些形态无与伦比、枝条美丽异常的树木飞去了。（29）

那些树木十分高大，生长着吠琉璃的枝条，挂满黄金和白银之果，四周环绕着海水，光芒四射。（30）那里有一棵卢醯那树，长得十分繁茂，极其粗壮。疾如思想的鸟中佼佼飞来，巨树向他说道：（31）"我的这一根大树枝，有一百由旬长。你落到这根树枝上，吃掉大象和乌龟吧！"（32）① 那株树栖息着数以千计的鸟雀，大鹏身似高山，使它瑟瑟发抖。出类拔萃的大鹏，倏地飞临树旁，一落便压

---

① 下一颂改变诗律。

弯了那根浓叶纷披的大树枝。(33)

以上是吉祥的《摩诃婆罗多》中《初篇》第二十五章(25)。

二六

歌人说：

金翅鸟力量非凡，他用双足刚刚一触，那根大树枝就被压弯了，接着又折断了。(1) 金翅鸟微微含笑，朝那根大树枝望了一眼，他随即瞥见有众多矮仙①头朝下倒悬在树枝上。(2) 鸟王害怕他们丧生，赶紧追了过去。出于对矮仙们的关怀，他用嘴衔住了树枝。大鹏慢慢地盘旋飞起，毁坏了一座座高山。(3) 他就这样带着大象和乌龟，飞过了许多地方。他为了可怜那些矮仙，没有找到落脚之地。(4)

尔后，大鹏飞向了山中佼佼不朽的香醉山。他看见父亲迦叶波，正在那里修炼苦行。(5) 父亲也看见了大鹏：形容神圣，神光闪烁，英勇非凡，力大无穷，迅疾如思想，迅疾如劲风。(6) 他状如山峰，似梵天神杖高高祭起，不可思议，不可识认，造成了一切众生的恐怖。(7) 他有幻术和英勇，如同火神现身，华光高照，天神、檀奴之子和罗刹都不能将他抵挡，都不能将他征服。(8) 他劈开了一座座山峰，弄干了江河的水流，使世界陷入可怕的混乱，看上去他俨然死神一般。(9)

那时候，尊者迦叶波看见大鹏飞来，知道他的心思，便开口说道：(10) "儿子，你不要做下鲁莽的事情！你不要突然遭到不幸！饮日光的众位矮仙，②脾气暴躁，他们千万不要焚烧你啊！"(11) 迦叶波为了儿子，好言安抚了众位矮仙，又向苦行圆满的矮仙们，讲明了原因：(12) "为了众生的利益，金翅鸟才有此行动，深有道行的矮仙们啊！他想创造伟大的功业，请诸位体察！"(13) 那些仙人听尊者这样一说，放开了那根树枝。为修炼苦行，他们一起投向了神圣的雪山。(14)

---

① 印度神话中的一种仙人，只有拇指大，总数有六万，系大梵天所生。
② 因为太阳有一名叫"天神之蜜"，据说矮仙常常环绕着太阳神车，故有此典。

众位矮仙离去之后,毗娜达的儿子用嘴叼紧树枝,询问父亲迦叶波:(15)"尊者啊!我把这根树枝扔到何处呢?什么地方没有婆罗门,请尊者告诉我吧!"(16)有一座大山没有人迹,大雪封住了山中峡谷,人们连想也想不到它。迦叶波将这座大山告诉了他。(17)

那座有广阔腹地的大山,金翅鸟的思想率先前往,然后,他又携了树枝、大象和乌龟,迅速地飞去了。(18)那根巨大的树枝,即便用一百张皮革做成一条长长的绳索,也不能围拢,大鹏衔着它展翼飞去了。(19)尔后,鸟中精英金翅鸟,用了不太长的时间,飞过了十万由旬的路程。(20)大鹏依照父亲的指示,刹那间来到了那座山,将那根树枝扔在那里,树枝拖带着长长的呼啸。(21)大鹏两翼扇起的风,吹得那个众山之王不断摇晃;倒下的树木,撒落下花雨。(22)那座大山,到处有山峰崩裂折断,奇异的摩尼宝石和黄金,映照得大山也光辉闪烁。(23)许许多多株树,被那一根树枝砸断了,黄金的花朵犹现光芒,宛如雨云放射出条条闪电。(24)又有一些树木,有黄金般的光芒,伴同山上的种种宝藏,迎着太阳的万道光华,在那里交相辉映。(25)出类拔萃的大鹏鸟,随后停落在那座大山的峰顶上了。金翅鸟吃掉了大象和乌龟。(26)

尔后,疾如思想的大鹏,从山峰之巅扶摇直上。诸神之中,随即有种种预知恐怖的征兆发生了!(27)因陀罗的宝贝金刚杵,痛苦难忍,冒出火焰;流星裹着浓烟,长曳光线,离开青天,纷纷陨落;(28)婆薮们,楼陀罗①们,以及全体阿提迭②,沙提耶们,摩录多③们,同了另一些天神之群,他们各自的兵器,跑到一起互相撞击。(29)这种情景是前所未有的,即便在天神和阿修罗大战的时候,也不曾出现过。打着旋的飓风怒号狂啸。到处有流星坠落。(30)天空虽然万里无云,却有一阵阵巨雷轰鸣。那位神中之神(雨神),布雨时降下的竟是淋漓的鲜血!(31)天神们的花环枯萎了,天神们的神光消失了,蓦然升腾的狰狞雨云,倾下了滂沱的鲜血之雨。尘土飞扬,玷污了诸神的冠冕。(32)

---

① 一种天神,共有十一位。
② 女神阿提底之子,共有十二位。
③ 群体性质的风神,以因陀罗为主人。

尔后，为恐怖所袭扰的百祭①，同了众位天神，禀告毗诃波提②说："我们看见了种种凶险的征兆！（33）尊者啊！为什么出现了可怕而又巨大的征兆？我在战斗中尚未见过胆敢伤害我们的敌人呢！"（34）

毗诃波提说：

因陀罗呀，百祭！由于你的过失和傲慢，矮仙们运用苦行法力，生出了一个不可思议的生灵。（35）迦叶波仙人和毗娜达的儿子大鹏，力量非凡，能如意变化，他来夺取苏摩③了！（36）大鹏是大力士中的佼佼者，有本事将苏摩夺走。我相信这一切，别人办不到的事情他也会成功。（37）

歌人说：

天帝释听罢此言，向护卫甘露的诸神吩咐道："英勇非凡、力大无穷的大鹏，妄图来此夺取苏摩。（38）我提醒你们，不能让他恃力夺去苏摩。因为他的力量是举世无双的，毗诃波提已经告诉我了。"（39）

诸位天神听了这番话，不胜惊奇，全都小心翼翼，围绕着甘露团团站定。举行过百次祭祀的因陀罗，手持金刚杵，也与他们站在一起。（40）睿智的诸神披挂上贵重的铠甲，一件件都是黄金制作，色彩斑斓，镶嵌着吠琉璃宝石。（41）他们四处林立，操持着种种不同的兵器，形状可怕，带着雪亮又锋利的尖刃，其数成千上万。（42）到处有天神手执神轮，火星明灭，亮光闪烁，冒出一股股浓烟；还有天神手执铁棒、三叉戟和大斧。（43）他们紧握着各种锋利的宝剑，锃亮无锈的长刀，模样凶恶的大杵，和各自的身材很是相称。（44）一群群的天神，操持着闪闪发光的武器，佩戴着神奇美妙的装饰，光辉璀璨，纯洁无瑕，岿然屹立；（45）④诸位天神力量非凡，英勇无敌，熠熠神光无与伦比，信心坚定，保护着甘露。他们曾经摧毁了阿修罗的城堡，如今光焰辉焕，再现法身。（46）诸神举行的这场集会，

---

① 因陀罗的称号之一，传说他举行过一百次祭祀。
② 或意译"语主"、"祭主"，是一位仙人，在天上为木星，是天神之师。
③ 本章至第30章中的"苏摩"，均指甘露。
④ 以下两颂变换诗律。

十分盛大；数十万根铁棒充满了所在，宛然天空中流泻下一片阳光，使集会显得灿烂辉煌！（47）

以上是吉祥的《摩诃婆罗多》中《初篇》第二十六章(26)。

二七

寿那迦说：

伟大的因陀罗有什么过失？他又怎么傲慢？歌人之子啊！矮仙们怎样运用苦行法力生出了金翅鸟？（1）迦叶波是一位再生者（婆罗门），怎么会有鸟王做儿子？为什么一切众生不能战胜他，也不能诛灭他？（2）大鹏为什么能如意飞行？为什么能有如意之勇？倘若往世书中有过记叙，我愿意听一听这些事。（3）

歌人说：

你问我的这些，正属于往世书的范围。请你听我简略地讲讲这一切吧，再生者啊！（4）

生主迦叶波想要儿子，举行了一场祭祀，众仙人、众天神以及众位健达缚，都来相助了。（5）祭祀上，迦叶波指派天帝释搬运薪柴，还指派了那些矮仙和另外一些群神。（6）天帝释搬起一大堆薪柴，如同一座山，与其勇力十分相称，举步走来，还似乎不太费力。（7）尔后，他看见一群侏儒仙人，身体仅如拇指粗细，一起扛着波罗沙树叶的一根细柄，正行进在路。（8）他看见深有道行的众位矮仙，身体已经累瘫了，没有进食，力量又微弱，狼狈不堪地陷在牛蹄窝的积水里。（9）城堡破坏者（因陀罗）颇感惊奇，自恃其勇而极为狂傲，哈哈一笑，很是藐视，倏地一步便跨越过众位矮仙，扬长而去了。（10）

众位矮仙不禁怒气填膺，极度的伤感也油然而生，那时，他们便开始举办一场让天帝释恐慌的大祭祀。（11）深有苦行法力的众位矮仙，如仪祭祀过火神，睿智的仙人们又高声念诵咒语，他们发下的那一心愿，请你听一听吧！（12）恪守斋戒的矮仙们说："愿众神有另外一位首长，他有如意之勇，能如意而行，给天神之王带来恐惧！（13）他有因陀罗百倍之能、百倍之勇，迅疾如思想，付出我们的苦行之

果,让这凶猛之物今日诞生吧!"(14)

诸神之王百祭知道之后,极为忧虑,便到严守戒行的迦叶波那里寻求庇护。(15)生主迦叶波听罢神王的一番话,当即来到矮仙们面前,询问事情是否成功。(16)言语真实的矮仙们告诉他:"定会如此!"生主迦叶波先用好言劝慰他们,然后说道:(17)"创造出那位三界之长,本是遵照大梵天的命令。为立新主,深有道行的诸位先生也已尽到努力了。(18)请你们不要使大梵天的话落空,诸位至贤啊!同时,我也希望你们的心愿会实现。(19)诞生一位力量非凡、品格尤殊的鸟禽之长吧!请你们赐予苦苦哀求的神王一个恩典吧!"(20)

经迦叶波这样一劝,深有苦行法力的矮仙们,向仙人佼佼生主迦叶波敬礼之后,回答他说:(21)"这场求新主的祭祀,我们全体已经开始进行了。求儿子的祭祀,先生你也正在举办。(22)这场有好结果的祭祀,请你把它接受下来,你看怎样好,就在此怎样安排吧!"(23)

而就在这一时间,达刹之女,名唤毗娜达的光艳女神,她大有福分,素享美誉,想要儿子。(24)她修过苦行,一心守戒,沐浴之后,纯洁的女郎于月经期间和丈夫亲热了一番。随后,迦叶波对她说:(25)"夫人!你所盼望的事情已经开始了,它将会带来好结果。你将生下两个儿子,一对英雄,两位三界之长。(26)由于矮仙们的苦行法力,将依照我的心愿出生两个儿子。他俩会洪福齐天,受到三界的尊崇。"(27)尊者、摩利支之子①又嘱咐她说:"此胎有无限洪福,你要小心护持!(28)有一个将要成为一切鸟禽之长,世界景仰的英雄,是有如意之勇的大鹏。"(29)

尔后,生主高兴地告诉百祭:"将有两个行天者做你的伙伴和兄弟。②(30)城堡破坏者!他二人不会在你的面前为非作歹;释迦罗呀!驱走你的忧愁吧,你将依然是天帝。(31)而对于口宣梵音的仙人,你决不能再这样肆意侮辱,也不能再这样傲然轻视,他们的言语似毒,又易生嗔怒。"(32)

因陀罗听罢此言,消除了惶恐不安,回归三重天去了。毗娜达那

---

① 即迦叶波。他是摩利支之子,故又称摩利遮。摩利支是大梵天之子。
② 据印度神话,迦叶波也是因陀罗的父亲。

时也如愿以偿,心中很是欢快。(33)她生下了两个儿子,一个是曙光(阿噜诺),一个是金翅鸟(迦楼罗)。两个儿子之中,曙光发育不全,做了太阳神的先驱。① (34)而金翅鸟则灌顶登基,做了鸟禽之长。他的那一桩宏伟的业绩,且请你听下去吧,婆利古的子孙啊!(35)

以上是吉祥的《摩诃婆罗多》中《初篇》第二十七章(27)。

<h1 style="text-align:center">二八</h1>

歌人说:

尔后,再生者之佼佼啊!在众天神刚那样动员起来的时候,鸟王金翅鸟已经迅速地逼近了他们。(1)一见金翅鸟果真力量非凡,众天神便吓得浑身战栗,连他们的武器也都互相碰击个不停。(2)有一位天神魄力雄伟,如闪电似烈火光辉璀璨,他是鲍婆那(世界之子)②,十分骁勇,是保护苏摩的一名警卫。(3)他和鸟王进行了一场短暂的实力悬殊的较量,遭到鸟王翼、喙、爪的打击,遂在战斗中倒下。(4)大鹏的巨翼扇起狂风,飞沙走石,尘土迷漫,弄得众世界漆黑一团,又将众天神埋入尘土之中。(5)众天神被大鹏埋入尘土,一个个都昏头昏脑。守护甘露的天神也被尘土掩埋起来了,全都看不见大鹏的踪影。(6)金翅鸟就这样搅得三重天界混沌一团,他以两翼、喙、爪为武器,把许多天神撕得粉碎。(7)

千眼天神(因陀罗)随即赶紧督促伐由,说:"除去这场尘土之雨吧,那是你的职责呀,风神!"(8)力大身强的风神伐由,立刻将尘土迅速搬走了。随着现出的一片光明,众天神又向大鹏发起了进攻。(9)力量非凡的大鹏鸣声高亢,犹如云中的滚滚雷霆。他和一群群天神交战厮杀,使一切众生惶恐万状。诛灭敌酋的鸟中之王,十分骁勇,又高高飞起。(10)大鹏冲天飞起之后,定在空中,高高凌驾

---

① 据印度神话,太阳神坐在神车上,有七匹绿色神马拉车。太阳神前面坐着御者,是一个没有腿的青年,名字叫做阿噜诺,意即曙光。

② 指工艺之神毗首羯磨(制造一切者)。他又叫鲍摩那。

于众天神的头上。身披甲胄的全体天神,向他投射出种种武器。(11)婆薮之主(因陀罗)在内的诸位天神,投射出去三叉戟、铁棍、标枪和大杵,还有边缘似剃刀、冒着火焰、状如日轮的神轮。(12)纷纷投来的种种武器,虽然使鸟王周身受到打击,他进行这场声动天地的战斗,却毫不慌张。(13)一声长鸣犹在天空中萦回,光彩辉焕的毗娜达之子,已经用双翼和胸脯将众神统统击溃了。(14)

众天神业已溃不成军,接着又在金翅鸟的追击下四处奔逃。他们连续受到金翅鸟爪喙的伤害,流淌出淋漓的鲜血。(15)在鸟王的打击之下,沙提耶和健达缚们逃向了东方,婆薮们和众位楼陀罗奔向了南方。(16)阿底提的儿子们逃向了西方,双马童的儿子们朝北窜去了。他们一次又一次地左顾右盼,拼着性命奔跑不停。(17)

大鹏又和骁勇的阿首伦达,生有翅膀的莱奴迦,凶猛的迦罗陀那,多波那,(18)乌卢迦,首婆那,生有翅膀的尼弥沙,波罗卢阇,以及波罗梨诃,① 展开了一场厮杀。(19)毗娜达之子大吼一声,用两翼、两爪、尖喙和他们搏斗起来。他力量非凡,怒火中烧,俨然时代末日的持三叉戟者②。(20)那许多大勇大能之徒,都被大鹏击伤了,他们抖抖颤颤,一似天上的雨云,倾洒下血水如注。(21)

鸟中佼佼——夺去了他们的性命,然后,他飞跃向前去取甘露,发现四周一片烈火。(22)那场大火燃烧得十分猛烈,火光闪闪,弥漫了整个天空;那大火又被狂风吹动,犹如火焰炽盛的可怕的烈日。(23)③尔后,神速的高贵的金翅鸟,变出来九九八千一百张嘴,接着,他迅速前去,用那些嘴吸干了许多条江河,又迅速地飞了回来。(24)严惩仇敌的英雄,以两翼为战车的大鹏金翅鸟,用那许多条江河之水,扑灭了那场熊熊燃烧的烈火。他扑灭了烈火之后,随即把巨身变得十分微小,想潜入(存放甘露的地方)。(25)

以上是吉祥的《摩诃婆罗多》中《初篇》第二十八章(28)。

---

① 以上九位据说都是药叉。药叉,或译夜叉,一种半神的小神灵。有时他们也与恶魔并列。
② 指司毁灭的大神湿婆。他手执三叉戟,头发散乱,额上多一目,能喷射烈火,青颈缠蛇,佩戴骷髅,腰围兽皮,形象十分可怕,故有此喻。
③ 以下两颂变换诗律。

二九

歌人说：

大鹏变成一粒黄金之体，如太阳一般光华灿烂，他奋力冲了进去，好似一道急流奔入大海。（1）他看见在甘露的前面，有个边缘像剃刀的轮盘，刃口极为锋利，以铜制作，不停地旋转着。（2）它闪烁着火焰的光芒，是砍死苏摩贼的致命法宝；它样子可怕，十分厉害，是诸神共同精心制造的武器。（3）大鹏发现轮盘上面有空隙，便围着它转来转去，猛然缩小身体，钻进轮辐的间隔。（4）

在轮盘的下方，还有两个东西，施放出炽烈的火焰，其舌如电，其状狰狞，口有火燃，目有火燃，（5）目光肆毒，凶猛异常，暴怒成性，动作神速。金翅鸟望去，原来是守护甘露的两条不同凡响的火龙。（6）那两条火龙永远双目圆睁，永远不眨眼睛；即便是它俩之间，一个若是看了另外一个，后者也会立刻化为灰烬。（7）美翼扬起尘土，迅速地迷住了两条火龙的眼睛，它俩还没有看见大鹏的模样，全身已经饱受了皮肉之苦。（8）毗娜达之子大鹏，跃上两条火龙的身体，把它俩一下子撕得粉碎，接着奔向了放置在中间的苏摩。（9）

尔后，力量非凡的毗娜达之子，捧起甘露，捣毁那个轮盘，倏忽之间飞上了蓝天。（10）英勇的大鹏没有饮甘露，携带着它迅速地飞走了。他遮蔽住了太阳的光辉，精神抖擞地一路巡行。（11）在天空中，毗娜达之子和毗湿奴那时猝然相遇了。由于他行为不贪，那罗延对他很是满意。（12）永恒之神对那大鹏说道："我要施你恩典。"大鹏挑选心愿说："我要高踞于你之上！"（13）他说完这句话，又向那罗延提出："即便我没有甘露，我也要不衰老，不死亡。"（14）金翅鸟得到了这两个恩典之后，对毗湿奴说道："我也向阁下施一恩典，请世尊挑选个心愿吧！"（15）黑天（毗湿奴）挑选力大无比的金翅鸟做坐骑，世尊又以金翅鸟为旗徽，对他说："你仍将高踞于我之上。"（16）

却说因陀罗追上了大鹏，挥舞金刚杵朝他身上打去，痛击天神之敌,恃力盗走甘露的大鹏。(17)鸟禽中的菁英金翅鸟,虽然受到金刚杵那样一番猛击,却微微含笑,话语和蔼,在战场上对因陀罗说道:(18)"我要向那位仙人表示敬意,他的骨头做成了你的金刚杵;我也向你的金刚杵表示敬意,百祭呀!(19)我丢下去的这根羽毛,你会发现它是没有终尽的。虽然挨了你的金刚杵,但它决伤害不了我。"(20)在场的一切众生都惊诧不已,又见那根羽毛无比绚丽,他们当时异口同声地说道:"他就叫做美翼吧!"(21)千眼大神城堡破坏者,亲眼目睹了这场奇迹,也认为大鹏是个伟大的生灵,便对金翅鸟说道:(22)"我希望知道你的力量,它真是伟大无比呀!我愿意与你结下永恒的友谊,鸟中佼佼啊!"(23)

以上是吉祥的《摩诃婆罗多》中《初篇》第二十九章(29)。

三〇

金翅鸟说:

让你我结成友谊吧,天神!依照你的心愿,城堡破坏者呀!请你知道,我的力量无比巨大,是不可抗御的。(1)让人夸奖自己力量的那种欲望,不为贤人君子所称道;让人宣扬自己的品德,也不受贤人君子的赞赏。百祭!(2)但是,既然做了朋友,承蒙下问,朋友啊!我就为你说一说。因为事涉夸耀自己,无缘无故是不应该加以吹嘘的。(3)这大地有丛山和森林,又有浩瀚的海洋,我翅膀上的一根翎毛就能驮起它。天帝释啊,连你也一起悬挂上面。(4)或者将众世界堆放一处,包括所有的植物和动物,我可以全部驮起来而不觉得劳累,你当知道我的力量之大了。(5)

歌人说:

寿那迦呀!听罢金翅鸟上述之言,头戴天冠者,最为吉祥的众神之长,造福一切众生的主宰,对英雄说道:(6)"此刻,请你接受我的永恒又高尚的友情吧!你要苏摩已经没有什么用处了,请把苏摩还给我吧!因为你若是把它给了别人,他们就会和我们作对。"(7)

金翅鸟说:

出于某种缘由,我把这苏摩取来了。不过,我不会给任何人喝这

苏摩。(8) 我要亲自把它放在一处地方,千眼大神啊! 你到那里拿起来,然后要迅速带走它。三十三天的主公啊! (9)

天帝释说:

你讲的这番话真叫我感到满意,大鹏! 你愿意向我要什么恩典,就请你取走它吧,鸟中翘楚啊! (10)

歌人说:

听罢此言,金翅鸟想起了迦德卢的儿子们,他回想起他们作弊,母亲因此而沦为奴隶。于是,他回答说:(11)"尽管我是一切之主,可是,我仍然向你提出请求,天帝释! 那些强暴的大蛇,应该成为我的食物。"(12)"好吧!"诛灭檀奴之子的因陀罗这样答应之后,便随他上路了。他又对金翅鸟说:"你一放下苏摩,我就拿走它。"(13)

尔后,美翼迅速地回到了母亲的身边。他随即满怀欣喜之情对全体蟒蛇说道:(14)"让我把这带来的甘露给你们放在拘舍草上,你们沐浴之后,做过祈祷,就请享用吧,众蛇呀! (15) 从今天起,我的母亲不应该再是一个奴隶了。按照你们对我提出的要求,我已经把事情办到了。"(16) 众蛇立刻回答他说:"好吧!"然后便去沐浴了。而天帝释却拿起甘露,返回三重天去。(17)

众蛇沐浴完了,又口中念念有词,兴高采烈地做过祈祷,然后回到那个地方找甘露。(18) 这时,众蛇发现那甘露已经被拿走了,甘露变成了幻影。他们心想:"这是放过甘露的地方。"当时便都去舔达哩薄草①。(19) 由于他们总是舔个不停,众蛇的舌头后来裂成了两条。那一丛丛的达哩薄草,则因接触过甘露而变得圣洁。(20)②

尔后,美翼怀着无限喜悦的心情,陪伴母亲在森林中漫游度日。他以蛇为食,深受鸟禽的崇敬,赢得了完美的名声,使毗娜达感到十分欣慰。(21)

这篇故事,人若经常聆听,或者经常在头等再生族(婆罗门)的集会上吟诵,他定然会登上三重天,享受幸福,因为广泛颂扬了鸟王。(22)

以上是吉祥的《摩诃婆罗多》中《初篇》第三十章(30)。

---

① 即拘舍草,又称吉祥草,印度古代常常用于各种宗教活动。
② 以下两颂变换诗律。

三一

寿那迦说：

众蛇受到母亲的诅咒，毗娜达又受到儿子的诅咒，其原因你已经讲过了。歌人之子啊！（1）丈夫赐给迦德卢和毗娜达的恩典，以及两个会飞的毗娜达之子的名字，你也讲到了。（2）可是，你没有提到众蛇的名字，歌人之子！请你择其要者也列举一下蛇名吧，我们想听一听。（3）

歌人说：

因为众蛇的名字太多了，以苦行为财富的人啊！我不全部细讲了。可是，我将简要地讲一讲，请你听来！（4）

湿舍是第一个出生的，婆苏吉紧接其后，以下是爱罗婆多和多刹迦，迦拘吒迦和胜财。（5）有玄色，有摩尼宝龙，又有一条蛇是丰满；有蛇雄黄，豆蔻叶，尔后是蜷曲。（6）靛青和雪白是一对蛇，斑点和花章也是一对；有尊贵，还有元始，又有一条蛇是沙罗宝多迦。（7）有慈口，乳口，以及无瑕之疣；有既得，冬天，螺贝，以及毛冠。（8）有吐沫，金心，友邻，以及绛黄；有外耳，象足，以及杵瘤。（9）又有毛毯和骡子也是一对，有一条蛇是黄檀；另有两条蛇是旋转和劫火，据说还有两条都叫做红莲。（10）有一条蛇是蜗牛，另有一条是噱头；有一条大蛇是芳香，有一条蛇是乞儿。（11）有夹竹桃，花齿，公羊，苹果黄，食鼠者，螺顶，满齿，檀香。（12）有无敌，光芒，爬行，以及呈祥；有憍罗毗耶，持国，青莲，以及沙利耶迦。（13）有无尘，妙臂，米团和骁勇；有象贤，小钵，乌鸦，隅居。（14）有大象，苍鹭，还有一条蛇叫太阳；有睡莲，莲目，鹧鸪，以及农夫；有一对是坚硬和柔软，有一对是瓮腹和臣腹。（15）

这些是主要的蛇，我已经讲完了，再生者中的至贤啊！由于蛇的名字太多，其余的我就略而不提了。（16）众蛇的子孙后代，及其后代的子孙，我认为是无法尽数的，我不一一罗列了。出类拔萃的再生者啊！（17）世界上有千千万万条蛇，细数细算那些蛇是不可能的，

以苦行为财富的人啊！（18）

以上是吉祥的《摩诃婆罗多》中《初篇》第三十一章(31)。

三二

寿那迦说：

众蛇生来就十分勇猛，难以接近，孩子！他们知道了那一诅咒之后，又怎么办呢？（1）

歌人说：

却说众蛇之中有位尊者湿舍，一向享有盛誉，他离开了迦德卢，去修炼广大的苦行；他以风为餐，严格守戒。（2）他一心修炼苦行，去过香醉山、枣树河，又去过圣地牛耳、青莲林，还去过雪山坡。（3）在那一处又一处有福的圣地和祭场，他已经独处成习，始终克己自制，完全征服了感官。（4）

老祖宗（大梵天）发现湿舍正在修炼严酷的苦行，肌肉、皮肤、筋腱全部干缩了，发髻盘结，身穿树皮衣。（5）当他正毅然决然地修炼苦行的时候，老祖宗前来向他问道："你这是在做什么？湿舍！你要为众生造福啊！（6）因为你若是炼就了严厉的苦行，你会苦害众生，无咎者啊！对我说出你的心愿吧，湿舍！它在你的心中已经埋藏很久了。"（7）

湿舍说：

因为我的一奶同胞的兄弟们，全都心地卑劣，我才不和他们一起过活。这件事请您俯允。（8）他们总是恶意相向，彼此仿佛是仇人一般，所以我才修炼苦行，为我能永不再见到他们。（9）他们始终不喜欢毗娜达和她的儿子，可是，毗娜达之子也是我们的另一位兄弟呀，老祖宗！（10）他们仇恨他已经到了无以复加的地步，而金翅鸟却是力大无穷，由于父亲迦叶波赐予的恩典。（11）待我修炼完苦行，我将解脱掉这具身躯。然而，我在来世，怎么能够也不和他们一起相处呢？（12）

大梵天说：

湿舍！我知道你的兄弟们的行为。可是，因为你母亲的过错，你的兄弟们正面临一场巨大的恐怖。（13）一个解救之策，从前我已经准备在此了，蛇呀！你不必再为你的众兄弟担忧了。（14）从我这里你挑选一个渴望的心愿吧，湿舍！因为我今天想赐予你一个恩典，我是十分喜爱你的。（15）你的思想专注正法，蛇中佼佼啊！但愿你的思想永远坚定地致力于正法！（16）

湿舍说：

这正是我今天渴望得到的恩典呀，老祖宗！让我的思想专注于正法、和平与苦行吧，主人！（17）

大梵天说：

由于你的自制和恬静，湿舍！我心中很是喜欢。你要说到做到，依照我的吩咐，做一件造福众生的事情。（18）[①] 这个大地，上有高山密林，大海大洋，还有宝藏和城镇。湿舍！这整个大地常常抖动，你要把它紧紧环抱起来，并要固定住，使它安稳不动！（19）

湿舍说：

赐予恩惠的天神，生主，大地之主，造物之主，世界之主，既然如此吩咐，那么，我就顶起这个大地，使之安安稳稳。请把大地放到我头上吧，生主啊！（20）

大梵天说：

你到大地的下面去吧，出类拔萃的蛇呀！大地自己会给你（张开）一个洞，你支撑起这个大地吧！因为你做了这件事，湿舍！我将大为高兴！（21）

歌人说：

卓越的众蛇的长兄，大有能为的湿舍，说声"遵命"，就钻入了洞里，把大地固定住了。他紧紧环抱住海为轮箍的大地，用头顶起了那位大地女神。（22）

大梵天说：

出类拔萃的蛇呀，你是节省[②]正法神了，因为是你一个支撑起这大地。你环抱着整个大地，蛇身无限，这样，你就如同我，或者如同诛灭波罗者（因陀罗）一样了。（23）

---

① 以下5颂变换诗律。
② 湿舍即"节省"之意。

歌人说：

光辉闪烁的大蛇无限①，就这样住在大地的下面了。他大有能为，遵从大梵天的命令，独自支撑着负载万物的大地。（24）那时候，世尊，至高无上的天神，老祖宗，把毗娜达之子美翼带给无限做了朋友。（25）

以上是吉祥的《摩诃婆罗多》中《初篇》第三十二章(32)。

三三

歌人说：

母亲身边传来的诅咒，蛇中至贤婆苏吉闻听之后，想道："这个诅咒怎样才会化为乌有呢？"（1）接着，他同众位兄弟多方计议了一番。从爱罗婆多算起，他们一个个都精通正法。（2）

婆苏吉说：

发出的诅咒如同你们知道的一样，无辜的众位兄弟呀！为了解除这个诅咒，我们商议之后还要去努力！（3）各种诅咒的解除之法，我们虽然都知道，可是，如何解除母亲的诅咒，我们却一无所知。众蛇呀！（4）"母亲是在永恒的无限的真界之主②面前发出的诅咒。"我听到此言之后，心头不住地抖颤。（5）如今事情已经表明，我们大家要统统毁灭了。因为那位永恒之神也没有阻止她发出诅咒。（6）所以，我们在这里商议商议，以便让全体蛇类都太太平平，我们千万不要误了时间！（7）因为我们大家一起商量，总会找到解除的办法，就像从前众位天神终于找到了藏进洞穴的火神。（8）因为镇群王的那场祭祀，起因是要灭绝蛇类，要让它或者不能举行，或者中途废止！（9）

歌人说：

迦德卢诸子齐声称"是"，集合到一处。他们一个个深通谋略，广有见识，当场都纷纷献计献策。（10）

---

① 湿舍的一个称号。
② 指大梵天。真界之主，原文为"真理"、"真实"。据青项在通行本中的注释，意指"真界之主"。所谓"真界"，是七重世界的最高界，为大梵天所居。

在场的一些蛇说："我们变成婆罗门雄牛,然后去劝告镇群王:'你的祭祀不应该举行!'"(11)

在场的另外一些蛇,自以为学识渊博,说:"我们全部变成他的大臣,更会受到国王的尊重。(12)一应大小事体,他要请我们拿出主意,我们就在那里高谈阔论,以便于停止那场祭祀。(13)国王是位卓越的智者,他知道我们足智多谋,也会向我们询问祭祀的事宜,我们就回答:'显然不行啊!'(14)我们向他指明业已发生的种种罪恶,如今潜在的种种凶险,由于种种缘故,种种原因,那场祭祀不应该举行。(15)在那场祭祀上,或许会有一位大师,既精通蛇祭的仪式,又对皇家的事务和利益忠心耿耿。(16)让一条蛇去咬他,他就会一命呜呼。那个行祭者一旦被除掉,那场祭祀也不复存在了。(17)祭祀上还会有另外一些懂得蛇祭的祭师,让我们把他们统统咬死了,事情也就这样成功了。"(18)

在场的还有一些蛇,以正法为魂,议论道:"你们的这个办法实在不高明,谋害祭师也不光彩!(19)因为在灾难之中,无上太平乃是以正大光明的正法为根;那严重的不法,只会使整个世界遭殃。"(20)

而另外一些蛇则又说:"我们变成乌云,挟带闪电,降下雨水,扑灭熊熊的祭火。(21)或者由几条出类拔萃的蛇,趁黑夜人们疏忽大意,前去迅速地偷走祭勺和其他祭具,这样一定会破坏掉祭祀。(22)或者在那场祭祀上,众蛇齐去咬人,咬它个几百几千,这样会造成一片恐慌。(23)或者让我们众蛇去毁掉那些精制的食品吧!有了我们的尿和粪,全部祭品就都毁掉了。"(24)

在场的另一些蛇说:"让我们变成国王的祭师吧!我们将对祭祀进行破坏。我们要叫嚷:'请给赏赐吧!'待国王来到,受到我们的辖制,他就得照我们的愿望行事了。"(25)

在场的还有一些蛇说:"当国王在水中嬉戏的时候,我们抓住他,紧紧地缠住他,这样就不会有那场祭祀了。"(26)

在场又有一些蛇,善于采取巧妙的行动,他们说:"让我们迅速抓住国王,大家一起狠咬,这样事情就成功了。那个国王一死,一切不幸之根,立刻也砍断了。(27)对于我们大家来说,这应该被认作是

最终的决策。蛇王啊！或者听凭你的主意,请你赶快布置吧!"(28)

众蛇说完以上的话,一齐注视着蛇王婆苏吉。而婆苏吉沉思了片刻,向众蛇说道:(29)"你们的这个最终决策,我不同意执行。众蛇呀!一切众蛇的所有的计谋,我统统不喜欢。(30)而今究竟应该怎么办,才对你们有利呢?为此,我心中焦虑万分,是非功过都靠我承当啊!"(31)

以上是吉祥的《摩诃婆罗多》中《初篇》第三十三章(33)。

三四

歌人说：

听了众蛇上述一篇接一篇发言,又听了婆苏吉的一席话,豆蔻叶说道:(1)"这场祭祀不可避免,般度族镇群那样的国王会给我们造成巨大的恐怖。(2)世上之人倘若受到命运的打击,蛇王啊!他就只有依赖命运,再没有其他的救星。(3)我们的恐怖那就是命运,卓越的众蛇呀!如今我们只有听天由命了。我有些话请你们听一听吧!(4)在诅咒发出之后,我曾听见一番谈话,那时我因为害怕,正躲藏在母亲的膝下。卓越的众蛇呀!(5)优秀的众蛇呀!诸神都说:'太残忍了!太残忍了!'主人啊!他们便去找老祖宗了,一个个痛苦异常。大放光辉的蛇王啊!"(6)①

众神说：

有谁得到了众多可爱的儿子,会这样诅咒?老祖宗啊!只有模样凶残的迦德卢,神中神啊,还居然在你的面前!(7)而你也竟许诺她:"好吧!"老祖宗啊!我们想知道你不加阻拦的原因。(8)

大梵天说：

有许多蛇十分凶残,骇人暴虐,毒液充盈,我想造福于众生,那时才没有加以阻拦。(9)牙尖嗜咬,卑劣猥贱,犯罪作恶,毒液四溅的那些蛇,他们将遭到毁灭。但是,那些遵行正法的蛇,不会

---

① 以下对话是豆蔻叶的转述。

毁灭。（10）因为会有这样一个机缘。你们要知道，一旦那个时候来到，那些蛇便将摆脱巨大的恐怖。（11）耶耶婆罗家族中，将有一位睿智的大仙，名字叫做阇罗迦卢，他神光辉焕，禁约住感官。（12）阇罗迦卢将生下一个儿子，名叫阿斯谛迦，大有苦行法力。到时候，他会中止那场祭祀。那些遵行正法的蛇类，将当场获得解救。（13）

众神说：

那位卓越的仙人阇罗迦卢，天神啊！广修苦行，英勇非凡，他将和哪位姑娘生育一个儿子呢？（14）

大梵天说：

那位同名字的婆罗门高贤，英武的阇罗迦卢，众神啊！他将和同名字的姑娘生育一个英武的儿子。（15）

豆蔻叶说：

尔后，众天神向老祖宗回答道："但愿如此！"众天神这样说罢，便飘然而去了。天神老祖宗也离去了。（16）婆苏吉呀！我发现你的妹妹，名字正叫做阇罗迦卢。请把她许配给那位仙人吧！（17）为了消弭众蛇的恐怖，当恪守誓愿的仙人来化缘的时候，你把她作为布施吧！这就是我听到的解救之计。（18）

以上是吉祥的《摩诃婆罗多》中《初篇》第三十四章(34)。

三五

歌人说：

众蛇听罢豆蔻叶的一番话，出类拔萃的再生者啊！他们心中高兴莫名，连声叫好，向他敬礼。（1）婆苏吉也十分欣慰，从此，他悉心照顾那位少女——妹妹阇罗迦卢。（2）

此后，大约没有过太久的时间，一天，诸神和阿修罗一齐搅动大海。（3）在那里，优秀的力士，大蛇婆苏吉，作为搅绳，完成了那件工作。随后，他与众神一起到老祖宗那里去了。（4）① 诸神陪伴着婆

---

① 这里与前面矛盾。前面说，众神和阿修罗搅动大海，求甘露时，搅出一匹神马。蛇母与鸟母打赌，蛇母诅咒不愿作弊的蛇儿。这里则说先有蛇母诅咒，后搅大海。

苏吉,向老祖宗说道:"世尊啊!婆苏吉惧怕那诅咒,极其痛苦。(5)他心头的这支利箭,生自母亲的诅咒,请你拔出吧!天神啊!他盼望亲人们幸福平安。(6)因为这位蛇王一向顾全我们的利益,总是讨我们喜欢,神主啊!请你赐下一个恩典,消除他内心的痛苦吧!"(7)

大梵天说:

你们说的这件事,我心里已经允许了。众神啊!先前也已经由大蛇豆蔻叶向他传达了。(8)时间一到,这位蛇王务必要按照那番话去做。那些犯罪作恶的蛇将遭到毁灭,那些遵行正法的蛇则将安然无恙。(9)那位再生者阇罗迦卢已经出生了,正热衷于严厉的苦行。一旦时候来到,这位蛇王要把妹妹阇罗迦卢赠送给他。(10)这就是大蛇豆蔻叶传达过的那些话,照这样,它会让众蛇幸福平安。众神啊!此外没有其他的办法。(11)

歌人说:

那位蛇王听罢老祖宗的这番话,那时候,他便命令许多条蛇时刻注意阇罗迦卢:(12)"大有能为的阇罗迦卢,一旦他愿意选择妻子,你们要速速回来向我禀报!那将是我们的莫大幸福啊!"(13)

以上是吉祥的《摩诃婆罗多》中《初篇》第三十五章(35)。

三六

寿那迦说:

"阇罗迦卢"这个名字,你已经提到了,歌人之子啊!那位高贵的仙人得名之事,我想听一听。(1)阇罗迦卢的名字传遍了大地,他有这个名字是何原因呢?阇罗迦卢的名字的来历,请你如实讲一讲吧!(2)

歌人说:

"阇罗"的意思,据说是"消瘦";"迦卢",释义为"可怕"。那位睿智的仙人,他的身体逐渐地逐渐地瘦得可怕。(3)听说他严格地禁食,修炼酷烈的苦行,所以得名"阇罗迦卢"。婆罗门啊!婆苏吉的妹妹也是这样。(4)

正法为魂的寿那迦这样听了,当时哈哈一笑。他赞同厉声之言,说:"确乎如此!"(5)

歌人说:

尔后过了很长时间,那位仙人一直严格守戒。睿智的仙人潜心苦修苦炼,根本没想过娶妻。(6)他固锁元阳,执著于苦行,努力研习圣典;他不顾恐惧和疲劳,在茫茫大地上漫游。可是,高贵的仙人心里从来不曾动过娶妻之念。(7)[①]

又到了另外一个时候,也就是某一个时候,有一位名叫继绝的国王,在俱卢王族中诞生了。(8)臂膀雄壮的般度,是大地上最优秀的射手。这国王如同昔日他的曾祖父一样,也是打猎成习。(9)这位大地之主出没于林野,猎获了许多鹿和野猪,射杀了许多狼和野牛,以及其他各种野兽。(10)

有一天,他猎取一头鹿,射出了一支锋利的箭,旋即拿着弓,跟踪进入到森林深处。(11)俨然世尊楼陀罗,在天上猎取献祭之鹿,继绝王手执弓弧,一路追赶,这里那里搜寻个不停。(12)凡是他射中的鹿,不会活着跑进森林,而这头他射中的鹿消失不见,肯定是继绝王走向天国的征兆。(13)

那位大地之主被鹿引到了远处。他疲惫不堪,口渴难忍,在森林中遇到了一位仙人。(14)那位仙人坐在牛栏里,有几头牛犊在吃奶,一些奶沫从牛犊口中流下,那仙人正在舔食泡沫。(15)那位国王迅速地奔向严格守戒的仙人,他又是饥渴又是疲劳,举起弓向仙人问道:(16)"喂,喂,婆罗门!我是国王继绝,激昂之子,我射的一头鹿不见了,你兴许曾见到那么一头鹿吧?"(17)那位仙人正在严守禁语之戒,什么话也没有对他说。国王一时心头火起,把一条死蛇挂在了仙人的肩上。(18)国王用弓弧的一端给他挂上死蛇,那仙人只是注视了他一会儿,无论是良言还是恶语,依然什么话也没有说。(19)那位国王消了气,看到仙人这样,心中恐慌不安,便返回京城去了。而那仙人依旧那样坐着。(20)

仙人有个年轻的儿子,神光逼人,大有苦行法力,名唤独角,恪

---

① 这一颂变换诗律。

守誓言。他脾气十分暴烈，又极难解劝。（21）最高的天神，主宰，乐于造福一切众生的大梵天，独角曾侍奉在他的左右，时时刻刻竭尽忠诚。尔后，他领受大梵天的命令，回到了自己的家里。（22）在他家中，仙人之子迦哩沙笑着对他讲了句戏谑之语，因为朋友开了个玩笑，仙人之子独角便勃然大怒，暴跳如雷，态度十分凶蛮。至贤至善的再生者啊！（23）（迦哩沙说）："你的神光辉焕，又有苦行法力，令尊大人却那样用肩膀驮着蛇尸，独角呀，你不要傲气了！（24）像我们这样的仙人之子，大有成就，通晓梵典，颇有苦行法力，在我们高谈阔论的时候，你休要再鼓唇摇舌了！（25）你的男子汉的气概哪里去了？你那种狂言傲语又哪里去了？当你看见令尊那样驮着一具蛇尸！"（26）

以上是吉祥的《摩诃婆罗多》中《初篇》第三十六章(36)。

三七

歌人说：

那位神光四射的独角，遭到这番抢白之后，不由得十分气恼；闻听父亲驮了死物，他更是怒火中烧。（1）他看了看迦哩沙，抛弃一切友好的话语，问道："我的爹爹今天怎么驮了死物？"（2）

迦哩沙说：

亲爱的！打猎的继绝王，今天把一条死蛇挂在了你父亲的肩上。（3）

独角说：

我父亲对那个心地邪恶的国王做了什么错事？迦哩沙，请你依照事实经过说一说！我让你瞧瞧我的苦行法力！（4）

迦哩沙说：

那位行猎的继绝王，本是激昂之子。他向一头鹿射出箭，只身一人紧追不舍。（5）国王没有发现鹿的踪影，就在那大森林中东游西转。他见到你父亲之后，便开口询问，你父亲却正在禁语。（6）你父亲坚持守戒，犹如木桩；国王饥渴交逼，疲惫不堪，一连几遍向你父亲打听消逝的鹿。(7) 你父亲恪守禁语之戒，没有回答他。国王就用弓弧的一端，将一条死蛇挂在了他的肩上。(8) 独角！你父亲专心致志地守戒，如今依然那样端坐不动。而那位国王已经返回自己的以象命名的都城去了。(9)

歌人说：

却说仙人之子听罢此言，挺身而起，好似去支撑上天。他的眼睛因为激愤变得通红，他犹如一团怒火烈焰腾飞。(10) 那仙人之子义愤填膺，神光闪烁，他触摸过圣水，登时诅咒了国王，由于暴怒之下的强烈冲动。(11)

独角说：

我的爹爹已经老迈年高，竟让他遭受那般烦恼，将一条死蛇挂在他的肩上，这昏君真是作孽呀！(12) 出类拔萃的大蛇多刹迦，暴怒异常，齿利毒烈，神光逼人，我的这番言语的力量，要叫他迅速地向那罪人进攻！(13) 从今天起的第七天夜里，要把那个不敬婆罗门的家伙，那个给俱卢族丢脸的东西，带到阎摩的家里去！(14)

歌人说：

愤怒的独角这样诅咒过国王，来到了父亲身边。父亲端坐在那个牛栏里，驮着一具蛇尸。(15) 独角看见父亲果真肩头上挂着一条死蛇的尸体，重新又激起满腔愤怒。(16) 他难过得流下潸潸泪水，对父亲说道："那个坏蛋亵渎你的那件事，我已经听说了。(17) 我很气愤，诅咒了那个继绝王。他给俱卢族丢尽了脸面，活该承受那样严厉的诅咒！(18) 待到第七天，出类拔萃的大蛇多刹迦，将把那个罪人带到毗婆薮之子（阎摩）的凶险的家中。"(19)

婆罗门啊！独角犹自怒不可遏，父亲却对他说道："你做的这件事我不喜欢，孩子！它不符合苦行者的正法。(20) 我们是居住在那位人主的国土内，受到他无微不至的保护，不应该庆幸他的过失。(21)因为对于主宰一切的国王，像我们这样的人应该永远加以宽宥。儿子呀！由于你损害了正法，正法也要伤害你。这是毫无疑义的。(22)倘若没有国王施加保护，我们就会遭到极大的磨难，我们也不可能像这样舒舒服服地履行正法。儿子呀！(23) 国王们以经典为其慧目，孩子，我们在他们的保护之下实行广大的正法，他们也从正

97

法中分享一份。（24）尤其是国王继绝，俨如他的曾祖父一般，无微不至地保护着我们，人臣子民也同样普受庇护。（25）今天他来到这里，又饿又累，苦痛难忍，也不知道我遵守之戒，才做下了那件事。这是毋庸置疑的。（26）你由于幼稚，冒冒失失地犯下了错误。因为无论如何，儿子呀，我们也不应该诅咒国王。"（27）

以上是吉祥的《摩诃婆罗多》中《初篇》第三十七章(37)。

三八

独角说：

我做的这件事，爹爹！它也许是鲁莽的，也许是错误的；你或者喜欢，或者不喜欢。但我一言既出，就不会落空。（1）此事绝不会有任何改变，父亲，这是我要向你说明的。因为我即使随便开口，也不吐虚言，何况发出诅咒。（2）

沙弥迦说：

我知道你有厉害的神通，可以出语为实，儿子呀！因为你从前不曾吐过虚言，你这一次诅咒也不会落空。（3）儿子即使长大成人，也要经常领受父亲的教诲，以使他具备优良的品行，并能获得伟大的荣誉。（4）何况你还是一个孩子。你已经修炼过苦行了，能儿呀！那些灵魂伟大的高强圣人怒气过盛。（5）我发现你还应该受到训导，信守正法者中的翘楚啊！我考虑到你是我的儿子，年轻幼稚，又嫌鲁莽。（6）你要与平和紧密相连，吃林野中的食物，消除这嗔怒，好自处世！这样，你将不会抛弃正法。（7）因为愤怒会夺走修道人用痛苦积聚而成的正法。他们一旦失去正法，期望的功果也见不到了。（8）因为对于胸怀恕道的苦行者，正是心气平和使其功成圆满。这个世界是属于宽厚仁人的，另一个世界也是属于宽厚仁人的。（9）所以，你如果永远胸怀恕道，征服感官，这样生活，你将凭借恕道得到与大梵天紧紧相系的诸世界。（10）而我已经宽恕了国王，我今日能够做到的事情，我今日就去做，孩子！我要派人禀告国王：（11）"你遭到了我儿子的诅咒，他年轻幼稚，心智不开，一见到你对我犯下的那件过

失,国王!他就气急败坏了。"(12)

歌人说:

那位严格守戒的伟大苦行者,心地慈悲,这样指示之后,便派了一名徒弟前往继绝王那里。(13)他指派的那名徒弟,善于请安问好,办事有始有终,名字叫做白净脸,循规蹈矩,忠心耿耿。(14)那徒弟当即匆匆前去朝觐振兴了俱卢族的国王,先经过门官的通禀,然后他走进了国王的宫殿。(15)尔后,再生者白净脸受到了国王恭敬的拜见。他略事休息,便在众位大臣的面前,把沙弥迦的一番可怕的话语,照其所言,完完全全地、一字不漏地报告了国王:(16)

"王中首长啊!有位名叫沙弥迦的仙人,身居于你的国土上,他以最高正法为灵魂,赐福于人,平和,大有苦行法力。(17)人中之虎啊!有一条断气的蛇,被你用弓弧的一端挂在了他的肩上,婆罗多族的贤王啊!他宽恕了你的这一行为,他的儿子却不依不饶。(18)你今天被他诅咒了,王中首长啊!他父亲当时并不知道。等到第七天夜里,多刹迦将致你于死命!(19)'请你在此做好防备吧!'这句话他反复叮咛。除此之外,任何人都无能为力。(20)由于他没有能够管束住盛怒之下的儿子,他随即把我派来了,国王啊,为了你的幸福平安。"(21)

听罢以上可怕的话语,广修苦行的国王,那位俱卢族的后裔,因为犯下了那桩罪过,痛苦如焚。(22)又听说那位优秀的仙人,那时正坚守禁语之戒,国王的心中更受到忧愁的煎熬。(23)再想到那位沙弥迦仙人心地的慈悲,竟对他犯下了那种罪过,国王愈加痛心疾首!(24)并非是因为听到死,国王才那样苦痛万分;天神般的国王不胜忧戚,是因为今世做下了那件错事。(25)

尔后,国王送走了白净脸,他那时说:"请尊者沙弥迦再次宽恕我吧!"(26)那位白净脸刚一上路,心绪不宁的国王,当即和众位大臣计议了一番。(27)多谋善断的国王和大臣们做出决定之后,命人建造了一座宫殿,独柱高擎,严密防守。(28)宫殿上也是警卫森严,安排了一批医生和许多药品,还在四面八方安置许多精通咒语的婆罗门。(29)明了正法的国王受到各方面妥善保护,便在那里和大臣们一起处理一切王国的事务。(30)

却说在第七天到来的时候，再生者中的至贤啊！学识渊博的迦叶波，动身去国王那里，想为他医治伤患。（31）因为他听说就在今天出事，蛇中佼佼多刹迦，将把贤明的国王引到阎摩的家中。（32）"那位国王被蛇王咬伤之后，我将为他治疗，在那里我既获利养，又行正法。"迦叶波心中这样思量着。（33）

蛇王多刹迦正在途中，发现迦叶波心无旁骛，一路趱行，他于是变成了一位上了年岁的婆罗门老翁。（34）蛇王多刹迦向仙人之雄迦叶波问道："先生匆匆忙忙地赶向何处呀！您打算去做什么事情啊？"（35）

迦叶波说：

俱卢家族的后人，镇伏仇敌的继绝王，今天要被蛇中翘楚多刹迦用神光烧死。（36）光辉无际的国王，本是般度族的传宗接代人，有烈火般神光的那位蛇王，却要把他咬死。我脚步匆忙，要及时赶到，以便尽快为他治伤。（37）

多刹迦说：

我就是那个多刹迦，婆罗门啊！我将要烧死那个国王。请回去吧！我咬了国王，你不可能将他医好。（38）

迦叶波说：

蛇呀！你咬了那位国王，我一定会治愈他。我有这个信心，凭借我的法术的力量！（39）

以上是吉祥的《摩诃婆罗多》中《初篇》第三十八章（38）。

三九

多刹迦说：

倘若我在此地咬死什么，你真有能耐医活它，那么，我就咬死这棵树，你救它命吧，迦叶波呀！（1）咒语的那种至高的力量，请你显示显示吧，可要卖力气！我要让你眼睁睁地看着我焚毁这棵榕树，出类拔萃的再生者啊！（2）

迦叶波说：

蛇王！你认定了这棵树，就咬它吧！你咬死了这棵树，我就让它

复活。蛇啊！（3）

歌人说：

那蛇王闻听高贵的迦叶波口出此言，那蛇中翘楚走上前去，咬了那棵榕树。（4）光辉灿烂的人啊！那棵树被他猛然一咬，毒蛇的毒液浸入树身，整个一棵树呼地腾发出烈焰！（5）那位蛇王烧着了那棵树，又对迦叶波说道："尽心竭力地干吧，出类拔萃的再生者啊！请你救活这位树王吧！"（6）

那棵树被蛇王的神光焚毁，随即化为一堆灰烬。迦叶波将灰全部收拢之后，开言道：（7）"蛇王！我的法术的力量，请你在这位树王身上见识一下吧！我要让你眼睁睁地看着我救活它。蛇啊！"（8）然后，婆罗门中的至善至贤，学识渊博的尊者迦叶波，便运用法术，去把化为灰堆的榕树救活。（9）他使灰堆生出一芽，接着有两片叶子，继而密叶纷披又枝条簇簇，重新复活成那样一棵繁茂的大树！（10）

看见那棵树果然被高贵的迦叶波救活了，多刹迦说道："婆罗门，你这件事真乃神奇之作！（11）婆罗门魁首！你可能解除我的或者我一类的蛇毒。你去那里打算达到什么目的呢？以苦行为财富的人啊！（12）你渴望从那位卓越的国王手中得到的果实，我也会把它馈赠与你，即便它十分地难寻难求。（13）国王既然遭受到婆罗门的诅咒，他的生命就到了尽头。婆罗门啊！你尽心竭力，你的成功却是个疑问。（14）从而，你的光照三界、声动遐迩的名誉，当丧失殆尽，不再彰显，犹如失去光芒的太阳，隐入一片黑暗。"（15）

迦叶波说：

我去那里是为求得钱财。蛇呀，你把它给我吧！拿到手之后，我当即返回。至善至贤的蛇呀！（16）

多刹迦说：

你想从国王求得的钱财，其数之外，我另有增添，我今日会一并交付给你。请你回去吧，出类拔萃的再生者啊！（17）

歌人说：

听罢多刹迦之言，至善至贤的再生者，睿智不凡的迦叶波，沉思默想国王。（18）迦叶波身怀神奇的法术，神光璀璨，当时便知道般度族的后裔继绝王寿命已尽，随即回去了。优秀的仙人从多刹迦得到

101

了渴望得到的钱财。(19)

　　灵魂伟大的迦叶波满足了要求，转身上路之后，多刹迦也行走迅速，直奔以象命名的京城。(20)多刹迦走在路途上，听说那一位世界之主，有种种解毒的咒语和药物，将他妥善周全地保护着。(21)当时，他心中暗想："我应该使用幻术，欺骗住那位国王。采取一个什么办法呢？"(22)随后，蛇王多刹迦指派几条蛇，变成苦行者的模样，拿着鲜果、吉祥草叶和圣水，到国王那里去。(23)

多刹迦说：

　　你们到国王那里去吧！既有事由，不必慌张，鲜果、吉祥草叶和圣水，你们要交到国王手上！(24)

歌人说：

　　那几条蛇领受了多刹迦的命令，将事情一一照办了。他们就那样给国王送去了达哩薄草、圣水和鲜果。(25)那位英勇的王中之王，收下了全部的东西。待他们将事情办完，他便吩咐说："诸位请走吧！"(26)

　　当那些变做苦行者模样的蛇离去之后，那位国王向忠心耿耿的众大臣说道：(27)"诸位贤卿！苦行者们带来的水果，全都味道甘美，请你们与我一道品尝吧！"(28)随后，国王及其众臣便想享用水果。国王拿起来的一枚水果，上面有一条细细的小虫，虫体很短，眼睛乌黑，身色如铜。寿那迦呀！(29)那位王中佼佼捉住那条小虫，对大臣们说了这么几句话："太阳正在落山，今天我不必再惧怕蛇毒了！(30)让那位仙人的言语成为真实吧！让这条小虫咬我吧！就让它变成多刹迦，来紧紧地缠绕我吧！"(31)在死神的驱遣下，那些大臣也跟随国王这样口吐狂言。那位王中之王扬言罢了，把小虫放在了脖颈上。国王刚刚发出微微一笑，霎时间失去了知觉。(32)那位国王面带笑容，已被大蛇多刹迦紧紧地盘绕住了。他从中钻出来的那枚水果，恰是他向国王赠送！(33)

　　　　　以上是吉祥的《摩诃婆罗多》中《初篇》第三十九章(39)。

四〇

歌人说：

众位大臣看见继绝王被蛇那样紧紧缠住，他们一个个面无血色，痛苦万分，全部大哭大叫起来。（1）尔后，猛听到一声长啸，大臣们便都仓皇逃走了。他们看见有一条神奇的蛇，正在天空中行走逍遥。（2）他们满怀悲痛，看见蛇中佼佼多刹迦，身体色如红莲，仿佛做了蓝天的一道镶边。（3）① 随后，那座独柱殿，受到蛇毒所生的烈火的包围，熊熊燃烧起来。众位大臣恐慌万状，都躲开了那座宫殿，向四面八方逃走了。那座宫殿仿佛遭到了雷击，轰然塌落下来。（4）

国王被多刹迦的神光杀死之后，那时，一位担任国师②的圣洁婆罗门，以及国王的众位大臣，为他举行了一应葬礼。（5）全体城市居民举行了集会，将国王的年龄尚幼的儿子立为国君。这位诛灭仇敌、俱卢族中最骁勇的国王，人民称他为镇群王。（6）他年纪虽轻，却思想高尚，是一位出类拔萃的国王。那时，在众位大臣和国师们的辅佐之下，这位俱卢族雄牛的长子，治国安邦。他俨然英勇无敌的伯祖父坚战王一般。（7）

尔后，国王的几位大臣，看到他已能严惩敌人了，便前往迦湿国国王金铠那里，为他向公主至美求婚。（8）迦湿王金铠依据正法对他进行了考察，将女儿至美嫁给了他。俱卢族的英雄镇群王得到了至美，不禁心花怒放。不论在任何情况下，他也不把心思放在其他女人身上。（9）在几处湖泊水塘，在繁花盛开的田野和丛林，心地纯洁、英勇无畏的国王，偕妻尽兴漫游。这位优秀的镇群王，如同往昔的洪呼王得到广延天女一样，③ 也那般欢度时光。（10）那时，绝色女郎至美，也得到了一位如意郎君，一位容貌出众的大地保护者。这位妩媚

---

① 以下8颂变换诗律。
② 帝王的祭司。
③ 国王洪呼（补卢罗婆娑）曾娶天女广延（优哩婆湿）为妻，十分恩爱。这是印度古代的一个著名故事。

妖娆的女子，这位后宫粉黛中的丽人，与丈夫一起欢度良辰，更是十分快活。（11）

以上是吉祥的《摩诃婆罗多》中《初篇》第四十章。（40）

四一

歌人说：

而就在这同一个时间，伟大的苦行者阇罗迦卢仙人，漫步游历了整个大地，所到之处，即当做夜归的家园。（1）他神光辉焕，他所实行的苦修苦炼，常人不可能做到。许多条圣河他做过沐浴，许多处福地他曾去漫游。（2）他以风为餐，不进饮食，仙人一天比一天枯瘦。在一处洞穴，他看见列位祖先头朝下倒悬其中。（3）祖先们凭借的毗罗那香草，只剩下细细的一条根了。有一只住在洞穴里的老鼠，又将那惟一的根慢慢地啃食。（4）他们在洞穴中没有饮食，瘦弱不堪，十分可怜，十分痛苦，盼望着得救。形容枯槁的阇罗迦卢，走近那些可怜人，向他们说了一番话。（5）

"诸位先生！你们是何人？你们凭借一簇毗罗那香草悬挂着，这簇草并不牢固，它的许多条根已经被住在洞穴中的老鼠咬断了！（6）这簇毗罗那香草，只剩下惟一的一条根了。然而这条惟一的草根，也正被老鼠用利齿慢慢地啃食。（7）这条根仅仅残留了一点，好像是快要断开了。你们因此会头朝下坠入洞穴之中！（8）看见你们头朝下，我十分难过。你们遭遇到不幸的灾难，我能为你们做件什么高兴的事呢！（9）用我道行的四分之一，或者用上三分之一，甚至用上一半，若能解救你们的危险，请立刻讲一讲吧！（10）即使用上我全部的道行，我也要将你们救度出去，使你们全部脱离这场灾祸。请依照我的心愿这样办吧！"（11）

祖先们说：

高贵发达的修炼梵行的先生！你诚心实意解救我们。可是，婆罗门魁首啊！这场灾难不能用道行驱除掉。（12）孩子！卓越的雄辩者！我们也有苦行的功果。婆罗门啊！只因为断绝了后代，我们正堕入不洁的地狱。(13) 孩子！我们由于倒悬，我们的智慧陷入黑暗，因此，我们不认识你，虽然你的人格可以著称于世。(14) 高贵发达的大有福分的先生！我们忧伤不已，极度痛苦，你心地慈悲前来哀怜我们。请你听一听我们的苦衷吧，再生者啊！(15)

我们称作耶耶婆罗家族，我们是仙人，恪守戒行，只因为断绝后嗣，我们从圣界①坠落至此。大有能为的人啊！(16) 我们的神圣的道行并没有失去，因为我们尚有一根独苗。可是，今天我们虽然有一条单线，有他也像没有他一个样。(17) 在我们的家族中，我们不幸，偏巧有一个晦气的后生。他的名字叫阇罗迦卢，精通吠陀和吠陀支，长于自制，灵魂伟大，严守誓愿，修炼极其广大的苦行。(18) 他一味贪求修炼苦行，我们才落入了灾难。他无妻无子，甚至也没有任何一个亲人。(19) 因此，我们倒悬于洞中，神志不清，无依无靠。由于你对我们十分关切，你若遇见他，请你告诉他：(20) "你的祖先们正倒悬在洞穴中，十分凄惨，好人啊，请你娶妻吧！卓尔不群的人啊，请你求子吧！因为我们的家族之线，只剩下你这一根了，深有道行的人啊！"(21)

婆罗门啊！你看见了我们赖以悬挂的毗罗那草丛，它就是我们的家族之丛，是我们家族昔日的繁荣昌盛。(22) 婆罗门啊！你在此看见了这丛蔓草的那些草根，它们就是我们的家族之线，已经被死神咬断了。孩子！(23) 婆罗门啊！你看见了这丛蔓草只剩下的一条根，而它也已经被咬掉了一半，我们全都悬挂在它的上面，他仍孤孤单单地苦修苦炼！(24) 婆罗门啊！你看见了这一只老鼠，它就是具有伟力的死神。是它使热衷苦行又愚蠢透顶的阇罗迦卢逐渐地瘦损，断绝欲望，耽迷苦行，思想鲁钝，麻木不仁。(25) 至善至贤啊！因为他的那番苦修苦炼不能救度我们，我们的根才被砍断，坠下天来，连知觉也被死神剥夺殆尽。请看我们正陷入地狱，如同造下了罪孽一般啊！(26) 我们偕同列位高祖，一旦从此坠落下去，那时候，他也要被死神除掉，继而由此直入地狱。(27)

无论是苦行，无论是祭祀，或者是其他伟大纯洁的行动，孩子！

---

① 神圣的世界，升天的祖先居住的天界。

圣贤们认为，这一切都不能和后嗣等量齐观。（28）孩子！你若见到苦行者阇罗迦卢，请你这样对他说吧！你亲眼目睹的这一切，你更要向他如实地陈述啊！（29）要让他娶下妻子，让他能多生些儿子。婆罗门啊，你一定要帮助我们，这样向他说。（30）

以上是吉祥的《摩诃婆罗多》中《初篇》第四十一章(41)。

四 二

歌人说：

阇罗迦卢听罢这番话语，痛苦与忧愁无以复加。他用泪水哽噎的语言，向祖先们伤心地说道：（1）"我就是阇罗迦卢，你们的不孝子孙。我造下了罪孽，离经叛道，请你们对我施以惩罚吧！"（2）

祖先们说：

孩子！幸运让你偶然来到了这个地方。婆罗门啊！你何缘何故竟然不娶妻子呢？（3）

阇罗迦卢说：

列位祖先！这件事久久地铭记在我的心中——我固锁元阳，能带着肉身到达另一世界。（4）可是，我看见列位祖先如鸟儿一般倒悬着，我已经改变了修炼梵行的想法。列位祖先啊！（5）我会做让你们高兴的事情，一定结婚，这毋庸置疑；只要我在某个时候，能得到一位同名字的姑娘。（6）若有某个姑娘自己心甘情愿，像布施一样赠送与我，而我又不必养活她，我就接受她为妻。（7）如果我能得到这个姑娘，我要求按照这种方式结婚。除此之外，我绝对不干。这是真情实言，诸位祖先啊！（8）

歌人说：

这样对祖先们言语完毕，那仙人漫游大地，一直没有娶到妻子。寿那迦呀！人们说他太老了。（9）面对祖先们的催促，他陷入绝望。一天他来到一座森林，满怀悲苦，高声叫道：（10）"存在此间的种种生灵，无论是会动的，还是不会动的，或者是匿迹潜形的，请他们一道听听我的话吧！（11）我正在修炼严厉的苦行，我的列位祖先忧心如焚，盼望我做下使他们高兴的事情。他们命令我：'你娶个妻子吧！'（12）为了乞求一位姑娘，唉！我漫游了整个大地。我遵循祖先们的旨意，到处乞讨，心情不畅。（13）此间倾听我说话的生灵们，如果哪一位家有姑娘，请他把姑娘赠送我吧！四面八方我都周游遍了。（14）那姑娘应该与我同一个名字，要像施食似地赠送我，而且我还不必养活她。请把这姑娘赏赐给我吧！"（15）

尔后，专心注意阇罗迦卢的那一群蛇，他们带了这一消息，去向蛇王婆苏吉禀报。（16）蛇王听完他们的话，把女郎打扮得花枝招展，带她来到那一座森林。蛇王走到仙人的面前。（17）在那里，蛇王婆苏吉将女郎赠送给那位高贵的仙人，如同作为布施一般。祭师啊！可是，他却拒不接受她。（18）尚未顾及到赡养之事，先已认定女郎和自己名字不同，所以，是否接受她，这超脱的仙人有些迟疑。（19）婆利古的子孙啊！随后，他询问女郎的名字，又对婆苏吉说："我不能养活她。"（20）

以上是吉祥的《摩诃婆罗多》中《初篇》第四十二章(42)。

四 三

歌人说：

当时，婆苏吉对仙人阇罗迦卢说："这位姑娘与你的名字相同，她是我的妹妹，修炼过苦行。（1）我会养活你的妻子。请收下她吧，出类拔萃的再生者啊！我将竭尽一切所能保护她。深有道行的人啊！"（2）"我将养活妹妹。"蛇王婆苏吉这样应允之后，那时，仙人阇罗迦卢举步走入了蛇王的府邸。（3）

他是最为精通咒语的佼佼者，苦行的法力广大无边，誓愿宏伟，以正法为魂。依照先念咒语的礼仪，他在此与女郎牵手成婚了。（4）然后，仙人偕同妻子，走进一间蛇王许诺的华丽的卧室，一群大仙高唱着赞辞。（5）卧室里摆有一张睡床，铺着贵重的毛毯。那位阇罗迦卢仙人偕同妻子，一起在那里住宿。（6）在卧室里，那位至善至贤和妻子做了约定："我不喜欢的事情，你任何时候不要做，也不要说。(7)因为你如果做下了让我不快的事情,我就离开你,不再住你家。我所说的这几句话,请你牢牢地记在心中!"(8)那位蛇王的妹妹闻听此言,心乱如麻,痛苦异常,她对阇罗迦卢仙人回答了一句话:"就这样吧!"(9)就这样,那位享有美誉的女郎,遂用种种奇方妙法服侍性情乖张的丈夫,一心一意想叫丈夫喜欢。(10)

此后,在月经期间的某一天,蛇王婆苏吉的妹妹沐浴之后,她又按照往常的习惯,和那位大仙亲热了一阵。(11)犹如火焰一般的胎孕,怀在了那位女郎的身中。因为它具有超凡的热力,光辉璀璨俨如火神一般。那胎儿又好比是白半月时的月亮,逐渐地长大起来了。(12)

过了若干时日,有一天,伟大的苦行者阇罗迦卢,把头枕在妻子的膝上,很疲倦似地悄然入睡了。(13)婆罗门魁首在沉沉酣睡,太阳冉冉要落入西山,白昼退去了,祭师啊!当时,婆苏吉的妹妹由于害怕违反正法,[①] 这聪慧的女郎便在心中盘算:(14)"我怎么办才好呢?是叫丈夫起来,还是不叫?他以正法为魂,可又性情不好,我怎样才能不对他犯下过错呢?"(15)女郎在心中又暗自权衡:"他是恪守正法的人,或者他生气,或者违反正法,而违反正法会更为严重。(16)如果我唤醒他,他必然会大发雷霆;倘若误了他的晚祷时间,他肯定要违反正法了。"(17)

蛇女阇罗迦卢费了一番心思,这样想罢做出了决定。然后,话语甜蜜的女郎,向那位法力生辉、形若火神、安然睡卧的仙人,轻轻吐出温柔的语音:(18)"请你起来吧,大有福分的人啊!太阳快落山了!尊者啊!你是恪守戒行的,用水洗一洗,你去做晚祷吧!(19)可爱又可畏的圣火,顷刻之间都已点燃。晚霞已经进入西方,大有能为的人啊!"(20)

尊者阇罗迦卢苦行的法力广大无边,他闻听此言,嘴唇抖动着,对妻子说道:(21)"蛇女呀!你对我做了这件无礼的事,我不再留住你的身旁,我将如同来时一样离去了!(22)双股美丽的女郎啊!我心里十分清楚,在我睡眠的时候,太阳的光辉不会按时收回西

[①] 印度古代宗教规定,每天在日出前、日落前必须要做晨祷、晚祷,否则即是违反正法。

山。(23)无论是谁受到非礼相待,也不会高兴居留此地。我这个信守正法的人,或者像我一样的人,难道会愿意吗?"(24)

婆苏吉的妹妹阇罗迦卢,听了丈夫这样一番话,不禁心惊胆战。她在那间卧室里告诉他说:(25)"我把你唤醒,这并非是什么无礼的举动。婆罗门啊!我心想你不可以违反正法,我才做了这件事情。"(26)

大有苦行法力的阇罗迦卢仙人,听罢妻子上述之言,怒气在胸,想抛弃蛇女,便又对妻子说道:(27)"我一言既出就不落空。我要走了,蛇女呀!因为这是从前我和你之间做好的约定。(28)亲爱的,我在此住得很惬意。请告知你的哥哥吧,美人啊!待我离开此地,胆怯的女郎啊!你就说,'先生他走了。'我与你离别之后,你不要忧伤。"(29)

全身美丽无瑕的女郎阇罗迦卢闻听此言,当时她的心中充满了无限的哀愁,对丈夫阇罗迦卢再诉衷肠。(30)那位女郎形容憔悴,话语中含着盈盈泪水。美臀女郎向丈夫合掌敬礼,她的双眸里珠泪转动。双股美丽的女郎心儿抖颤,强自镇定。她说:(31)"深明正法的人啊,你不应该抛弃无辜的我!你坚守正法,我也坚守正法,我永远热切地关心着亲人的幸福。(32)出类拔萃的再生者啊!将我许给你的那个目的,我还没有实现。我真不幸,婆苏吉将对我说些什么呢?(33)明哲至贤啊!我的亲人们遭到母亲的诅咒,他们盼望你给我生一个儿子,可他到如今还没有露面呢!(34)因为得到了你生的儿子,我的众位亲人就会平安了。但愿你和我结合一场,不会成为空幻。再生者呀!(35)我盼望亲人们太太平平,尊者,求你赐我一个恩典吧!你是否给我种下了胎孕,尚不见分晓,至善至贤啊!灵魂伟大的人啊!你怎么忍心抛下无辜的我而飘然离去呢?"(36)

而那位仙人静听完毕,对妻子讲出了几句话。阇罗迦卢深有道行,言词准确,合乎时宜。他说:(37)"已经有了,你的胎儿。幸运之女啊!他俨如火神一般。他将是以最高正法为魂、精通吠陀和吠陀支的仙人。"(38)正法为魂的大仙阇罗迦卢这样说完,便毅然决然地迈步离开,又修炼严厉的苦行去了。(39)

以上是吉祥的《摩诃婆罗多》中《初篇》第四十三章(43)。

四四

歌人说：

丈夫离开她刚一出走，阁罗迦卢匆匆忙忙奔向兄长，向他禀明发生的事情。以苦行为财富的人啊！（1）那位蛇中佼佼婆苏吉听了这一巨大的不幸，对可怜的妹妹说了一番话，当时他自己更是苦不堪言：（2）"贤妹呀！你知道将你赠人的目的和情由，是为了众蛇太平无事，倘若你和他能有个儿子！（3）有了一位英勇无畏的儿子，他肯定会从蛇祭上拯救出我们。老祖宗和众位天神，从前曾这样告诉过我。（4）幸运之女啊！你跟那位至善的仙人，是否怀下了身孕？我希望那位睿智的仙人娶下妻子，不会没有结果。（5）我询问你这样的事情，确实不合适。可是，因为事情极端严重，我才催问你。（6）我知道你的丈夫曾经修炼过非凡的苦行，他是难以挽留的。无论什么时候我也不会去追赶他，因为他可能会诅咒我。（7）贤妹呀！你丈夫的一举手一投足，都请你细细地告诉我吧！久留我心头的锐利的箭镞，贤妹呀，请你为我拔出来吧！"（8）

听罢兄长以上的谈话，阁罗迦卢随即好言安慰了愁苦不安的哥哥，回答蛇王婆苏吉说：（9）"为了儿子的事情，我已经询问过高贵的大有苦行法力的仙人。'有了！'他指指我的肚子，说完这句话就出走了。（10）即使是在些微琐事上面，仙人从前的言谈话语，我也不记得有过空话。蛇王啊！紧要关头他岂会有虚假之言？（11）'蛇女呀！对那桩事情你不要担心，因为你的儿子即将出生，他的光辉如同太阳一般明丽。'（12）向我说过以上的话语，兄长啊，我的丈夫就到苦行林去了。牢牢盘踞在你心头的最大痛苦，请你因此而驱除净尽吧！"（13）

那位蛇王婆苏吉听罢此言，高兴莫名，口中说道："但愿如此！"妹妹的一番话他深以为然。（14）无微不至的关怀，丰厚的财物，优渥的馈赠，相应的礼仪，对于怀有身孕的妹妹，蛇中翘楚以此表示十二分的敬重。（15）

此后那胎儿日渐长大，神光广被，太阳般灿烂。再生者之佼佼啊！他宛似白半月时高悬在天空的月亮。（16）而在准日准时，婆罗门啊，那位蛇妹分娩出儿子。他有天神之婴的光芒，能驱除父母亲的恐惧。（17）他长大起来，就在那里，蛇王婆苏吉的宫殿之中。他学习了吠陀，包括吠陀支，师承婆利古的后代、行落仙人之子。（18）他小小年纪就能严格守戒，智慧高超，明了事理，品行端正。他的名字唤做阿斯谛迦，众世界里广为传诵。（19）因为他尚在母胎为孕，前去森林的父亲说他"有了"，所以他的名字就称为阿斯谛迦（有了），众所周知。（20）他小小年纪十分聪慧，居住活动在蛇王的宫中。他在蛇王婆苏吉的宫中，无微不至地备受保护。（21）他俨然是手执三叉戟的世尊、有黄金之身的众神之主①，他一天一天地长大起来，给众蛇带来了无限欢欣。（22）

以上是吉祥的《摩诃婆罗多》中《初篇》第四十四章(44)。

四五

寿那迦说：

那时节，国王镇群曾向众大臣询问父亲升天的细情，请你将此事再对我详尽地说一说！（1）

歌人说：

你请听吧，婆罗门啊！众大臣那时受到国王的询问，有关继绝王的崩驾之事，他们正一一向他陈述。②（2）

镇群说：

诸位先生！你们知道我父亲的行事为人，知道他享有伟大的荣誉，在命定的时间去世。（3）我向诸位先生将父亲的事情打听周全，对我有益处，没有害处。（4）

歌人说：

那位国王的众位大臣，明了一切正法，智慧高远，他们受到高贵

---

① 指司毁灭的大神湿婆。
② 以下的内容直接与第3章的末尾相连。

的镇群王的询问,随即出言回禀道:(5)

"你的父亲以正法为魂,大尊大贵,是众生的保护者。那位大贵人在人世的为人行事,请你听真吧!(6)他使四种姓各守本分,凭据正法加以保护。深深明了正法的国王,俨然就是正法的化身。(7)他保护着大地女神,他吉祥,勇敢非凡。他没有仇敌宿怨,他也不怀恨任何人。他对一切众生一视同仁,犹如生主一般。(8)婆罗门、刹帝利、吠舍以及首陀罗,人人都各尽其责,心地善良。国王啊,他们受到老王爷的英明驱策。(9)他抚养寡妇、孤儿、贫者以及残废之人,对于一切众生,他宛然是另一轮可亲可爱的月亮。(10)他养育人民,使之心满意足。他吉祥,言语真实,坚定果敢。国王十分精通弓箭术,是有年之子(慈悯)的一位高徒。(11)你的父亲深受乔宾陀(毗湿奴)的喜爱,镇群王啊!他享有盛誉,受到一切世人的爱戴。(12)在俱卢族已经绝种的时刻,母亲优多罗生他出世,这位孔武有力的妙贤之孙,因而有'继绝'为名。(13)国王精于王者之道,谙于政事,具备一切优美的品德。他征服了感官,克己自制,睿智聪颖又敬重老人。(14)国王明察六敌①,最有智慧;他通晓正道,深知正法,出类拔萃。你的父亲保护黎民百姓整整六十年。尔后,你父亲寿终正寝,并非蛇能所致。(15)人中佼佼!从此,依据正法你登上了俱卢族这个已传千年的王位。你出生之后尚是孩童,就成了一切众生的保护者。"(16)

镇群说:

在我们这个俱卢家族中,没有一个国王不为人民谋幸福,不受百姓的爱戴。先辈君王潜心建树伟业,你们更是亲眼目睹过他们的功绩啊!(17)② 我那样一位父亲到底是怎么崩驾的?请你们如实告诉我,我想从你们听知详情。(18)

歌人说:

众位大臣受到镇群王这样催问,他们历来对国王喜欢和有益的事情忠心耿耿,于是对国王叙述了事情的原委:(19)

"国王啊!你的父亲一向醉心于行猎,他如同大有福分的般度,

---

① 指人的欲、嗔、贪、喜、骄、狂。
② 这一颂变换诗律。

善操弓弧，称雄战阵，是一名优秀的射手。他将朝廷的一应事务，甚至全部都交付我们。（20）有一天，他在森林中游荡，用羽箭去射一只鹿。他放箭之后便匆匆地尾追不放，那只鹿远在森林深处。（21）他徒步而行，腰悬利剑，携带着弓和箭袋。你的父亲在密林深处，没有发现那只消逝的麋鹿。（22）

"他疲惫不堪。他上了年纪，整整六十岁，已经是一位老人了。他饥肠辘辘，身置林莽，看见附近有一位仙人。（23）王中魁首向仙人发出询问，那仙人正在实行禁语誓愿，虽然你父亲再三发问，仙人却什么话也没有回答他。（24）他受到饥饿和劳累的交逼，苦痛难忍。而仙人却犹如一根呆立的木桩，坚守着戒行缄口不语，国王蓦然升起了一股怒火。（25）因为国王并不知道仙人恪守着禁语戒行，你的父亲为怒火所制，所以，他冒犯了那位仙人。（26）他用弓弧的一端，从地面挑起来一条死蛇，挂在了那位灵魂圣洁的仙人的肩上。婆罗多族的英贤啊！（27）尔后，那位睿智的仙人既没有说好，也没有说坏，肩头上挂着死蛇，不嗔不怪，依然保持着那种姿势。"（28）

以上是吉祥的《摩诃婆罗多》中《初篇》第四十五章（45）。

四六

大臣们说：

继绝王将死蛇挂在那位仙人的肩上，王中首长啊！他又饥饿又疲乏，尔后便返回了自己的京城。（1）

却说那仙人有个儿子，是一头母牛所生。他名唤独角，享有盛誉，神光灿烂，英勇非凡，易生嗔怒。（2）这独角仙人曾去大梵天身边，将大梵天侍奉供养。尔后他领受大梵天的命令，回到自己的家里。那时候，独角从一位朋友之口，闻知父亲受到令尊那样侮辱。（3）镇群王啊！他听说父亲被令尊挂上一条死蛇，那无辜之人就一直用肩膀驮着。俱卢族之虎啊！（4）国王啊！独角的父亲严格地修炼苦行，是一位最卓越的仙人，征服了感官，心地十分圣洁，热衷于不可思议的举动。（5）他修炼苦行，使其灵魂放射出熠熠光辉，又能约束住自己的身体。他的行为高尚,语言美好,坚韧不拔,没有贪欲。(6)他不尚粗鄙,胸无恶意,老迈年高,恪守禁语戒行。他是一切众生的庇荫,竟被你父亲无礼相欺!(7)

那仙人之子听知此事,怀着满腔的愤怒,诅咒了你的父亲。独角的神光广大无边,虽然年少,却胜过许多老人。(8)独角迅速地触摸过圣水,将神光对准了你的父亲,他自己也仿佛被神光焚烧,愤慨万分,说出了这一番话:(9)"我的父亲善良无辜,谁把一条死蛇挂在他的身上,怒气冲冲的大蛇多刹迦,就施放神光让那个罪人遭到不幸!从今日算起第七天,请见识一下我的苦行法力吧!"(10)

独角说完以上的话,朝着父亲所在的地方走去了。他见到自己的父亲之后,诉说了为他发出的诅咒。(11)而那位仙人之虎,却派人转告你的父亲:"你被我的儿子诅咒了,你要当心啊,大地之主!大蛇多刹迦将要用神光加害于你,大王啊!"(12)镇群王啊!你的父亲听了那番可怕的话语,十分小心,仔细提防着蛇中翘楚多刹迦。(13)

尔后,在第七天来临的时候,梵仙迦叶波想前往继绝王的身旁。(14)恰在此刻,蛇王多刹迦看到了梵仙迦叶波。蛇王多刹迦迤逦在路,对行色匆匆的迦叶波说道:"先生急急忙忙去向何方?您有何贵干?"(15)

迦叶波说:

再生者啊!俱卢族的佼佼者,名唤继绝的国王,于他所在之处,将被多刹迦烧死。(16)我急忙赶路,是为了立刻给国王治伤。他得到我的救护,蛇就不能害他性命。(17)

多刹迦说:

我想咬死那个国王,你为了什么愿意救他活命?请说出你的心愿吧!我今天会给你,请先生返回自己的家中!(18)

大臣们说:

"我去那里是想求钱财。"蛇王听了迦叶波这句话,对令人尊敬的高贵的仙人,用和蔼的语言回答他说:(19)"你想向国王求得的钱财,其数之外,我另有增添。请你从我的手里拿去吧!无辜的人,请回去吧!"(20)人中菁英迦叶波,被大蛇多刹迦这样说动了。他得到了所希望的那笔钱财,就返回去了。(21)

在婆罗门回去之后，王中佼佼啊！蛇王多刹迦乔装变化，接近了继绝王，你的公正廉明的父亲。（22）在宫殿中小心提防的国王，被他用毒火活活烧死了。尔后，人中之虎啊！为了胜利，你灌顶登基了。（23）贤明的国王啊！这些便是真实的所见所闻，我们已经一字不漏详述给你了。这是何等地暴虐残忍啊！（24）王中佼佼啊！你听了老王爷为人所制，以及优腾迦仙人受欺之事，请你立刻就采取行动吧！（25）

镇群说：

我想再听一听。在荒野之上偏僻的森林中，蛇王多刹迦和迦叶波，曾经有过一番谈话。（26）传到你们耳中的那番谈话情景，是谁亲眼目睹又亲耳听见？待我听过这件事之后，我再做出灭蛇的决断。（27）

大臣们说：

请听吧，国王！从前有一个人告诉我们，婆罗门魁首和蛇王，他们二位在路上相遇了。（28）那个人在一棵树上砍樵伐薪，国王啊！那树中之王有些树枝干枯了，他事先选定，骑了树身上。树下的蛇王和婆罗门并不知道他呆在树上。（29）而他和那一棵大树，当时曾一起化成灰烬。王中魁首啊！多亏了婆罗门的法力，他与树王才一起复活了。（30）王中佼佼啊！他曾来到这座京城，将多刹迦和婆罗门所做的一切，按照事实经过详细禀明了。（31）向你陈述的这些，国王！即是依照事实，为我们亲身所听。王中之虎啊！你听过之后，请随心所愿采取行动吧！（32）

歌人说：

镇群王听罢众臣的叙述，周身如焚，痛不欲生，两只手搓揉了一阵。（33）国王接连呼出长长的热气，他目似青莲花瓣，从他那一双明眸流出潸潸的泪水。大地保护者满怀痛苦和一片忧伤，启齿说道：（34）"关于我父亲升天之事，听了先生们一番言谈，我已打定了一个主意，请诸位听知！（35）

"我认为，对心地邪恶的多刹迦，必须立刻报复，因为我的父亲就是被他杀害！（36）因为是他实行了独角仙人的诅咒，并且烧死了国王。倘若这个罪人当时走开了，那么我的父亲就会活命。（37）如果国王的性命得以保住，因为有迦叶波的恩典，又有大臣们的妥善处理，对他又有什么损失？（38）可是，因为他愚蠢透顶，竟对至善至贤的再生者迦叶波横加阻拦；而迦叶波本是前来拯救英勇无敌的国王。（39）多刹迦居心险恶，咄咄逼人，大逞强梁，付出重金收买婆罗门，又说：'你不要救国王的命！'（40）我要让优腾迦仙人心情舒畅，让我自己和诸位先生，大家全都无限欢欣。我要为父亲报仇雪恨！"（41）

以上是吉祥的《摩诃婆罗多》中《初篇》第四十六章(46)。

四七

歌人说：

吉祥的国王这样宣告之后，随即得到了众位大臣的赞成。婆罗门啊！婆罗多族之虎、继绝王之子镇群王，当时做出了举办一场蛇祭的决定。（1）接着，那位大地保护者召来了国师和几位祭师。语言完美精到的国王，向他们布置下任务：（2）

"害死我爹的是心地邪恶的多刹迦。我应该怎样对他施加报复，诸位先生！请你们对我讲一讲！（3）诸位想必知道有一种行动，只要采取它，我一定能将大蛇多刹迦及其亲族统统引入燃烧的烈火之中。（4）先前我的父亲怎样被他用毒火烧死，我也同样要用烈火烧死那条罪恶的毒蛇！"（5）

祭师们说：

国王啊！有一种大祭祀，是众神专门为你而设立的。它名曰"蛇祭"，在往世书中有此记载。国王啊！（6）通晓古事者告诉我们，只有你才能举办蛇祭，别人则不许。国王啊！的确有这种大祭祀。（7）

歌人说：

王仙听他们这样一讲，至善至贤啊！他认为蛇王多刹迦定然投入炽烈祭火的口中。（8）那时候，镇群王随即又向精通咒语的众婆罗门吩咐道："我将要举办那场祭祀，请你们为我准备好必需的物品！"（9）

尔后,至善的再生者啊!遵照经典规定,祭师们丈量出一块地方,用来作为祭祀场地。他们全都知识渊博,智慧充足。(10) 那祭场极为隆重令人满意,到处是一群群的婆罗门,丰厚的钱财和粮食显示出富足,祭师们精心地做了布置。(11) 那座祭场按照规矩建造成功,尽如人意。届时为了求得蛇祭之果,祭师们请国王主持开祭。(12)

在蛇祭开始之前,出现一个重大征兆,预示这场祭祀会受阻。(13) 在祭场正修建的时候,有一位智慧圆满的营造师,他十分精通建筑术,说过一番话。(14) 他是一位歌人,身佩圣线①,通晓古事,这时他说道:"在此地点,在此时间,丈量出这样一块祭祀场地,原因出自一个婆罗门,这场祭祀将不能继续到底。"(15) 那位国王听了这几句话,便在开祭的时间来到之前,命令门官:"凡是我不认识的人,无论是谁,一律不得进入祭场!"(16)

尔后,依据规定,开始了蛇祭的诸项法事。每位祭司都有条不紊地如仪进行各自的工作。(17) 祭司们身着黑色的衣服,他们的眼睛被烟熏红了,口里朗朗念诵着咒语,将酥油倾入熊熊燃烧的烈火中。(18) 他们使所有的蛇类都丧魂失魄,心惊胆战。当时,他们又高声呼唤,让一切众蛇投入火神之口。(19)

随后,众蛇纷纷来临,投入了炽烈的祭火之中,他们的身体可怜地蜷曲着,彼此之间不停地发出呼唤。(20) 有一些蛇扭动蹦跳,发出嘶嘶的叹息,互相用头尾紧紧地盘绞着,一起落入了烈火当中。(21) 有一些蛇,或白或黑或蓝,有的年纪老迈,有的尚在幼龄,种种不一的哭嚎声令人生惧,也都落入了闪光的火焰。(22) 出类拔萃的再生者啊!数十万、上百万的蛇,就这样被消灭了!数千万的蛇,就这样不由自主地被结果了!(23) 其中有一些蛇形如硕鼠,另有一些蛇形似象鼻,又有一些蛇俨如醉象,身躯庞大,力量非凡。(24) 还有许多蛇高声哀鸣,他们色彩斑驳,充满毒液,面目凶恶,形似铁臼,齿牙尖利,力量雄伟,受到母亲诅咒的惩罚,他们也

---

① 印度古代习俗,再生者到了一定的年龄要拜师学习,由老师为之行圣线礼,系上一条白色圣线。圣线挂于左肩,结于右胁。婆罗门为七岁(或八岁),刹帝利为十一岁,吠舍要在十二岁。后来,圣线成了婆罗门的特有的标志。

统统落入了火中。(25)

以上是吉祥的《摩诃婆罗多》中《初篇》第四十七章(47)。

四八

寿那迦说：

那时候，在般度的后裔、睿智的镇群王所举办的蛇祭上，充任祭师的是哪几位高仙？（1）在众蛇心生殷忧、万分惶恐的极其险恶的蛇祭上，参祭的又是哪些人？（2）孩子！请你将他们一一地表彰！因为他们懂得蛇祭的仪式，他们应该广为人知。歌人之子啊！（3）

歌人说：

啊！我将就此为先生讲一讲各位智者的名字。他们当时为镇群王担任了祭师和参祭者。（4）蛇祭上的诵经者是婆罗门旃罗跋尔伽婆，他出生于行落仙人的家族，大名鼎鼎，是最出色的精通吠陀的学者。（5）咏歌者是位年迈而学识渊博的婆罗门憍蹉阇弥尼，祈祷者是沙楞伽罗婆，行祭者是菩陀宾伽罗。（6）参祭者有仙人毗耶娑，偕同儿子和徒弟优达罗迦、沙摩吒迦、湿毗多计都以及序五；（7）有仙人阿私多和提婆罗，有那罗陀以及波尔伐多，有阿底梨耶、贡罗阇吒罗，又有婆罗门拘底佉佉吒；（8）有犊子，有潜心苦行与研习吠陀的闻声长者，又有迦睒罗、提婆沙尔摩、牟陀伽梨耶和沙摩苏跛罗。（9）他们和其他许多位恪守戒行的婆罗门，在继绝王之子的祭祀上，都一起充当参祭者。（10）

尔后，在蛇祭这场盛大的祭祀上，当祭师们忙浇酥油的时候，可怕的蟒蛇纷纷坠落，给众生灵带来一片惊恐！（11）河水漂浮着蛇的骨髓与蛇的脂肪奔流而去，烧蛇的气味和喧嚣之声，那时也不断地散向四方。（12）向下坠落的蛇的悲鸣，逗留天空的蛇的叫声，烈火焚烧的蛇的哀嚎，逐渐逐渐地趋于平静了。（13）

却说那位蛇王多刹迦，当他一听到镇群王开始举行蛇祭的消息，就到城堡破坏者（因陀罗）的天宫去了。（14）那条出类拔萃的蛇，获罪之后十分恐惧，便前去寻求城堡破坏者的庇护，如实地讲述了事情的经过。(15)因陀罗对他很是满意,说:"多刹迦呀!你来到此地,无论如何也不必害怕那场蛇祭了。蛇王啊!(16)我早已为你向老祖宗求得了恩典,因此,你不用担惊受怕,消除你心中的愁烦吧!"(17)那位出类拔萃的蛇王,受到因陀罗这样一番安慰,随即安然居住在天帝释的宫殿之中,既快活又安逸。(18)

群蛇接连不断地坠入烈火,蛇王婆苏吉极其痛苦。他身边的随从所剩无几,蛇王婆苏吉忧心如焚。(19)深切的忧伤猛烈地袭扰着蛇王婆苏吉,他的心抖索个不停,于是,他对妹妹阇罗迦卢说这一番话:(20)

"我的肢体正在被烈火焚烧,贤妹呀!连方向我也分辨不清了。我一阵阵昏迷仿佛就要倒下,我的心似乎在不住地颤抖。(21)我的眼神很是散乱,我的心好似裂成了几瓣,今天,我就要不由自主地坠入那场炽烈的祭火之中了。(22)继绝王之子的这场祭祀,是想要将我们斩尽杀绝,我肯定也得前往祖先之王(死神)的家门。(23)已经到时候了,我的妹妹!以前就是为了这件事才将你布施给阇罗迦卢仙人,请你保护我们和各位亲友吧!(24)阿斯谛迦一定会中止那场正在进行的祭祀,无与伦比的蛇女呀!从前老祖宗亲口对我说过。(25)因此,小妹呀!为了解救我和众位亲属,你和自己的孩子、深受老人器重的精通吠陀的青年谈一谈吧!"(26)

以上是吉祥的《摩诃婆罗多》中《初篇》第四十八章(48)。

四九

歌人说:

尔后,蛇女阇罗迦卢唤来了自己的儿子,按照蛇王婆苏吉的盼咐,对他说出了这几句话:(1)"儿子!我被哥哥送给你父亲是事出有因。完成此事的时刻已经到了,你务必尽心去办!"(2)

阿斯谛迦说:

是何缘何故,我的舅舅把你送给我的父亲?请你如实地告诉我。我聆听完毕就去照办。(3)

歌人说：

尔后，蛇王之妹、镇定如常的阇罗迦卢，一心盼望众位亲人平平安安，对他陈述了事情的原委：(4)

"据说，一切众蛇的母亲名叫迦德卢，她之所以愤怒地诅咒了儿子们，我来把原因告诉你。(5) '名为高耳的马中之王，你们不为我在它身上作弊，我在打赌中就失去了将毗娜达变成奴隶的理由。儿子们啊！(6) 因此，在镇群王的祭祀上，风神之友（火神）要将你们烈焰焚身！你们将就此化为五种元素①，前往死亡世界！'(7) 众世界的老祖宗听了她说的这一番话，亲口对她说：'好吧！'同意了她的诅咒。(8)

"婆苏吉当时也听到了诅咒和老祖宗的答话。亲爱的！搅出甘露之后，他便去祈求众神的庇护。(9) 众神的事情大功告成，他们全都得到了无上的甘露，于是，众神将我哥哥请到前头，一起走到生主的面前。(10) 所有天神陪同蛇王婆苏吉，请求老祖宗赐予他一个恩典，说：'请不要让那个诅咒实现！(11) 这位婆苏吉蛇王，为了众亲人痛苦不堪。世尊啊！他的母亲发出的诅咒，请将它化为乌有吧！'"(12)

大梵天说：

一个阇罗迦卢将来得到另一个阇罗迦卢做妻子，就此生下的再生者，会从诅咒中解救出众蛇。(13)

阇罗迦卢说：

众蛇之主婆苏吉闻听此言之后，天神般的儿子呀！他将我赠给了你的高贵的父亲。早在祭祀尚未举行的时候，我在这里生养了你。(14) 如今这时刻到来了，你要从恐怖中救出我们呀！你也要保护我的哥哥，使他免遭那场烈火！(15) 我们做的事不应该徒劳，为了拯救众蛇，才将我布施给你睿智的父亲啊！儿子！那么你怎样认为呢？(16)

歌人说：

阿斯谛迦听罢此言，当即回答母亲说："遵命！"然后，他又对受痛苦煎熬的婆苏吉说出了一席话，仿佛是要让他起死回生：(17)

---

① 印度古代哲学认为，地、水、火、风、空是构成一切物质的五种元素，人体亦然。人死后，身体又化为这五种元素。

"我会从诅咒中拯救你,婆苏吉,蛇中翘楚!本质伟大的蛇呀!我对你所言真实不虚。(18)蛇呀,请你放宽心!因为你不再有什么恐怖了。我自当那般尽心竭力,定然使你们幸福安宁。我一言既出无不落实,即使是在琐细的小事上,难道有过空话吗?(19)待我今天到达举行祭祀的卓越的镇群王那里,舅舅!我就大讲吉利话,让他心花怒放,让国王的那场祭祀中途停止。至善的蛇王啊!(20)思想伟大的蛇王啊!一切都包在我身上!在你的内心深处,请不要对我有丝毫的错误念头!"(21)

婆苏吉说:

阿斯谛迦!我的一颗心在瑟瑟地抖颤,简直快要裂开了!受到母亲诅咒的惩罚,我已经辨认不出方向了!(22)

阿斯谛迦说:

无论如何你不必痛苦,出类拔萃的蛇呀!我就要为你消除你对炽燃的烈火发生的恐惧。(23)巨大而可怕的母亲诅咒,煌煌威严如劫末烈火,我即将破除它,务请你驱走恐惧不安!(24)

歌人说:

婆苏吉心头的可怕的恐惧,尔后由阿斯谛迦带走了。他将它担在自己的身上,匆匆地去了。(25)至善的再生者阿斯谛迦,为了拯救众位蛇王,奔向了镇群王那场完美无比的祭祀。(26)阿斯谛迦来到之后,看见了那个美妙至上的祭场,众多的参祭者将它团团围绕,他们一个个光辉灿烂,犹如太阳和火神。(27)至善的再生者举步进入祭场,被几位看门人拦住了。出类拔萃的再生者阿斯谛迦,为了走进去,将那场祭祀歌颂了一番。(28)

以上是吉祥的《摩诃婆罗多》中《初篇》第四十九章(49)。

五〇

阿斯谛迦说:

如同补罗耶伽地[①],苏摩神曾行禋祭,

[①] 补罗耶伽是一处著名圣地。

121

又有水神行禋祭，以及生主行禋祭。
继绝之子镇群王！婆罗多族称第一；
你的祭祀我欢喜，赐我亲人好福气！（1）

天帝所行之禋祭，据说次数一百起；
你的祭祀这一场，等于他的万次祭。
继绝之子镇群王！婆罗多族称第一；
你的祭祀我欢喜，赐我亲人好福气！（2）

死神阎摩之禋祭，诃利弥陀①之禋祭，
欢乐天王②之禋祭，你的祭祀可相比。
继绝之子镇群王！婆罗多族称第一；
你的祭祀我欢喜，赐我亲人好福气！（3）

王仙伽耶③之禋祭，兔影国王④之禋祭，
广闻国王⑤之禋祭，你的祭祀堪比拟。
继绝之子镇群王！婆罗多族称第一；
你的祭祀我欢喜，赐我亲人好福气！（4）

昔日人趋⑥之禋祭，阿阇弥吒⑦之禋祭，
国王罗摩⑧之禋祭，你的祭祀可相比。
继绝之子镇群王！婆罗多族称第一；
你的祭祀我欢喜，赐我亲人好福气！（5）

---

① 保护神毗湿奴的一个称号。
② 欢乐天是一个国王，他为了祭神大肆宰牲布施婆罗门，血流成河。
③ 印度古代著名国王。
④ 同上。
⑤ 同上。
⑥ 同上。
⑦ 意为"羊斗王"，即坚战，镇群王的伯祖父。
⑧ 原文是"十车王之子"，即著名大史诗《罗摩衍那》中的主人公罗摩。

天神之子名坚战①，阿阇弥吒——羊斗王，
所行祭祀闻天廷，你的祭祀正相当。
继绝之子镇群王！婆罗多族称第一；
你的祭祀我欢喜，赐我亲人好福气！（6）

黑仙岛生贞信子②、毗耶娑仙之祭祀，
自己主祭做法事，你的祭祀亦如是。
继绝之子镇群王！婆罗多族称第一；
你的祭祀我欢喜，赐我亲人好福气！（7）

众多祭司参祭人，辉焕如日如火神，
犹若天帝行祭祀，一时纷纷齐来临。
无所不知饱学问，通晓一切心眼明，
馈赠他们之礼物，硕果累累无穷尽！（8）

一般一样为祭师，浑似岛生无差别，
举世未有第二人，我信此念甚正确。
岛生门下众学生，茫茫大地做游行，
无一不是任祭师，个个本业都精通！（9）

灵魂伟大之火神，辉煌、奇光是其名，
黄金种，食一切，条条黑烟标路程；
火苗闪烁向右旋，熊熊燃烧放光明，
诵经声中接祭品，享用烧供之神灵！（10）

如同陛下之国君，兢兢业业护黎民，
于此当今人世间，除你不知有他人！
我因你镇静刚毅，爱戴之情发心底，

---

① 坚战实为死神阎摩之子。详见本书。
② 传说中的《摩诃婆罗多》的作者毗耶娑仙人，一名岛生，又号黑仙，其母名贞信。详见本书。

陛下既为镇群王，法王阎摩也是你！（11）

陛下俨然天帝身，手执雷杵降凡尘，
于此当今世界上，一心一意护黎民。
叫声镇群人中君，此念油然生我心；
人间行祭之家主，如你未有第二人！（12）

佉旺伽，行空王，底梨波，你颉颃；
迅行王，曼陀多，① 你的本领一般强；
你有光芒万丈长，太阳华光为榜样；
你又好比毗湿摩，恪守誓愿美名彰②！（13）

蚁垤仙人你可比，坚韧不拔有毅力；③
极裕仙人你可比，一样自制息怒气；④
陛下所怀大能为，我意足与天帝齐；
陛下又似那罗延，闪闪光辉浑无际！（14）

陛下俨然阎摩君，只知依法下决心；
国王陛下似黑天，种种美德集一身；
吉祥原是众神有，陛下俨若她家庭；
陛下又如大祭坛，频频祭祀无穷尽！（15）

你似登保跋婆王，⑤ 一样身强力量壮；
国王陛下赛罗摩，⑥ 弓箭娴熟识刀枪；

---

① 这五人是印度古代著名国王。
② 毗湿摩为满足父亲的爱情愿望，发誓永不结婚。详见本书。
③ 即印度古代另一部大史诗《罗摩衍那》的作者蚁垤仙人。传说他为修行，久坐不动，以致于蚂蚁在他身上堆起了小山般的蚁垤。
④ 极裕仙人的故事详见本书。
⑤ 一位王子名。他曾和仙人相斗，十分骁勇，但被击败。
⑥ 大史诗中有三位罗摩，一位是十车王之子，一位是大力罗摩，一位是持斧罗摩。这里指持斧罗摩，武艺高强。详见本书。

如同股生①和老三，② 一样辉焕闪神光；
或者像跋吉罗陀，③ 不可逼视之国王。（16）

歌人说：

就这样，阿斯谛迦歌颂了祭场上圣法的一切。他歌颂了国王、参祭者、祭师和祭火。尔后，镇群王观察了周围显示出来的迹象，开口说出来一番话。（17）④

以上是吉祥的《摩诃婆罗多》中《初篇》第五十章（50）。

五一

镇群说：

这位少年说出话来像是一位长者。我简直认为他并非童稚，而是一位智叟。我愿意赐给他一个恩典，让他选择一个心愿。因此，诸位婆罗门！请你们与我商议商议。（1）⑤

众监祭者说：

一个婆罗门，即便他是位少年，也应该受到国王们的尊敬；更不管他是无知无识，还是这般学识渊博。今天，你应该让他满足一切愿望，以便使多刹迦迅速到来。（2）

歌人说：

国王想赐给那位婆罗门一个恩典。"请你挑选一个心愿吧！"当他正要说出这句话的时候，诵经者心中不快，当即说道："蛇王多刹迦未到祭祀之前，还是且慢！"（3）

镇群说：

为了我的这场祭祀功成圆满，为了让蛇王多刹迦迅速前来，那

---

① 极裕仙人的孙子。他曾放出神光，刺瞎群敌的眼睛。详见本书。
② 据吠陀神话，有三位仙人，是三兄弟，名叫老大、老二、老三。三人口渴，找到一口井。老大、老二贪占老三的财产，将老三推入井中，并用车轮封住井口。老三在井中唱诗颂神，放出神光，备好一场祭祀祭飨诸神，终被引到井外。
③ 神话中的一位国王，他将恒河从天上引到人间。
④ 这一章改变诗律。
⑤ 第1—4颂改变诗律。

么，诸位先生！请你们大展身手，尽到最大的努力吧！因为他是我的仇人啊！(4)

众祭师说：

如同圣典向我们所传授，如同火神向我们所指示，国王啊！受到恐惧折磨的多刹迦，正躲在因陀罗的天宫宝殿。(5)

歌人说：

有一位歌人名唤赤目，灵魂伟大，是一位通晓古事者。这事情他早已知道。他受到国王的询问，当时回答说："这件事情就像婆罗门说的那样，人中之神啊！(6)① 我熟悉往世书，因此，我来告诉你，国王啊！因陀罗赐给了多刹迦一个恩典：'你住在此处吧！你在我身边会受到妥善保护，火神不会焚烧你。'"(7) 主持祭祀的镇群王，闻听此言忧心如焚，连忙督促诵经者抓紧时机快做法事。那位诵经者大卖力气，一边念诵咒语，一边往祭火中倾洒酥油。随后，天帝因陀罗亲自驾临了。(8)

神通广大的因陀罗，乘坐着一辆飞车。一切众神为他高唱着赞歌，一团团暧靆遝雨云紧紧相跟，持明②和天女成群结队地追随着他。(9) 大蛇多刹迦躲藏在因陀罗的外衣里，依然不感到安全，恐慌万状。而镇群王怒火万丈，一心想尽快结果多刹迦，遂又向精通咒语的祭师们吩咐道：(10) "诸位婆罗门啊！如果多刹迦那条蛇躲在因陀罗那里，就让他和因陀罗一起都落入祭火里吧！"(11)

众祭师说：

那个多刹迦正迅速地前来，已在你的控制之下，国王啊！他恐惧万分，悲鸣不已，可以听见他那巨大而可怕的叫声了。(12) 手持金刚雷杵者（因陀罗）此刻已将那条蛇放开了。他从因陀罗的臂弯径直向下坠落，声声咒语落到了他的身上。他在天空中翻滚着，失去了知觉。蛇王发出嗞嗞的尖叫声，正在向祭火接近！(13)③ 王中首长啊！你的这场祭祀正如仪进行。大有能为的人啊！那么，请你赐给那位婆罗门佼佼一个恩典吧！(14)

---

① 第6—10颂变换诗律。
② 一种小神灵，住在雪山，侍奉毁灭大神湿婆，能施幻术。
③ 这一颂诗变换诗律。

镇群说：

高深莫测的人啊！你有孩童的美丽容貌，我赐你一个与之相配的恩典。是什么渴望存在你的心中，你就挑选那个心愿吧！即使它不应该赐人，我也要把它给你。（15）

歌人说：

那时候，蛇中魁首多刹迦继续朝着祭火坠落着，阿斯谛迦心想："正是时候！"便急切地说道：（16）"如果你赐给我恩典，我将挑选一个心愿。镇群王啊！请停止你的这场祭祀吧！众蛇不要再坠入火中了！"（17）

国王闻听此言，婆罗门啊！继绝王之子心中登时大为不悦。他对阿斯谛迦说道：（18）"黄金、白银、牛群，以及你所希望的其他物品，大有能为的人啊！这样的恩典我尽可以赏你，婆罗门啊！我这场祭祀万不能停止！"（19）

阿斯谛迦说：

黄金、白银和牛群，国王啊！我并不向你乞求。请停止你的祭祀吧！这才是我母亲家族之幸！（20）

歌人说：

那时，继绝王之子镇群王，听了阿斯谛迦这几句话之后，便不住地央求能言善辩的阿斯谛迦：（21）"请挑选一个对你更吉利的心愿吧，卓越非凡的出类拔萃的再生者啊！"可是，阿斯谛迦却不求其他的恩典。婆利古的子孙啊！（22）随后，在场的精通吠陀的众位监祭者，都异口同声地对国王说道："请让婆罗门得到那个恩典吧！"（23）

以上是吉祥的《摩诃婆罗多》中《初篇》第五十一章（51）。

五二

寿那迦说：

在这场蛇祭中，有许多蛇落入了祭火。我想逐个听一听他们的名字。歌人之子啊！（1）

歌人说：

死在祭火里的蛇，成千上万，成千上万。因为数量太多，我不能

127

尽数其名。通晓吠陀的佼佼者呀！（2）不过，根据我的记忆，我要让你知道某一些蛇的名字。他们如今还为人们说及，是落入祭火中的主要的一批蛇。（3）

婆苏吉家族出生的一批主要的蛇，有青的、红的、白的，形象狰狞，躯体粗长，充满毒液，且让我首先告诉你他们的名字。（4）有青蛙、心意、丰满，有具能、阻截、持犁，有粘滑、毁灭、车轮，还有隅猛和追击。（5）有金马、箭矢，又有枯木与死神之齿。这些落入祭火中的蛇，都是婆苏吉所生。（6）

多刹迦家里出生的蛇，我也讲讲，请你知晓。有尾卵、浑圆，有宾吒培多、罗培那迦。（7）有高冠、妙味、为城，有力愤、萌生，有持戒、作棍、缄默，又有美童以及抖动。（8）有大杵、兔毛，还有妙思、疾驰。这些落入祭火的蛇，是多刹迦所生。（9）

辽远、打旋、淡白、淡黄、纤纤、行空、八足怪、欢欢、狂喜以及身健，（10）这些坠入祭火的蛇，生自爱罗婆多家族。憍罗毗耶家族出生的蛇，请你听一听吧，至善的再生者啊！（11）有爱离罗、耳环，有秃顶、辫垂肩、小童，有奴仆、犄角猛、坏种，有波多、波多罗是一对孪生。（12）

生于持国家族的那些蛇的名字，请你照样听我讲来，婆罗门啊！他们迅疾如风，充满毒液。（13）一名尖耳，一名绛黄，斧头和青面是一对；一名体丰，一名圆嘴，还有喜笑、大鸟和赭黄。（14）有阿摩诃吒、拘摩吒迦，有气息、凡人、无花果；又有畏怖和秃头吠陀支，以及红褐与穿水而过。（15）一名雄牛，一名迅猛，乞儿和巨颚是一对；又有红身、皆斑、成功，广裹和罗刹也是一对。（16）有小麤、小象，有妙友、谈奇，有粉碎、稚嫩，有摩尼宝肩以及晨曦。（17）

婆罗门啊！以上我提到名字的这一些蛇，都是声名卓著、最为主要的蛇。而全部的蛇，数量太多，我不能一一讲到。（18）这一些蛇的子孙后代，及其后代的子子孙孙，都统统坠入了熊熊燃烧的祭火，我也不能历数其名。（19）

有一些七头蛇和双头蛇，还有一些五头蛇，他们毒似劫末烈火，令人恐惧，有成千上万条被拘于祭火。（20）有一些蛇身躯十分粗壮，极其勇猛,高如山峰,伸展开来长达一由旬,更有甚者长达两由旬。(21)有一些蛇能如意变化、如意而行,充盈的毒液十分猛烈,犹如炽燃的火焰。他们受到母亲诅咒的惩罚,都在那场大祭祀中被焚丧生了。(22)

以上是吉祥的《摩诃婆罗多》中《初篇》第五十二章(52)。

五三

歌人说:

我们还听到了关于阿斯谛迦的另一件神奇之事,那是发生在继绝王之子镇群王想用种种恩典讨他满意的时候。(1)大蛇多刹迦离开了因陀罗之手,竟然定在了半空中,镇群王因此一筹莫展。(2)那时候,祭火虽然燃烧正旺,又如仪倾洒酥油,努力祭祀,那个遭受恐惧折磨的多刹迦却硬是不往祭火里坠落。(3)

寿那迦说:

歌人啊!那些睿智的婆罗门掌握许多咒语,既然那个多刹迦不往火里坠落,他们为什么不显露出来呢?(4)

歌人说:

刚刚被因陀罗从手里抛出去,蛇中翘楚就丧失了知觉。阿斯谛迦朝他高喊了三声:"住!住!住!"(5)多刹迦立刻在半空中定住了,他的一颗心尚在苦恼不宁。他就好像是某一个人,定在了天与地之间。(6)

随后,在众位监祭者的大力敦促下,国王终于侃侃说道:(7)"依照阿斯谛迦提出的要求,让事情遂了他的心愿吧!(8)让这场祭祀停止!让众蛇平安无事!让阿斯谛迦满怀喜悦!让歌人之言成为真实!"(8)就在国王这样向阿斯谛迦赐予恩典之后,周围立刻响起了高兴生发的热烈欢呼。(9)

般度的后裔、继绝王之子的那场祭祀停止了。婆罗多王的子孙镇群王心中也很高兴。(10)尔后,镇群王向聚集此间的几位祭师和众位监祭者赏赐了数十万金。(11)大有能为的人啊!那位名唤赤目的

歌人,他在祭祀之前,曾对国王当场预言祭祀要受阻。(12)他说过:
"因为婆罗门之故!"因此,国王给了他丰厚的赏金。尔后,国王遵循祭仪规定的做法,举行了清洁礼。(13)

国王满怀着喜悦之情,欢送阿斯谛迦返回家门。聪颖的阿斯谛迦受到了一番款待,要办的事情果然办成了,心中高兴莫名。(14)国王又向他说道:"一旦有事,要请你再度光临!在我的盛大的祭祀马祭上,你将是一名监祭者。"(15)阿斯谛迦回答说:"遵命!"然后,欢欢喜喜,飞快地离去了。他完成了自己的非凡的任务,又讨得国王满心高兴。(16)

阿斯谛迦狂喜万分,径直来到母亲和那位舅舅身边。他拥抱过他们之后,详细叙述了事情的经过。(17)① 聚集在那里的众蛇,闻听之后都兴高采烈,驱散了忧烦。他们一个个心花怒放,异口同声向阿斯谛迦说道:"请你挑选一个心愿的恩典吧!"(18)他们再三再四地仔仔细细地问他说:"我们今天为你做一件你所喜欢的什么事情呢?学者啊!我们高兴极了,我们全都这样得救了!你有什么心愿呢?我们今天一定为你办到。孩子啊!"(19)

阿斯谛迦说:

让世界上的婆罗门和其他寻常人,在每天的黄昏和清晨都面容怡悦吧!让他们吟诵了我这篇符合正法的记述之后,对于你们蛇类不再有些微的恐惧!(20)

歌人说:

众蛇心中很是愉快,回答外甥说:"我们就去实现你的这一愿望。我们这些蛇心头高兴,一定全面实现你的心愿。外甥!"(21)

由阇罗迦卢所生所养、阇罗迦卢的享有盛誉的儿子,坚持真理的阿斯谛迦,请他保护我免遭众蛇的伤害吧!(22)

一个人只要记住"黑蛇咒"、"忍痛咒"、"妙导咒",无论是白天,也无论是黑夜,他都不必惧怕蛇。(23)

歌人说:

那位出类拔萃的婆罗门,从蛇祭中救出了众蛇。他以正法为魂,

---

① 以下 4 颂诗变换诗律。

有子孙绵绵。时候一到，他寿终正寝了。(24) 以上便是阿斯谛迦的事迹，我已经为你如实地讲述完毕了。讲述和聆听这一个故事，任何情况下都不会惧怕蛇。(25) 阿斯谛迦仙人坚守正法的故事，吉祥的事迹，婆罗门啊！从头到尾讲述和聆听，功德大增！(26)

寿那迦说：

你从婆利古家族讲起，给我讲述的故事又长又完整。孩子！我因此很喜欢你。歌人之子啊！(27) 我请你就这样再讲下去吧，歌人之子啊！毗耶娑仙人撰述完成的那部故事，你为我讲一讲它吧！(28) 在那场极难完成的蛇祭上，在举行法事的间隙，伟大的诗人啊！按照规定，众位高贵的参祭者，(29) 他们要讲许多神奇的故事，你肯定都是一清二楚的呀！我们想从你这里照样听到，歌人之子啊！(30)

歌人说：

在那场祭祀的间歇时间，有些再生者讲述了源于吠陀的故事。毗耶娑仙人则讲述了婆罗多族永恒又伟大的故事。(31)

寿那迦说：

给般度族带来荣誉的故事《摩诃婆罗多》，当时，它是黑仙岛生应镇群王之请讲述出来的。(32) 在祭祀的间歇时间，镇群王那时如仪聆听了。那一部有福的故事，我也想如仪聆听。(33) 毗耶娑大仙行为神圣，那故事从他大海般的思想中产生。请你讲一讲它吧，贤人佼佼！因为我还不满足，歌人之子啊！(34)

歌人说：

啊！我就来为你讲那伟大至上的故事，黑仙岛生创作的《摩诃婆罗多》，我从头讲起。(35) 喜爱我所讲的那部故事吧，思想高尚的再生者啊！在此地讲述它，我的心中也高兴莫名！(36)

以上是吉祥的《摩诃婆罗多》中《初篇》第五十三章(53)。

《阿斯谛迦篇》终。

原始宗族降世篇

五四

歌人说：

听到镇群王举办蛇祭的消息，学识渊博的黑仙岛生仙人当时便前来了。（1）

迦梨女郎和沙迦底的儿子破灭仙人生下了他。迦梨时为处女，就在阎牟那河的一个岛上。他是般度族的老祖宗。（2）他刚一出生，就依照自己的愿望一下子长大了身体。他精通吠陀、吠陀支，以及种种历史传说，享有盛誉。（3）无论是谁也超不过他：修炼苦行超不过，研习吠陀超不过，恪守誓愿超不过，绝食斋戒超不过，繁衍子孙超不过，性情之好也超不过。（4）他把一部吠陀编排为四部分，成了精通吠陀的佼佼者。他能看远看近，知道过去未来。他是梵仙、诗人，信守戒行，十分圣洁。（5）他生下了般度和持国，还有维杜罗，赓续了福身王的后代，赢得了神圣的声名，高尚的荣誉。（6）

那时候，黑仙岛生走进王仙镇群的祭祀大会，带领着一群精通吠陀和吠陀支的弟子。（7）他看见镇群王端坐那里，许许多多的参祭者簇拥在周围，俨然是众神环绕的城堡破坏者（因陀罗）。（8）镇群王的左右，还有许多异国他邦的王公君主，人人沐首涂膏；又有众位祭师，犹如天神一般，个个精明强干，坐在专为祭祀铺开的瑞草上。（9）

而王仙镇群，婆罗多族的至上贤者，一见那位毗耶娑仙人驾到，立刻率领众人立起身来，兴高采烈地迎上前去了。（10）在众位参祭者的一致赞同下，国王给毗耶娑仙人献上了一把黄金的座椅，就像天帝释为天师毗诃波提献上座位一样。（11）赐人恩典、深受众神仙尊敬的仙人落座之后，王中魁首又以圣典规定的仪式，向他礼拜了一番。（12）镇群王为他献上洗足水、盥漱水和清水等待客礼物，又依照规定向理应受之的老祖宗黑仙献上了一头牛。（13）毗耶娑仙人接受了般度的后代镇群王的一番孝敬，让那头牛悠然离去了。那时，他十分高兴。（14）这样小心周到地礼拜过老祖宗之后，镇群王便靠近他坐下，内心欣喜异常，又仔细地问候他身体康泰。（15）尊者看着镇群王，向他问好。所有的参祭者都向毗耶娑仙人致敬，他也向众位参祭者答以敬礼。（16）毗耶娑仙人受到所有参祭者的礼遇之后，接着，镇群王向卓越的再生者合掌致敬，发出了问话：（17）

"关于俱卢族和般度族，你老人家是亲眼目击的见证人。我想请你讲一讲他们的事迹，再生者啊！（18）他们在事业上本来无忧无虑，怎样发生了破裂？那场造成人寰灭绝的大战，又是怎样发生？（19）我的所有的祖先们，他们的心灵是被命运占据住了！请你将那一切全都讲一讲吧，尊者！因为你是一清二楚的。"（20）

听罢镇群王的一番话，黑仙岛生当时向坐在身旁的徒弟护民子吩咐道：（21）"俱卢族和般度族之间从前发生了破裂，你把事情向国王全都讲一讲吧，就照你听我讲过的那样。"（22）

那时，婆罗门雄牛护民子听从老师的命令，随后把那部古老的历史传说从头至尾讲述了一遍。（23）那时，向镇群王，向众位参祭者，向从四方前来的刹帝利，护民子讲述了俱卢和般度两族的破裂，以及王国的毁灭。（24）

以上是吉祥的《摩诃婆罗多》中《初篇》第五十四章（54）。

五五

护民子说：

我首先向老师致敬，以我整个的心灵和满怀的情感！我向全体再生者，也向其他各位饱学之士致敬！（1）毗耶娑大仙名扬诸界，睿智不凡，神光无际，我将阐述他的全部思想。（2）国王啊！你最有资格听这部婆罗多族的故事了。我从师所学，我要讲一讲它，饱含兴奋的激情仿佛鼓足了我的勇气。（3）

请听吧，国王！俱卢和般度两族之间发生的破裂，为了国土进行的掷骰子赌博，森林里的栖居，（4）以及造成国土破坏的战争的发生，我

将应你的请求把这全部一一讲述出来。婆罗多族的雄牛啊!(5)

父亲死后,那几位英雄从森林回到自己的王宫。大约不久,他们都精通了吠陀,弓箭娴熟。(6)般度诸子相貌堂堂,勇猛过人,精神抖擞,深受城市居民的欢迎,享受着富贵和荣耀。俱卢族人看到他们这样,都不能忍受。(7)

尔后,残忍的难敌、迦尔纳,伙同妙力之子(沙恭尼),采取了种种手段压迫和驱赶他们。(8)罪恶的持国之子(难敌)给毗摩(怖军)下毒,英雄狼腹(怖军)将那毒药连同食物一起消化了。(9)狼腹酣睡在波罗摩纳俱胝,难敌又把他捆绑住,然后,把毗摩(怖军)投进恒河的水流中,随即扬长而去了。(10)贡蒂之子(怖军)惊醒之后,当时他挣断了绳索,便站起身来。大王啊!怖军摆脱了这场灾难。(11)有一天,怖军又在大睡,难敌弄来了许多条牙尖毒烈的黑蛇噬咬他,诛灭仇敌的英雄浑身遭到蛇咬,也未丧命。(12)

般度诸子遭遇到俱卢族一次又一次的伤害,思想高尚的维杜罗常常挺身解救和保护他们。(13)如同高踞天堂的天帝释给人世间带来幸福,维杜罗也总是给般度族带来幸福。(14)尽管俱卢族人那时使用了种种阴谋诡计,有些是隐蔽的,有些是公开的,都不能伤害他们。他们得到了上天的眷顾和命运的保佑。(15)

后来,难敌及其一帮心腹——弗利舍、难降等人密谋一番,迫使持国王表示同意,命令般度诸子住进了紫胶宫。(16)他们让光辉无限的般度诸子居住在那里,般度诸子不曾有半点疑点。那时,他们便又纵起了大火。(17)由于维杜罗的警告,般度诸子准备好了一条地道。这个办法使他们得救,逃离了恐怖。(18)

此后,在可怕的大森林里,有个罗刹名叫希丁波。愤怒的怖军将他杀死了。怖军是世界上威猛非凡的人物。(19)几位英雄一起商量之后,那时便动身前往独轮城。严惩仇敌的几位英雄,乔装成婆罗门模样,同母亲住在一起。(20)在那里,因为一家婆罗门的缘故,他们杀死了力大无穷的罗刹钵迦。后来,他们与许多婆罗门一道,到般遮罗国的都城去了。(21)他们在那里得到了木柱王之女(黑公主),居住了整整一年。在被人认出之后,镇伏仇敌的勇士们返回了象城。(22)

持国王和福身王之子（毗湿摩）对他们说："你们和堂兄弟之间怎样才不会发生争斗呢？孩子们啊！我们考虑，将甘味城作为你们的住处。(23) 那里有百姓居住，有宽广的道路，因此，你们消除怒气，动身到甘味城居住吧！"(24) 遵照二人的吩咐，他们偕同所有的朋友，携带着全部的珍宝，到甘味城去了。(25)

他们在甘味城居住了许多个年头，国王啊！凭借武器的威力，他们将另外一些国家置于自己的控制之下。(26) 就这样，他们那时履行正法，努力恪守诚实的戒行，每日警觉地起身，忍让宽宏，惩治仇敌。(27) 力大无穷的怖军征服了东方，英雄阿周那征服了北方，无种征服了西方，(28) 诛灭敌酋的偕天则征服了南方。就这样，他们将整个负载万物的大地全部置于治下。(29) 他们宛然五个太阳，和光芒闪烁的太阳并存。有了以真理为威光的般度族五兄弟，大地上仿佛出现了六个太阳。(30)

后来，在某一个时机，法王坚战将弟弟胜财（阿周那）派往森林。(31) 他在森林里居住了一年又一个月。此后有一天，他到多门城感官主宰（黑天）那里去了。(32) 在那里，毗跋蕤（阿周那）得到了一位目若青莲花的妻子。她是婆薮提婆之子（黑天）的妹妹，言语和婉的妙贤。(33) 犹如沙姬和伟大的因陀罗结合，犹如吉祥天女和黑天结合，妙贤满怀欣喜地和般度之子阿周那结合在一起。(34)

贡蒂之子毗跋蕤（阿周那），偕同了婆薮提婆之子（黑天），在甘味林中满足了火神。王中至贤啊！(35) 因为对于普利塔之子（阿周那）来说，有美发者（黑天）和他在一起，就没有什么了不得的沉重负担，犹如毗湿奴与自己的决心为伴，诛灭仇敌自然不在话下。(36) 火神赐予普利塔之子（阿周那）一张无与伦比的甘狄拨神弓，一对箭壶，用不尽的利箭，还有一辆以猴子为徽记的战车。(37) 毗跋蕤（阿周那）在甘味林解放了大阿修罗摩耶，摩耶为般度族建造了一座神奇的宏大的厅堂，堆积着各种奇珍异宝。(38) 愚蠢的心地邪恶的难敌，置身其间，贪心顿起。随后，他伙同妙力之子（沙恭尼），用掷骰子欺骗了坚战。(39) 他将般度诸子流放到森林七年又五年。第十三年，他们在一个国家里，一个也没有被认出来。(40)

尔后，在第十四年，他们要求归还自己的财产，却没有得到。大

王啊！因此，战争爆发了。（41）尔后，他们扫荡了仇敌，杀死了难敌王。般度族得到了一片残破不堪的广漠国土。（42）

这就是他们奋斗不息的古老故事：破裂，王国丧失，以及胜利。优秀的征服者啊！（43）

以上是吉祥的《摩诃婆罗多》中《初篇》第五十五章(55)。

五六

镇群说：

出类拔萃的再生者啊！那《摩诃婆罗多》故事，俱卢族的伟大事迹，你简略地全都提到了。（1）可是，在你讲述这个头绪纷繁的故事的过程中，我想详细听一听的强烈好奇心也油然而生。（2）请先生再详详细细地讲一讲它吧！因为，先辈们的伟大事迹我还没有听够。（3）因为，那事情原本不简单。其中，深明正法的是般度族。他们把那些无法除掉的人斩尽杀绝，受到了世人的广泛赞扬。（4）

那些人中之虎大有能为，贤明又无瑕，他们为什么容忍那些坏人施加的迫害？（5）狼腹（怖军）两臂雄壮，力敌万象，他受到欺压竟如何控制住了满腔怒火？出类拔萃的再生者啊！（6）木柱王之女黑公主，受到坏蛋们的侮辱。她是大有能为的贤淑女郎，为什么不用酷烈的目光去焚烧持国的儿子们？（7）在那场越轨的掷骰子赌博中，普利塔的两个儿子（怖军、阿周那）和玛德利的两个儿子（无种、偕天），为什么追随着受坏人欺骗的人中之虎（坚战）？（8）坚持正法的佼佼者，正法神的儿子（坚战）是明了正法的，是不堪受辱的，他坚战怎么居然忍受了最严重的欺压？（9）般度之子（阿周那）怎么也忍受了？胜财（阿周那）有黑天做御者，他一人挽弓独射，就能把兵多将广的敌军打发到祖先的世界呀！（10）请把那一切统统说与我吧，以苦行为财富的人啊！按照事情的经过，把那些战士在每个地方做下的每一件事都说与我吧！（11）

护民子说：

深受诸界敬仰的大仙，高贵的光辉无限的毗耶娑的思想，我将全

部——讲来。(12)

这部故事有十万颂,颂颂都能带来幸福。它是光焰无际的贞信之子(毗耶娑)讲述出来的。(13)知道它的人,如果说与别人听,以及聆听它的人,他们都会到达大梵天的乐土,获得天神一般的地位。(14)因为它与四部吠陀一样,能使人得到最高尚的净化。它最值得一听,是备受仙人赞美的古事记。(15)其中,利益和正法完整地表现出来了。在这部大吉大利的历史传说中,也蕴含着最深刻的思想。(16)

了解这部《黑仙吠陀》的人,把它讲给思想高尚的、慷慨为怀的、言而有信的、心地诚实的人们听,他将会获得利养。(17)即使一个极为凶险的人,造下了杀死胎儿的罪孽,他聆听了这部历史传说,也会涤罪。这是毫无疑义的。(18)这部历史传说名为《胜利》,愿意赢得胜利的人应该听一听。他会赢得整个世界,也会战胜他的敌人。(19)它是最好的成男礼,它是最大的福泽,后妃王子们也应该多次聆听。(20)

它是神圣的利论,它是最高的法论,它是解脱论。它是有无量智慧的毗耶娑仙人讲述出来的。(21)人们今天讲述着它,后人将来也会讲述它。儿子们会变得惟命是从,奴仆们会变得讨人喜欢。(22)一个人只要经常地聆听它,身体造下的罪,言语造下的罪,以及心意造下的罪,全都会很快地消除一空。(23)聆听婆罗多族的伟大历史而不持异议的人,他们没有对疾病的恐惧,对另一世界的恐惧又从何而来?(24)

黑仙岛生愿意造福,做了这部历史传说。它赐人财富、荣誉、长寿、天堂,以及功德。(25)他使高贵的般度族,也使其他广有资财、威势显赫的刹帝利扬名于世。(26)

如同神圣的海洋,如同神圣的雪山,二者是驰名的宝藏。人们说,婆罗多族的故事也是如此。(27)一个知道它的人,如果在每一个月的变日①讲给婆罗门听,他会涤净罪恶,赢得天堂,到达梵境②。(28)如果有人在祭祖的时候,对婆罗门宣读它,只要宣读了其

---

① 指每月的朔、望、上弦、下弦日。

② 指梵我合一的境界。

中的一句诗，他献给祖先的饮食就永垂不灭，并能到达祖先的身边。(29)一个人在白天做事时，出于无知犯下了罪过，他听了《摩诃婆罗多》，那罪过就消除了。(30)

婆罗多族的伟大历史，被称为《摩诃婆罗多》。知道这一诠释的人，会消除他的全部罪过。(31)

黑仙岛生每日孜孜不息，用了整整三年时间创造出这部卓越的《摩诃婆罗多》。(32)关于法、利、欲、解脱，婆罗多族的雄牛啊！这部书中有的别处才有，这里没有的，任何地方也不会有。(33)

以上是吉祥的《摩诃婆罗多》中《初篇》第五十六章(56)。

五七

护民子说：

从前有一位国王名叫高行，是个坚持正法的大地之主，有时也喜欢畋猎。(1)他又名婆薮，是补卢族的后裔。他是依照因陀罗的指点，才掌握了可爱的制谛国，成了一位大地之主。(2)

他曾经抛弃刀剑，住在森林道院里专心修炼苦行，天神因陀罗现出真身，手执金刚杵，亲自来到大地之主的面前。(3)因陀罗担心这位国王通过苦修苦炼，会成为天帝，便亲自前来，用安抚的手段阻止国王修炼苦行。(4)

因陀罗说：

大地上的正法不应该发生紊乱，大地之主啊！请你保卫它吧！因为正法得到坚持，它也会支持整个世界。(5)请你保卫全世界的正法吧！你要永远专心于此，与之紧密相系。你如果与正法紧密相系，那么，你会得到神圣的永恒的诸世界。(6)我在天上，你在地上，你是我的亲密的朋友。这方国土是地母之乳，你据有它吧，人民之主啊！(7)它适宜畜牧，是一块福地；它十分稳固，物产丰富，五谷丰登；它易于防守，而且气候凉爽湿润；它集中了整个大地便于衣食住行的种种优越条件。(8)因为这方国土远胜别处，它拥有无数的财富和奇珍异宝。它就是物产丰盈的大地母亲。请你生活在制谛国吧，制

谛国王啊！(9)

这里的人民有恪守正法之习，十分满足，心地和善，即便在些微琐细的事情上也没有一句错话，哪里还会有其他的过失？(10) 人们不与父亲分居，一心一意维护长者的利益。从不将牛套上牛轭，瘦牛也都调理得光彩焕发起来。(11) 在制谛国，各个种姓都永远遵行自己的正法。荣耀的赐予者啊！只要是三界存在的事物，你是无所不知的呀！(12)

天空中现在有一辆专供天神享用的神奇的飞车，它用水晶做成，很是宽敞，能凌空飞行。这是我的礼物，它将来到你的身边。(13) 尘世间所有的凡人当中，只有你一个人乘坐这华美的飞车。你将高高地凌空飞行，俨然一位有肉身的天神。(14) 我还赠送你一个胜利花环，一个永不枯萎的莲花花环。在战斗中它会保护你免遭武器的伤害。(15) 它将以"因陀罗花环"之名而冠绝于世，国王啊！它将成为你在人间的一个吉祥的标志：富贵、无与伦比、伟大。(16)

护民子说：

诛灭弗栗多者（因陀罗）又给婆薮一根竹竿，作为一件衷心相赠的礼物，指示他用来保护富有学识的人们。(17) 那时，大地之主为了表示对因陀罗的崇敬，在一年终了的时候，他将那根竹竿插立到大地上了。(18) 从那时起直至今天，至善至贤的大地保护者们都竖立起一些竿子，如同高行王所树立的那样。国王啊！(19) 第二天，国王们把高高的竿子竖直，用花篮、檀香、花环和其他种种饰物装饰了一番，又用鲜花和彩带围绕起来。(20)

世尊商迦罗（因陀罗）在人世间以这种快乐的形象受到供养，他自己接受了这一形象，对高贵的婆薮王很是喜爱。(21) 伟大的因陀罗看到首屈一指的婆薮王所做的那种美好的供养，王爷呀！主公十分高兴，说道：(22) "崇拜我并乐于建立我的节日的世人和国王，一如制谛国的主人婆薮王那样，(23) 他们和他们的国家将会繁荣昌盛，赢得胜利，人民也会富足又快乐！"(24) 就这样，人民之主啊！那位高贵的伟大的天帝摩诃梵（因陀罗），满怀怡悦之情，给了伟大的婆薮王以深深的恩宠。(25) 而那些经常庆祝天帝释的节日，以土地等为布施而得到净化，并且在天帝释节上赐人恩典、举行大祭祀的人们，（26）他们会得到摩珂梵的尊重，如同当时的制谛国国王婆薮一样。制谛国国王以正法保卫这个大地，大地之主婆薮出于对因陀罗的爱戴，创立了因陀罗节。（27）

婆薮王有五个儿子，都英勇非凡，光辉无量。他是盖世大帝，他让五个儿子在不同的国家灌顶为王。（28）他有个儿子名唤广车，是战车武士，著名的摩揭陀国王；有波罗谛迦罗诃和拘商波，拘商波又名载宝；还有摩奇罗和雅度。国王啊！雅度更是一位克敌制胜的英雄。（29）这几位是神光璀璨的王仙的儿子，国王啊！他们都以自己的名字建立了国家和都城。婆薮五子成了五位国王，各立王朝世系，绵绵不绝。（30）婆薮王住进了因陀罗的天宫宝殿，他乘坐水晶飞车往来于天空，那时节，健达缚和众多天女都上前迎接高贵的国王。婆薮王就这样有了"高行"之名，尔后广为人知。（31）

有一条珠贝河流向婆薮王的都城。有灵性的噪鸣山出于爱欲，把她半路拦住了。（32）婆薮王朝那座噪鸣山踢了一脚，珠贝河便从那个踢开的缺口（山谷）穿流而过了。（33）噪鸣山与珠贝河生下了一双儿女。河流获得了自由，十分高兴，把一双儿女送给了国王。（34）那一个男儿，至善的王仙、赐人财富的婆薮让他担当了军队的统帅，成了镇伏敌人的英雄；而那个少女，名唤山娘，国王娶她做了爱妻。（35）

有一天，婆薮王的妻子山娘，含情脉脉地告诉他说："经期到了。"为了生个儿子，她沐浴一番，十分洁净。（36）

就在那一天，祖先们对婆薮王说："你去猎些鹿吧！"他们心中欢喜，这样吩咐了贤明的国王、优秀的智者。（37）那位国王不能违背祖先们的命令，动身打猎去了。婆薮王欲火中烧，想念着山娘。她有绝色的姿容，宛然另一个有肉身的吉祥天女！（38）

婆薮王正行走在可爱的森林中，他的元阳涌流出来了。他的元阳刚一流泄，大地保护者便用一片树叶（39）把那元阳接住了。"我的元阳不会白流。我的妻子她的月经也不应该空来！"（40）这样考虑之后，国王当时又反复思索。至善的国王知道他的元阳不会白白流泻。（41）

婆薮王考虑到元阳流泻恰在皇后宜种胎之时，于是，他念了一篇咒语，以防元阳毁坏。国王明察法、利要旨的精微，知道停落的一只鹰行动迅捷，便对它说道：(42)"为了我的爱人，朋友！请把这元阳带到我家，赶快交给山娘吧！因为今天正是她的经期。"(43)当时，那只鹰抓起了元阳，迅速腾起，振翅高飞。鸟儿以最快的速度，鼓翼疾飞。(44)

后来，另外一只鹰看见这只鹰飞来，它看见那元阳怀疑是一块肉，便朝着这只鹰迎头冲去了。(45)接着，两只鹰在天空中啄斗起来。就在两只鹰啄斗当中，那元阳落入了阎牟那河的水里。(46)

有一个绝色天女，名叫石姑，因为受到大梵天的诅咒，变成了一条鱼，那时正生活在阎牟那河中。(47)婆薮王的那元阳从鹰爪落下来之后，化身为鱼形的石姑迅速游来，将它得到了。(48)

尔后，有一天，几位渔夫网住了那条雌鱼，那时正到了第十个月，婆罗多族的至贤啊！他们从她的肚子里剖出了一女一男两个人的孩子。(49)他们认为实在蹊跷，便把这件事禀报了国王："这两个孩子是从一条雌鱼身体一起生出的，国王啊！"(50)当时，高行王带走了其中的男孩。这男孩取名摩差（鱼），后来成了国王。他坚持正法，信守承诺。(51)

那位天女也立刻从诅咒中获得自由。从前，世尊曾对她说："美女呀！你以动物之身交欢，如果生下一双人的孩子，你将从诅咒中获得解放。"(52)她被渔夫剖开，生下了一双儿女，她便脱离了鱼身，恢复了天女的形象。尔后，绝色天女飞升到悉陀、七仙人、遮罗纳①的天界。(53)

那个女孩，那条鱼的女儿，带有鱼的气味，被国王送给了一位渔夫，说："她应该属于你。"这女孩姿容妙曼，美丽绝伦，种种美德集于一身。(54)她名唤贞信，因为她生活在渔人之家，笑意甜蜜的少女，无论什么时候总带有一股鱼的气味。(55)

却说那少女为了孝顺父亲，一天正在水上撑船，朝拜圣地的破灭仙人，在游历途中看见了她。(56)他见少女姿色十分美丽，连众悉陀都渴慕，睿智的仙人便向那美丽的少女求爱。仙人之雄牛知道那少

---

① 悉陀，一种美丽的神仙。七仙人，印度神话中化为北斗七星的七位仙人。遮罗纳，天堂的伶人、歌手。

女是婆薮之女，急于成事。（57）少女说："你看呀，尊者！两边河岸上有许多仙人停留，众目睽睽之下，你我二人怎么能交欢呢？"（58）听少女这样一说，大有能为的尊者造出了一场大雾。因为大雾，那处地方一切都仿佛陷入了黑暗之中。（59）

看到高仙造出来的那场大雾之后，羞涩的聪慧的少女含笑说道：（60）"尊者！请你知道我是个处女，总要服从父亲的管束。与你结合会毁掉我的处女的贞操，无咎的人啊！（61）我的处女的贞操一旦毁掉，出类拔萃的再生者啊！那么，我怎么能够回家呢？睿智的人啊！我在家中也无法继续存身了！你把这仔细考虑过后，尊者啊！请你再做出下一步的安排吧！"（62）

听了少女这样一番话，至善的仙人十分高兴，对她说道："你讨我欢心后，你仍然会是处女。（63）请你挑选一个恩典吧，胆怯的女郎！依照你的心愿，美人啊！因为我的恩典以前从不落空，巧笑的女郎啊！"（64）仙人这样说完，少女挑选了一个恩典：身体有美妙的芳香。大有能为的尊者满足了她心中的愿望。（65）得到了恩典之后，少女满怀欣喜，女性的千娇百媚为之添色，她和行为神奇的仙人结合了。（66）由此，少女又得名叫"芳香女"，广泛传扬于大地之上。因为大地上的人们远离一由旬，就能闻到她的芬芳气息，（67）所以，她还有个名字称为"由旬香"，众所周知。尊者破灭仙人回自己家去了。（68）

贞信得到了至高无上的恩典，十分喜悦。她和破灭仙人短暂地结合之后，生下了一个婴儿。那位勇武的破灭之子（毗耶娑）在阎牟那河的岛上诞生。（69）他身在母亲的面前，心意却放到了苦行上。他对母亲说："你一想到我，我就会出现，来做要做的事情。"（70）岛生就这样由贞信和破灭仙人生身。因为这男孩在岛上降生，所以名唤"岛生"。（71）

他看到每个时代正法都在一步一步地减少，世人的寿命和精力也随时代相应逐步减少。（72）为了维护梵（吠陀）和对婆罗门的关怀，他将吠陀编排为四部，因此，他得名"毗耶娑"（编者）。（73）他传授了四部吠陀，还有第五部——《摩诃婆罗多》，向苏曼度、阇弥尼、拜罗，以及自己的儿子苏迦。（74）赐人恩典的卓越不凡的主公，也

142

曾向护民子传授。那些婆罗多族故事的本集,系由他们分别宣诵出来。(75)

同样,毗湿摩,这位光辉无量的福身王之子,也是婆薮王之种由恒河女神生出。他大有勇武,享有盛誉。(76)

有一位极老的仙人,广为人知,享有极大的声誉,不是贼却被怀疑做贼,被刺在一根矛尖上,称为"矛尖曼陀"。(77)那位大仙呼唤正法神,诉说了从前的一件事:"我小时候,曾用芦苇扎死一只小鸟。(78)这一件罪过,我没齿不忘。正法神啊!我不记得还有别的罪过。为什么我的上千次的苦行竟然抵不了它?(79)因为杀害婆罗门远比杀害其他生灵更为严重,所以,你将由于这一件罪恶投胎在一个首陀罗妇女的子宫!"(80)由于这一诅咒,正法神以维杜罗之形,从一个首陀罗妇女的肚腹出生。他学识渊博,恪守正法,身躯无瑕。(81)

御者全胜,与仙人等同,系伽婆尔伽纳所生。战车武士迦尔纳是太阳神和处女贡蒂所生,他的铠甲与生俱来,佩戴耳环,容光焕发。(82)

为了降福于诸世界,深受众界敬仰的大有荣耀的毗湿奴,由婆薮提婆和提婆吉呈现出来。(83)他无始无终,是天神,是宇宙的创造者,是主,是不显现也不坏朽的梵,是本,无属性。(84)人们称他为不灭的灵魂,亦即本原,称他为最高的存在,布鲁沙(人),万物的造主,善的结合,永恒之声"唵",(85)是无垠,不动,天神,杭婆(灵魂),那罗延,主宰,保持者,不老,永恒,最高的不灭。(86)这位布鲁沙(人),主宰,制造者,一切众生的老祖宗,为了正法的发展,他诞生于安陀迦·苾湿尼族。(87)

有两位大勇士刀剑精熟,各种武器十分谙练,各叫萨谛奇(善战)、成铠,对那罗延忠心耿耿,两人分别生于婆谛迦族和诃哩底迦族,是刀剑高手。(88)

婆罗堕遮流泻的元阳,借助于大仙严厉苦行的法力,在木钵中生长,从而诞生了德罗纳(木钵)。(89)

乔达摩之子有年的元阳落入芦苇丛,生下了一双儿女,马嘶的母亲和力大无穷的慈悯。尔后,德罗纳生下了武士中的佼佼者马

嘶。(90)

又有猛光,光焰如同现身的火神,从祭祀的圣火中诞生。为了消灭德罗纳,英雄携有一张神弓,十分骁勇。(91)

还有黑公主在祭坛中诞生,神采飞扬,娇艳非常,美丽生辉,极具绝色之形容。(92)

波罗诃罗陀的徒弟那伽那吉出生之后,又有妙力出生。妙力的出生,是正法的诛罚,他是由于众神发怒而诞生。(93)犍陀罗国王妙力生子沙恭尼,生女即难敌的母亲(甘陀利),二人深知"利"。(94)

黑仙岛生在奇武王的田野中,生下了人主持国和力量非凡的般度。(95)

般度有五子,由两个妻子所生,每个都似天神一般。五子之中德劭而年长的是坚战。(96)坚战生自正法神。狼腹(怖军)生自风神。胜财(阿周那)生自因陀罗,他十分吉祥,是所有武士中的佼佼者。(97)形容美丽的一对孪生子生自双马童,名无种和偕天,孝敬尊长,一片赤诚。(98)

睿智的持国生有百子,从难敌开头。尚武是个杂种。(99)

激昂是妙贤和阿周那所生,是婆薮提婆之子(黑天)的外甥,是高贵的般度的孙子。(100)般度五子和黑公主生有五个孩子,相貌英俊,精通一切武器。(101)向山生自坚战,子月生自狼腹(怖军),闻称生自阿周那,百军是无种之子,(102)光辉的闻军生自偕天。怖军还在森林中和希丁芭生了瓶首。(103)

束发本是木柱王所生的一个女孩,后来变成了男儿。药叉思菟纳想做讨她喜欢的事情,把她变成了男人。(104)

在俱卢族的那场战争中,聚集了许许多多位国王,要以数十万计,他们都渴慕参战。(105)他们所有的名字无法历数。即便用几万年,那数目也计算不清。但其要者我已经提到了。他们构成了这部故事。(106)

以上是吉祥的《摩诃婆罗多》中《初篇》第五十七章(57)。

五八

镇群说：

有些国王你已经讲到了，婆罗门啊！有些国王你尚未提到。还有一些光辉灿烂的国王，我愿意准确无误地听到他们。（1）那些天神般的战车武士，为什么降生到这个大地上？大有福分的人啊！请你把它准确无误地告诉我吧！（2）

护民子说：

国王啊！我听说，这确实是众神的秘密。不过，待我礼拜过大梵天之后，我会把它告诉你。（3）

从前，食火仙人之子（持斧罗摩）三七二十一次灭绝了大地上的刹帝利之后，便在至高无上的摩亨陀罗山上修炼苦行。（4）那时候，婆利古的后裔造成了一个没有刹帝利的世界，国王啊！刹帝利妇女为了受胎，都纷纷向婆罗门求偶。（5）在每次月经期间，严格守戒的众位婆罗门都和她们同床共衾，人中之虎啊！绝不因为情欲而冲动，但也不错过月经期。（6）众多的刹帝利妇女，都从婆罗门受胎了，其数有成千上万。尔后，国王啊！她们分娩了。她们生下的那许多刹帝利，人们一致认为都十分勇武。她们生了许多男孩，又生了许多女孩，为了刹帝利再度人丁兴旺。（7）就这样，刹帝利由具有苦行法力的婆罗门和刹帝利妇女而复生，因为恪守正法而繁衍兴盛，并且享有悠长的寿命。那时，又有了四个种姓，婆罗门为最高。（8）

世人随之都在月经期间找女人同床，绝不因为情欲而冲动，但也不错过月经期。即使其他生物与雌性结合，也变得这样了，都是在月经期间到雌性身边。婆罗多族的雄牛啊！（9）

后来，一切众生都因恪守正法而繁荣昌盛，享有千百年的寿命，大地的保护者啊！世人一心一意为了正法而守戒，全都摆脱了各种烦恼和疾病。（10）

这个以四海为界的大地，有象王巡游，完整无缺，有高山原野森林，刹帝利又将她保护起来了。（11）有刹帝利以正法再次统治这个

负载万物的大地，那时，婆罗门为首的各种姓得到了无上的快乐。(12)

国王们摈弃了生于爱欲和嗔怒的过错，他们运用正法惩治应该惩治的罪人，保护着人民。(13)刹帝利坚持正法，千眼大神百祭（因陀罗）就在适当的地方、适当的时间降下甘甜的雨水，让人民丰足。(14)那时候，没有任何一个儿童夭折，国王啊！在没有成为青年之前，也没有任何一个男人结识女子。(15)就这样，婆罗多族的雄牛啊！这个四海环绕的大地，充满了长寿的人民。(16)

刹帝利举行了许多次盛大的祭祀，馈赠十分丰厚。那时候，婆罗门研习四吠陀，包括吠陀支和奥义书。(17)婆罗门从来不将圣典换钱，国王啊！那时候，他们也不在首陀罗的近旁念诵吠陀。(18)吠舍使用公牛耕种土地，他们不把母牛套上牛轭；身体瘦弱的牛得到了调养。(19)只要牛犊还在吮吸乳沫，人们就不挤那母牛的乳汁。那时候，商人们也不卖让人上当的货物。(20)人们只做正法规定的事情，人中之虎啊！他们将正法寓目铭心，忠实于正法。(21)所有种姓都各安其职，国王啊！就这样，那时候无论什么地方，正法都不薄弱。(22)母牛和妇女都按时生育，婆罗多族的雄牛啊！树木在各个季节都繁花盛开，果实累累。(23)就这样，在完美运行的圆满时代，国王啊！整个大地到处充满了各种生命。(24)

尔后，正当凡人在世界上安享快乐的时候，婆罗多族的雄牛啊！阿修罗在众多国王的土地上出生了，人中之雄牛啊！(25)因为那时候，提迭在战斗中屡屡被阿提迭击败，被逐离上天的高位，他们遂在这个大地上出生了。(26)那些狡诈的阿修罗企图在凡世取得神位，于是，他们就在大地上的凡人中、种种生灵中出生了。主人啊！(27)他们投生在母牛中、马中，王中魁首啊！投生在驴、骆驼、公牛中，食肉的猛兽中、大象中和麋鹿之中。(28)他们或者已经出生，或者正在出生，大地的保护者啊！名为"负载者"的大地，连自己也不能负载了。(29)

他们有一些出生后成为国王，颇有力量。提底的儿子们和檀奴的儿子们，从他们的世界坠落到了人世间。(30)他们十分骁勇而又非常傲慢，形象不一，模样种种，盘踞着这个以大海为边界的大地，征

146

服了敌人。（31）他们折磨着婆罗门、刹帝利、吠舍和首陀罗，还向其他的生灵大施淫威。（32）他们威胁并且屠杀一群群的生灵，国王啊！他们数以百千计，结伙横行在整个大地之上。（33）他们到处扰害森林道院里的众位大仙，亵渎婆罗门。他们沉溺于好勇斗狠，迷醉于暴力而十分疯狂。（34）

就这样，那些大阿修罗勇武日增，力量膨胀，连大地女神也遭受着他们的摧残，大地的保护者啊！于是，她找大梵天去了。（35）因为那时候，国王啊！风不能，大象不能，高山也不能支撑住被檀奴之子压迫的大地。（36）大地的保护者啊！大地女神承受不了重负，又受到恐惧的折磨，所以，她便去寻求一切众生之祖的大神庇护。（37）

她看见了天神大梵天，永恒的世界创造者。大有福分的众位天神、再生者和大仙们簇拥在他的左右。（38）歌艺娴熟的群群健达缚和众多天女，兴高采烈地为他唱着颂歌。大地女神走上前去，向大梵天施礼。（39）然后，在众位天王的面前，来求庇护的大地女神，向大梵天诉说了原委。婆罗多的子孙啊！（40）

那位至高无上，以"本"（梵）为灵魂的大神自有，对于大地女神的遭遇早已洞悉。国王啊！（41）因为他是宇宙的创造者，岂能不知道？婆罗多的子孙啊！修罗和阿修罗的诸世界在他的心中全部包容无遗。（42）大王啊！大地的主人，主公，造物，一切众生的主宰，赐福者，生主，他对大地女神说道：（43）"那件让你到我面前来的事情，万物负载者啊，我将联合住在天国的众位神明，一致去对付它！"（44）

天神大梵天说完以上的话，让大地女神离去了。国王啊！那时，造物主亲自向全体天神发出了命令：（45）"为了除掉大地女神的重负，你们要用各自身体的一部分投生到大地上，去阻止他们！"他这样说道。（46）同时，世尊又将健达缚、天女之群召集起来，向全体说出这一番高尚的话语："你们用自己的一部分，随你们的心意，投生到凡人中吧！"（47）

天帝释为首的诸位天神，听罢众神尊长之言，当时都把这正确又适宜的话语铭记于心了。（48）随后，他们为了让自己的一部分于刹那之间降生在大地各处，便都齐趋诛灭仇敌的那罗延·毗恭吒（毗湿奴）的身边。（49）诛灭众神之敌的毗湿奴，手执神轮神杵，身着黄色衣服，焕发着暗色的光辉，脐生红莲，两只眼睛又大又美又弯。（50）为了大地的洁净，因陀罗对无上士（毗湿奴）说："请你也用一部分降生吧！"诃利回答他道："好吧！"（51）

以上是吉祥的《摩诃婆罗多》中《初篇》第五十八章(58)。

五九

护民子说：

因陀罗和那罗延约定，和众天神一起，将各自的一部分从天堂降生到人间。（1）天帝释亲自指示过全体天上的神明，便离开了那罗延的那座天宫。（2）

为了消灭众神的敌人，为了众世界的幸福，天上的诸位神明，陆续地离开天堂降生到大地上。（3）他们或者在梵仙的世系中，或者在王仙的家族中诞生了，王中之虎啊！天上的诸位神明依照自己的心愿。（4）他们杀死了为数众多的檀那婆、罗刹、健达缚以及蟒蛇，还杀死了另一些吃人的东西。（5）檀那婆、罗刹、健达缚以及蟒蛇，却不曾杀死他们一个。他们即便尚在幼年，一个个都力量非凡。婆罗多族的至贤啊！（6）

镇群说：

那一群群的天神和檀那婆，健达缚和众天女，所有的凡人，以及药叉和罗刹，（7）他们的由来，我想如实地完整地从头听一听。还有其他一切生物的种种由来。因为你明了一切呀！（8）

护民子说：

啊！待我向自有（大梵天）敬礼之后，我就为你讲述天神等众界生灵的产生与衰灭。（9）

据说，大梵天的儿子生于他的心意，他们是六位大仙。有摩利支、阿多利、鸢耆罗、补罗斯迭、补罗诃和迦罗都。（10）

摩利支的儿子是迦叶波，这芸芸众生都生自迦叶波。陀刹有十三个大有福分的女儿：（11）阿提底、提底、檀奴、迦罗（时母）、非寿、辛希迦（雌狮）、穆尼、迦娄陀（愤怒）、波罗伐、阿利私吒、毗娜达以及迦比罗。（12）人中之虎啊！迦德卢也是陀刹的女儿。婆罗多的子孙啊！她们的子子孙孙，大有勇武，绵绵不绝。（13）

阿提底生下了十二个阿提迭（阿提底之子），都成了众世界的主公。国王啊！他们的名字我将一一道来。婆罗多的子孙啊！（14）有陀多、密多罗、阿尔耶摩、天帝释、伐楼拿、鸯舍、跋伽、毗婆薮和普善，沙维多是第十个，（15）第十一个是陀湿多，毗湿奴据说是第十二个。他是最后出生的，其美好的德行远胜所有的阿提迭。（16）

提底只有一个儿子，名唤金座。金座却有五个高贵的儿子，大名鼎鼎。（17）其中，波罗诃罗陀最先出生，僧诃罗陀跟随其后，阿奴诃罗陀是第三个，他后面是尸毗和巴湿迦罗。（18）

波罗诃罗陀有三个儿子，闻名遐迩。婆罗多的子孙啊！其名唤做毗娄遮那、贡跋和尼贡跋，众所周知。（19）

毗娄遮那有一个儿子钵利，十分厉害。钵利有一个声名卓著的儿子巴纳，是个大阿修罗。（20）

檀奴有四十个儿子，远近闻名。婆罗多的子孙啊！其中，第一个出生的是国王毗波罗制底，享有盛誉；（21）商波罗、那牟吉、布罗曼，广为人知；阿悉娄曼、美发和难胜，也是檀奴之子；（22）有铁首、马首、勇武的铁桩，以及迦迦那牟檀、奋迅和有光；（23）有天日、骏马、马主、弗栗沙波婆，以及阿阇迦、马项、苏奇摩，还有大阿修罗杜昏陀；（24）有依斯哩波、独轮、毗卢波刹、诃罗和阿诃罗，有尼旃陀罗、尼贡跋、俱波特以及迦波特；（25）有沙罗跋、沙勒跋以及太阳、月亮。以上是檀奴宗族中著名的檀奴之子，声名广被。不过，这太阳、月亮有别于天神中的太阳和月亮。（26）

生于檀奴家族中的檀奴之子，有十个生龙活虎，力量非凡。大王啊！他们是檀奴之子中的雄牛。（27）有独目，有英勇的摩哩多波，有波罗楞钵、那罗迦、伐达比、敌焚和大阿修罗沙吒，（28）有伽毗私吒、檀那优，以及檀奴之子长舌。他们的子子孙孙的名字数也数不尽，婆罗多的后裔啊！（29）

辛希迦生的儿子，有欺压月亮和太阳的罗睺，还有妙月、月伐以及月灭。（30）

迦卢罗①的儿孙生性残忍,连绵不绝。这一支名为"迦娄陀婆沙"(愤怒之威),行为凶残,诛灭仇敌。(31)

非寿有四个儿子,都是阿修罗中的雄牛:毗刹罗、波罗和毗罗,以及大阿修罗弗栗多。(32)

迦罗(时母)所生的儿子,犹如时间(死神)一般,善于征战,在大地之上威名远扬,在檀那婆中是勇猛非凡、严惩仇敌的英雄。(33)其中有毁灭、愤怒,还有一个叫愤怒之诛杀者(诛怒),另外一个就是愤怒之敌(怒敌)。他们总名为迦罗之子,英名远播。(34)

众位阿修罗的师父,是仙人之子太白金星。太白金星优沙那有四个著名的儿子,都是阿修罗的祭司。(35)有陀湿多婆罗和阿多利,以及另外两名咒语师。他们的神光犹如太阳一般璀璨,呈现出梵天的世界。(36)

以上是迅猛的阿修罗和天神世系的诞生,我已经向你讲述完了。我是从往世书中听来的。(37)至于他们的后代,我不能够尽数无缺。国王啊!其子子孙孙的繁衍赓续是连绵不绝的呀!(38)

多尔刹和坚辋,金翅鸟和阿噜诺(曙光),阿噜尼和伐噜尼,是毗娜达的儿子。(39)

湿舍、无垠、婆苏吉和大蛇多刹迦,俱尔摩(龟)和俱利迦,十分骁勇,是迦德卢之子。(40)

怖军和厉军,美翼和伐楼拿,牛主和持国,以及第七个日光;(41)有翼、日翼,以及声名远扬的波罗优多,大名鼎鼎又无所不知的统治者毗摩和奇车;(42)国王啊!还有沙利湿罗,以及第十四个波罗底优那;迦利是第十五个,那罗陀是第十六个。以上这些神中健达缚,是穆尼之子,广有声名。(43)

以下,我将讲一讲其他生灵,婆罗多的子孙啊!无瑕、阿奴婆莎、阿奴那、阿噜那、波利耶、阿奴芭、苏跋伽和跋悉,是波罗伐所生。(44)还有成功、圆满、钵尔希,以及享有美誉的布尔那沙,有梵行、罗底拘那,第七个是美翼;(45)有众富和跋奴,妙月是第十

---

① 在第12颂中未提到陀刹有这个女儿。从这一颂的内容来看,迦卢罗似乎即是"愤怒"(迦娄陀)女神。

个。以上这些神中健达缚也是波罗伐之子，声名远被。(46)

大有福分的波罗伐女神，从前和神仙迦叶波还生下了声名卓著有吉祥妙相的天女宗族。(47) 有阿楞补娑、密湿罗吉希、电翼、杜拉那卡、阿噜那和罗奇达，以及同样可爱的罗姆葩；(48) 还有阿悉达、妙臂、妙誓、妙膊，以及妙悦。而殊臂、著名的哈哈与呼呼，以及敦补卢，被称为四个最卓越的健达缚。(49)

甘露，婆罗门，牛，以及健达缚和天女，往世书中说，这都是迦比罗的后代。(50)

以上我向你讲述了各种生物的出生，如实地列举了数目。其中有健达缚，天女；(51) 有蛇，鸟，楼陀罗和摩录多；有牛，有吉祥的行为神圣的婆罗门。(52)

这篇宗族世系能使人长寿，有福，发财，带来聆听的喜悦。它应该聆听，并且永远值得聆听。这毫无异议。(53) 在灵魂伟大的婆罗门和天神面前，人若依照规矩诵读这篇宗族世系，他会得到众多的后代，荣华富贵，声势煊赫，死后有美好的归宿。(54)

以上是吉祥的《摩诃婆罗多》中《初篇》第五十九章(59)。

六〇

护民子说：

大梵天的心意所生的儿子，是著名的六位大仙。生主斯塔奴有十一个儿子，赫赫有名，生于他的最高的意念。(1) 有摩哩伽毗耶特、沙尔婆，享有盛誉的尼哩提，有阿吉迦波、阿希菩迭，有致敌死命的毕那紧；(2) 有陀诃那，然后是大自在天，光焰辉焕的迦波林，斯塔奴和世尊存有，他们被称为十一个楼陀罗。(3)

摩利支、莺耆罗、阿多利、补罗斯迭、补罗诃、迦罗都，这些是大梵天的六个儿子，十分勇武的大仙。(4)

莺耆罗有三个儿子，在整个世界上广为扬名。他们是毗诃波提、优多帖和守誓持戒的僧婆尔多。(5)

听说阿多利有许多个儿子，国王啊！他们全都精通吠陀，大有成

就，心地和平，是伟大的仙人。(6)

罗刹、猿猴，以及紧那罗，是补罗斯迭的后代。补罗诃的后代是麋鹿、狮子、老虎，以及紧布鲁沙①。(7)

迦罗都的儿子和迦罗都一模一样，他们是太阳的伙伴，在三界广有声名，虔诚地持戒守誓。(8)

世尊陀刹仙人，从大梵天的右拇指出生。大地的保护者啊！他是大梵天的儿子，也是最出色的父亲。(9) 从大梵天的左拇指生出了高贵的陀刹的妻子，陀刹仙人在她身上生出了五十个女孩。(10) 那些少女全身美丽无瑕，目若莲花。生主无子，便让她们做招赘女儿。(11)他通过神圣的仪式，把十个女儿给了正法神，给了月神二十七个，国王啊，给了迦叶波十三个。(12)

正法神的那些妻子，我要逐一地提到名字，你请听吧！吉尔蒂（声名）、罗奇密（吉祥天女）、陀哩蒂（坚定）、美陀（知识）、布湿蒂（丰足）、悉罗陀（忠信），以及迦利雅（法事）；(13) 还有菩提（觉慧）、楞阁（羞耻）和摩蒂（思想）。她们是正法神的十位妻子。自有（大梵天）安排她们作为正法的门户。(14)

月神的二十七个妻子举世闻名。忠信守戒的月神妻子与时间的运行密不可分。她们全都是与月亮相会的星宿，坚守世人生活的规定。(15)

老祖宗，圣人，天神，他有一个儿子是生主。这位生主的儿子是八位婆薮。我将详细地讲讲他们的名字。(16) 陀罗（维持者）、陀鲁婆（北极星）、苏摩（月亮）、阿诃（白昼）、阿尼罗（风）、阿那罗（火）、波罗底逾舍（朝霞）、波罗跋娑（光），以上被称为八位婆薮。(17)陀罗（维持者）是图摩罗的儿子，精通圣典的陀鲁婆（北极星）也是她的儿子。月亮是摩那斯毗尼的儿子；风是首婆的儿子。(18)而阿诃（白昼）是罗达的儿子；火神是商里利的儿子；波罗底逾舍（朝霞）和波罗跋娑（光），被称做是波罗跋多的两个儿子。(19)

陀罗（维持者）的儿子是陀罗毗纳和护多诃毗婆诃。陀鲁婆（北

---

① 紧那罗、紧布鲁沙，意为"人乎?"均为马首人身或人首马身的神话动物。

极星）的儿子是驱赶世界的世尊迦罗（时间）。①（20）

月神的儿子是光华熠熠的婆尔遮（华光）。婆尔遮（华光）与摩奴诃罗（媚惑）生了希希罗、波罗纳，尔后又有罗摩纳。（21）

阿诃（白昼）的儿子是阇逾迪（光芒）、湿罗摩（劳累）、商多（安宁），以及牟尼（圣人）。火神的儿子是鸠摩罗（童子），他十分吉祥，以芦苇丛为其宫邸。（22）火神还有儿子沙佉、毗沙佉，尼伽弥沙是后来生的。因为他们得到了吉提迦（昴宿）的护育，遂称吉提迦之子。（23）

阿尼罗（风神）的妻子是希娃，她的儿子是布娄阇婆，还有一个阿毗若多揭谛。这两个是阿尼罗（风神）的儿子。（24）

人们知道波罗底逾舍（朝霞）有一个儿子，是位仙人，名唤提婆罗。提婆罗有两个儿子，宽宏大度，睿智不凡。（25）

毗诃波提（语主、祭主）有个妹妹，是位美丽的女子，修炼梵行，成就了瑜伽神功。她毫无阻碍地周游了整个宇宙。她是第八位婆薮波罗跋娑（光）的妻子。（26）她生下了大有福分的毗首羯磨。他是工艺的生主，数千种工艺的创造者，三十三天的木匠，（27）所有首饰的创造者，最优秀的工艺师。他制造了众神的一辆辆神奇的飞车。（28）灵魂伟大的毗首羯磨的工艺，使世人得以生存。他们永远供养着这位不朽的毗首羯磨。（29）

世尊正法神破开大梵天的右乳，以人形出生，给全世界带来了幸福。（30）他有三个杰出的儿子，能打动一切众生的心；沙摩（平静），迦摩（爱欲），以神光支撑着世界的诃尔舍（快乐）。（31）

迦摩（爱神）的妻子是罗蒂（情欲），沙摩（平静）的妻子是波罗波蒂（成就），诃尔舍（快乐）的妻子是南蒂（欢喜）。众世界因此得以维持。（32）

迦叶波是摩利支的儿子，修罗和阿修罗都生自迦叶波。人中之虎啊！而他也正是众世界之起源。（33）

陀湿吒莉是娑毗多的妻子，她大有福分，以牝马之形在天空中生下了双马童。（34）

---

① 此处驱赶一词也有毁灭之意，迦罗则有时间和死亡两意。所以有的译本作毁灭世界。原文作两种理解均可。

阿提底有十二个儿子，以天帝释为首，国王啊！其中最后生的是毗湿奴，众世界就此得以存在。(35)

这些天神名之为"三十三天"，我将给你讲一讲他们的后代，并且按其支系，依其家族讲一讲他们的群体。(36)

楼陀罗有另外的支系，沙提耶、摩录多、婆薮也是如此。婆利古族是应该知道的，众天也是应该知道的。(37)

毗娜达的两个儿子，力大无穷的迦楼罗（金翅鸟）和阿噜诺（曙光），以及世尊毗诃波提，都算在阿提迭之中。(38)

请你知道，出自双马童的所有药草和牲畜都是俱希迦（密迹天）。国王啊！这就是群体天神，我已经为你从头讲述完了。人若讲述它，会消除一切罪恶。(39)

世尊婆利古是破开大梵天的心脏之后出生的。婆利古的儿子是富有学识的迦毗。迦毗的儿子太白，是一颗行星。(40)

太白接受自在天（大梵天）的安排，执掌三界一切众生的生活事宜，执掌降雨与干旱、恐怖与平安，他环绕世界运行。(41)他是一名瑜伽大师，大智大慧，是众位提迭的师父，也是众位修罗（天神）的师父。他学识甚丰，修炼梵行，自制守戒。(42)

在婆利古之子（太白）被遍入天（大梵天）安排去执掌世人生活的安宁之后，婆利古生了另一个儿子，完美无瑕。(43)他就是行落，有神光逼人的苦行法力，以正法为灵魂，睿智不凡，由于怒不可遏急于出生而从母腹掉落下来。婆罗多的后裔啊！(44)

摩奴的女儿阿卢希，是睿智的行落的妻子。享有盛誉的优留（股生）即是破其股而生。他苦行法力广大，神光灿烂，尚是孩童就具备种种美德。(45)

利吉迦则是股生的儿子，尔后又有子食火。食火有四个高贵的儿子。(46)罗摩是其中最小的一个，具有种种伟大的美德，精通各种兵刃和法宝，是灭绝刹帝利的主脑。(47)

在食火之前，股生有一百个儿子。他们又有数以千计的儿子。这都是婆利古繁衍的后代。(48)

大梵天另有两个儿子，陀多（维持者）、毗陀多（创造者）。他俩的法相保留在世界上，他俩与摩奴同在。(49)

二者的妹妹是女神罗奇密（吉祥天女），以红莲为室，光艳莫比。她的心意所生的儿子，是几匹行空的天马。（50）

伐楼拿的妻子阇耶私吒（殊胜），是太白所生的一位女神。你要知道，她生下儿子波罗和众神喜爱的苏罗仙酒。（51）

从渴求食物而互相吞噬的众生中，生出了阿达磨（非法）。他是一切众生的毁灭者。（52）

阿达磨（非法）的妻子是尼梨蒂，由他而生的尼梨蒂之子是罗刹。尼梨蒂的三个儿子十分凶恶，总是热衷于犯罪作恶。他们是跛耶（恐怖）、摩诃跛耶（大恐怖）和导致众生丧命的摩哩提逾（死亡）。（53）

达姆罗女神生了迦吉（雌乌鸦）、湿耶尼（雌鹰）、跛悉（雌兀鹰）、持国，以及修吉（雌鹦鹉）。她们五个举世闻名。（54）

迦吉生下了众乌鸦，湿耶尼生下了众鹰隼，跛悉生下了兀鹰和众猛禽。国王啊！（55）

光彩动人的持国，生育了众天鹅和各种各样的鸭鹅之属，以及对你吉利的鸳鸯。（56）

聪慧的修吉，明法知礼者啊！生育了众鹦鹉。她美丽优雅，仪态万方，具备一切妙相，是位令人崇拜的女郎。（57）

有九个"迦娄陀婆沙"（愤怒之威）群体的女子是自己产生的。①她们是摩哩吉（牝鹿）、摩哩伽门陀（笨兽）、诃利和贤意，（58）有摩登吉（母象）、沙尔都利（母虎）、湿毗达（雪白）、苏罗毗，以及具有一切庄严妙相、享有美誉的苏罗婆（妙味）。（59）

各种麋鹿都是摩哩吉的后代，人中佼佼之子啊！摩哩迦门陀的后代是熊罴、沼泽鹿，还有犛牛。（60）

贤意生下了大象爱罗婆多为儿子。她的儿子爱罗婆多是一头神象，一头伟大的象。（61）

诃利的后代是黄毛猴和敏捷的林猴。据说，对你吉利的牛尾猴，也是诃利的儿子。（62）

沙尔都利生下了狮子和老虎，婆罗多的子孙啊！还有各种豹，大

---

① 有的版本作"由迦罗陀"（愤怒）所生。

有福分的人啊！这是毋庸置疑的。(63)

摩登吉的后代是众象，国王啊！湿毗达生下了一头方位大象，取名湿毗多（雪白），行走十分迅速。(64)

国王啊！苏罗毗生下了两个女儿，对你吉利的卢醯尼（金牛星）和享有盛誉的甘陀毗。卢醯尼生下了众牛，甘陀毗生出了众马为子。(65)

苏罗娑生出了群龙，还有众多褐蛇，国王啊！阿那腊曾生出七种圆果树。修吉又是阿那腊的女儿，苏罗娑又是迦德卢的女儿。(66)

湿耶尼是阿噜诺的妻子，生下了两个英勇非凡、力量无穷的儿子，商波底和阇吒优私。毗娜达有两个儿子，是赫赫有名的迦楼罗（金翅鸟）和阿噜诺（曙光）。(67)

以上即是所有的伟大生物的降生，国王啊！我已经全部讲述完毕了。卓尔不群的智者啊！(68) 听过它的人会涤尽全部罪恶，得到一切智慧，找到无上美好的归宿。(69)

以上是吉祥的《摩诃婆罗多》中《初篇》第六十章 (60)。

六一

镇群说：

众天神、檀那婆、药叉、罗刹，以及其他所有的生灵，尊者啊！(1) 我想如实地听一听他们在凡人中的出生，还想次第听一听这些高贵的生灵的事迹。(2)

护民子说：

那些天国居民都在凡人中降生了，人中魁首啊！我将首先向你周详地讲一讲那些檀那婆。(3)

那个名叫毗波罗制谛的檀那婆雄牛，成了一位人中雄牛，以妖连为名。(4)

国王啊！那个提底的儿子，著名的金座，他在人世间生为童护，是人中雄牛。(5)

那个名叫僧诃罗陀的檀那婆，波罗诃罗陀的弟弟，他以沙利耶为

名，成了波力迦国的雄牛。(6)

神光灿烂的阿奴诃罗陀，随后出生，他以勇旗为名，成了一位人主。(7)

国王啊！提底的一个后代，名唤尸毗，大名鼎鼎，他取名德鲁摩，成为大地上的一位国君。(8)

他们之中的巴湿迦罗，是一位最卓越的阿修罗，他以福授为名，成了一位人主。(9)

铁首、马首、勇武的铁桩，伽伽那牟檀以及老五奋迅，(10) 国王啊！这五个勇武的大阿修罗，在羯迦夜国降生为高贵的出类拔萃的王中雄牛。(11)

另外一个著名的威武的有光，他以阿弥都阇为名，成为大地上的一位国王。(12)

还有一个吉祥的大阿修罗，声名卓著的天日，他以厉军为名，成了一个行事严厉的国王。(13)

那位驰名的骏马，是一个吉祥的大阿修罗，他取名阿输迦（无忧），国王啊！他十分勇武，果敢非凡。(14)

国王啊！骏马之后出生的那个马主，他是提底的后代，成了国王诃尔提吉（成铠），是一位人中雄牛。(15)

另一个吉祥的大阿修罗，著名的弗栗沙波婆，他以长智为名，成了大地上的一位国王。(16)

国王啊！那个阿阇迦，本是弗栗沙波婆的弟弟，他以摩尔罗为名，成了大地上的一位国王。(17)

那个名叫马项的精神抖擞的大阿修罗，他以娄遮摩那为名，成了大地上的一位国王。(18)

国王啊！另外一个睿智的苏奇摩，声名远播，他以毗含多为名，成了大地上的一位国王。(19)

那位赫赫有名的杜昏罗，是个十分出色的阿修罗，他以塞那宾度为名，成了一个国王。(20)

那个名叫依斯哩波的，在众多阿修罗中力量尤强，国王啊！他以巴波吉为名，成了大地上的一位国王，以骁勇著称。(21)

那个名叫独轮的大阿修罗，他以向山为名，降生在大地上。(22)

157

提底的后代毗卢波刹，是善于出奇制胜的武士，一个大阿修罗，他以奇铠为名，成了大地上的一位国王。(23)

英雄诃罗，擅长劫掠敌人，是出类拔萃的檀奴之子，他以苏伐斯都为名，生为人中雄牛。(24)

神光璀璨的阿诃罗，能摧毁敌军的一翼，他以波力迦为名，在大地上出生为国王。(25)

面如满月的尼旃陀，是个出类拔萃的阿修罗，他以蒙阇吉沙为名，成了一个吉祥的国王。(26)

在战斗中不可战胜的尼恭跋，有大智大慧，他在大地上生为最杰出的大地之主，以天主为名。(27)

那个名叫沙罗跋的，在提底的众多后代中是一个大阿修罗，他以宝罗婆为名，成了一位人中王仙。(28)

众多阿修罗中数第二的是沙勒跋，他以波罗诃罗陀为名，成了波力迦国国王。(29)

旃陀罗（月神），最优秀的提底的后代，恰似世界上的众星之主（月亮）一般，以哩希迦（小仙）为名，成为一位王仙，最贤明的国王。(30)

著名的摩哩多波，是个出类拔萃的阿修罗，你要知道，他成了国王西邻水，王中至贤啊！(31)

神光辉焕的伽毗私吒，著名的大阿修罗，他以木军为名，成了大地上的一位国王。(32)

另外一个著名的摩优罗，是一个吉祥的大阿修罗，他以毗首为名，成了大地之主。(33) 他的弟弟，驰名的美翼，他以时称为名，成了大地上的一个国王。(34)

名唤月伐的，在他们当中极具声名，是个最优秀的阿修罗，他以修那迦为名，成了一位王仙，一位国王。(35)

月亮的消灭者（月灭），是著名的大阿修罗，他以阇那吉为名，成了一位王仙，一位国王。(36)

而长舌，俱卢的子孙啊！是檀那婆中的雄牛，他以迦尸王为名号，成了大地上的大地之主。(37)

消灭月亮和太阳的伽罗诃,是辛希(雌狮)① 所生,他以迦罗特之名,为人传诵,也是一位国王。(38)

非寿的四个儿子中,最优秀的阿修罗名叫毗刹罗,神采奕奕,成了国王富友。(39)毗刹罗之后的老二,国王啊!他是一个大阿修罗,以尘沙国的君主而广为人知,是一个国王。(40)那个名叫力雄(波罗毗罗)的,是一个卓越的阿修罗,他以蔗鱼为名,成了一位国王。(41)赫赫有名的弗栗多,国王啊!是一个大阿修罗,他以佩珠为名,成了一位王仙,一位国王。(42)他的弟弟,阿修罗愤怒之诛杀者(诛怒),以檀罗为名,成了大地上的一位国王。(43)另外一个就是怒增,广有声名,他以杖持(檀罗陀罗)为名,成了一位人主。(44)②

迦罗迦(时母)的儿子中,有八个生为国王,王中之虎啊!他们一个个勇猛如虎。(45)吉祥的胜军在摩揭陀国为王,他是八个迦罗之子中的佼佼者,一个大阿修罗。(46)他们之中的老二,十分吉祥,俨如有栗色马者(因陀罗),他以克敌为名,成了一位国王。(47)大王啊!老三是臂膀强健的大阿修罗,在大地上生为尼沙陀酋长,勇猛果敢令人畏怖。(48)其中另外一个是老四,广有声名,他以希利尼曼为名,成了大地上一位最卓越的王仙。(49)老五在他们当中出类拔萃,是一个大阿修罗,他以摩瞭阇为名,成了一位严惩敌人的英雄。(50)其中还有一个是老六,睿智聪敏,是一个大阿修罗,他以无畏为名,成了大地上一位卓越非凡的王仙。(51)国王海军是他们这一群中的一个,深知法和利的要旨,在以大海为边界的大地上广为人知。(52)迦罗之子当中的老八,名叫广大,严惩敌人,国王啊!他以正法为魂,一心为了一切众生的幸福。(53)

那个名为"迦娄陀婆沙"(愤怒之威)的群体,国王啊!我已经

---

① 第59章第12和30颂中,辛希为辛希迦。
② 第39颂讲非寿有四个儿子,接下去实际讲了六个。这与第59章第32颂也不同。其中,愤怒之诛杀者(诛怒),在第59章第34颂中,说是迦罗(时母)的儿子,这里则又说是非寿的儿子。第59章第34颂提到迦罗(时母)的四个儿子,本章从以下一颂起,则讲了迦罗(时母)的八个儿子;而且,将迦罗写为迦罗迦。这类混乱,前面也曾出现,以后不另行注明。

向你提到过了，有许多英雄在大地上降生为国王：（54）

有南提迦、迦尔纳维私吒、成义以及吉吒迦；有妙雄、妙臂和大雄，尔后是波力迦；（55）有迦娄陀（愤怒）、毗支迭（广寻）、苏罗娑（妙味），吉祥的国王尼罗（靛青），以及国王毗罗陀摩。这些是他们的名字。俱卢的子孙啊！（56）还有一个名叫檀多婆多罗，一个名叫难胜；有王中之虎金饰和国王镇群；（57）有阿沙吒、风劲，以及煊赫；有爱迦罗毗耶、妙友、伐吒檀那和牛面；（58）有迦卢沙迦国的诸王，以及奇摩图提；有闻寿、乌陀婆和广军；（59）有安宁、乌伽罗底特、俱诃罗，以及羯陵伽国国王；有摩底摩，成了一位人中首长，以依首罗为名，为众所周知。（60）这众多的国王，都出自"迦娄陀婆沙"（愤怒之威）这一群体，在古老的时候诞生于大地之上，大王啊！他们声名卓著，力量无穷。（61）

那个名叫提婆迦的，有与天帝同等的光辉，他作为健达缚之主首屈一指，在大地上生为国王。（62）

从广有声名的神中大仙毗诃波提的一部分，婆罗多的子孙啊！请你知道生出了德罗纳，他是婆罗堕遮之子，并非女人所生。（63）王中之虎啊！在众多弓箭手中，一切法宝他最为精通，他声名显赫，神光灿烂，生于人世间。（64）德罗纳既精通弓箭术，又是通晓吠陀的学者，远远胜过因陀罗的武艺，他使自己的家族兴旺昌隆。（65）

大天（毁灭神湿婆）、死神、爱神和愤怒神，他们投生的部分合而为一，生下了一位诛灭敌人的勇士。（66）他就是马嘶，十分骁勇，能摧毁敌军；这位英雄目若莲花瓣，降生在大地之上了。国王啊！（67）

八位婆薮生自恒河女神，成了福身王的儿子。这是由于极裕仙人的诅咒和婆薮之主（因陀罗）的命令。（68）他们当中最小的一个是毗湿摩，俱卢族安全的保障，他睿智不凡，精通吠陀，巧言善辩，能摧毁敌军。（69）他是明了一切的佼佼者，神光璀璨，曾和高贵的婆利古族的食火仙人之子罗摩交战。（70）

国王啊！名为慈悯的梵仙诞生在大地上，你要知道，这位非凡的英雄出自楼陀罗的群体。（71）

那个名叫沙恭尼的，在人世为王，是战车武士；你要知道，国王

啊！他原是镇伏敌人的德伐波罗①。(72)

恪守誓言的萨谛奇（善战），诞生于苾湿尼家族，是镇伏敌人的英雄，从神圣的摩录多的支系降生。(73)

王仙木柱也来自同一群体，生在这个人世间，国王啊！在所有的武士中，他卓越非凡。(74)

你要知道，国王啊！成铠也生为一个国王，他的业绩举世无双，是最优秀的刹帝利雄牛。(75)

你要知道，名叫毗罗吒的，生自摩录多群体，是一位镇伏敌人的英雄，焚烧敌人国土的王仙。(76)

阿利私吒的儿子，名唤杭娑，尽人皆知，他生为健达缚之主，发展了俱卢家族。(77)

名叫持国的，生自黑仙岛生，他臂膀粗壮，神光灿烂，是以智慧为目的一位国王。因为母亲的过错和仙人的愤怒，他生来就双目失明。(78)

你要知道，维杜罗是阿多利的极有福分的儿子，又是一名最优秀的父亲，也在这个人世诞生，成为一名卓越非凡的智者。(79)

从迦利（争斗）②的一部分，在大地上生出了国王难敌，狡诈阴险，心地邪恶，他给俱卢族蒙上了耻辱。(80) 他受到全世界的痛恨，是迦利（争斗）的化身。这个人中的贱种，在整个大地上引起一场屠杀。他煽起仇恨，造成了众生的大毁灭。(81) 他们全体兄弟都是补罗斯迭的后代（罗刹），生于世人中间，从难降起共有一百名，一个个行为残忍。(82) 其中有丑面、难偕，以及另外许多，我不再继续报他们的名字了。难敌的这些伙伴，全都是补罗斯迭的后代。(83)

你要知道，国王啊！正法神的一部分成了国王坚战，怖军是风神（伐多）的一部分，天帝（因陀罗）的一部分成了阿周那。(84) 双马童神的一部分也这样成了无种和偕天，他二人容貌美丽，大地之上无与伦比，一切世人都为之动心。(85)

月神（苏摩）之子，十分勇猛，以妙光为名；他成了激昂，声名显赫，是阿周那的儿子。(86)

---

① 一个声名狼藉的恶神。
② 一个穷凶极恶、臭名昭著的最大恶神。

你要知道火神（阿耆尼）的一部分成了猛光，是位战车武士。束发，国王啊！你要知道，这是个亦女亦男的罗刹。（87）

木柱王之女（黑公主）有五个儿子，婆罗多族的雄牛啊！你要知道，国王啊！他们出自众天群体，婆罗多族的雄牛啊！（88）

迦尔纳身穿神甲，生为战车武士，你要知道，他是太阳神（白昼制造者提婆迦罗）的至高无上的一部分。（89）

永恒的神中之神，圣名那罗延，他的一部分在凡人中生为威严的婆薮提婆之子（黑天）。（90）大蛇湿舍的一部分，成了力大无穷的力天（大力罗摩）；你要知道，永童是膂力非凡的波罗底优那（始光），国王啊！（91）就这样，人中首长啊！天国神明另外许许多多的部分，也投生在婆薮提婆的家族，令其家族兴旺昌盛。（92）

众天女的群体，国王啊！我已经提到过了。她们的一部分也在大地上诞生了，根据婆薮之主（因陀罗）的命令。（93）

那六万个女神，国王啊！她们在人世间，成了那罗延（黑天）的妻子。（94）

吉祥天女的一部分，为了爱情，降生在大地之上，从祭坛的中部进入木柱王的家里，成了一名无瑕的少女。（95）她既不矮，也不高，浓郁的芳香如青莲花，大大的眼睛也似莲花，双臀丰美，秀发又黑又长。（96）她具备一切妙相，焕发着吠琉璃和摩尼宝珠般的光辉，悄悄地袭扰着五位人中魁首（坚战五兄弟）的心绪。（97）

成功女神（悉蒂）和坚定女神（陀哩蒂），成了五兄弟的母亲贡蒂和玛德利；思想女神（摩蒂）成了妙力的女儿（甘陀利）。（98）

以上是天神、阿修罗、健达缚和天女，以及罗刹的一部分的降生，国王啊！我已经为你讲述完了。（99）他们有些在大地上生为醉心于战争的国王，有些成为雅度族大家庭中的高贵的子孙。（100）

这篇各类神魔一部分的降生，会赐人钱财、荣誉、子孙、长寿，会带来胜利，应该心悦诚服地聆听它。（101）听了天神、健达缚和罗刹的一部分的降生，会懂得生与灭，深有智慧，在灾难之中不会沮丧。（102）

以上是吉祥的《摩诃婆罗多》中《初篇》第六十一章（61）。
《原始宗族降世篇》终。

出 生 篇

六二

镇群说：

关于众天神、檀那婆、罗刹，婆罗门啊！他们一部分的降生，以及健达缚、天女的一部分的降生，我从你已经圆满地听到了。（1）而那俱卢族的世系，我也想请你从头讲一讲，婆罗门啊！就在众位婆罗门仙人的面前。（2）

护民子说：

建立起补卢族世系的英雄，名唤豆扇陀，他是远达四极的大地的保护者。婆罗多族的贤王啊！（3）那位人主执掌着四方的全部土地，那位超群出众的英雄，又统辖着大海环绕的一切地方。（4）那位诛灭敌人的英雄，他的统治直达全体弥戾车人①、林野山民、广有奇珍异宝的大海中心，以及聚集四种姓人民的所有土地。（5）

在他统治的王国里，没有人造成种姓的混杂，不需要人去从事农耕，没有任何人犯罪。（6）那时候，在那位国王的统治下，人人尽享合乎法度的欢乐，又兼得正法和财利。人中之虎啊！（7）在那位国王的统治下，不用害怕窃贼，朋友啊！也不必担心会饿上一会儿，更不用恐惧疾病。（8）各个种姓的人都安守本分，他们敬神并不怀有什么心愿，他们依靠着那位大地保护者，哪里会有恐惧不安呢？（9）雨神及时地降雨，各种谷物果实累累，那时，大地上到处布满各种珍宝，物产十分丰富。（10）

豆扇陀国王有一身神奇的伟力，坚如金刚，风华正茂，有树丛密林的曼陀罗山，他能用两臂举起来搬走。（11）弯弓射箭，抢杵大战，挥刀舞剑的格斗厮杀，骑象打仗，纵马沙场，各种武艺他都十分娴熟。（12）他具有毗湿奴的臂力，有太阳似的璀璨光辉，如同海洋一

---

① 生活在边陬的一种部落居民。

般深沉,像大地一样度量宽广。(13)人们公认,这一位国王的都城和国家是一派太平景象,他的子民专心致志恪守正法,对他满怀爱戴之情,都深有教养。(14)

以上是吉祥的《摩诃婆罗多》中《初篇》第六十二章(62)。

六三

护民子说:

有一天,那位臂膀强健的豆扇陀国王,率领众多的步兵和战车,前往一处茂密的森林,左右簇拥着数以百计的骏马和大象。① (1) 数以百计的英勇的士兵,身佩大刀利剑,手握大杵和棍棒,或手持梭镖,或手操长枪,围绕着他前进。(2) 兵士们发出的狮子吼声,螺号和战鼓的吹奏声,车轮滚动的辚辚声,混合着雄伟的大象的嗷嗷长鸣。(3) 又交织着骏马的萧萧嘶鸣,摩擦的沙沙声,咚咚的撞击声,和欢欢快快的叽里呱啦声,在那位国王的行进之中。(4)

因为国王十分漂亮,许多女子站在宫楼顶上,观看这位为自己赢得荣耀的英雄。(5) 那里的一群群女子,见到诛灭敌人、驱逐敌象的英雄,手握利剑,俨然天帝释一般,七嘴八舌地纷纷断言:(6) "这是一位人中之虎,沙场争战有神奇之勇,碰到他的有力的臂膀,一群群敌人就不能活命了。"(7) 众女子对国王满怀深情,一个个都对他十分中意,口中说着以上的话,又在他的头上撒下花雨。(8)

处处有众多的婆罗门魁首,围拢来赞美他。国王怀着极其快乐的心情,奔向森林,打算去围猎野兽。(9) 当时,城镇居民和乡村百姓,一路追随他走了很远很远,直到国王发出了命令,然后他们才都回去了。(10)

大地保护者乘坐的车辇,如同大鹏金翅鸟,辚辚之声响彻了大地,悠然回荡在三重天。(11) 睿智的国王一路行来,看见那森林恍若天帝的欢喜园一般,遍布着野苹果树、太阳树、佉底罗树,到处是

---

① 这里是讲国王率领步、车、马、象四个兵种。

猴居树和达婆树。（12）林中有几处高地，山石杂乱，森林也随之高低起伏；那森林没有水流，没有人烟，绵延伸展了数由旬；布满鹿群，还有许多猛兽出没其间。（13）

人中之虎豆扇陀，率领着扈从、士兵和战车，在那森林中四处奔突，猎杀了许多不同的野兽。（14）在弓箭所能达到的范围内，豆扇陀射倒了成群的老虎，有些被一支支羽箭洞穿了。（15）有一些老虎在远处，人中雄牛用利箭射中它们；有一些老虎窜到身边，他挥起大刀劈死它们。（16）本领高强的卓越人物，又用剑杀死了许多只鹿。他深知舞大杵掷铁饼的真髓，无限勇敢，东奔西走。（17）他用扎枪，又用大刀，他用大杵，又用棍棒、长矛，在森林之中奔走不停，又杀死了许多野兽和鸟禽。（18）

豆扇陀国王有神奇之勇，士兵们又都尚武好战，他们在大森林中东奔西闯，大批的动物纷纷逃走了。（19）兽群中领头的动物被杀死，一个个兽群四散逃亡，野兽一帮帮一伙伙互相担忧，到处都发出声声哀鸣。（20）许多动物跑到一条河流，水流枯竭，饮水无望，都消瘦了。它们为了逃命，心脏劳累过度，失去了知觉，纷纷栽倒了。（21）

饥渴交逼的各种动物，精疲力竭，倒毙在地，饥肠辘辘的众多人中之虎，将其中一些吃掉了。（22）有一些被林居者们拣到，投入火里烧烤了一番，再适当地将肉切割成碎块，当时也吃掉了。（23）

有一些身强力壮的大象，为兵刃所伤而变得十分疯狂，皱额缩鼻，极其可怕，奋蹄疾驰，四处横冲直撞。（24）又有一些优良的野象，一边排泄着粪便和尿，一边流淌着淋漓的鲜血，弄死了许多人。（25）

那座森林里士兵如云，箭如水流，被国王杀死的许多野兽，好似满地公牛。（26）

以上是吉祥的《摩诃婆罗多》中《初篇》第六十三章(63)。

六四

护民子说：

广有战车的豆扇陀王，杀死了数以千计的野兽之后，贪恋猎获野

兽，又进入了另一座森林。（1）他膂力非凡，屈指第一，此时感到十分饥渴，到达那座森林的边缘，来到了一大片不毛之地。（2）

国王越过了那片不毛之地以后，来到了另一座大森林，里面有一处极美的森林道院。那森林令人心生欢喜，令人双目欣悦，又有凉爽的清风习习。（3）遍地有鲜花盛开的树木，宜人的萋萋绿草；那一座森林十分广大，到处有蜜蜂的嘤嘤，鸟雀的啼鸣。（4）林中的树木枝条茂密，又有舒适的浓荫匝地，藤萝上蜜蜂盘旋飞舞，一片分外旖旎的风光。（5）在那一座大森林中，没有一棵树没有繁花，没有一棵树没有硕果，没有一棵树长着棘刺，也没有一棵树没有蜜蜂。（6）林中回响着鸟雀的啼啭，地上装点着鲜艳的花朵，树木的枝头上一年各季不断开放应时的繁花，又有宜人的绿草如茵。伟大的射手走进这座绝美的森林，立刻心旷神怡。（7）

那里的树木繁花盛开，枝条柔嫩，有微风轻轻拂动，撒下一阵又一阵五彩缤纷的花雨。（8）那里的树木高接云天，上有鸟雀发出甜美的鸣声，花朵绚丽多彩，树皮斑驳陆离，树木的颜色变幻万端。（9）那里的树木花团锦簇，沉甸甸的繁花压弯了新生的鲜嫩枝条，枝头上的鸟雀和蜜蜂，一起唱出轻柔的和鸣。（10）

那座森林中的许多地方，都有茂盛的鲜花巧饰妙扮，点缀着一座座藤萝小屋，令人心中油然增长喜爱之情。光辉广被的国王见了，当时喜不自胜。（11）

许多树木的枝条互相牵缠，又有繁花朵朵覆盖其上，宛如因陀罗的幡幢，那森林因此煞是美观。（12）凉爽的清风习习吹拂，因飘带着花粉而芳香浓郁，好像是为了寻欢取乐，戏弄着林中的每棵树木。（13）国王看见那些可爱的树木，具有这许多佳妙之处，生长在河畔湿润的土地上，宛似高高耸立的旗杆一般。（14）

却说国王正在观赏那座森林，其中有鸟雀十分喜人，他发现了一座不同凡响的森林道院，风光美丽，令人心旷神怡。（15）道院中遍布着种种树木，祭火光芒四射，有许多出家人和矮仙，到处是一群一群的仙人。（16）道院中有许多处祭火坛，地上覆盖着撒布的鲜花，多有茁壮高大的桃花心树，这道院因之绚丽辉煌。（17）道院旁有一条神圣的玛梨尼河，国王啊！上下游净是幸福的流水，河面有一群群

的水禽，河水给苦行林带来欢乐，河畔有许多驯顺的野兽。豆扇陀看到这些，感到很是高兴。(18)

战车武士，吉祥的国王，来到了那座森林道院附近，它恍若天界，处处分外迷人。(19) 国王看见那一道河流，环绕着森林道院，满是圣水，其中孕育了各种生命，好似一位依偎在身边的母亲。(20) 那条河流的沙洲上有成双成对的赤鸯，河面漂浮着花朵和泡沫，岸边有紧那罗成群安居，又有猿猴和熊罴不断出没。(21) 神圣的诵经声顺着河水飘荡，几处沙洲更增添了美丽风光，醉象、猛虎和蛇王出没在河畔。(22)

观赏过环绕森林道院的河流，又看见了那座森林道院，那位国王当时产生了探访之念。(23) 几个小岛，美丽的河岸，国王看见这样一条玛梨尼河装扮的道院，浑似那罗和那罗延的天界，因有了恒河而美不胜收；国王走进了这座广大的净修林，有醉人的孔雀婉转啼鸣。(24) 人主走进了那座奇车园①一般的森林道院，随后他想去拜见干婆大仙；大仙功德无量，光辉彰显，是迦叶波的后裔，深有道行。(25) 他让乘坐战车的、群群骑马的、队队步行的士兵们，全都停在净修林门外，向他们发出了命令：(26) "我将去拜见光辉灿烂、深有道行的仙人，迦叶波的后裔，你们停留在此地，直到我回来！"(27)

人主走进了那座酷似欢喜园的森林道院，国王将饥渴抛诸脑后，得到了满怀的喜悦。(28) 国王留下了皇銮仪仗，偕同几位大臣，在国师的陪伴下进入了绝美的森林道院，想在那里见到有永恒的苦行光辉的仙人。(29)

国王仔细地观赏着宛似梵天神界一般的森林道院，它响着蜜蜂的嘤嘤歌唱，它有一群群各式各样的再生者。(30) 那位人中之虎于此听见，几位精通梨俱吠陀的卓越非凡的诵经者，正用顶针续麻式的方法②，在举行祭祀的法事中，唱诵着梨俱吠陀。(31) 他们都熟知祭祀

---

① 财神俱比罗的御花园，十分美丽。
② 一种诵读吠陀圣典的方法。先读完第一句，然后重复第一句，接读第二句；再重复第二句，接读第三句；以此类推。也有的诵读时重复前一个词，甚至重复前一个音。这同时也是书写吠陀圣典的一种方法。

167

之学及其分支,正一字一音顶针续麻式地诵读圣典,灵魂无量,极能克己自制,因为有了他们,那座森林道院大放光芒。(32) 精通阿达婆吠陀的一批佼佼者,被公认为是些天生的祭司,也采用顶针续麻法,一字一音地唱诵着阿达婆吠陀本集。(33) 又有另外一些再生者,用精确的语音在高谈阔论,那座吉祥的森林道院有其语声回响,看上去俨然是梵天的神界。(34) 他们深谙于圆满的祭祀,有顶针续麻的熟练技巧,掌握正理和事物的真谛,精通吠陀。(35) 种种字句的离合法以及词语连声,他们全都融会贯通;还熟知所有的不寻常的法事,深深领悟解脱之道。(36) 他们善于确立自己的理论、驳斥对方的理论,深明论理的要旨;他们是留居尘世的凡人中的佼佼者,森林道院中处处响着他们的声息。(37)

诛灭敌酋的国王,处处都见到婆罗门魁首,他们克己自制,恪守戒行,专心于祷祝和以烧供祭献天神,成就辉煌。(38) 大地之主看见小心陈设的一张张坐垫,装饰着花朵,色彩绚丽,不胜惊奇。(39) 又看到众多再生者在一座座神庙里祷拜供养,那位至善的国王以为自己到了梵天神界。(40) 那座美丽的不同凡响的森林道院,受到迦叶波后裔的苦行法力的保护,一群群苦行者深有道行,国王见到之后,非常满意。(41)

迦叶波后裔的神圣的净修地,到处是怀有宏大誓愿、深有道行的仙人。诛灭敌人的国王率领着大臣,偕同国师走了进去。它十分清净,极其美妙,太太平平!(42)

以上是吉祥的《摩诃婆罗多》中《初篇》第六十四章(64)。

六五

护民子说:

尔后,两臂雄健的国王屏退了众位大臣,独自一人走进了仙人的住所,他在那座道院里没有见到恪守戒行的仙人。(1) 他没有见到那位大仙,发现那道院内阒无一人,便高声问道:"有谁在此啊?"树林中也仿佛响起了回声。(2)

听到了他的声音，随后有一位少女从那座道院走了出来，她十分美貌，宛如吉祥天女一般，身着苦行女的装束。（3）那位眼睛乌黑的少女，见到那位豆扇陀国王，恭恭敬敬地向他施礼之后，柔声说道："欢迎你！"（4）她摆好坐垫，待之以洗足之礼，献上清水，表示深深的敬意，又向国王问候说："玉体康泰！国王安好！"（5）她这样致了敬，问候了国王健康，又微微含笑，问道："你有什么事情啊？"（6）

国王一见这位美丽无瑕的少女，如此这般地受到她的礼遇，而且吐语甜柔，便向她说道：（7）"我来拜见大有福分的干婆仙人。贤女啊！尊者到何处去了？美人啊！请你告诉我。"（8）

沙恭达罗说：

我的父亲，干婆尊者，他离开道院去采野果了。请你略等片刻，你就会看见他回到这里。（9）

护民子说：

那位国王没有见到仙人，听闻少女这样一讲，再看那少女双臀丰美，十分吉祥，巧笑粲然，（10）光艳照人，形容姣好，道行高深，长于自制，相貌美丽，青春正富，于是又对她说道：（11）"你是谁？你是谁家的姑娘？窈窕的女郎啊，你为何来到了森林？你是如此的姿容妙曼，你从何而来？美人啊！（12）因为一见面，美女呀！我的心就被你偷走了。我很想了解你，请你对我说说吧，美人啊！"（13）

在那座森林道院中，那位少女听罢国王之言，当时她面带笑容，说出了几句十分甜柔的话语：（14）"豆扇陀呀！干婆尊者法力非凡，无比坚定，明法知礼，享有盛誉，我正是他的女儿。"（15）

豆扇陀说：

尊者终身固锁元阳，大有福分，受到全世界的崇敬，因为即使正法神兴许越轨，他恪守戒行也绝不会越轨。（16）你这位绝色佳丽，怎么会是他的女儿？我对这件事满腹疑团，请你消除我的怀疑吧！（17）

沙恭达罗说：

关于我是怎样的出生，以及先此已往的事情，我又怎样成了仙人的女儿，国王啊！请你听我如实地讲来。（18）有一位仙人曾经到此，

追问过我的身世,国王啊,请听吧!尊者是这样告诉他的:① (19)

从前有一位众友仙人,大有苦行法力,仍在苦修苦炼,使得众神之主天帝释深深感到焦灼不安。(20)"这个威力炽烈的众友,会用苦行法力将我推下宝座!"破敌城堡者(因陀罗)想到这件事,对众友十分恐惧,便向天女美那迦说道:(21)

"美那迦!你有天资丽质,在众多天女中你首屈一指,你要为我做一件好事,亲爱的!你听我来告诉你!(22)那个众友如同烈日,大有苦行法力,他正在修炼可怕的苦行,我的心恐惧不安。(23)美那迦!对付那个众友便是你的任务。妙腰女郎啊!他正埋头于严厉的苦行,收视返听,极难征服。(24)为了避免他将我推下宝座,你去了之后要让他迷上你!去吧!毁掉他的苦行,为我做一件最高兴的事情!(25)以你的美貌、青春和卖弄风情,以搔首弄姿和媚笑浪声,让他迷恋上你这位美臀女郎,让他停止苦修苦炼!"(26)

美那迦说:

那位尊者神光强烈,苦行的法力向来是广大无边,而且易生震怒,世尊您对他知道得一清二楚。(27)那高贵仙人的灼灼神光,苦行法力和雷霆之怒,连您也感到害怕,我又怎么能不心惊胆战呢?(28)

大有福分的极裕的得意的百子,是被他夺去了性命;是他原先出生于武士种姓,凭借他的努力成了一名婆罗门。(29)他为了洁身沐浴,造出了一条难以接近、波澜壮阔的河流,得名为憍湿吉②河,是世界上最神圣的河流,尽人皆知。(30)这位灵魂伟大的众友仙人,在他从前倒霉的时候,以正法为魂的王仙任意行(摩登伽)堕为猎人,曾在河畔为他赡养妻子。(31)他在此度过了匮乏的时期,又重

---

① 从下一颂起直至下一章末尾,是沙恭达罗转述干婆仙人所讲的她的身世。
② 众友仙人之父名唤拘湿迦,众友又叫憍睒湿迦(意为拘湿迦之子),此河名叫憍湿吉,是以憍湿迦命名。从第30颂至第34颂,是讲了一个十分著名的故事:任意行(摩登伽)即国王陀里商古,他请求极裕仙人为之举行祭祀,送他带肉身上天,遭到拒绝。陀里商古转求极裕百子,受到诅咒,堕为低贱的猎人。其时,众友亦倒运,陀里商古在憍湿吉河畔为之赡养妻子,众友十分感激。尔后,众友为陀里商古举行祭祀,送他上天,为天神所拒,头朝下栽向地面,众友运用苦行法力,将他定在半空,化为一座星斗。可参看季羡林译《罗摩衍那》第1册第56—59章,注释〔421〕、〔429〕,人民文学出版社,1980年版。

返森林道院。那时,大有能为的仙人又给这条河另外取名,叫做彼岸河。(32) 仙人心中对任意行十分满意,亲自在这里为他举行了一场祭祀,众神之主啊!出于对他的畏惧,你还去饮过苏摩仙酒!(33) 尔后,他怒不可遏,另外造出了满天的星群,星光灿烂,星宿列张,一一针对原先耳闻的所有星辰。(34) 他有这样一些业绩,我对他怕得要命。他易生嗔怒,怎样才不会烧死我,主人啊!请你将那指示给我吧!(35)

他一放神光会焚毁众世界,他一跺脚能叫大地瑟瑟发抖,高耸的弥卢山也要应声折断,还让它迅速地乱滚乱转!(36) 他具有那般的苦行法力,他俨然光芒四射的熊熊烈火,我这样一个年轻女子,如何去接近制服感官的他?(37) 他的嘴巴如同炽烈燃烧的祭火,他的一双瞳孔如同日月一般,他的舌头俨然死神,众神之佼佼啊!像我这样一个弱女子如何去接触他?(38)①

阎摩神、苏摩神,以及众位大仙,沙提耶神、毗奢神,以及全体矮仙,他们广有神通尚且都惧怕他,像我这样一个弱女子又怎么会不惧怕他呢?(39) 既然你这样命令我,我又怎么能不去接近那仙人?众神之主啊!请你好好考虑考虑对我的保护吧!天帝呀!只要我得到你的保护,为了你我一定前去。(40) 天神啊!我在那里嬉戏的时候,请让风神脱去我的衣裙;天神啊!如果能有你的恩典,在我的这项任务中,爱神在那里也会成为我的好帮手。(41) 当我开始诱惑那位仙人的时候,风神应当偕同众位天神,从森林中吹动劲风!

因陀罗回答说:"好吧!"并且如此这样地做出了安排。随后,美那迦便到拘湿迦之子(众友)的森林道院去了。(42)

以上是吉祥的《摩诃婆罗多》中《初篇》第六十五章(65)。

---

① 以下 4 颂改变诗律。

六六

沙恭达罗说[1]：

闻听美那迦这样一讲,天帝释向风神发出了命令,那时,美那迦便和风神一起,于恰当的时机动身了。(1)

尔后,美臀女美那迦看见了那位众友仙人。他以其苦行焚除了邪念,正在森林中专心一意地修炼苦行,美那迦不由得一阵胆怯。(2)后来,她向仙人施了一礼,便在他的面前玩耍起来了。就在这时,风神吹去了她的素白如月的衣裙。(3)那位浓妆艳抹的女郎,急忙跑向落在地上的衣裙,朝风神似乎羞涩地微微一笑,好个姿色俏丽的娇娘!(4)

那时,至善的仙人看见了美那迦,四处奔跑着去抓衣裙,玉体尽裸,其妩媚和美丽真是无法形容。(5)那位婆罗门雄牛一见她姿容的俏丽,立刻就被情爱征服了,顿生和她交欢的淫欲。(6)他向美那迦招呼了一声,全身美丽无瑕的女郎便扑向了他。他二人形影不离地在那森林中欢度了很长的时间,随心所欲地纵情欢爱,就好似刚刚相聚了一天。(7)

仙人和美那迦生下了沙恭达罗。在雪山的景色秀丽的山脚下,有一条玛梨尼河。(8)美那迦把初生的那个婴儿,遗弃在玛梨尼河的河畔,然后,完成了任务的天女,迅速返回了天帝释的宫廷。(9)

在那荒无人烟的森林里,到处有雄狮和猛虎,一群大鸟看见了躺在那里的婴儿,团团围拢来,把她遮盖得严严实实。(10)嗜肉成性的种种野兽,没有能够伤害森林中的婴儿,一群沙恭达鸟妥善地保护了美那迦的女儿。(11)

正值我前去沐浴,看见了躺着的婴儿。林野寂寂,树木摇曳,一群沙恭达鸟团团围着她。我把她抱回来了。从此,我把她当做了女儿。(12)赋身者,救命者,以及给予饭食者,法典中规定这三种人,

---

[1] 这是沙恭达罗向豆扇陀国王继续转述干婆向来访仙人陈述的她的身世。第12—15颂中的"我",是干婆仙人自称。

都有资格被认为是父亲。(13) 在阒无一人的森林中，因为是一群沙恭达鸟保护了她，所以，我给她取名叫"沙恭达罗"（沙恭达鸟保护的）。(14) 请你知道，沙恭达罗就这样成了我的女儿，先生！纯洁无瑕的沙恭达罗也认为我就是父亲。(15)①

这就是受到大仙询问之后，干婆向他讲述的我的身世。国王啊！请你知道，我是这样成了干婆的女儿。(16) 因为我不知道自己亲生的父亲，我就认干婆做了父亲。国王啊！以上我向你讲述的事实经过，如同我所耳闻。(17)

以上是吉祥的《摩诃婆罗多》中《初篇》第六十六章(66)。

六七

豆扇陀说：

吉利的女郎啊！如你所说，显而易见你是一位国王的女儿。做我的妻子吧，美臀女！请说说要我为你做什么？(1) 许多个黄金的花鬘，各色各样的衣服，耳环和金臂钏，美人啊！再加异地出产的光辉夺目的摩尼宝珠，(2) 还有金币之类和许多毛皮，我今天就把这些献给你。让整个王国今天全都属于你！你做我的妻子吧，美女呀！(3) 胆怯的女郎啊！你以健达缚方式②嫁给我吧！美人啊！据说，健达缚方式较之其他结婚方式更为佳妙。两股嫩嫩的娇娘啊！(4)

沙恭达罗说：

国王啊！我的父亲离开道院去采野果了，请你等他一时片刻，他会把我许配给你。(5)

豆扇陀说：

美臀女！我渴望得到可爱的你！纯洁无瑕的女郎啊！你要知道，我是为了你才留下来，因为我的心已经飞向了你。(6) 自己就是自己的亲属，自己就是自己的主人，请你依据正法把自己作为布施献出自

---

① 以上是干婆向来访仙人讲述的沙恭达罗的身世。下面是沙恭达罗与豆扇陀继续谈话。
② 根据《摩奴法论》，男女双方自主结合称"健达式"。参见注②。

己吧！(7) 根据法论①的规定，总共有八种结婚方式：梵式、天神式、仙人式、生主式和阿修罗式，(8) 还有健达缚式、罗刹式，以及规定的第八种——毕舍遮式。自有之子摩奴，从前已经讲明了这八种方式适用的范围。(9) 对于一个婆罗门，要采用适宜的前面四种方式；对于武士，你要知道，合法的是前六种。纯洁无瑕的女郎啊！(10) 不过，法论又说，国王们被允许采用罗刹式，吠舍和首陀罗则规定为阿修罗式。这里，后五种中有三种是合法的，有两种规定为不合法；(11) 毕舍遮式和阿修罗式无论如何也不准采用。必须按照这条规定去做，它是法论申明的一条原则。(12) 健达缚式、罗刹式，对于武士这两种是合法的，请你不要害怕！我或者采用前一种，或者两种方式一起用，事到如今已经确定无疑了！(13) 我有情，你有意，姿色娇艳的女郎啊！请你用健达缚结婚方式成为我的妻子吧！(14)

沙恭达罗说：

如果这是一条合法的道路，如果我是我自己的主人，补卢族的佼佼者啊！请你听明白我许给你的条件吧，主人啊！(15) 我私下里与你说的话，你要真心实意地答应我：我若生下了儿子，他应该成为你的继承人！(16) 他应该成为太子，大王啊！你要对我说真话！倘若是这样，豆扇陀！我和你现在就结合吧！(17)

护民子说：

"就这样！"国王不假思索答应了她。豆扇陀又说："我还要把你接回我的京城，笑意纯真的女郎啊！对你理应如此，美臀女！我对你说的也是实话。"(18) 那位王仙这样说罢，便与纯洁无瑕、步态优雅的少女牵手如仪，共成欢爱。(19)

豆扇陀抚慰过女郎，起身离去了。他反复再三地对沙恭达罗说：

---

① 指《摩奴法论》。作者摩奴，据说是大梵天之子。《摩奴法论》规定了八种结婚方式。父亲亲自把一位德才兼备的男子请到家中，把女儿嫁给他，称为梵式；父亲将女儿嫁给一名正在祭祀中做法事的祭官，称为天神式；父亲接受新郎的一对牛或两对牛，然后嫁出女儿，称为仙人式；献礼之后，父亲让新郎新娘跟着说一句"愿双双共同奉行正法！"这样嫁女儿，称为生主式；按照能力随意给亲属赠送财物以后娶姑娘，称为阿修罗式；男女双方自主的结合，称为健达缚式，它产生于爱欲，目的在于欢合；以暴力从女家抢走姑娘，她哭喊不止，称为罗刹式；姑娘在睡眠、醉酒或者昏迷的时候，强迫其婚配，称为毕舍遮式。《摩奴法论》规定，不同的种姓要采用不同的结婚方式。有关的详细内容，请见蒋忠新译：《摩奴法论》第3章第20—34颂，中国社会科学出版社，1986年版。

"为了你,我将派来一支由四个兵种组成的大军,我要亲率大军接你到我的宫殿。笑意纯真的女郎啊!"(20)那位国王向少女许下了以上诺言,镇群王啊!他便踏上了归途。国王心里对迦叶波的后裔顾虑重重。(21)"尊者极具苦行法力,闻知此事之后他会怎么样呢?"他一路上不住地思虑着,这样返回了自己的京城。(22)

国王刚离开一小时许,干婆回到了森林道院。沙恭达罗因为害羞,没有上前去迎接父亲。(23)干婆尊者具有神奇的本领,苦行的法力广大,他以神目已洞察一切,心中一清二楚,高兴地说道:(24)"你这位国王之女,今天没有见我而做的那件事,和一个男人结合,这并不违反正法。(25)因为对于一个刹帝利,健达缚结婚方式,据说最为佳妙。你有情,他有意,不用念咒语,私下成事,也符合法论的规定。(26)豆扇陀以正法为魂,十分高贵,是一位人中俊杰,你找到了一个可爱的夫君。沙恭达罗!(27)你将要生下一个儿子,他贵冠人世,力大无穷,将要享有这个以大海为界的整个大地。(28)这位高贵的国王,他的战车的车轮将朝着敌人奋勇前进,这位转轮王的战车的车轮将永远不受阻挡!"(29)

随后,沙恭达罗为仙人放下口袋,收好野果,又给疲乏的仙人洗过两脚,对他说道:(30)"我所挑选的这位丈夫,确是豆扇陀,人中俊杰,为了他和众位大臣,请您施个恩典吧!"(31)

干婆说:

我赐福于他,为了你,姿容美丽的女儿啊!你希望他得到什么,就从我接受什么恩典吧!(32)

护民子说:

沙恭达罗一心盼望豆扇陀有福,随后她挑选了一个恩典:愿恪守正法的补卢族王业永固!(33)

以上是吉祥的《摩诃婆罗多》中《初篇》第六十七章(67)。

六八

护民子说:

却说豆扇陀做出许诺,回城之后,美股女郎沙恭达罗生了一个神光无量的男孩。（1）这豆扇陀之子，怀了整整三个年头，他光辉闪闪，如同炽烈的火焰，镇群王啊！他相貌英俊，气度不凡，品行优良。（2）他日渐长大，十分聪明，最有功德的干婆仙人为他举行了出生礼等一应圣礼。（3）他有一口晶亮的尖利的牙齿，尚在幼龄便能杀死雄狮；他手上长有车轮痕，他十分吉祥，额头饱满，力量非凡；这童子看似天神之种，在森林道院中迅速地长大起来了。（4）

那童子六岁的时候，在干婆仙人的森林道院附近，经常出没许多猛虎和雄狮，野猪、大象以及野牛。（5）他力大无穷，给这些野兽全都拴上了缰绳，镇伏了它们，骑在胯下，在道院周围的森林中游戏，到处驰骋。（6）那些住在干婆森林道院的人，因此给他取了一个名字。"既然他能够镇伏一切，祝愿他成为一切镇统吧！"（7）那童子遂得名叫"一切镇统"。他逐渐长得精神十足，身体蕴含着无穷的力量。（8）

干婆仙人看见那童子和他做的事都极不平凡，便告诉沙恭达罗："已经到了他做太子的时候了！"（9）

干婆了解到童子的臂力，尔后向几位徒弟吩咐道："快快将沙恭达罗和儿子从道院送到她丈夫那里！沙恭达罗有一切吉相，无比尊贵！（10）只因为妇女们不宜在亲戚家里久居，这有损于名誉、品行和正法，所以，你们赶快带她走吧！"（11）

"遵命！"光辉无量的几位弟子这样答应之后，将沙恭达罗和她的儿子让在前头，便出发去以象命名的城市（象城）了。（12）那位丽人领着看似天骄、目若莲花的儿子，离开了豆扇陀与她相识的净修林。（13）

女郎到达了国王那里，让人通禀之后，偕了光辉犹如旭日的儿子，走进宫去。（14）

沙恭达罗以得体的礼仪，拜见过国王，向他说道："这是你的儿子，国王啊！请你举行立太子的灌顶典礼吧！（15）国王啊！他是你和我生的儿子，俨如天神一般，请你在他身上履行诺言吧，出类拔萃的人啊！（16）要信守从前我们结合时你所做的许诺，你想想吧，大有福分的人啊！就在干婆的森林道院里。"（17）

那位国王听罢她的话，尽管记得往事，竟然说："我想不起什么！

你是谁？你这个貌似苦行女的荡妇！（18）在法、欲、利三个方面，我记不起和你有任何关系！你愿走就走，愿留就留，你想干什么悉听尊便！"（19）

美臀女郎遭到这一番斥责，她富于情感，好似羞愧难当；她痛苦得几乎失去知觉，如同一根木桩呆呆痴立。（20）她激动万分，急得两眼通红，紧闭的双唇不住地颤抖，目光灼灼斜视着国王，仿佛要向他喷发烈焰！（21）她掩藏起脸上的表情，将愤怒压住，控制住了由苦行凝聚的神光。（22）女郎好像沉思了片刻，心中充满了痛苦，十分焦急，她凝视着丈夫，愤慨地说道：（23）

"你既然明知此事，大王呀！为什么竟这样信口胡说——'我不知道呀！'就像一个下等人一样！（24）你要知道，你的心能够辨别此事是真是假；大贵人啊！哎呀！你有眼睛，不要降低了你的身份！（25）

"一个人本来是这个样，却把自己装作成另一样，他就是自我欺骗的贼，什么样的罪行不会犯？（26）你以为：'只有我一个人。'你却不知道那位古老圣人（那罗延）正潜身于你的心中。他洞悉一切罪恶之事，你是在他的眼前干坏事！（27）[①] 一个人犯下了罪行，却以为：'无人觉察到我。'殊不知众天神和他自己的灵魂，对他了解得一清二楚！（28）日神和月神，风神和火神，天公、地母和水神，心灵和阎摩（死神），白昼和黑夜，黎明和黄昏，以及正法神，都知道人的行为。（29）[②] 太阳神毗婆薮之子阎摩，因为他抓走犯罪作恶之人，居于心中洞察一切的最高灵魂，才对他很是满意。（30）一个人有邪恶的心地，阎摩则对他不会满意；待这个罪人恶贯满盈，阎摩就把他抓走。（31）一个人若是自轻自贱，表现出另外一套，天神们不会降福于他，他的灵魂也不会保佑他。（32）

"'你是自己找上门的！'你不要以此蔑视我对丈夫的忠贞不贰！妻子自己前来，应该待之以礼，你却对我丝毫不加尊重！（33）在这大庭广众之中，你为什么把我看作一个下贱女人？我不是在荒野中呼喊，你为什么不听我说的这番话呢？（34）如果我哀求你的这番话，你仍然拒不照办，那么，豆扇陀！你的脑袋今天要裂成一百块！（35）

[①] 这一颂改变诗律。
[②] 同上。

"丈夫进入妻子的身体，他再以儿形从妻身生出来，这就是妻子的生殖性，古代的仙人全都知晓。（36）因为一个男人懂得圣典，他才生出来儿子；因为他有子子孙孙，才能救度以前去世的众位祖先。（37）由于儿子从名为'补得'的地狱中援救出众位祖先，因此，自在天遂亲口将儿子称为'补得乐'（地狱的救星）。（38）

"精于家务的才算妻子，生育儿女的才算妻子，以丈夫为性命的才算妻子，忠于丈夫的才算妻子。（39）妻子是男人的一半，妻子是最好的伴侣，妻子是法利欲三要之根，妻子是垂死者的朋友。（40）有妻之人才能举行祭祀，有妻之人才能主持家庭礼仪，有妻之人才会乐趣无穷，有妻之人才会事事吉祥。（41）有了巧言妙语的妻子，在孤独之中就有了朋友；在涉及正法的事情上她们是父亲，对于有病有灾之人她们是母亲。（42）对于置身于密林深处的旅人，妻子能消除他的劳累；偕妻之人会得到信任，因此，妻子是最高的庇荫。（43）

"丈夫处于轮回之中命丧身亡，同时又承受着种种苦难，立誓忠于丈夫的妻子，也永远紧紧追随着丈夫。（44）妻子首先死了，她会坚定地等待着丈夫；丈夫死亡于前，贞节的妻子则会追赶在后。（45）正是为此缘故，国王啊！男人才一心想牵手成婚；因为丈夫得到的妻子，既属于今生，也属于来世。（46）

"'儿子是男人自己生下的自己。'这是智者们所言。因此，男人应该将生子之妻视若生育自己的母亲！（47）妻子所生的儿子的面容，和自己在镜子中的面容一模一样，作为父亲一见就喜不自胜，如同有德之士到达了天堂。（48）男人们心中被种种痛苦焚烧，身上又为种种疾病所苦恼，他们在自己的妻子身边就感觉舒服，如同难忍酷热之人置身于清流之中。（49）即便在盛怒之下，明智的男人想到妻子身上展现的情爱、欢乐和正法，也不对妻子说出难听的话。（50）妻子是男人自己的诞生之地，十分神圣，万古不易。即便仙人们抛开爱妻，他们又有何能力独造儿女呢？（51）

"当儿子滚满地上的泥土，扑上前来搂住父亲的身体，有什么可以与此等同，甚至是比这更大的幸福呢？（52）你这个饱含感情的儿子，自己来了，目光闪闪地注视着你，你为什么轻视他？（53）即便是蚂蚁也要孵育而不是弄破自己的卵，你是个明了正法的人，岂能不抚养自己亲生的儿子？（54）身着华服，怀拥美妇，沐浴清泉，这种种接触，全部没有怀抱幼儿之时，接触间所感受到的那般舒服啊！（55）两足之人以婆罗门最为优秀，四足动物中以牛最为杰出，可敬的长者中老师居尊，凡可接触者中儿子是至宝。（56）让这个模样可爱的儿子，去拥抱你，接触你吧！世界上没有什么接触，比儿子的接触更为舒服了。（57）

"镇伏仇敌的人啊！我怀胎整整三年才生下了他；王中魁首啊！这孩子能解除你的愁烦。（58）补卢的子孙啊！'他将是百次马祭的举行者！'这是从前儿子降生的时候，天空中向我发出的声音。（59）确实！人们去了另一个村庄，回来都把儿子怜爱地抱在怀里，亲吻着他们的头，心中感到十分快慰。（60）

"再生族的人们，在儿子的出生礼上，都念诵吠陀中的这些神咒真言，在你儿子的出生礼上也是同样：（61）

　　从身体，汝出生；
　　从心中，汝出生；
　　汝即吾，以儿为名；
　　愿汝生活百岁遐龄！（62）

　　因吾赖汝命保全，家族赖汝永绵延，
　　汝要为吾长生存，无限幸福享百年！（63）

这个儿子是从你的身体出生，是一个男人生出的另一个男人。请你好好看看我的儿子吧！他就像清澈湖水中你的身影啊！（64）犹如祭祀之火取自家主之火①，同样，这个孩子生自你身，是你一个人分成了两个。（65）

"当初，你被鹿吸引，四处奔走行猎，这样来到了我的身边。国王啊！我那时是一位处女，住在父亲的森林道院里。（66）优哩婆湿、补婆吉蒂、婆诃阇尼耶、美那迦、毗湿伐吉、诃哩达吉，是六位最美

---

① 家庭中永不熄灭的长明火，因而也是其他用火的火种。

丽的天女。（67）她们当中名唤美那迦的天女，生于大梵天，姿色绝伦，她从天上来到了人间，和众友仙人生下了我。（68）美那迦天女在雪山之阴生下了我，狠心地丢下我就走了，就像抛弃的是别人的孩子。（69）我的前世，我的今生，究竟做了什么不光彩的事情？在襁褓中我就被亲人遗弃了，现在又遭到了你的抛弃！（70）我心甘情愿被你抛弃，我将回到森林道院去。可是，这孩子是你亲生的，你不能抛弃他！"（71）

豆扇陀说：

我不认识你生的儿子，沙恭达罗！女人们一向扯谎，谁肯轻信你的话？（72）你说，心肠冷酷的荡妇美那迦是你的母亲，你被她扔在雪山背后，像丢弃祭过神的一束枯花。（73）你说，残忍无情的武士出身的众友是你的父亲，他已经取得婆罗门的地位，居然还是个好色之徒！（74）美那迦本是佼佼天女，众友在大仙中出类拔萃，你既然是他俩的女儿，为什么出言吐语活像个娼妓？（75）你说出这一套令人不能置信的话，你也不觉得害羞？甚至公然在我的面前！假扮苦行女的淫妇，你走开吧！（76）众友大仙与天神为伍无比尊贵，那位天女美那迦也高不可及，你虽然一身苦行女装束，你这个可怜虫算什么东西？（77）

你儿子竟是高身大汉，既然是个孩子，他却十分强壮，短短的时间里，他怎么能长得像一棵挺拔的娑罗树的树干？（78）你的出身实在是太低贱了，依我看来你就像是个娼妓，因为是美那迦动了淫欲之情，于偶然之间生下了你！（79）你所说的，我全都闻所未闻，见所未见，苦行女啊！我根本不认识你，随你的便，走开吧！（80）

以上是吉祥的《摩诃婆罗多》中《初篇》第六十八章(68)。

六九

沙恭达罗说：

国王啊！别人的过失小如芥子，你也能看得一清二楚；自己的过失大如野苹果，你却视而不见。（1）美那迦往来于三十三天，受到三十三天的钟爱,豆扇陀呀!我的出身远比你的出身高贵!(2)你是在地上转来转去,国王啊!我能在天空自由往还;请看!你我二人的高下,犹如弥卢山和一粒芥子之别。(3)伟大的因陀罗,俱比罗,阎摩,伐楼拿的神宫宝殿,我可以常常出入,请看我这神通吧,国王啊!(4)

我将要对你说的一些话,实际是真理,无咎的人啊!这只是作为比方,并非出于怨艾,你听过之后尚请原谅!(5)

一个丑八怪没有在镜子里看见自己的长相之前,一直认为自己比别人都俊俏。(6)当他一旦在镜子里看见了自己丑陋的面孔,到那时他才恍然大悟——原来自己的模样并不如人。(7)一个人果真美貌绝伦,从来也不会轻视他人;谁喊喊喳喳净讲人坏话,恰恰是诽谤他人的坏蛋。(8)

傻瓜在人们谈话的时候,听见了良言又听见了恶语,他向来是单单接受坏话,就像一头猪吃粪便。(9)而智者在人们谈话的时候,听见了良言又听见了恶语,他却是专门接受良言,如同天鹅吸出水中的乳。(10)

就像善人对于别人,出言不逊会深感痛苦;同样,坏人对于别人,口吐恶言却得意洋洋。(11)就像君子对于长者,彬彬有礼而感到快乐;同样,蠢货对于贤人,诟骂不恭却怡然自得。(12)君子以不察人过而愉快生活,傻瓜以揭人之短而生活快乐;贤者们即便为他人中伤,依然按照原样如实地评论他人。(13)因此,世界上没有任何一件事比这更滑稽可笑了:一个人明明是个坏蛋,偏偏自诩为正人君子!(14)一个人离开了真理和正法,就好比一条愤怒的毒蛇,甚至邪教徒都害怕他,何况正教徒呢?(15)

一个人轻视酷肖自己的亲生儿子,诸神就会毁掉他的富贵,那人也得不到整个世界。(16)因为祖先们曾经说过:"家族世系由儿子延续,万法之中儿子为至上。"所以,人不应该抛弃儿子。(17)摩奴曾说过,儿子有五种[①]:自己妻子生的,别人赠送的,买来的,收养大的,以及和其他女人所生的。(18)儿子肩负着正法和荣誉,让人们的心中增长起欢乐;儿子降生后以正法为船,从地狱里救度出众位祖

---

① 指《摩奴法论》的作者摩奴。现存《摩奴法论》第9章第158—160颂,讲有十二种儿子。

先。(19) 王中之虎啊，请你不要抛弃儿子！大地之主啊，你要保护真理、正法和自己！王中之狮啊，请你不要再坚持这场骗局了！(20)

一百口井不如一个蓄水池，一百个蓄水池不如一场祭祀，一个儿子胜过一百次祭祀，真理又胜过一百个儿子。(21) 若用举行一千次马祭去和真理的分量相比，真理比一千次马祭更为重要。(22) 学习了全部的吠陀，到所有的圣地做过沐浴，国王啊！这或许能够等同口宣真理，或许仍不能等量齐观。(23) 没有高于真理的正法，也不知道又有什么胜过真理；世上更不知道还有什么，比虚假更为恶劣！(24)

国王啊！真理即最高大梵①，真理也就是神圣的誓愿；你不要背信弃义，国王啊！请你与真理紧密相系吧！(25) 如果你一味地弄虚作假，如果你自己言而无信，唉！我就回到自己家去，不跟你这样的人作伴。(26) 即便没有你，豆扇陀呀！有崇山峻岭风光旖旎、四海环绕的这个大地，仍将统治于我儿手里！(27)

护民子说：

沙恭达罗说完这番话，便举步离去；祭师、国师、教师以及众位大臣侍立在国王的周围。这时，天空中一个无形的精灵，向着豆扇陀发出了话语：(28)

"母亲不过是皮囊，儿子乃是父亲所生。你要抚养儿子，豆扇陀！你不要对沙恭达罗傲慢无礼！(29) 儿子是自己所授之精，他从阎摩的家中（死神的地狱）救出祖先，国王啊！你是他的种胎人，沙恭达罗说的是实情。(30) 妻子生产下一个儿子，自己的身体分成两个，因此，豆扇陀！你要抚养沙恭达罗的儿子，国王啊！(31) 一个人活着竟然抛弃活生生的儿子，他要遭遇大灾大难！沙恭达罗和你豆扇陀生下的这个高贵的儿子，你要好生抚育，补卢的子孙啊！(32) 因为我们发出了命令，这个孩子才受到你的抚育，所以，你这个儿子，要取名'婆罗多'（受育）！"(33)

补卢的后裔豆扇陀国王，谛听了诸神发出的话语，十分兴奋，他对国师和众臣说道：(34) "诸位先生！请你们听一听天神的使者发出

---

① "大梵"是印度唯心论哲学指宇宙精神的术语。

的吩咐吧！我本人知道他是我的儿子。（35）如果只凭沙恭达罗的几句话，我就收留这个儿子，世人可能会猜疑，不会认为他是这样纯洁呀！"（36）

婆罗多的子孙啊！天神的使者证实了儿子的纯洁，那国王当时乐不可支，满怀欣喜之情紧紧地抱住了儿子。（37）他亲吻着儿子的头，将他疼爱地搂抱在怀里。众多的婆罗门欢声庆贺，诸位伶工高唱起赞歌。国王得到了接触儿子而油然产生的那种极大的快乐。（38）

明了正法的国王，又以礼拜过了他的妻子，先将她好生抚慰了一番，然后对她说道：（39）"我和你的那场结合，完全避开了世人的耳目，因此，为了证明你的纯洁，王后啊！我也是颇费踌躇。（40）世人会认为你是出于女人的本性，与我野合，我才封这个儿子为王，所以我颇费踌躇。（41）你因为十分气恼，才对我说了一些难听的话，亲爱的！你是我的娇妻，大眼睛的女郎啊！我都原谅你，美人啊！"（42）

王仙豆扇陀对心爱的王后说完这些话，又敬许多衣服和美食香汁。婆罗多的子孙啊！（43）随后，国王豆扇陀给沙恭达罗之子命名为婆罗多。这时，他又为儿子举行了太子灌顶礼。（44）

灵魂伟大的婆罗多国王，他的战车之轮奋勇向前，光芒四射，无比神奇，不可阻挡，隆隆巨响声震环宇。（45）他征服了天下所有的国王，将他们置于自己的统辖之下。他履行贤人君子的正法，赢得了无上的荣耀。（46）他有个徽号唤做"转轮王"，又称"盖世大帝"，威震四方。他如同摩录多的主人天帝释一样，举办了许多次祭祀。（47）那许多次祭祀，馈赠十分丰厚，都由俨如陀刹仙人的干婆行祭。吉祥的国王又完成了名为"牛曲"的马祭。在这场祭祀中，婆罗多给予干婆一千亿金的谢仪。（48）

从婆罗多起，婆罗多族极负盛名；因婆罗多而有了婆罗多族。婆罗多的后人乃至于他的先辈，都称做婆罗多族，为人广泛传颂。（49）这是因为在婆罗多的家族中，贤君明主层出不穷，一个个俨然天神，犹如大梵天一般，极具雄威。（50）他们所有的名字，不能一一尽数，婆罗多的子孙啊！我择其要者讲一讲，他们大有福分，好似天神，献身于真理，公正廉明！（51）

以上是吉祥的《摩诃婆罗多》中《初篇》第六十九章(69)。

七〇

护民子说：

在生主陀刹的，毗婆薮之子摩奴的，婆罗多的，俱卢的，补卢的，以及阿阇弥吒的宗族中，(1) 雅度族的整个世系，补卢族的亦即婆罗多族的整个世系，十分神圣，洪福齐天，能赐人钱财、荣誉、长寿，我来为你讲一讲。无咎的人啊！(2)

波罗支多有十个儿子，一个个光辉灿烂，其神光全都和那位大仙一般辉煌，他们被认为是先民。这些大有能为的人，从前都遭到乌云生出的电火焚烧。(3) 他们生出了波罗支多族的后代陀刹，陀刹生出了芸芸众生，人中之虎啊！因为他是世界之祖。(4)

波罗支多族的陀刹仙人，与毗梨尼结合，生下了一千个儿子，都和他自己不相上下，都恪守戒行。(5) 陀刹的儿子有一千之数，集合在一道，由那罗陀向他们讲授解脱之道和至高无上的僧佉①（数论）智。(6)

尔后，生主陀刹想创造众生，便把五十个女孩当做招赘女儿，镇群王啊！(7) 他给了正法神十个，给了迦叶波十三个；他又给月神二十七个，她们与时间的运行密切相关。(8)

在迦叶波的十三个妻子中，陀刹耶尼美丽超群。摩利遮之子迦叶波，和她生下了因陀罗为首的众位阿提迭，他们极具勇武。(9)

毗婆薮生下了儿子阎摩，这位毗婆薮之子大有能为。阎摩也生了一个儿子，名唤摩尔登罗。国王啊！(10)

摩尔登罗生下了儿子摩奴，睿智不凡，大有能为。摩奴的宗族，也就是摩奴的后代，人类的宗族，它后来繁衍不息。婆罗门、刹帝利等等凡人都由摩奴而生。(11) 那时候，在凡人当中，国王啊！婆罗门和刹帝利结盟，婆罗门诸人传下来吠陀及其分支。(12)

维那，陀哩湿奴，那黎湿耶，那跋伽，甘蔗，迦卢沙，沙尔耶

---

① 印度古代的一派哲学。

提，以及第八个伊罗；（13）波哩沙陀罗是第九个，精通武士之道；那跛伽黎湿吒是第十个。人们说他们是摩奴的儿子，每个都力量非凡。（14）在大地上，摩奴有五十个儿子，或许还有另外一些。由于彼此之间的分裂，他们统统毁灭了。这是我们的耳闻。（15）

伊罗的身上生下了富有学识的补卢罗婆娑（洪呼）。我们听说，她既是他的母亲，又是他的父亲。（16）

补卢罗婆娑统治着大海的十三个岛屿，这位享有盛誉的人物被非人类的生物包围着。（17）勇武的补卢罗婆娑迷醉于自己的勇力，他向婆罗门发动了战争。在婆罗门的哭叫声中，他抢走了他们的珍宝。（18）国王啊！永童从梵天神界来到他那里，循循开导他，而他竟然拒不接受。（19）尔后，众位大仙极为震怒，诅咒了他。顷刻之间他毁灭了。贪婪成性的国王，由于狂傲之力的驱使，丧失了理智。（20）这位国王曾经居住在健达缚世界，偕同优哩婆湿（广延天女）。为了祭祀法事，他曾经带给大地需要如仪布置的三堆火。（21）

这位伊罗之子生了六个儿子，长寿、有智、阿摩婆薮、坚寿、林寿和闻寿，都是优哩婆湿之子。（22）

友邻、耆护、罗吉、南跛和阿内那斯，人们说他们是日光女的儿子，是长寿的儿子。（23）

长寿的儿子友邻，睿智不凡，真诚而勇敢，以正法统治着极其辽阔的国土，是一位大地之主。（24）他保护列位祖先、诸天神、众仙人、祭司们、健达缚、蟒蛇和罗刹；友邻也保护婆罗门、刹帝利以及吠舍。（25）他曾经杀死成群的陀私优人①。勇武的友邻让仙人们进献贡品，迫使他们像牲畜一样把他驮在背上。（26）他以其神光和苦行法力，以其勇敢和强健，征服了天国的众神，赢得了因陀罗的地位。（27）耶提、迅行、商耶提、阿耶提、般遮、优陀婆，友邻和妙裳生了这六个儿子。（28）

友邻之子迅行，是一位盖世大帝。他真诚而勇敢，他保护着大地，他举行过祭仪不一的各种祭祀。（29）他具有非凡的本领，尊崇祖先和天神，永远自制不懈。克敌制胜的迅行，向所有的子民广施恩

---

① 天神的敌人，实际上是印度古代的一种土著居民。

惠。(30) 他的几个儿子都是伟大的弓箭手，集中了所有的优良品德，大王啊！他们是天乘和多福所生。(31) 雅度和杜尔婆薮是天乘所生；德卢修、阿奴和补卢是多福所生。(32)

迅行王运用正法保护子民，度过了无尽无休的岁月。友邻之子进入了十分可怕的老年，毁坏了容颜。(33) 国王被衰老征服了，婆罗多的子孙啊！一天，他对儿子雅度、补卢、杜尔婆薮、德卢修以及阿奴说道：(34) "少男和少女欢纵的青春快乐，我想再度享受。帮助我吧，孩子们！"(35)

天乘之子，最先出生的儿子雅度，对他说道："要我们为你恢复青春，应该怎么办呢？"(36)

迅行王对他说："接受我的老年，将你的青春换给我，我就会享受到感官的快乐了。(37) 从前，我正在举行长年大祭祀，由于太白仙人对我的诅咒，我的感官快乐被剥夺了，我因此而苦熬着，孩子们啊！(38) 你们当中的一个，用我的身体治理国家吧！我要有一个全新的身躯，重获青春，得到声色之乐。"(39)

从雅度起，几个儿子都拒不接受他的老年。最小的儿子补卢，真诚又勇敢，随后回答他说：(40) "国王啊！请你以全新的身体行乐吧！祝你获得青春的感官！我换取你的老年，我将遵循你的旨意去继续王国的统治。"(41) 他刚刚这样说完，王仙便凭借苦行法力，当时把老年一下子转到了高尚的儿子身上。(42) 国王以补卢的年龄重获青春，补卢以迅行王的年龄治理王国。(43)

尔后，整整一千年过去了，克敌制胜的迅行王对声色之娱仍然不知满足。一天，他对儿子补卢说：(44) "我以你为嗣子，你是我的建立宗族世系的儿子。'补卢族世系'之称，将使你在世界上声名卓著。"(45) 随后，那位王中之虎举行了立补卢为国王的灌顶礼。漫长的岁月逝去了，迅行王又为时间之法所制。(46)

以上是吉祥的《摩诃婆罗多》中《初篇》第七十章 (70)。

七一

镇群说：

迅行王是我们的祖先，从生主算起他是第十代。他怎样得到了太白仙人的女儿天乘？她是极难得到的呀！（1）这是我想详详细细听到的事情，出类拔萃的再生者啊！请你从补卢族世系的建立起，把这世系为我次序讲来吧！（2）

护民子说：

迅行是一位王仙，如同天帝一般神光辉焕。从前，太白仙人和牛节王选中他的缘由，（3）以及友邻之子迅行和天乘的结合，镇群王啊！应你之请，我将把这些仔细说与你。（4）

从前，天神和阿修罗曾发生过激烈的战争，为了争做有动物和植物的整个三界的主人。（5）诸神心想取胜，选中了仙人鸯耆罗之子（毗诃波提）为导师，以举行祭祀。敌人方面则选中了迦毗之子太白仙人。这两位婆罗门彼此之间总在激烈地较量高低。（6）

天神们在战斗中杀死了麇集战场的众多檀那婆，迦毗之子（太白仙人）依仗法术的力量又把他们救活，然后，他们重新跃起与诸神对阵。（7）可是，阿修罗杀死了战场前沿的天神，智慧高超的毗诃波提却不能让他们起死回生。（8）因为勇武的迦毗之子知道起死回生的法术，而毗诃波提并不知道，所以，天神们身遭不幸却也无可奈何。（9）那时候，诸神对迦毗之子太白仙人恐惧万端，于是，他们便去找毗诃波提的长子云发，对他说道：（10）

"我们是爱你的，你也要爱我们，竭尽全力帮助我们吧！法力无边的婆罗门太白掌握着一种法术，你要赶快把它弄到手。你将与我们共享一切！（11）在牛节王身边，你能见到那位再生者，他在那里保护着众位檀那婆，他不保护天神。（12）你是一个青年，你能够得到那位仙人的恩惠；那位高贵仙人的爱女天乘的好感，（13）你也能够得到。其他任何人都不行。你以自己的优雅性情，慷慨大方，美妙谈吐，高尚行为和严格自制，让天乘感到满意，你就肯定会得到那门法

术。"（14）

"好吧！"毗诃波提之子云发答应说。随后，受到众神尊敬的云发，动身前往牛节王的驾前。（15）他一路之上脚步匆匆，国王啊！受到众神派遣的云发，在阿修罗王的都城见到了太白仙人。他启齿说道：（16）

"我是莺耆罗仙人的孙子，毗诃波提的亲生儿子，名叫云发，恳请先生接受我做徒弟吧！（17）我将修习最严格的梵行，在尊师您的门下，请您允许我修习一千年，婆罗门啊！"（18）

太白说：

云发！热烈欢迎你！我接受你的要求。我会尊重你，你应该受到尊重。祝愿毗诃波提仙人备受尊崇！（19）

护民子说：

却说云发回答过"遵命！"接受了迦毗之子太白仙人亲自指定的戒行。（20）他接受了守戒的期限，不折不扣地遵循着规定，开始博得师父和天乘的好感。婆罗多的子孙啊！（21）

这位青春洋溢的年轻人，不断地去讨得天乘的欢心，他在天乘的面前唱歌、跳舞、演奏音乐，让天乘感到满意。（22）他迎合天乘的正值青春的少女性情，送她鲜花、水果，殷勤服侍，使她感到十分满意。婆罗多的子孙啊！（23）天乘也和那个循规蹈矩、恪守戒律的婆罗门一道放歌。那时节，活泼的女郎悄悄地追随在他的左右。（24）就这样，云发恪守戒律过了五百年。后来，一伙檀那婆来到了那里，他们知道了他就是云发。（25）

一天，他们看见云发只身一人到森林去放牛。出于对毗诃波提仙人的仇恨，也为了保住法术，他们偷偷地杀死了云发。杀死他之后，他们又把他砍成碎块，喂了一群狗。（26）后来，失去牧人的那群牛回到了它们的牛栏。发现云发放牧的牛群自己从森林回来了，婆罗多的子孙啊！天乘立刻对父亲说道：（27）

"你的晚间祭火仪式虽然还没有举行，太阳已经落山了，主人！牛群也回来了。可是，没有牧牛人。爹爹！云发不见了！（28）云发肯定遇害了，爹爹！他也许已经死了！没有云发，我就活不下去了啊！我向你说的可是真话呀！"（29）

太白说：

我说一句"回来吧"，我就会让他死而复生。（30）

护民子说：

随后，太白仙人运用过起死回生术，又呼唤云发。受到呼唤的云发恢复了原形，由于法术的作用，他安然无恙。"我被杀害了。"他这样回答了婆罗门女儿的询问。（31）

又有一次，天乘吩咐他去采花，碰巧，这位婆罗门刚刚进入森林，他又被一伙檀那婆发现了。（32）接着，他们第二次杀死了他，焚烧之后又捣成粉末。这一次，阿修罗把云发的尸灰掺到酒里，送给婆罗门太白喝了。（33）随后，天乘又一次对父亲说："云发为侍候我去采花，爹爹，他不见了！"（34）

太白说：

毗诃波提的儿子云发，女儿呀！走上了死亡之路，我运用法术让他复活了。可是，他又遭到那样的杀害，我该怎么办呢？（35）你不要这样忧伤，你不要哭号，天乘啊！对于一个本是要死的凡人，你这样的人不应该悲痛。全体天神以及整个世界，都要服从这种变故。（36）①

天乘说：

年纪高迈的鸢耆罗是他的祖父，以苦行为财富的毗诃波提是他的父亲，他是仙人的儿和孙，我怎能不忧伤？怎能不哭泣？（37）他是修持梵行的青年修道人，以苦行为其财富，做事一向既勤奋又机敏，我也要踏上云发的去路。我要绝食。爹爹呀！因为英俊的云发是我心爱的人！（38）

太白说：

毋庸置疑，阿修罗仇恨我，他们竟然害死了我的纯洁无辜的学生！这帮残暴的家伙企图使我失掉婆罗门的身份，这帮用花言巧语奉承我的檀那婆！可是，他们犯罪作恶已经到了尽头。他们胆敢杀害婆罗门，还有谁不会遭到他们的荼毒，即便是因陀罗！（39）

护民子说：

由于天乘的一再催促，迦毗之子太白大仙又十分恼怒，于是，他

---

① 第36—39颂改变诗律。

再次召唤毗诃波提的儿子云发。(40) 云发受到法术召唤，出于对师父的担心，他在师父的肚腹中轻轻地答应了一声。师父对他说："是通过什么途径你被引入了我的肚腹？你说一说，婆罗门！"(41)①

云发说：

因为先生的恩惠，记忆没有弃我而去，那发生的一切，我都记忆分明。可是，我的这般煎熬尚未消除，我正忍受着这可怕的痛苦。(42) 阿修罗杀死我之后，以烈火焚烧又将我捣成粉末，掺合到酒里送给您喝了。迦毗之子啊！有您在此，阿修罗的妖法怎能胜过婆罗门的神术？(43)

太白说：

今天我怎么能实现你的心愿呢？女儿呀！有我的死，才会有云发的生。别无其他办法，只有我的肚皮裂开，进入我身中的云发才会重现。天乘啊！(44)

天乘说：

两种忧愁像烈火似地焚烧着我，云发的毁灭和您的受害！云发毁灭了，我会失去庇护；您被害了，我也不能活呀！(45)

太白说：

你将会恢复身形，毗诃波提的儿子呀！因为天乘热恋着可爱的你。你得到起死回生术吧！如果你不是因陀罗乔装成云发之形。(46) 没有其他任何人从我的肚子里出去，还能继续活命，除非他是一个婆罗门。因此，请你接受法术吧！(47) 让我生出你，你就成了我的儿子。你离开我的身体出去之后，你要救活我，孩子！当你得到老师传授的法术、掌握了法术之后，你要给我以正法的关注！"(48)②

护民子说：

得到老师传授的法术之后，婆罗门裂破师父右侧的肚皮走了出来。云发俊美非常，犹如白半月时节的团圞的月亮，从南方的海湾升起。(49)③ 云发看见那位圣典泰斗倒下死去，便将他救活了。云发已经掌握了那门神妙的法术。他向老师敬礼之后，说道：(50) "他是至

---

① 第41—46颂改变诗律。
② 第48—57颂改变诗律。
③ 本节诗中"右侧的"和"南方的"，"肚子"和"海湾"，都用一词表现，语意双关。

高无上的法则的赐予者,四座连接的宝藏之藏,深受敬仰的老师,那些不尊重他的家伙,要在罪恶世界——无底地狱东游西荡!"(51)

护民子说:

太白仙人由于饮酒而受到欺骗,失去神志,经历了那样一场极大的凶险。他看见云发那般英俊,当初却因酒昏昏然地把他喝下肚子去了!(52)法力广大的太白仙人,恨恨地一跃而起,想为婆罗门做一件有利的事情。迦毗之子对饮酒生畏,自己宣告说:(53)

"从今以后,任何一个婆罗门因为愚蠢而饮酒,他就是糊涂透顶,就是脱离正法,就是犯下了杀害婆罗门的大罪,今生来世都要受到责骂!(54)我这一项规定,对于婆罗门来说,它如同正法的条款,要在全世界确立起来。婆罗门听从师命,天神和一切世人也会遵守。"(55)

宣布过以上的教训,法力广大的太白仙人,不可度量的苦行宝藏之藏,召来了受命运播弄而愚蠢透顶的众檀那婆,向他们发出了这一番话:(56)"我告诉你们,檀那婆啊!你们太幼稚了。云发已经大功告成!他将继续生活在我身旁。他得到了起死回生的大法术,其法力可以和大梵天的等量齐观,他简直就成了大梵天!"(57)

云发在老师身旁生活了整整一千年,得到师父的允许,他准备返回三十三天天宫。(58)

以上是吉祥的《摩诃婆罗多》中《初篇》第七十一章(71)。

七二

护民子说:

却说云发完成了戒行之后,老师便送他上路了。当云发动身回归三十三天天宫的时候,天乘对他说:(1)"莺耆罗仙人的孙子呀!由于你品行优良,出身高贵,学识渊博,苦修苦炼,又长于自制,你光辉灿烂。(2)享有盛誉的莺耆罗仙人,深受我父亲的敬重;同样,毗诃波提仙人也深受我的敬重和尊崇。(3)你知道了这些,你要明白我对你说的话,以苦行为财富的人啊!在你恪守戒行、严格自制的时候,我是那样地对待你。(4)你成就了学业,要爱钟情的我!你牵住

我的手与我成婚吧，先诵咒语，一切如仪！"（5）

云发说：

尊者，你的父亲，我深深地崇拜和敬仰他；同样，你，美丽无瑕的女郎啊！更应该受到我十二分的尊敬。（6）婆利古的后裔、高贵的仙人疼爱你，胜过他自己的生命。贤女啊！依据正法，你作为老师的女儿，永远受到我的尊重。（7）就像我应该永远尊敬太白仙人，你的父亲，天乘啊！我对你也应如此，请你不要对我说那样的话。（8）

天乘说：

你是他的老师的儿子的儿子，你并不是我父亲的儿子，因此，我敬重你，崇拜你，出类拔萃的再生者啊！（9）云发！你三番两次受到阿修罗的谋害，从那时起，我一直钟情于你，你要记住我那一番情意呀！（10）对于友谊和爱情，你要知道，我奉献出一片赤诚！明法知礼的人啊！你不应该抛弃我，我热爱你，纯洁无瑕。（11）

云发说：

你命令我的，是我不应该做的事，誓愿美好的女郎啊！请你开恩吧。秀眉女！对于我，你比老师还值得敬重，美人啊！（12）大眼睛的女郎！你的生身之处，面庞如月的女郎！也是我的生身之处，我是从迦毗之子的肚子生出来的，贤女呀！嗔怒的女郎啊！（13）依照正法，你就是我的姐姐，请你不要说那些了，面容光艳的女郎啊！我在这里生活得很幸福，贤姐！我没有一点抱怨。（14）跟我道别吧，我要走了，祝福我一路平安吧！我没有过非礼之言，你要记住我！请你永远尽心尽意地孝敬我的老师。（15）

天乘说：

我这样恳求你，如果你在法、欲、利方面还拒绝我，那么，云发！你的那门法术将不会灵验！（16）

云发说：

考虑你是老师的女儿，我拒绝了你，并不是因为你有什么缺点。我已经得到了老师的允许，你爱怎么诅咒我就怎么诅咒吧！（17）我讲述的是仙人的正法，天乘啊！照那样，我不应该受到诅咒，无论是鉴于爱情，还是依据正法。（18）你的一厢情意将不会实现，任何一个仙人的儿子，都绝不会和你牵手成婚！（19）你对我说："你的法术

将不会有效果！"就算它那样吧！可是，我会把它传授给别人，法术在别人手里也可以有效果呀！（20）

护民子说：

再生者之佼佼云发，向天乘说过这番话，那时，这位出类拔萃的再生者便迅速地返回了三十三天之主的天宫。（21）因陀罗为首的众位天神，看见他归来了，都去拜见毗诃波提，他们兴高采烈，对云发说道：（22）"你为了我们的利益，成就了一件崇高又神奇的功业。你的光荣长存不灭！你将与我们共享一切！"（23）

以上是吉祥的《摩诃婆罗多》中《初篇》第七十二章（72）。

七三

护民子说：

云发获得法术归来，众多天国神明都喜形于色。他们跟云发学会了法术，十分得意。婆罗多族的雄牛啊！（1）

诸神集合起来之后，对百祭（因陀罗）说道："今天是你大显威风的时候了！杀掉那些凶敌吧，城堡破坏者！"（2）

闻听三十三天诸神如此之言，摩珂梵（因陀罗）答应说："好吧！"他便走了出去。他看见森林里有一些女子。（3）

那群少女正在奇车园一般的森林里嬉戏，因陀罗化作一阵风，把她们的衣裙吹得乱成一堆。（4）

尔后，那些少女从水中出来了。那时候，她们全都就近乱抓几件衣服。（5）当时，多福在那里拿了天乘的衣服。这位牛节王的女儿不知道弄混了。（6）于是，因为穿错了衣服，天乘和多福二人之间发生了一场口角。（7）

天乘说：

你为什么拿我的衣服？你是我的学生，阿修罗女！你的举止失去了礼貌，对你不会有好处！（8）

多福说：

我父亲无论是坐着，还是躺卧着，你父亲都得俯首帖耳地站着，并且要不断地低声下气地颂扬他,奉承他。(9)因为你是一个乞丐的女儿,你父亲要为人歌功颂德,受人施舍!我是一个施主的女儿,我父亲受人歌颂,而不要伸手接受施舍!(10)你赤手空拳,只身在外,而我携带着武器。你在对我发抖,讨饭丫头!你会得到一个对手的,因为我根本不把你当一回事!(11)

护民子说:

天乘逃到一处高岗,裹上了衣裙。多福追来,把她扔进一口水井里,然后返回了自己的京城。(12)心地邪恶的多福,认为天乘已经死了。她只顾发怒,看也不看一眼,径自回家去了。(13)

尔后,友邻之子迅行王来到了那个地方。他来此猎鹿。车夫劳累了,马匹疲倦了,他也口渴思饮。(14)

那位友邻之子朝那口水井一望,水井干枯,却发现里面有一位少女,宛如一团火焰光芒闪烁。(15)王中佼佼者看见那少女姿容妙曼,恍若女神,便用甜美动听的柔言细语安慰了她一番,然后问道:(16)

"你是谁呀?你指甲朱红,皮肤黝黑,摩尼宝石的耳环明亮耀眼。你为什么深长地沉思,又唉声叹气,苦痛难支?(17)你怎样跌进这口葛藤蔓草覆盖的井中?你是谁的女儿?告诉我一切吧,妙腰女郎啊!"(18)

天乘说:

我是太白仙人的女儿,就是他能用法术救活天神杀死的提迭。他现在还不知道我的情况呢!(19)这是我的右手,手指的指甲朱红,国王啊!请你抓住拉我出来!因为我觉得你是一位名门贵胄。(20)因为我知道你性情平和,勇武过人,声名广被,所以,请你把落井的我拉出井去吧!(21)

护民子说:

友邻王的儿子知道她是一位婆罗门种姓的女子,便抓住她的右手,去把她拉出那个井洞。(22)国王迅速地把天乘拉出了那口井。迅行王与美臀女郎告别后,返回了自己的京城。(23)

天乘说:

步摇啊!请你快去把一切告诉我的父亲,因为我如今不再走进牛节王的京城了。(24)

护民子说：

那个名唤步摇的女人，很快来到阿修罗的王宫。她神色慌慌张张，一见到迦毗之子就说：(25)"我告诉你，睿智的大仙！天乘在森林里遇害了，是多福，大有福分的人啊，是牛节王的女儿！"(26)

迦毗之子一听女儿在那里被多福杀害了，急急忙忙跑了出去，在森林里伤心地寻找女儿。(27) 随后，迦毗之子在森林里看到了女儿天乘，他伸出两臂把她抱住，难过地说了几句话：(28)"自身是否有过失，决定所有人的苦与乐。我认为你有错误的举动，这就是对它做的还报。"(29)

天乘说：

管它对我还报不还报，请你专门听我说吧！牛节王的女儿多福对我说的话，那是确确实实说了的。她说，你是众提迭的颂歌手。(30) 牛节王之女多福就是这样对我说的。她言语如利箭，眼睛气得血红。(31)"因为你是一个奉承别人、接受施舍的乞丐的女儿，我是一个受人歌颂、不要施舍的施主的女儿。"(32) 牛节王的女儿多福一再地对我重复这些话。她的眼睛因暴怒而变得血红，盛气凌人。(33) 爹爹呀！如果我是一个接受施舍的赞颂者的女儿，我就拜托一位朋友："请多福开恩吧！"(34)

太白说：

你不是一个赞颂者的女儿，好孩子！你也不是接受施舍的乞丐的女儿。你是一个从不谄媚、备受赞扬的人的女儿，天乘啊！(35) 牛节王本人、天帝释，以及友邻之子迅行王，他们都知道，不可思议的无可匹敌的大梵，就是我的至高无上的力量！(36)

以上是吉祥的《摩诃婆罗多》中《初篇》第七十三章(73)。

七四

太白说：

一个永远心甘情愿忍受别人诟骂的人，天乘！你要知道，他会赢得一切。(1) 一个控制升腾的怒火像不挂缰绳而能驾驭骏马似的人，

195

贤人们称他是真正的御者。（2）一个以平静消除升腾的怒火的人，天乘！你要知道，他会征服一切。（3）一个以宽恕消除升腾的怒火像蛇蜕去老皮似的人，他被称为真正的人。（4）一个控制怒火的人，一个情愿忍受诟骂的人，一个受到伤害绝不还击的人，他就是满盛财利的巨钵。（5）一个人月复一月地祭祀百年，一个人对一切全无愠色，二者之中从不喷怒的人更显高超。（6）少男或少女们发生争执，他们无知无识，不知道何为强弱。一个智者不应该起而效尤。（7）

天乘说：

我虽然是个幼稚的女孩子，爹爹！我却知道世上万法的差异，我也知道强寓于平和之中，弱藏在诟骂之内。（8）一个想教好学生的人，对于不符合学生规矩的行为不应该宽恕。因此，我不高兴和品行卑劣的人结邻。（9）因为苛责别人的品行和出身的人，心地邪恶，寻求幸福的智者不应该与之为邻。（10）承认别人的品行和出身的人，心地善良，应该安居其中，与之结邻据说最好。（11）牛节王女儿的伤人恶语可怕至极，我觉得在三界之中也数它最让人难以忍受，不亚于让一个失去荣耀的人去崇拜敌人的显赫成功。（12）

以上是吉祥的《摩诃婆罗多》中《初篇》第七十四章（74）。

七五

护民子说：

尔后，迦毗之子，婆利古族的佼佼者，怀着满腔愤怒，来到安然端坐的牛节王面前，不假思索地说道：（1）

"国王啊！行为不法的人未必立刻得到果报，如同大地未必立刻结出果实。但是，倘使自己不遭报应，在他的儿子或孙子身上也要遭到报应。作恶肯定有恶果，如同吃得过多一定伤胃。（2）你杀害婆罗门云发，莺耆罗仙人的孙子，可他并没有犯罪作恶。他明法知礼，在我家里专心致志地聆听教诲。（3）因为你杀害无辜的云发，又杀害我的女儿，牛节王啊！我要让你知道，我将离开你和你的亲属。国王啊！我不能再和你一道站立在你的国土上！（4）唉！你把我认作是满

嘴谎言的人了，底提之子啊！因此，你无视自己的过错，不加制止！"（5）

牛节王说：

我知道你从不违法和说谎，婆利古的子孙啊！你拥有正法和真理，请先生对我们多施恩惠吧！（6）如果你抛弃我们就此离去，婆利古的子孙啊！我们只好全都投海了，没有其他的出路呀！（7）

太白说：

随便你们投海还是跑到天涯海角！阿修罗啊！我不能容忍对我女儿的欺侮，因为她是我的宝贝儿！（8）你让天乘平息了怒气，我才会留在此地生活。我是你的利益的保障，犹如毗诃波提仙人保障着因陀罗的利益。（9）

牛节王说：

婆利古的子孙啊！得到阿修罗诸王的什么珍宝，地上的什么财富，是象、牛，还是马，你就重做我的主人？（10）

太白说：

伟大的阿修罗啊！提迭众生如果有什么东西能为你平息天乘的怒气，那么，我就做什么东西的主人。（11）。

天乘说：

爹爹呀！也许你是国王的财富的主人，婆利古的子孙啊！我并不相信是这样。让国王亲自来说吧！（12）

牛节王说：

天乘！你随心所愿想要什么，我就奉献你什么，即使它难得难求。粲然微笑的女郎啊！（13）

天乘说：

我想要多福做我的奴仆，外带一千名宫女，将来我父亲嫁我到何处，她也要随我去何处！（14）

牛节王说：

你去！奶妈！你赶快把多福带来！天乘随心所愿想要什么，就给她什么吧！（15）

护民子说：

随后，奶妈走到多福那里，对她说道："亲爱的，你起来！多福呀，为你的亲人们带来幸福吧！（16）婆罗门要离开他的学生，他是受了天乘的鼓动。天乘随心所愿想要之物，今天要由你去承当了，无咎的人啊！"（17）

多福说：

她随心所愿想要什么，今天我就会做什么。可是，太白仙人和天乘千万不要因为我而离开！（18）

护民子说：

随后，在千名宫女的环绕下，多福当时乘坐步辇，遵从父亲的命令，急忙从美丽的京城出来了。（19）

多福说：

我和一千名宫女作为奴仆来侍奉你了，将来令尊嫁你到何处，我也随你去何处。（20）

天乘说：

对你来说，我是为人歌功颂德的接受施舍的伶人之女，你是备受颂扬的人的千金，怎么会是奴仆呢？（21）

多福说：

由于某种原因，亲人们蒙受着痛苦，我要给他们带来幸福，因此，将来令尊嫁你到何处，我也随你而去。（22）

护民子说：

允许牛节王的女儿做了奴仆之后，王中佼佼啊！天乘对父亲说道：（23）"我现在进城去，爹爹！我满意了，至善的再生者啊！你的智慧无限，你的法术的力量无边。"（24）闻听女儿这样一说，那位享有盛誉的再生者佼佼，高兴地进入了京城。他深受全体檀那婆的崇敬。（25）

以上是吉祥的《摩诃婆罗多》中《初篇》第七十五章（75）。

七六

护民子说：

漫长的岁月过去了，王中翘楚啊！一天，姿色美丽的天乘走出那片森林去游玩。(1) 她带了一千名侍女,还有多福相伴,来到了一处地方,随心所愿尽情地游逛起来。有那许多女友和她为伴,她感到十分快活。(2) 她们都玩得很痛快,畅饮蜂蜜酒,饱餐各种可口的食品,又大嚼其水果。(3)

友邻王之子迅行王为了猎鹿,偶然间又到了那个地方。由于疲劳他有些憔悴。他前来找水。(4) 他看见了天乘、多福,还有那众多少女。她们有的在喝,有的在玩,都佩戴着神妙的首饰。(5) 他看见天乘坐在众多美丽的少女中间,粲然微笑,姿容妙曼,无与伦比;多福给她按摩两脚,小心服侍。(6)

迅行说:

两千名少女环绕的两位姑娘!请问你二人的家庭和芳名?(7)

天乘说:

我来告诉你,请你听我说,国王啊!阿修罗的老师名叫太白,你要知道我是他的女儿。(8) 这是我的贴身侍女,我走到哪里她要跟随到哪里。她是檀那婆王牛节的女儿多福。(9)

迅行说:

她怎么成了你的贴身侍女?这位姿色美丽的姑娘,阿修罗王的女儿!我感到十分奇怪,秀眉女啊!(10)

天乘说:

人中之虎啊!所有的人都要服从命运,所以你就当这是命运的安排,不要再说是些稀奇古怪的事了!(11) 你的仪容和服饰像一位国王,你说的却是圣典用的语言。你尊姓大名?你从何处来?你是谁人之子?请告诉我吧!(12)

迅行说:

因为我做学生的时候,全部吠陀已经灌进了我的耳朵。我是国王,也是国王之子,名叫迅行,众所周知。(13)

天乘说:

因为什么事情,国王啊,你来到这个地方?你是想采莲花,还是猎鹿?(14)

迅行说:

我来猎鹿,亲爱的!我是来找水喝的。你已经问过我许多问题

了,请你允许我走吧!(15)

天乘说:

我和这两千个姑娘,还有侍女多福,全都属于你。祝福你!请你做我的朋友和丈夫吧!(16)

迅行说:

为你祝福,太白之女!我配不上你,光艳的女郎啊!因为对你的父亲来说,国王们不应该娶你。天乘!(17)

天乘说:

刹帝利是大梵天所创造,刹帝利与大梵天血肉相连。你是仙人,又是仙人之子,你就娶我吧!(18)

迅行说:

四个种姓虽然生自同一个身体,美人啊!却各有各的正法,各有各的洁礼。四种姓之中最优秀的是婆罗门啊!(19)

天乘说:

友邻之子啊!行牵手礼与我成婚,从来没有人来要求我。以前,你牵过我的手,行了此礼,所以,我选你做丈夫。(20)我这样一个聪慧女子的手,岂能再让别的男人接触?既然你这个仙人之子、你这个仙人已经亲自牵过了!(21)

迅行说:

较之愤怒的齿利毒剧的蛇,较之四处蔓延的烈火,一个人所共知的婆罗门更难对付。(22)

天乘说:

"较之齿利毒剧的蛇,较之四处蔓延的火,婆罗门更难对付。"你怎么这样说?人中雄牛啊!(23)

迅行说:

因为毒蛇一次咬死一个人,刀剑一次杀死一个人,发怒的婆罗门却能毁灭都市城镇和整个王国!(24)所以,我认为婆罗门更难对付,羞怯的女郎啊!所以,令尊不相许,亲爱的!我不娶你。(25)

天乘说:

父亲许给了,你就娶我吧!因为我选中了你,国王啊!一个不用乞求就收到馈赠的人,他没有什么可害怕的。(26)

护民子说：

随后，天乘急忙派人去禀报自己的父亲。婆利古的后裔（太白仙人）听知，便来见国王。（27）大地之主迅行看见太白仙人驾到，向婆罗门迦毗之子问好，合掌致敬，躬身侍立一旁。（28）

天乘说：

这是国王，友邻之子，爹爹！我遇险的时候，他拉过我的手。我给您行礼了！请把我许配给他吧！我在世界上绝不选别人做丈夫。（29）

太白说：

我的爱女选中你做丈夫，英雄啊！我把她许给你。你要娶她做王后，友邻王的儿子啊！（30）

迅行说：

婆利古的子孙啊！但愿种姓混配引起的严重不法，不会降临到我的头上！婆罗门啊，请让我向你求这个恩典吧！（31）

太白说：

我解脱你的不法，依你所愿选择这个恩典吧！在这门婚事上，你不要畏畏缩缩，我为你消除罪过。（32）你依据正法娶妙腰女天乘为妻吧！和她在一起，你将尽情享受到无比的快乐。（33）这位姑娘，牛节王之女多福，也会永远恭敬你。国王啊！你千万不要把她召到你的床上！（34）

护民子说：

迅行王听罢此言，围绕太白仙人右行致礼。得到高贵的太白仙人的允许，他高高兴兴地返回自己的京城。（35）

以上是吉祥的《摩诃婆罗多》中《初篇》第七十六章(76)。

七七

护民子说：

迅行王抵达了自己的京都，它和伟大因陀罗的天城相仿佛。迅行王进入后宫，把天乘安置在那里。（1）征得天乘的同意，他靠近无忧树林建造了一座房子,安置下牛节王的女儿。(2) 阿修罗王的女儿多福,有一千名女奴环绕左右。凡是穿戴、食品、饮料,迅行王都给她送上一份,优渥相待。(3)

却说友邻的儿子迅行王,和天乘一起度过了悠长的岁月,他像天神似地十分快活。(4) 美丽的天乘经期来到,首次怀胎,生下了一个儿子。(5)

可是,一千年过去了,牛节王之女多福也意识到了青春,她月经来潮,不禁思虑起来:(6)

"经期来到了,我还没有选到丈夫。会出什么事吗?应该怎么办呢?我怎样做才对呢?(7) 天乘已经生了儿子,我到了豆蔻年华却虚度青春!既然她选中迅行王做丈夫,我也同样选他。(8) 国王应该给我一个儿子的成果。我的主意已定。不过,国王是个以正法为灵魂的人,如今他只能偷偷地前来会我。"(9)

在此后的一个时候,国王外出漫步,无意间走到靠近多福的无忧树林,他便停住了脚步。(10) 多福发现那僻静之处只有国王一个人,她脸上泛起美丽的笑容,迎上前去,合掌致敬,对国王说道:(11) "苏摩家里的,因陀罗家里的,毗湿奴、阎摩、伐楼拿家里的,或者你家里的女人,友邻之子啊!谁能亲近呀?(12) 我极具姿色,出身高贵,品行优美,国王啊!你一向了解我。我恳求你的恩典,请赐我一个经期的宠幸吧,国王啊!"(13)

迅行说:

我知道你品行完美,是一个无可指责的提选女子。你的容貌,即使是针尖大的瑕疵,我也找不出来。(14) 可是,在我娶天乘的时候,迦毗之子太白仙人曾说过:"你不要把牛节王之女召到床上!"(15)

多福说:

国王啊!戏谑时的,女人们之间的,新婚燕婉之时的,生命危险之际的,全部财产遭到劫夺时的,这五种假话不伤人,人们说是无罪的。(16)① 在诉讼中受到询问却当面另讲一套的人,人们说他是弄虚作假的骗子。国王啊!在为一个共同的目的付出努力的时刻,弄虚作

---

① 第16—17颂改变诗律。

假就是害人的了。(17)

迅行说：

国王是子民的标准，口出谎言，他就会毁灭。即使是遭遇艰难困苦，我也不能容忍自己弄虚作假。(18)

多福说：

国王啊！自己的丈夫和朋友的丈夫，我认为二者是一样的。人们说，"朋友结婚如同自己结婚。"我选朋友的丈夫做丈夫。(19)

迅行说：

"要给求乞者以馈赠。"这是我为自己发下的誓愿。你来乞求我，请说说心愿吧！我该为你做什么呢？(20)

多福说：

请你拯救我脱离不法吧，国王啊！请你把我导向正法！我跟你有了后代，我就能在世上奉行无上的正法了。(21) 国王啊！这三种人是没有财产的：妻子，奴隶，以及儿子。他们获得某人拥有的财产，他们也是那人的财产。(22) 我归天乘所有，婆利古的后裔（天乘）则是你的奴隶，她和我都要靠你养活。国王啊，你享受我吧！(23)

护民子说：

国王听她这样一讲，便起了"确实如此"的念头。他向多福敬礼之后，把她导向了正法。(24) 迅行王和多福一场交欢，果真颇得其乐。他二人互相敬过礼，如同来时一样，各自去了。(25)

在那场结合中，双眉秀美、笑容可爱的多福，从那位王中至贤身上首次得到了胎孕。(26) 尔后，到了时候，国王啊！目若青莲的女郎生下了一个男孩，身形俨然神童仙种，双目宛似青莲。(27)

以上是吉祥的《摩诃婆罗多》中《初篇》第七十七章(77)。

七八

护民子说：

却说粲然巧笑的天乘，闻听多福生了一个儿子，不由得思虑起来。多福使她感到十分不快。婆罗多的子孙啊！(1) 天乘找到多福，

对她说道："你闯下了什么祸呀？秀眉女！由于你贪恋情欲！"（2）

多福说：

有一位仙人飘然驾到，他以正法为魂，通晓吠陀，赐给我一个恩典。他接受了我的乞求，满足了我奉行正法的心愿。（3）我没有离开正道去纵欲，粲然巧笑的女郎啊！我和那位仙人有了一个儿子。我对你说的是真话。（4）

天乘说：

羞怯的女郎啊！那当然很好，如果你真的知道他是一位婆罗门。我想了解那位婆罗门的家世、名字和出身。（5）

多福说：

我一见他威风凛凛，神光璀璨，犹如光华四射的太阳，我就失去启齿询问的能力了。粲然巧笑的女郎啊！（6）

天乘说：

如果事情真的是这样，多福呀！我不生你的气。如果你的儿子是你跟一位年高德劭的婆罗门得来的。（7）

护民子说：

她二人互相这样交谈定了，彼此相视而笑。婆利古族的女郎（天乘）得知事情如此，便回宫去了。（8）

迅行王跟天乘生了两个儿子，雅度和杜尔婆薮，他俩简直就是另外一个天帝释和毗湿奴。（9）牛节王之女多福也跟那位王仙生了德卢修、阿奴和补卢三个童子。（10）

却说后来，有一天，粲然巧笑的天乘由迅行王陪伴，外出到了一片大森林。国王啊！（11）在那里，天乘当时看见有几个貌似天神的男孩，正无忧无虑地游戏。她惊奇地问道：（12）"国王啊！这几个天神似的漂亮孩子是谁的儿子？他们的精神气度和容貌，我觉得都和你一模一样。"（13）

天乘这样问过国王，又询问那几个男孩："你们的婆罗门父亲叫什么名字？他是什么家族？你们老老实实地告诉我，因为我很想听一听。"（14）他们用手指把那位贤明的国王指给她看。几个孩子还告诉她，多福是他们的母亲。（15）孩子们说完话，一齐跑到国王的身边。在天乘的面前，国王当时没有抚爱他们。随后，几个孩子哭叫着找多

福去了。（16）

看到那几个孩子对国王充满感情，王后明白了事情的真相。她责问多福说：（17）"你是依附于我的奴隶，你为什么要违抗我？你坚持阿修罗的正法，你就什么也不怕吗？"（18）

多福说：

我所说的，有个仙人，那是真的。笑意甜蜜的女郎啊！我是依据正道和正法行事，我不惧怕你。（19）当你选中国王的时候，我也选中了他。因为依据正法，朋友的丈夫就是自己的丈夫。美人啊！（20）我崇敬你，你是一位应当尊重的年长贤淑的婆罗门妇女。可是，比起你来，王仙更应该受到我的崇敬。难道你不明白这个吗？（21）

护民子说：

听了多福的一番话，天乘随后说道："国王啊！如今我不再住在这里了，你对我犯下了过错。"（22）

看见黑皮肤的女郎突然起身，眼睛挂着泪珠，飞快地去找迦毗之子，迅行王当时十分不安。（23）国王紧追上去，在她的身后跑来跑去，好言安慰着她。天乘没有回来，她的眼睛都气红了。（24）美目流盼的女郎对国王什么话也不说。不久，她就来到了迦毗之子太白仙人的身旁。（25）天乘见到父亲，请安之后，站在他的面前。紧接着，迅行王也向那位婆利古的后人敬礼。（26）

天乘说：

非法战胜了正法，上下都颠倒了！牛节王的女儿多福僭越了我！（27）她和迅行王已经生了三个儿子，而不幸的我只生了两个儿子。我告诉你呀，爹爹！（28）这个国王以明一正法而大名鼎鼎，婆利古的子孙啊！他已经越轨了，迦毗之子呀！我告诉你。（29）

太白说：

大王！你是一个明法知礼的人，你为了寻欢作乐竟然做出了不法之事！因此，衰老要很快地征服你，它不可抵御！（30）

迅行说：

尊者！檀那婆王的女儿是为了月经乞求我，我并没有其他的念头，我做的事合乎正法呀！（31）女人为月经乞求所选中的男人，他如果拒绝，即被世上通晓圣典的学者称为堕胎者。（32）情欲勃发的妇女偷偷地乞求幽会，男人如果不去交欢，依据正法，智者们称他为堕胎者。(33) 考虑到以上这些原因，婆利古的子孙啊！我畏惧违反正法而心惊胆战，便和多福结合了。(34)

太白说：

你不应该来请示我吗？你是依附于我的仆从啊，国王！对于正法有谬行的人，他就是一个贼。友邻之子啊！(35)

护民子说：

遭到愤怒的太白仙人的诅咒，友邻之子迅行王，当时他就失去了原先的青春年华，一下子变得衰老了。(36)

迅行说：

我的青春对于天乘还没有满足，婆利古的子孙啊！请赐我一个恩典吧，婆罗门！千万不要让衰老紧抓我不放！(37)

太白说：

我一言既出，从不落空。你已经变成老年了，大地的保护者啊！不过，你可以把这老年转移给别人，如果你愿意的话。(38)

迅行说：

我的儿子，谁继承王位，享受洪福，又享有声名，婆罗门啊！那么，他就要把自己的年龄交给我。这请您允许吧！(39)

太白说：

你将会如愿以偿，把老年转交出去，友邻之子啊！只要你心里想着我，你将不会犯下罪过。(40) 把年龄交给你的那个儿子，他将成为国王，寿命长久，广有声名，并且多子多孙。(41)

以上是吉祥的《摩诃婆罗多》中《初篇》第七十八章(78)。

七九

护民子说：

迅行王进入了老境，回到了自己的京城。他对年龄最大、最优秀的儿子雅度说道：(1) "孩子！衰老、皱纹，还有灰白的头发，控制了我，由于迦毗之子太白仙人的诅咒。我还没有享受够青春啊！(2)

雅度，你来接受我的不幸和老年吧！有了你的青春，我就可以享受感官的快乐了。(3) 等到足足一千年，我将再把青春归还给你，取回我自己的不幸和老年。"(4)

雅度说：

有了老年，白须皓首，身体扭曲，肌肉松弛，皱褶满身，丑陋不堪，软弱无力，消瘦干瘪，(5) 不能做任何事情，还要靠年轻人和仆从们侍候。我可不希望老年！(6)

迅行说：

你是从我心中生出的，因为你不把自己的青春给我，所以，孩子！你的后代将不会享有王国。(7) 杜尔婆薮！你来接受我的不幸和老年吧！有了你的青春，我就会享受感官的快乐了。儿子！(8) 等到足足一千年，我将再把你的青春归还给你，取回我自己的不幸和老年。(9)

杜尔婆薮说：

我不喜欢老年，爹爹！老年毁坏欲望和安乐，断送体力和容颜，还毁坏智慧，断人气息。(10)

迅行说：

你是从我心中生出的，因为你不把自己的青春交给我，所以，杜尔婆薮！你的后代将走向毁灭。(11) 行为败坏、扰乱正法、悖逆乖戾、嗜肉成性的最下贱的劣种当中，你将称王。蠢货呀！(12) 那些玷辱师父妻子、与牲畜交媾、奉行禽兽之道、罪孽深重的弥戾车人，你将成为他们的主子。(13)

护民子说：

那位迅行王这样诅咒了自己的儿子杜尔婆薮，又对多福的儿子德卢修说了这一番话：(14) "德卢修！你要接受毁坏肤色和容颜的老年一千年，把你自己的青春给我！(15) 等到足足一千年，我将归还你的青春，重新取回自己的不幸和老年。"(16)

德卢修说：

老年人不能骑象，不能驱车，不能纵马，也不能享受女色，他连言语都要出现障碍，我不希望那样的老年。(17)

迅行说：

你是从我的心中生出的，因为你不把自己的青春给我，所以，德卢修！你的欲望在任何地方都将不能实现！（18）你永远不会成为国王。你和你的子孙，将得到一个名为安乐国，实则只靠木筏和小船摆渡的地方。（19）阿奴！你来接受我的不幸和老年吧！那么，我就可以用你的青春行乐整整一千年了。（20）

阿奴说：

老年人就像孩子一样，不该吃饭的时候乱拿食物，不干不净；到了祭火的时候，他却不祭圣火。我不希望那个老年。（21）

迅行说：

你是从我的心中生出的，由于你不把自己的青春给我，因此，你所说的老年的那种毛病，你将要得到。（22）你的后代一到青年就要夭折，阿奴！你最终也将要受到火的惩治。（23）补卢！你是我心爱的儿子，你将是出类拔萃的一个。孩子！衰老、皱纹，还有灰白的头发，控制了我，由于迦毗之子太白仙人的诅咒。我还没有享受够青春啊！（24）补卢！你来接受我的不幸和老年吧！有了你的青春，我就可以享受一些时候的感官快乐了。（25）等到足足一千年，我将归还你的青春，重新取回自己的不幸和老年。（26）

护民子说：

补卢听罢此言，立刻回答父亲说："大王！你怎么吩咐我，我就怎么执行你的指示。（27）国王啊！我将接受你的不幸和老年。请你从我身上取走青春，随心所欲去行乐吧！（28）我隐身于你的老年，带上你的体态和容颜。我把青春送给陛下之后，我将照你吩咐的那样生活。"（29）

迅行说：

补卢，我真喜欢你！孩子，我太高兴了！我赐你：你的后代将一切如意，昌盛兴隆，拥有王国！（30）

以上是吉祥的《摩诃婆罗多》中《初篇》第七十九章(79)。

八〇

护民子说：

友邻王的儿子迅行王有了补卢的青春，很是欢喜。王中佼佼享受着他所热衷的感官快乐。（1）他是依其所欲，量其所能，在适宜之时，尽其雅兴。王中之王非但没有违反正法，如此恰恰十分相宜。（2）

他以祭祀令众神满意，以祭飨让祖先们满意，以可心的施舍让不幸者满意，以称心如愿让婆罗门大贤满意，（3）以饮食丰盛让客人满意，以种种保障让吠舍满意，以仁慈宽厚让首陀罗满意，以约束制导让陀私优满意。（4）迅行王以正法保护人民，同样，他也博得了全体百姓的爱戴。他俨然是另一个有肉身的因陀罗。（5）

国王像雄狮一般勇猛，他青春年少，追求感官享乐。他没有违反正法，享受着无上的幸福。（6）国王得到了一切美好的享受，他满足了，也衰弱了。这时，国王回想起时间是以一千年为期。（7）骁勇的国王精通时间，他逐分逐秒地计算了一番，知道时间已满，便对儿子补卢说道：（8）

"我依己所欲，量己所能，在适宜之时，镇伏仇敌的英雄啊！我利用你的青春，饱享了感官的快乐。儿子！（9）补卢！我很高兴。祝福你！你取回自己的青春，接受这个王位吧！因为你是讨我喜欢的儿子。"（10）

友邻之子迅行王，当时又恢复了老年；补卢也重新获得了自己原来的青春。（11）迅行王想为最小的儿子补卢举行灌顶登基礼，以婆罗门为首的四种姓对国王说了这一番话：（12）

"主公！你怎么越过太白仙人的外孙，天乘的儿子，年长的雅度，要把王位传给补卢呢？（13）雅度是你的长子。继他之后，是杜尔婆薮，然后是多福生的儿子德卢修，接着是阿奴，最后才是补卢啊！（14）幼子怎么能越过几位年长的儿子，他怎么应该继承王位呢？我们请你对此明鉴，请你遵守正法！"（15）

迅行说：

以婆罗门为首的全体种姓！请你们听我之言！我之所以绝不把王位传给长子，（16）是因为长子雅度不听从我的命令。圣哲贤人们认为：忤逆父亲的人，不是儿子；（17）听从父母之命、为父母谋利益的，循规蹈矩走正路的，才是儿子；对父亲母亲像儿子一般行事的，才是儿子。（18）雅度看不起我，同样，杜尔婆薮、德卢修，还有阿

209

奴，居然也都对我十分轻蔑！（19）补卢惟我之命是听，我也对他特别器重。我这个最小的儿子，是他负担起我的老年，使我的心愿得以实现。补卢才有儿子的样子！（20）从前，迦毗之子太白仙人曾亲口赐我一个恩典：顺从我的儿子，他将成为国王、大地之主。诸位先生！这就是我对你们的说明。补卢应该灌顶为王。(21)

臣民说：

具备各种美德、永远为母亲父亲谋利益的儿子，对他应该一切从优，即使他年龄最幼。主公啊！（22）补卢是给你带来欢乐的儿子，应当得到这个王位。有太白仙人赐下的恩典，就更没有什么好说的了。(23)

护民子说：

听到市民和国人的满意回答，那时候，友邻王之子随即为自己的亲生儿子补卢举行了登基为王的灌顶礼。（24）把王国交付补卢之后，迅行王便准备去过林居生活。他离开了京城，有些婆罗门和苦行者与之同行。(25)

却说，雅度生出了雅度族；杜尔婆薮的儿子是耶婆那族；德卢修的儿子是安乐族；阿奴的儿子是弥戾车蛮人。（26）而从补卢诞生了补卢族世系。国王啊！你就是出生于这一宗族，你要统治这王国直至千年！（27）

以上是吉祥的《摩诃婆罗多》中《初篇》第八十章（80）。

八一

护民子说：

友邻之子迅行王这样为中意的儿子行了登基灌顶礼，十分高兴。尔后，他做了一名林居者，一位仙人。（1）他安居于森林之中，和众多婆罗门相依为靠。他以野果、根茎为食，克己自制，由此终于升上了天堂。（2）他到了天宫，喜不自胜，安安逸逸地在天宫里住了下来。没有很长时间，他却被天帝释逐下了天堂。（3）他被逐离天堂之后，向下坠落，并未坠落到地面。我听说，当时他定在了半空

中。(4)据说,他后来又再度登上了天堂。那是英勇的国王和富有王、八部王、刺穿王、尸毗王在集会上相逢之后。(5)

镇群说:

大地之主有什么样的功业能再度升天?我想把这一切一字不漏地原原本本地听一听。婆罗门啊!请你在众位婆罗门和仙人的面前讲来!(6)因为大地之主迅行王和天帝并驾齐驱,他使俱卢族繁荣昌盛,他光芒万丈如同太阳。(7)他的光荣广为传颂,他以真诚赢得声名,他的灵魂伟大,我想听一听他在天堂和人间的全部事迹。(8)

护民子说:

啊!我将为你讲一讲迅行王后来的故事,在天堂的和在人世间的。这故事有吉祥的内蕴,能消除一切罪恶。(9)

友邻之子迅行王为幼子补卢举行了登基灌顶礼之后,十分高兴。那时,他动身去了森林。(10)他把雅度为首的其他几个儿子抛在了天涯海角。国王以野果、根茎为食,在森林里居住了很久。(11)

他心意坚定,征服了嗔怒,使祖先和天神都很满意。他如仪祭飨圣火,遵守着林居者的规定。(12)主公敬重客人,以林野的食物为礼。他坚持以采集为生,以别人的残羹剩饭为食。(13)这样的生活,国王整整过了一千年。有三十个秋季,他只饮水,禁约自己的语言和思想。(14)后来,他以风为餐,历时一年,也不衰弱。国王又在五堆火中间,苦修苦炼了一载之久。(15)他以一足独立,以风为餐,又有整整六个月。因此,他的崇高的名声传遍了天上人间,他升上了天堂。(16)

以上是吉祥的《摩诃婆罗多》中《初篇》第八十一章(81)。

八二

护民子说:

却说王中之王升上天堂之后,安坐在天神的宝座上,三十三天神、沙提耶、摩录多和婆薮们都向他致敬。(1)据说,这位造福的主公,大地的保护者,曾经从天神世界漫游到梵天神界,在那里居住了

很久的时间。(2)

有一天,王中佼佼迅行王来到了天帝释那里。在交谈中,天帝释曾向大地之主发问。(3)

天帝释说:

补卢以你的身形接受了你的老年之后,国王啊!他在大地之上巡行。当时,你把整个王国交付给他了。你对他是怎样说的?请你就此将真情告诉我吧!(4)①

迅行说:

恒河和阎牟那河中间的全部国土是属于你的,你在大地的中央为王,你的兄长们统治四周的荒蛮之地。(5)

无嗔无怒的人胜过易生嗔怒之辈,同样,宽厚仁慈的人胜过残忍凶徒。人较之非人,人列首位,同样,智者较之蠢人,智者为高明。(6)②受到辱骂的人倘若不回骂,他忍耐住的怒火将焚烧骂人者,自己的善行也得到彰显。(7)不要恶语伤人,不要恃强凌弱,不要说罪恶世界的有害语言,让别人惊恐不安。(8)③ 要知道,言语粗恶的伤人之人,以语言之刺刺人,他在世人之中是最倒霉的一个,招来的灾祸就从口出。(9)行为高尚的人经常容忍恶人的诟骂,而固守贤人君子的举止,他的面前会有贤人致敬,他的背后会有贤人保护。(10)言语的利箭从口中射出,受其伤害者会昼夜伤心;那落在他人敏感部位的言语利箭,智者绝不会将它射向别人。(11)因为在三界之中没有比怜悯众生、布施和甜言蜜语更好的抚慰方法。(12)所以,人应该永远言语和蔼,无论什么情况下都不要口吐粗言恶语;对于应该尊重的人要以礼相待,给予馈赠,而自己任何时候也一无所求。(13)

以上是吉祥的《摩诃婆罗多》中《初篇》第八十二章(82)。

---

① 第4颂改变诗律。
② 第6颂改变诗律。
③ 第8—11颂改变诗律。

八三

因陀罗说：

完成了所有的仪式之后，国王啊！你离开家去了森林。我现在请问你，友邻的儿子！有谁的苦行法力可以和你相提并论？迅行啊！(1)①

迅行说：

在天神和凡人中没有，在健达缚和大仙中也没有。能和我的苦行法力相提并论的，我还没有发现任何一个呢！婆薮之主啊！(2)

因陀罗说：

由于你轻视与你同样的人，比你强的人，比你差的人，而你并不了解他们的法力，因此，这些天界对你来说已告结束。你的功德丧失殆尽，你今天将要坠落下去，国王啊！(3)

迅行说：

倘若因为我轻视了天神、仙人、健达缚和凡人，我从而失去了众天界，那么，我盼望我被逐出天界之后，能坠落在贤人们中间。天帝啊！(4)

因陀罗说：

你将坠落在贤人们中间，国王啊！在你坠落之处你将重新得到一个立足之地。你明白了这些之后，迅行王啊！你不要再轻视和你同样的人、比你强的人了。(5)

护民子说：

随后，迅行王被逐离天帝居住的神圣天界。迅行王正向下坠落，被优秀的王仙八部王看见了。贤人正法的保护者对他说道：(6)

"你是谁呀？你有青春的华年，有可与天帝媲美的容颜；你以自己的神光大放光明，俨然火神一般；你从天上坠落下来，犹如空中运行者之首——太阳，从因雨云升腾而阴暗的天空下降。(7) 你的光辉

---

① 本章中，除第2、第13颂外，其余各颂均改变诗律。

不可度量，如同火神和太阳。看见你从太阳的轨道降落下来，'这到底是什么在下降？'所有的人都在这样猜想。我们惊讶万分！（8）

"看见你行走在天神之路，有与天帝释、太阳神、毗湿奴一样的神通，现在，我们大家一起迎向你，我们渴望知道你坠落的原委。（9）可是，我们并不敢首先向你发问。既然你不问一问我们这些人，那么，我们现在请问有令人羡慕的美貌的你：你是谁人之子？为何缘故你来到此地？（10）

"请你驱走恐惧，快快抛开沮丧和迷惑，形象俨如天帝的人啊！因为你置身于贤人之中，即便诛灭波罗的天帝释也不敢攻击你。（11）因为贤人永远是从福境坠落的贤人的支持者，俨如天帝的人啊！那些聚集一处的人是动与不动的生物之主。你已经置身于和你一样的贤人之中了。（12）火是燃烧之主，大地是播种之主，太阳是光明之主，不速之客是贤人之主。"（13）

以上是吉祥的《摩诃婆罗多》中《初篇》第八十三章（83）。

八四[①]

迅行说：

我是迅行，友邻王的儿子，补卢的父亲。由于轻视一切众生而遭驱逐，离开了天神、悉陀和仙人的世界。我的功德丧失殆尽，坠落下来了。（1）因为我比诸位先生年长，所以，我没有先问候诸位。一位学识渊博、道行高深、出身高贵的老者，应该受到再生者们的崇敬。（2）

八部说：

如果真如你所说，你是一位年纪高迈的老者，国王啊！你当然不应该首先问好。一位学识渊博、上了年岁的老者，他的确应该受到再生者的崇敬。（3）

迅行说：

人们说，罪恶是功业的对头，它慢慢地把人引向罪恶的世界。贤

[①] 本章各颂都改变了诗律。

人不追随邪恶，他们的灵魂与行为符合，言行一致。（4）我拥有过十分丰厚的钱财，现在我勤奋努力，也得不到了。考虑到这种情况，一个人努力去做对自己有益的事，他就是正确认识生活了。（5）

人世间纷繁的芸芸众生都依靠命运，无论他们丧失活动能力，还是享有富贵荣华。所以，智者无论得到什么，都不拒绝。他的灵魂之智知道命运更强大。（6）因为一个人享福，或者受苦，都是取决于命运，而并非由于自己的能力。所以，应该知道命运更强大，无论任何时候既不要满腹忧愁，也不要喜形于色。（7）苦难中不觉得煎熬，也不因幸福而欢欣，智者永远以同样的态度生活。应该知道命运更强大，无论任何时候既不要满腹忧愁，也不要喜形于色。（8）

八部王啊！身陷恐怖，我从来不曾张皇失措，我的心里也没有半点焦急。我知道，既然维持者（造物主）安排我在这世界上，那么我肯定会是这样。（9）湿生的虫，卵生的鸟，破土而生的植物，爬行的蛇、蛆，还有水中的鱼，以及石头、小草、树木，乃至于一切，在其命运终结时，都回归自己的本原。（10）我既然知道苦乐的无常，八部王啊！我为什么会感到焦急呢？还应该做什么，已经做过什么，都不会使我苦恼。因此，我十分清醒，将焦虑不安驱除净尽。（11）

八部说：

王中之王啊！你享受的那些美妙的世界，还有时间，国王啊！请将一切如实地告诉我，因为你是一位十分聪敏的仙人，请你现在讲一讲正法吧！（12）

迅行说：

我曾经在人间为王，是一位盖世大帝。尔后，我又征服了伟大的世界，在那里居住了整整一千年。接着，我到达了更高的世界。（13）备受赞美者（因陀罗）的可爱的天都，有千座天门，一百由旬方圆，我居住了整整一千年。后来，我到了更高的世界。（14）我到达了神圣的永不衰老的世界，那是属于生主、世界之主的极难到达的世界。我在那里居住了整整一千年。之后，我又到达了更高的世界。（15）

我征服了众天界，在一个又一个天神的天宫宝殿里随意居住。我受到三十三天神的尊敬，我和他们并驾齐驱。我的神通、光辉可以和天界的主公们等量齐观。（16）我以如意变化之形又在欢喜园里居住了数万个世纪。天女们陪伴我游乐，我欣赏着生长祥瑞旃檀、繁花似锦的美丽群山。(17) 我居住在那里，沉湎于天神之乐，度过了悠长的岁月，又消磨了无数光阴。形貌可怕的众神使者拖长了声音，对我高叫了三次："你坠落吧！"(18) 我知道事情到此为止了。王中雄狮啊！随后，我从欢喜园坠落下来了。我的功德已丧失殆尽。我在天空中听到了众神的声音，他们出于仁慈而愁绪满怀。人王啊！(19) "唉！真倒霉！迅行王丧失功德，正在坠落。他曾经积下功德，有圣洁的名声！"我在坠落中对他们说："千万要让我坠落在贤人当中啊！"(20) 他们向我指明了诸位的祭祀场地。我看到它之后，迅速地前来了。祭品的馨香，无形的烟气，我得到这祭场的向导，便来到了此地。(21)

以上是吉祥的《摩诃婆罗多》中《初篇》第八十四章(84)。

八五

八部说：

你以如意变化之形在欢喜园居住了数万个世纪，圆满时代的佼佼者啊！何缘何故你失去它而来到了负载万物的大地？(1)[①]

迅行说：

在人世间，亲戚、朋友和家属，失去了财产，就被人们抛弃。同样，在天堂里，失去了功德的人，也立刻被神主和众神抛弃。(2)

八部说：

人们怎样失去功德？我的心对此感到十分迷惑。他们有什么特征？走向什么地方？请你讲一讲吧！因为我认为你是十分聪敏的仙人。(3)

迅行说：

他们坠入这个大地上的地狱，全部十分悲惨。国王啊！这些可怜的人成为苍鹭、豺狼和乌鸦的食物，繁衍生殖。(4) 所以，这是一个人应该避免的。世界上的罪恶行径应该受到谴责。国王啊！这就是我

[①] 本章中除了第26颂外，均改变诗律。

对你所说的一切。现在请你再说一说，我还为你讲些什么呢？（5）

八部说：

可是，当兀鹰和白颈雕把他们的身体撕碎之后，他们如何活命？他们又如何继续生存？我没有听说地上另外有一个地狱。（6）

迅行说：

他们离开躯体之后，由于昭彰的业行，注定来到大地上。他们坠入这个地上的地狱，算计不出要历经几多世纪。（7）他们腾入天空六万个年头，或者八万个年头。尔后，地上的可怕的尖牙利齿的罗刹，又把坠落的他们再推下去。（8）

八部说：

由于犯有罪恶，可怕的地上的尖牙利齿的罗刹推他们坠落下去，他们如何活命？如何继续生存？又如何变化成胎？（9）

迅行说：

犹如花果之汁，男人产生的精液流出。他随精液与女子的月经会合，就此结成胎孕。（10）他们进入大树巨木、药草，进入水、风、地、空，进入四足的动物、两足的动物，以及一切，就这样变化成胎。（11）

八部说：

那被放入人的子宫的胎孕竟会创造出另一个身体？啊！它或许是按照自己的意愿？请你告诉我吧！我由于怀疑才这样说呀。（12）它是怎样长出了骨肉身形？眼耳怎样也获得视听的知觉？请你如实地回答我全部问题，朋友！我们认为你通晓一切啊！（13）

迅行说：

风神把犹如花汁的精液引入育胎的子宫，在月经期里。在那里，他依照规定造成其大小长短，逐步地将胎儿发育长大。（14）他出生为人，肢体伸展开来，六种知觉也各依其感官。他用两耳听到声音，用眼睛看见一切纷纭之形，（15）用鼻子嗅到香气，用舌头尝到滋味，用皮肤感到接触，用心意知道思想。八部王啊！你要知道，这就是伟大的灵魂在人身体内的生长发育。（16）

八部说：

一个人死了，或许被焚烧，或许被埋葬，或许被碾碎。他既已走

217

向毁灭,便成了没有感觉的东西,他凭借什么知道从前的自我?(17)

迅行说:

人断了气,像睡着了一般。他发出最后的声息后,将善行和恶行让到前头,跟随前面的风神,进入另一个女人的子宫。他脱离了躯体,另有依止。王中雄狮啊!(18)积德的人投向圣洁的子宫,作孽的人投向邪恶的子宫。罪人变成蛆和苍蝇,我就不想讲了。大有神通的人啊!(19)四足的动物,两足的动物,六足的昆虫,它们死了也会重新成胎。这就是我完整无缺地讲述的一切。你还问些什么呢?王中雄狮啊!(20)

八部说:

朋友!凡人也许做些什么就能获得美好的世界,如通过苦行,或者借助知识。那么,请你如实地完整地回答我这个问题:怎样会逐步地到达美好的世界?(21)

迅行说:

人们苦行、施舍、平和、自制、知耻、正直,怜悯众生,可是,却会因为傲慢而毁灭,永远被黑暗征服。这是贤者之言。(22)一个正在读书的人,自认为是个学者,以其知识损害他人的荣誉,对于他来说,世界是有限的,他学习的圣典也不会赐给他果实。(23)有四种行为本来不会造成凶险,但做法错误也会带来凶险。傲慢地进行日常祭祀,傲慢地过仙人的生活,傲慢地学习,傲慢地祭祀。(24)受到尊敬不沾沾自喜,受到轻视也不痛苦沮丧,对世上的贤者极为崇敬,这样的人正是贤人,邪恶绝不会侵入其善良的心灵。(25)请看我是如何施舍,请看我是如何祭祀,请看我是如何孜孜学习,请看我是如何守戒!傲慢却招来了种种凶险,应该永远摈弃!(26)因为智者们知道古人之所皈依,又明察思想喜爱傲慢之理,所以,他们得到无限美好的光辉形象,今生和来世都获得最高尚的平和。(27)

以上是吉祥的《摩诃婆罗多》中《初篇》第八十五章(85)。

八六

八部说：

居家者如何行动才走向天神？比丘（行乞者）如何行动呢？服侍老师的学生如何行动呢？坚持贤者之路的林居者呢？如今，人们对此歧说不一。(1)①

迅行说：

一个修梵行的青年修道人，被老师召来能朗朗诵读；为老师做事不用督促；最早起床，最晚睡觉；温良，恭顺，沉着，清醒；对自己的课业有学习的好习惯，他就会成功。(2)

得到合法来的钱财，就举行祭祀，经常布施，款待客人，不取别人不予之物。这是古代的家居者之奥义。(3)

依靠自己的勇力生活，避开奸狡欺诈，布施别人，不给他人招来痛苦，控制饮食和行为举止，居住在森林里的这样的仙人，会达到首屈一指的成就。(4)

不靠技艺谋生，永远无家无室，征服了感官，超脱了一切，露天而宿，步履轻捷，遍游四方，只身独行，他就是比丘（行乞者）。(5)

黑夜能征服众世界，也征服欲望和欢乐。智者应该努力争取到那黑夜，控制自我，成为一名林居者。(6)前十辈的亲属，后十辈的亲属，连同自己共有二十一代。一个林居者在森林里释放出自己身体的（五大）元素（死亡）之后，把这二十一代人都引入善行。(7)

八部说：

仙人大约有多少种？或者说仙人的生活方式有多少样？请你把它讲一讲吧！我们都想听。(8)

迅行说：

有住在森林，背向村庄的仙人；有住在村庄，背向森林的仙人。国王啊！(9)

---

① 本章中第 1—7 颂改变诗律。

八部说：

如何住在森林，背向村庄？又如何住在村庄，背向森林呢？（10）

迅行说：

倘若他是一个林中仙人，不会使用来自村庄的东西，这样他就是住在森林，背向村庄了。（11）一个仙人，没有火，没有住房，没有家庭支撑；他所希望的法衣，仅仅限于一小片遮羞布；（12）他所希望的食物，仅仅限于维持生命；这样，他就是住在村庄，背向森林的仙人了。（13）

一个仙人，抛弃了种种欲望，抛弃了业行，征服了感官，执著于仙人的生活，他在世界上就会获得成就。（14）一个人清洁牙齿，修剪指甲，经常洗澡，仔细装扮，肤色黝黑而行为清白，谁不应该对他肃然起敬呢？（15）一个仙人，因为修炼苦行而身体消瘦，颜色如土，肌肉、骨骼、血液都萎缩减少了，当他仍然安于仙人的生活，超然于对立物①之外的时候，他便征服了这个世界，而且还会征服另一个世界。（16）而当一个仙人能像牛一样用嘴巴寻找食物的时候，那么，他面前的这个世界会让他到达不死的境界。（17）

以上是吉祥的《摩诃婆罗多》中《初篇》第八十六章(86)。

八七

八部说：

那像太阳和月亮一样赛跑的一对，二者之中谁首先达到和天神的一致？（1）

迅行说：

在居家者中他无家无室，在纵欲者中他克己自制，比丘（行乞者）即便住在村庄里，二者之中也是他首先达到。（2）虽然他尚未到达高寿，身体就已经发生了变化，他仍然会一如既往。如果他修炼苦行，完成一项之后，又会进行另一项苦行。（3）人们说："有害的就

---

① 指苦与乐、悲与喜等。

是谬误的。"如果一个人实行正法，即便他贫穷无告，也没有求利的念头，国王啊！那就是正直，那就是虔诚，那就是高尚！（4）[①]

八部说：

你是谁今天派来的使者？国王啊！你青春正富，佩戴着花环，你相貌堂堂，神采辉焕。你从何而来？你住在什么地方？啊，你兴许有皇宫宝殿吧！（5）

迅行说：

我丧失功德，被逐出了天堂，将坠入大地，那个地上的地狱。我和你们谈话完了，我将继续坠落下去，婆罗门和护世天王们正在催赶我。（6）坠入贤者之中是我的选择。一切有德行的人士云集那里。因为我从天帝释得到了这个恩典，我将坠落到地面上。国王啊！（7）

八部说：

我请求你不要再向下坠落了，国王啊！如果有属于我的世界，它可能处于空中呢？抑或是处于天上？我认为你明了正法之域呀！（8）

迅行说：

你的牛马，森林，野兽，山岭，安排在大地的范围之内。你的世界是处在天上的范围之中。这是要请你知道的，王中雄狮啊！（9）

八部说：

我那些处于天上的世界，我把它赠送给你。请你不要再向下坠落了，王中之王啊！如果它处于空中，或者是处于天上，请你赶快去漫游一番吧，征服仇敌的英雄啊！（10）

迅行说：

像我这样的人，懂得圣典，但不是婆罗门，我不能靠施舍生活。王中佼佼啊！如同别人要经常布施婆罗门，从前我也那样慷慨解囊。国王啊！（11）一个并非婆罗门的穷人，不应该那样生活。嫁给勇士的婆罗门女子也不应该那样生活。如果我去做以前不曾做过的事，那么，我从中想寻求到什么好处呢？（12）

刺穿说：

我请问你，有令人神往之美的国王啊！我是刺穿王，如果我有自

[①] 本章中第4—18颂改变诗律。

己的世界,它可能处于空中呢,抑或是处于天上呢?我认为你明了正法之域呀!(13)

迅行说:

有众多的世界是属于你的,国王啊!而每一处你只去享受七天也享受不完。那里蜂蜜流泻,奶油充溢,令人无忧无虑,无边无际,正在期待着你。(14)

刺穿说:

我把它们赠送给你,请你千万不要向下坠落了!属于我的众多世界,让它们属于你吧!如果它们处在空中,或者处在天上,请你消除迷惑,赶快去那里漫游吧!(15)

迅行说:

一个有同样光辉的国王,国王啊!他不巴望别人恩典安稳的财富。因为一个睿智的国王,由于命运的旨意,他遭逢不幸,也绝不做卑贱之事。(16)一个明白事理的国王,专心致力于正法,他应该走合乎正法的光荣的道路。像我这样一个人,以正法为思想,有智有识,不会像你们劝我那样做一个可怜虫。如果我做了以前别人也不曾做过的事,我从中想寻求到什么好处呢?(17)

迅行王这样说完,王中翘楚富思王①又对他讲了一番话。(18)

以上是吉祥的《摩诃婆罗多》中《初篇》第八十七章(87)。

八八

富思说:

我是白马之子富思王。我请问你,国王啊!属于我的世界,可知它是处于天上呢?或许知道它处在空中?灵魂伟大的人啊!我认为你明了正法之域呀!(1)②

迅行说:

天空,大地,四极,以及太阳的光芒温暖的地方,还有处于天上

---

① 第81章第5颂中为富有王,这以下变为富思王。
② 第1—9颂改变诗律。

的广大世界，它们无边无际，正在期待着你。（2）

富思说：

我把它们赠送给你，请你千万不要向下坠落了！属于我的这些世界，让它们属于你吧！你把它们买去吧，只要一根草。国王啊！如果接受馈赠对你完全是坏事。（3）

迅行说：

我不记得我有过不诚实的交易。我相信，从孩子手中拿走东西是错误的。如果我做了以前别人也不曾做过的事，我从中想寻求到什么好处呢？（4）

富思说：

请你接受那些世界吧，国王啊！作为我的馈赠，如果你不想买它们。我绝不走近它们，国王啊！让那所有的世界都属于你吧！（5）

尸毗说：

我是心愿之子尸毗王，我请问你，如果也有属于我的世界，朋友！它们可能坐落在空中呢，抑或是坐落在天上？我认为你明了正法之域呀！（6）

迅行说：

智者啊！你的言语和内心从不轻视有求于你的人，国王啊！所以，你有无边无际的世界坐落在天上。它们有闪电的辉煌之形，有迅雷的轰鸣之声，十分广大。（7）

尸毗说：

请你接受那些世界吧，国王啊！作为我的馈赠，如果你不想买它们。我把它们赠送给你了，我绝不涉足。你到了那些世界，请安坐其间。（8）

迅行说：

如同你的神通可与因陀罗匹敌，国王啊！你的世界也无边无际。今天，我在别人赠送的世界中不会快活，所以，尸毗王啊！我不喜欢你的馈赠。（9）

八部说：

如果我们每一个人的世界，国王啊！你都不喜欢，我们把自己奉献给阁下，我们大家都去地狱。（10）

迅行说：

因为你们把自己奉献给一个值得的人，所以，你们就是真诚又善良的贤者。可是，我从前不曾做过的事，我却应付不了啊！(11)

八部说：

出现了不知是谁的五辆金车！它们停在那里了，闪烁着万丈光芒，犹如团团火焰在炽烈地燃烧。(12)

迅行说：

停在那里的五辆金车，放射着万丈光芒，犹如团团火焰在炽烈地燃烧。它们是来运载你们的。(13)

八部说：

请你登上车，国王！在天上自由地驰骋吧！等时候一到，我们也将随你而去。(14)

迅行说：

现在，大家应该走了，我们一起征服了天堂。我们面前现出一条一尘不染的大道，通向天神的宝殿。(15)

护民子说：

五位最贤明的国王登上金车，一起动身走了。他们驰骋在光辉灿烂的天国，其正法的功德广被天地。(16)

八部说：

我想，我会飞驰在前，灵魂伟大的因陀罗是我的朋友。为什么心愿之子尸毗王单独一人飞驰在前，把我们的车辆抛在了后面？(17)①

迅行说：

为了通向天神之路，这位心愿王的儿子施舍了所得到的全部财产。因此，尸毗王成了我们之中的佼佼者。(18) 布施，苦行，真实，以及正法；知耻，吉祥，仁恕，温顺，以及忍让；国王啊！尸毗王具有这一切，是一位无与伦比的国王。他的内心又十分善良。因为尸毗王受到羞耻心的约束，这样为人处世，所以，他才能乘车飞驰在前。(19)②

---

① 这一颂改变诗律。
② 第19—24颂改变诗律。

护民子说：

后来，八部王接着又向因陀罗般的外祖父好奇地问道："我请问你，国王啊！请告诉我真情实话。你从何而来？你属于谁？是谁人之子？因为你所做的事，世界上除了你，没有别人能办到，无论他是刹帝利还是婆罗门。"(20)

迅行说：

我是迅行，友邻王的儿子，补卢的父亲，我曾是盖世大帝。我告诉你一件我的秘密：我是作为你们的外祖父而现身。(21) 我征服了这整个大地，将它送给了婆罗门。我把独蹄的形象美妙的祭马捆绑在一个高台上，那时，众神都分享到神圣的一份。(22) 我把大地赠给了婆罗门，它完整无缺，马匹充满；还有牛、黄金、种种财宝。其中，牛有百亿头。(23) 事实上，上天是属于我的，负载万物的大地是属于我的，在凡人中间燃烧闪光的火也是属于我的。我所说的这番话没有半句虚言。因为贤者都崇拜真理。一切天神、仙人，以及诸世界，都应以真实供养。这是我心之所向。(24) 谁不怀妒意，向优秀的再生者如实讲述我们征服天堂的事迹，他就会与我们共享天界。(25)

护民子说：

就这样，那位灵魂伟大的国王，征服仇敌的英雄，得到了外孙们的救度。他的行为极其高尚，脱离了大地，到达天堂。他的业绩在大地上广泛传扬。(26)[①]

以上是吉祥的《摩诃婆罗多》中《初篇》第八十八章(88)。

八九

镇群说：

尊者！我想听你讲讲属于补卢世系的众位国王。他们如何勇武？是怎样的人？他们的数目？他们又怎样果敢？(1) 因为在补卢的世系

---

① 这一颂改变诗律。

中，以往的历代国王不曾有一个缺乏美好的品质，或者怯懦无能，或者子嗣不继。（2）那些国王的功绩受到广泛传诵，他们富于智慧，我想详细地听一听他们的事迹。以苦行为财富的人啊！（3）

护民子说：

啊！我既然承你发问，我就来为你讲一讲延续了补卢王族的那些光辉与天帝释匹敌的英雄。（4）

波罗毗罗，伊湿婆罗，烈马，是补卢和善育生下的三个儿子，他们都是战车武士。其中，波罗毗罗是王族世系的继承人。（5）他和希依尼（雌鹰）有一个儿子，名唤心愿，是个大有能为的勇士，有四极的大地的保护者，目若青莲。（6）

妙雄之女的三个后代，秀眉、坚实、善辩，是心愿的儿子，全都是英勇的战车武士。（7）

烈马和一位天女生了十个儿子，都是伟大的弓箭手，举办祭祀的祭主，勇士。他们子孙众多，广为人知。他们都精通各种法宝，一心一意奉行正法。（8）他们是颂歌胜，腰带胜，以及英勇的鹧鸪胜；旷野胜，森林胜，还有战车武士地面胜；（9）力量非凡又聪敏过人的神光胜，勇如因陀罗的真理胜，正法胜；第十个是勇如天神的弯曲胜。孩子！他们都是天女无碍的儿子，举行过王祭和马祭。（10）

尔后，颂歌胜生了富有学识的国王摩提那罗。国王啊！摩提那罗的儿子有四个，他们无限勇敢。他们是登苏，雄伟，巨车，以及光辉无与伦比的德卢修。（11）其中，登苏最为骁勇，他继承了补卢王族的世系，赢得了显赫的荣誉，征服了大地。（12）

英勇的登苏生了一个儿子伊利那，他也征服了整个大地，成为胜利者中的佼佼。（13）

尔后，伊利那和罗陀德丽生了五个儿子，他们犹如五大元素，以豆扇陀为首。国王啊！（14）他们是豆扇陀，休罗，毗摩，波罗布尔婆，婆苏。其中，居长的是国王豆扇陀。镇群啊！（15）

豆扇陀生了学识渊博的婆罗多王，沙恭达罗之子。从他开始，婆罗多族世系的伟大荣耀声震遐迩。（16）

婆罗多和几个女人生了九个儿子，婆罗多王却一个也不承认。他想："他们不像我"。（17）后来，婆罗多频繁地举行盛大的祭祀。那时，他从婆罗堕遮仙人那里得到了一个儿子，取名普摩纽。婆罗多的子孙啊！（18）后来，补卢族的后裔（婆罗多）知道自己就是他的父亲，便为普摩纽举行了灌顶礼，立为太子。（19）那位大地之主有了一个小儿子非真；尔后，这个名唤非真的，成了普摩纽的儿子。（20）

苏护多罗，苏护多哩，苏诃毗，以及苏夜柔，是普摩纽和利吉迦的莲池的儿子。① （21）他们之中为长的是苏护多罗，得到了国王之位。他多次举行了王祭、马祭等等各种祭祀。（22）苏护多罗享有整个大地，她以大海为衣裙，象、牛、马充满，种类繁多的奇珍异宝极为丰富。（23）大地仿佛下沉，受到她的丰厚财产的重压，象、马、车辆充满，人口又十分稠密。（24）在苏护多罗为王时期，他以正法统治人民，数以百千计的神庙和祭柱点缀着大地，人民昌盛，庄稼兴旺，大地女神和众天神都十分欣喜。（25）

大地之主苏护多罗和甘蔗族的女郎生了羊斗，善斗和多斗。婆罗多的子孙啊！（26）他们当中，羊斗最为杰出，补卢族的世系有赖于他了。他和三个女人生了六个儿子。婆罗多的子孙啊！（27）烟氏女生了熊黑；靛青生了豆扇多和至高；秀发生了阇诃奴，还有一对孪生是阇那和有形。（28）所有的般遮罗人都生自豆扇多和至高。国王啊！拘湿迦人是光辉无际的阇诃奴的后代。（29）

人们说，比阇那和有形年长的熊黑，成了国王。生自熊黑的广覆，国王啊！他建立了你们的世系。（30）国王啊！在熊黑王之子广覆统治大地的时候，我们听说，为数甚众的人民遭到了毁灭。（31）由于种种物品的匮乏，饥饿引起死亡，久旱不雨，各种瘟疫也一起袭来，王国遭到破坏。敌军也来大肆杀戮婆罗多族。（32）（象、马、车、步）四种兵震撼了大地，般遮罗王向广覆王发动了进攻，很快地占领了大地，以十个大军的兵力在战斗中击败了他。（33）

尔后，广覆王和妻子，大臣，儿子，朋友，一起逃离了那场巨大的危险。（34）当时，广覆王在浩浩的信度河的一处树阴住了下来，它位于河畔，靠近一座山。陷入困境的婆罗多族在那里居住了很长的

---

① 此句的梵文可有两种解释，另一种解释是：普摩纽在利吉迦的莲池得了苏护多罗等几个儿子。莲池作地名。尽管下面第90章35颂就说这同一普摩纽娶胜利，生苏护多罗，但不同的译本两种译法均有，因原文本身常有些矛盾。

时间。(35)

他们在那里居住了整整一千年。尔后，尊者极裕仙人来到了婆罗多族的身边。(36) 当时，全体婆罗多族人热烈地欢迎他的到来，向他致敬，献上礼品，恭恭敬敬地向神采辉焕的仙人禀告了一切。(37) 在他停留的第八个年头，国王那时候亲自选他为国师："尊者！请您做我们的国师吧！我们要为王国而奋斗！""唵！"极裕仙人也慨然接受了。(38)

我们听说，后来，他为补卢族的后裔（广覆）灌顶，封他为全体刹帝利的大帝，广覆在整个大地上显露了头角。(39) 在婆罗多族从前居住的地方，广覆王建立起一座最美丽的城市，他让所有的国王恢复了进贡。(40) 后来，他重新收复了大地，力量十分强大。这位羊斗王之孙多次举办盛大的祭祀，布施甚是丰厚。(41)

尔后，太阳神之女炎娃和广覆王生下了俱卢。因为他明了正法，全体人民选择他当了国王。(42) 大地上著名的俱卢疆伽国，就是以他的名字命名的。他广修苦行，以其苦行使俱卢之野变为圣地。(43)

马有，阿毗首，奇车，牟尼，还有著名的镇群，我们听说这是他的几个儿子。这五个儿子是聪慧的伐醯尼所生。(44)

阿毗首生了环住，英勇的花马，光耀，辉耀，以及力大无穷的沙尔摩罗；(45) 还有高耳，造福，第八个是克敌。在其家族中，他们以美好的德行而著称。(46)① 镇群等另外七个，也都力量非凡。环住有几个儿子，他们对法、利十分精通。(47) 他们是林军，厉军，英勇的奇军，天帝军，妙军，还有一个名唤怖军。(48)

镇群的儿子以臂力强大而闻名于大地，持国是长子，还有般度和波力迦；(49) 有神光广大的尼奢陀，力大无穷的瞻部那陀，瓮腹，波达提，婆娑提是第八个。他们都精通法和利，他们都一心为了众生的幸福。(50)

尔后，持国当了国王。他的儿子有恭黎迦，诃斯丁，毗多尔迦和迦罗特，第五个是恭吒罗，还有诃毗湿罗婆，天帝光，盛怒，以及无敌。(51)

---

① 以下内容似有多处错乱。

第一　初篇　　　　　　　　　1.90.7

波罗底波生了三个儿子，婆罗多族的雄牛啊！有天友，福身，还有战车武士波力迦。(52) 他们之中的天友致力于所渴望的正法，福身和战车武士波力迦得到了大地。(53)

在婆罗多族的世系中，诞生了许许多多坚毅果敢的战车武士，国王啊！他们和神仙一般，都是最贤明的君王。(54)

在摩奴的家族中，也诞生了这样一些天神般的战车武士，使伊罗之子的世系繁荣昌盛。(55)

以上是吉祥的《摩诃婆罗多》中《初篇》第八十九章(89)。

九〇

镇群说：

我从你听到了先辈们的伟大诞生，我们这一世系的崇高的诸位国王，我也已聆听周详。(1)① 但是，我所喜爱的故事，我不愿意它内容太简略。请你从古时起，再仔仔细细地为我讲一讲吧！(2) 请你讲讲那个神圣的故事，从生主摩奴起，他们的诞生降福于人，给谁不带来欢乐？(3) 他们有美好的正法，优秀的品德，高尚的灵魂，给谁不带来无上的昌隆？他们随之而来的显赫殊荣，广被三界。(4) 故事中含有他们的美德，神通，勇武，威力，品性和坚毅，如同含有甘露的滋味一样，我听也听不够啊！(5)

护民子说：

国王啊！一如从前我从岛生听来的那样，请你原原本本、完完整整地听一听自己家族诞生的美好故事吧！它是应该广泛宣扬的。(6)

从陀刹有阿提底，阿提底有毗婆薮，毗婆薮有摩奴，摩奴有伊罗，伊罗有补卢罗婆娑，补卢罗婆娑有阿优私，阿优私有友邻，友邻有迅行。(7)

迅行有两个妻子，太白的女儿天乘，牛节王的名叫多福的女儿。

---

① 本章绝大部分是散文。

就此有了这一宗族：（8）天乘生了雅度和杜尔婆薮，牛节王之女多福生了德卢修、阿奴和补卢。（9）从雅度有了雅度族，从补卢有了补卢族。（10）

补卢的妻子名叫憍萨厘雅，他和她生了一个儿子，名叫镇群。他奉献上三次马祭。他在举行了全胜祭之后，住进了森林。（11）

尔后，镇群娶了青春之女名叫无垠，他和她生了有东。他征服了旭日初照下的东方，因此他得名有东。（12）

尔后，有东娶了石姑，她和他生了同行。（13）

尔后，同行娶了有岩的女儿，名唤秀美，她和他生了阿亨波提。（14）

尔后，阿亨波提娶了成勇的女儿，名叫有光，他和她生了盖世。（15）

尔后，盖世征服并娶了羯迦夜国公主，名叫妙喜，他和她生了胜军。（16）

尔后，胜军娶了毗达尔跋国的公主，名唤美日，他和她生了阿罗支那。（17）而阿罗支那娶了另一位毗达尔跋国的公主，名叫摩尔耶达，他和她生了广土。（18）

尔后，广土娶了胜幻的女儿，名叫妙祭，他和她生了万举。他举行了一万次人祭，因此他得名万举。（19）

尔后，万举娶了广闻的女儿，名叫光华，他和她生了无嗔。（20）

尔后，无嗔娶了羯陵伽国的公主，名唤迦兰露，他和她生了天宾。（21）

尔后，天宾娶了毗提诃的公主，名叫摩尔耶达，他和她生了圣歌。（22）

尔后，圣歌娶了盎伽国的公主，名叫妙天，她生了儿子熊黑。（23）

尔后，熊黑娶了多刹迦的女儿，名叫光辉，由她生了一个儿子，名叫摩底那罗。（24）

尔后，摩底那罗在娑罗私婆蒂河畔举行了十二年的祭祀。（25）当祭祀完成的时候，娑罗私婆蒂河女神（辩才天女）走向了他，选他为丈夫。她生了一个儿子，名唤登苏。（26）就此有了这一世

系：(27)

婆罗私婆蒂河女神和摩底那罗生了儿子登苏；登苏由迦绨蒂河女神生了儿子伊利那；(28)而伊利那由罗陀德丽生了豆扇陀为首的五个儿子。(29)

尔后，豆扇陀娶了众友的女儿，名叫沙恭达罗，他和她生了婆罗多。有这样两颂诗歌：(30)

母亲不过是血肉之皮，父亲所生儿乃父自己，
抚育儿子吧，豆扇陀！切莫将沙恭达罗看低！(31)

儿子是自己精血所生，能从阎摩家救出祖灵，
国王啊！你是他的授胎人，沙恭达罗所说是真情。(32)

由此，他得名婆罗多（受育）。(33)

尔后，婆罗多娶了迦尸国的公主，全军之女，名叫妙喜。他和她生了普摩纽。(34)

尔后，普摩纽娶了十适国的公主，名唤胜利，他和她生了苏护多罗。(35)

尔后，苏护多罗娶了一位甘蔗族的姑娘，名叫金女，他和她生了诃私丁（大象）。因为他是建造象城之人，那座城市遂得名象城。(36)

尔后，诃私丁娶了三穴国的公主，名唤载誉，他和她生了锐利。(37)

锐利娶了十适国公主，名叫妙天，他和她生了羊斗。(38)

羊斗有二千四百个儿子，他们生自羯迦夜国的公主，生自龙女，犍陀罗国的公主，无瑕，以及熊女。这些王子分别建立了自己的支系。在此继承世系的是广覆。(39)

广覆娶了毗婆薮（太阳神）之女，名唤炎娃，他和她生了俱卢。(40)

俱卢娶了十适国的公主，名叫光艳，他和她生了远车。(41)

远车则娶了摩揭陀国的公主，名叫互亲，他和她生的儿子叫无

恙。（42）

　　无恙娶了摩揭陀国的公主，名叫甘露，他和她生了环住。（43）

　　环住娶了多赐之女，名叫美誉，他和她生了怖军。（44）

　　怖军娶了羯迦夜国的公主，名叫美姑，他和她生了倾泪。人们称他为波罗底波（执拗）。（45）

　　波罗底波娶了尸毗国公主，名叫妙喜，她生了几个儿子：天友、福身和波力迦。（46）

　　天友在年幼时就住进了森林，而福身当了国王。有一颂诗这样记述：（47）

　　　　他用双手触摸的老人，个个都觉得舒服万分，
　　　　他们都得以重返青春，因此知道他有一福身。（48）

他就此遂得福身之名。（49）

　　福身娶了恒河女神，跋吉罗陀王的女儿，他和她生了天誓。人们称他为毗湿摩。（50）

　　毗湿摩一心想让父亲高兴，带回贞信做母亲。人们称她为香黑女。（51）

　　香黑女身为处女的时候，和破灭仙人有了一个孩子岛生。福身王和她又有两个儿子：花钏和奇武。（52）二人之中的花钏尚未到成年，就被一个健达缚杀死了。奇武成了国王。（53）

　　奇武娶了憍萨罗国公主所生的安必迦和安波利迦，她们是迦尸国国王的两个女儿。（54）可是，奇武还没有后代，就命丧身亡了。（55）

　　尔后，贞信十分忧愁："豆扇陀的世系要中断了！"（56）她想到了岛生仙人。（57）他出现在她的面前："要我做什么呢？"（58）她对他说："你的兄弟奇武，没有后代就升天了。你为他生一个好儿子吧！"（59）"很好"。他答应之后，生下了三个儿子：持国，般度和维杜罗。（60）

　　由于岛生的恩典，持国王和甘陀利生有百子。（61）持国的那些儿子当中，出类拔萃的有四个：难敌，难降，毗迦尔纳和奇军。（62）

　　般度则有两个妻子，贡蒂和玛德利，是两位女宝。（63）

有一天，般度正在行猎，恰巧有一位仙人在一只母鹿身旁，去和母鹿交合。就在仙人跳到母鹿身上，还未得到快感，意犹未足的时候，般度射出了一箭。（64）仙人中箭之后，对般度说道："你是实行正法的，你懂得交欢的快感，而我还没有得到交欢的快感就被你射杀了。因此，等你也处在这种情况，还未得到交欢的快感时，你就要立刻变成五大元素（丧命）！"（65）

般度面色惨白。为了避开诅咒，他不和两个妻子同床了。（66）他说："因为自己的浮躁，我得到了这个。我听说，没有子嗣的人没有众世界。（67）为了我，你要生几个儿子。"他对贡蒂这样说。（68）

后来，她生了几个儿子。和正法神生了坚战，和风神生了怖军，和天帝释生了阿周那。（69）般度喜形于色，他对贡蒂说："你的朋友还没有孩子，让她有个好儿子吧！"（70）"但愿如此！"贡蒂回答他说。（71）此后，玛德利和双马童神生了无种和偕天。（72）

尔后，般度看见打扮得花枝招展的玛德利，不禁春心荡漾。（73）他刚刚接触到她，就命丧身亡了。（74）玛德利随他登上了火葬堆。（75）她对贡蒂说："要请尊贵的夫人多多照看双生子。"（76）

尔后，般度五子随同贡蒂被苦行者带到象城，交给了毗湿摩和维杜罗。（77）但是，在那里，他们被安置在一座紫胶宫中。由于维杜罗的警告，没有能够烧死他们。（78）

此后，他们杀死了希丁波，到了独轮城。（79）在那座独轮城，他们又杀死了名叫钵迦的罗刹。他们又动身前往般遮罗国的京城。（80）他们因此得到了木柱王之女为妻，然后平平安安地重新回到了自己的国家。（81）

他们都生了儿子。坚战生了波罗提文底耶（向山），狼腹（怖军）生了子月，阿周那生了闻称，无种生了百军，偕天生了闻业。（82）坚战在选婿大典上得到了尸毗国国王牛舍的女儿，名唤提毗迦，他和她生了一个儿子，名叫战勇。（83）怖军娶了迦尸国公主，名叫力持，成为对他英勇的褒奖。他和她生了一个儿子，名叫遍行。（84）阿周那到了多门城，娶了婆薮提婆之子的妹妹为妻，她名唤妙贤，他和她生了一个儿子，名叫激昂。（85）无种娶了支谛国的公主为妻，其名怀象，他和她生了一个儿子，名叫离敌。（86）偕天也在选婿大典上得到了摩德罗国公主,名叫取胜,他和她生了一个儿子,名叫苏护多罗。(87)而怖军先前还和罗刹女希丁芭生了一个儿子,名叫瓶首。(88)以上这十一个,是般度五子的儿子。(89)

激昂娶了毗罗吒王的女儿,名叫至上,他和她生了一个死胎。(90)遵照超凡入圣的婆薮提婆之子黑天的吩咐,普利塔把他抱在怀里。黑天说:"我要救活这个六个月的婴儿。"(91)婆薮提婆之子救活他之后,说:"他生在家族灭绝之时,就以继绝为名。"(92)

后来,继绝娶了玛德婆蒂公主,他和她生了镇群。(93)

镇群和至美生了两个儿子,百面和钉桩。(94)

百面娶了毗提诃国公主,他和她生了儿子马祭赐。(95)

以上就是补卢族的世系和般度族的家谱。听了补卢族的这一世系,一切罪恶都会消除。(96)

以上是吉祥的《摩诃婆罗多》中《初篇》第九十章(90)。

九一

护民子说:

甘蔗族世系始于一位国王,他是大地之主,名唤摩诃毗奢,言而有信,真诚为勇。(1)他举行了一千次马祭,一百次强力酒祭,使天帝十分满意,大有能为的国王从而获得了天堂。(2)

尔后某一日,众神去拜见大梵天。在那里有众位王仙,还有摩诃毗奢国王。(3)接着,无与伦比的河流女神——恒河女神也来到了老祖宗身边。她的月光般皎洁的衣裙被风吹落了。(4)当时,天神之群都立刻转过脸去,独有摩诃毗奢毫不胆怯地注视着河流女神。(5)世尊大梵天斥责了摩诃毗奢,并且对他说:"你降生到凡人中之后,才能重新获得众世界。"(6)摩诃毗奢国王将所有以苦行为财富的天下众王考虑了一遍,选择光辉璀璨的波罗底波王做了父亲。(7)

却说河流女神看见摩诃毗奢国王镇定从容地下降了,无与伦比的河流女神把他铭记在心中,走了出去。(8)

她正行走在路上,看见天上的神圣的众位婆薮,一个个身体晦

暗，灰尘遮住了神光。（9）恒河女神看见他们那般模样，问道："你们为什么失去了自己的形象？诸神平安吗？"（10）

神圣的众位婆薮向她诉说道："伟大的河流女神啊！因为一个小错误，高贵的极裕仙人激烈地诅咒了我们。（11）此前，卓越的极裕仙人隐身做日常祷祝，因为我们的愚蠢，紧贴他身边走过去了。（12）他一怒之下诅咒了我们：'你们到女人肚子里投生去吧！'这位口宣梵典的仙人一言既出，是不能不实现的。（13）因此，请你变成凡间的女人，生下我们婆薮为儿子吧！凡间女人的肚子不洁，我们不能进去。"（14）

恒河女神听罢此言，答应众位婆薮说："好吧！"她又问道："凡人之中谁是创造你们的人中佼佼者？"（15）

众婆薮说：

波罗底波王的儿子，名唤福身的国王，恪守正法，就要降生在人世间，他将是我们的生身之人。（16）

恒河女神说：

我的想法和你们所说的一样。消除了傲气的天神们啊！我将讨他的喜欢，实现你们的愿望。（17）

众婆薮说：

你的孩子一出生，请你就扔到水中！那样，不要多久我们便可以复位，行走三界的女神啊！（18）

恒河女神说：

我将会照办。请留给他一个儿子吧！因为他有了一个儿子，他和我也不白白结合一场。（19）

众婆薮说：

我们每个人拿出八分之一的元阳，用这元阳你将生一个儿子，满足他的愿望。（20）但是，他在凡人中将不会再生下后代，因此，你的刚阳具足的儿子将不会有儿子。（21）

护民子说：

八位婆薮和恒河女神这样做了约定，他们遂心所愿，满怀喜悦，匆匆地离去了。（22）

以上是吉祥的《摩诃婆罗多》中《初篇》第九十一章(91)。

九二

护民子说：
波罗底波王一心一意为了众生谋利益，来到恒河岸边祷拜，安坐了许多年。(1) 丽质天成的恒河女神，宛如吉祥天女，一天，她乔装成凡间女子，从那河水中出来，一副娇媚动人的模样。(2) 那位王仙正在喃喃吟诵圣典，天仙之形的聪慧美女，面容光艳，坐在了他的婆罗树般的右大腿上。(3) 波罗底波王对那聪慧的女子说道："要我为你做什么？美人啊！你盼望什么心愿之事？"(4)

女子说：
国王啊！我要你爱我！俱卢族佼佼！抛弃情爱炽烈的女子，是应该受到贤者谴责的呀！(5)

波罗底波说：
我决不会因为情欲去亲近别家的女人，姿容妙曼的女郎啊！我也不亲近不同种姓的女人，美女啊！你要知道，我这个誓愿是合乎正法的。(6)

女子说：
我不是不吉利的，不是不可亲近的，更不曾为人说三道四。国王啊，请爱我这个热恋着你的秀丽的姑娘吧！(7)

波罗底波说：
你催促我成全的心愿之事，那正是我要杜绝的。否则，我既已发誓守戒，却亵渎正法，一定会自我毁灭。(8) 你坐在我的右大腿上拥抱我，美人啊！你要知道，右大腿是属于儿子和儿媳的坐处。羞怯的女郎啊！(9) 左面是分属于情人的，你却避开了它。因此，我不能爱你。美人啊！(10) 你做我的儿媳吧，美女！我为儿子选你做媳妇，两股丰美的女郎啊！因为你来了就坐在属于儿媳的一边。(11)

女子说：
这样也好。明法知礼的人啊！但愿我和你的儿子结合。我将用对你的爱去热爱驰名的婆罗多家族。(12) 大地上的国王们将以你们为其庇护,因为你们的家族,即便几百年的时间,我也不能说尽它的功德。它由你们建立起来,它无比高尚。(13)你的儿子不应该知道我的出身,国王啊!我所做的事情,他绝对不能有丝毫疑虑。(14)我将这样和你的儿子一起生活,我将使他的欢乐与日俱增。由于他的神圣又可亲的几个儿子的缘故,你的儿子将到达天堂。(15)

护民子说:

"好吧!"波罗底波王答应之后,国王啊!女子便在那里消逝了。那位国王期待着儿子出生,心里念念不忘这件事。(16)

在那期间,刹帝利雄牛波罗底波王为了生儿子,和妻子一道修炼苦行。俱卢的子孙啊!(17)夫妻二人到了老年的时候,儿子诞生了,他就是摩诃毗奢。因为他生为一位心地平静之人的后代,所以,他称为福身。(18)他牢记着自己的善行曾经征服的不朽世界,福身成了一个积德行善之人。俱卢的圣子贤孙啊!(19)

福身长大成人之后,波罗底波王吩咐儿子说:"从前,有一位女子为了你的幸福,她曾来找我。福身啊!(20)那位女子极具姿色,情意缠绵,仪态万方,天仙一般。如果她怀着生子的愿望悄悄来找你,那么,女子是谁,是谁家人,你都不要问她。(21)她想做什么就做什么,你一概不要盘问她。无咎的人啊!你遵照我的命令,热爱那位钟情于你的女子吧!"波罗底波王对福身说了以上的话。(22)

波罗底波王这样吩咐过儿子福身,那时,他又为福身灌顶,立福身为王,然后他住进了森林。(23)

那位睿智的福身王,是个驰名大地的弓箭高手,他嗜好打猎,经常奔走于森林之中。(24)一次,王中至贤为了猎鹿和野牛,独自一人沿着小神灵悉陀和遮罗纳看护的恒河行进。(25)某一日,大王啊!他看见一位绝色美女,神采辉焕,光艳照人,俨然红莲[①]下凡。(26)她全身美丽无瑕,皓齿粲然,佩戴着神妙的珠宝,穿着轻柔的衣裙,只身一人,犹如灼灼莲花的花蕊一般。(27)国王一见到她,高兴得汗毛直竖,为她完美的姿容惊异万分。他似乎在用双目狂饮,但也不满足。(28)她一见到信步走来的光辉璀璨的国王,心中涌出无限情

---

① 吉祥天女一名红莲。

爱,妩媚动人的女郎看也看不够。(29)

尔后,福身王向她开了口,他用温柔的话语抚慰着她:"你兴许是位女神,或者是位魔女;你兴许是位健达缚姑娘,抑或是位天女;(30)你兴许是位药叉女,或者是位龙女,或者是位凡间女子。妙腰女郎啊!无论你是谁,天仙一般的女郎啊,你要做我的妻子!美人啊!"(31)

国王这一番含笑的话语,温柔又动人,纯洁无瑕的女郎听罢,回忆起和众婆薮的约定,便举步相迎。(32)国王的话语令她心中高兴莫名,她对国王说道:"大地的保护者啊!我将做你的忠实的王后。(33)不过,我做的事情,无论是好事,还是坏事,国王啊!你都不要阻止我,也不要口出恶言。(34)如果你能这样相待,我就和你生活在一起,国王啊!我若受到阻拦,我若听到粗言恶语,我就要坚决地离开你。"(35)

"好吧!"女郎当即听到了国王的应允。婆罗多族的至贤啊!她得到了那位出类拔萃的国王,也得到了无比的快乐。(36)福身王得到了女郎,尽情地享受着她。他心里记着:"她是不能盘问的。"所以,他从不让她回答什么。(37)

她性情和婉,举止有度,姿色美丽,气度雍容,品德优美,私下里服侍殷勤,这使世界之主感到满足。(38)因为那位有天仙容貌的女子,便是流经三界的恒河女神,她变做吉祥的凡人之形,一位姿容妙曼的女郎。(39)她来到福身王身边做了他的妻子。爱情为之带来幸福的福身王,是王中狮子,灿烂光辉一如天帝。(40)她以交欢的快活,百般温存,和婉可亲,迷人的娇声与舞姿,热爱着国王,倾注她对国王的爱。国王也同样热爱她。(41)国王被无与伦比的女子俘虏了,沉湎于寻欢作乐之中,不知道有多少年、多少季、多少月过去了。(42)

人主和那女子尽情地寻欢快乐,和她生了八个儿子,一个个形若天神。(43)每个儿子刚一出生,她就扔到河水中。婆罗多的子孙啊!"我多么喜欢你呀!"她说完这句话,就把儿子扔进恒河的波涛之中。(44)那时候,福身王对此极为不悦,却对她一声不响,大地之主害怕她会离开。(45)

第八个儿子生下之后,女郎似乎喜不自胜,国王却痛不欲生,他盼望自己能有一个儿子,于是,对她说道:(46)"不许你再杀害孩子了!你究竟是谁?是谁家人?你为什么害死儿子?你这杀子的凶妇!不要再犯滔天大罪了!住手吧,邪恶的女人啊!"(47)

女子说:

爱子的人啊!我不杀害你的儿子。出色的父亲啊!可是,按照我们的约定,我在这里住到头了。(48)我是恒河女神,阇诃奴的女儿,是受大仙们崇拜的。为了实现诸神的目的,我和你一起生活。(49)他们是八位婆薮天神,洪福齐天,法力高强,由于遭遇到极裕仙人的诅咒之祸,他们来到了凡间。(50)能作为他们生身之父的,大地上除了你,别无他人;像我一样能作为他们生身之母的凡间女子,人世上根本没有。(51)因此,为了做他们的生身之母,我来到尘世间。你生育了八位婆薮,赢得了不朽的世界。(52)我和众位婆薮天神做了这项约定,我许诺说:"生下一个,我就会解脱一个,让你们都脱离凡人的出身。"(53)就这样,他们都摆脱了高贵的阿波婆(极裕仙人)的诅咒。愿你幸福如意!我要走了。请你好生看护将有伟大誓愿的儿子吧!(54)这停留的期限,是我在婆薮天神们面前定下来的。你要知道,这个儿子是我生的,是恒河的赠礼!(55)

以上是吉祥的《摩诃婆罗多》中《初篇》第九十二章(92)。

九三

福身王说:

这位阿波婆是何许人?众位婆薮又犯下了什么过错,竟引起他的诅咒,要投生为人身?(1)这个孩子,恒河赠礼,他做过什么事情,因而现在要留在凡人之中?(2)众位婆薮是全世界的主公,他们怎么会在凡人中降生?请把这些告诉我吧,阇诃奴之女啊!(3)

护民子说:

听罢此言,那位恒河女神,阇诃奴之女,对人中雄牛,丈夫福身王,开口说道:(4)

"从前，伐楼拿得到一个儿子，婆罗多族的至贤啊！其名极裕，是位著名的仙人，他又叫阿波婆（水神之子）。（5）他有一座神圣的森林道院，到处是麋鹿和飞鸟，坐落在众山之王弥卢山的山坡上，各个季节都有繁花盛开。（6）这位伐楼拿之子，积德行善的优秀仙人，在森林中修炼苦行。婆罗多族的至贤啊！那森林有甘甜的根、果和清水。（7）

"却说陀刹有个女儿，名叫怡悦，傲气十足。这位女神和迦叶波生下了一头母牛。婆罗多族的雄牛啊！（8）正法为魂的伐楼拿之子，得到了这头不同凡响的如意神牛。为了给世界以恩惠，他将它作为祭祀奶牛。（9）它生活在仙人安居的苦行林中。苦行林风光美丽又合乎法度，那时节，神牛优游其间，不受任何惊扰。（10）

"尔后有一天，婆罗多族的雄牛啊！以广袤为首的众位婆薮，一齐来到了这座天神和仙人经常拜访的森林。（11）他们偕同妻子，到处漫游，流连于美丽的座座山岭和片片丛林。（12）

"在那道院中，一位婆薮的妻子，漫步于丛林的妙腰女郎，勇如天帝的人啊！她发现林中有一头母牛。它正是极裕仙人的无上美好的能令人一切如意的神牛。（13）它动人的风采和旺盛的活力，使女郎惊异万分，便把神牛指给神光神看。目若公牛的人啊！（14）那神牛十分丰腴，乳汁充盈，有秀丽的尾，好看的脸，光彩夺目，具备一切优点和无上美好的气质。（15）那神牛如此完善，婆薮的妻子兴高采烈，王中之王啊！她让婆薮看那前面的神牛。补卢的子孙啊！（16）

"当时，神光神看到了那头神牛，勇如象王和天帝的国王啊！他不住称赞神牛的美丽，对那位女神说道：（17）'伐楼拿之子的这头牛真是无与伦比！女神啊！黑眼睛的女郎啊！那位仙人的这座森林真是美不胜收！美臀女啊！（18）一个凡人若是喝了这神牛的乳汁，妙腰女啊！那么，他就能活一万年，会青春永驻。'（19）

"听了这些话，王中翘楚啊！那位腰肢婀娜、全身美丽无瑕的女神，对光辉璀璨的丈夫说道：（20）'人世间有一位皇家公主是我的朋友，她名叫怀胜，容貌美丽，青春正富。（21）她是恪守信义的睿智王仙优湿那罗的女儿，以其美貌名震人寰。（22）为了她的缘故，大有福分的人啊！我想要这神牛。神中佼佼啊！请你把它和牛犊赶快带走吧！功德昌隆的人啊！（23）只限于我的那位朋友喝一点它的乳汁，荣耀的赐予者啊！凡世间仅她一人，让她摆脱衰老和疾病吧！（24）我这件事，大有福分的人啊！请你去办一办吧，完美的人啊！对我来说，其他无论什么可心的事，也比不上这件事更合我意。'（25）

"听罢她这一番话，为了讨取夫人的欢心，那时，神光神便和广袤神等众兄弟一起，偷走了那头神牛。（26）当时，由于神光神顺从目若莲瓣的女郎，国王啊！他未能顾及到那位仙人厉害的苦行法力。他偷走了神牛之后，竟也没有想到会谪降人间。（27）

"尔后，伐楼拿之子拿着野果回到了森林道院，他在风光旖旎的丛林里没有看到神牛和牛犊。（28）以苦行为财富的仙人，接着又在整座森林中寻找。睿智的仙人找来找去，也没有发现那头神牛。（29）仙人有天眼通的本领，知道神牛被婆薮们偷走了，不禁勃然大怒，当即诅咒了众位婆薮：（30）'因为婆薮们偷走了我的妙尾奶牛，所以，他们都必定要投生为凡人！这毫无疑问！'（31）卓越的仙人极裕尊者，这样诅咒那几位婆薮，阿波婆（水神之子）完全是被愤怒控制住了。婆罗多族的雄牛啊！（32）大有福分的仙人诅咒之后，就把心思放在了苦行上。国王啊！以苦行为财富的仙人，就这样诅咒了八位婆薮天神。法力广大的梵仙实在是怒不可遏了。（33）

"尔后，灵魂伟大的婆薮天神又来到了那座森林道院，他们知道受到了诅咒，一起来到仙人的面前。（34）众婆薮求那位仙人开恩，王中雄牛啊！可是，那位卓越非凡的仙人，通晓一切正法的阿波婆，没有给予他们恩典。人中之虎啊！（35）

"正法为魂的仙人说：'陀罗！你们七位，将会一年一个从我的诅咒中获得解脱。（36）但是，这位神光神，因为他的缘故，你们才受到我的诅咒；由于他自己的所作所为，他将在凡人世界度过漫长的岁月。（37）我在盛怒之下诅咒你们的话语，我不愿意让它落空。这位思想伟大的天神在人世也不会生下后代。（38）他将以正法为魂，精通一切经典；对父亲高兴的好事，他会尽心竭力；他还将抛舍女色之乐。'尊者极裕仙人对众婆薮说完这番话，便径自走开了。（39）

"所以，婆薮们一起来找我。那时，他们向我恳求一个恩典，国王啊！那就是我后来做的事情。当时，他们说：'我们每人一出生，就请你亲手扔进恒河的波涛!'(40)我之所以如此,王中至贤啊!完全是为了受到诅咒的婆薮们能获得解脱,离开凡人世界,我一一照办了。(41)因为那位仙人的诅咒,王中翘楚啊!惟独神光神一个,国王啊!要长时间地生活在凡人世界。婆罗多的子孙啊!"(42)

恒河女神把这些告诉了福身王之后,就在那里消逝了。她抱着那个孩子,依照自己的愿望离去了。(43)

福身王的那个儿子,后来取名天誓,又称恒河之子,有两个名字。他具备种种美德,胜过福身王。(44)

福身王忧心如焚,也回自己的京城去了。

我将歌颂这位福身王的无量功德,(45)以及福身王的齐天洪福。这位婆罗多的子孙,无上光荣。他的辉煌历史,被称为《摩诃婆罗多》。(46)

以上是吉祥的《摩诃婆罗多》中《初篇》第九十三章(93)。

九四

护民子说:

正是睿智的福身王深受天神和王仙的敬重,他以正法为魂,又以言而有信著称于全世界。(1)他克己自制,乐善好施,仁恕忍让,足智多谋,知耻谦恭,意志坚定,无上威严;英气勃勃的人中雄牛福身王,集这些永恒的美德于一身。(2)国王具备如此美德,精通法、利,他是婆罗多王族世系和善人的保护者。(3)他的脖颈如螺,两肩宽阔,有醉象之勇。他将正法置于欲、利之上。(4)英气勃勃的福身王具备这些美德,婆罗多族的雄牛啊!就恪守正法而言,没有任何一个刹帝利可以和他相提并论。(5)因为他履行自己的正法,是精通一切正法者的佼佼,地上的众王一致为他灌顶,拥戴他登上大地保护者的皇帝宝座。(6)有了这位婆罗多族的保护者,地上众王驱走了忧愁、恐惧和烦恼,每天都是从幸福的梦境中醒来。(7)

那时候,以福身王为首的众王保护下的世界里,为了约束一切种姓,婆罗门最为高贵。(8)刹帝利尊奉婆罗门,吠舍效忠于刹帝利,

首陀罗爱戴婆罗门和刹帝利,并且敬重吠舍。(9)

福身王居住在美丽的象城,俱卢族的首都,统治着以大海为疆界的整个大地。(10)他俨然天帝,明法知礼,言而有信,为人正直。由于他乐善好施,恪守正法,修炼苦行,享有无上的富贵荣华。(11)他不动感情,不怀仇恨,看上去似月亮般可亲;他光华四射,俨然太阳;他迅捷如劲风,愤怒如死神,宽宏大量犹如广袤的大地。(12)

无论是牲畜、野猪,还是麋鹿飞鸟,在福身王统治大地的时候,它们如果被杀死,都不是平白无故的。国王啊!(13)在他的王国里,正法和婆罗门高于一切。长于控制自我的福身王,一视同仁地统治众生。他摒弃了肉欲和色情。(14)为了祭拜天神、仙人,祭奠祖先,那时,他多次举行法事。可是,他从不非法地杀戮任何有生命的东西。(15)对于不幸的人,无依无靠的人,种种动物,对于一切众生,这位国王就是他们的父亲。(16)他是俱卢族的卓越君王,他是王中之王的主公,他的话语与真理相依,他的思想与布施和正法相系。(17)他享受女色之乐十六又八年,另外有四年又八年,尔后,他成为一名林居者。(18)

他的儿子恒河之子,今名天誓的婆薮天神,有他一样的形容,一样的为人,一样的品行,一样的学识。(19)他精通各种兵器,鹤立于其他国王之中;他力大无穷,精神抖擞,勇武过人,是一位战车名将。(20)

有一天,福身王射中了一头鹿,他沿着恒河河道追踪前行,发现恒河水流很小。(21)人中雄牛福身王发现之后,心中暗想:"为什么这条最美丽的河流,今天不像往日那样奔腾流泻?"(22)接着,他寻找原因。思想伟大的国王看见一个男孩,相貌堂堂,身躯高大,十分英俊。(23)他俨然毁敌城堡的天帝,正舞动着一张神弓,用射出的密密麻麻的利箭,去阻挡整条恒河的滔滔流水。(24)恒河的水流,被他用利箭阻挡在面前。国王目睹了这一神奇非凡的举动,万分惊异!(25)

从前,儿子出生时,福身王见过他一面。福身王纵然聪明过人,也记忆不清,认不出他就是自己的儿子。(26)而那男孩一见到父亲,便施展幻术,使他一阵迷乱。男孩趁他迷乱之机,从那里一下子消逝了。（27）彼时彼境，福身王目睹了那一场不可思议的奇迹，猜想他就是自己的儿子。他对着恒河呼唤说："让他出现吧！"（28）生就绝美姿容的恒河女神，拉着孩子的右手，将精心打扮的儿子呈现在他的面前。（29）恒河女神以种种珠宝盛装华饰，身着一尘不染的仙衣，福身王虽然往昔熟视她的芳姿，竟也不能识认。（30）

恒河女神说：

国王啊！这就是从前你和我生的第八个儿子。他是你的，人中之虎啊！请你把他领回家中吧！（31）他从极裕仙人学习了吠陀和吠陀支。他十分勇武，精通各种兵器，是最杰出的射手。战斗中他可以和天帝并驾齐驱。（32）他永远受到天神和阿修罗的尊重，婆罗多的子孙啊！太白仙人所掌握的学问，他业已全部通晓。（33）深受天神和阿修罗敬重的鸯耆罗之子（毗诃波提），他所掌握的学问，包括其分支和细节，你这个两臂粗壮、灵魂高尚的儿子，也已全部烂熟于心。（34）法力高强的食火仙人之子，不可抵御的仙人（持斧）罗摩，他所掌握的武艺，这孩子也已十分谙练。（35）你这个儿子，他是伟大的射手，国王啊！他精通王者之法，深知王者之利，是一个英雄。我把他交给你，勇士啊，请你领回家吧！（36）

护民子说：

就这样，得到恒河女神的允许，福身王领着太阳般辉煌的儿子，返回自己的京城。（37）补卢的后裔回到因陀罗的天都一般的京城，他觉得自己的一切愿望都已圆满地实现了，因此，他为儿子举行了灌顶礼，立他为补卢王族的太子。（38）福身王的儿子享有盛誉，他以自己的品行博得了补卢族的拥戴，父亲的疼爱，赢得了王国。婆罗多族的雄牛啊！（39）勇猛过人的大地之主，心情很是愉快，他和儿子一起生活，四年过去了。（40）

一天，福身王前往森林，走在阁牟那河河畔，大地之主闻到一股不可言喻的氤氲香气。（41）他到处奔走，追寻那香气的来源。这时，他见到一位容貌似天仙的渔家少女。（42）福身王一见到眼睛乌黑的少女，就问她说："你是谁家的姑娘？你是谁？羞怯的女郎啊！你想做什么？"（43）少女说："我是渔家女。根据正法，遵循父亲的吩咐，我驾船摆渡。我父亲是灵魂伟大的渔人之王。祝福你！"（44）那少女

形容美丽，散发着馥郁的芳香，貌似天仙一般，福身王盯着她看了又看，深深地爱上了渔家女。(45)

那时，国王便去找她的父亲。他相中了少女，为自己向她的父亲求婚。(46) 渔人之王向大地之主回答了这样一番话："我的女儿姿容妙曼，从她一生下，我就知道她是要许配丈夫的。不过，请你知道，我心里有一个愿望。国王啊！(47) 如果你向我求她做一名合法的妻子，无咎的人啊！你是一个言而有信的人，那么，你要和我诚心实意地立下保证。(48) 立下保证，我就把这姑娘嫁给你。国王啊！因为找我求婚的人，绝没有一个能比得上你。"(49)

福身说：

听了你的心愿之后，渔人啊！我会决定接受或不接受。如果是应该答应的，我自然答应你；而如果是不能答应的，无论如何也不行。(50)

渔人说：

她生下的儿子，要继你之后登基为王，成为大地之主，其他任何一个儿子都不得继位。国王啊！(51)

护民子说：

福身王不愿意答应渔人的心愿，却又欲火中烧。婆罗多的子孙啊！(52) 那时，大地之主回到了象城。他思念着渔家女，心中充满忧伤。(53)

此后有一天，福身王正闷闷不乐，陷入凝思，儿子天誓来到父亲身边，对他说道：(54)"您四方安宁，众王听命，为何缘故您总是满腹忧伤，痛苦不已？国王啊！您为什么像似心事重重，一言不语？"(55)

福身王听儿子这样一问，回答说："我确实像你说的那样在冥思苦想。(56) 婆罗多的子孙啊！在偌大一个家族中，你是我惟一的儿子，而且人生无常，因此，我忧思绵绵，孩子！(57) 倘若有什么不幸降临在你身上，恒河之子啊！我们的家族就不复存在了。我有你一子，胜似百子，这毋庸置疑。(58) 我也坚持不做再娶妻子的徒然无益的事。我期望子子孙孙绵延不断。我祝福你！但是，'独子即为无子。'这是精通正法的智者之言。(59)

"日常祭祀，三吠陀，施舍丰厚的大祭祀，统统这一切，也抵不上一个儿子的十六分之一。（60）大智大慧的孩子！我对此坚信不疑：永恒的三吠陀，是美好的往世书之根，儿子之于人类是如此，后代之于其他一切生物也是如此。（61）

"你是一个尚武的勇士，一向性急易怒，以舞刀耍剑为常事，婆罗多的子孙啊！你会发现自己的死，也将死于刀剑，而非其他。无咎的人啊！（62）我是得了疑心病了！如今你平平安安的，这怎么会呢？孩子！这就是我苦恼的原因，我已经全部无遗地告诉你了。"（63）

绝顶聪明的天誓，知道了这所谓全部无遗的原因之后，思索着走了出去。（64）为了父亲的利益，天誓当时就迅速地去找一位老臣。一到老臣那里，他开口便问父亲忧愁的原因。（65）老臣受到询问，向他说出了那位少女，并把渔人的那一心愿如实地告诉了俱卢族的佼佼。婆罗多族的雄牛啊！（66）

尔后，天誓由几位年老的刹帝利陪伴，去找那位渔人之王，亲自为父亲向那少女求婚。（67）渔人接待了他。敬礼如仪之后，婆罗多的子孙啊！渔人对安坐在大臣中间的天誓说道：（68）

"作为儿子，你是福身王的得力助手，人中雄牛啊！而他是最优秀的父亲。我怎么和你说呢？（69）因为，废黜像你这样一位值得称道的中意的亲生骨肉，谁能不痛苦呢？即便是百祭（因陀罗）也会如此。（70）

"贞信是一位贵人的后代。那贵人和你们一样具备种种美德，从他的精血生出了享有美誉的贞信。（71）孩子！那贵人曾经向我多次称赞你的父亲。他说：'在所有的国王当中，只有福身王配娶贞信。'婆罗多的子孙啊！（72）因此，即便是神圣仙人阿私多，从前也遭到我的拒绝。那位卓越的仙人曾热烈地向贞信求婚。（73）不过，因为我是姑娘的父亲，有些话我要告诉你。婆罗多族的雄牛啊！我发现此事存在一个惟一的障碍：有一个强有力的对头。（74）因为，如果你成为什么人的冤家对头，无论他是健达缚，还是阿修罗，遭到你的怨恨，他根本不可能舒舒服服过日子。严惩仇敌的人啊！（75）仅仅限于这样一个障碍，再没有其他任何障碍了。王子啊！祝福你！你要知道，这关系到我给不给贞信。严惩仇敌的人啊！"（76）

渔人这样说完，为了父亲，婆罗多的子孙啊！恒河之子面对当场聆听的众王爷，回答他说：（77）

"请你接受我真实的想法吧，最为守信的人啊！无论是已经出生的，还是尚未出生的，没有人敢说我这样的话：（78）我将按照你说的那样去做。这姑娘生的儿子，将是我们的国王！"（79）

渔人听了之后，又对天誓说道："为了王国，你决心做一件极其困难的事情。婆罗多族的雄牛啊！（80）你真是光辉无量的福身王的得力助手，也是姑娘的保护者。以正法为灵魂的人啊！你是成全他们婚姻的大能人和主宰！（81）可是，请你知道，我还有句话要你认真去做。镇伏仇敌的人啊！出于父亲疼爱女儿的天性，我必须告诉你。（82）献身于真理和正法的人啊！你在众王之中所做出的承诺，对你来说它的确十分得体。（83）它不会变卦，巨臂的英雄啊！对此不存在任何怀疑。然而，你会有儿子，我们对他大为怀疑！"（84）

献身于真理和正法的天誓，明白了他的想法。为了成全父亲的好事，国王啊！他当时发出了誓言。（85）

天誓说：

渔人之王啊，王中翘楚！请你听清楚我这一番话！面对在场聆听的诸位王爷，为了父亲，我宣布：（86）此前，我已经放弃了王位。王爷啊！因为事涉后代，我现在再做出一个决定。从今天起，渔人啊！我将修持梵行，终身不婚！尽管我不会有儿子，天上的不朽世界将是属于我的！（88）

护民子说：

听了天誓这一番话，正法为魂的渔人欣喜若狂，身上的汗毛根根竖起，对他说道："我给了！"（89）

随后，天空中出现了天女，诸神，还有成群的仙人，他们撒下了纷纷扬扬的鲜花，口中发出欢呼："他是毗湿摩（立下可怕誓言的人）！"（90）

尔后，为了父亲的利益，他对那位享有美誉的少女说道："请上车吧，母亲！我们现在回自己家去。"（91）

毗湿摩这样说罢，搀扶光艳的少女登上车，回到象城，引她来到福身王面前。（92）

他做的事情难能可贵,博得了众王的交口称赞。无论是在人前人后,他们都称赞说:"他是毗湿摩(立下可怕誓言的人)!"(93)

看见毗湿摩做了一件难能可贵的事情,父亲福身王十分满意,赐给他一个死于自愿的恩典。(94)

以上是吉祥的《摩诃婆罗多》中《初篇》第九十四章(94)。

九五

护民子说:

人民的保护者福身王举行了婚礼之后,安排那位完美的少女和自己一起住在宫中。(1)

尔后,贞信生下了睿智的福身之子,名唤花钏,十分英武,勇猛过人。(2)接着,大有能为的英勇的福身王,又和贞信生下了另一个王子奇武,是个伟大的射手。(3)

奇武王子尚未成年的时候,婆罗多族的雄牛啊!睿智的福身王落入了死神的控制之下。(4)福身王宾天之后,毗湿摩遵照贞信的旨意,立英勇的花钏为国王。(5)

却说花钏,仗恃其勇,打败了所有的国王,便以为没有任何人可以和自己匹敌。(6)当他打败了天神、凡人,又打败了阿修罗之后,这时,有个力量非凡的和他同名的健达缚王,找上门来了。他和健达缚王在俱卢之野发生了一场大战。(7)

他们两个都力大无穷,一个是健达缚之王,一个是俱卢族之首,两人在希伦婆蒂河河畔大战了三年。(8)在这场声动天地、箭雨纷飞的厮杀中,健达缚施展出更高一筹的幻术,杀死了英勇的俱卢族的贤王。(9)健达缚王杀死了俱卢族的佼佼,箭术神奇的花钏,然后,他举步回到天界。(10)

王中之虎,光辉璀璨的花钏王阵亡之后,国王啊!福身之子毗湿摩为他举行了葬礼。(11)

当时,奇武还在幼年,尚未成人,巨臂的毗湿摩也立刻为他灌顶,保他登上了俱卢族的王位。(12)那时,奇武王依靠毗湿摩的辅佐,统治着父亲和祖先的领土。大王啊!(13)通晓法论的奇武王,依照正法,对福身之子毗湿摩十分崇敬,毗湿摩对他也悉心保护。(14)

以上是吉祥的《摩诃婆罗多》中《初篇》第九十五章(95)。

九六

护民子说:

花钏遇害,弟弟奇武年幼,无咎的人啊!毗湿摩顺从贞信的意思,捍卫着他们的王国。(1)毗湿摩看见弟弟已成长为青年,睿智过人,便又为奇武的婚事操心。(2)

后来,毗湿摩听说,迦尸国国王有三个女儿,天女一般美丽,她们正一起举行选婿大典。(3)征得母亲的同意,这位最优秀的战车武士,身披铠甲,单人独车,立刻向波罗奈城飞驰而去。(4)

在波罗奈城,福身王的儿子毗湿摩,看见了来自四面八方、蜂拥云集的众多国王,也看见了那几位公主。(5)

成千上万的国王的名字宣布之后,这时,大有能为的毗湿摩,国王啊!他自己也向几位公主求婚。(6)卓越无比的武士毗湿摩,把几位公主载入车中之后,他以云中雷鸣般的声音向国王们说道:(7)

"智者们规定:将姑娘赠送给应邀前来的有德之士;或者将姑娘严妆华饰之后,还依其能力付出奁资;(8)有些人嫁出姑娘,接受一对牛;有一些人接受商定的钱财;有些人以武力抢走;(9)有些人亲近不加防备的姑娘,有些人自己寻找。你们要知道,现在这是仙人们规定的第八种结婚方式。(10)这选婿大典,虽然国王们深加赞赏,纷纷前来。精通正法的人士却说:'绝色佳人要用武力抢夺。'(11)诸位国王啊!我已决定用武力抢走她们。你们施展出最大的本领吧!要么打败我,要么服输。我已经站好,诸位国王啊!我下定决心大战一场了!"(12)

英勇的俱卢后裔,对众位国王和迦尸王说完这番话,把几位公主载入了自己的战车。他向众人道别一声,带着几位公主,飞驰而去

了。(13)

所有的国王都猛地站起身来，一个个焦急不安，他们摸了摸自己的两臂，咬紧了嘴唇。(14)瞬时间，他们急急忙忙地摘下各种珠宝装饰，又慌慌张张地穿上铠甲，忙乱得不可开交。(15)到处是亮晶晶的珠宝首饰，光闪闪的铠甲，镇群王啊！仿佛是繁星落地一般。(16)众国王披挂上镶有珠宝的铠甲，这里那里到处发出闪烁不定的光辉。他们愤怒伴随着焦急，眉毛直竖，眼睛血红。(17)御者备好了华美的战车，骏马套进了隆起的车辕，勇士们带上各种武器，跨上了战车。他们高高举起刀剑，紧紧追赶独自驱车前进的俱卢后裔。(18)

随后，众国王和他之间的战斗爆发了。婆罗多的子孙啊！他以一敌众，喧嚣的战斗令人毛骨悚然。(19)众国王同时朝他射出了上万支利箭，毗湿摩在利箭射到之前，倏忽之间把利箭全部砍断了。(20)接着，国王们从各个方位把他包围起来，射出密密的利箭，犹如布满天空的乌云朝一座高山倾泻雨水。(21)毗湿摩也朝各个方向对射出密密的利箭，挡住了国王们的箭雨。他一弓三箭，一弓三箭，回敬了所有的国王。(22)这位战车武将远比那一些人更为敏捷，在战斗中他只是自卫，连对手们也对他肃然起敬。(23)精通各种武艺的婆罗多的后裔，在战斗中打败了众国王之后，带着几位公主，朝婆罗多国疾驰而去。(24)

后来，国王啊！战车武士，灵魂无量的沙鲁瓦王从后面来拦截福身之子毗湿摩，以决雌雄。(25)这犹如一只找母象交尾的身强力壮的头象，用牙齿从背后袭击另一只公象。(26)

"色鬼！站住！你站住！"那位国王朝毗湿摩大喊。臂膀粗壮的沙鲁瓦王急不可耐。(27)人中之虎毗湿摩，扫荡敌军的英雄，闻听沙鲁瓦的话感到十分难堪。他勃然大怒，俨然一团无烟的熊熊烈火。(28)他恪守着武士之道，毫不畏惧慌张。这位战车武士掉转战车冲向了沙鲁瓦王。(29)

国王们看见他转身冲来，全都聚拢在一起，观看毗湿摩和沙鲁瓦王交战。(30)他俩就像两头狂吼乱叫的身强力壮的公牛，在母牛面前互相争锋，浑身充满了力量和勇气。(31)

人中佼佼沙鲁瓦王，向福身王之子毗湿摩，铺天盖地倾泻了千千万万支快箭。（32）看到毗湿摩首先被沙鲁瓦王压倒了，那些国王都惊讶万分。"好哇！好哇！"他们连声喝彩。（33）众国王看见沙鲁瓦王在战斗中身手如此敏捷，一个个兴高采烈，七嘴八舌对沙鲁瓦王交口称赞。（34）

听见刹帝利们的话语，克敌城堡的英雄，福身王之子毗湿摩，当时怒不可遏，喊道："你站住！站住！"（35）他怒气冲冲地吩咐御者："冲到国王那里去！今天我要就地杀了他，就像金翅鸟王杀死一条蛇！"（36）接着，俱卢的后裔把水神神箭搭在弓上，一箭射死了沙鲁瓦王的四匹马。国王啊！（37）俱卢的后裔还用自己的箭挡住了沙鲁瓦王的箭。人中之虎啊！毗湿摩又杀死了沙鲁瓦王的御者。他只用一支箭把沙鲁瓦王的骏马也都杀死了。（38）

人中佼佼毗湿摩打赢了争夺公主的战斗，放过依然活命的王中至贤沙鲁瓦王。随后，沙鲁瓦王返回自己的京城。婆罗多族的雄牛啊！（39）那些来此参观选婿大典的国王，他们也返回自己的王国。克敌城堡的人啊！（40）

卓越的武士毗湿摩就这样赢得了几位公主。他朝着俱卢族国王所在的象城驱车前进。（41）国王啊！不长的时间内，他越过了一片片森林，一条条河流，和杂树丛生的一座座高山。（42）奔向大海的恒河的儿子，无限勇敢，在战斗中击败敌人，没有受伤。他带来了迦尸国国王的几个女儿。（43）他以正法为魂，把如同儿媳，如同妹妹，如同女儿一般的公主们带回了俱卢族。（44）

哥哥毗湿摩把勇敢抢来的素有美德的公主，全都许配给了弟弟奇武。（45）明法知礼的毗湿摩，依据贤哲的正法，完成了非凡之举，又开始为弟弟奇武准备婚礼。有主见的毗湿摩和贞信共同做出了这个决定。（46）

毗湿摩正在筹办婚礼的时候，迦尸国国王女儿中贤淑的长女，对他说了这一番话：（47）"我心里早已选定梭波国国王做丈夫，他也早已选中了我，这也是我父亲的愿望。（48）在那次选婿大典上，沙鲁瓦王是我要选的丈夫。明了正法的人啊！你既已知道了这些，那么，请你遵照正法行事吧！"（49）

251

在有众多婆罗门出席的会上，英雄毗湿摩听罢那位女郎的话，就考虑该怎么办才对。（50）明了正法的毗湿摩，和精通吠陀的婆罗门商议之后，当即同意迦尸国王的长女安芭离去了。（51）

毗湿摩以礼法规定的仪式，把安必迦和安波利迦嫁给弟弟奇武为妻。（52）奇武与她俩牵手成婚。他有足以自豪的美貌青春，正法为魂，心中充满了情爱。（53）两位公主生就高挑的身材，黝黑的皮肤，绀青色的鬈发，通红的尖指甲，丰满的双臀和乳房。（54）两人深深觉得自己得到了一位相配的丈夫，对英俊的奇武很是敬重。（55）奇武王有双马童一般的美貌，天神一般的能力和勇敢，他曾扰乱了所有女人的心。（56）

大地之主和两位妻子刚生活七年，年纪轻轻的奇武得了肺病。（57）虽经亲友们多方努力，又有名医高手，俱卢族的这位后裔却如日落西山，走向了阎摩宝殿。（58）毗湿摩遵照贞信的心愿，和祭司以及所有的俱卢族雄牛一起，为奇武王妥善地举行了一应葬礼。（59）

以上是吉祥的《摩诃婆罗多》中《初篇》第九十六章（96）。

九七

护民子说：

当初盼子心切的贞信，而今悲惨又可怜，她和两位儿媳为儿子举行了葬礼。婆罗多的子孙啊！（1）此后，高尚的大有福分的贞信，她瞻前顾后，考虑到正法和父系及母系的家族，对恒河之子说道：（2）

"福身王守法为常，是享有盛誉的俱卢子孙。对他的祭奠，他的声名，他的子孙后代，现在全都依靠你了。（3）如同做了好事定然升天；如同诚实守信定然长寿，你履行正法也定然如此。（4）明了正法的人啊！你熟知正法，无论其总体还是部分；你通晓各种圣典，你精通全部的吠陀。（5）我认为，你能继承正法，发扬优良的家风，具备太白仙人和毗诃波提仙人一样的应付困难的本领。（6）因此，你成了我最大的依靠，恪守正法的佼佼者啊！我指派你做的事情，听了之

后，你要去完成它。(7)

"我的儿子是你的弟弟，英武出众，与你十分亲爱。他年纪轻轻就去了天堂，还没有儿子。人中雄牛啊！(8) 你弟弟的两位王后，迦尸国王的光艳女儿，美丽又年轻，满心希望有儿子。婆罗多的子孙啊！(9) 为了我们家庭有后，你和她俩生个儿子吧！大有福分的人啊！你要听从我的命令，履行正法！(10) 你要灌顶登基为王，统治婆罗多族。你要依法娶妻，千万不要让祖先们坠入地狱呀！"(11)

严惩仇敌的英雄，受到母亲和亲友们如此相劝，他以正法为魂，回答出了一番合乎正法的高尚言辞：(12)

"母亲！你向我申述的正法，它无疑是崇高的。可是，你知道，我不要后代的誓愿也是严格的。(13) 你了解事情的原委，它起因于你结婚的条件。贞信啊！我再一次向你真诚地发誓！(14) 我可以抛弃三界，或者天神中的帝位，我甚至可以将二者一并抛弃。但是，无论如何，我绝不抛弃守信！(15) 大地会舍弃芳香，水会舍弃自己的滋味，光会舍弃色彩，风会舍弃触摸的属性；(16) 太阳会舍弃光芒，烟雾缭绕的火会舍弃炽热，天空会舍弃声响，月亮会舍弃清凉的光辉；(17) 因陀罗会舍弃勇武，正法王会舍弃正法；但是，我，下定决心，无论如何也绝不舍弃守信！"(18)

听罢大有能为的神光灿烂的儿子的一席话，母亲贞信对毗湿摩说道：(19)

"我知道，你信守誓愿极其坚定，以信为勇的人啊！只要你愿意，你能以自己的神力造出另外一个三重世界。(20) 我也知道，你是为了我而立下誓言。可是，你要看到不幸时期的正法，你要移开祖先们的重负！(21) 这样，你的家族之线不至于中断，正法不会遭到破坏，亲人也能心情舒畅，你就照办吧！严惩仇敌的人啊！"(22)

贞信就这样满怀着希望，十分可怜，她盼孙儿心切，讲了一些脱离正法的话。毗湿摩又对她说道：(23)

"太后！请你注意正法，千万不要给我们大家招来毁灭！在刹帝利的正法中，背信弃义是要受到谴责的。(24) 为了福身王的子孙后代在大地上绵延不绝，太后！我将告诉你永恒的刹帝利正法。(25) 你听了之后，再观察一下世界上的通例，然后请你和诸位睿智的国师

计议一番，他们明了不幸时期的正法和利益。"（26）

以上是吉祥的《摩诃婆罗多》中《初篇》第九十七章(97)。

九八

毗湿摩说：

食火仙人之子（持斧）罗摩，不能容忍父亲被害，大有福分的人啊！他愤慨万分，杀死了醯诃耶国王阿周那，射断了他的一千条手臂。（1）尔后，他又挽起弓，祭起大法宝，一而再再而三地焚烧刹帝利，用战车征服了大地。（2）就这样，婆利古的高贵的后裔，用各种各样的法宝，从前曾经三七二十一次在大地上消灭了刹帝利。（3）

后来，各处所有的刹帝利妇女，与控制自我的婆罗门结合，又生出了后代。（4）"儿子属于牵手之人。"这是吠陀中的规定。妇女们将此正法铭记于心，与婆罗门交合，世界上又重新诞生了刹帝利。显而易见，这是事实。（5）

从前还有一位睿智的仙人，名叫优多帖，他的妻子名唤摩摩多，极受尊崇。（6）优多帖的弟弟毗诃波提是众神的天师，广有神力，他追求摩摩多。（7）

摩摩多对这位小叔、优秀的辩士说："我跟你哥哥已经怀了孩子，你就算了吧！（8）大有福分的人啊！这个优多帖之子，他在我的肚子里已经学习了吠陀和六支。毗诃波提呀！（9）现在，你的元阳只会白流。鉴于这种情况，今天请你停止吧！"（10）

广有神力的毗诃波提，听了她这番适宜的话，欲火攻心，还是不能控制自己。（11）随后，情欲勃发的毗诃波提和毫不动情的摩摩多交合了。可是，当他正在射精的时候，胎里的孩子对他开口说话了：（12）"喂！小叔叔！我说，这里一起容不下两个。你的元阳白费了。我已经先来这里了。"（13）毗诃波提听了之后，十分恼火。仙人尊者威胁胎里的优多帖的儿子，又诅咒他说：（14）"因为你在一切众生最向往的这种时刻，跟我说这样的话，所以，你将陷入长久的黑暗！"（15）

尔后，这位仙人降生了。由于他曾经受到声名卓著的毗诃波提这样的诅咒，故取名长暗。其法力和毗诃波提不相上下。（16）

享有盛誉的长暗仙人生下了乔答摩等好几个儿子。那时候，他使优多帖仙人的家族子孙满堂，十分兴旺。（17）乔答摩为首的几个儿子，为贪婪和愚蠢所制，把他扔在恒河里一根漂浮的木头上，然后一起走开了。（18）"他又瞎又老，才不该养活他！"这几个残忍的家伙，心里这样想着，都回家去了。（19）

当时，仙人顺水从那里漂走了。国王啊！这位盲人仗着那根木头，漂过了许许多多的地方。（20）

却说有位国王，名叫奉献，精通一切正法。他去沐浴，发现了顺流漂到附近的仙人。（21）正法为魂的忠信为勇的奉献王，把他领了回去。认识他之后，人中雄牛啊！国王请求他为自己生子：（22）"大有福分的人啊！为了我后继有人，赐人荣耀者啊！请你和我的妃嫔生下几个精通法、利的儿子吧！"（23）富有神力的仙人听罢此言，答应他说："遵命！"那时，国王命令自己的妻子妙礼前去仙人身边。（24）这位王后想到他又瞎又老，没有前去。当时，她把自己的贴身侍女打发给了那位老人。（25）

正法为魂的仙人颇有主意，他和那个首陀罗女子生下了有界等十一个儿子。（26）有界为首的十一个孩子正在读书，英勇的国王看见之后，对那位仙人说："这些是我的儿子了！"（27）"不！他们是我的。"大仙对他说。大仙继续说道："因为有界和其他孩子，是我和首陀罗侍女生的。（28）你的王后妙礼认为我又瞎又老，她愚蠢地把贴身的首陀罗侍女送给了我。"（29）

尔后，奉献王一再地用好言抚慰那位仙人至贤，又一次吩咐妻子妙礼到他身边。（30）长暗仙人接触过她的肢体，然后对王后说道："你将有一个神光辉焕、出言为实的儿子。"（31）妙礼果然生下了一位王仙，并因此得名盎伽（肢体）。就这样，借助于婆罗门，大地上生下了另外许多英勇善战的刹帝利。（32）他们明了最高的正法，英武不凡，具有伟力。你听了这些之后，母亲！就此请你按照你的愿望行事吧！（33）

以上是吉祥的《摩诃婆罗多》中《初篇》第九十八章（98）。

九九

毗湿摩说：
为了婆罗多王族世系的缘故，我告诉你如何确保子孙后代的繁衍兴旺。母亲！请你听我说。（1）应以重金延请一位有德的婆罗门，请他和奇武的妻子生育孩子。（2）

护民子说：
随后，贞信羞涩地微微一笑，以颤抖的声音对毗湿摩说了这一些话：（3）

"巨臂的英雄！你所说的，实属真理。婆罗多的子孙啊！出于对你的信赖，我将明白告诉你延续家族子孙的办法。你不会不承认那样可以摆脱不幸。（4）在我们的家庭中，你就是正法，你就是真理，你就是最高的皈依。因此，你听了之后，要立刻照我的话去做！（5）

"我的履行正法的父亲，有一条渡船。正法为魂的人啊！有一天，我独自到了船上，那是我刚刚长成少女的时候。（6）随后，恪守正法的佼佼者，睿智的高仙破灭，来到船上，想渡过阎牟那河。（7）

"当我正载他渡阎牟那河的时候，仙人靠近了我。他情欲难忍，温柔地哄着我，说了许多甜言蜜语。（8）我畏惧他的诅咒，可又害怕父亲。婆罗多的子孙啊！虽然他许诺我许多不易得到的恩典，我还是忍耐住了，没有答应。（9）他用黑暗笼罩了世界，他以雄劲征服了年少的我，并置于他的控制之下，而我正在船上。婆罗多的子孙啊！（10）

"从前，我身上有浓烈的鱼腥味，让人讨厌，仙人去掉了它，赐给我遍体馥郁的芳香。（11）接着，仙人告诉我，我在那条河的岛上生下孩子之后，我仍然成为处女。（12）

"破灭仙人之子成了一位大瑜伽师，一位大仙。他是我从前做姑娘时的儿子，以岛生为名。（13）仙人尊者运用苦行法力，将吠陀分编为四部，在世界上赢得了毗耶娑（编集者）的雅号；因他肤色黝黑，遂又有黑仙之称。（14）他口宣真理，心地平和，深有道行，焚烧罪恶。他肯定会服从我，也服从你。光焰无际的人啊！他将和你弟弟的妻子生下漂亮的后代。（15）因为他曾经对我说：'若有要做的事情，请想起我。'巨臂的英雄！我现在想到了他。毗湿摩！如果你愿意。（16）只要得到了你的同意，毗湿摩！法力广大的岛生，一定会和奇武的妻子生下儿子。"（17）

一提到那位大仙，毗湿摩合掌说道："法、利、欲这三者，他十分明了。（18）那对利、法、欲和符合利、法、欲及违背利、法、欲的事能以其智慧认识得十分透彻，并能正确地加以辨别的人，他就是一位智者。（19）你所说的话，既符合正法，又有利于我们的家庭，真是太好了！我十分赞成。"（20）

征得了毗湿摩的同意之后，俱卢的子孙啊！黑娘（贞信）便在心中召唤黑仙岛生。（21）正在宣讲吠陀的睿智仙人，立刻知道了母亲在想他。知道之后，他刹那间出现了。俱卢的子孙啊！（22）

那时，贞信按照礼仪向儿子致敬之后，伸出双臂紧紧拥抱着他，滚滚热泪倾洒在他的头上。渔家女流过眼泪，端详着久久不见的儿子。（23）大仙给难过的母亲洒过圣水，又向她行礼。然后，头生的儿子毗耶娑对母亲说道：（24）"您心里想的事情，我来做了。请吩咐我吧，深知正法精髓的人啊！我将做您高兴的事。"（25）

随后，国师向那位高仙敬礼。他念诵咒语，受礼如仪。（26）母亲见他已经就座，又问候他永远健康。贞信正面看着他，接着说道：（27）

"母亲和父亲生的儿子，是共有的财富。仙人啊！毫无疑问，儿子属于父亲，也属于母亲。（28）由于造物主的安排，如同你成了我的第一个儿子，梵仙啊，奇武成了我最小的儿子。（29）如同从父亲一方来说，毗湿摩是奇武的哥哥；而从母亲一方来说，你是奇武的兄长。儿子！你也会这样认为。（30）这位福身王之子（毗湿摩），以忠信为勇，严守着誓言，他既不动生子之念，也不想登基为王。（31）出于对你弟弟的体恤，为了家族后继有人，无咎的人啊！依照毗湿摩的意见和我的命令，（32）也出于对一切众生的悲悯和保护之情，我要说的话充满善意，你听了之后务必照办！（33）你弟弟的两位妻子，俨如天神的女儿，姿容妙曼，青春正富，渴望依法生子。（34）你和

她俩生育儿子吧！他会配得上我们的家庭、宗族和出身。因为你是最合适的人。孩子！"（35）

毗耶娑说：

贞信！您熟知正法，过去的与未来的。明法者啊！您的思想也执著于正法。（36）所以，我将遵循您的命令，将正法作为行动的准则，做您心愿的事情，因为古已有之。（37）我将给弟弟几个儿子，如同密多罗①、伐楼拿一般。两位王后要恪守我所指定的戒行。（38）遵循正道，一年为期，她俩将因此变得十分纯洁。因为任何一个不完成戒行的妇女，都不可以亲近我。（39）

贞信说：

王后怎样能立刻怀孕，你就怎样办吧！国家没有君主，雨水不降，天神不来呀！（40）一个没有君主的国家，如何能够坚持下去？大有能为的人啊！所以，你要让王后怀上孩子，毗湿摩将抚育他长大。（41）

毗耶娑说：

如果要我立刻给一个儿子，不等时候，王后能忍受我的丑陋，这就是她的最高戒行了。（42）如果她能接受我的气味，长相，装束，以及我的身体，今天就让憍萨罗的公主怀上一个杰出的胎儿吧！（43）

护民子说：

盼望着交合的仙人，隐身不见了。尔后，王太后悄悄地前去会见了儿媳，向她讲述了合乎正法、与利相系的有益之言：（44）

"憍萨罗的公主啊！我现在所说的是正法的主旨，你要听明白我的话！由于我的福分丧失殆尽，婆罗多族濒于灭绝，已是显而易见了。（45）毗湿摩看到我十分愁烦，又看到父系宗族的磨难，他现在向我提出了一个振兴正法的建议。（46）我想，这个建议要依靠你了，女儿呀！你来复兴行将毁灭的婆罗多王族的世系吧！（47）生一个儿子吧，美臀女，让他光辉璀璨，如天帝一般！因为他要肩负起我们家族的沉甸甸的王国重担。"（48）

贞信依据正法，开导过奉行正法的王后，她又设宴款待了婆罗

---

① 一位天神名。

门、神仙和其他客人。(49)

以上是吉祥的《摩诃婆罗多》中《初篇》第九十九章(99)。

一〇〇

护民子说:

适值月经期的儿媳沐浴之后,贞信让她躺在床上,轻声地对她说道:(1)"憍萨罗的公主!你有一位大伯哥,他今天要到你这里来。你要醒着等他,夜半时分,他就会来。"(2)王后听罢婆母的吩咐,她当时躺在华丽的床榻上,心里想:"可能是毗湿摩,或者是其他俱卢族的英雄。"(3)

随后,言而有信的仙人,首先来和安必迦结合。正当灯火辉煌的时候,他来到了床边。(4)王后看见他身体黝黑,盘起的头发颜色棕红,双目灼灼发光,浓密的棕红胡子,便紧紧闭上了眼睛。(5)为了实现母亲的心愿,当天夜里仙人和她结合了。可是,迦尸国公主由于害怕,未能再睁眼看一看他。(6)

他出来之后,母亲走到他的身边,对儿子说道:"孩子!她会有一个品质优良的王子吧?"(7)闻听母亲这般询问,睿智不凡的毗耶娑具有超越感觉的神通,又有命运从旁相助,便回答说:(8)"他力敌万象,富有学识,将是一位卓越的王仙。他大有福分,勇武过人,睿智不凡。(9)他将有一百个儿子,一个个力量无穷,但是,因为他母亲亏欠功德,他天生就会是一个瞎子。"(10)

闻听仙人之言,母亲随后对儿子说道:"一个瞎子是不宜做俱卢族的国王的。以苦行为财富的人啊!(11)你要给俱卢族第二个国王,做为亲戚宗族的保护者,以振兴祖先的宗族。"(12)"遵命!"苦行法力广大的仙人答应之后,就离去了。而那位憍萨罗的公主,到时候果然生了一个瞎儿子。(13)

王太后又嘱咐了另外一位儿媳,然后,无可指责的贞信,像前一次一样把仙人领来了。(14)大仙又带着那副模样,走向安波利迦。她也看见了那一个仙人。她吓得魂不附体,面色苍白,和他结合了。

259

婆罗多的子孙啊！（15）

毗耶娑见她吓得面色苍白，魂不附体，国王啊！贞信之子便对她说道：（16）"因为你看见我长相丑陋，面色变得苍白，所以，你将有一个苍白的儿子。（17）他还将以般度（苍白）为名，容颜光艳的女郎啊！"说完这句话，卓越的仙人尊者就离去了。（18）

贞信看见儿子出来了，她又问了他。他告诉母亲，这个孩子是苍白的。（19）母亲再一次求他另外生一个儿子。"遵命！"大仙也再一次答应了母亲。（20）

到了时候，那位王后生下来一位王子，颜色苍白，具有福相，仿佛闪烁着光辉，十分吉祥。就是他生出了般度五子，个个都是伟大的射手。（21）

后来，长媳到了月经期，贞信吩咐她去会仙人。可是，想起大仙的模样和气味，这位天神女儿似的王后，不由得胆战心惊，她没有执行王太后的命令。（22）她用自己的珠宝首饰，把一位女奴装扮起来，宛然天女一般，然后，迦尸国国王的女儿打发她去会黑仙。（23）

仙人来了，女奴起身相迎，向他敬礼。得到仙人的同意，她和他一场交欢，服侍殷勤。（24）仙人享受到爱欲的欢乐，对那女奴十分满意。大仙和她一起过了一夜，女奴也很快活。（25）仙人起床时，对她说："你将不再是女奴了。美人啊！一个吉祥的胎儿已经怀在你的肚腹之中。他以正法为灵魂，将是世界上一切智者中的佼佼。"（26）

后来，他出生了，取名维杜罗（智者）。他是黑仙岛生的儿子，持国和般度的兄弟，有无量的智慧。（27）他本是正法神，因为高贵的曼陀仙人的诅咒，投生为维杜罗之身。他深谙政事的要略，没有爱欲，从不嗔怒。（28）

仙人为正法神还债之后，又到母亲跟前，禀告母亲已经授胎，然后就在那里消逝了。（29）

就这样，岛生和奇武的妻子生下了几个天神般的儿子，振兴了俱卢宗族。（30）

以上是吉祥的《摩诃婆罗多》中《初篇》第一百章（100）。

一〇

镇群说：

正法神说了什么事情，因而受到诅咒？是哪位梵仙诅咒他投胎在首陀罗女奴之腹？（1）

护民子说：

有一位婆罗门唤作曼陀，声名广被。他十分坚定，精通一切正法，坚持真理，坚持苦行。（2）他的苦行法力广大，瑜伽功夫高深，站在森林道院门口的一棵树下，高举双臂，恪守禁语之戒。（3）他旷日持久地坚持着这项苦行。一天，一群强盗受到许多卫兵的追赶，携带着赃物躲到了他的森林道院。婆罗多族的雄牛啊！（4）强盗们把赃物放在了他的屋内。俱卢族的至贤啊！就在士兵来到的时候，他们因为害怕，放好了赃物，已经躲藏起来。（5）他们刚刚躲藏起来，追捕强盗的那一队卫兵也随即迅速赶到了。他们看见了那位仙人。（6）

接着，国王啊！他们询问那般姿势的深有道行的仙人："再生者至贤啊！强盗们从哪条路逃跑了？婆罗门啊！我们要顺着那条路追上他们。"（7）可是，卫兵们那样询问，国王啊！以苦行为财富的仙人，不管是好话还是歹话，他什么话也不回答。（8）

后来，国王的侍卫们搜查了那座森林道院，在道院中发现了躲藏着的那伙贼，以及赃物。（9）因此，卫兵们对那位仙人发生了怀疑，把他和强盗们一同抓起来之后，派人报告了国王。（10）国王下令，把仙人和强盗们一并处死。行刑的卫兵们不认识他，便把法力广大的仙人刺在铁矛上。（11）卫兵们把那位仙人挑在铁矛上，然后，携带着那些赃物，回到了国王那里。（12）

但是，刺在铁矛上的仙人，他以正法为灵魂，那样过了很长的时间，又没有食物，也没有死。他仍然维持着生命，招来了许多仙人。（13）灵魂伟大的仙人，就在铁矛尖上修炼着苦行，仙人们极为悲痛。严惩仇敌的人啊！（14）

入夜，仙人们变成鸟，又从各个地方飞了回来。他们运用法力，让曼陀仙人见到自己之后，向再生者至贤问道："我们想听一听，婆罗门啊！你犯了什么罪？"（15）仙人之虎对那些深有道行的仙人说："我会冒犯谁呢？因为别人也没有得罪我。"（16）

国王听说他是一位仙人，便带领大臣们来到那里。当时，仙中至贤还刺在铁矛上，国王请他原谅：（17）"由于我愚蠢又无知，犯下了这桩罪过，仙中至贤啊！我现在请你开恩，请你不要生我的气！"（18）

闻听国王如此之言，仙人心平气和。国王抚慰过仙人，随后去把他放下来。（19）他想从铁矛尖上卸下仙人，便往外拔那根铁矛，未能拔出来，他只好齐根把铁矛砍断了。（20）就这样，仙人身上带着一截铁矛到处漫游。后来，他以这项苦行征服了别人难以征服的众世界。从此，他得了"矛尖曼陀"之名，在三界中广为传诵。（21）

一天，这位明了最高目的的婆罗门，走向正法神的宫殿。他法力高强，到达了那里，随后看见了坐在宝座上的正法神。（22）"我不知道自己造下了什么罪业，我竟因此得到这样一个结果！你快快告诉我真情。也请你见识一下我的苦行法力！"（23）

正法神说：

你曾经将芦苇刺进小飞虫的尾部，因为这件事，你得到了那一个结果。深有道行的人啊！（24）

矛尖曼陀说：

我（儿时）的轻微的过失，却受到你严重的惩罚，正法神啊！你将因此投生到首陀罗女人的肚子里！（25）今天，我在世界上定下一个开始承受正法之果的界限：十四岁以前，将没有什么罪；超过这个年龄，如果这样做，即是有罪。（26）

护民子说：

因为这个错误，正法神受到高贵的仙人的诅咒，以维杜罗之形，由首陀罗侍女生下来。（27）他精通法、利，不贪不愠，目光远大，心地平和，为了俱卢族的幸福而尽心竭力。（28）

以上是吉祥的《摩诃婆罗多》中《初篇》第一百零一章（101）。

一〇二

护民子说：

那三位王子出生之后，俱卢国，俱卢族，俱卢之野，这三者都兴旺起来了。(1) 大地上庄稼苗壮，五谷丰登，雨神及时降雨，树木满是繁花硕果。(2) 骏马大象欢欢快快，走兽飞禽喜悦非常，花朵喷吐着芬芳，水果汁液甜香。(3) 城镇众多，遍布商贾，到处是工匠。人民勇敢，富有教养，十分贤良，其乐陶陶。(4) 盗贼绝迹，没有任何人喜爱非法，整个王国的各个地方正经历着圆满时代。(5) 人民对布施、举办法事、履行正法，习以为常；潜心于祭祀、守戒，互相间怀有亲爱之情。那时候人民炽盛。(6) 人民不骄不愠，也不贪婪，相助共荣，奉行最高的正法。(7)

那座京城十分富庶，如同大海一般。城门，拱廊，尖塔，多如云集，有数以百计的宫殿群，俨然伟大因陀罗的天都。(8)

在河流溪涧，在森林中的开阔地，在湖泊、池塘，在山岭的巅顶，以及可爱的树丛，人民尽情游乐，十分快活。(9)

那时候，南方的俱卢族与北方的俱卢族争雄。他们和悉陀、仙人、遮罗纳一起漫游，没有什么人穷困，没有女子是寡妇。(10)

在那个美好的国家里，俱卢族建造了许多水井，游乐场所，会议厅，池塘，以及婆罗门书院。国王啊！毗湿摩遵循圣典保护着整个国度。(11) 这个国家风光美丽，数以百计的庙宇、祭柱将它点缀，它把其他众多王国揽在怀抱，十分强大。在毗湿摩的治理下，王国之中正法之轮常转不息。(12) 由于高贵的王子们守职尽责，城镇和乡村的居民天天在欢度节日。(13) 在俱卢族首领们的家中，以及市民们的家中，国王啊！"请接受馈赠！请尽情享用！"到处可以听到这一些话语。(14)

持国，般度，思想伟大的维杜罗，从出生起就受到毗湿摩慈父般的保护。(15) 他们举行了各种圣礼，守誓持戒，学习经典，还经受过艰苦的磨炼，成长为青年。(16) 他们精通弓箭经，驭马术，杵战，刀功，盾法，驭象术，以及正道论。（17）他们熟知历史传说、往世书，精通各种学问。大有能为的人啊！他们掌握了吠陀和吠陀支的精髓，进行过多方面的实践。（18）

般度箭法高超，远在他人之上；持国王力量无穷，他人不能望其项背。（19）维杜罗永远奉行正法，三界之中没有任何人可以与之相提并论。国王啊！就正法而言，他达到了最高境界。（20）

看到福身王的宗族中断之后，又重新振兴，随之，世界上的众王国流传着这样一个说法：（21）"英雄母亲，顶数迦尸国国王的两位女儿；国家众多，顶数俱卢国；精通一切正法者，顶数毗湿摩；大小城镇，顶数象城。"（22）

持国因为双目失明，没有登基为王；维杜罗因为种姓不纯，也没有登基为王；般度成了大地之主。（23）

以上是吉祥的《摩诃婆罗多》中《初篇》第一百零二章(102)。

一〇三

毗湿摩说：

我们的著名的家族，因为具备种种美德，已经全面振兴起来。在大地上非凡出众的诸国王中，它享有帝国的威严。（1）我们的家族，有明法的高贵的先王们的保护，它在人世间任何时候也不曾走向覆灭。（2）我，贞信王太后．以及灵魂伟大的黑仙，现在又把它牢固地安放在你们身上，你们是家族的继承之线。（3）孩子！为了我们这个大海一般的家族兴旺发达，我，尤其是你，维杜罗！必须采取一些办法。（4）

听说，有一位雅度族的姑娘，与我们的家庭十分相宜，她是摩德罗国国王妙力的女儿。（5）她容貌美丽，是一位多方受到保护的名门淑媛。那些刹帝利雄牛才适合做我们的亲戚啊！（6）我想，我们应该选那样的女子。智者中的佼佼啊！为的是这个家族后继有人。维杜罗！你是否也认为如此？（7）

维杜罗说：

您是我们的父亲，您是我们的母亲，您也是我们最好的老师，因

此，您既然亲自考虑这对我们家族有利，就请那么办吧！（8）

护民子说：

后来，毗湿摩听婆罗门说："妙力的女儿名唤甘陀利。她曾经向施恩惠的大神，夺去薄伽眼睛的诃罗①祈求恩典。光艳照人的甘陀利果然得到了生育百子的恩典。"（9）俱卢族的祖父毗湿摩闻听此言，确信无疑。随后，他便派人去见犍陀罗国国王。婆罗多的子孙啊！（10）

想到持国是一个瞎子，妙力王颇具踌躇。可是，他考虑到持国的家庭，声誉，品行，聪敏过人，还是把履行正法的甘陀利许给了持国。（11）甘陀利也已听说持国是个瞎子，父亲和母亲打算把自己嫁给他。婆罗多的子孙啊！（12）于是，光艳的女郎拿来一条头帕，折迭了多层，系起来蒙住了自己的眼睛。国王啊！她矢志忠于自己的丈夫。"我绝不比丈夫享受更多。"她下定这样一个决心。（13）

尔后，犍陀罗国国王的儿子沙恭尼，带着十分吉祥的妹妹，来到了俱卢族。（14）这位英雄把妹妹和一群合适的奴仆送到之后，又返回了自己的京城。他深受毗湿摩的敬重。（15）

美臀女甘陀利，以其和婉的性情，美好的品行，优雅的举止，博得了全体俱卢族人的满意。婆罗多的子孙啊！（16）矢志忠于丈夫的女郎，只以自己的行为表示对全体俱卢族人的尊敬。她严守誓愿，话语言谈之中，从不提起其他男人。（17）

以上是吉祥的《摩诃婆罗多》中《初篇》第一百零三章（103）。

一〇四

护民子说：

雅度族的佼佼者，名叫苏罗，是婆薮提婆的父亲。他有一个女儿，名唤普利塔，容貌美丽，大地之上无与伦比。（1）姑母的儿子没有后代，勇武的苏罗曾答应把自己头生的孩子首先送给他。（2）考虑到这位姑娘是头生，友好的苏罗就把她给了高贵的朋友贡提婆阇。他

---

① 薄伽，女神阿提底的十二个儿子之一。诃罗，即司毁灭的大神湿婆。湿婆与阿提底诸子发生争斗，曾用弓端挑出了薄伽的眼睛，后又归还。

正期待着头生儿这一恩典。(3)

在继父的家里,她受命供养神祇和服侍客人。她曾经服侍过一位严厉又可畏的恪守誓愿的婆罗门。(4)他对于正法有秘密的探索。他名叫敝衣,人所共知。普利塔尽心竭力,殷勤服侍,使严厉的控制自我的仙人十分满意。(5)

由于预见到她将遭逢不幸,为了应变,仙人教给她一个咒语,以及与之相配合的法术,并告诉她说:(6)"使用这个咒语,你可以把任何一位天神召到身边来。你将得到他的恩典,生育一个儿子。"(7)

听那位婆罗门这样一说,这位享有盛誉的处女,当时出于好奇,就召请太阳神。(8)她看见创造世界的太阳神果真前来了。目睹这样一个伟大奇迹,全身美丽无瑕的女郎惊讶不已。(9)随后,司光明的太阳神给她种下了胎孕。接着,她生下了一个精通各种武艺的出类拔萃的英雄。这位天神之子身裹神甲,神采奕奕,祥光笼罩。(10)他一生下来就身裹神甲,佩戴一对耳环。耳环夺目的光辉,映照着他的脸庞。普利塔生下的这个儿子,便是全世界广为周知的迦尔纳。(11)华光璀璨的太阳神赐她恩典,又使她重新成为处女。赐予她这一最好的礼物之后,太阳神离开那里,回到了天上。(12)由于害怕亲人而掩盖错误,当时,贡蒂把那个有吉相的男孩扔到了河水中。(13)

那时候,有位车夫之子,是罗陀的丈夫,素享盛誉,他和妻子把那个弃婴当成了儿子。(14)夫妻二人给那个孩子取了一个名字。"他一生下来就携有财富,让他叫富军吧!"(15)他逐渐长大起来,力大无穷,各种武器十分娴熟,英勇非凡。他膜拜太阳神,直到后背灼热。(16)

有一个时期,信守诺言的英雄,终日端坐着讽诵圣典。在那个时期,这位贵人没有任何东西不可以施舍婆罗门。(17)为了众生的幸福,因陀罗变成一个婆罗门,前来乞讨。光辉灿烂的天神向迦尔纳讨取那副耳环和铠甲。(18)疏忽大意的迦尔纳,从自己身上割下了那副神甲,鲜血淋漓。他又割下了一对耳环。然后,他双手合十,送给了因陀罗。(19)天帝释大吃一惊。他赐给迦尔纳一件法宝,对他说道:"无论是天神、阿修罗、凡人,还是健达缚、蛇怪、罗刹,你向谁投出这件法宝,他都要被杀掉,休想活命。"(20)

以前，他有个名字，叫做富军，尽人皆知。后来，因为他的这一事迹，他又得名毗迦尔多那·迦尔纳（割开耳朵者，日神之子迦尔纳）。① (21)

以上是吉祥的《摩诃婆罗多》中《初篇》第一百零四章(104)。

一〇五

护民子说：

贡提婆阇的女儿美丽又贤惠，具备各种美德。她热爱正法，有宏大的誓愿。在父亲为之举行的选婿大典上，(1) 在成千上万的国王当中，她看中了狮牙、象肩、牛目、膂力无穷的般度。(2) 俱卢的后裔般度和贡提婆阇的女儿结为夫妻，他感到无限幸福，犹如摩珂梵（因陀罗）和宝罗密成亲一般。(3)

他又和天誓一起，来到摩德罗国的首都。摩德罗国国王有个女儿玛德利，三界闻名。(4) 她十分美丽，地上无双，所有的国王都对她极为倾慕。毗湿摩付出巨资，为般度把她买来了，又为高贵的般度和她举行了婚礼。(5)

看见般度狮胸、象肩、牛目，睿智不凡，堪称人中之虎，世间的凡人无不惊异万分。(6)

结婚之后，力大无穷、意志坚强的般度，为了征服所有的敌人，他的脚步踏遍了整个大地。(7) 他首先出征为非作歹的十川国。人中雄狮般度，保持了俱卢族的光荣，战而胜之。(8) 接着，般度挥军前进。各色各样的旌旗高高飘扬，许许多多的大象、骏马、战车，一队又一队的士兵，浩浩荡荡。(9)

摩揭陀王国的保护者达尔婆，一个作恶多端的罪人，所有英雄的仇敌，天下众王的冤家对头，在王舍城被诛。(10) 般度拿光了仓库的物资，牵走了牲畜，收编了士兵，直趋弥提罗城，在战争中又击败了毗提诃人。(11)

---

① 毗迦尔多那·迦尔纳，双关语。一个意思是"割开耳朵者"；一个意思是"日神之子迦尔纳"。

同样，在迦尸国，在苏诃摩，在崩德罗，婆罗多族的雄牛啊！般度以其两臂的力量，凭借其勇武，为俱卢族赢得了光荣。（12）他倾泻的箭雨，烈焰腾腾；他投射的法宝，火光熊熊。镇伏仇敌的般度俨如火神，与他接战的国王们无不被焚烧丧命。（13）

众多国王及其军队，实力被般度及其军队摧毁了，他们只好屈服称臣，听命纳贡和提供徭役。（14）大地上所有的国王全都被他击败了。他们公认般度是独一无二的英雄，犹如众神之中的城堡破坏者（因陀罗）。（15）大地上所有的国王都赶来朝拜。他们向他合掌致敬，弯腰鞠躬，携来钱财和种种奇珍异宝。（16）又有摩尼宝珠，珍珠，珊瑚，黄金和白银，以及许多优良的母牛，宝马，华轩，大象。（17）还有数目繁多的驴，骆驼，公牛，以及若干山羊和绵羊。象城的统治者般度王将其全部接受下来了。（18）

般度携带着这些财物，率领着兴高采烈的军队凯旋归来，为自己的王国和那座以象命名的城市带来一片欢腾。（19）"王中雄狮福身王和睿智不凡的婆罗多王，曾经有过的光荣的欢呼声，一度沉寂之后，如今由般度王再次掀起来了！（20）从前那些侵占俱卢族王国、掠夺俱卢族财富的家伙，因为象城雄狮般度，如今他们一变而为缴纳贡赋了！"（21）俱卢族的王公们，一起聚会的国王的大臣们，以及城镇市民和乡村百姓们，都这样议论着。他们的心中感到十分舒畅，人人兴高采烈。（22）

毗湿摩居前，带领着象城的全体市民，迎接凯旋归来的般度，他们走了很长的路也不觉远。他们高兴地看到，大地上到处是异国他邦的俘虏；（23）到处是各式各样的车辆，满载着五光十色的奇珍异宝；到处是优良的大象，宝马，华轩，以及母牛、骆驼和绵羊。俱卢族人陪同毗湿摩，到处走，到处看，也望不见尽头。（24）

般度向父亲毗湿摩行了触脚礼。他给母亲憍萨罗的公主带来了无限的欣慰。他又向城镇市民和乡村百姓表示了应有的敬意。（25）他镇伏了敌人的王国，大功告成，凯旋归来了。毗湿摩与儿子重逢，欢喜的泪水夺眶而出。（26）上百支乐队和无数面大鼓响起巨大的奏鸣声，般度进入象城，使各处的市民欢喜若狂！（27）

以上是吉祥的《摩诃婆罗多》中《初篇》第一百零五章（105）。

一〇六

护民子说：

遵照持国的吩咐，般度将自己的臂膀赢得的钱财，奉献给毗湿摩、贞信太后和母亲。（1）般度还把钱财送给了维杜罗。正法为魂的般度也向亲朋好友奉送了钱财，他们都深感满意。（2）般度赢来许多光辉夺目的宝石，毗湿摩将它分给了贞信太后和享有盛誉的憍萨罗国公主，使她们心满意足。婆罗多的子孙啊！（3）母亲憍萨罗国公主，满怀喜悦之情，紧紧拥抱着光辉无限的人中雄牛，犹如天后宝罗密拥抱着儿子阇廷多。（4）

持国用这位英雄赢得的财富，举行过许多次盛大的祭祀，数百次马祭，向数十万人慷慨施舍。（5）

般度和贡蒂、玛德利一起，婆罗多族的雄牛啊！在他已经消除疲劳的时候，前往森林中漫游。（6）他抛弃了安歇的宫殿，华美的床榻，长久地居住在森林里，整日沉醉于行猎。（7）他在雪山的美丽的南坡巡游，在山巅上和大片的娑罗树林中过夜。（8）

般度和贡蒂、玛德利一同居住在森林中，十分快活，犹如城堡破坏者的吉祥神象，生活在两头母象中间。（9）这位婆罗多的后裔，有两位妻子相伴，佩戴着利箭长弓，身穿五彩斑斓的铠甲，到处巡游。林中居民都以为这位精通法宝的英雄国王是一位天神。（10）遵照持国的命令，一些人经常忙碌不停，在森林中为他献上种种娱乐和享用品。（11）

恒河之子听说，提婆迦国王有一位首陀罗女子生的女儿，容貌美丽，正当青春妙龄。（12）尔后，人中雄牛选中了她，带回了来，为睿智不凡的维杜罗和她举行了婚礼。（13）俱卢的后裔维杜罗和她生育了许多儿子，具有他自身同样的教养，同样的美德。（14）

以上是吉祥的《摩诃婆罗多》中《初篇》第一百零六章(106)。

一〇七

护民子说：

后来，镇群王啊！持国和甘陀利生下了一百个儿子，还有他和吠舍侍女生的一个，儿子超过了一百个。（1）般度有五个儿子，都是战车武士，是天神们为了延续其家族，和贡蒂、玛德利所生的。（2）

镇群说：

甘陀利怎样生育了一百个儿子？再生者之至贤啊！用了多长时间？他们的寿命又有多久？（3）持国和吠舍侍女又怎样生了一个儿子？持国如何得到了甘陀利这样一个奉行正法的与之般配的妻子？（4）般度受到那位高贵的仙人的诅咒，天神们怎样为他生育了五个成为战车武士的儿子？（5）学识渊博的人啊！请你按照事情经过，详详细细地把这些讲一讲吧！以苦行为财富的人啊！听取我的亲人们的故事，我从不满足。（6）

护民子说：

有一次，岛生又饿又累，困顿不堪，来到门上。甘陀利款待得他心满意足。毗耶娑赐给她一个恩典。（7）她挑选了一个心愿：自己和丈夫生育百子。尔后，过了一段时间，她就跟持国怀有身孕了。（8）

可是，甘陀利受孕之后，怀胎两年，仍未生下孩子。因此，痛苦不断袭扰着她。（9）她听说贡蒂生育了一个儿子，光华四射，犹如朝阳，而她感到自己的肚子发硬，很是忧愁。（10）甘陀利瞒着持国，竭尽全力去堕胎，她疼得昏了过去。（11）接着，她生下了一个肉团，像是一个结结实实的鲜红的圆球。她挪动脚步，想去扔掉肚子里怀了两年的东西。（12）

岛生察知，倏忽之间飘然来到。优秀的诵经者看了看那个肉团。（13）然后，他向妙力之女问道："你这是想做什么呀？"她把自己的想法，如实地告诉了高仙：（14）"闻听贡蒂的长子已经出生，像太阳一样光华四射，我极为痛苦，我就堕了这个胎。（15）你从前许诺我有百子降生，倘若确实，我生下的这个肉团应该变成一百个儿

子！"（16）

毗耶娑说：

它会这样的，妙力之女啊！它绝不会是另外一种情况。我从前不曾有过虚言，即使在寻常的事情上也是如此，岂会有其他？（17）你赶快准备好一百个罐子，都盛满清奶油。给这个圆球洒上一些冷水。（18）

护民子说：

那个圆球正淋着水的时候，它裂成了一百块。每一块就是一个仅有一节拇指大的胎儿。（19）又加上一个，是一百零一。人民之主啊！当时，他们是随着时间的推移，从那个肉团一个接一个逐渐变化出来的。国王啊！（20）接着，毗耶娑把那一百个胎儿放入一百个罐子中。当时，他又命人把罐子安放在极为安全的地方，妥善地加以保护。（21）尊者告诉妙力之女："再过这么长的时间，这些罐子就可以破开了。"（22）尊者毗耶娑说完这句话，又做了一些安排。然后，睿智的仙人前往雪山修炼苦行去了。（23）

依照先后顺序，他们之中难敌王第一个出生。但根据出生和法则，坚战王居长。（24）他这个儿子刚一出生，持国请来了许多婆罗门，也请来了毗湿摩和维杜罗，他说了这么一番话：（25）"坚战王子是兴旺我们家庭的长子。根据他自己的美德，他将得到王国。对此，我们没有异议。（26）可是，我这儿子在他之后出生的，他是否也将是国王？请你们告诉我真话，就此做出一个决定。"（27）

他的话音刚落，婆罗多的子孙啊！在周围各个方向上，祥瑞的动物都发出了预示凶险的凄厉的嚎叫。（28）观察到四处呈现的种种凶兆，国王啊！那些婆罗门和思想伟大的维杜罗，一起对持国说道：（29）"显而易见，你的这个儿子，将招致家庭的毁灭！抛弃他将会太平无事，养活他就要有大难临头！（30）让你的一百个儿子，剩下九十九个吧！大地之主啊！请用他一个换取世界和家庭的安宁吧！（31）为了家庭，可以舍弃一个儿子；为了村庄，可以舍弃一个家庭；为了国家，可以舍弃一个村庄；为了灵魂，可以舍弃大地。"（32）

虽然维杜罗和众位出类拔萃的婆罗门都这样劝说，满怀爱子之情

的持国王也没有照办。(33)

尔后,仅用了一个月的时间,持国的一百个儿子全都出生了,国王啊!加上一个女儿。(34)在甘陀利为她的大肚子烦恼的时候,一个吠舍侍女确实服侍过巨臂的持国。(35)就在那一年,国王啊!持国和她生下了享有盛誉的睿智的杂种姓的儿子尚武。国王啊!(36)就这样,睿智的持国生了百子,个个都是英勇的战车武士。他还有一个女儿,名唤杜沙罗。(37)

以上是吉祥的《摩诃婆罗多》中《初篇》第一百零七章(107)。

一〇八

镇群说：

大有能为的人啊!持国的那些儿子的名字,请你由长及幼依次说一说吧!(1)

护民子说：

有难敌,尚武,国王啊!还有难降;有难偕,难撼,水连,娑摩,娑诃;(2)有文陀,阿奴文陀,难袭,妙臂,难攻,难耐,丑面,丑耳和迦尔纳;(3)有毗文沙提,广耳,水连,秀目;有奇异,斑驳,斑目,美奇和弓弧;(4)有猖狂,难浸,欲知,变形,毛脐和美脐,以及欢喜与喜悦;(5)有军主,苏室纳,瓮腹,巨腹,有奇箭,奇铠,美铠和难解;(6)有铁臂,巨臂,奇肢,奇环,怖冲,怖力,多鹤,力增;(7)有利器,怖业,金寿,坚械,坚铠,坚武,月荣,阿奴陀罗;(8)有坚连,老连,真连,娑陀苏伐,厉声,马军,统领,难克;(9)有莫敌,饱学,广目,难覆,坚手,妙手,以及疾如风与辉煌;(10)有阿提迭计都,多愿,龙齿,猛行,披甲,持弓,持网,执杖和挽弓;(11)有威猛,怖车,毗罗,雄臂,无贪,无畏,凶业和坚车;(12)有莫击,罐破,哮吼,长目,长臂,巨臂,粗股,金旗;(13)还有恭达希和无尘。国王啊!这是一百个儿子。一个女儿是声名卓著的杜沙罗,总共是一百零一个。(14)

请你根据名字的先后,了解他们出生的次序吧,国王啊!他们全都是卓越的战车武士,全都是精通战阵的英雄。(15)他们全都精通吠陀,全都精通治国安邦之道,全都精通合纵连横之术,他们以学问和出身而享有荣耀。(16)

时候一到,持国经过一番了解,按照礼仪为他们都娶来了般配的妻子。国王啊!(17)杜沙罗到了时候,父王也把她嫁给了信度国国王胜车。婆罗多的子孙啊!那时,他已经征得了妙力之女(甘陀利)的赞同。(18)

以上是吉祥的《摩诃婆罗多》中《初篇》第一百零八章(108)。

一〇九

镇群说:

持国诸子的出生,如同高尚的神仙们一般,在凡人中实在不同寻常,先生已经讲过了。精通圣典的佼佼者啊!(1)他们每个人的名字,也一一叙述了,我已从你聆听周详。婆罗门啊!现在,请你讲一讲般度诸子吧!(2)因为他们全都有伟大的灵魂,如同天帝一样勇敢,你在《部分降世篇》中曾经说过,他们本是天神的一部分。(3)所以,我想听一听业绩非凡的般度诸子的出生。护民子啊,请你全部讲一讲吧!(4)

护民子说:

在麋鹿野兽出没的大森林中,般度王在一片树丛下发现了一头正在交尾的带头鹿。(5)般度随即朝那头母鹿和那头公鹿连射五箭,黄金的箭杆,华丽的箭羽,锐利又快当。(6)国王啊!那头公鹿本是一位仙人之子,他大有神力,深有道行,神光辉焕,变成麋鹿之形,正在和妻子交欢。(7)可是,就在他和那只母鹿交欢的时候,他发出一声人的惨叫,刹那间栽倒在地上。他知觉昏乱,哀泣着说了一番话。(8)

公鹿说:

即使那些为欲望和怒气制约,没有一点理智,嗜好罪恶的人也不会做这样一些残忍之事。(9)智慧不能压倒命运,命运却会压倒智慧。由命运控制的事情智慧是不能明白其意义的啊！（10）你出生于永远以正法为魂的显赫的家庭，婆罗多的子孙啊！你怎么居然为欲望和贪婪所制，思想变得纷扰不定？（11）

般度说：

国王们猎鹿，是和杀敌的行为一样。鹿啊！你休要糊涂地责备我！（12）杀鹿是光明正大的，从中找不到阴谋诡计。这是国王们的正法。而你是明了这一点的，还谴责我什么呢？（13）投山仙人为举行祭祀，也曾经行猎。他将大森林中的许多野鹿作为牺牲，献给诸位神祇。（14）投山仙人遵守着权威们规定的正法，念诵着咒语，把你们鹿的脂肪用于祭供，你怎么却谴责我呢？（15）

公鹿说：

不看清楚敌人以前，人们绝不放箭。特别是在敌人有错时，才是该杀的时候。（16）

般度说：

不管他有错没有错，敌人暴露了，人们就应该施展膂力，运用种种办法，放射利箭杀死他。鹿啊！你为什么谴责我呢？（17）

公鹿说：

我不责备你杀鹿，国王啊！也不是为了我自己。可是，你如果心地善良，你就应该等我交配完了。（18）在对一切众生有利的时刻，也是一切众生盼望的时刻，一头公鹿正在森林中交配，哪一个有良知的人会杀死它呢！人所追求的爱情之果，是你使之落空了！（19）

补卢族及其众位仙人，行为一向善良，你诞生在他们的宗族，俱卢的子孙啊！这件事于你是极不相称的呀！（20）这个行动，残忍至极，要受到三界的谴责。它伤天害理，为人不齿，是严重的不法。婆罗多的子孙啊！（21）你深知享受女色的个中滋味，你掌握经典、正法、财利的精髓，俨然天神的人啊！你不应该做下这样伤天害理的事情！（22）

那些行为残忍、犯罪作恶、抛弃人生三要的人，王中佼佼啊！你本来应该是惩治他们的。（23）你为什么居然也做出了这样的事？人中佼佼啊，你竟杀害我这个无辜的仙人！我以根、果为食，乔装成麋鹿之形，国王啊！我一向安居于森林之中，追求恬静。（24）你怎样杀害了我，你也一定怎样杀死自己！你做下了凶残之事，你将不由自主地夫妻交欢，情欲将使你痴迷，情欲将让你也这样丧命身亡！（25）

因为我是名叫紧陀摩的仙人，苦行法力无与伦比。我由于胆小而远离世人，和一头母鹿结为配偶。（26）我变成一头公鹿，和许多麋鹿一起优游在林莽深处。不过，这不算犯了弑婆罗门的罪。你杀我，是不知道我情欲迷心，变做了麋鹿之形。（27）但是，因为此事，蠢人啊！你将得到同样的结果！你将情欲迷心，和心爱的女人同眠共枕，你也将在同样的情况下进入死神的世界。（28）一旦你和钟情的女人同眠，你就到了死亡之期，落在一切众生无法逃避的死神的控制之下。睿智不凡的人啊！那个女人也将虔诚地追随着你。（29）一如我正沉浸在幸福之中，你使我陷入了痛苦；同样，使你感到快活的时刻，你也将陷入痛苦之中。（30）

护民子说：

极度痛楚的公鹿这样说完话，就丧失了性命。刹那间，般度变得忧心忡忡。（31）

以上是吉祥的《摩诃婆罗多》中《初篇》第一百零九章（109）。

一一〇

护民子说：

公鹿死了，般度王像失去了自己的亲人一般，他和妻子满腹忧伤，悲叹哀泣。（1）

般度说：

即便是出生于贤人君子家门的人，思想不成熟，情网使之痴迷，唉！由于自己的行为，他们也落到不幸的结局。（2）我们听说，我的父亲，是以永恒正法为灵魂的人所生，他以爱欲为灵魂，年纪轻轻就结束了生命。（3）控制语言的尊者黑仙岛生亲自前来，和这位以爱欲为灵魂的国王的妻子生下了我。（4）

虽然如此，我的卑劣的灵魂如今又染上了恶习①。我遭到众神抛弃，沉湎于畋猎之中，成了灵魂邪恶之人。（5）我决心求得解脱，因为这一大恶已成了羁绊。我将追随父亲，以一种永恒的美好的方式生活。毫无疑问，我将让自己修炼最严酷的苦行。（6）

此后，我将只身一人，每天转移到另外一棵大树下，作为削发仙人，游行乞食，我将游遍整个大地。（7）我将身披尘沙，以空屋为庇护所，或者以树根为床榻，远离一切亲仇。（8）我不忧，亦不喜，对诋毁和赞誉一视同仁。我没有心愿，没有谦恭，不争不辩，一无所有。（9）无论何人，我不加嘲笑；无论何事，我不皱双眉；我的面容永远平静，专心于一切众生的幸福。（10）一切动物和植物，以及四种姓之人，我都绝不伤害。一切有生命的东西，我永远待之如自己的孩子一般。（11）

我每天乞讨一次，只走七户人家，即便我去过的人家都没有饭食，什么也乞讨不到。（12）每次乞讨，不论先得到什么食物，也只要少许。不管讨到讨不到，满了七户，我就绝不再乞讨。（13）

有人砍断我的一只胳膊，或者有人给我的胳膊涂抹檀香，对于这二者，我既不认为哪一个坏，也不认为哪一个好。（14）我既不想延续生命，也不想招致死亡，二者皆无所谓；对于生和死，我既不欢喜也不仇恨。（15）

人们为了兴旺发达，所能够举办的那诸多法事，我全都超脱其外，不管我要经历一瞬，还是若干时日。（16）在各种情况下，我都放弃一切感官的职能。灵魂摆脱万法，彻底清洗灵魂的污垢。（17）我将脱离一切罪恶，脱离一切罗网。我不受任何人的控制，和风一样。（18）

我永远以这样一种方式生活，我将维系着我的身体，坚持一条没有恐惧的道路。（19）我将抛弃我的刚勇，但我决不贪恋狗的道路，它适合永远脱离自己正法的懦弱的可怜虫。（20）无论受到尊敬还是没受到尊敬，一个人总用可怜的眼睛巴望着其他方式的生活，他就是欲望迷心，徜徉于狗的道路。（21）

----

① 指畋猎。畋猎为"八恶"之一。

护民子说：

讲完这番话，般度王痛苦至极，长吁短叹。他的眼睛望着贡蒂和玛德利，又开口说道：(22)"请向憍萨罗国公主，维杜罗，持国王及其亲属，贞信太后，毗湿摩和众位国师，(23)饮苏摩酒的恪守誓愿的灵魂伟大的婆罗门，依靠我而居住京城的市民长者，请向以上各位禀报：般度出走森林了。"(24)

闻听丈夫说已下定决心隐居森林，贡蒂和玛德利异口同声地说道：(25)"有一些森林道院，可以携带我们两个合法的妻子修炼大苦行。婆罗多族的雄牛啊！你必将达到目的，升入天堂也毋庸置疑。(26)我二人将控制住感官，一心一意为了丈夫的世界。我二人将抛弃情爱的欢愉，也将修炼广大的苦行。(27)伟大的智者啊！如果你抛弃我们俩，人民之主啊！我二人今天就抛弃自己的生命。这是确定无疑的。"(28)

般度说：

与正法相一致，如果这是你们的决心，我将追随着父亲，以他的永恒的方式过自己的生活。(29)我将抛弃家园的欢乐和行为，修炼大苦行；身穿树皮衣，以果、根为食，漫游在大森林中。(30)每天的晨昏，两次祭火，两次沐浴。我要身体消瘦，限量进食，兽皮为衣，盘起头发。(31)我将忍受寒风酷热，伴随着饥渴劳累。我将以难以实践的苦行，让这身体变得枯干。(32)我将以独居为习，凝神反思，吃熟的和青的野果生活。我将以野果、祷祝和清水供养祖先和众神，让他们满意。(33)一个林居者的目光，不会引起家居者们的不悦，更不会引起乡居者的不悦。(34)我要这样坚持森林论中严格又严格的规定，直到我这个身体倒下。(35)

护民子说：

生于俱卢宗族的国王，对两位妻子说完以上的话，然后，他取下了头上的摩尼宝珠，金项链，一双臂钏，一副耳环，脱下了贵重的衣服，又取下了女人们的首饰。(36)般度把这些全都送给了婆罗门，又对他们说道："请到象城报告，般度出走森林了。(37)财利，欲望，舒适，以及销魂的快乐，他统统抛弃了。俱卢族的雄牛已经偕妻动身了。"(38)

他的随从和奴仆们,听了婆罗多族雄狮种种满含忧伤的话语,发出惊骇而痛苦的唏嘘,呜呜地号啕大哭。(39)他们流着热泪,离开了大地之主,带着般度王的口信,急速地赶回象城。(40)听他们禀报了大森林中发生的全部事情的经过,人中佼佼持国,为般度忧伤不已。(41)

却说奇武王的儿子,俱卢的后裔般度,和两位妻子离开那里之后,以根、果为食,到了象集山。(42)他游历了奇车园,穿过了水军国,越过了大雪山,又来到了香醉山。(43)在巨灵、悉陀和高仙们的保护之下,国王有时在平坦的地方,有时在高低不平的地方露宿。(44)他到过帝光湖,登过天鹅峰,大王啊!这位苦行者终于到达了百峰山。(45)

以上是吉祥的《摩诃婆罗多》中《初篇》第一百一十章(110)。

— — —

护民子说:

在那里,英勇的般度修炼着至高无上的苦行,成为悉陀和遮罗纳们眼中的爱物。(1)他行为恭顺,言语谦和,控制了自我,征服了感官,以自己英勇的苦行闯开了通向天堂之路。婆罗多的子孙啊!(2)他成了某些仙人的兄弟,他成了某些仙人的朋友;而另外一些仙人则像保护儿子一样无微不至地保护着他。(3)经过漫长的岁月,他得到了圣洁的苦行法力,般度俨然成了一位梵仙。婆罗多族的雄牛啊!(4)

后来,他想到达天堂的彼岸,于是,他和妻子离开百峰山,朝北出发了。当地的苦行者们告诉他说:"我们朝北走,曾经高高地登上众山之王。(5)我们发现那座山有许多难以接近的地方。有众神、健达缚和天女们的一些娱乐场所;(6)有财神俱比罗的几处花园,或者平坦开阔,或者高低错落;有大河的缓缓倾斜的河岸,有难以进入的深山洞穴。(7)有些地方终年积雪,没有树木,也没有走兽飞禽;有些地方暴雨滂沱,绝难通过;有些地方异常险恶。(8)这些地方,连鸟儿也不能飞越,何况那些走兽了。惟一能通过的是风,还有此地的悉陀和高仙。(9)可是,这两位公主怎么能攀登那座山中之王呢?她俩不应该受那份罪。请不要去了,婆罗多族的雄牛啊!"(10)

般度说：

洪福齐天的人啊!人们说,无子之人没有通向天堂的门户。我告诉你们,我是一个无子之人,为此备受煎熬。(11)人们降生到大地之上,负有四种债务,要向祖先、天神、仙人和世人成百倍成千倍地偿还。(12)而一个人若不注意及时还债,他就没有众世界。这是精通正法的学者的规定。(13)用祭祀取悦天神,用勤学和苦行取悦仙人,用儿子和祭奠取悦祖先,而用宽厚取悦世人。(14)欠仙人、天神和世人的债务,我已经依据正法还清了。欠祖先的债务,我尚未偿还。因此,我十分痛苦。以苦行为财富的人啊!(15)我的身体一旦毁灭,祖先们也肯定会毁灭,这是必然的。人中俊杰就是为了生子才降生人世啊!(16)如同父亲的妻子和高贵的仙人生了我,我的妻子怎么才能那样生下儿子呢?(17)

苦行者们说：

正法为魂的人啊!我们以天眼通看到,国王啊!你一定会有天神般的光辉又纯洁的儿子。(18)这是命运决定的,是由于你的行为而得来的。一个冷静的睿智的人,会找到完好无损的果实。(19)果实已经在望,朋友!你仍须努力。一旦你得到了品德完美的后代,你也将得到快乐。(20)

护民子说：

听罢苦行者们的话,般度忧虑万分。他知道,公鹿的诅咒已经破坏了自己生殖的行为。(21)于是,他在悄无人处,对享有美誉的合法妻子贡蒂说道:"在灾难之中,人们为了生育后代,也希望结合。(22)所谓后代,是正法确立的整个三界的根基。贡蒂!智者们都知道,永恒的正法以此为始。(23)赠人中意之物,修炼苦行,克己自制,行为美好,据说,这一切都不能使一个今世无子的人变得圣洁。(24)我对此明明白白,清清楚楚。笑意甜蜜的女郎啊!我是一个无子之人,不会得到美好的众世界。这一念头使我忧虑非常。(25)由于公鹿的诅咒,我丧失了自己生育儿子的能力。羞怯的女郎啊!我

279

做了那样的残忍之事,我受到了这样的伤害!(26)

"在正法的眼中,有六种儿子是亲族和继承人;有六种儿子不算亲族和继承人。普利塔,请听我——说明!(27)儿子有亲生的,领来的,买来的,与再婚寡妇生的,与未婚处女生的,与放荡女人生的;(28)有赠送的,换来的,收养的,自己来的,(母亲)结婚时带来的,不知其父的,以及低贱女人所生的。(29)一个人若想得到儿子,都由前及后地考虑。低贱的人处在不幸之中,则盼望从高贵的人得到儿子。(30)善人们发现,儿子是正法之果的最好给予者,即便他不是自己的种。普利塔呀!这是生于大梵天的摩奴所言。(31)由于我失去了亲自生育的能力,因此,今天我命令你:你得到一个和我一样或者胜过我的儿子吧,享有盛誉的女郎啊!(32)

"请你听一听芦茎国公主的这段故事吧!她是一位英雄的妻子,长辈们命令她生一个儿子。(33)贡蒂呀!她沐浴之后,拿着鲜花,于夜间站在十字路口,挑选了一位大有成就的婆罗门。为了生一个儿子,她供奉祭火。(34)举行了安放圣火的仪式之后,她和那位婆罗门一起同居。她生了难胜等三个儿子,都是战车武士。(35)你也要这样,美人啊!服从我的命令,赶快找一位深有道行的婆罗门生一个儿子吧!"(36)

以上是吉祥的《摩诃婆罗多》中《初篇》第一百一十一章(111)。

一一二

护民子说:

大王啊!贡蒂听罢此言,当时对俱卢族的雄牛,勇士,大地之主,丈夫般度说道:(1)

"明了正法的人啊!无论如何,你不应该对我说这样的话。我是你的合法的妻子,对你忠贞不渝。目若青莲的人啊!(2)巨臂的英雄啊!依靠正法,婆罗多的子孙啊!你和我将会生育几个英勇的儿郎。(3)人中之虎啊!我和你会一同登上天堂。为了后代,请你来亲近我吧,俱卢的子孙啊!(4)因为除了你之外,即便我的思想也不会投向其他男人。大地上还有哪个男人比你更卓越呢？（5）请你听一个往世书中的关于正法的故事吧，大眼睛的人啊！它十分著名，我现在给你讲一讲。（6）

"从前有一位国王，名叫栖马，他恪守最高的正法，使补卢宗族兴旺发达。（7）这位高贵的正法为魂的国王举行祭祀的时候，包括因陀罗在内的众位天神，以及众位大仙，一齐来临了。（8）在高贵的栖马王的祭祀上，因陀罗由于畅饮苏摩仙酒而满意非常，众位再生者由于得到丰厚的布施而兴高采烈。（9）国王啊！栖马王因而华光四射，光芒所及，越过了一切凡人，越过了一切众生，他犹如寒季已尽的一轮丽日。（10）

"这位王中至贤，把东方的、北方的、中央的、南方的国王，都打败了，俘虏了，赶跑了。（11）在盛大的马祭上，威风凛凛、力敌十象的栖马王，当上了王中之王。（12）在祭祀上，通晓往世书的人们，唱出了这一首颂诗：

　　栖马王将这个大地征服，
　　她以大海为界，负载万物；
　　他捍卫着各个种姓的人民，
　　如慈父将亲儿悉心保护。（13）

他多次举行盛大的祭祀，向婆罗门布施丰厚的钱财；他拿出来无数的珍宝，多次举行隆重的长年大祭；他榨出许多苏摩仙酒，多次举行苏摩祭。（14）

"他有个妻子，是迦奇婆仙人之女，名唤贤娘，极受尊敬。国王啊！她容貌美丽，大地之上无与伦比。（15）听说，这夫妻二人十分恩爱。国王爱她爱得发狂，染上了肺病。（16）没过很久，他命丧身亡，犹如日落西山。国王死后，他的妻子极其忧伤。（17）人中之虎啊！我们听说，贤娘没有儿子，痛不欲生，发出悲叹。国王啊！请你听一听吧！（18）

"'精通正法的人啊！任何一个女人，失去了儿子，失去了丈夫，独独自己活着，她会十分悲痛，不想再活。（19）失去了丈夫，死亡便是女人的幸福。刹帝利中的雄牛啊！我情愿投向你的归宿，请你带我走吧！（20）失去了你，我连一刹那也活不下去。国王啊！请你对我开恩，立刻从这里带走我吧！（21）人中之虎啊！你一去不回头，我将在后面紧紧追随着你，不管是平坦的大道还是崎岖的小路。（22）我像影子离不开你。国王啊！我永远服从你的意志。人中之虎啊！你所喜爱的和于你有益的事情，我永远尽心竭力。（23）从今天起，因为失去了你，国王啊！我的心枯萎了，忧伤之情将要压倒我。目若青莲的人啊！（24）肯定是我前生前世遭逢不幸，与同伴分手，与亲人分离，国王啊！（25）这一痛苦，是我前生前世罪业的积聚，如今它找我来了！国王啊，造成我与你分离！（26）

"'从今天起，国王啊！我将以拘舍草为床睡觉，忍受痛苦，永远思念你。（27）人中之虎啊！让我再见你一面吧，好人啊！我满怀悲痛，十分可怜，无依无靠，凄凄惨惨，泣涕涟涟，人主啊！'（28）

"贤娘紧紧拥抱着丈夫的尸体，这样呼天抢地，一再哭诉个不停。这时，有一个隐藏着的声音说道：（29）'起来吧，贤娘！请走开吧！我就此赐予你一个恩典，我将让你生育几个儿子。笑意甜美的女郎啊！（30）第十四天或者第八天夜里，美臀女啊！在你月经期沐浴之后，在你自己的床上，你要和我同眠共枕。'（31）

"闻听此言之后，忠于丈夫的王后贤娘，为了生育儿子，当时按照丈夫所说的那样做了。（32）国王啊！王后贤娘和那具尸体生了七个儿子：三个沙尔婆人，四个摩德罗人。婆罗多族的贤王啊！（33）

"同样，婆罗多族的雄牛啊！你也能够用自己的心意，合以苦行法力，和我生育几个儿子。"（34）

以上是吉祥的《摩诃婆罗多》中《初篇》第一百一十二章（112）。

一一三

护民子说：

听罢贡蒂这一席话，明了正法的般度王，又对王后讲出了一番符合正法的高尚言辞：（1）

"确乎如此，贡蒂！从前栖马王做的那件事情，如同你所讲述的一样。美人啊！因为他俨然天神。(2) 现在，我将讲一讲正法。你要明白，我所讲述的这宗古事，是精通正法的高贵的仙人们亲眼目睹的。(3)

"从前，据说妇女们不是关闭在家里，面容姣好的女郎啊！她们纵情享受着欢乐，自由自在。美目的女郎啊！(4) 从少年时代起，她们就不忠实于丈夫。有福的女郎啊！这不算违反正法。美臀女啊！因为这就是古时候的正法。(5) 即使在今天，没有爱憎的动物，仍然遵守着这一古老的正法。古代贤人曾亲眼目睹的这一正法，大仙们仰慕不已。(6) 两股丰满的女郎啊！在北方的俱卢族中，这一正法今天仍然盛行不衰。因为它是带给女人恩惠的永恒的正法。(7) 当今世界的这种规定，建立并不久。巧笑的女郎啊！它是谁人建立，又为何建立，请听我详细说来。(8)

"我们听说，从前有一位大仙，名叫乌达罗迦。他有一个儿子，唤做彗星，是一位仙人。(9) 我们听说，是彗星一怒之下在凡人中立下了现行的这一规定。目若莲瓣的女郎啊！事情的原委，听我告诉你吧！(10)

"据说，从前有一位婆罗门，当着彗星和父亲的面，拉住了他母亲的手，说：'让我们走吧！'(11) 看到母亲似乎是被强拉而去，当时，仙人之子愤怒异常，忍无可忍。(12) 可是，父亲看到彗星怒气冲冲，竟对他说：'孩子，千万不可生气！这是永恒的正法。(13) 因为大地上各个种姓的妇女，都不是关闭在家中。孩子！人们在各自种姓之中，如同牛所处的地位一样啊！'(14) 仙人之子彗星不容许那种正法。后来，他为大地上的女人和男人立下了现行的这种规定。(15)

"大有福分的女郎啊！在人类当中，而不是在其他生物当中，我们听说，从那时起，立下了规定：(16) '从今天起，女人不忠于丈夫，就是罪恶，如同犯下堕胎大罪，将给她招来不幸。(17) 妻子规规矩矩，坚守贞操，忠于丈夫，丈夫对她不忠实，这在大地上将同样是罪恶。(18) 一位妻子，丈夫命令她去（与别人）生子，她若拒不执行，这也将是犯罪。'(19) 羞怯的女郎啊！以上就是古时候乌达罗迦的儿子彗星强行确立的具有正法性质的规定。(20)

"我们还听说,两股丰满的女郎啊!为了生子,醉娘曾接受美奴之子斑足王的命令,去找极裕仙人。(21) 斑足王光艳动人的妻子,一心一意为丈夫做件高兴的事,从极裕仙人得到了一个儿子,名叫岩石。(22) 而我们的诞生,目若莲花的女郎啊!你是知道的,是出自黑仙岛生。羞怯的女郎啊!这使俱卢宗族兴旺发达。(23) 因此,考虑到这种种理由,你要执行我这个合乎正法的命令。无可指责的女郎啊!(24)

"公主啊!女人在每次月经期间不允许避开丈夫。恪守誓愿的女郎啊!这是明法之人熟知的正法。(25) 余下的其他时间,据说,女人可以自由选择。这是贤哲仙人阐述的古老的正法。(26) 公主啊!明法之人都知道,丈夫吩咐妻子的话,不管它符合正法还是不符合正法,妻子都要照办;(27) 尤其是一个盼子心切而自己失去生育能力,如同我一样渴望见到儿子的丈夫所说的话。全身美丽无瑕的女郎啊!(28) 那样,美人啊!我将染红手指和手掌,犹如红莲的花瓣,为求得你的恩典,合十加额,向你致敬。(29) 依照我的命令,秀发女郎啊!你要和苦行法力高强的婆罗门生育几个具备美德的儿子!如果你这样做了,大眼睛的女郎啊!我就会踏上有子之人的道路了。"(30)

听了这番话之后,对丈夫喜欢的和有利之事耿耿忠心的美臀女贡蒂,向克敌城堡的般度回答说:(31) "少女时,我在父亲家里奉命服侍客人。我在家里曾经侍候过一位严厉的恪守誓愿的婆罗门。(32) 那位对于正法有秘密探索的婆罗门,是人所共知的敝衣仙人。我尽心竭力殷勤服侍,克己自制的仙人十分满意。(33) 那位尊者教给我一组咒语,还有与之配合的法术,算是赐予我的恩典。他又告诉我说:(34) '用这个咒语,你可以把任何一位天神召来。不管他冷漠无情还是满怀情愫,都将在你的控制之下。'(35) 这是在父亲家里,那位婆罗门当时告诉我的几句话。婆罗多的子孙啊!他的话是真的。现在,这个时刻来到了。(36) 遵从你的命令,我将召来一位天神,国王啊!就用这个咒语,王仙啊!为了我们俩有个后代。主人啊!(37) 我现在召唤哪一位天神,请你吩咐吧!明察精微的佼佼者啊!你要知道,我的想法蒙你允准,我就准备行动了。"(38)

般度说：

美臀女，今天你就尽心尽意如仪行动吧！请你召唤正法神，美人啊！因为众神之中，他歆享洪福。（39）倘若这不符合正法，正法神绝不会和我们发生联系。美臀女啊！世人会认为，这完全符合正法。（40）毫无疑问，俱卢族将有一个恪守正法的后代。正法神所赐的儿子，他的思想不会热衷于非法。（41）所以，你要对正法神恭敬有礼，好生笼络。巧笑的女郎啊！你要殷勤服侍，兼施法术，向正法神求得恩典！（42）

护民子说：

听罢此言，贡蒂答应说："遵命！"美丽的女郎接受了丈夫的命令，向他敬礼之后，又右旋绕他而行。（43）

以上是吉祥的《摩诃婆罗多》中《初篇》第一百一十三章（113）。

一一四

护民子说：

甘陀利怀胎整满一年的时候，镇群王啊！贡蒂为了生子，召来了不可动摇的正法神。（1）这位王后急忙向正法神献上礼物，从前敝衣仙人所赐的咒语，她念诵如仪。（2）她和呈现瑜伽形体的正法神结合之后，美臀女得到了一个儿子，是一切众生中的佼佼。（3）

这正值与月亮相合的因陀罗日[①]，名为胜利的第八个时辰，日在中天之时，神圣的为人膜拜的一天。（4）在这个时刻，贡蒂生下了一个享有盛誉的儿子。这个儿子刚一出生，响起了一个无形的声音：（5）"在坚持正法的人士中，他无疑地将成为佼佼者。般度的长子，以坚战为名。（6）他将是一位大名鼎鼎的国王，在三界之中广为传诵。他享有盛誉，光辉璀璨，品行优良。"（7）

得到了这个恪守正法的儿子之后，般度又对贡蒂说道："人们十分赞赏膂力超群的武士，请你选择一个膂力超群的儿子吧！"（8）闻

[①] 印度阴历的九月，即猪月（末伽始罗月）第二个半月的第八天。相当于中国阴历的十月初八。印度古人认为是大吉日。

听丈夫这样吩咐，贡蒂召唤来风神，跟他生下了毗摩（怖军），臂膀强壮，勇猛过人。（9）这个膂力非凡、坚毅不拔的儿子一出生，婆罗多的子孙啊！一个声音对般度说道："他生来就胜过所有的大力士。"（10）

狼腹（怖军）刚刚出生的时候，曾发生这样一个奇迹：他从母亲的怀中掉落下去，他的身体砸碎了一座山！（11）据说，贡蒂被一只老虎吓得慌慌张张，猛然间一起身，竟忘了狼腹（怖军）睡在自己的怀里。（12）所以，这个坚硬如金刚石的孩子坠落在山上了。他一落下，身体便把一座山砸碎成百块。般度看见一座山被他砸碎了，不胜惊奇。（13）

毗摩（怖军）降生的那一天，婆罗多族的贤王啊！难敌也诞生了。大地的保护者啊！（14）

狼腹（怖军）出生之后，般度又盘算起来："我怎样才会有一个出类拔萃的盖世骄子呢？（15）这个世界建立在天命和人事之上，而天命可以通过适时的人事争取到。（16）我们听说，因陀罗是众神之王，众神之本。他有无穷无尽的力量和无与伦比的胆识，勇猛非凡，光辉无量。（17）我修炼苦行，让他感到满意，我就会得到一个力大无穷的儿子。他赐给我的儿子，必将勇武绝伦。因此，我将通过行动、心意、语言，修炼广大的苦行。"（18）

尔后，神采辉焕的般度，和众位大仙计议了一番。接着，俱卢的后裔吩咐贡蒂恪守神圣的戒行，为期一年。（19）臂膀雄壮的般度本人，以一足站立，凝思涤虑，修持严厉的苦行。（20）正法为魂的般度，期望得到三十三天的主神的恩典，又跟着太阳转，勤炼苦行。婆罗多的子孙啊！（21）过了很长时间，婆薮之主（因陀罗）终于答应他说："我将赐给你一个儿子，在三界之中他声名卓著。（22）他将实现天神、婆罗门和朋友们的目的。我将赐予你一个首屈一指的儿子，他将消灭一切敌人。"（23）

听罢高贵的婆薮之主的这番话，正法为魂的俱卢的后裔般度王，把天帝的话语铭记于心，对贡蒂说道：（24）"一个精通正道的，灵魂伟大的，太阳一般辉煌的，不可抗御的，大有作为的，模样十分神奇的儿子，（25）美臀女啊！你现在生下他吧！他将是刹帝利一切荣耀

所归。既然已经得到了天帝的恩典，请你召唤天帝吧，巧笑的女郎啊！"（26）

闻听此言之后，享有美誉的女郎立刻召唤天帝释。天帝释随即驾到，生下了阿周那。（27）孩子刚刚出生，一个无形的声音，洪亮而深沉，当时响彻了天空：（28）

"贡蒂！他将和作武王相提并论，像尸毗王一样勇健，像天帝释一样不可战胜。你的荣誉，他将广为传扬。（29）犹如毗湿奴为阿提底女神增添了欢乐，同样，毗湿奴一般的阿周那，也将为你增添欢乐。（30）他将统治摩德罗人，俱卢族人，羯迦夜人，支谛人，迦尸人，以及迦卢沙人，他必将为俱卢族带来幸福安宁。（31）凭借他的臂膀之勇，火神在甘味林中将因得到一切众生的膏脂而极为满足。（32）他力大无穷，将征服所有乡村的首领和一切国王。这位英雄和兄弟们一起，将举行三次盛大的祭祀。（33）贡蒂！他和食火仙人之子（持斧罗摩）并驾齐驱，和毗湿奴一样勇健无比，他是一切英雄中的佼佼者，他将所向无敌。（34）他将得到各种神圣的法宝。这位人中雄牛，还将恢复失去的荣华富贵。"（35）

贡蒂的儿子降生之时，风神在天空中说出了这一番神奇的话。贡蒂听到了他的话。（36）居住在百峰山的苦行者们，也听到了风神发出的洪亮的声音，他们一个个兴高采烈。（37）因陀罗和诸神、众仙，以及天国居民的喧嚷声，天鼓的咚咚声，在天空中响起一片。（38）伴随着纷纷扬扬的花雨，掀起一阵阵巨大的欢声。一群一群的天神聚集在一处，齐向普利塔之子致敬。（39）

其中有迦德卢的后代，毗娜达的后代，健达缚和天女；有众位生主，以及七位大仙：（40）婆罗堕遮，迦叶波，乔答摩，众友，食火仙人和极仙裕人；日落而起的尊者阿多利，他也飘然来临。（41）有摩利支，鸯耆罗，布罗私迭，布罗诃，迦罗都，生主陀刹，以及众多健达缚和众多天女。（42）

天女们头戴绚丽的花鬘，身穿仙衣，用各种珠宝巧饰妙扮，为毗跋蹉（阿周那）轻歌曼舞。吉祥的冬布鲁率领着健达缚，也开口唱起颂歌。（43）有怖军和厉军，毛寿和无咎，有牛主，持国，第七位是日光；（44）有由伽波，多哩纳波，黑子，欢喜，以及奇车，第十三位是沙利希罗，第十四位是波尔阇尼耶；（45）迦利是第十五位，第十六位是那罗陀。还有娑特，广大，波哩诃迦和享有盛誉的开阔；（46）有梵行，多德，以及众所周知的美翼；有众富，普摩纽，第十位是妙月。（47）还有歌声甜美、大名鼎鼎的哈哈和呼呼。上述这些天国健达缚，都在那里歌唱人中雄牛。（48）

又有许多大眼睛的天女，她们大有福分，欢欢快快，华装盛饰，翩翩起舞，柔声轻歌。（49）有阿奴耶，无瑕，慈容，德低，石姑，萨吉，密湿罗盖希，以及阿楞补萨；（50）有摩利支，修吉迦，电翼，提娄多玛，阿耆尼迦，吉相，安息香，黛维，罗姆葩，还有怡心；（51）有黝黑，美臂，至爱和美身；有白莲，妙香，妙乘和波罗摩提尼；（52）还有爱慕和有年。她们这一群，在那里婆娑起舞。有美那迦，偕生，波尔尼迦，布吉迦思特罗；（53）有迦罗都思特罗，诃哩达吉，毗首吉，布尔婆吉蒂，声名卓著的乌姆娄嘉；波罗娄嘉是第十位，第十一位是广延（优哩婆湿）。这些大眼睛的天女，欢声歌唱。（54）

陀多，阿利耶曼，密多罗，伐楼拿，盎沙，跋伽，因陀罗，毗婆薮，普善，陀湿多，娑维多①，（55）波尔阇尼耶②和毗湿奴，这些阿提底之子，闪烁着火焰，站立在云天，为般度之子增添了光荣。（56）

猎手，沙尔婆，享有盛誉的尼黎提（死神），独角羊，阿希菩尼耶，克敌城堡的操弓，（57）陀诃那（火神），自在天（湿婆），持钵，木桩，以及世尊存有，这些楼陀罗也站立在云天低处。人民之主啊！（58）双马童，八位婆薮，力大无穷的众位摩录多（风神），成群的众天，以及沙提耶，环立在他们的周围。（59）

尔后，迦拘吒迦，湿舍，大蛇婆苏吉，迦竭波，阿波恭多，以及强龙多刹迦，（60）他们也来了，一个个神光辉焕。这些有雷霆震怒、力量无穷的龙蛇，以及另外许多龙蛇，在那里依次排列。（61）

多尔奇耶，坚辋，金翅鸟，黑旗，阿噜诺（曙光）和阿噜尼，这几位毗娜达之子，也排列成序。（62）

---

① 阿提底之子一般认为是十二个，这里是十三个。毗婆薮和娑维多都是太阳神的名字，似应合二为一。

② 前面第45颂提到的波尔阇尼耶是一位健达缚。此处的波尔阇尼耶指雨神。

卓然超群的众位仙人，目睹了这一伟大的奇迹，一个个惊异万分！尔后，他们对于般度之子们格外谦恭有礼。(63)

而般度仍然贪求儿子，又一次向享有盛誉的姿容妙曼的妻子发出了命令。贡蒂回答他说：(64)"即便处在不幸之中，人们也没有说可以生第四个儿子。再生一个倘若算是放荡女人，生第五个就是娼妓了。(65)需要用智慧领悟的这一正法，你是了然于心的。可是，你怎么竟然僭越它，醉酒似地对我说什么再生儿子的话？"(66)

以上是吉祥的《摩诃婆罗多》中《初篇》第一百一十四章(114)。

一一五

护民子说：

贡蒂的儿子和持国的儿子出生之后，摩德罗王的女儿悄悄地对般度说：(1)"即使贡蒂总受宠幸，我永远要低她一等，诛灭仇敌的人啊！即使你有缺陷，我也不烦恼。无咎的人啊！(2)尽管甘陀利生了百子，国王啊！我听说之后，我并不难受。俱卢的子孙啊！(3)可是，我如今却痛苦万分！我和贡蒂一样没有儿子，因为命运，现在我的丈夫竟和贡蒂有了后代！(4)如果贡提王的女儿让我也生下子嗣，既是对我的恩典，对你也会大有益处。(5)因为同样是妻子，我难以向贡提王的女儿启口。倘若你大发慈悲，请你亲自督促她吧！"(6)

般度说：

玛德利！这件事也常常萦绕在我的心头。不过，我忍住没有对你说。因为我怀疑它是否中你的意。(7)我既然已经知道了你的想法，我随后就为之努力。我肯定地认为，我跟她谈过之后，她将接受我的吩咐。(8)

护民子说：

尔后，般度又单独对贡蒂说："请你延续我的家族，也为世界做件好事吧！(9)为了我祖先的，也为了我自己的祭飨不致中断，为了我心情舒畅，美人啊，请你带来最高的幸福吧！(10)为了荣誉，你也要完成这件十分困难的事情。因陀罗已经得到了至高无上的地位，他仍然多次祭祀,以求得渴慕的荣誉。(11)同样,精通咒语的婆罗门,修炼过极其艰难的苦行,为了荣誉,他们仍然投奔一个又一个老师。羞怯的女郎啊!(12)同样,所有的王仙和深有道行的婆罗门,为了荣誉,成就了各种艰难的业绩。(13)你要用赏赐儿子,就像用小舟一样救度玛德利呀!无可指责的女郎,愿你赢得最好的名声!"(14)

听罢此言,贡蒂告诉玛德利:"你要凝思冥想一位天神,仅限一位,那样,你无疑地会有一个英俊的儿子。"(15)随后,玛德利的心里却想到了双马童神。他俩飘然驾临,和她养育了一对双生子,(16)无种和偕天,容颜俊美,大地上无与伦比。同样,又有一个无形的声音赞颂双生子:(17)"他俩容颜俊美,坚毅果敢,品德优良,生来就胜过他人。他俩神光辉焕,仪表堂堂,精力超群。"(18)

居住在百峰山的仙人们,对这几个孩子满怀慈爱,举行了圣礼,再三祝福,给他们都取了名字。人民之主啊!(19)他们称呼长子为坚战,中间的为怖军,老三为阿周那。他们为贡蒂的三个儿子这样取名。(20)心情愉悦的婆罗门,给玛德利的两个儿子也取了名字。先出生的唤做无种,后出生的唤做偕天。那时,这几位俱卢族的佼佼者,诞生整满一年。(21)

尔后,般度为了玛德利,曾再次催促贡蒂。国王啊!一向贤淑的普利塔听完他的话,私下里对他说道:(22)"我向她说过'仅限一位',她居然得到了两位!我已经被她欺骗了!我害怕受她的嘲弄。女人的行径竟是这样!(23)我真想不到自己是个傻瓜!召唤两位天神,结出一双果实!所以,你不要再命令我了。这就算做你给我的一个恩典吧!"(24)

就这样,般度有了五个儿子,都是天神所赐,力大无穷。他们出生之后,声名远播,使俱卢宗族兴旺昌盛起来。(25)他们一个个吉相具足,有月亮似的可亲面容。这些伟大的射手,有狮子般的傲岸,有狮子的矫健的步伐,有狮子的颈项。这些天神般勇敢的人中之王,长大起来了。(26)在那神圣的雪山,他们迅速地成长着,使聚集此处的众位大仙不禁生出一片惊讶之情。(27)他们五个,和那一百个,给俱卢族带来一片兴旺的景象。短短的时间里,他们全都长大起来

了,犹如湖水中的朵朵莲花。(28)

以上是吉祥的《摩诃婆罗多》中《初篇》第一百一十五章(115)。

一一六

护民子说:

般度看到五个儿子,在广袤的山林中受到自己膂力的保护,一个个出落得漂漂亮亮,他心里高兴莫名。(1)

盛春时节,树木枝头鲜花烂漫,一切众生都为之心迷神乱。一天,般度王偕同妻子在森林中漫游。(2)林中的波罗莎树,提罗迦树,芒果树,赡波迦树,波利跋陀罗迦树,以及其他许许多多的树木,果实累累,鲜花吐艳扬芬。(3)又有形状不一的湖泊,红莲灼灼的一处处莲池,森林中风光旖旎。般度观赏着森林,心中油然生出一片春情。(4)

他心情怡悦,俨然一位天神盘桓此间。当时,只有玛德利追随左右,身穿一件艳丽的衣裙。(5)他看见玛德利正当青春妙龄,薄裙裹身,他的情欲猛然勃发,犹如林中野火蓦地燃烧起来。(6)

国王偷眼望去,目若莲花的女郎和自己一样春心荡漾,他不能够禁约住情欲,反而被情欲的力量征服了。(7)玛德利正在悄无人处,国王突然把她紧紧抱住了。王后为了阻止他,努力挣扎着。(8)然而,般度王情欲迷心,竟然忘记了那一诅咒,他依据交合之正法,几乎是强迫玛德利。(9)这位俱卢的子孙,在情爱的控制下,走向生命的尽头。他将诅咒生出的恐惧抛到了九霄云外,强迫亲近他的爱妻。(10)他自己一门心思就是情欲,死神降临,弄得他神魂颠倒,搅乱了他的官能,他的理智和感觉统统丧失了。(11)他和妻子交欢了。俱卢的子孙啊!以最高正法为魂的般度,终于落入了死神正法的控制之下!(12)玛德利怀抱着毫无知觉的国王,大放悲声,哭了又哭,哀号不已。(13)

尔后,贡蒂和她的三个儿子,以及玛德利生的两个般度的儿子,一起赶到国王驾崩的地方。(14)玛德利痛不欲生,国王啊!她向贡蒂说了这句话："请你一个人到这里来，让孩子们留在那边。"（15）听了她的话，贡蒂把孩子们挡在那边，哀号了一声："我可活不下去了！"猛地扑了过去。（16）

贡蒂看见般度和玛德利躺在地面上，忧愁紧紧缠绕着她的周身，痛苦万状，哀哀哭诉起来：（17）"我总是保护着英雄，他自己也一直能够自制，你怎么竟然触犯了林中隐士的诅咒？你是明明知道的呀！（18）玛德利！无论如何，你应该好生保护国王，你怎么能在荒野之处引诱国王呢？（19）可怜的人一直把诅咒记在心上，怎么一到隐秘之处接近你，他就顿生欢喜？（20）你是幸运的，波力迦国的公主啊！你比我更有福气，你看到了国王的愉悦的面容！"（21）

玛德利说：

是他贪恋着我，我一再阻止他，可他阻止不住自己。他是打算证实一下命运啊！（22）

贡蒂说：

合法的妻子中，是我居长；最大的正法果实，属我所有。该发生的事情总要发生。玛德利，请你不要阻拦我！（23）我将就此追随死神控制的丈夫。请你留下来吧！你要离开他，好生保护几个孩子！（24）

玛德利说：

我要追随尚未离去的丈夫，因为我夙愿未偿，请姐姐俯允！（25）这位婆罗多族的贤王，满怀情爱来亲近我，却溘然长逝。他到了阎摩王的宝殿，我岂能斩断他的恩爱之情？（26）而且，即使我活在人世，我也不会同样抚养好你的孩子们。尊贵的王后啊！我若担负这一职责，罪恶便会降临到我的头上。（27）所以，贡蒂呀！请你把我的两个儿子当成自己的儿子，将他们抚养成人吧！因为落入死神控制的国王眷恋着我。（28）请把国王的身体安放在我的身体上，一起焚化。尊贵的王后，请你做做这件好事吧！（29）对于我的孩子，倘若你能多多关怀，你就是为我造福了。因为除此之外，我想不到还有什么需要嘱咐。（30）

护民子说：

说完以上的话，摩德罗王的女儿，般度的合法的妻子，享有美誉

的玛德利,迅速追随人中雄牛登上火葬堆。(31)

以上是吉祥的《摩诃婆罗多》中《初篇》第一百一十六章(116)。

一一七

护民子说:

俨如天神的大仙们为般度举行了洁身礼。尔后,苦行者们聚集一起,商议道:(1)"灵魂伟大、法力高强的般度王,抛弃了王位和王国,寻求苦行者的庇护,在这个地方修炼苦行。(2)他把年幼的儿子和妻子托付给诸位,般度王离此升天了。"(3)

乐意为一切众生造福的苦行者们,互相商议之后,请般度的几个儿子前往以象命名的京城。(4)心灵高尚的众位悉陀,也决定前去,把般度五子交给毗湿摩和持国。(5)就在同一时刻,苦行者们带着般度的妻子和儿子,以及他的遗体,一起出发上路了。(6)

贡蒂从前一直是养尊处优,而今出于对孩子的一片慈爱之情,虽然所走的道路十分遥远,她却把它当做一条短途。(7)过了不长的时间,她抵达了俱卢国。享有盛誉的贡蒂,来到了繁荣的京城城门。(8)

这时候,象城的百姓们闻听数以千计的遮罗那和仙人云集而来,都不胜惊讶。(9)不一会儿,旭日东升,崇奉正法的市民们,全都偕同妻子出城观看众位苦行者。(10)有成群结队的妇女,有挺立在战车上的成群武士,还有众多婆罗门和婆罗门女子,他们蜂拥出城。(11)又有成群结队的吠舍和首陀罗,摩肩接踵,纷然杂处。没有任何人心怀不轨,他们全都虔诚奉法。(12)

福身王之子毗湿摩,波力迦国王月授,智慧为目的王仙(持国),还有辅弼维杜罗本人;(13)贞信太后,享有美誉的憍萨罗国公主(安波利迦),妃嫔簇拥的甘陀利,都走出城来。(14)难敌为首的持国的一百个儿子,以奇珍异宝精心盛饰,也一起出城了。(15)

全体俱卢族人偕同诸位国师,向众位大仙低头敬礼之后,一起坐在近旁。(16)所有的城乡绅耆,向众位大仙伏地叩首,又弯腰鞠躬,然后也坐在一旁。(17) 毗湿摩察知各处的人群都已肃静无声,这时,他向大仙们禀报了朝廷和王国的情况。(18) 其中有一位年岁最高的耄耋大仙,头梳发辫,身穿兽皮,一向体察众位大仙的心意。他立起身来,开口说了这一番话:(19)

"俱卢族的儿郎,大名鼎鼎的般度国王,抛弃了情爱和安乐,离开此地到了百峰山。(20) 他修持禁欲之戒,因有天神之缘,正法神下凡,为他生了这个儿子坚战。(21) 同样,这个力士中的佼佼,是风神赐给高贵国王的一个儿子,名叫毗摩(怖军),力量无穷。(22) 这一个儿子(阿周那),是多祭(因陀罗)和贡蒂所生,真诚果敢,他的声名将压倒一切伟大的射手。(23) 玛德利则和双马童神生下了一对伟大的射手,俱卢族的一对卓越的子孙,一对人中猛虎,这两个孪生兄弟也站在这里。(24)

"享有盛誉的般度,栖居森林,始终奉行正法,使祖先的宗族再度兴旺起来。(25) 般度眼看着儿子们出生,长大,学习了吠陀经典,他的心中不断涌起无限的快乐。(26)

"他保持贤人的操行,实现了得子的心愿,便前往祖先世界,迄今已有十七天了。(27) 知道他停放在火葬堆上,要被投入火神毗首那罗之口献祭,玛德利身赴烈火,捐弃了自己的生命。(28) 忠贞的女郎和国王一同去了夫君世界①。她和他的丧葬事宜,请立刻操办吧!(29)

"这是他俩的两具遗体。这几位是他俩的优秀儿郎。请以盛大的仪式,迎接这几位英雄儿郎和母亲贡蒂吧!(30) 享有盛誉的般度,明了一切正法,曾支撑起俱卢家族。待葬礼举行完毕,请他得到献给祖先的祭飨吧!"(31)

对全体俱卢族人说完这番话,所有的遮罗纳和俱希迦,刹那之间在俱卢族人眼前消逝了。(32) 如同健达缚天城,众仙人和悉陀之群消失不见。众人目睹之后,都感到万分惊异。(33)

以上是吉祥的《摩诃婆罗多》中《初篇》第一百一十七章(117)。

---

① 来世的天界之一。

一一八

持国说：

维杜罗！王中雄狮般度的一切丧事，你命人操办吧！尤其是玛德利的丧事，也要和国王的一样。(1) 般度和玛德利的牲畜、衣服、珍宝，以及各种财产，请你送人，依照人们的心愿。(2) 对于玛德利，贡蒂怎样尊敬她，你也要怎样尊敬她。要妥善覆盖好她，免得让风、也免得让太阳看见她。(3) 不必为纯洁无咎的般度忧伤，应该热烈赞颂这位国王！他生了五个英雄的儿子，他们好似天神的儿子一样。(4)

护民子说：

维杜罗答应他说："遵命！"然后，婆罗多的子孙啊！他和毗湿摩一起，在一个遮挡得极其严密的地方，为般度举行了神圣的火化仪式。(5) 尔后，几位皇家的国师为般度从城中迅速取来了燃烧的圣火，那圣火事先已经倾洒了献祭的酥油。(6) 他们将般度放在尸架上，用布严严实实地遮盖起来，给他装饰上各色各样应季的上品香花的花环。(7) 用花环和贵重的布料装饰后，众位大臣，所有的亲戚和朋友，都走到近旁。(8)

他们把人中雄狮妥善地遮盖好，抬上一辆精心装饰的人挽的华辇。玛德利的遗体陪放在侧。(9) 灵车上立着白色的遮阳伞，拂尘轻扬，各种鼓乐之声一时奏鸣。(10)

在般度的葬礼举行之处，有数百人拿着许许多多奇珍异宝，布施给那些索取之人。(11) 为了这位俱卢后裔的冥福，他们拿来许多华美的巨大阳伞，还有许多闪着光泽的衣服。(12)

身穿白袍的祭司们，在般度的遗体前面，往圣火中倾洒着酥油，让它熊熊燃烧。(13) 数以千计的婆罗门、刹帝利、吠舍和首陀罗，悲痛万分，一边跟随着国王的灵车，一边哀哀哭诉：(14) "他离开了我们，置我们于无边的痛苦之中，让我们失去了庇护。我们最高的主公，我们的国王，将去向何方？"(15) 般度的五个儿子，毗湿摩，维杜罗,也号啕大哭。在平坦圣洁的恒河岸边,一片森林的秀丽的高地上,(16)他们哭泣着放下了般度和妻子的尸架。般度王口宣真理,堪称人中雄狮,行为纯洁无瑕呀!(17)

尔后,他们在般度的遗体上洒下各种香水,涂上纯净的黑檀香膏,用最好的香汤洗浴,用黄金制的罐子迅速地淋洒圣水。(18)他们给般度涂上头等的洁白的旃檀香,又将冬伽树的汁液与黑沉香混合,涂抹他的遗体。(19)接着,他们用本国织造的白布把般度裹好,为他穿上衣服,人中雄牛犹如活着一般。华贵的床榻又与他相得益彰,看上去人中之虎神采飞扬。(20)在众位祭司的指导下,完成葬仪之后,他们将清奶油淋洒在国王和玛德利的遗体上,又细致地装饰了一番;(21)用香气浓郁的旃檀,以及其他各种各样许许多多的香料,合以冬伽树的汁液与松树的膏油。随后,燃火焚化。(22)

憍萨罗国公主望着他俩的遗体,叫了一声:"哎呀,哎呀!儿子!"一阵昏厥,突然倒在地上。(23)心地恻隐的众位城乡绅耆,看见安波利迦悲痛地昏倒了,满怀对国王的爱戴之情,全都放声恸哭起来。(24)所有的黎民百姓,各种生物,乃至于兽类,心里仿佛都充满忧伤,也悲泣哀鸣不已。(25)福身王之子毗湿摩,大智大慧的维杜罗和各地的俱卢族人,号啕大哭,悲痛万分。(26)

尔后,毗湿摩,维杜罗,持国王,众位亲属,以及全体俱卢族妇女,向般度王献上圣水。(27)忧伤憔悴的般度五子献过圣水,国王啊!愁绪满怀的诸位大臣,也献过圣水,他们都围聚在般度五子的身边。(28)般度五子和众位亲属都睡在地上,国王啊!婆罗门等市民也像他们那样席地而眠。(29)在长达十二个昼夜的时间里,整座城市和般度的儿子,乃至于孩子,都没有欢乐,心情愁苦,忧郁成疾。(30)

以上是吉祥的《摩诃婆罗多》中《初篇》第一百一十八章(118)。

一一九

护民子说:

嗣后,辅弼维杜罗,持国王,毗湿摩和众位亲戚,按时为般度举行了祭祖仪式,献上甘露般的供品。(1)他们宴请了俱卢族人和几千名重要的婆罗门,并向这些婆罗门的重要人物馈赠了成堆的珍宝,还有上等的村庄。(2)

婆罗多族雄牛般度五子,清洁了身体之后,市民们带领他们进入象城。(3)

所有的城乡绅耆,为那位婆罗多族雄牛哀思绵绵,犹如痛悼自己死去的亲人。(4)

祭祖仪式结束之后,毗耶娑仙人看到黎民百姓黯然神伤,母亲满怀悲痛,忧愁不已,昏昏沉沉,他便对贞信说道:(5)"幸福的日子已成过去,忧患的时期即将来临。明日复明日,一日坏似一日,大地的青春消逝了。(6)未来的时期十分可怕,呈现纷纭的幻象,充满种种的罪恶,一切符合正法的行为举动都将破坏殆尽。(7)请你走吧!请离开此地,一心一意到苦行林中安居。你不必眼睁睁地看着自己这个家庭的可怕的覆灭!"(8)

"好吧!"贞信同意了。她走进去,对儿媳说:"安必迦!我们听说,由于你的儿子领导失策,婆罗多族和子孙后代,及其附属,都将遭到毁灭。(9)憍萨罗国公主为丧子之忧百般折磨,我将带她走。如果你也同意,我们一起到森林去吧!愿你有福!"(10)

"遵命!"安必迦这样答应了,恪守美好誓愿的贞信与毗湿摩商议之后,和两位儿媳到森林去了。婆罗多的子孙啊!(11)几位王后修炼过极其可怕的苦行,婆罗多族的至贤啊!那时,她们抛弃了躯壳,投向了心愿的归宿。大王啊!(12)

这时候,般度五子举行过了吠陀规定的所有圣礼,逐渐长大,他们在先父的王宫中享受着荣华富贵。(13)他们和持国百子,在先父的王宫中一起玩耍。般度五子精通各种孩童的游戏。(14)

无论是赛跑,寻物,吃东西,还是扬沙土,怖军都能把持国的儿子们全部击败。(15)有时候,持国的儿子们正在玩耍,这位般度之子高兴起来,就揪着他们鸦翼式的头发,抓住他们的脑袋,让他们互相撞打。(16)虽然持国的儿子有一百零一个,他们又都身强力壮,而狼腹(怖军)只身一人,仍把他们打得一败涂地,而且不太费劲。(17)这位大力士抓住他们的脚,猛一用力将他们摔倒,然后在地

297

上拖来拖去，直到他们嗷嗷乱叫，膝盖、脑袋和眼睛擦伤。（18）有时候，他在水中嬉戏，他用两臂搂住十个孩子，沉入水底坐下，待他们奄奄一息，他才放开。（19）当持国的儿子爬到树上采果子的时候，毗摩（怖军）就用脚踹树，任它摇摇晃晃。（20）树木受到他猛踢乱踹，那些孩子也随着树摇摇晃晃。有些和果子一起掉下树来，有些孩子滑下树来。（21）那些王子无论是和狼腹（怖军）比武，赛跑，还是角力，他们什么时候也不曾占过上风。（22）就这样，狼腹（怖军）在比赛中总是和持国百子作对。因为他还是个孩子，并非出于恶意。（23）

尔后，持国之子厉害的难敌，知道怖军的膂力为举世瞩目，便显露出邪恶的本性。（24）这个违背正法、热衷罪恶之人，由于愚蠢，也由于野心和贪婪，产生了邪恶的思想：（25）"般度和贡蒂的居中的儿子狼腹（怖军），是大力士中的佼佼者，必须用计谋把他除掉。（26）然后，我再制伏他的弟弟和哥哥坚战，把他俩禁锢起来，我就将统治大地了！"（27）

那时候，邪恶的难敌这样打定了主意之后，便经常不断地窥伺时机，准备谋害灵魂伟大的怖军。（28）后来，为了水中嬉戏，婆罗多的子孙啊！他命人建造了许多座张着帷布的水上行宫，色彩绚丽，十分宽敞。（29）那行宫坐落在（恒河岸边）波罗曼拘胝一处隆起的地方。王子们来到了那里。他们停止戏水之后，穿上素净的衣服，佩戴好各种装饰。接着，他们慢条斯理地享用令人满意的丰美的食品。（30）夜幕降临，英雄的俱卢族的王子们玩耍累了，都盼望在行宫里美美地睡上一觉。（31）

却说大力士怖军，这位出类拔萃的体育能手，本领高强，因为驮着好几个下水游戏的王子游泳，也劳累不堪了。他在波罗曼拘胝上岸之后，找到一个地方倒头便睡。（32）这位般度之子，穿着白色的衣服。他十分疲倦，又醉得昏昏沉沉，国王啊！他一动不动，睡得像个死人一般。（33）于是，难敌轻手轻脚地用藤索把怖军捆绑起来，从河岸上把他抛入湍急骇人的深水中。（34）贡蒂之子猛然清醒，扯断了所有的藤索。优秀的武士怖军又出水上岸了。（35）

还有一次，他也是睡着了，难敌弄来许多条蛇，齿牙尖利，带有剧毒,凶猛狂暴,去咬他全身的致命之处。(36)那些毒蛇的牙齿,虽然咬的是致命之处,却咬不破他的皮肤。因为胸膛宽阔的怖军,全身十分坚硬。(37)怖军睡醒之后,把那些毒蛇全部杀掉了,一挥手背,竟打死了他心爱的车夫!(38)

难敌又在怖军的饭里投下毒药,那是新鲜的黑峰草毒,十分猛烈,会使人拘挛,毛发竖起。(39)吠舍侍女的儿子(维杜罗),希望般度之子们幸福,把这件事告诉了他们。然而,怖军已经吃下那毒药,消化掉了,身体安然无恙。(40)因为即便是最猛烈的那种毒药,也不会使他发生拘挛。怖军可怕地健壮,这种毒药,他自然消化掉了。(41)

就这样,难敌,迦尔纳,以及妙力王之子沙恭尼,曾先后多次施展诡计,妄图害死般度五子。(42)而镇伏仇敌的般度五子,把那一切阴谋全部识破了。但是,他们遵从维杜罗的指教,没有将事情张扬出去。(43)

以上是吉祥的《摩诃婆罗多》中《初篇》第一百一十九章(119)。

一二〇

镇群说:

伟大的婆罗门啊!请你再讲一讲慈悯大师的出生吧!他是怎样从芦苇秆中诞生?他又怎样得到了他的法宝?(1)

护民子说:

著名的乔答摩大仙有一个儿子,唤做有年。大王啊!据说,他一降生,就带来几支箭。主公啊!(2)他学习吠陀不聪不慧,不像他学习弓箭术那样极具天资。诛灭仇敌的人啊!(3)如同口宣圣典的婆罗门,通过苦修苦炼,学会了四部吠陀;他通过苦修苦炼,也掌握了各种武器。(4)

他既精通弓箭术,又有广大的苦行法力,这位乔答摩之子使天帝忧虑万分。(5)于是,俱卢的子孙啊!众神之主派了一位天国少女,名唤蹼足,吩咐说:"你去阻止他的苦行!"(6)她直趋有年的风光迷

人的森林道院。乔答摩之子正在挽弓搭箭,那少女来诱惑他了。(7)

乔答摩之子在林野之中,看见这位天女,一件单裙裹身,俏模样举世无双,他的眼睛都瞪圆了。(8)弓箭从他的手中掉落到地上。他眼望着那位天女,全身一阵颤栗。(9)而凭着高深的智慧和苦行法力,大智大慧的仙人努力镇定自己,继续站立在那里。(10)可是,国王啊!突然间,他全身一阵痉挛,精液流泄出来,他全然不觉。(11)

仙人离开了那座森林道院和那位天女。他的精液滴落在一根芦苇秆上。(12)滴落在芦苇秆上的精液,分成了两部分。国王啊!尔后,便诞生了乔答摩之子有年的双生儿女。(13)

福身王前去打猎,他的一名侍卫于偶然之间,在林野中发现了那一对孪生兄妹。(14)侍卫看见一张弓和几支箭,还有若干张黑色的羚羊皮,他判定他俩是一位精通弓箭术的婆罗门的孩子。当时,他把孪生兄妹和箭指给国王看。(15)福身王满怀慈悯之情,把那一对孪生兄妹带回到宫中,吩咐说:"他俩就是我的儿女了!"(16)尔后,福身王将他俩抚养长大,举行了各种圣礼。而这时,乔答摩之子有年早已离去,潜心于弓箭术的研究。(17)大地之主考虑到,因为自己出于慈悯之情,才抚养了那两个孩子,所以,他给他俩取了"慈悯"这一个名字。(18)

乔答摩之子施展苦行法力,发现了两个孩子的安身之处,当时便飘然前来,向福身王述说了家世等一切。(19)乔答摩之子有年向(儿子)慈悯传授了四种弓箭术,教他各种兵器,同时又把全部秘诀统统传授给他。时间不长,慈悯就达到了最高大师的地位。(20)后来,所有的战车武士,持国的一百个儿子,力大无穷的般度五子,苾湿尼族人,以及另外一些来自不同国度的国王,都跟他学会了弓箭术。(21)

以上是吉祥的《摩诃婆罗多》中《初篇》第一百二十章(120)。

— 二 —

护民子说：

为了孙子们能出类拔萃，希望他们训练有素，毗湿摩遍请名师，全都是精通弓箭术、武功娴熟、勇武超群的人物。（1）不是足智多谋，不是威望崇高，不是精通各种武艺，不是极具天资的人，已经教导不了这些力大无穷的俱卢子孙学习武艺。（2）

却说从前有一天，大仙婆罗堕遮正在祭场上忙碌，他看见了下凡的天女诃哩达吉，刚刚出浴。（3）一阵风吹来，掀去了她的衣裙。仙人的精液因此流泄出来。仙人把精液放入一个木钵里。（4）在那个木钵里，诞生了睿智仙人的儿子德罗纳（木钵）。他已经学习了四吠陀和全部的吠陀支。（5）坚持正法的佼佼者婆罗堕遮，本领高强，从前他曾向大有福分的火邻仙人传授了烈火法宝。（6）这位在赞颂火神日降生的仙人，婆罗多族的贤王啊！如今他又把威力极大的烈火法宝传授给了婆罗堕遮之子。（7）

婆罗堕遮有位朋友，名唤水滴，是一个国王。此时，他也生了一个儿子，取名木柱。（8）水滴王之子木柱，常常到森林道院去。这位刹帝利雄牛和德罗纳一起做游戏，一起读书。（9）后来，水滴王驾崩，臂膀健壮的木柱当了国王，成为北般遮罗的人主。（10）

这时，尊者婆罗堕遮也升天了。享有盛誉的德罗纳，心中遵从父亲的命令，自己也盼望子嗣，于是，他找了有年的女儿慈悯做妻子。（11）乔答弥（慈悯）对于日常祭祀，正法，自制，坚持不懈，始终如一。她得到了儿子马嘶。（12）他刚一出生，就发出了神马高耳一样的嘶鸣。听到嘶鸣声，一个潜形的精灵在天空中说道：（13）"这孩子发出的叫声，犹如骏马发出的嘶鸣，响彻寰宇，因此，他将以马嘶为名。"（14）睿智的婆罗堕遮之子有了这个儿子，高兴万分。他继续住在家中，潜心研究弓箭术。（15）

德罗纳听说，灵魂伟大的食火仙人之子，诛灭仇敌的（持斧）罗摩，那时候想把财产全部散发给婆罗门。国王啊！（16）可是，罗

摩已经前往森林了,婆罗堕遮之子这时才赶到。他对罗摩说:"请你知道,我是婆罗门雄牛德罗纳,来向你求些钱财。"(17)

罗摩说:

我的黄金,以及我所拥有的其他任何财产,我都已经全部赠送给婆罗门了。以苦行为财富的人啊!(18)同样,大海做裙边、城邑做花鬘的这位大地女神,连同所有的村镇,我完完整整地献给了迦叶波。(19)如今,我剩下的只有我这具身躯,几件珍贵的法宝,以及种种不一的兵器。请挑选吧!我给你什么?德罗纳!请你赶快说明!(20)

德罗纳说:

婆利古的子孙啊!请把你的全部法宝,包括收拢的办法,使用的秘诀,毫无保留地都送给我吧!(21)

护民子说:

"好吧!"婆利古的后裔这样答应之后,把所有的法宝统统送给了德罗纳,包括秘诀和遵守的戒律,还有弓箭术,都毫无保留。(22)再生者佼佼德罗纳,接受了全部的法宝。他将法宝逐一演练之后,兴高采烈地到密友木柱王那里去了。(23)

以上是吉祥的《摩诃婆罗多》中《初篇》第一百二十一章(121)。

一二二

护民子说:

本领高强的婆罗堕遮之子,到达了木柱王那里之后,对水滴王之子说道:"国王啊!请知道我是朋友!"(1)

木柱说:

婆罗门!你的智力太低下,太不健全了!再生者啊,你竟贸然跟我说什么"我是你的朋友"!(2)因为登基在位的国王,和你这样不富不贵、一文不名的人,蠢货!哪里会有什么友谊?(3)时间流逝,随着人的衰老,人们之间的友谊也早已衰退了。以往我和你有过交情,因为有地位相当作为纽带。(4)茫茫世界上,绝对见不到永葆青春的友谊。欲望分散它，恼怒又撕碎它。（5）不必攀连老交情来增进新友谊了！我和你昔日的友谊，再生者佼佼啊！那是于我有利才结下的。（6）乞丐不是财主的朋友，愚人不是学者的朋友，懦夫也不是英雄的朋友。往日的旧交，何必重提？（7）财富相当的人，门第相等的人，他们之间才有可能交友和通婚。但是，养尊处优的富人和食不果腹的穷汉之间，绝不可能。（8）对于圣典一窍不通的人，不是谙熟圣典的学者的朋友；徒步的小卒，不是战车武将的朋友；非王非侯之辈，也不是帝王君主的朋友。往日的旧交，何必重提？（9）

护民子说：

本领高强的婆罗堕遮之子，受到木柱王这一番奚落，不由得怒火满腔。他略微思考了一下，（10）足智多谋的德罗纳，心中对般遮罗国国王便打定了一个主意。然后，他到俱卢族首领们的象城去了。（11）

却说有一天，王子们从象城出来，在郊外玩打嘎儿，英勇的王子们欢天喜地地在那里到处奔跑。（12）他们正玩着的时候，那个嘎儿掉进了一口井里。可是，他们找不到办法把嘎儿取出来。（13）

后来，德罗纳看见了那些遇到难题的王子。当时，勇武的德罗纳笑了一笑，慢声慢语和蔼地说道：（14）"啊嘀！你们这些武士的能力真可怜啊！你们的武艺学习得太糟糕了！你们出生在婆罗多王的家族，竟然取不出嘎儿来！（15）这是一把芦苇，我念念咒语，它就会变成法宝。请你们注意看一看它的奇能，这是其他东西所不具备的。（16）我将用一根芦苇射中那个嘎儿，然后用一根芦苇射中第一根芦苇，再用一根芦苇射中第二根芦苇，根根芦苇连接的嘎儿，就会取回我的手中。"（17）

那些王子看到这番情景，都惊奇地睁大了眼睛。他们看到嘎儿果真牵了出来，便对射嘎儿人说道：（18）"我们给你施礼了，婆罗门！这是其他人都莫知所措的事情。你是谁呀？我们怎样才了解你呢？有什么事要我们为你效劳？"（19）

德罗纳说：

你们把我的模样和技艺告诉毗湿摩吧！他是一个十分睿智的人，立刻就会得出正确的判断。（20）

护民子说：

"好吧！"众位王子答应过后，向老祖父毗湿摩如实述说了婆罗门的话，还有那件不同凡响的事情。（21）毗湿摩听了王子们的叙述，认定那人就是德罗纳。"他是一个最合适的教师。"毗湿摩这样考虑过后，（22）当时就亲自把德罗纳请来，给予极其隆重的接待。优秀的武士毗湿摩，谦和地向他问长问短。德罗纳向他倾诉了前来的原因：（23）

"从前，我常常追随在火邻大仙的左右，向他学习武艺，因为我想掌握弓箭术。（24）我修持梵行，约束自己循规蹈矩，梳起发辫，度过了漫长的岁月。我一心想掌握弓箭术，在他那里生活了很久。（25）

"般遮罗王有个儿子祭军（木柱），颇有膂力，他和我一起跟师父学艺，勤奋又专心。（26）他是我在那里的朋友，对我热诚相助，与我亲密无间。啊！我和他相处甚久，对他也十分友爱。俱卢的子孙啊！打从童年起，我们就一同学习。（27）他到我这里来，总做些讨我喜欢的事，说些让我高兴的话。毗湿摩！他对我说过这样增进友谊的话语：（28）'我是高贵父亲的最喜爱的儿子，德罗纳！将来，般遮罗国国王会为我灌顶，立我为王。（29）到那时候，我的王国将请你享有。朋友！我赌咒发誓，这绝不是假话！我的种种享受，我的财富，我的幸福，全都属于你！'（30）

"他说过这番话不久，我学成了武艺，便外出求些钱财。我听说，他已经灌顶登基。心想：'我的目的可以实现了。'（31）我十分高兴，又愉快地踏上旅途，去找登基为王的朋友。我一路回想着他的友情，以及他的那一番话。（32）

"尔后，我到达了老朋友木柱那里。大有能为的人啊！我说：'人中之虎啊！请知道我是你的朋友。'（33）可是，当我走上前去友爱地亲近他时，木柱却对我淡淡一笑，仿佛我是一个毫不相干的人。他说道：（34）'婆罗门！你的智力太低下，太不健全了！再生者啊，你竟贸然跟我说什么——我是你的朋友！（35）因为登基在位的国王，和你这样不富不贵、一文不名的人，蠢货！哪里会有什么友谊？（36）对于圣典一窍不通的人，不是谙熟圣典的学者的朋友；徒步的小卒，

不是战车武将的朋友；非王非侯之辈，也不是帝王君主的朋友。往日的旧交，何必重提？'（37）

"我受到木柱这一番奚落，不由得怒火满腔。我便来找俱卢族，毗湿摩！为了得到几个品德优良的好学生。"（38）

毗湿摩和般度的儿子们，接受德罗纳做了教师。毗湿摩领来了所有孙儿，向德罗纳献上各色各样的财宝。（39）"这些是你的学生。"毗湿摩按照从前的礼仪，把他们交给了德罗纳，国王啊！伟大的射手德罗纳收下了俱卢的后代做学生。（40）

德罗纳收下全体王子之后，他们都恭恭敬敬地坐在了他的脚旁。这时，德罗纳满怀信任之情，独自秘密地对他们说道：（41）"有一件我渴望实现的事情，在我的心中翻腾。待你们掌握了武艺之后，你们一定要答应为我去做。告诉我真话吧，纯洁无咎的王子们啊！"（42）

俱卢的子孙们听罢此言，都默默无语。人民之主啊！可是，灭敌的英雄阿周那却随即一口应承下来了。（43）这时，德罗纳一次又一次地亲吻阿周那的头，兴高采烈地拥抱了他，欢喜得热泪纵横。（44）

后来，本领高强的德罗纳，向般度的儿子们传授了种种武艺，包括天神的和凡人的。（45）其他国家的王子们，婆罗多族的雄牛啊！他们也集合一道，前来向再生者至贤德罗纳求艺；有苾湿尼族的众位王子，安陀迦族的众位王子，还有另外许多地方的王子。（46）那时候，车夫之子罗泰耶（迦尔纳）也前来拜德罗纳为师。然而，他性情暴躁，成了普利塔之子（阿周那）的对头。他投靠了难敌，对般度诸子极为轻蔑。（47）

以上是吉祥的《摩诃婆罗多》中《初篇》第一百二十二章(122)。

一二三

护民子说：

却说阿周那，他供养师父尽心竭力，他学习武艺勤奋不息，成了德罗纳心爱的弟子。（1）

一天，德罗纳叫来了厨师，悄悄地吩咐他说："天黑的时候，你千万不要递给阿周那食物。"（2）然后，正当阿周那吃饭的时候，一阵风吹来，他点燃用以照明的灯盏被风吹翻了。（3）神采辉焕的阿周那继续摸黑吃饭。因为经常抓取食物，他的手不慌不乱地就把食物送进嘴了。般度之子心想："这都是日常训练的结果。"于是他便趁着黑夜去演练武艺。（4）听见他手拉弓弦的响声，婆罗多的子孙啊！德罗纳起床来到他的身旁，拥抱了他，开口说道：（5）"我将尽心尽意去做，让你成为世界上无与伦比的射手。我对你所言真实不虚。"（6）

此后，德罗纳教会阿周那车战的武艺，和象战的、马战的以及地面战斗的武艺。（7）德罗纳还教会这位般度之子杵战的武艺，刀剑之术，长矛、钩连枪和标枪的武艺，以及几种兵器并用的武艺。（8）

看到德罗纳的武功超群，数以千计的国王和王子纷纷前来，都想学到他的弓箭术。（9）后来，尼沙陀王金弓的儿子独斫，大王啊！他也来投拜德罗纳为师。（10）明了正法的德罗纳，考虑到他是一个尼沙陀人的儿子，同时也为其他众人着想，没有接受他做学习弓箭术的徒弟。（11）可是，这位灭敌的英雄，用头顶礼过德罗纳的双足，走入了森林，却用泥土塑成了德罗纳的像。（12）当时，他在森林里，十分虔诚地将德罗纳奉为师尊，潜心练习弓箭术和刀法，遵守着严格的规则。（13）他满怀着信心，付出了艰苦卓绝的努力，搭箭上弦，放箭中靶，他练就了神速的技巧。（14）

尔后的一天，得到德罗纳的允许，俱卢族和般度族的王子们，以及所有的英勇的武士们，全都驾起车辆外出打猎去了。（15）有一个人抓住一辆车的部件，也偶然跟着般度诸子一起来到了森林。国王啊！那人还带了一条狗。（16）

当王子们四处奔走，一心想实现各自计划的时候，那条狗也在森林中窜来窜去，蠢东西跑向了尼沙陀人。（17）那条狗发现了森林中黝黑的尼沙陀人，他身上沾满了泥土，穿着黑色的鹿皮衣，那狗在他附近狂吠起来。（18）那条狗狂吠不止，这时，尼沙陀人显示出了放箭神速的绝技，他向狗嘴里射入了七支箭，仿佛是在同一瞬间。（19）

那条狗的嘴里满是利箭，又跑回到般度诸子身边。般度族的英雄们一见那狗，都十分惊奇。（20）他们看到了箭法的神速，领略到闻声发箭的绝技，全都自愧弗如，对射手倍加赞扬。（21）随后，般度诸子在森林中四处寻找那位林居者,国王啊!他们发现了一个人正在不停地射箭。(22)尼沙陀王子已经面目全非,当时,般度诸子没有认出他来。接着,他们询问他说:"阁下是谁?是谁家之人?"(23)

独斫说:

诸位英雄!请知道我是尼沙陀王金弓的儿子,德罗纳的徒弟,我在苦练弓箭术。(24)

护民子说:

般度诸子认出他果真是尼沙陀王子。他们回去之后,按照事情经过,向德罗纳禀报了这场奇遇。(25)贡蒂之子阿周那,心中却总忘不了独斫。国王啊!他悄悄地会见了德罗纳,恭恭敬敬地说道:(26)"在只有我一个人的时候,您曾经拥抱我,亲切地说过这么一句话:'我没有哪个徒弟会胜过你。'(27)可是,为什么却有人胜过我?他英勇盖世,是您的另一位徒弟,尼沙陀王的儿子。"(28)

德罗纳略微思索之后,打定了一个主意,他带了左手挽弓者(阿周那),径直前往尼沙陀王子那里。(29)他看见独斫身上沾满泥土,长发盘头,衣衫褴褛,手挽弓弧,正在不停地射箭。(30)而独斫一见德罗纳来到附近,便迎上前去抱住他的双足,以头叩地。(31)尼沙陀人的儿子向德罗纳敬礼如仪,接着,他禀报自己是他的门徒,双手合十侍立在他的面前。(32)

尔后,国王啊!德罗纳对独斫说道:"如果你是我的徒弟,你要立刻付给我酬金!"(33)独斫听了这话,很高兴,回答说:"我给您什么呢?先生!请师父吩咐我吧!(34)因为我没有什么不可以送给师父。通晓圣典的佼佼者啊!"德罗纳吩咐他说:"你把右拇指给我!"(35)独斫听了德罗纳残忍的命令,仍然恪守自己的诺言,始终信守真诚。(36)他的脸上依然带着喜色,他的心中依然毫不沮丧,他不假思索地砍下了自己的拇指,把它送给了德罗纳。(37)

从此以后,尼沙陀人之子虽然能用其余的几个手指放箭,却再也没有先前那般神速了。国王啊!(38)阿周那随之消除了心病,满怀欣喜。德罗纳的话语也变成真实,没有人胜过阿周那了。(39)

那时候,德罗纳的两个徒弟,难敌和毗摩(怖军),二人的杵功远在一同学艺的其他俱卢族子弟之上。(40)马嘶通晓各种秘术,首

307

屈一指。同样，一对双生子（无种和偕天）娴于操剑相搏，远胜他人。坚战最擅长车战，而胜财（阿周那）的各种武艺都十分出众。(41) 般度诸子的声名广被以海洋为界的大地，他们在战车武将中出类拔萃，运用各种兵器，都极具智慧、机谋、臂力和刚毅。(42) 论武艺和爱戴师父，顶数阿周那。虽然学习武艺受到同样的指点，由于他格外聪敏，因而本领非凡。阿周那成为众王子中一位最卓越的武士。(43) 心地邪恶的持国诸子，不能容忍臂力超群的怖军和学有成就的胜财（阿周那）。国王啊！(44)

却说王子们完成了全部的学业之后，德罗纳把他们召集到一起，想考试他们的武功。人中雄牛啊！(45) 德罗纳把匠人们手工做成的一只鸟放置在树巅，它几乎不能为人察知。他向王子们指明了那个鹄的。(46)

德罗纳说：

你们要迅速些！赶快都拿起弓来，上好弓弦，注意看那只鸟！(47) 一旦我发出命令，射它的头。我将给你们一个一个地发布命令。就这么办，孩子们！(48)

护民子说：

随后，鸯耆罗仙人的优秀后代（德罗纳），首先吩咐坚战说："搭上箭吧，难以抵御的王子啊！等我发出命令，你就放箭！"(49) 坚战随即首先挽起鸣声巨大的强弓，遵从师父发出的命令，站在那里，瞄准那只鸟。(50) 这位俱卢的后裔拉开弓弧之后，婆罗多族的雄牛啊！过了一会儿，德罗纳问了他这么一句话：(51)"你看得见放在树顶上的那只鸟吗？人中佼佼之子啊！""我看见了。"坚战这样回答大师。(52) 略微又过了一会儿，德罗纳再一次问他说："那么，那棵树，或者我，或者兄弟们，你现在看得见吗？"(53) 这位贡蒂之子逐一地回答德罗纳说："我看得见那棵树王，看得见您，也看得见兄弟们，还有鸟。"(54)"你让它溜掉吧！"德罗纳对他说道，心里似乎很不快，又斥责他说："你根本不可能射中鹄的！"(55)

然后，素享盛誉的德罗纳，采用同样的步骤和方法，考试难敌等持国诸子，逐一询问了他们。(56) 他考试了怖军等其他徒弟，以及异国他邦的诸位国王。他们也全都回答说，看得见那一些。他们统统

遭到了斥责。(57)

最后,德罗纳微笑着对胜财(阿周那)说:"你现在一定要射中那个鹄的!你听好!(58)一旦我发出命令,你必须从这射出箭去!你拉开弓之后,孩子!你在原地先站一会儿。"(59)左手挽弓者(阿周那)听罢此言,把弓拉圆,遵从师父的命令,站在那里,瞄准鹄的。(60)略微过了一会儿,德罗纳也同样问他说:"你看得见那个放置的鸟,树,也看见我吗?"(61)"我看见了那只鸟",普利塔之子回答德罗纳说:"可是,树,或者您,我都看不见",他又说。婆罗多的子孙啊!(62)

不可抵御的德罗纳,因此心情十分高兴。又略微过了一会儿,他再次对般度族的车战雄牛说道:(63)"如果你看得见那只鸟,你再说说鸟的情况。""我看得见鸟的头,看不见它的身体。"阿周那这样回答。(64)闻听阿周那这样回答,德罗纳高兴得汗毛直竖。"放箭!"他向普利塔之子发出命令。阿周那不假思索地射出箭去。(65)接着,这位般度之子的锋利的箭头,射掉了放置树巅的那只鸟的头,将它急速地击落下来。(66)此事一举成功之后,德罗纳紧紧地拥抱住翼月生(阿周那),心想:"木柱王和他的同伙,在战斗中定然一败涂地!"(67)

过了一些时候,唪耆罗仙人的优秀后代,和徒弟们一起前往恒河沐浴。婆罗多族的雄牛啊!(68)德罗纳刚刚跳入河水,一条在水中游动的凶暴的鳄鱼,受到死神的驱遣,抓住了他的小腿的一侧。(69)尽管他完全能够摆脱,却慌里慌张似地向徒弟们发出了命令:"你们杀死鳄鱼,救救我!"(70)在他发出命令的同一瞬间,毗跋蒎(阿周那)射出了五支利箭,杀死了潜身水中的鳄鱼,而其他人慌手慌脚不知所措,才从各处奔来。(71)看到这件事的成功,德罗纳更觉得这位般度之子远比所有的学生出色,当时他感到十分欣慰。(72)那条鳄鱼被普利塔之子的几支利箭撕裂成数块,松开了高贵的德罗纳的小腿,归于五大元素了。(73)

尔后,婆罗堕遮之子(德罗纳)对高贵的战车武士(阿周那)说道:"巨臂的英雄啊!这件法宝威力非凡,不可抵御,名叫梵天之首,连同它的使用和回收的秘诀,你一起收下吧!(74)无论如何,你绝不可用它对付凡人。倘若映上它的些许神光，世界就会焚烧净尽。(75)这件法宝，孩子！据说它在三界之中独一无二，无与伦比，所以，你务必小心秉持。我还有句话，你要听好！（76）如果有哪个并非人类的仇敌欺压你，英雄啊！那时，你就祭起这件法宝将他杀死在战场上！"（77）"遵命！"毗跋蹉（阿周那）双手合十回答过德罗纳，接过了那件至高无上的法宝。这时，师父又向他说道："人世间不会有任何一位射手能和你相提并论！"（78）

以上是吉祥的《摩诃婆罗多》中《初篇》第一百二十三章(123)。

《出生篇》终。

火焚紫胶宫篇

一二四

护民子说：

看到持国诸子和般度诸子已经掌握了武艺，婆罗多的子孙啊！德罗纳向人主持国做了禀报。国王啊！（1）在场的有慈悯，月授，睿智的波力迦，恒河之子毗湿摩，毗耶娑，以及维杜罗。（2）德罗纳说："国王啊！诸位王子的学业已经完成。俱卢族的至贤啊！他们希望显示一下自己的武艺，国王啊！若能蒙您俯允。"（3）

随后，伟大的国王心里十分高兴，回答道："婆罗堕遮之子啊！你建立了一件伟大的功业。再生者至贤啊！（4）那么，你认为应该在什么时候，什么地方，请你亲自吩咐我——照样做出安排。（5）如今，我真是无可奈何地嫉妒明目的人。他们将会亲眼看见我的小儿子们挥刀舞剑的矫健英姿啊！（6）维杜罗！师父和大师的吩咐，你去照办吧！因为我想没有比这更令人高兴的事了。忠于职守的维杜罗啊！"（7）

德罗纳向国王告退之后，维杜罗跟随他来到外面。大智大慧的婆罗堕遮之子（德罗纳）测量出一块场地，地势平坦。没有大树，也没有灌木，朝北是一片斜坡。（8）在吉星高照的一天，他在那片场地备下重赏,并为此通知了全城。雄辩的国王啊!(9)在校场上,工匠们按照经典记载的规定,为国王和妇女们建造了十分宽敞的检阅厅,精心布置停当,里面预备下各种兵器。人中雄牛啊!(10)市民们让人在那里建造了宽敞的高高的看台,富有钱财的阔佬们也命人建造了观礼台。(11)

当那一天终于来到的时候,国王在随从的陪伴下驾到,毗湿摩和杰出的大师慈悯为先导。(12)国王步入皇家的检阅厅,它以珍珠网串为屏,以吠琉璃和摩尼宝石为饰,用黄金建造而成。(13)大有福分的甘陀利和贡蒂,百战百胜的国王啊!国王的所有妃嫔,带着女奴和仆从,欢欢喜喜地登上了看台,犹如天神的妻子们登上了弥卢山。(14)婆罗门、刹帝利等四个种姓的群众,也匆匆忙忙出城,一道前来观看掌握了武艺的众王子的表演。(15)人们出于好奇心,大声喧嚷,击鼓奏乐,那时节,校场的集会犹如波涛激荡的海洋一般。(16)

尔后,大师德罗纳身穿白色的衣服,肩系白色的圣线,白发皓首,白髯飘拂,佩戴着白色的花环,涂抹着白色的香膏。(17)他带着儿子马嘶走到校场中央,俨然伴有火星的一轮皎月升起在万里无云的碧空。(18)这位优秀的大力士按照惯例举行祭供,请精通咒语的众位婆罗门在此畅诵吉言。(19)神圣的赐福之声归于沉寂之后,人们手执各式各样的兵刃和马具进入校场。(20)

随后,身强力壮的众位婆罗多族雄牛,身穿铠甲,腰扎皮带,悬挂箭囊,手操弓弧,进入校场。(21)坚战为首的英勇非凡的王子们,由长及幼,依次在校场上表演了武艺,令人惊叹不已。(22)有些观众害怕中箭,低下了他们的头,有些人大胆地举目凝视,带着一副惊异的表情。(23)王子们一边纵马疾驰,一边敏捷地射出标着名字的各种光闪闪的利箭,箭箭中靶。(24)看见在校场上挽弓舞箭王子们的大军,俨如健达缚的空中天城,人们不禁惊异万分。(25)数以百千计的观众,一个个惊奇地睁大了眼睛,"好哇!好哇!"蓦地爆发出阵阵欢呼声。婆罗多的子孙啊!(26)

身强力壮的王子们,连续进行了整套弓箭术的表演;时而乘驭奔驰的战车,时而骑在象背,时而身跨骏马,时而对射交战。(27)接着,英勇善战的武士们,又手握利剑和盾牌,按照所学的套路,在校场各处进行了整套剑术表演。(28)他们挥剑舞盾,一个个敏捷又娴熟,优美又稳健,而且把握坚牢,在场的观众大饱眼福。(29)

尔后,总是互相耀武扬威的善敌(难敌)和狼腹(怖军)上场。二人手握大杵,犹如两座独峰突兀的大山。(30)二人身缚甲胄,臂膀粗壮,一心想表现出凛凛雄风,犹如两头发育健壮、春情勃发、为母象而争斗的公象。(31)两位大力士手执明晃晃的大杵,从左向右、从右向左地兜着圈子,犹如两头发情的公牛。(32)

维杜罗向持国,般度之子的母亲(贡蒂),向甘陀利,——分别讲述了王子们的全部动作。(33)

以上是吉祥的《摩诃婆罗多》中《初篇》第一百二十四章(124)。

一二五

护民子说：

俱卢族王子(难敌)和优秀的力士毗摩(怖军)在校场上站定之后,群众分成了两派,各自朝着倾向的一方表达喜爱之情。(1)"嗨!英雄啊,俱卢族王子!""嗨!毗摩!"人们大声地叫嚷着,一阵阵无比壮阔的喧嚣声浪蓦然掀起。(2)睿智的婆罗堕遮之子(德罗纳),注意到校场简直成了波涛激荡的大海,向爱子马嘶吩咐道：(3)"让两位勇士停下来!虽然他俩是在演习武艺。千万不要由于怖军和难敌引起校场的骚乱!"(4)他二人正举起大杵,师父的儿子阻拦住了他俩,好似阻拦住时代之末飓风掀动的狂暴的海洋。(5)

尔后,德罗纳走入校场的场地,停止了乐队的巨雷轰鸣一般的演奏,宣布道：(6)"有位比我的儿子更可爱的精通各种武艺的佼佼者,因陀罗之子,可与因陀罗的兄弟(毗湿奴)媲美的王子,他,就是普利塔之子(阿周那)!请大家观看!"(7)接着,大师用吉言为一位青年做了祝福。他就是翼月生(阿周那),戴着皮护腕和护指,背着满囊利箭,挽着弓弧,(8)穿着黄金的铠甲出现了。他宛若黄昏时节的一团雨云,拥有丽日,现出彩虹,电光闪闪。(9)

整个校场立刻一片沸腾，到处奏响了音乐，伴和着螺号声声。(10)"他就是贡蒂的吉祥的儿子！""他是般度的居中的儿子！""他是伟大的因陀罗的儿子！""他是俱卢族的保护者！"(11)"他武功娴熟，是最卓越的高手！""他是秉持正法的佼佼者！""他品性优良，出类拔萃！""他是集美德与智慧的大成！"(12) 就这样，观众们七嘴八舌颂扬备至。贡蒂听着这些话语，泪水和奶水流淌，浸湿了胸脯。(13)

听到盈耳的巨大欢声，人中佼佼持国的内心高兴莫名，于是，他对维杜罗说道：(14)"维杜罗！为什么校场上突然掀起无比巨大的欢声，如同海洋奔腾喧嚣，它仿佛要撕裂长空？"(15)

维杜罗说：

大王啊！普利塔之子，般度之子翼月生（阿周那），身穿铠甲上场了，因此，有这无比巨大的欢声。(16)

持国说：

我是多么幸运！我深受爱戴，我备受保护，思想伟大的人啊！由于普利塔作为木块摩擦出的三堆般度族之火①！(17)

护民子说：

当喧哗的校场终于凝神屏息之后，毗跋蒎（阿周那）表演了从大师学来的武术技巧。(18) 他祭起火神法宝燃起烈火，祭起水神法宝发起大水，祭起风神法宝刮起狂风，祭起雨神法宝布下浓云，(19) 祭起地神法宝进入地腹，祭起山神法宝移来山岭。然后，他祭起隐形法宝，又将这一切消除一空。(20) 瞬间，他变得十分高大；瞬间，他变得极其矮小；瞬间，他在车辕之前；瞬间，他挺立在战车中央；瞬间，他又落到地上。(21)

他一身功夫不同凡响，深得老师的宠爱。他用各种各样的利箭，射中了极其柔软的、十分细小的，以及又大又重的一个个靶标。(22) 在一头红铜野猪移动的同时，他连发五箭，一支一支地射入猪嘴，却仿佛射出了一支箭。(23) 一只牛角系在绳索上，摇摆个不停，本领高强的阿周那射出二十一支箭，箭箭穿进牛角的空穴中。(24) 如此

---

① 此处用木生火比喻母亲普利塔生了三个儿子。

等等。他舞长剑,弯弓弧,挥大杵,所显示的武功的精妙,牵动了观众的目光。(25)

尔后,这场表演接近了尾声,婆罗多的子孙啊!观众已平静下来,乐器的演奏声也渐趋微弱了。(26)这时,从校场门口响起了炫耀雄壮和膂力的拍打臂膀的声音,听来如同霹雳轰鸣一般。(27)"难道是山崩了?也许是地裂了?也许是天空被带雨超载的云团充塞得太满?"(28)校场的观众刹那间闪过这样一些念头。负载万物的大地的保护者啊!当时,他们全都朝大门望去。(29)

这时,普利塔的儿子们——五兄弟,簇拥住德罗纳,犹如五星组成的萨毗多罗星座拥着月亮。(30)诛灭仇敌的难敌挺身而起,马嘶和身强力壮的百兄弟一道,将他团团围绕在当中。(31)那时候,他手握大杵,巍然屹立;备好兵刃的众兄弟,围绕着他团团站定,好似往昔诛灭檀那婆的大战时,城堡破坏者(因陀罗)被一群群天神拱卫其中。(32)

以上是吉祥的《摩诃婆罗多》中《初篇》第一百二十五章(125)。

一二六

护民子说:

人们惊奇地睁大了眼睛,让开了一条路之后,克敌城堡的迦尔纳走进了宽阔的校场。(1)他身裹天生的神甲,一对大耳环映亮了脸庞,手执弓弧,悬挂利剑,俨如一座生脚移步的大山。(2)迦尔纳本是普利塔做处女时生的儿子,广有声誉,有大大的眼睛。他是光芒耀眼的太阳神的一部分,是横扫群敌的英雄。(3)他威武又勇敢,足以和雄狮、公牛、象王等量齐观。他的光芒、英俊、神采、美德,如同日神、月神和火神一般。(4)他高高挺立,宛若一棵黄金的棕榈树。他青春正富,好似雄狮般强健。他的美德难以尽数,他是太阳神的吉祥的亲生儿子。(5)

臂膀雄健的迦尔纳,将整个校场扫视了一周,似乎是漫不经心地向德罗纳和慈悯鞠了一躬。(6)在场的观众全都凝神屏息,目不转睛

地注视着他，心想："这是谁呀？"一阵惊慌之后，人人心中充满了好奇。(7)

太阳神之子，兄长迦尔纳，优秀的辩士，以沉雷般的声音，对他不认识的因陀罗之子，兄弟阿周那，开口说道：(8)"普利塔之子啊！你刚才做的，我要在众目睽睽之下比你做得更为出色。请你不必感到吃惊！"(9) 他的话还没有说完，优秀的辩士啊！仿佛机关开动，全场的观众倏地都站了起来。(10) 人中之虎啊！一阵狂喜传遍了难敌全身。羞愧和愤怒也在刹那间涌上毗跋蓰（阿周那）的心头。(11)

随后，得到德罗纳的允许，一向好战尚武、英勇非凡的迦尔纳，将普利塔之子表演过的武艺，在校场上重复做了一遍。(12) 婆罗多的子孙啊！难敌和在场的兄弟们，立刻紧紧拥抱住迦尔纳，接着，难敌欣喜地说道：(13)"欢迎你，臂膀雄壮的英雄！天神保佑，你光临此地。荣耀的赐予者啊！我和俱卢王国请你随意驱使和尽情享受吧！"(14)

迦尔纳说：

再为我做一件事就足够了。我渴望你的友好情谊，我还想和普利塔之子彼此较量一番。婆罗多的子孙啊！(15)

难敌说：

请你和我共享荣华富贵！祝你和朋友们亲密无间！愿你的脚踏在所有心地邪恶的坏蛋头上！镇伏仇敌的人啊！(16)

护民子说：

普利塔之子似乎觉得自己受到了侮辱，于是，他对像山峰一样兀立在那群堂兄弟中间的迦尔纳说道：(17)"地狱正是为那些不经邀请就猛闯进来，不经邀请就鼓唇弄舌的人预备的。迦尔纳！我若是杀了你，你就要下地狱！"(18)

迦尔纳说：

这个校场是大家公用的。这地方属于你一个人吗？翼月生（阿周那）！勇力非凡的人才算得上王族武士，正法也服从于力量啊！(19) 何必用咒语呢？它是弱者的慰藉。请用箭交谈吧，婆罗多的子孙啊！今天，我就在你师父的眼前，用箭取下你的首级！(20)

护民子说：

尔后，得到德罗纳的允许，克敌城堡的普利塔之子和兄弟们拥抱

315

过后，急匆匆地迎上前去和迦尔纳对阵。（21）难敌和他的兄弟们紧紧拥抱了迦尔纳。迦尔纳站在那里，手挽弓箭，也准备战斗。（22）

顷刻间，滚滚乌云笼罩了整个天空，挟着闪电和雷鸣，伴之以因陀罗的神弓（彩虹），一队队白鹤仿佛是闪露的笑容。（23）身跨金色神马的因陀罗，出于怜子之情，注视着校场。太阳神一见，也赶紧驱散接近身边的团团乌云。（24）这时，人们看到般度之子阿周那，遮蔽在云彩的阴影之下；人们看到迦尔纳，周身洒满太阳的灿烂光辉。（25）

迦尔纳的一边，站立着持国众子；婆罗堕遮之子（德罗纳），慈悯，毗湿摩，则站在普利塔之子一边。（26）校场上的观众分成了两派，妇女们也分成了两派。可是，了解事情真相的贡提婆阇的女儿（贡蒂），却晕了过去。（27）

贡蒂那般昏厥之后，明了一切正法的维杜罗，给贡蒂淋洒上一些撒上旃檀香末的清水，使她恢复呼吸。（28）随后，贡蒂苏醒了过来。她看见两个儿子全身披挂，痛苦如焚，总算没有冲上前去。（29）

正当阿周那和迦尔纳举起长弓的时候，精通一对一决斗规则、明了一切正法的有年仙人之子慈悯，开口说道：（30）"这位是普利塔的最年轻的儿子，般度的儿子，俱卢王族的后裔，他将和你进行一对一的决斗。（31）臂膀雄健的英雄啊！请你也这样宣告母亲、父亲的姓名，家世，以及你使之昌隆的王族门庭吧！普利塔之子知道之后，才会和你对战。否则，决不！"（32）听到这番话，迦尔纳羞愧得俯下脸去，就像被雨水淋湿而低垂的莲花。（33）

难敌说：

大师！经典中规定国王有三种来源：出身王族的人，武士，以及率领军队的人。（34）如果翼月生（阿周那）因为迦尔纳不是王子而拒绝决斗，那么，我来灌顶，封他为盎伽国国王。（35）

护民子说：

随后，战车武士迦尔纳坐在了黄金的宝座上，由几位熟知咒语的婆罗门，使用装着稻粒、插着鲜花的金瓶，立刻为他举行了灌顶礼。

他登基成了盎伽国王。这位本领高强的英雄,感到十分荣耀。(36)华美的伞盖擎起,犛牛尾的拂尘张开,颂祝"胜利"的欢声消歇之后,这时,雄牛般的国王迦尔纳,向俱卢族王爷难敌说道:(37)"你以王国为礼,我回赠你什么样的谢仪才能与之相当呢?径请直言,王中之虎啊!我一定照办!王爷啊!""我要你永恒的友谊!"善敌(难敌)回答他说。(38)听罢此言,迦尔纳应道:"定然如此!"两人兴高采烈地互相拥抱着,感到十分畅快。(39)

以上是吉祥的《摩诃婆罗多》中《初篇》第一百二十六章(126)。

一二七

护民子说:

尔后,升车走进了校场。他衣衫歪斜,汗水涔涔,颤颤巍巍,全靠一根拐杖支撑着,似乎在呼唤什么。(1)迦尔纳一见到他,便丢下了弓。由于敬重父亲之情的驱使,他俯首恭恭敬敬地行礼,刚刚灌顶的头还是湿淋淋的。(2)老车夫连忙用衣衫的下摆遮住双脚,对圆满完成灌顶礼的迦尔纳,叫了一声:"儿子!"(3)然后,他紧紧抱住了迦尔纳。怜爱之情使他激动万分,眼泪不住地滴在儿子灌顶为盎伽王而淋湿的头上。(4)

般度之子怖军看见升车之后,便明白迦尔纳是一个车夫的儿子,当时他似笑非笑地说道:(5)"车夫的儿子!你不配战死在普利塔之子的手下!照你的家庭,请你赶快拿马鞭子去吧!(6)你也不配享有盎伽王国,贱种!就像一条狗不配吃祭祀上摆在圣火旁的祭品。"(7)

听到这一番奚落,迦尔纳的嘴唇不由得直哆嗦,他长叹一声,抬头仰望着天空中的太阳。(8)

膂力强大的难敌,却气愤得从兄弟中间跳了出来,仿佛一头春情发动的流涎醉象跳出莲池。(9)他对站在一旁的行为可怖的怖军说道:"狼腹!你不该说这样的话!(10)对于刹帝利,最重要的是力量。即便是一个下等的刹帝利,也应该与之交战。勇士的出身,江河的源头,都是难以追溯明白的。(11)光辉广被一切生物的火,本是产生于水;诛灭檀那婆的金刚雷杵,竟然是用陀提遮仙人的骨头制成。(12)世尊天神古诃[①],听说他是火神之子,昴宿之子,楼陀罗之子,又说是恒河之子,完全充满了神秘。(13)有些出生自刹帝利种姓的人,变成了声名卓著的婆罗门。德罗纳大师出生自木钵,慈悯师父出生自芦苇秆。同样,你们兄弟是怎样出生的,国王们也都一清二楚。(14)

"迦尔纳佩带耳环,身裹神甲,天神般的吉相,一副太阳神模样,牝鹿岂能生出这样的猛虎?(15)凭他臂膀的勇武,又有我为他效命,这位人民之主应该统治整个大地,而不是一个盎伽国!(16)倘若有什么人对我这番举动不能容忍,就请他登上战车,或者徒步,弯弓搭箭吧!"(17)

随后,整个校场掀动了巨大的嗷嗷叫喊声,混合着"好哇!好哇"的喝彩声。太阳下山了。(18)于是,国王啊!难敌握住迦尔纳的手,用灯火照明,一起离开了那座校场。(19)人民之主啊!般度五子陪同德罗纳,陪同慈悯,陪同毗湿摩,全部回到了各自的住处。(20)那时,有些人呼喊着:"阿周那!"有些人呼喊着:"迦尔纳!"还有些人呼喊着:"难敌!"就这样纷纷散去了。(21)

凭着迦尔纳天神般的吉相,贡蒂认出盎伽之主是自己的儿子,她把因为怜爱之情而油然滋长的快乐隐藏在心中。(22)

难敌因为得到了迦尔纳,国王啊!他以往对阿周那产生的恐惧,此时立刻无影无踪了。(23)那位武功娴熟的英雄,对善敌(难敌)千恩万谢,说了许多奉承话。坚战当时则心想:"大地上没有哪一个射手能与迦尔纳相提并论啊!"(24)

以上是吉祥的《摩诃婆罗多》中《初篇》第一百二十七章(127)。

一二八

护民子说:
后来,德罗纳将所有的徒弟一个不少地召集到一起,大王啊!要

---

① 即战神塞建陀。

他们付给他担任教师的酬劳。他说：（1）"你们要在战斗的前线擒获般遮罗国王木柱，并且押解回来，那会是最好的谢仪了。祝福你们！"（2）"是！"全体学生一起回答道。他们迅速地登上了战车，一个个斗志昂扬。为了献给大师的谢仪，他们随同德罗纳出发了。（3）

尔后，人中雄牛们攻入了般遮罗国，杀伤甚众，摧毁了强大威武的木柱王的京城。（4）众位婆罗多族的雄牛，在战斗的前线活捉了木柱王祭军，将他和大臣们一起押解到德罗纳的面前。（5）

木柱王的骄气遭到打击，钱财被人夺取，自己也受到了辖制。德罗纳心中回想起宿怨，对他说道：（6）"我攻占了你的王国，又摧毁了你的京城，你现在是活着为仇敌所制。往日的旧交，何必重提呀？"（7）

德罗纳说完这句话，对他哈哈一笑，略加思索，又说道："请不要担心你的性命，国王啊！我们婆罗门是宽宏大量的。（8）因为在童年时代，你和我曾经一同在森林道院玩耍，所以，我对你怀有深厚的友爱之情。刹帝利雄牛啊！（9）我希望和你恢复友谊，人中雄牛啊！我给你一个恩典，国王啊！这国土的一半，请你接受下来吧！（10）据说，非王非侯之辈，不配做国王的朋友。因此，祭军！我还给你（一半）国土。（11）你在跋吉罗提河的南岸为王，我在北岸为王。请认我这个朋友吧，般遮罗王！如果你同意。"（12）

木柱说：

这不算什么奇迹，婆罗门！你有这许多勇敢的高贵的徒弟。我愿意和你友好，我渴望你的永恒的情谊。（13）

护民子说：

德罗纳听罢此言，命人为木柱王开释。婆罗多的子孙啊！德罗纳满怀友爱之情，热诚地款待他之后，还给了他一半国土。（14）

后来，木柱王住在恒河岸边人烟稠密的摩根底，心情抑郁。甘毕梨耶是首屈一指的京城。遮尔曼婆蒂河流经南般遮罗国全境。（15）木柱王对德罗纳怀着仇恨，一直不能平息。可是，他又找不到凭借刹帝利的力量去克敌制胜的办法。（16）这位国王知道自己缺乏婆罗门的力量，一心盼望着儿子出生，念念不忘他的仇恨。与此同时，德罗纳抵达了阿希且多罗地区。（17）也是这样，国王啊！人烟稠密的阿

319

希且多罗城,被普利塔之子(阿周那)一战夺取,并把它献给了德罗纳。(18)

以上是吉祥的《摩诃婆罗多》中《初篇》第一百二十八章(128)。

一二九

护民子说:

心地邪恶的难敌看到,怖军膂力过人,胜财(阿周那)精通武艺,心中苦痛难忍。(1)于是,太阳神之子迦尔纳和妙力之子沙恭尼,使出千方百计,企图害死般度五子。(2)然而,镇伏仇敌的般度五子,事先全都知道得一清二楚,他们依靠维杜罗的智慧,将其一次次揭露出来。(3)

市民们看到般度的儿子们具备种种美德,他们在街头广场相遇,在会议厅相聚的时候,常常议论不休:(4)"以智慧为目的人主,因为双目失明,过去没有得到王位,现在他又怎么能当国王?(5)同样,福身王之子毗湿摩,立下了宏大的誓愿,言而有信,从前他已经拒绝了王位,如今绝不会再接受它。(6)般度的长子年纪虽轻,为人处世却十分老成;他言语真实,慈悲为怀,如今我们理所当然应该为他举行灌顶登基礼。(7)因为他深明正法,对于福身王之子毗湿摩,对于持国及其儿子们,现在他以礼相待,将来也会让他们尽享荣华富贵。"(8)

心地邪恶的难敌,听说市民们都爱戴坚战,发出这许多议论,心中苦痛难忍。(9)心地歹毒的难敌感到十分痛苦,他不能容忍市民们的议论,妒忌如同烈火在胸中燃烧。于是,他去见持国。(10)

他看见父亲左右无人,恭恭敬敬地行了礼;由于市民们爱戴坚战之情的煎熬,然后他说了这一番话:(11)

"爹爹,我听见市民们喊喊喳喳说了许多胡言乱语,他们无视您和毗湿摩,妄想要般度的儿子做君主!(12)毗湿摩将会赞成这个意见,他自己不愿意当国王。而城中的市民正想让我们大难临头!(13)从前,般度因为自己的美德,从祖父手中得到了王位;而您由于身体的缺陷，没有得到本该您继承的王位。（14）如果般度的儿子得到了般度传下的王位，般度儿子的儿子，孙子的儿子，子子孙孙肯定永远继承下去了。（15）我们和子孙后代，则要被排斥在王族世系之外，我们将遭到世人的轻蔑。世界之主啊！（16）为了我们不至于永远堕入地狱，不至于仰仗别人的残羹剩饭活命，国王啊！请您赶快采取措施吧！（17）因为从前您若坚守住王位，国王啊！我们必然会继承王位，即便百姓们满心不愿意。"（18）

以上是吉祥的《摩诃婆罗多》中《初篇》第一百二十九章（129）。

一三〇

护民子说：

持国听罢儿子这样一番话，仿佛思索了片刻，然后对难敌说道：（1）

"般度以恪守正法为常，他对我一向友爱，十分照顾，对所有的亲属也是这样，而对我尤其如此。（2）他想要办的任何事情，小到饮食之类，我没有一件不知道。因为他一直打算把王国交付给我，他恪守着这一誓愿。（3）般度的儿子（坚战）也像他一样忠于正法，具备美德，举世闻名，深受市民们的敬仰。（4）我们怎么能够凭借武力把他从先父先祖的王国驱逐出去呢？何况他又党羽甚众。（5）因为大臣们领受过般度的眷顾，军队一直得到他的关怀，甚至他们的儿孙，般度也都抚养起来。（6）凡是补卢族的亲属，般度从前全部优渥相待。孩子！为了坚战，难道他们不会把我们和亲眷斩尽杀绝吗？"（7）

难敌说：

爹爹！这种危险我正牢牢地放在心上。大臣们看见自己可以得到金钱名位，（8）必然会因为我们位尊势盛而变成我们的羽翼。至于仓库及其主管大臣，如今已经被我们控制住了。国王啊！（9）请您使用一个婉转的办法，尽快把般度的儿子们送到多象城去吧！（10）等到把王国交付给我之后，国王啊！那时候，贡蒂和她的儿子们再回来。婆罗多的子孙啊！（11）

持国说：

难敌！此计也在我的心中翻腾。但是，由于这计策的罪恶，我现在也无法启齿明言。（12）无论是毗湿摩和德罗纳，无论是辅弼维杜罗和乔答摩之子（慈悯），他们任何时候都不会同意把贡蒂的儿子们送走。（13）因为我们和他们一样是俱卢的子孙。孩子！恪守正法的诸位睿智之士，不会容许不公正。（14）高贵的俱卢族的子孙们，以及全世界，孩子！岂不要将我们置于死地？（15）

难敌说：

毗湿摩会始终保持中立。德罗纳的儿子站在我一边。儿子在哪儿，德罗纳就在哪儿。这是毋庸置疑的。（16）而且，有年之子慈悯也将站在我一边。他们三个人是处处在一起，慈悯任何时候都不会丢开德罗纳和他妹妹的儿子。（17）辅弼维杜罗的利益是与我们紧密相系的。虽然他会秘密通敌，但孤掌难鸣，他也不可能为了般度族而伤害我们。（18）请您放心大胆，今天就把般度的儿子和他们的母亲送到多象城去吧！这里将不再有邪恶了。（19）我的心头仿佛插着一支可怕的利箭，它使我夜不成眠，燃起忧愁之火，请您用此一举为我拔除吧！（20）

以上是吉祥的《摩诃婆罗多》中《初篇》第一百三十章（130）。

— 三 —

护民子说：

此后，难敌王子和众兄弟，以馈赠金钱、赐予名位的手段，悄悄地笼络住了所有的大臣。（1）在持国的授意下，一些狡猾的侍臣大肆宣扬多象城是如何美丽。（2）"大地上一次最盛大最动人的赛会，将在多象城为兽主（湿婆）大神举行。（3）那个地方布满各种奇珍异宝，令人心旷神怡。"按照持国的吩咐，侍臣们这样散布说。（4）

闻听多象城这般美丽动人。般度的儿子们不禁产生了前去那里的念头。国王啊！（5）

这时，持国王断定："他们已经产生了好奇心。"于是，这位安必迦的儿子，便对般度的几个儿子说道：（6）"我的人民平常总是说，多象城是世界上一座最美丽的城市。（7）孩子们！如果你们想看看多象城的节日，就带上同伴和随从，像天神似地享受享受吧！（8）你们可以随心所欲地向婆罗门和各处的歌手赏赐珍宝，犹如神光辉焕的天神。（9）过一些时候，你们这样快活够了，你们就高高兴兴地再回到象城来。"（10）

坚战想到这是持国的旨意，自己又尚无羽翼，便答应他说："遵命！"（11）

随后，大智大慧的毗湿摩，机敏过人的维杜罗，德罗纳，波力迦，以及俱卢的后裔月授，（12）慈悯，大师的儿子（马嘶），还有享有美誉的甘陀利，那时节，坚战向他们缓缓地可怜巴巴地说了这一番话：（13）"亲人啊！遵照持国王的命令，我们将和同伴一起住到美丽的人口稠密的多象城去了。（14）你们都是心地仁慈的人，请你们说些祝福的话吧！你们的祝福，会使我们坚强起来，罪恶也就无法征服我们了。"（15）

听了般度之子的这几句话，全体俱卢族人都和颜悦色地走到般度诸子的身旁。（16）"祝你们旅途处处始终有众生赐福！祝你们一路之上无灾无殃！般度的儿子们啊！"（17）他们这样祝福般度的儿子们一路平安。为了得到王国，般度的儿子们做了各种法事，然后动身前往多象城。（18）

以上是吉祥的《摩诃婆罗多》中《初篇》第一百三十一章(131)。

一三二

护民子说：

般度的儿子们就这样听从了持国王的吩咐。心地邪恶的难敌，欣喜若狂。（1）他把大臣布罗旃带到一边，婆罗多族的雄牛啊！握着他的右手，说道：（2）

"物产丰饶的大地属于我了。布罗旃！如同她属于我一样，也是属于你的。请你好生保护她！（3）因为没有哪一个臣下比你更值得我信赖，所以，让我们结为盟友，我要和你商议商议。(4) 朋友！请你恪守协议，并且铲除我的那些仇敌！我现在说的事情，你要依照一个巧妙的计策办好！(5)

"持国王已经把般度的儿子们打发到多象城去了。遵照持国王的命令，节日期间，他们将在那里欢度。(6) 你乘坐一辆快速的轻便驴车，今天就赶到多象城。请你照办。(7)

"到达那里之后，你命人建造一座四厅的宫殿，周围严加防卫，要紧靠军械库，富丽堂皇。(8) 大麻、树脂之类，以及某些其他的易燃材料，你要全都用上去。(9) 用清奶油，加上芝麻油，再用多多的虫漆，一起合成泥，你要用它涂抹墙壁。(10) 成堆的麻，竹竿，清奶油，木料，以及各种木器家具，你要全部妥善地放置在那座宫殿的各处。(11) 即便般度的儿子们仔细查看，也不能让他们和其他人怀疑你建造的宫殿是容易着火的。(12)

"你这样建造好宫殿之后，要十分谦恭地把般度的儿子们、贡蒂，及其好友，请到里面居住。(13) 你在那里要为般度的儿子们预备下头等的坐垫，车辇和床榻，让他们对我的父亲感到满意。(14)

"他们在多象城逗留的那段时间，他们怎样能够安心地玩乐，你就怎样妥善周到地安排。(15) 等你知道他们完全放下心来，睡卧床上对周围丝毫不怀恐惧的时候，你就在那座宫殿的门口放起一把火。(16) 他们这样烧死以后，人民或者他们的亲戚，无论什么时候谈到般度族，都会说：'他们在自己的房子里烧死了。'"(17)

"遵命！"布罗旃答应过俱卢族王子，便乘坐一辆轻快的驴车，朝多象城奔驰而去了。(18) 他飞快地赶到那里之后，国王啊！对难敌忠心耿耿的布罗旃，按照王子的吩咐，将一切准备停当。(19)

以上是吉祥的《摩诃婆罗多》中《初篇》第一百三十二章(132)。

一三三

护民子说：

却说般度诸子将迅捷如风的骏马套上车驾，正待登车的时候，他们难过地抱住了毗湿摩的双脚。(1) 他们又一一抱过了持国王的，灵魂伟大的德罗纳的，其他长辈的，以及维杜罗的和慈悯的双脚。(2) 严守誓愿的般度五子，这样向全体俱卢族的长辈施过大礼，拥抱了同辈的兄弟们。孩子们也向他们恭敬地行礼。(3) 他们又向诸位母亲道别，围绕她们行了右旋之礼。他们也向众位大臣辞行，然后，就动身前往多象城。(4)

大智大慧的维杜罗，以及其他俱卢族的雄牛，众多的市民，跟随着几位人中之虎，过度的忧伤使他们形容憔悴。(5) 其中有几位胆大的婆罗门，婆罗多族的雄牛啊！当时，他们为般度的儿子们忧虑万分，说道：(6)

"持国王真是完全被黑暗遮住了，没有一点智慧！他现在只知偏袒却看不见正法。(7) 因为般度的儿子个个心地纯洁善良，无论是力士中的佼佼者怖军，还是贡蒂之子胜财（阿周那），都不会容许罪恶。玛德利的聪慧过人的双生子，又岂会为非作歹？(8) 从父亲传下的王国，持国明明承担不起来，那位毗湿摩为何竟然允许这完完全全的非法？贡蒂诸子，婆罗多族的雄牛们无缘无故被人赶走！(9) 从前，福身王之子王仙奇武王，俱卢的后裔般度王，犹如我们的父亲一般。(10) 如今那位人中之虎般度王去世了，持国却容不下这些年纪尚轻的王子。(11) 我们不能容忍这种事！我们也抛家舍业，离开京城，全部到坚战去的地方。"(12)

那些市民这样议论着，很是难过。正法王坚战也因痛苦而憔悴，但他十分和悦地对他们说道：(13) "'国王应当是受人尊敬的父亲，最好的老师。'大地之主般度说的这句话，我们毫不犹疑地去照着做。这是我们的誓愿。(14) 诸位先生！你们是我们的朋友。请你们围绕我们右旋，请以吉言向我们祝福，然后返回各自的家中吧！(15) 等我们有事需要先生们做的时候，再请你们为我多施友爱和恩惠吧！"(16)

"是！"他们答应坚战之后，围绕般度的儿子们右旋而行，又以吉言向他们祝福，然后回城去了。(17)

市民们动身回去之后，精通一切法的维杜罗，为提醒出类拔萃的般度之子坚战，说了一番话。这位明了一切法、利的智者，知道对智

者应该如何暗示。他说：（18）

"一个人知道应该采取的行动，他才会摆脱灾难。有一种不是铁制的武器，十分厉害，能使人粉身碎骨。了解它的人，敌人杀害不了，它会转而杀死敌人。（19）焚毁灌木丛、烤干露水的东西，却不会烧死犬森林中的穴居动物。懂得了这些，好生保护自己的人，他会活命。（20）瞎子不认识道路，瞎子不知道方向，而意志不坚定的人得不到幸福。你要明白这些，警觉起来啊！（21）一个人接受了陌生人送来的非铁制的武器，他找到箭猪的庇护所，就会摆脱吞食祭品者（火）。（22）一个人经常走动，便认识道路；借助于星辰，可以辨明方向；他控制住自己的五种感官，才不会为人所制。"（23）

维杜罗这样指示完毕，又跟着走了一程，然后他围绕般度五子右旋而行，向他们告别，回家去了。（24）

维杜罗和毗湿摩，以及市民们都回去之后，贡蒂叫来无敌（坚战），对他说道：（25）"维杜罗在众人当中说的那些话，好像并没有说出什么来，你却回答'是'，他的话我们一点也不明白。（26）如果我们能够听一听而没有什么害处，我想听你说说他跟你的全部谈话。"（27）

坚战说：

维杜罗告诉我："要警惕毒药和火！"他说："你们不会找不到任何出路。"（28）他还对我说："你控制住感官，将赢得负载万物的大地。"我回答说："我明白了。"这就是维杜罗和我的全部谈话。（29）

护民子说：

他们在翼月的第八天，在金牛星的辉光下动身上路，抵达多象城，望见了城市和人民。（30）

以上是吉祥的《摩诃婆罗多》中《初篇》第一百三十三章（133）。

一三四

护民子说：

尔后，多象城的全体臣民百姓，倾城而出。他们依照经典的规定,携带着各种祥瑞的礼物,一个个精神振奋。(1) 听说般度的儿子们来了,听说他们都是出类拔萃的好人,成千上万的臣民百姓乘坐各种车辆,欢天喜地地迎上前去。(2) 多象城的人民来到贡蒂诸子的身边,欢呼"胜利",然后环绕着他们团团侍立。(3) 人中之虎正法王坚战,在他们的簇拥之下,俨如手持金刚雷杵的天帝因陀罗,被众神围绕当中。(4) 他们受到了市民们的盛情接待,他们也向市民们答以诚挚的敬意,然后,纯洁无咎的王子们,进入了装饰一新的人烟稠密的多象城。(5)

入城之后,大王啊!英雄们立刻拜访了那些忠于本业的婆罗门的家庭,(6) 城市官员的家庭,以及战车武士的家庭。几位人中俊杰还访问了吠舍和首陀罗的家庭。(7) 市民百姓向婆罗多族的雄牛般度五子,表示了由衷的敬意。尔后,在布罗旃的引导下,他们前往一处寓所。(8)

那个布罗旃,给他们预备好了各种食物饮料,华丽的床榻和头等的坐垫。(9) 般度五子及其尊贵的随从们,受到布罗旃的殷勤接待之后,便在寓所下榻,有许多城市居民左右服侍。(10)

他们在那里住了十夜之后,这时,布罗旃报告他们行宫落成,取名吉祥宫。它其实并不吉祥。(11) 几位人中之虎偕同随从进入了行宫。按照布罗旃的说法,他们犹如俱希迦进入了盖拉娑山的神殿。(12)

可是,精通一切正法的坚战,仔细查看了那座行宫之后,告诉怖军:"是易燃的。"他嗅到了苏摩祭上的油脂混合清奶油和紫胶的气味。(13) "因为这座行宫显然是用易燃的材料建筑成的,勇士啊!房屋施工中肯定使用了大麻和树脂,孟阇草、钵尔钵阇草和竹竿之类的所有建筑材料,都浇过清奶油。(14) 因为建筑行宫的能工巧匠们手艺精湛,把它修造得极好,罪恶的布罗旃企图趁我不加提防烧死我。(15) 然而,机智过人的维杜罗早已预见到这场灾祸,那时候他就警告了我。普利塔之子啊!(16) 我们得到他的警告,才知道这座行宫并不吉祥,是暗地里听命于难敌的师傅们精心建造的。"(17)

怖军说:
既然您认为这座行宫是用易燃材料建造的,我们最好回到先前住

过的地方去。(18)

坚战说：

我考虑，我们应该不露声色地住在这里。我们装作注定要完蛋的样子，找到一条稳妥的出路离开这里。(19)因为布罗旃若是发现了我们的意图，他就会迅速下手，突然烧死我们。(20)这个布罗旃不畏惧什么谴责或者非法，因为这个蠢东西死心塌地效命于善敌（难敌）。(21)假如我们被烧死在这里，毗湿摩祖父会表示愤慨吗？或者说，他会激起俱卢族人的义愤吗？他考虑到正法，也许会发脾气。其他一些俱卢族雄牛也会这样。(22)可是，如果我们害怕被烧死，就贸然逃走，难敌攫取了王位之后，会通过密探把我们全部杀掉。(23)

我们没有地位，他处高位；我们没有盟友，他党羽甚众；我们没有物资，他广有仓库；他肯定有办法消灭我们。(24)因此，我们要骗过布罗旃这个恶棍和罪恶的难敌，住到一个隐蔽的地方。(25)我们装作喜好打猎，走遍这一带地方，那么，我们将找到逃走的道路。(26)我们现在挖一个十分隐蔽的地道，躲藏在里面呼吸，火不会烧着我们。(27)为了使布罗旃和任何一个市民百姓都不知道我们住在里面，我们要不知疲倦地去干。(28)

以上是吉祥的《摩诃婆罗多》中《初篇》第一百三十四章(134)。

一三五

护民子说：

维杜罗有位朋友，是某地一个技术高超的挖掘工。国王啊！有一天，在左右没人的时候，他对般度五子说了这番话：(1)

"我是维杜罗派来的。我是一个技术十分熟练的挖掘工。他要我为般度族做高兴的事情。我为你们做什么呢？(2)维杜罗秘密地告诉我：'你要满怀信任之情，给般度族送去安宁。'我为你们做什么呢？(3)在黑半月的第十四天夜里，布罗旃将在你们这座行宫的门口纵火。(4)'要活活烧死般度族的几位人中雄牛和他们的母亲！'普利塔之子啊！我听说持国之子已经做出了上述决定。(5)维杜罗曾经用

隐语告诉过你一些什么话，般度之子啊！你回答说'是'。这是你信任我的凭据。"(6)

真诚坚定的贡蒂之子坚战，回答他说："和蔼的先生！我认出来你是维杜罗的朋友。(7) 你纯洁无瑕，深可信赖，十分友善，永远忠心耿耿。对于智者（维杜罗）说来，没有什么事物他不认识。(8) 正如他是我们的人，你也同样是我们的人，你对我们请不要见外。正如我们属于他，我们也同样属于你。请你像智者一样保护我们吧！(9)

"我认为，布罗旃为我们建造这座易燃的房屋，是根据持国之子的命令。(10) 那个恶棍据有仓库，党羽甚众，阴险狡诈。他存心不良，一直欺压我们。(11) 请您竭尽全力将我们从这场火灾中解救出来吧！因为我们若是被烧死了，难敌正好遂了心愿！(12)

"那个心地邪恶的坏蛋，有座兵甲充实的军械库，这座新建的高大行宫，无可奈何地紧挨它的高墙。(13) 难敌现在企图采取的这个邪恶的行动，维杜罗早已查知，因此，他警告了我们。(14) 辅弼（维杜罗）先前预见的灾祸，如今已经临头。请你在布罗旃不知不觉中救出我们吧！"(15)

"是！"那位挖掘工答应之后，开始奋力工作。他果真挖出了一条地道，挖成了一个巨大的洞穴。(16) 在那座房子的中间，他挖了一个不大的入口，安装上一块木板，和地板一样平，谁也无法识破。婆罗多的子孙啊！(17) 由于害怕布罗旃，他又将入口仔细地隐蔽起来。那个心地邪恶的家伙，一直住在行宫门外的一个地方。(18)

夜间，般度五子全副武装住在地洞里。白天，他们从一座森林转到另一座森林打围行猎。(19) 他们疑虑重重，却好像是充满信任；他们愤愤不平，却好像是心满意足；他们这样欺骗着布罗旃。国王啊！般度五子住在那里，心情极不舒畅。(20) 居住城中的百姓，没有人了解他们的意图，除了维杜罗的朋友，那位出类拔萃的挖掘工。(21)

以上是吉祥的《摩诃婆罗多》中《初篇》第一百三十五章(135)。

一三六

护民子说：

却说布罗旃看到他们住了整整一年，一直快快活活，又观察到他们似乎没有任何怀疑，不禁心花怒放。(1)

就在布罗旃暗自高兴的时候，明了正法的贡蒂之子坚战，对怖军、阿周那和孪生兄弟说道：(2)"那个邪恶的布罗旃，认为我们没有丝毫怀疑。那个心地残忍的家伙，已经被骗住了。我想，逃走的时间到了。(3)我们放火烧掉军械库，也烧死布罗旃。我们弄六个人放在那里，然后神不知鬼不觉地逃走。"(4)

尔后，贡蒂以布施为借口，在一天夜里举办了一场盛大的宴会，款待婆罗门。大王啊！许多妇女也来到了行宫。(5)她们尽情地笑闹作乐，随心所愿又吃又喝，婆罗多的子孙啊！直到摩豆族公主（贡蒂）允许离席，她们才在深夜返回家门。(6)在那场宴会上，恰巧有一位尼沙陀妇女和她的五个儿子。她是受到死神的驱使，带了五个儿子一同前来讨食的。(7)那个女人和五个儿子开怀饮酒，醺醺大醉。国王啊！她和五个儿子醉得东倒西歪，都在那座房子里睡着了。他们一个个毫无知觉，犹如死人一般。国王啊！(8)

深夜，狂风呼啸，人们沉沉入睡了。主公啊！就在这时，怖军在布罗旃睡卧之处纵起了大火。(9)接着，大火掀起了滚滚热浪，发出了巨大的声响，立刻惊醒了市民群众。(10)

市民们说：

这是那个丧尽天良的恶棍，禀承难敌的旨意，为了害死自己人建造了这所行宫，又纵火烧掉它呀！(11)唉呀！呸！持国的居心太险恶了！他竟然假手于大臣烧死了纯洁年轻的般度五子！(12)可是，老天有眼，那个心地邪恶的坏透了的东西，现在也被烧死了。是他放火烧死了纯洁无辜、备受信赖的几位人中俊杰啊！(13)

护民子说：

多象城的百姓们这样悲叹不已。他们围着那座行宫，站立了整整

一夜。(14)

却说般度的儿子们，国王啊！他们和母亲怀着十分沉重的心情，已经借助于那条地道逃了出去，神不知鬼不觉地秘密离开了。(15) 般度的儿子们由于缺少睡眠，又加担惊受怕，这几位诛灭仇敌的英雄和母亲，不能够快步赶路。(16) 可是，王中之王啊！怖军依然保持着惊人的速度和体力，他带上几位弟兄和母亲，踏步前进。(17) 英勇的怖军把母亲驮在肩头，把孪生兄弟背在胯上；普利塔的另外两个儿子，他的两个臂力非凡的弟兄，怖军一手牵着一个。(18) 他猛冲猛闯，撞断了一株株树木，他的双足踏裂了大地。光辉的狼腹（怖军）匆匆前行，迅如疾风。(19)

以上是吉祥的《摩诃婆罗多》中《初篇》第一百三十六章(136)。

一三七

护民子说：

当黑夜消逝的时候，城中的百姓全都匆匆忙忙赶到行宫，他们极想见到般度的儿子们。(1) 人们扑灭了大火之后，看到那座用紫胶建造的行宫已化为一片灰烬，大臣布罗旃也活活烧死了。(2)

"这一定是为非作歹的难敌为了除掉般度的儿子策划了这件事！"人们这样哭喊着。(3) "毫无疑问，是在持国的默许之下，持国之子烧死了般度的儿子们，因为持国没有阻拦他呀！(4) 可以肯定，无论是福身王之子毗湿摩，还是德罗纳、维杜罗和慈悯，或者其他俱卢族人，都没有遵守正法。(5) 让我们报告居心不良的持国：'你的最高的心愿实现了，你已经把般度的儿子们烧死了！'"(6)

随后，为了寻找般度的儿子们，他们移动着那堆余烬，看见了无辜被烧死的尼沙陀妇女和她的五个儿子。(7) 而那个地洞，挖掘工在清理行宫废墟时，用灰土把它填上了，自然没有引起那些人的注意。(8)

尔后，市民百姓报告持国："般度的儿子们被火烧死了。大臣布罗旃也烧死了。"(9) 持国王听到这个噩耗，极为悲痛。他为般度儿子们的死去而难过万分，哀泣道：(10)"我的极可宝贵的兄弟般度王死了，如今几个英雄又和母亲一起被烧死了！(11)你们这些人赶快到多象城去，要隆重安葬那几位英雄和贡蒂公主！(12)你们要收殓他们的白骨！他们的亲友要到他们死去的地方祭奠他们！(13)尽我所能，无论什么，只要它可以给般度的儿子们和贡蒂带去冥福，都要不惜钱财统统办到！"(14)

说完这番话，安必迦的儿子持国，随即在亲属们的簇拥下，为般度的儿子们献上了圣水。(15)所有的俱卢族人都满怀悲痛之情，号哭不已。独有维杜罗只表现出淡淡的忧伤，因为他更知底细。(16)

再说般度五子逃离了多象城之后，国王啊！他们一路趱行，转向南方。(17)那天夜里，他们凭借星辰辨认道路，面南而行。国王啊！他们努力挣扎，竟闯进了一处莽莽密林。(18)

般度的几个儿子疲惫不堪，口渴难忍，昏昏思睡，睁不开眼睛，他们对英勇非凡的怖军说道：(19)"我们身陷林莽之中，有什么比这更糟糕？我们辨认不出方向，也没有力气走路了。(20)布罗旃那个恶棍，我们不知道他是否烧死了，那么，我们怎么能逃出这场危险，不被人发现呢？(21)你再那样带上我们走吧，婆罗多的子孙啊！因为我们当中只有你最有力气，犹如疾风一般。"(22)

听了正法王（坚战）的吩咐，膂力非凡的怖军又背起贡蒂，带上几位兄弟，劲头十足地匆匆前行了。(23)

以上是吉祥的《摩诃婆罗多》中《初篇》第一百三十七章(137)。

一三八

护民子说：

怖军飞快地跨步前进，迅捷的大腿掀起一阵阵大风，国王啊！犹如心月和箕月来临时劲吹的季风。(1)他撞断了繁花盛开、硕果累累的一棵棵大树，踏倒了生长在路旁的一片片树丛。(2)力大无穷的怖军，就这样一边摧折树木，一边前进。他迅猛向前，行走的速度使其他几位般度的儿子简直感到眩晕。(3)他们以手臂为船，游过了一条又一条堤岸遥远的河流。有时候，由于害怕持国之子，他们在路途中躲躲藏藏。（4）有时候，怖军用背驮着柔弱的享有美誉的母亲一个人，登上崎岖不平的河岸和丘陵。（5）

一天的黄昏，婆罗多族的雄牛们走到了一处林中高地，那里缺少根茎、野果，又没有水，猛禽和野兽成群，十分恐怖。（6）暮色变得狰狞，野兽和猛禽令人毛骨悚然。不合时令的狂风怒号，所有的方向都无从显现。（7）劳累，干渴，油然滋长的睡意，一起折磨着这几个俱卢的子孙，当时，他们再也走不动了。（8）于是，怖军带着他们走进了一处可怕的荒无人烟的大森林，来到一棵绿阴宽广的美丽的大榕树旁。（9）

婆罗多族的雄牛把他们都放在树下，主公啊！然后他说："我去找水，你们在这里休息吧！（10）生活在水中的仙鹤正发出甜美的叫声，我想，那里肯定有一个大湖。"（11）"你去吧！"他得到长兄的允许，婆罗多的子孙啊！便走向了水禽鸣叫的地方。（12）他在那里喝足了水，还洗了澡，婆罗多的雄牛啊！然后，他用上衣盛起一些水。国王啊！（13）他从距离一伽毗由提①的地方，急急忙忙返回母亲的身旁，发现母亲和兄弟们已经在泥土地上睡着了。狼腹（怖军）的心中十分难受，哭泣着说道：（14）

"以前在多象城的时候，他们没能在华美的床榻上安歇，如今又睡在了泥土地上！（15）这位具备一切吉相、受人崇敬的贡蒂，是横扫群敌的婆薮提婆的姐姐，贡提婆阇王的女儿，（16）奇武王的儿媳，高贵的般度王的妻子。她一向睡卧在皇宫宝殿之中，犹如白莲花的花蕊一般。（17）妇女群中她最为娇贵，豪华的锦床绣榻才与她相配。请看，她如今竟睡在泥土地上，是多么不适宜啊！（18）她跟正法神、因陀罗、风神，生下了这几个儿子，如今她却筋疲力尽地躺卧在泥土地上，与她是多么不相宜啊！（19）

"我见到什么能比见到这更为伤心呢？如今我眼睁睁地看着几位人中之虎睡在地上！（20）这位明了正法的王子，在三界之中数他最配称王称帝，他怎么能像一个平民百姓，疲惫不堪地躺在地上？（21）

---

① 伽毗由提，长度名。一伽毗由提约等于4.5英里。

这位肤色黝黑，犹如乌云带雨；大地之上，凡人之中，他无与伦比，居然像一个平民百姓，躺卧在地上！有什么比这更令人痛苦？（22）这对孪生兄弟，生就一副天神的英俊容貌，宛若双马童神一般，他们也像平民百姓似地睡卧在地上！（23）

"一个人若是没有心地邪恶、玷污门楣的亲戚，他就会十分幸福地生活在世界上，犹如一棵单独生长在村庄里的树。（24）因为村庄里如果只有一棵树，而且枝叶繁茂，硕果累累，它就成了一棵神树。由于没有同类，它会备受歌颂，尽享供养。（25）人们若是有许多英勇无敌、恪守正法的亲戚，他们也会幸福地生活在世界上，而且无病无灾。（26）亲戚和睦，他们的儿子也会互相扶持，因而身体健壮有力，生活欣欣向荣，犹如生长在同一森林的树木。（27）

"可是我们，却被心地歹毒的持国和他的儿子驱逐出来；他还居然下令纵火，我们几乎被烧死！（28）我们逃离了那场大火，暂时休息在这棵树下。我们将走向何方？我们业已经历了无以言喻的苦难！（29）

"我猜想，离这座森林不远的地方，有一座城市。他们正在熟睡，必须有人警戒。嗨！我自己担任警戒。（30）等他们睡醒了，消除了疲劳，然后再喝些水。"怖军这样打定了主意，当夜就由他自己继续警戒。（31）

       以上是吉祥的《摩诃婆罗多》中《初篇》第一百三十八章(138)。
       《火焚紫胶宫篇》终。

希丁波伏诛篇

一三九

护民子说：

正当他们在那里熟睡的时候，有个罗刹名叫希丁波，也住在离那座森林不远的一棵娑罗树上。（1）这个罗刹残忍成性，嗜食人肉，勇猛非凡，力大无穷。他长得奇形怪状，一对红褐色的眼珠，豁嘴獠牙,面目狰狞。他饥饿难忍,正想得到一些人肉,偶然间发现了他们。(2) 他手指朝天抓了一抓,抖动了一下粗硬的蓬发,巨口洞开,盯着他们看了又看。(3) 凶狠的吃人肉的罗刹,身体硕大无朋,力量非凡,他嗅到一阵生人气,对妹妹说道:(4)

"过了这么久,直到今天才有我心爱的食物!舌头直流馋涎,它将我的嘴巴舔了又舔。(5) 这八颗锐利无比的牙齿,长时间没咬人,已经急不可耐。我要将它咬进他们的身体,他们滑腻的肉里!(6) 我要扼住那些人的脖子,割断血管,痛饮热腾腾的带有泡沫的鲜血!(7) 你去吧!要探明白躺在森林里睡觉的是些什么人。浓烈的人肉香味,简直让我的鼻子舒服透了。(8) 你把那些人全都杀死,然后带到我面前来!那些人睡在我们的地界,你不用害怕他们。(9) 你把那些人的肉按照我们的口味烹调之后,让我们一起美餐一顿!你赶快照我的话去办吧!"(10)

罗刹女听从哥哥的吩咐,急急忙忙奔向般度族所在之处。婆罗多族的雄牛啊!(11) 她走到那里,看见般度的儿子们和普利塔在睡觉,不可战胜的怖军却醒着。(12) 看到怖军的身躯犹如娑罗树的树干一般挺拔,一副英俊的相貌举世无双,罗刹女心生一片爱慕之情:(13)

"这个人肤色黝黑,臂膀粗壮,肩如雄狮,光辉熠熠,脖颈似螺,目若青莲,真是与我般配的丈夫!(14) 我绝不执行哥哥的凶狠残暴的命令。对丈夫的爱情远比对兄长的友谊更有力量!(15) 杀了他们,哥哥和我只会得到片刻的满足。如果不杀他们,我在未来无穷的岁月里,却将永远欢欢快快。"(16)

如意变化的罗刹女,变成了一个绝色的美人之形,走近臂膀粗壮的怖军,脚步十分轻盈。(17) 她佩戴着天上的珍宝珠翠,宛若一株羞怯的藤萝。未曾开言,她先莞尔一笑,然后轻启双唇对怖军说道:(18)

"你从何处来?你是谁呀?人中雄牛!睡在这里的几个男人,有天神一般的容貌,他们又是谁呀?(19) 那位身材颀长、肤色黝黑的娇贵妇女,无咎的人啊!她是你的什么人呀?她来到这森林,竟如同在自己的家里一样安然入睡。(20) 她不知道,这座莽莽密林乃是罗刹出没之所。因为有一个心地邪恶的罗刹,唤做希丁波,居住在此

地。(21) 他是我的哥哥。我就是那个本性凶残的罗刹派来的。他想吃你们的肉。天神般的人啊!(22)

"我看见你和天神之子一模一样,我只相中你做丈夫,绝非他人。我对你说的是真情实话。(23) 你知道了这些,明了正法的人啊!请你为我做理所当然的事吧!我的心,我的身,都已受到爱神的伤害,我爱你,你也要爱我!(24) 我会保护你免遭吃人罗刹的伤害。臂膀雄壮的人啊!我们俩将住到山寨里。你做我的丈夫吧,无瑕的人啊!(25) 因为我能在空中飞行,可以随意到各处漫游,无论你和我在什么地方,我都愿你得到无上的欢乐!"(26)

怖军说:

此时此刻,有谁会抛弃母亲、哥哥和几个弟弟?罗刹女啊!(27) 像我这样的人,有谁会把几位熟睡的兄弟和母亲留给罗刹做食品而独自走开,如同一个情欲难忍的淫棍?(28)

罗刹女说:

你喜欢什么,我就做什么。你把他们都叫醒吧!我愿意解救你们逃离吃人的罗刹。(29)

怖军说:

几位兄弟和母亲正在森林中安然熟睡,罗刹女啊!我并不惧怕你的心地狠毒的哥哥,不需要唤醒他们。(30) 胆怯的女郎啊!因为罗刹经不起我的打击。凡人经不起,健达缚经不起,药叉也经不起。美目的女郎啊!(31) 或者走开,或者留下,亲爱的,你愿意怎样悉听尊便!或者把你那个吃人的哥哥找来。身段苗条的女郎啊!(32)

以上是吉祥的《摩诃婆罗多》中《初篇》第一百三十九章(139)。

一四〇

护民子说:

罗刹王希丁波想到妹妹已经去了很久,便从那棵树上下来,随后朝般度五子走去。(1) 他的眼睛血红,臂膀粗壮,头发高高蓬起,力量无穷。他的巨大的身躯犹如堆积的雨云。他牙尖齿利,脸上红光闪

闪。(2)

罗刹女希丁芭看见他走来了，带着一副扭曲的面孔，战战兢兢地对怖军说道：(3)"那个心地邪恶的吃人魔怪怒气冲冲地来了！我现在对你说的话，你和兄弟们务必要照办！(4) 我能如意行走，勇士啊！我有罗刹的魔力。你爬到我的臀上，我将带你凌空飞走。(5) 你唤醒睡觉的兄弟们和母亲吧，严惩仇敌的英雄啊！我将把你们全都带上凌空飞走。"(6)

怖军说：

你不要害怕，丰臀女郎！有我无他。我将在你的注视之下杀死他。妙腰女郎啊！(7) 这个卑贱的罗刹，胆怯的女郎啊！他不是我的对手。即便是所有罗刹一起来和我交战，我动一动，他们全都承受不住。(8) 请看我的两臂，就像圆滚滚的象鼻；请看我的大腿，犹如两根铁杵；我的胸脯又是多么坚实！(9) 今天你会看到，我的本领如同因陀罗一样高强。光艳的女郎啊！你不要轻视我，以为我不过是一个世间的凡人！(10)

希丁芭说：

我不轻视你，人中之虎啊！你有天神一般的形象。不过，我曾经见过那罗刹在凡人当中大肆逞凶。(11)

护民子说：

怖军和希丁芭的这番谈话，婆罗多的子孙啊！性情暴躁的吃人罗刹都听见了。(12) 希丁波看到妹妹变成了人形，头上盘着花鬟，面庞宛若满月，(13) 巧眉，美鼻，俊目，秀发，柔软的指甲，娇嫩的皮肤，佩戴着各种珠宝钏环，身穿薄得透明的衣裙。(14) 看见她变成那样一个令人心迷神荡的美女之形，吃人的罗刹怀疑她爱上了男人，十分气恼。(15)

罗刹对妹妹勃然大怒，俱卢族的佼佼者啊！他瞪圆了一双巨目，随后朝她吼道：(16)"我正想吃东西，是哪个浑蛋来跟我捣乱？希丁芭！你怎么不怕我发火？你是昏了头吗？(17) 呸！你这个想汉子的浪货！你这个让我厌恶的东西！我们罗刹历代先王的名誉，都让你败坏尽了！(18) 你依靠那几个人，妄想对我做下大逆不道的事，我现在就把他们和你全都杀掉！"(19)

希丁波红着眼睛,对希丁芭说完这些话,便咬牙切齿地冲过去杀她。(20) 出类拔萃的武士怖军,一见罗刹冲向希丁芭,立刻精神抖擞地呵斥他说:"住手!住手!"(21)

以上是吉祥的《摩诃婆罗多》中《初篇》第一百四十章(140)。

一四一

护民子说:

却说怖军看见那个罗刹对妹妹大发雷霆,他仿佛微微带笑,说出这一番话:(1)

"希丁波!你为什么要吵醒别人呢?他们睡得正香。冲我来呀,混账东西!赶快!你这吃人的恶魔!(2)你打我吧!来呀!你不要杀害一名妇女。况且,她没有犯下过错,是在代人受过。(3)此时此地她爱上我,并非出于这位年轻女子自己的本意,而是因为她受了潜行于他人身体中的无形者(爱神)的强迫。她是你的妹妹呀!坏蛋!你这玷辱罗刹家族名誉的东西!(4)她服从了你的命令。刚才,她一看见我的容貌,就爱上了我。这位胆怯的女郎没有玷污她的家族。(5)爱神犯下的过失,你不要归咎于她。罗刹!有我在,心地邪恶的家伙,你不要杀害一名妇女!(6)

"你和我一对一地打一仗吧,吃人的恶魔!今天,我将把你送到阎摩家去。(7)今天,你的头要被我在地上踩得粉碎,就像被力量雄伟的大象用脚践踏过一样!(8)今天,我在战斗中杀死你之后,那些食肉的鹰隼和豺狼,将欢欢快快地在地上把你的肢体一块块拖走。(9)今天,我要让这座森林在刹那间变得太太平平。从前,你在此饕餮吃人,它一直受到你的扰害。(10)今天,妖孽呀!你的妹妹将会看见我把你拖在地上,如同一头高山似的大象被雄狮拖来拖去。(11)我杀死了你,罗刹中的败类啊!出入于森林的人们,将会无忧无虑地在这座森林里行走。"(12)

希丁波说:

你大言不惭,尽是废话!你胡吹些什么?人啊!你拿出行动来,把事情办好了，然后再自吹自擂吧！不要拖延时间了！（13）你自认为力大无穷，很有能耐。今天，你和我交一交手，就会知道我比你更有力量！（14）我暂且不杀那几个人，让他们那样舒舒服服地睡一会儿吧！浑蛋！我现在就杀死你这个出言不逊的家伙！（15）等我喝完了你身体的血，然后，我把那几个人也杀死；然后，我要杀掉这个让人讨厌的丫头！（16）

护民子说：

说完这几句话，吃人的妖魔随即伸出手臂，怒气冲冲地扑向了镇伏仇敌的怖军。（17）就在他冲过来的时候，勇武过人的怖军仿佛微微一笑，猛地抓住了他捣来的一只手臂。（18）怖军用力抓着他，把拼命挣扎的罗刹从那个地方拖出去八弓①远，如同雄狮拖着一只小动物。（19）

那个罗刹被般度之子用力揪住，怒不可遏。他紧紧抱住怖军，发出一声凄厉的叫喊。（20）力大无穷的怖军，又用力拖了他一程。心想："千万不能有声音！我的弟兄们睡得正香。"（21）他们俩互相对打，彼此拼命拖拉，罗刹和怖军都使出了最大的本领。（22）他俩撞坏了许多大树，拔起了许多藤葛，犹如两头春情发动、暴怒异常的六十岁的大象。（23）

他俩发出的巨大声响，惊醒了那几位人中雄牛和母亲。然而，他们看见的是希丁芭站在面前。（24）

以上是吉祥的《摩诃婆罗多》中《初篇》第一百四十一章(141)。

一四二

护民子说：

几位人中之虎和普利塔醒来之后，看见希丁芭美绝人寰的模样，不禁惊异万分。（1）贡蒂为她的完美无瑕殊感惊奇，随后又仔细端详了她一阵，和蔼地轻柔地说出一番甜蜜的话语：（2）"你是谁家人？

---

① 弓，印度古代长度单位。一弓等于四肘，一肘是从中指指尖到肘关节的长度。

天仙似的姑娘！你是谁呀？绝色的女郎！你有什么事？美臀的娇娃！你又来自何方？（3）你兴许是这座森林的女神，抑或是一位天女？你为什么站在此地？请把这一切告诉我吧！"（4）

希丁芭说：

你现在看到的这座森林，犹如黛色的雨云，十分广大。它是罗刹希丁波和我的住处。（5）请你知道，我是那个罗刹王的妹妹。光艳照人的夫人啊！我是哥哥派来的，尊贵的夫人！他想杀死你和你的儿子们。（6）依照那个心地残忍的家伙的命令，我来到了这里，见到了你的膂力过人、金色皮肤的儿子。（7）

尔后，潜行于一切众生心中的曼摩特（爱神），光艳的夫人啊！他驱使我落入了你儿子的控制之下。（8）所以，我选中了你的力大无穷的儿子做丈夫。我费了一番努力想带他走，我却未能办到。（9）后来，那个吃人恶魔知道我在拖延时间，就亲自前来杀害你这几个儿子。（10）我的爱人，你的睿智的高贵的儿子，将他用力掀翻之后，从这里拖走了。（11）他俩迅猛异常，正在互相拖拉，彼此间不断发出雷鸣怒吼。你们看哪！一个凡人，一个罗刹，正在激烈地交战！（12）

护民子说：

听完她的话，坚战挺身而起，接着是阿周那，无种，以及英勇的偕天。（13）他们看见他俩扭成一团，正在互相拖拉，犹如两头渴望胜利而疯狂恶斗的雄狮。（14）他俩紧紧纠缠在一起，彼此间你拖我拉，地面上扬起滚滚尘沙，犹如森林大火的腾腾烟雾。（15）他俩时隐时现，就好像是大地上尘沙笼罩的两座高峰，雾霭迷漫的两座石山。（16）

看到怖军被罗刹弄得有点狼狈，普利塔之子（阿周那）仿佛带着笑轻声说道：（17）"怖军，不要怕！臂膀雄壮的人啊！我们不知道你在和模样凶恶的罗刹交战。我们睡着了，实在累坏了。（18）我来帮助你，普利塔之子啊！让我对付罗刹。无种和偕天会保护母亲。"（19）

怖军说：

你坐到一边观战吧！你不要着急。这家伙绝不会再活命了，他已经落入我的臂弯之中。（20）

阿周那说：

你为什么让邪恶的罗刹活得这么长远？怖军！我们该走了，我们不能在此久留。镇伏仇敌的人啊！（21）东方要泛红了，朝霞就要出现了。在这属于楼陀罗的凶险时刻，罗刹会变得更有力量。（22）赶快吧，怖军！不要和他闹着玩了！杀掉可怕的罗刹吧！在他施展幻术之前，使出你双臂的力量吧！（23）

护民子说：

经阿周那这样一说，怖军高高举起了可怕的罗刹的身体，飞快地转了一百多圈。（24）

怖军说：

你这么多肉白长了！你白养这么胖了！你白活这么多年了！你的智慧也没有用了！你白白送命吧！你活该一场空！今天，你将不复存在！（25）

阿周那说：

也许你觉得和这个罗刹交战有点费力，我做你的帮手，快快结果他吧！（26）或者让我杀掉他，狼腹啊！你已经大功告成了。你太累了，你暂且好好休息休息！（27）

护民子说：

听了他的几句话，激得怖军暴怒起来。他把罗刹用力掷到地上，像宰掉牺牲似地杀死了他。（28）那个罗刹被怖军杀死的时候，发出了一声长长的哀嚎，犹如一面被水浸湿的鼓发出低沉的鼓音，响彻了那座森林。（29）力大无穷的般度之子，用双手把罗刹的身体紧紧抓住，拦腰折断了。力大无穷的怖军使般度的其他几个儿子欣喜若狂。（30）

他们看到希丁波被杀死了，一个个欢天喜地，都忙不迭地向人中之虎、镇伏仇敌的怖军行礼致敬。（31）阿周那向灵魂伟大、勇猛非凡的怖军施礼之后，又对狼腹（怖军）说道：（32）"我想，离这座森林不远，有一座城市。大有能为的人啊！我们赶快走吧！祝福你！难敌不会发现我们。"（33）严惩仇敌的英雄们回答说："好吧！"随后，几位人中之虎陪同母亲，还有罗刹女希丁芭，一起动身了。（34）

以上是吉祥的《摩诃婆罗多》中《初篇》第一百四十二章(142)。《希丁波伏诛篇》终。

钵迦伏诛篇

一四三

怖军说：

罗刹们依仗着迷惑人的幻术，念念不忘报仇雪恨。希丁芭！去走你哥哥走过的老路吧！（1）

坚战说：

纵然你有气，人中之虎啊，怖军！你也不要伤害一名妇女！你要捍卫正法，它远比保护性命更重要！般度之子啊！（2）前来妄图行凶的罗刹膂力非凡，你尚且杀死了他；罗刹的妹妹即使心怀怨恨，又岂能奈何我们？（3）

护民子说：

却说希丁芭，她双手合十，向贡蒂和贡蒂之子坚战施过礼，启齿说出了这一番话：（4）

"尊贵的夫人！你所知道的人间女子生自爱情的那种痛苦，如今它降临到我的身上了。这是怖军造成的。光艳的夫人啊！（5）我忍受着那莫大的痛苦，盼望着时机。这时机已经到来了，它将给我带来幸福。（6）因为我抛弃了朋友，自己的正法，以及自己的亲族，挑选了这位人中之虎——你的儿子做丈夫。光艳的夫人啊！（7）

"你也像我的意中人那样拒绝我吗？声名广被的夫人啊！因为在我如同现在似地述说此事的时候，遭到了他的拒绝。（8）你或许认为我是个痴女子，或许认为我是个忠心耿耿的仆从，大有福分的人啊！我只请你让你的儿子做我的丈夫，与我结合！（9）倘若我能带上天神模样的丈夫，到合乎我心意的地方去，我还会回来。请相信我，光艳的夫人啊！（10）因为你的心里一想到我，我就会立刻来带上你们，帮助几位人中雄牛穿过危难之地和重重艰险。（11）我将用脊背驮着你们，飞速前往你们想去的地方。请你们开恩，让怖军爱我吧！（12）

"因为一个人克服灾难的时候，必然千方百计去维护生命。而他找来找去，找到的所有宜行之策，恰恰都是要履行的正法。（13）一个陷入重重灾难仍然坚持正法的人，是最卓越的明法者。因为对于一个恪守正法的人来说，正法受到损害才是灾难。（14）善行维护生命，善行被称为生命的赐予者。只要是履行正法，采取任何途径都不受谴责。"（15）

坚战说：

如你所言，正是这样。希丁芭！这毋庸置疑。不过，你务必要像你说的那样坚守正法！妙腰女郎啊！（16）待怖军沐浴之后，做完日常的祷告，贤女啊！再举行过佩戴结婚圣线的仪式，你就可以和他欢爱了，从旭日东升直到日落西山。（17）白天，思想般敏捷的女郎啊！你和他随心所愿尽情地欢乐吧！不过，每天夜里，你要带着怖军回来。（18）

护民子说：

"是！"罗刹女希丁芭当时这样答应道。尔后，她带着怖军凌空而去。（19）

在风光旖旎的一座座山峰上，在鹿鸣呦呦、鸟雀啁啾、永远令人心旷神怡的众神憩息之所，（20）希丁芭变化出绝色的姿容，用各种首饰打扮得花枝招展。她细语温存，令般度之子无限欣悦。（21）

在密林的幽深之处，在花木繁盛的条条山冈，在红荷青莲丛生的迷人湖塘；（22）在江河的岛上与岸边，在吠琉璃般的沙滩，在堤岸秀美、林木扶疏、水流清澈的山涧；（23）在堆积着摩尼宝珠和黄金的大海之滨，在一座座赏心悦目的村镇，在高大的娑罗树的丛林；（24）在天神的神圣的林苑，在连绵的山峦，在俱希迦的住所，在苦行者憩息的森林道院；（25）在一年六季有果实累累、繁花似锦的摩那娑湖的水滨，希丁芭装扮出妙曼的姿容，令般度之子十分快活。（26）

思想般敏捷的女郎，如此这般到处取悦怖军。这时，她和怖军生下了一个力量非凡的儿子。（27）他生得十分可怕，斜目，巨口，两耳直竖，嘴唇猩红，牙齿尖利，形象狰狞，力大无穷。（28）他是伟大的射手，勇猛过人，本领高强，两臂粗壮，十分敏捷，身躯魁梧，善施幻术，是一位镇伏仇敌的英雄郎。（29）

他虽非人类，却是凡人之种。他迅猛异常，力量无穷。他远远胜过毕舍遮一类鬼怪，也优于凡人。（30）他虽是婴儿，已经长得像人类中的青年。人民之主啊！这位膂力非凡的英雄，对于各种武艺都极为娴熟，达到了炉火纯青的地步。（31）因为罗刹女子一怀上胎孕，立刻就分娩。她们能如意变化形象，而且能变化出多种形象。（32）

当时，这个头上光秃秃的孩子，弯身向父亲和母亲行了触足礼。父母亲给这位最卓越的射手取了名字。（33）父亲向母亲说："他头上光秃秃的像个瓶子。"因此，"瓶首"就成了他的名字。（34）瓶首对般度族忠心耿耿，始终受到他们的喜爱，成了他们的心腹。（35）

尔后，希丁芭告诉怖军说："我们共同生活的时日已经逝去了。"她和怖军商定之后，独自上路了。（36）

瓶首也告诉父亲们①说："需要我的时候，我就会到来。"然后，这个出类拔萃的罗刹动身去了北方。（37）他是灵魂伟大的摩珂梵（因陀罗）创造的，原因是要借助于他的本领消灭骁勇的高贵的迦尔纳。（38）

以上是吉祥的《摩诃婆罗多》中《初篇》第一百四十三章（143）。

一四四

护民子说：

这几位英勇的战车武士离开一座森林，进入另一座森林，猎获了许多群鹿，国王啊！他们一边又在脚步匆匆地赶路。（1）他们一路所见，有摩差国，三穴国，般遮罗国，空竹国。此外，还有风景秀丽的林区和湖泊。（2）他们盘起头发，穿上树皮和鹿皮衣。高贵的般度五子和贡蒂都乔装成苦行者模样。（3）有时候，几位战车武士背着母亲匆匆快跑；有时候，他们从从容容地走一阵，然后再努力赶路。（4）

他们一路学习了圣典吠陀，全部的吠陀支，以及正道论。尔后，明了正法的般度五子遇见了祖父毗耶娑。（5）严惩仇敌的英雄们向灵

---

① 父亲们指般度族五兄弟。梵语中的父亲一词也包括伯父和叔父。

魂伟大的黑仙岛生敬过礼，当时便双手合十，与母亲一起侍立在一旁。（6）

毗耶娑说：

此事我的心里早已料到了。婆罗多族的雄牛啊！你们果然被坚持非法的持国百子驱赶出来了。（7）知道此事之后，我就来了，想为你们做一件极有益处的事情。你们现在不必沮丧！这一切将为你们带来幸福。（8）我对他们和你们全都一视同仁，这毋庸置疑。身遭不幸，又还年轻的亲属，人们总是十分疼爱。（9）所以，我格外地疼爱你们，这也是理所当然。出于疼爱之情，我想为你们做一件有益的事情。你们要听好！（10）附近有一座城市，它令人喜爱，没有凶险。你们要隐蔽地住在此地，等待我回来。（11）

护民子说：

毗耶娑这样安慰过普利塔的几个镇伏仇敌的儿子，（带领他们）朝独轮城走去了。大有能为的毗耶娑安慰贡蒂说：（12）

"儿子长寿的人啊！你这个孩子，正法神之子坚战，他作为正法之王将统治大地上的所有国王。（13）这位明正法的统治者，将凭借正法征服整个大地，将依靠怖军和阿周那的力量享有整个大地。这是毫无疑问的。（14）你和玛德利的儿子，这几位战车武士，他们将在自己的王国里安享幸福。那时候，他们会十分欣慰。（15）征服了大地之后，几位人中之虎将举行王祭、马祭等一系列布施丰厚的大祭祀。（16）你的儿子们会以丰厚的钱财，优渥的待遇，照顾亲朋好友，然后他们才安享父亲和祖父留在人间的王国。"（17）

岛生仙人说完这番话，将他们带到独轮城一户婆罗门的家里。这时，他又对出类拔萃的王子说道：（18）"你们在这里等待我，我会再来的。你们明白了地利天时，就会得到极大的快乐。"（19）他们向他合掌敬礼，齐声称"是"。国王啊！然后，尊者毗耶娑，大有能为的仙人，按照自己的心愿离去了。（20）

以上是吉祥的《摩诃婆罗多》中《初篇》第一百四十四章（144）。

一四五

镇群说：

贡蒂的儿子们，几位车战武士，他们去了独轮城。再生者佼佼啊！打那以后，般度诸子做过什么事情？（1）

护民子说：

贡蒂的儿子们，几位车战武士，他们到了独轮城之后，在一位婆罗门家里寄住了不太长的时间。（2）

他们见过景色怡人的各种各样的森林，原野上的丘陵高地，还有许多河流与湖泊。（3）那时，他们全家人就这样四处游动着化缘乞食。人民之主啊！他们自身品行优良，使得城中居民一见就喜欢起来。（4）

他们常常在夜里把乞讨来的食物带回给贡蒂，母亲把食物分好，每人各吃一份。（5）乞讨来的全部食物，严惩仇敌的四位英雄和母亲一起吃一半，力大无穷的怖军吃食物的另一半。（6）国王啊！高贵的般度诸子就这样居住在那里，度过了好长一段时光。婆罗多族的雄牛啊！（7）

尔后有一天，婆罗多族的几位雄牛外出讨饭去了，只有怖军和普利塔一起留在家里。（8）贡蒂忽然听到婆罗门房东的屋子里传出哭声，号号啕啕，十分凄惨。婆罗多的子孙啊！（9）婆罗门全家大放悲声，恸哭不已。慈悲为怀、心地善良的那位王后，国王啊！她的心头无法平静下来。（10）普利塔的心里很是难过，好似在不住地翻腾。吉祥的普利塔向怖军说了一番饱含怜悯之情的话语：（11）

"儿子！我们在这位婆罗门的家里住得很太平，持国的儿子们全然不知，我们还受到款待，没有什么烦恼。（12）儿子！我这心里常常想：'我应该为这家婆罗门做一件什么高兴的事呢？'人们舒舒服服地住在别人家里，都会这样做。（13）做人应该知恩图报，孩子啊！别人为你做了事，应该加倍回报。（14）这一位婆罗门陷入了不幸，这是肯定的。我们如果就此有所帮助，我们就算做了好事了。"（15）

怖军说：

这位婆罗门的家里发生了什么不幸，请您了解一下吧！您打听明白之后，即便事情有困难重重，我也要为之解脱危难！（16）

护民子说：

人民的主人啊！母子二人正这样谈论的时候，又听到了那位婆罗门和妻子一道恸哭的声音。（17）贡蒂随即急忙走进了高贵的婆罗门的房屋，好似幼犊被拴，如意神牛匆匆地奔向牛栏。（18）贡蒂在那里一眼看见，那位婆罗门愁眉苦脸，同了他的婆罗门妻子，有一儿一女相伴在侧。（19）

婆罗门说：

倒霉呀，世人的一生！它被火神不停地驱赶，毫无意义，痛苦为根，为人所制，真是不幸啊！（20）活着是最大的痛苦，活着是最大的烦恼，活着肯定会陷入困惑。（21）因为即使全心全意也不能同时获取正法、财利和爱欲。可是，缺少这三者，又被认为是最大的痛苦。（22）某些人声称解脱是最高尚的，然而无论怎样说解脱并不存在。而一旦获利发财，就是整座地狱的到来！（23）一心想发财已经是很大的痛苦了，发财之后痛苦就更加剧烈了。被财利迷住心窍的人，倘若失去钱财，简直会痛苦死了！（24）

借以摆脱灾祸的方法，因为我寻觅不到，或者我应该携了儿女妻子，逃向平安的地方。（25）婆罗门女子！你知道，我早就打算离开此地到平安的地方，而你不听我的话。（26）愚蠢的女人啊！我一再央求你，你却说："我生于斯，长于斯，我的父亲也生长在此！"（27）你的老父亲早已升天了，你的母亲也升天很久了，你的亲戚们又都早已死去，你住在这里还有什么乐趣呢？（28）你一心热爱自己的父母亲戚，你不肯听我的话，如今失去亲人的巨大痛苦要落到我的头上了。（29）而我宁可自己死去，因为我不能只顾自己活命，残忍地抛弃哪个亲人。（30）

与我共同履行正法的妻子，温和顺从，平素如同母亲一般，众天神安排你做我的伴侣，你永远是我的最好的凭依。（31）母亲和父亲安排你永远做我的家庭主妇，我选你为妻一切如仪，又念诵咒语与你成婚。（32）你门第高贵，性情和婉，是我的孩子的母亲；你节操贞

洁，心地善良，是一向对我忠诚不渝的妻子；只为了我自己活命，我断然不能舍弃你！（33）

同样，为什么我就可以舍弃自己的女儿呢？她尚在幼龄，未到成年，身形还没有充分发育。（34）她是灵魂伟大的造物主的一件寄存物，委托我们将来许给她的丈夫。我和祖先们都盼望她生下几个征服世界的儿子。我有她这样一个亲生的年幼的女儿，我岂能忍心将她抛弃？（35）有人认为父亲格外疼爱儿子，有人认为父亲更喜欢女儿，而我的态度并非如此，我是将二者一视同仁。（36）世界、繁衍和永恒的幸福都依靠儿女。我的纯洁无辜的幼小女儿，我岂能忍心将她抛弃？（37）

可是，即便我舍出自己，承受苦难，走向毁灭，他们被我撇在了身后，在这世界上恐怕也不能活下去。（38）我舍弃全家中的任何一个人，这残忍都要受到智者们的谴责。如果我舍弃了自己，他们失去我也要死掉啊！（39）我遭遇到了这场麻烦，我无法渡过这场灾祸，唉呀，真倒霉！今天，我和亲人们有什么路可走呢？最好我们都一起死了吧！反正我也活不了多久了！（40）

以上是吉祥的《摩诃婆罗多》中《初篇》第一百四十五章(145)。

一四六

婆罗门妇人说：

无论如何你不必忧伤，不要像个普通人！因为你有知有识，不应该有你忧伤的时候。（1）世界上一切芸芸众生，全都注定要走向毁灭，为了我这个必死的女子，你没有什么可以悲伤的。（2）妻子、儿子和女儿，全都明白自己的利益。你要凭借理智消除忧愁，我将要自己到那里去。（3）因为那是世间女人的崇高的永恒的责任：即便是自己命捐气断，也应该保全丈夫的利益。（4）我到那里完成了该做的事情，就会给你带来平安。我在来世会永远获得极乐，在今世也赢得了荣誉。（5）

我要对你说的，就是这样一个最高的正法。凭借它，你的利益和你的正法将得到保持。(6) 通过我,你达到了娶妻的目的。我生了一个女孩和一个男孩,我也不欠你的夫妻债了。(7) 你有能力抚育一双儿女,又有能力保护他们,而我却不能像你那样保护和抚育好这两个儿女。(8) 因为我失去了你,我的全部爱情也失去了,我只有苦难。年幼的儿女怎样存身?而我又如何活下去呢?(9) 因为我失去了你,成了寡妇,孤单无助,儿女年幼,我怎么养活一双孩童,又能坚持高尚的道路?(10) 骄横之人,奸诈之徒,不配与你联姻之人,他们如果向这女儿求婚,我怎么能够保护她呢?(11)

如同丢弃在地上的一块肉,鸟雀都来追求;一个失去丈夫的女子,所有的男人都要把她弄到手。(12) 我被居心不良的坏蛋们紧追不放会产生动摇,出类拔萃的婆罗门啊!我未必能固守君子所希望的正道。(13)

你家里的这个女孩,天真纯朴,我如何坚持将她引入乃父乃祖的道路?(14) 无依无靠,一无所有,我又怎么能使这个男孩具备人们希望的美德,如同你一样明了正法?(15)

贱坯们纠缠上无夫的我,你这个女儿也要被追求不放,就像那些首陀罗妄想听到吠陀。(16) 具有你的美德的女儿,倘若我不愿意把她交出去,他们会使用暴力抢走她,像乌鸦抢去献祭的酥油。(17)

我眼睁睁看着你的儿子,变成了一点也不像你的不肖之子;我眼睁睁看着你这个女儿,也遭到贱坯们的控制。(18) 我为世人所不齿,无耻之徒对我也横加蔑视,我不知道自己会这样,婆罗门啊!毫无疑问我只有一死!(19) 失去了我,又失去了你,我所生养的两个年幼的孩子,他们也必死无疑,犹如离水的两条鱼。(20) 失去了你,我们三个人毫无疑问都会这样毁灭。因此,你应该舍弃我!(21)

婆罗门啊!这是女人们最好的结局:先丈夫到达最后的归宿,而毋须在儿子身边转来转去。(22) 这个儿子我可以抛离,这个女儿我可以抛离,亲戚们我也可以抛离,乃至于我的生命,为了你!(23) 在丈夫高兴的和有益的事情上,女人永远坚定不移,远远胜过祭祀、苦行、自制和丰厚的布施。(24) 所以,我打算采取的这个行动,它合乎正法,理应受到尊重。它对于你和家庭也是顺应人意的有益之事。(25)

贤人们曾经说过："称心的儿女，钱财，亲朋好友，乃至于妻子，都是用来解除灾祸的。"（26）繁荣家族的人啊！一是全家，一是我自己，而个人绝不能等同全体。这是智者们的定论。（27）我该做的事情请你承担起来，你要舍弃我救度自己，同意我去吧，良人啊！好生保护我的两个儿女！（28）

明法之人在法典中讲："妇女们不应该受到伤害。"又说："罗刹也知道正法。"因此，他不会把我杀死。（29）男人被害是不容置疑的，妇女被害尚是疑问。通晓正法的人啊！你应该打发我离此前去！（30）

我已享用过了得到的心爱之物，我履行了正法，我和你有了十分可爱的后代，我丢掉性命也不会感到痛苦。（31）我给你生了儿子，年纪也老了，我总是一心一意做你高兴的事情。思前想后考虑过这一切，我才做出了这个决定。（32）而你舍弃我之后，良人啊！你还可以另外娶一个女人。当你重新成家立业，你将会再履行你的正法。（33）吉祥的人啊！男人们娶多房妻子并不是非法；女人们越过原先的丈夫，则是极大的不法。（34）你把这一切仔细考虑考虑，你舍弃自己是应该受到责备的呀！你要牺牲我，解救自己，解救家庭和一双儿女！（35）

护民子说：

她这样说完一席话，丈夫紧紧地拥抱住她。婆罗多的子孙啊！婆罗门夫妇痛苦不堪，两人的泪水缓缓地流淌下来。（36）

以上是吉祥的《摩诃婆罗多》中《初篇》第一百四十六章（146）。

一四七

护民子说：

两个苦人儿争持不下的那些话语，女孩子听了之后，极度的痛苦缠绕着周身，她向父母亲说道：（1）

"你二人为什么要这样痛苦不堪，像失去主人似地号啕大哭呢？请你们也听一听我的话吧！听了我的一些话，再请采取适宜的行动！（2）

"依据正法,我是应该被你们舍弃的。这是不用怀疑的。请舍弃应该舍弃的我,用我一个人救出全家吧!(3)人们之所以需要儿女,是想到孩子会救度自己。这一个时刻已经到来了,让我像一只小船似地救度你们吧!(4)儿子在今世会救度父母脱离危难,而且在来世也会救度父母,在一切情况下都能解救父母,因此,智者们才称儿子为"补得乐"(救援者)。(5)长辈们总是盼望女儿有子成群,我现在保住了父亲的生命,等于我保住了未来的外孙。(6)

"我这个弟弟年龄尚幼,父亲你如果去了来世,用不了多长时间,他必死无疑。(7)因为爹爹一旦升了天堂,我的弟弟也会死去,对祖先们的祭飨就会中断了,他们将因此而无限忧伤!(8)父亲、母亲和弟弟撇下了我,毫无疑问我会苦上加苦,我受不惯那样也会死掉啊!(9)父亲你得救平平安安了,我的母亲和我的年幼的弟弟,家族和祖祭,无疑地都会继续存在下去。(10)

"儿子是自己,妻子是朋友,而女儿只是愁烦。你要使自己摆脱愁烦,你让我履行正法吧!(11)爹爹呀!我被你撇下了,我就成了一个无人保护的可怜巴巴的女孩子,我会这里那里到处流浪,我将是多么凄惨啊!(12)拯救这个家庭的事情,或许我可以担承起来。完成这件艰险的任务,我也会有功果了。(13)至善的再生者啊!倘若你丢下我去了那里,我会饱受折磨,因此,请你也顾及到我吧!(14)为了我们,为了正法,为了你的子孙后代,至善的人啊!请你保护好自己吧!我是应该舍弃的,你要舍弃我!(15)

"这是必须要做的事情,你不要再耽误时间了!在我临死之前,有你赠给我的圣水,我将会有幸福。(16)父亲你如果去了天堂,什么是比这更大的痛苦呢?我们从别人手中乞讨食物,像狗一样四处奔波!(17)只要你得救太平无事,和亲人一道脱离了这场灾难,我居住在不朽的世界,也将会有无限的幸福啊!"(18)

那女孩这样哭诉了周周全全一番话,父亲和母亲闻听之后,三个人哭成了一团。(19)听见他们全都大放悲声,婆罗门夫妻的儿子,那个小男孩,随即睁大了眼睛,说了几句轻柔的口齿不清的话:(20)"不要哭了,爹爹!别哭了,妈妈!姐姐!"他一边说着,一边微微含笑,轻轻地走到每个人的面前。(21)然后,他拿起一根草棍,又笑着说:"我要用这根棍棍儿,打死那个吃人的罗刹!"(22)那个男孩这样一来,又听到他那含混不清的话,全家人虽然被苦痛缠身,都不禁哈哈大笑起来。(23)

贡蒂心想:"是时候了!"然后,她走近了他们。她说出了一番话仿佛含有甘露,能让死人复活。(24)

以上是吉祥的《摩诃婆罗多》中《初篇》第一百四十七章(147)。

一四八

贡蒂说:

我心里很想知道,你们这痛苦的根源在哪里?告诉我之后,我会消除它,如果它是能够消除的。(1)

婆罗门说:

你说的话真是善人的可贵之言,深有道行的人啊!可是,这个痛苦不是凡人能够消除的呀!(2)

在这座城市的附近,住着一个罗刹,名叫钵迦,他是这一方百姓的主宰,此城之主,力量非凡。(3)那个混账的吃人恶魔,要用人肉养活他。那魔王力大无穷,一直保护着这个国家。(4)这座城市和这方土地处在罗刹的威慑之下,因此我们不畏惧敌军和其他生物。(5)报酬是固定贡献他食品,一车稻米和两头牛,还有一个活人,由他把东西送去。(6)就这样,一个又一个人接连给罗刹去送食品,轮流不息有许许多多年了,许许多多的人都未能逃避得了。(7)为了摆脱那个罗刹,有些人向别处逃走,那罗刹把他们和妻小一起杀死,然后吃掉了。(8)

国王住在籘野的王宫里,没有在此地执政。如果有他在,人民今天也许会有永远的康乐啊!(9)我们生活在一个软弱的国王的国土上,只能这样。我们依靠一个昏庸的国王,时时刻刻忧心忡忡!(10)婆罗门会听从谁的教训呢?或者会服从谁的意志呢?因为这些具备美德的人,应该像自由飞翔的鸟儿一样地生活呀!(11)

人们应该首先有一位明君,然后再娶妻和积聚钱财。这三者齐备

了，他的亲人和儿子才能保持住。（12）我在求此三件事上，顺序全然颠倒，所以遭遇到这场灾祸，我们只好备受煎熬了！（13）

毁灭家庭的这场轮流，如今轮到了我们。我必须送去贡品：食物和一个人。（14）我到处都找不到钱买人做替身，我又绝不能交出至爱亲朋，我实在找不到出路摆脱那个罗刹了！（15）在这不可济渡的茫茫苦海里，我遭遇到了灭顶之灾！今天，我将携带着亲人们到罗刹那里去，就让那个邪恶的东西把我们一起全都吃掉吧！（16）

以上是吉祥的《摩诃婆罗多》中《初篇》第一百四十八章（148）。

一四九

贡蒂说：

无论如何，你不要因为恐惧而忧伤！我这里找到了摆脱那个罗刹的办法。（1）你只有一个儿子，年龄尚幼；你只有一个女儿，十分可怜。我不愿意让你、你们两人，也不愿意让你妻子到那里去。（2）我有五个儿子。婆罗门啊！他们当中的一个，将替你带上贡品到那个罪恶的罗刹那里去。（3）

婆罗门说：

无论如何，我绝不为了活命就去做那样的事。我绝不为自己断送一位婆罗门客人的生命！（4）即便在低贱的家庭中，在不法之徒当中，这种事情也不会发生。因为为了婆罗门，应该舍弃自己，甚至是儿子。（5）我高兴我自己有晓事之明：是让一个婆罗门遇害，还是让我自己遇害，当然是我自己遇害为好。（6）杀害婆罗门是最大的罪恶，罪不容赦！虽然不是蓄意去谋杀，对于我来说，我自己遇害更好。（7）

可是，我不愿意自己杀死自己。光辉的女人啊！我被别人杀害了，我什么罪过也没有。（8）如果我有意赞同杀害一个婆罗门，我就找不到赎罪的办法，就是残忍而卑鄙！（9）把上门的客人或来寻求庇护的人拒之门外，把求布施的人杀死，这被认为是极端残忍！（10）

"无论什么时候，不应该做受谴责的事情，也不应该做残忍的事情。"从前那些高贵的明了解难正法的智者们，都这样认为。(11)今天和妻子一起死掉，对我自己来说是最好不过了。杀害别的婆罗门，无论如何我也不同意。(12)

贡蒂说：

婆罗门啊！我也坚持这一个意见：婆罗门应该得到保护。假设我有一百个儿子，没有一个我会不喜欢。(13)可是，那个罗刹绝对不能伤害我的儿子。我这个儿子英勇非凡，精于咒语，又有神通，光辉璀璨。(14)他将把所有的食品都送给罗刹，而且会救出自己。这是我坚定的信心。(15)

先前我见过一伙罗刹，麇集一起，膂力过人，身躯高大，都被我这英雄的儿子斩尽杀绝了，连一个也不剩。(16)不过，婆罗门啊！这件事你绝对不能告诉任何人！因为那些想求法术的人好奇心重，会给我的儿子们招来不幸。(17)如果未经师父的允许，我的儿子外传别人，他的法术也不会灵验了。贤人们都这样认为。(18)

护民子说：

普利塔说完这番话，婆罗门和妻子喜出望外，对她那俨然甘露般的话语，千恩万谢。(19)随后，贡蒂在婆罗门的陪伴下，对风神之子（怖军）说道："你去干吧！"他对他俩说："是！"(20)

以上是吉祥的《摩诃婆罗多》中《初篇》第一百四十九章(149)。

一五○

护民子说：

怖军答应过："我去干。"婆罗多的子孙啊！此后，般度的另外几个儿子拿着乞讨来的食物，一起回来了。(1)般度之子坚战察言观色，知道怖军有事。于是，他悄悄地坐在母亲身边，独自问道：(2)"英勇无畏的怖军打算去干什么？这件事是得到谁的同意了，还是他自己想去做的？"(3)

贡蒂说：

严惩仇敌的怖军是遵照我的命令，将去做一件重大的事情，既为

了这家婆罗门,也为了拯救这座城市。(4)

坚战说:

您为什么让他去做这件要冒风险又极艰难的事情呢?因为贤人们不称道舍弃自己的儿子呀!(5)您怎么能为了别人的儿子而情愿舍弃自己的儿子呢?您舍弃儿子违背了人之常情啊!(6)依靠他的一双臂膀,我们大家才安然入睡,被诡诈的坏蛋夺去的王国,我们才有恢复的希望。(7)因为怖军的勇敢,有无穷的神力,难敌和沙恭尼每想至此,他们每天晚上都睡不安宁。(8)凭借这位英雄的勇武,我们逃出了紫胶宫,脱离了另外许多凶险,而且除掉了布罗旃。(9)我们仗恃他的英勇,就能消灭持国的儿子们,我们也有信心得到万物丰盈的整个大地。(10)您怎么产生了这个念头,竟做出舍弃他的决定呢?您是受了太多的痛苦,变得有点不太清醒,失去理智了。(11)

贡蒂说:

坚战!这件事对狼腹(怖军)来说不是什么痛苦。我做出这个决定,也不是由于我的头脑鲁钝。(12)在这里的婆罗门家里,儿子!我们住得舒舒服服的。亲爱的!我已经考虑再三,这是对他尽报答之情。做人应该知恩图报。(13)那时候在紫胶宫里,我亲眼看见了怖军的英勇非凡。从他杀死罗刹希丁波,我便对狼腹(怖军)满怀信心。(14)因为怖军的双臂的力量极其雄伟,敌得过万头大象,你们也似一群大象,依靠他才把你们成功地带出了多象城。(15)狼腹(怖军)的力量是无与伦比的,没有哪一个人,没有哪一个生灵,会有他的力量。即便和手执金刚杵的因陀罗本人交手,他在战斗中也会获胜。(16)

从前他刚刚出生,从我的怀里掉落山间,因为他的身子十分沉重,他的身体竟把岩石砸碎了!(17)因此,我清醒地想到了怖军的力量,般度之子啊!然后我才决定让他去报答婆罗门。(18)我做出这个决定,不是有所贪图,不是出于无知,也不是因为糊涂。相反,我所做的决定是预先深思熟虑的,是符合正法的。(19)坚战啊!这一举可以达到两个目的,既报答了房东对我们的照顾,又履行了最崇高的正法。(20)

我听人说:"一个刹帝利无论在什么时候,都能在种种事情上帮助婆罗门,他必定会得到美好的诸世界;(21)一个刹帝利从死亡中救出别的刹帝利,在今生和来世,他都会赢得伟大的声名;(22)一个刹帝利如果在战斗中帮助了一个吠舍,他肯定会受到全世界人民的爱戴;(23)一个国王如果解救了前来求他庇护的首陀罗,他还会投生在一个富贵荣华的深受众王尊敬的家庭。"(24)俱卢族的子孙啊!这是尊者毗耶婆在已逝去的往昔对我讲的。他是睿智的,所以我才打算做这件事。(25)

坚战说:

母亲!这件事您真是做到了深思熟虑,您是出于对不幸的婆罗门的怜悯才这样做的。怖军肯定会杀死吃人恶魔凯旋归来!(26)不过,为了避免住在此城的居民知道这件事,请您费心向那位婆罗门再和和气气地叮嘱几声!(27)

以上是吉祥的《摩诃婆罗多》中《初篇》第一百五十章(150)。

<h1 align="center">一五一</h1>

护民子说:

尔后,夜晚过去的拂晓时分,般度之子怖军携带上食品,前往吃人恶魔所在之处。(1)力大无穷的般度之子到达那罗刹的森林之后,他随即指名高叫罗刹,一边享用那些食品。(2)

那个罗刹听见了怖军的叫嚷之后,怒气冲冲地来到了怖军停留的地方。(3)他身躯庞大,行动迅猛,似乎能把大地踏裂。他眉头紧皱,隆起三点,咬牙切齿。(4)那罗刹看见怖军正在吃他的食品,一双眼珠骨碌碌地乱转,十分恼怒,开口说道:(5)"是谁在我的眼皮底下吃这为我准备的食品?你这个傻瓜是想去阎摩的家呀!"(6)

怖军听了,仿佛微微一笑,婆罗多的子孙啊!他根本不看那个罗刹,依旧背着脸吃食品。(7)那吃人恶魔接着又做出骇人之态,高举起两只手,直奔怖军想把他杀死。(8)诛灭敌酋的般度之子狼腹(怖军),对那罗刹仍然不加防范,只是瞥了他一眼,依旧吃东西。(9)罗刹气得暴跳如雷,站在贡蒂之子的背后,用两个拳头猛击他的脊背。(10) 怖军那样遭到颇有膂力的罗刹的双拳重击,还是不正眼看他,依旧照吃不误。(11) 随后,大力士罗刹益发狂怒,拔起一棵树,又回身跑向怖军,想打死他。(12)

这时,人中雄牛怖军已经慢慢地吃光了那些食品。力大无穷的怖军用水洗过手,欣然站定准备迎战了。(13) 勇武非凡的怖军似乎又微微一笑,婆罗多的子孙啊!罗刹气冲冲掷来的那棵树,他用左手一把抓住了。(14) 随后,颇有膂力的罗刹大拔其树,多种多样,接连掷向怖军。般度之子怖军也向他回敬。(15) 钵迦和般度之子之间的这场掷树大战,十分凶恶,大王啊!几乎毁灭了大地生长的树木。(16)

声名卓著的钵迦扑向了般度之子,用两臂紧紧地扭住了力大无穷的怖军。(17) 臂膀粗壮的怖军也紧紧地扭抱住那个罗刹。罗刹奋起挣扎,动作十分迅猛,力量非凡的怖军便竭力拖他。(18) 罗刹被怖军拖住不放,他也拖般度之子。吃人恶魔疲惫不堪了。(19) 由于他俩的猛烈奔突,大地不住地颤抖,许多根深叶茂的大树巨木,那时被撞踏成碎片。(20)

婆罗多族的雄牛啊!却说狼腹(怖军)看见罗刹被甩了出去,便将他踏翻在地上,用双拳猛击。(21) 接着,他用一个膝盖用力压在罗刹的脊背,用右臂死死勒住他的脖子。(22) 般度之子用左手揪住他腰间的围裤。随着罗刹发出的可怕的嚎叫,怖军把他一折两断!(23) 鲜血从他的口中立刻喷涌而出。人民之主啊!那个凶恶的罗刹,终于在怖军手下伏诛!(24)

以上是吉祥的《摩诃婆罗多》中《初篇》第一百五十一章(151)。

一五二

护民子说:

罗刹这一声嚎叫,使他的臣下恐慌万状,他们带领着亲随仆从窜出了家门。(1) 优秀的勇士,膂力非凡的怖军,安抚过心惊胆战、浑浑噩噩的众罗刹,立下了规定:(2) "无论任何时候,不准你们再杀人害命！一旦杀人害命，就照此严惩不贷！"（3）众罗刹听了他的这句话，婆罗多的子孙啊！他们对他齐声应道："遵命！"接受了这项规定。（4）从此，居住此城的百姓在城市里看见罗刹，发现他们都变得温文尔雅了。婆罗多的子孙啊！（5）

再说怖军，后来他提起断气的吃人恶魔，把他扔在一座城门附近，趁人不知不觉回去了。（6）怖军除掉了罗刹，回到寄住的婆罗门家中，把事情经过全都详细地告诉了坚战王。（7）

随后到了早晨，有些人出城，发现罗刹已经被杀死了，躺在地上，鲜血淋漓。（8）那个高与山齐、带来恐怖的罗刹，如今粉身碎骨了，那些人当即返回独轮城，在城中传播消息。（9）国王啊！随后，居住城中的百姓们，成千上万，男女老幼，全都来到那里观看钵迦。（10）看见那件不是凡人能完成的功绩，他们一个个惊讶不已，都拜祷起诸位天神。人民之主啊！（11）

后来，他们算计了一番："今天轮到谁送食品呀？"他们知道了之后，来到那户婆罗门家里，向他询问全部详情。（12）那位婆罗门中的雄牛，受到他们多方询问，他为了保护般度的儿子们，当时对市民们这样述说了那一切：（13）"有那么一位婆罗门，精通咒语，力量非凡。他看见我被命令去送贡品，正和亲人们一道哭泣。（14）他先问了我原因，又问了城市的不幸，然后，那位卓越的婆罗门安慰了我一番，微微含笑说了一番话。（15）那位极具勇武的人说：'我把这食品给那个心地邪恶的家伙送去。请你丝毫不必为我担心！'（16）他带上那些食品便到钵迦的森林去了。这件为世人造福的事情，现在可以肯定是他做的了！"（17）

全体婆罗门和刹帝利都惊异万分，吠舍和首陀罗都欢天喜地，当时，他们立下了一个敬婆罗门节。（18）尔后，所有住在乡村的居民也都来到了独轮城，观看那场最伟大的奇迹。普利塔的儿子们继续在那里居住着。（19）

以上是吉祥的《摩诃婆罗多》中《初篇》第一百五十二章(152)。《钵迦伏诛篇》终。

奇 车 篇

一五三

镇群说：
怖军这样除掉了罗刹钵迦，婆罗门啊！打这以后，那几位人中之虎，般度的儿子们，又做了些什么呢？（1）

护民子说：
除掉了罗刹钵迦之后，国王啊！他们继续住在那里。他们在婆罗门的家中学习最高的圣典。（2）

几天之后，有一位信守戒行的婆罗门，来到房东婆罗门的家里求宿。（3）当时，富有学识的婆罗门雄牛，以适当的礼节欢迎了他，给他安排了住处。这位房东对所有的客人一向十分殷勤。（4）随后，般度的儿子们，这几位人中雄牛，和贡蒂一起也来向婆罗门客人行礼致意。那时候，他正在讲述故事。（5）

他讲述了许多国家，各种各样的圣地，国王们的不同凡响的业绩，许多独具特色的城市。（6）这位婆罗门在故事中，镇群王啊！还讲到般遮罗国国王祭军之女（黑公主）的令人惊异的选婿大典；（7）讲到猛光的出生，束发的出生，以及没有生母的黑公主在木柱王祭祀中的诞生。（8）

闻听世界上有这样不可思议的奇迹，几位人中雄牛请求那位高贵的婆罗门详细地讲一讲那些故事：（9）"木柱王的儿子猛光是怎样从祭火中诞生的？黑公主从祭坛中央诞生的奇迹，又是如何发生的？（10）猛光怎样从伟大的射手德罗纳学习了各种武艺？那对亲密的朋友（木柱王和德罗纳）发生破裂，是何缘故？"（11）

就这样，在那几位人中雄牛的催促之下，国王阿！婆罗门当时叙述了木柱王之女诞生的全部故事。（12）

以上是吉祥的《摩诃婆罗多》中《初篇》第一百五十三章(153)。

一五四

婆罗门说：

在恒河之门①，有一位法力广大的高仙婆罗堕遮。他大智大慧，一贯严格地守戒。(1) 一天，这位仙人到恒河沐浴，他在那里看见了早来的天女诃哩达吉刚刚出浴。(2) 当时，天女正站在河岸上，一阵风掀去了她的衣裙。仙人看见了一丝不挂的娇娃，立刻爱上了她。(3)这位仙人虽然从孩提时代就修持梵行，他的心还是被天女迷住了。他一阵兴奋，流泄出精液。仙人把精液放入了一个木钵。(4)从那木钵中，生出了睿智仙人的儿子德罗纳。他已经学习了四吠陀和全部的吠陀支。(5)

却说婆罗堕遮有个朋友，名唤水滴，是一位国王。此时，他也生了一个儿子，取名木柱。(6) 水滴王之子木柱，常常到森林道院去。这位刹帝利雄牛和德罗纳一起做游戏，一起读书。(7) 后来，水滴王崩驾，木柱当了国王。而这时，德罗纳听说（持斧）罗摩打算施舍出全部财产。(8) 可是，罗摩已经前去森林了。婆罗堕遮之子对罗摩说："请你知道，我是德罗纳，来求些钱财。再生者中的雄牛啊！"(9)

罗摩说：

如今，我剩下的只有我这具身躯了。或者是几件法宝，或者是我的身躯，婆罗门啊！请你在二者当中挑选一种吧！(10)

德罗纳说：

你的全部法宝，及其收拢的办法，使用的秘诀，请先生统统都送给我吧！(11)

婆罗门说：

婆利古的后裔（罗摩）答应说："好吧！"接着，都给了他。德罗纳接受之后，当时十分得意。(12) 他从罗摩得到了公认为最好的梵

---

① 地名，位于恒河开始流入平原处。

天法宝，心中高兴莫名。在众人之中，他成了出类拔萃的强手。(13)

后来，本领高强的婆罗堕遮之子，到了木柱王那里。这位人中之虎说道："请你知道我是你的朋友啊！"(14)

木柱说：

对于圣典一窍不通的人，不是谙熟圣典的学者的朋友；徒步的小卒，不是战车武将的朋友；非王非侯之辈，也不是帝王君主的朋友。往日的旧交，何必重提？(15)

婆罗门说：

足智多谋的德罗纳，心里对般遮罗国王打定了一个主意。然后，他到俱卢族首领们的象城去了。(16) 毗湿摩领来了孙子们，献上了各种各样的礼品，把他们交给前来的睿智的德罗纳做徒弟。(17)

尔后，学识渊博的德罗纳，集合起全体徒弟。当时，他打算让木柱王尝到些苦头，说了这一番话：(18) "我做教师的报酬，就是我心里存着的一件事。你们掌握了武艺之后，要把那报酬给我。你们要答应我，纯洁无咎的孩子们啊！"(19) 在般度的儿子们都掌握了武艺，完成了学业的时候，德罗纳就谢仪的事，又说了这么一番话：(20) "水滴王之子名叫木柱，在张伞城当国王。你们要迅速地把他的王国夺来交给我！"(21) 随后，般度五子在战斗中击败了木柱王，当时把他和大臣们捆绑起来，请德罗纳参观。(22)

德罗纳说：

我希望和你恢复友谊。国王啊！据说，非王非侯之辈不配做国王的朋友。(23) 因此，祭军！我还给你一半国土。你在跋吉罗提河南岸为王，我在北岸为王。(24)

婆罗门说：

可是，这莫大的耻辱一刻也不曾离开木柱王的心。他心绪不佳，人也消瘦了。(25)

以上是吉祥的《摩诃婆罗多》中《初篇》第一百五十四章(154)。

一五五

婆罗门说：

木柱王按捺不住胸中的怒火，为了找到功成圆满的再生者雄牛，他走访了许多婆罗门的住地。（1）他盼望着儿子的出生，忧愁损伤了他的心，他常常想："我没有出类拔萃的后代呀！"（2）因为嫌弃以前生的几个儿子，他竟然说："真倒霉呀！有那么几个亲人！"向德罗纳报仇雪恨的渴望，使他忧郁万分。（3）德罗纳的非凡本领，严于律己，渊博学识，以及优良品行，虽然木柱王只凭他的刹帝利的膂力，可望而不可即，这位王中佼佼仍然竭尽全力去复仇。婆罗多的子孙啊！（4）

后来，他沿着恒河河岸朝着斑驳河（阎牟那河）漫游。途中，国王到达了一处神圣的婆罗门住地。（5）那里，没有哪一个再生者不沐浴，没有哪一个再生者不守戒，也没有哪一个再生者不是德行高尚。他在此处看见了两个严格守戒的人。（6）

水滴王之子见到的，是耶阇和小耶阇两位梵仙，正在静心涤虑、全神贯注地学习（吠陀）本集。他俩出生于迦叶波后代的家族。（7）这两位婆罗门是十分卓越的仙人，最适合救渡他。国王怀着满腔的热望，不知疲倦地向他俩絮絮叨叨。（8）木柱王了解到他们每人的力量和智慧之后，趋身走到年轻一位的旁边，迎合坚守誓愿的小耶阇的各种愿望，讨他满意。（9）他忠顺地跟随着小耶阇的脚步，口中说着讨他欢心的奉承话，不断献上仙人想望的一切。他恰到好处地向小耶阇表示过一番尊敬，然后开口说道：（10）

"婆罗门啊！举行什么样的祭祀我才会有一个杀死德罗纳的儿子？小耶阇！祭祀完成之后，我赠给你一千万头牛。（11）再生者佼佼啊！你心里或许还有其他钟爱之物，我也全都奉献给你。对此我没有疑问。"（12）

听了上述之言，仙人回答他说："我不。"木柱王为了求得他的恩典，又重新围着他转来转去。（13）

尔后，一年过去了。那位出类拔萃的再生者小耶阇，国王啊！他在一个适当的时机，用甜蜜的语言对木柱王说道：（14）"有一天，我的哥哥在森林中漫步，他在瀑布旁拾起一个掉在地上的果子，可他根本不知道那地面是否清洁。（15）我正跟随着他，看到了哥哥这一过失。他拾取那团秽物的时候，竟然丝毫不假思索！（16）那些紧紧附着在果实上的污秽，他视而不见。这样一个不辨洁与不洁的人，他怎么会是另一副样子呢？（17）他住在老师家里学习（吠陀）本集的时候，经常不断地吃别人的残羹剩饭，再三再四地称赞那饭食的质量，一点也不在乎。（18）据我的眼光来判断，我想我哥哥正是为你求果子的人。你找他去吧，国王啊！他会为你举行祭祀。"（19）

明了一切正法的国王，听罢小耶阇的话，对耶阇不免生厌。国王心中反复考虑了一番，然后上前朝那位值得深深尊敬的耶阇仙人施了礼，开口说道：（20）

"我给你八万头牛，请你为我举行祭祀吧，能人啊！对德罗纳的仇恨燃烧着我，请你让我欢快起来吧！（21）因为他是精通圣典的佼佼者，掌握梵天法宝的功夫无与伦比，所以，在我们友谊破裂的时候，德罗纳打败了我。（22）茫茫大地之上，没有哪个卓越的刹帝利能与他相提并论。这位睿智的婆罗堕遮之子，现在是俱卢族的首席教师。（23）德罗纳的密网般的群箭，专能夺人性命。他的巨弓有六肘之长，与其相仿者实属未见。（24）足智多谋的伟大射手婆罗堕遮之子，具有婆罗门的勇猛，他压倒刹帝利的勇猛，是毫无疑问的。（25）有他在，势必如同食火仙人之子（持斧罗摩）一样，要给刹帝利带来毁灭。因为他的法宝的力量十分厉害，大地上没有人能够对付得了。（26）他全身闪烁着婆罗门的神光，俨如浇上酥油的祭火一般。这位婆罗门中的先锋，在战斗中焚烧刹帝利。婆罗门和刹帝利交锋，婆罗门更有威力。（27）

"我依靠刹帝利的力量，不行，因而求助婆罗门的神光。我找到了先生，您是最精通圣典的学者，远比德罗纳更出类拔萃！（28）我盼望得到一个儿子，在战斗中所向无敌，能将德罗纳置之死地。请你为我举行这种祭祀吧，耶阇！我赠给你一千万头牛。"（29）

耶阇竟答应他说："好吧！"然后便着手为祭祀做准备，并且以兄

长的身份强迫不情愿的小耶阇。就这样,耶阇答应为他消灭德罗纳。(30)

尔后,大有苦行法力的小耶阇告诉那位国王,三堆圣火的祭祀当时就会带来生子之果:(31)"这个儿子英勇非凡,神光璀璨,力量无穷。你愿意他怎样,国王啊!你的儿子就会是怎样。"(32)那位国王表示,希望有一个杀死德罗纳的儿子。为了祭祀的成功,木柱王拿来了一切用品。(33)

但说耶阇,在祷告结束的时候,他高声呼唤王后:"请来我这里吧,王后!水滴王的儿媳!一双儿女已经来找你了!"(34)

王后说:

我的脸上还涂有脂粉,婆罗门啊!我身上还抹有神圣的旃檀香,为了求子我受到折磨,请稍等一等吧,① 耶阇!你要让我高兴!(35)

耶阇说:

耶阇已经煮好了祭品,小耶阇也念完了咒语,这祭祀怎么会不遂人心愿?你前来吧,要么就留在那里!(36)

婆罗门说:

说完这句话,耶阇便将精心烹饪的祭品投入了祭火。这时,从那祭火中升起一个天神模样的童子。(37)他有火焰般的颜色,模样狰狞,头戴天冠,身穿华贵的铠甲,手执利剑,携矢操弓,呐喊不止。(38)他登上一辆优良的战车,当时便驱车奔驰。般遮罗人欣喜若狂,"好哇!好哇!"他们爆发出一阵阵欢呼。(39)"这位王子将驱散恐惧,为般遮罗人赢得光荣,消除国王的忧伤。他为了诛灭德罗纳而降生。"一个隐身不见的伟大神灵,那时在天空中这样说道。(40)

随后,又有一位少女,般遮罗国公主,从祭坛中央升起来了。她洪福齐天,体态绝美,腰身纤细犹如祭坛,妩媚动人。(41)她肤色黝黑,目若莲瓣,靛青色的头发弯弯曲曲,恍若姿容妙曼的女神变成了凡人的身形,来到了尘世。(42)她身上香气浓郁,宛如蓝莲花一般,香飘数里。她生有一副绝色的姿容,大地之上无人可以媲美。(43)这位美臀女刚刚出生,一个无形的声音说道:"赛过所有妇

---

① 意思是等她去沐浴后再来。

女的黝黑女郎,将把刹帝利引向毁灭。(44)窈窕的妙腰女郎,届时将实现天神的重托。由于她的缘故,一场巨大的恐怖将降临到刹帝利的头上!"(45)听见这番话,所有的般遮罗人都欢呼起来,犹如群狮齐吼。他们洋溢着狂喜之情,负载万物的大地简直无法承受了。(46)

水滴王的儿媳看见那两个孩子之后,很想得到他俩,便走向耶阇,说道:"请让他俩知道,除了我,他们没有另外的母亲。"(47)"好吧!"耶阇为了讨国王的欢心,这样答应了她。几位思想丰富的再生者,给两个孩子取了名字:(48)"因为木柱王的这个儿子十分勇猛,胆量过人,信守正法,又是从火光中诞生,就让他叫做猛光吧!"(49)他们将那黑黑的少女称做"黑公主",因为她肤色黝黑。就这样,木柱王的一双儿女,在一场盛大的祭祀中诞生了。(50)

后来,威风凛凛的婆罗堕遮之子(德罗纳),把般遮罗国王子猛光带到了自己的王宫中,为的是向他传授武艺。(51)因为思想伟大的德罗纳考虑过,命运是无法逃避的。而他这样做,也是为了保全自己的名声。(52)

以上是吉祥的《摩诃婆罗多》中《初篇》第一百五十五章(155)。

一五六

护民子说:

却说贡蒂的儿子们听完这个故事,一个个仿佛中了利箭一般。几位战车武士的心里都很不舒服。(1)尔后,贡蒂看见几个儿子惶惶不安,六神无主,这位言语真实的王后对坚战说道:(2)

"我们在这户婆罗门的家里已经住了很长时间了。在这座可爱的城市里,我们过得高高兴兴,得到了许多饭食。坚战啊!(3)这里那些美丽的森林和花园,我们已经全部反复观赏过了。镇伏仇敌的人啊!(4)再看到这些,我们就不那么喜欢了。英雄啊!我们也不会得到那么多的饭食了。俱卢的后裔啊!(5)我们最好到般遮罗国去,如果你同意。我们以前虽然不曾见过,亲爱的!它一定会惹人喜爱。(6)而且,般遮罗人布施的慷慨,是广为传闻的。严惩仇敌的人啊！我们也听说过，国王祭军是一个敬重婆罗门的人。(7) 因为我有一个想法：在一个地方长久居住，不会安全。我们最好到那里去吧，孩子！如果你同意。"(8)

坚战说：

你想到的，就是我们应该做的事情，对我们会大有好处。不过，我不知道弟弟们是否愿意去。(9)

护民子说：

贡蒂随即向怖军、阿周那，还有孪生兄弟，说了要走的事。当时，他们齐声称"是"。(10) 随后，贡蒂和儿子们辞别了那位婆罗门房东，动身前往高贵的木柱王的可爱的京城。(11)

以上是吉祥的《摩诃婆罗多》中《初篇》第一百五十六章(156)。

一五七

护民子说：

高贵的般度族在婆罗门家里隐蔽地住下来以后，贞信之子毗耶娑曾经前来看望他们。(1) 几位严惩仇敌的英雄看见毗耶娑驾到，当时都起身迎上前去，双膝跪倒，向他致敬，然后双手合十侍立在面前。(2) 仙人还礼之后，般度的儿子们也都坐下了。他深受普利塔诸子的尊敬，心情和悦，语重心长地向他们说道：(3) "你们是遵照正法、遵照圣典生活吗？严惩仇敌的英雄们啊！那些令人崇敬的婆罗门，你们是否给予了足够的尊重？"(4) 明了法、利的尊者，毗耶娑仙人，说完这几句话，接着又向他们讲述了许多奇异的故事。他讲道：(5)

"从前有个女郎，住在一座苦行林中，她是一位高贵的仙人的女儿。她生得细腰丰臀，双眉秀美，又具备一切美好的品德。(6) 可是，由于自己前生所造之业，那女郎却十分不幸，竟然没有找到丈夫，尽管她生得容貌端丽。(7) 于是，为了求得丈夫，那位痛苦的女郎开始修炼苦行。她以严峻的苦行赢得了商迦罗（湿婆）大神的满意。(8)

"世尊对她感到满意，前来向那位苦行女说道：'你挑选一个心愿吧！祝你幸福！我是赐人恩典之神。羞怯的女郎啊！'（9）女郎为了自己的幸福，向大自在天回答说道：'我想要具备一切美德的丈夫！'这句话她一连说了好几遍。（10）

"随后，世界的主宰，优秀的辩士商迦罗应允了她，说道：'你将有五位丈夫。贤女啊！'（11）女郎回答商迦罗说：'请您只赐给我一位丈夫吧！'天神一听，又向他说了这句妙语：（12）'你要我赐给你丈夫，这句话，你反复向我说了五遍！等你投胎另外为人，你将如我所言，会有五位丈夫。'"（13）

毗耶娑接着说："如今，那女郎已投生在木柱王家中，姿容妙曼宛若天仙。她就是水滴王的孙女，美丽无瑕的黑公主，命中注定要做你们的妻子。（14）因此，你们要进入般遮罗国的京城。力量雄伟的英雄们啊！你们得到了黑公主，你们以后必定十分幸福。"（15）

洪福齐天的老祖父对般度的儿子们说完这些话，便向贡蒂和她的儿子们告辞。然后，苦行法力广大的毗耶娑动身离去了。（16）

以上是吉祥的《摩诃婆罗多》中《初篇》第一百五十七章(157)。

一五八

护民子说：

几位人中雄牛请母亲在前，一起出发了。严惩仇敌的英雄们按照别人的指引，踏上平坦的道路向北走去。（1）他们日夜兼程。一天夜里，般度的儿子们，几位人中雄牛来到恒河岸边的一处圣地，其名月声行。（2）声名远被的胜财（阿周那）高举火把，走在众人的前面，给他们照明，保护他们在那里的安全。（3）

有一位爱妒忌的健达缚王，偕同几个女人来到那里玩水，此时他们正在怡人的清澈的恒河河水中嬉戏。（4）当般度族走到河边的时候，他听见了他们的脚步声。听到那声音不绝于耳，力量非凡的健达缚勃然大怒。（5）他发现了英勇的般度诸子和母亲之后，拉满了他那张可怕的弓，厉声说道：（6）

"经典规定：夜幕初降，黄昏来临，过了八十多卢吒①，（7）即是给药叉、健达缚和罗刹随意行动的时候。其他的时间，人类可以随意行动。（8）在这个时间之内，如果有凡人出来贪婪地活动，我们和罗刹就上前惩罚那些傻瓜！（9）所以，精通圣典的学者们谴责所有夜里来到水滨的人，即使他是统率军队的国王。（10）

"你们站远些！不许靠近我！难道你们不知道我在跋吉罗提河的水里吗？（11）你们要知道，我是健达缚炭叶，我相信自己的力量！因为高傲又妒忌的我，是财神俱比罗的亲密朋友。（12）这座称做炭叶的森林，以我的名字命名，是属于我的。它毗邻恒河和伐迦河，色彩斑驳，是我居住的地方。（13）无论是那些死尸，还是长角的野兽，无论是天神，还是凡人，从来不曾涉足其间。你们怎敢侵犯？"（14）

阿周那说：

浩瀚的大海，雪山的山坡，以及这条恒河，傻瓜呀！不论是白天黑夜，还是清晨黄昏，有谁能封锁住这些地方？（15）天时不利，我们敢来冒犯你，我们就有些本领。因为没有能耐的人，才在你凶残的时刻向你膜拜！（16）

从前，这条恒河从雪山的金色山峰飞腾而下之后，她汇入浩淼海水的流程，分成了七条河流。（17）这条圣洁的恒河，流经天空的一段，称做独岸；在众神天界的一段，健达缚呀！得名鬈发童女；（18）她流经祖先世界的一段，叫做转渡，造下罪业之人难以济渡。健达缚呀！关于恒河，岛生仙人曾经如是说。（19）这条波澜壮阔的美丽的神圣河流，上达天界，你怎么妄想封锁住她？这可不符合永恒的正法！（20）神圣的跋吉罗提河河水不可阻挡，奔放不羁，我们难道会因为你这几句话就违背心愿不接触它？（21）

护民子说：

炭叶听罢此言，怒不可遏，弯弓射出几支光闪闪的利箭，犹如放出几条齿牙尖利的毒蛇一般。（22）可是，般度之子胜财（阿周那）迅速地晃了晃火把，挥了挥盾牌，把他的箭全都挡开了。（23）

阿周那说：

你用的这一招，健达缚呀！对于精通武艺的人不算什么威胁。你

---

① 多卢吒为时间单位，有说等于二刹那，有说等于四分之一刹那，一刹那约为五分之四秒。

368

用的这一招，对于精通武艺的人，它只能像泡沫似地破灭。（24）我知道健达缚都能胜过凡人，健达缚呀！所以，我将用神奇的法宝与你交战，而不是用幻术。（25）我这件烈火法宝，据说是毗诃波提，百祭（因陀罗）的师父的儿子，从前将它送给了婆罗堕遮。健达缚呀！（26）婆罗堕遮将它送给了火邻仙人，火邻仙人送给了我的师父；而婆罗门至贤德罗纳，又将它送给了我。（27）

护民子说：

般度之子愤愤地说完这几句话，便朝健达缚投出了火光闪闪的烈火法宝，焚毁了他的那辆战车。（28）那位力大无穷的健达缚失去了战车，他茫茫然不知所措。法宝的神光照得他头晕目眩，脸朝下栽倒在地。（29）胜财（阿周那）揪住他带着花冠的头发，把他拖到兄弟们身边。他因为被法宝击中，已经丧失了知觉。（30）健达缚的一位妻子，唤做瓶鼻，芳名远播，她来到坚战面前，请求庇护，请求救活丈夫。（31）

健达缚女子说：

请你救救我吧，大王！请你释放我这位丈夫！我是健达缚的妻子，名叫瓶鼻，前来求你庇护。主人啊！（32）

坚战说：

一个在战斗中被击败的敌人，名誉扫地，软弱无力，要靠妇女保护。像你这样的英雄，有谁肯去杀死他呢？我希望放了他。镇伏仇敌的人啊！（33）

阿周那说：

确实如此！留你一条命，去吧，健达缚！你不必烦恼。现在，俱卢国王坚战已经宣布你平安无事了。（34）

健达缚说：

我被打败了，我放弃以前的名字炭叶。如今，在大庭广众之中，我不再以力量自负，也不再以名字夸耀了。（35）幸运的是，我也有所收获，结识了手执神奇法宝的英雄。而我本想施展健达缚的幻术，和年轻力壮的英雄大战一番的。（36）我这辆神奇的无与伦比的战车，被法宝的烈火烧毁了。我从前曾以奇车得名，现在则以焚车为号了。（37）

我掌握的这门法术,是我从前苦苦修行得到的。现在,我要把它送给赐我生命的高贵的英雄。(38)敌人被他的膂力击败,丧失了知觉,别人求他宽恕,他便留下了敌人的性命,为此,他什么幸福不应该得到呢?(39)

这门法术叫做天眼通,摩奴将它传给了月神,月神将它传给了毗首婆薮①,毗首婆薮将它传给了我。(40)师父传下的这门法术,如果被懦夫得到了,它就会消逝。它的来历我已经告诉你了,你再跟我把它的神力了解清楚吧!(41)一个人有了天眼通,三界之中无论什么,他想看见,他就会看见;他想怎样看,就可以怎样看。(42)用同一只脚站立六个月,就会得到这门法术。我已经立下誓愿,我要亲自将这门法术传给你。(43)因为握有这门法术,王爷啊!我们才胜过凡人;因为能够施展法力,我们才与天神没有分别。(44)

健达缚国出产的骏马,人中佼佼啊!你五位兄弟,我将向每人赠送一百匹。(45)天神和健达缚才有的这些骏马,散发异香,疾如思想,即便劳累又劳累,其速度也不会减慢。(46)

从前,为了除掉弗栗多,曾给伟大的因陀罗制造了一柄金刚杵。可是,它在弗栗多的头上击碎了,碎成十块,每块又碎成百块。(47)尔后,这些碎块天神们各分得一份。那些金刚杵的碎块,深受他们的崇拜。人们知道,世界上某些导致幸福的手段,也是金刚杵的化身。(48)据说,婆罗门的金刚杵是双手,刹帝利的金刚杵是战车,吠舍的金刚杵是布施,下等人(首陀罗)的金刚杵是劳作。(49)

刹帝利的金刚杵还有骏马,无法伤害的驰名骏马。作为战车一部分的驾车骏马,本是女神婆吒伐②(牝马)所生。我们的这些骏马,公认是那些骏马所生。(50)这些骏马,有如意变化的毛色,有如意变化的速度,能随从人意驰往任何地方。健达缚国出产的这些骏马,将满足你的任何愿望。(51)

阿周那说:

如果你因为心情愉快,或者因为担心自己性命,就将你的法术,

---

① 一位健达缚,被认为是《梨俱吠陀》一些颂歌的作者。
② 女神婆吒伐以母马之形,成为太阳神毗婆薮的妻子,生下了双马童神。这里又说她是神马、骏马之母。

财富,甚至学问送给我,健达缚呀!我并不想要这些。(52)

健达缚说:

遭遇之中彼此和好,这显然令人高兴。你赐予我生命,更使我喜出望外。所以,我要送给你法术。(53)因为你将拿走你的至高无上的烈火法宝,这样,毗跋蔟!我们的友谊就会地久天长。婆罗多族的雄牛啊!(54)

阿周那说:

我选中了你的那些骏马,我用法宝交换。让我们结成永恒的联盟吧!朋友,请你告诉我,健达缚呀!怎样才能摆脱来自你们的恐怖?(55)

以上是吉祥的《摩诃婆罗多》中《初篇》第一百五十八章(158)。

一五九

阿周那说:

请你讲一讲原因,健达缚!为什么我们在夜间旅行要遭到攻击?而我们都是精通圣典的人啊!镇伏仇敌的英雄!(1)

健达缚说:

你们没有圣火,你们没有献祭,又没有婆罗门国师走在前头。因此,你们遭到了我的袭击。般度之子啊!(2)

药叉,罗刹,健达缚,毕舍遮,蛇怪,凡人,都详细地讲述过吉祥的俱卢王族的世系。(3)从那罗陀算起,我听到过许多天神和仙人讲述你睿智的祖先的美德。英雄啊!(4)在我周游大海环绕、拥有万物的茫茫大地的时候,曾亲眼目睹过你们家族的本领。(5)我知道你的师父婆罗堕遮之子,阿周那!他精通弓箭术,扬名三重世界,享有盛誉。(6)我知道正法神,风神,天帝释,双马童,以及般度,俱卢族之虎啊!他们六位振兴了你们的家族。普利塔之子!这几位天神和凡人中的佼佼者,是你们的父亲。(7)你们兄弟几个,灵魂神圣,十分高贵,在众位武士中出类拔萃,个个是英雄,全都能严格地履行誓愿。(8)我也知道你们有崇高的思想觉悟,圣洁的灵魂。普利塔之子

啊！可是，我还是在此对你们发动了攻击。(9)

在女人面前，俱卢的子孙啊！一个男子汉发现自己受到了侮辱，要依仗自己的膂力，不应该忍让。(10)而在夜间，我们的力量也变得更加强大。因此，俱卢的子孙啊！我正陪伴妻子，就大发雷霆了。(11)如今，我被你打败了。朋友！令炎娃族昌隆的人啊！请听我告诉你这是什么造成的吧！(12)

梵行是最高的正法，而你一直坚持不懈。由于这个原因，普利塔之子！我在战斗中败在你的手下了。(13)但是，不论哪一个刹帝利，他若是不禁色欲，严惩仇敌的人啊！于夜间和我们在战场交战，他绝不会活命。(14)不过，一个国王，即使他不禁色欲，炎娃的子孙啊！如果有国师为前导，他在战斗中也会战胜所有的夜游精灵。(15)所以，炎娃的后代呀！人们如果想在今世获得某种幸福，就应该联合控制自我的国师们一起去做。(16)

国王们的国师，应该是潜心于吠陀和六支，纯洁无瑕，言语真实，正法为魂，约束自我的人。(17)一个明了正法的国王，如果他有一位能言善辩、品行端正、纯洁无瑕的国师，他必定会赢得胜利，并最终赢得天堂。(18)因为一个国王若是使用有功德的国师，他会得到尚未得到的东西，并且能够保卫已经得到的东西。(19)一个国王若是听从国师的主张，他就会如愿以偿，得到以弥卢山峰为冠冕，以四海为腰带的整个大地。(20)因为仅凭匹夫之勇和高贵的出身，而没有婆罗门做国师，炎娃的后代呀！无论哪一个国王都绝不可能征服大地。(21)所以，你要明白，振兴俱卢宗族的人啊！一个奉婆罗门居首的王国才可能长治久安。(22)

以上是吉祥的《摩诃婆罗多》中《初篇》第一百五十九章(159)。

一六〇

阿周那说：

因为你刚才的话语中称我为"炎娃的子孙"，所以，我想知道这"炎娃的子孙"的真确的含义。(1)那个名叫炎娃的人是谁？我们为

什么是炎娃的子孙？因为我们是贡蒂之子，善人啊！我想知道事情的真相。（2）

护民子说：

那位健达缚听罢此言，就让贡蒂的儿子胜财（阿周那）听了这个传遍三界的故事。（3）

健达缚说：

啊！我将如实地完整无缺地给你讲一讲这个怡悦人心，符合正法的故事。普利塔之子，最优秀的坚持正法的人啊！（4）我的话语中之所以称你为炎娃的子孙，我将向你说明原因，请你专心地听我说吧！（5）

高踞天空的太阳神，以和煦的华光照彻苍穹，他有一个女儿名唤炎娃，无与伦比。（6）太阳神毗婆薮的这个女儿，贡蒂之子啊！她是莎维德丽的妹妹。大有能为的人啊！炎娃在三界声名远扬，颇具苦行法力。（7）无论哪一位女神还是魔女，无论哪一个药叉女还是罗刹女，无论哪一位天女还是健达缚女子，都不具备她那样的美貌。（8）她的肢体匀称又完美，生有一双乌黑的大眼睛，举止优雅，心地善良，服饰美妙，热情洋溢。（9）

婆罗多的子孙啊！太阳神认为，三界之中的所有男子，其容貌，品性、门第和学问，都不配给她做丈夫。（10）而他一看到这个女儿已到青春妙龄，应该字人，就不禁想到送她出阁，心中也随之无法平静。（11）

后来，贡蒂之子啊！有位熊黑王之子，俱卢族的雄牛，力量非凡的国王广覆，总是崇拜太阳神。（12）国王日复一日地用圣水、香花和食品供奉太阳神，还控制自我，实行斋戒，修炼名目繁多的苦行。（13）这位补卢族的子孙，从善如流，言语谦逊，心地纯洁。他崇拜凌驾万物之上的太阳神，十分虔诚。（14）这位广覆王明事理，知正法，容颜俊美举世无双，因此，太阳神认为，只有他才是与炎娃相匹配的丈夫。（15）从此，他就想把那位女郎许给王中翘楚，门第显赫的广覆。俱卢的子孙啊！（16）

如同天宇的太阳华光普照，广覆在大地上光辉远被，是一位大地的保护者。（17）如同宣讲圣典的人都崇拜高踞青天的太阳神，普利塔之子啊！婆罗门和其他种姓的人都崇拜广覆王。(18) 他的慈爱胜过月亮，他的光芒胜过太阳，对于朋友和恶人，国王都是一样的吉祥。(19) 国王的品德如此美好，行为如此高尚，俱卢的子孙啊！太阳神暗自决定将炎娃许配给他。(20)

尔后有一天，普利塔之子啊！誉满大地的吉祥的国王，在山林中行猎。(21) 国王正在行猎当中，贡蒂之子啊！他那匹举世无双的骏马，又饿又渴又劳累，死在了山里。(22) 普利塔之子啊！国王的马死了之后，他徒步正在深山里跋涉的时候，他看见了一位少女，美绝人寰，生有一双大眼睛。(23) 诛灭仇敌的国王孤单一人，遇到了一位只身的少女，王中之虎便站住了脚步，目光动也不动地注视着她。(24)

因为那少女十分美丽，国王便猜想她是吉祥天女，又猜想她也许是太阳投射下来的一束光芒。(25) 那位眼睛乌黑的少女在这座山的高坡上亭亭玉立，这座山，包括大树、灌木藤葛，都变得宛若金塑金装一般。(26) 国王见到了那位少女之后，不禁蔑视一切众生中那些最美丽的女性，他认为自己的目光今日才算交了好运。(27) 那位大地之主有生以来，无论什么都看见过，他猜测，少女的美貌没有什么可以比拟。(28) 当时，他的目光和心灵，都被少女的人品之绳拴住了，因此，他已经无法从那个地方移动脚步，别的一切也都全然不觉了。(29)

"这位大眼睛的女郎，她所显露的一副美丽的容貌，是造物主今天为了搅动神魔人三界而创造出来的呀！(30) 她美丽，贤淑，又有福气，当今世界上无与伦比！"那时节，广覆王就这样猜度不已。(31)

生自幸运家族的国王，见到了那位幸运的少女之后，就被爱神之箭射伤了，他的内心神驰意荡。(32) 那国王遭到爱神之火的猛烈焚烧，于是，他鼓足了勇气，向那位胆怯的享有美誉的少女问道：(33)

"你是谁？你是谁家人？两股圆润的女郎啊！你为什么逗留在这个地方？你怎么独自在这空寂的森林里漫游？笑意纯真的女郎啊！(34) 因为你全身美丽无瑕，佩戴的装饰固然花色纷繁，可是，对于那些装饰品来说，你仿佛成了它们最神往的装饰了。(35) 我觉得，你不是女神，也不是魔女；你不是药叉女，也不是罗刹女；你不是龙女，不是健达缚女子，也不是凡间女子。（36）因为无论是我亲眼所见的，或者是我亲耳所闻的那些美女，我认为她们没有一个可以和你相提并论。妩媚的女郎啊！"（37）

那位大地保护者这样向少女说话，那时候，在那片荒无人烟的森林里，那少女对饱受爱情折磨的国王却什么话也没有说。（38）后来，国王这样说着话，而那位大眼睛的少女却从那里倏地消逝了，宛然云中的一道闪电。（39）国王随即四处奔走，寻找那位目若青莲花瓣的少女，他在森林中转悠个不停，他那时如醉如狂！（40）但是，他没有发现少女。他在那里恸哭了许久，随后，这位俱卢族的佼佼者，突然直挺挺僵立在那里，一动也不动了。（41）

以上是吉祥的《摩诃婆罗多》中《初篇》第一百六十章（160）。

一六一

健达缚说：

那少女消失之后，那位曾经打倒群敌的英雄国王，被爱神弄昏了头脑，随即茫茫然倒在了地上。（1）国王刚刚昏倒在地上，这时，那位巧笑粲然的少女，双臀丰满舒展的娇娘，又向国王露面了。（2）然后，幸运的女郎向俱卢家族的创立人，被爱神夺去知觉的国王，用甘美如蜜的语言说道：（3）"起来吧，起来吧！愿你有福！镇伏仇敌的人啊！你不要昏迷了，人中之虎啊！你会在大地上显身扬名的！"（4）

那时候，国王听到这样几句甜蜜的话语，他随即看见那位丰臀少女就站在面前。（5）尔后，魂灵遭到爱神之火焚烧的国王，用含混不清的话语，对黑眼圈的少女说道：（6）

"好人啊！黑眼圈的女郎！令人心迷神荡的美人啊！我欲火中烧，钟情于你，你要爱我！因为生命正弃我而去。（7）因为你，大眼睛的女郎啊！爱神向我射来了许多利箭。光彩宛若莲蕊的美女啊！他此刻还在劲射不停！（8）我处在孤立无援的境地，亲爱的！我已经被大罗睺一样的爱神吞食了！双臀丰满舒展的娇娘啊！请你来救救我吧！容光娇艳的女郎啊！（9）因为我的生命全靠你了，说话像紧那罗唱歌似的女郎啊！全身美丽无瑕的女郎啊！面如莲花貌似满月的女郎啊！（10）倘若没有你，羞怯的女郎啊！我自己不能活命。因此，大眼睛的女郎啊！请你怜悯怜悯我吧，美人啊！（11）黑眼圈的女郎！我深深地爱着你，请你不要拒绝！因为你应该用爱情保护我。易生嗔怒的女郎啊！（12）羞怯的女郎啊，你用健达缚方式与我结婚吧！美人啊！因为在种种结婚方式中，两股圆润的女郎啊！据说健达缚方式最为佳妙。"（13）

炎娃说：

我不是自己的主人，国王啊！因为我是一个有父亲的姑娘。如果你爱我，请你向我的父亲求婚吧！（14）因为如同你的生命被我拿来，人主！从打一见面，你也偷走了我的生命。（15）我不是自己身体的主人，所以，王中至贤啊！我不能亲近你，因为女子们是不由自主的。（16）

你是出身名门的国王，对仆从又和蔼可亲，众世界中哪一位姑娘不希望得到你做主人和丈夫呢？（17）如今这时机已经来临了，因此，请你用跪拜、苦行和自制，求我的父亲太阳神吧！（18）如果他愿意把我许给你，镇伏仇敌的人啊！那么，国王啊！我将永远是你的忠实的妻子。（19）我的名字叫炎娃，是莎维德丽的妹妹，是那位光照世界的太阳神的女儿。刹帝利中的雄牛啊！（20）

以上是吉祥的《摩诃婆罗多》中《初篇》第一百六十一章(161)。

一六二

健达缚说：

那位无可挑剔的少女这样说完话，迅速地升上了高高的云天，那位国王却又昏倒在那里的地上了。（1）一位大臣带领着扈从在大森林里发现了他，当时他俨如从高悬天宇落到地面的一道彩虹。（2）发现那位伟大的射手失去了坐骑，倒在大地上，他的那位宰相仿佛身被火烧。（3）

宰相由于爱戴情深而有些慌乱，迅速地跑近了国王，把国王扶了起来。他已经被爱神弄得痴迷了。（4）宰相把王中之王从地上扶起来，就像父亲搀扶起倒地的儿子。这位大臣年纪高迈，知识渊博，精力充沛，极具声望，克己自制。（5）大臣扶起国王，心里才消除了痛苦。然后，他又对立起身的国王说了一些甜蜜的吉利话："莫要害怕！王中之虎啊！愿你有福，无咎的人啊！"（6）

那位国王在昔日的争战中打翻群敌，而今自己竟躺倒在地上。大臣猜想他肯定又饥又渴，疲惫不堪了。（7）随后，大臣用几片芬芳的白莲花瓣，将一些冰凉的清水，洒到国王没有戴王冠的头上。（8）国王恢复了呼吸，又有了力气，尔后，除了那位宰相，他把所有的兵士都打发回去了。（9）

遵照国王的命令，调遣走众多的扈从之后，那位国王又坐在了山坡上。（10）国王在那座秀丽的山冈上自己沐浴完毕，双手合十，满怀着希望祷拜太阳神，置身地面向高空仰视。（11）而那时诛灭仇敌的广覆王，将意念驰向了仙人至贤、国师极裕那里。（12）国王不分昼夜端坐在同一个地方。尔后，在第十二天，婆罗门仙人来到了。（13）

大仙一见到国王，便施展出神仙的法术，静思涤虑，寂然入定，知道国王的心被炎娃偷走了。（14）正法为魂的仙人，看见王中至贤那样控制着自我，便想成全他的好事。（15）在那位人主的注视下，闪烁着太阳光华的尊者极裕仙人，直上青天去见太阳神了。（16）

尔后，婆罗门双手合十，站在有千条光芒的太阳神面前，欣然介绍自己说："我是极裕。"（17）光彩辉焕的太阳神，向那位仙人至贤说道："大仙啊，欢迎你！请依照心愿直言吧！"（18）

以上是吉祥的《摩诃婆罗多》中《初篇》第一百六十二章(162)。

一六三

极裕说：

你的那位芳名炎娃的女儿，莎维德丽的妹妹，我为广覆王挑选她

做妻子。太阳神啊！（1）因为广覆王声名远被，明了法、利，智慧超群，他做你女儿的丈夫十分适宜。经天者啊！（2）

健达缚说：

太阳神听罢他上述之言，心中便决定把女儿许给广覆。白昼制造者向那位婆罗门敬礼之后，对他说道：（3）"广覆是众王之中的翘楚，你是众仙之中的魁首，炎娃是女子中的佼佼，除了他们成婚，难道还有其他吗？"（4）随后，太阳神亲自把完美无瑕的炎娃，交给了为广覆求婚的高贵的极裕。当时，大仙收下了那位炎娃姑娘。（5）

此后，极裕离去了。他又回到了那位声名卓著的俱卢族雄牛所在之处。（6）那位被爱神占据了心房，魂儿飞向炎娃的国王，看见巧笑迷人的天神之女炎娃，由极裕相伴飘然而至，他不禁欣喜若狂！（7）艰难地等到第十二夜，灵魂圣洁的尊者极裕仙人，终于回到了那位国王的身边。（8）广覆由于修炼苦行，一心崇拜赐恩之神、光明之君、主宰太阳神，又因为极裕法力广大，他得到了炎娃为妻。（9）

在那座最美丽的高山上，天神和健达缚安居其间，尔后，那位人中雄牛在那里和炎娃牵手如仪成婚了。（10）征得极裕仙人的允许，那位王仙就在那座山里，陪伴妻子遂心所愿地排遣时光。（11）那时，大地的保护者将京城、王国、车马和军队，一概委托给了宰相。（12）极裕告别了国王，也离去了。那位天神一般的国王，便在那座山中欢度时日。（13）

从此时起，过了十二年，在那山野的丛林和水滨，国王和妻子一味寻欢作乐。（14）而国王的那座京城里，以及他的王国各地，也整整有十二年时间，千眼大神①滴雨不降。（15）那时节，黎民百姓饱受饥饿的折磨，满面愁容，状如僵尸一般，遍布京城，如同死神的都城鬼魂充盈。（16）

尔后，正法为魂的尊者极裕仙人，看到这种情况，便到王中至贤那里去了。（17）极裕把那位王中之虎请回了他的京城。国王啊！此时他和炎娃共同生活了十二年了。（18）当那位王中之虎回到京城的

---

① 天帝因陀罗，他又是雷雨之神。

时候，诛灭天神之敌的因陀罗，随即又像从前一样在那里沛然降雨了。（19）灵魂圣洁的王中魁首创建的那座京城，以及他的整个王国，欣喜若狂，一片欢腾！（20）此后，国王偕同妻子炎娃，举行了长达十二年的大祭祀，犹如摩录多①之主天帝释一样。（21）

就这样，大有福分的名唤炎娃的太阳神之女，成了你的祖先。普利塔之子啊！因此，我认为你是炎娃的后代。（22）广覆王和炎娃生下了俱卢，光焰炎炎的人啊！因此你成了炎娃的子孙。阿周那！（23）

以上是吉祥的《摩诃婆罗多》中《初篇》第一百六十三章（163）。

一六四

护民子说：

婆罗多族的雄牛啊！阿周那听完健达缚所讲的一番话，他高兴莫名，犹如一轮明月闪烁着清辉。（1）伟大的射手，俱卢族的英贤，由于极裕的苦行法力使他产生了强烈的好奇心，遂对健达缚说道：（2）"那位名字唤做极裕的仙人，你已经提到了。我想听一听他的事情，请你如实地为我讲一讲吧！（3）健达缚之王啊！他曾经是我们先辈的国师。这位尊者仙人，究竟是怎样的人？请你把这告诉我吧！"（4）

健达缚说：

爱欲和愤怒，连诸神也常常不能战胜，他用苦行将其征服了。这两个东西背负着他的双足。（5）这位高尚的人，并没有去毁灭拘湿迦族，尽管众友罪恶深重，他仍然牢牢地控制住了冲天的怒火。（6）儿子们惨遭不幸，他备受煎熬。他虽然法力高强，大有能为，却不赞成做下凶残之事让众友毁灭。（7）他不僭越死神，不去把死了的儿子们从阎摩家再带回来，就像大海不越过海岸。（8）

甘蔗族的诸位国王，大地的保护者们，得到了这位征服自我的高

---

① 群体性质的风神，因陀罗（天帝释）的随从。

贵的仙人之后,也得到了整个大地。(9)那些国王得到了最优秀的国师、至善的极裕仙人,举行了许多次祭祀。俱卢的子孙啊!(10)因为这位梵仙为所有的贤王圣主主持祭祀,般度族的佼佼者啊!就像毗诃波提为天上诸神主持祭祀那样。(11)

一个婆罗门,思想上将正法奉为根本,精通吠陀,明了正法,令人向往又具备美德,你们要考虑请他做首席国师。(12)因为生为刹帝利,想要征服大地,繁荣王国,延请国师是头一件应该做的事情。普利塔之子啊!(13)一位朝思暮想渴望征服大地的国王,请祭司是应该摆在首位来做的事情。所以,让一个有功德的婆罗门做你们的国师吧!(14)

以上是吉祥的《摩诃婆罗多》中《初篇》第一百六十四章(164)。

一六五

阿周那说:

在神圣的森林道院里,是因为什么缘故,众友和极裕两人发生了争斗?请你把那一切都告诉我们吧!(1)

健达缚说:

这个极裕仙人的故事,作为一篇往世书,普利塔之子啊!它在众世界里广泛流传,请听我如实地讲一讲吧!(2)

曲女城有一位伟大的国王,婆罗多族的雄牛啊!他唤做伽亭,世界闻名,通晓真理和正法。(3)他以正法为灵魂,有个儿子名叫众友。众友拥有强大的兵力,车马甚盛。他扫荡了所有的敌人。(4)

一天,众友带领着大臣们,到一座深邃的森林里行猎,在那怡人的林野中,他杀死了许多鹿和野猪。(5)他一心贪猎野兽,由于激烈的奔波而有些憔悴了。人中佼佼者啊!他口渴思饮,便朝着极裕的森林道院走去了。(6)出类拔萃的极裕仙人看见他来到,恭恭敬敬地给人中佼佼众友拿上了礼物。(7)洗足水一罐,清水一杯,又向他道了"欢迎",还拿来了野果和酥油。婆罗多的子孙啊!(8)

那位灵魂伟大的极裕仙人，有一条母牛是如意神牛，一经表示过心愿，说声："给吧！"它立刻涌流出欲求之物。（9）它生出栽培的和野生的仙草，种种玉液琼浆，六味[1]的甘露，以及无上的长生不老的灵丹妙药。（10）它生出种类纷繁的食物和饮料，有的可嚼，有的可喝，有的可舔，有的可吮，味同甘露。阿周那！（11）仙人款待了那位大地之主，连同诸位大臣和他率领的军队，他心愿的食品一应俱全，他十分满足。（12）

那头母牛有六长，美胁，美股，有三宽，有五圆[2]，蛙目，妙相，乳房浑圆，无可挑剔。（13）它有一条秀丽的尾巴，尖耳直竖，有一对可爱的犄角，发育完美的头和颈。那头母牛赏心悦目，众友国王一见到它就惊呆了。（14）他将极裕的那条赐福的奶牛盛赞了一番，那时，满意非常的众友王又向仙人说道：（15）"婆罗门！我用一万头牛，或者用我的王国，来交换你的奶牛南底尼吧！请你享有我的王国吧，大仙啊！"（16）

极裕说：

这头奶牛，我要用它敬神、待客、敬祖，还要用来祭祀。即便用你的王国，我的南底尼也不能换。无咎的人啊！（17）

众友说：

我是一个刹帝利，先生是一位潜修苦行和学问的婆罗门。婆罗门心气平和，克己自制，你哪里来的这股勇气呢？（18）我用一万头牛，你这个人还不把我想要的奶牛换给我，我不会抛弃武士之道，我要以武力弄走你的牛！（19）

极裕说：

你是一个可仗恃武力的国王，一个臂膀勇健的刹帝利，你愿意怎么样就请速速动手吧！不要耽误时间了！（20）

健达缚说：

普利塔之子啊！众友被这样抢白了几句，他当时便凭借武力去捕捉白似天鹅皎如明月的南底尼。（21）它遭到鞭棍交加的抽打，到处被驱赶个不停。极裕仙人的赐福神牛南底尼，发出一声声低沉的哀

---

[1] 指甜、酸、咸、辣、苦、香。
[2] 到底有哪六长、哪三宽、哪五圆，注家的说法不一。

鸣。(22) 普利塔之子啊！它折转身跑了回去，仰起脸站立在尊者的面前，尽管它惨遭抽打，也不离开那座森林道院。(23)

极裕说：

亲爱的！我听见了你不断发出的哀鸣声。赐福者！别人敢用暴力从我手中抢你，只因为我是一个仁恕宽宏的婆罗门啊！(24)

健达缚说：

那头赐福的神牛因为士兵们的残暴，惧怕众友而忧伤不已，它紧紧偎依在极裕的身旁。(25)

牛说：

众友的凶残的士兵们用石块和棍棒打我，我发出声声哀鸣，好像没有主人似的。尊者啊！你为什么竟然无动于衷呢？(26)

健达缚说：

那时节，普利塔之子啊！那头牛受到如此的摧残，伟大的仙人丝毫也不动摇，意志坚定，恪守着戒行。(27)

极裕说：

刹帝利的力量在于肉体相搏，婆罗门的力量在于仁恕之心，仁恕之情占据着我，因此，如果你愿意，你就去吧！(28)

牛说：

我竟然遭到抛弃了吗？尊者！你是这样对我说的吗？如果你不抛弃我，婆罗门啊！仅仅凭借武力是不可能带走我的。(29)

极裕说：

我不抛弃你，赐福者！你如果有可能，请你留下来吧！你的那头幼犊被坚固的绳索拴住了，正被强梁用暴力抢走！(30)

健达缚说：

"请你留下来！"这句话，极裕的奶牛闻听之后，将头和脖颈高高昂起，看上去那模样十分可怕。(31) 那头牛的眼睛气得血红，低沉的吼声如同云中的雷鸣，它四处追逐众友王的那支军队。(32) 此前，它遭到皮鞭和棍棒的抽打，被到处驱赶个不停，这时它怒不可遏，目露凶光，愤怒之情又油然增长。(33)

它如同悬挂中天的一轮骄阳，它怒火万丈，仿佛全身都在发光。它从尾毛中释放出大批火炭，如同降下一场大雨。(34) 它从尾巴里造出众多波罗婆人①,从粪便中造出众多沙钵罗人②、塞种人,又从尿里造出许多耶婆那人③,那头奶牛真是气得头脑发昏了。(35)它还从吐沫中造出许多崩罗人④,吉罗陀人⑤,德罗蜜陀人⑥,师子国人⑦,钵尔钵罗人⑧,德罗德人⑨,以及弥戾车人。(36)它造出来的弥戾车人,形形色色,成群结队,身穿各式各样的衣服,操持着种种不一的武器。他们密密麻麻,在众友的面前,分割包围了他的军队。(37)那时候,众友的每一个士兵,受到五人或七人的包围;接着,箭矢如同暴雨一般,驱赶着他的那支军队。众友眼睁睁地看着他们被人从各处纷纷击退了。(38)

婆罗多族的雄牛啊!当时,那些士兵并没有伤身丧命,虽然极裕的麾下对众友万分愤慨。(39)众友的军队被驱赶出三由旬远,哭叫连天,恐惧万状,不知道谁才是救命之人!(40)

目睹了生自婆罗门神力的这场伟大奇迹,那时候,众友对刹帝利的力量深感沮丧,喟然说道:(41)"呸!刹帝利的力量算什么力量!婆罗门的神力才是真正的力量。他思考过了什么强和什么弱,认定苦行法力乃是最大的力量!"(42)

尔后,他抛弃了治理有方的王国,抛弃了为王的富贵荣华,把诸般享乐都置于身后,潜心于苦苦修行。(43)他苦修苦炼大有成就,璀璨的神光弥漫了诸世界。他修遍了一切苦行之后,神采辉焕,得到了婆罗门的身份。这位拘湿迦⑩的后代,还与因陀罗共饮过苏摩仙酒。(44)

以上是吉祥的《摩诃婆罗多》中《初篇》第一百六十五章(165)。

---

① 一种民族。
② 住在德干高原的一种山民族。
③ 即以沃尼亚人,印度古代称希腊人。
④ 一种民族,曾建国家崩罗,在今东印度。
⑤ 一种山野部落民。
⑥ 一种民族。
⑦ 印度古代称斯里兰卡人。
⑧ 一种土人。
⑨ 居住今白沙瓦地区的一种古代民族。
⑩ 众友的祖父,或说是众友的父亲。

一六六

健达缚说：

在这个世界上有一位国王，名叫斑足，出生于甘蔗王的宗族里。普利塔之子啊！他的神光熠熠，大地之上无与伦比。（1）

某一日，那位国王离开京城到森林里行猎，镇伏仇敌的英雄东奔西闯，杀死了许多鹿和野猪。（2）那国王口渴难忍，饥饿难耐，行走在一条小路上。他看见了极裕仙人的儿子，一位灵魂伟大的至善的仙人。（3）战斗中不可征服的国王，看见仙人迎面走来了。他名叫沙迦提，大有福分，是极裕家族的传宗接代人，是高贵的极裕仙人的百子之中的长男。（4）

"给我们让开路！"国王这样吩咐道。仙人也用和蔼的语言，客客气气地请他让出路来。（5）仙人没有闪开，就站在那条合法的路上。国王对仙人既傲慢又恼怒，也没有让出那一条路。（6）那位仙人没有让路，王中至贤挥鞭抽打了仙人。国王当时因为头脑发昏，简直像一个罗刹。（7）

那位至善的仙人遭到鞭打伤身了。极裕之子怒火中烧，随即诅咒了王中佼佼：（8）"你这个国王中的贱种！因为你居然像个罗刹似地伤害一位苦行者，所以，从今天起，你要变成一个吃人的恶魔！（9）你将顽固地嗜食人肉，在这个大地上东游西荡。滚开吧！你这个国王中的败类！"有勇有能的沙迦提这样诅咒了国王。（10）

却说众友和极裕仙人，为了祭主斑足的缘故，他二人那时候又结仇怨，众友一路上尾随着斑足王。（11）① 斑足和沙迦提正在争执，众友也恰好来到了他俩的附近。普利塔之子啊！众友修炼过严厉的苦行，已经成为有法力的仙人了。（12）随后，王中至贤众友知道了那位仙人是极裕仙人的儿子，具有与极裕相仿的神光。（13）婆罗多的子孙啊！众友那时候便把自身隐藏了起来，暗中接近了他们两人，想

---

① 这颂是讲斑足王请极裕仙人做他的祭司（国师），而未请众友，引起众友对他们的仇恨。所谓祭主，是举办祭祀的人，既是施主，也可以说是祭司的弟子。

为自己捞到些好处。(14)

当时,那位出类拔萃的斑足王受到了沙迦提的诅咒,正恳请沙迦提保佑他,施以恩典。(15)俱卢的子孙啊!众友知道了那位国王的处境,他立即指使一个罗刹直奔国王。(16)由于那位婆罗门仙人的诅咒,又有众友发出的命令,那个名叫何为的罗刹,当时就潜入了斑足王的身体。(17)那时候,沙迦提仙人知道那位国王已经被罗刹掌握住了,他和众友都从那里走开了。镇伏仇敌的人啊!(18)聪明的国王受到潜入体内的罗刹严重折磨,却不能救助自己。(19)

有一位婆罗门,遇见了又继续赶路的斑足王。他那时饥饿难忍,便向国王乞讨一点有肉的食物。(20)助友为乐的王仙斑足当即安慰那位婆罗门说:"婆罗门啊!请你在此地稍候一会儿。(21)你希望的食物,我回去就给你取来。"国王说完以上的话,就动身离去了。那位婆罗门至贤留在了原地。(22)

国王答应过婆罗门的一番话,他心里当时就忘记了。他走进后宫,倒下去便睡着了。(23)后来到了半夜里,国王醒来了。国王又记起了对婆罗门的许诺,赶紧命人找来了厨师,吩咐道:(24)"有位婆罗门正在等候我,你快到他那里去!他求些吃的,你去给他送些有肉的食物吧!"(25)

那位厨师这样接受了命令之后,无论什么地方都没有弄到肉。那时,他忐忑不安地回禀了斑足王。(26)而国王由于有罗刹附体,满不在乎地对厨师说道:"有人肉也可以让他吃嘛!"这句话他还重复了好几次。(27)"遵命!"厨师答应之后,随即走到了处决犯人的刑场,鼓足了勇气,匆匆忙忙拿回来一块人肉。(28)厨师把人肉如法烹饪之后,掺和到食物里,飞快地给那位饥肠辘辘、法力高强的婆罗门送去了。(29)

那位至善的再生者用圣目一看那食物,说道:"这东西不能吃!"他的目光中充满了愤怒。(30)"由于国王送给我不能吃的食物,因此,那个混账的东西将有一种强烈的贪欲!(31)如同以前沙迦提所说过的那样,他将一味地嗜食人肉,一切众生都对他心怀恐惧,他将在大地上东游西荡!"(32)

国王遭受到两次诅咒,这诅咒就具有非凡的力量,罗刹的魔力又附在他的身体上,国王当时便丧失了理智。(33)那位王中佼佼被罗刹破坏了一切神志,婆罗多的子孙啊!此后大约不久,他遇见了沙迦提,便开口向他说道:(34)"由于你加在我身上的这个诅咒,真是绝无仅有。因此,我吃人,也要从你轮起!"(35)他这样说完,随即突然夺去了沙迦提的生命。国王吃掉了他,如同猛虎吃掉了所盼望的牲畜。(36)

却说众友看见沙迦提被害死了,他接着又把那个罗刹引向了极裕的其他儿子。(37)高贵的极裕仙人有一百个年轻的儿子,斑足王把他们都吃掉了,就像一头愤怒的雄狮吃掉许多弱小的动物。(38)

极裕闻知那一百个儿子全被众友害死了,他负担着怎般忧愁,犹如高山支撑着大地一般。(39)那位仙人至贤,萌发出毁灭自己的念头。但这位优秀的智者也没有想要去斩断拘湿迦的家族!(40)

尊者极裕仙人自己从弥卢山顶倒栽下来,他的头触到岩石上,却好似落在了大堆的草丛上。(41)般度之子啊!他用坠崖的办法寻死不成,这时,尊者又在大森林里举身投入熊熊的烈火。(42)那时候,虽然是烈焰冲霄,却不焚烧他,而且炽热的烈火也随之变冷了。诛灭仇敌的人啊!(43)忧心如焚的大仙又奔向大海,他在脖子上绑住一块沉重的石头,纵身跳入了大海的滚滚波涛之中。(44)大海起伏的波澜,把大仙推回到海岸上。尔后,愁绪满怀的极裕仙人,只好挪步返回森林道院。(45)

以上是吉祥的《摩诃婆罗多》中《初篇》第一百六十六章(166)。

一六七

健达缚说:

尔后,仙人看到森林道院,儿子们都已经从此离去了,刺心的痛苦使他难以忍受,他便又离开那座森林道院出走了。(1)

他看见一条大河,时逢雨季,新水充溢,岸生杂树,种类繁多。普利塔之子啊!(2)痛苦凝聚在他的心间,随即又生出一个念头:"我应该沉入这条河的水底!"补卢的后裔啊!(3)当时,大仙用许多条绳索把自己紧紧地捆绑起来,怀着深深的痛苦,沉入了大河的洪流之中。(4)镇伏敌军的人啊!大河切断了他身上的那些绳索,又将仙人摆平,然后把他抛出了河水。(5)大仙被松开了绳索,随后就上岸了。大仙给那条河起了一个名字,称做"断索河"。(6)

在忧愁之中大仙又考虑:"我不能总在一个地方。"尔后,他去过许多高山峻岭,去过许多江河湖泊。(7)后来,他来到了雪山下的一条河流。他那时发现那条河里有许多凶恶的鳄鱼,于是,他纵身跳进了河水当中。(8)那位姿容妙曼的河流女神心想:"婆罗门和烈火一样!"她立刻分成了百条溪流。从此,她以"百溪河"而著称于世。(9)仙人随即发现落脚的地方竟是一块干地,不由得说道:"我还是不能自己杀死自己啊!"他说完又归向了森林道院。(10)

极裕仙人朝森林道院走着,儿媳隐娘跟随在他的身后。后来,由于隐娘走近了,仙人听见背后传来吟诵吠陀的声音,其中包括意思完整的六支。(11)"呶!这是谁跟随着我呀?"他这样问道。"是我。"名唤隐娘的儿媳回答他。大有福分的人啊!这位苦行女是沙迦提的妻子,有高深的苦行法力。(12)

极裕说:

儿媳啊!这是谁吟诵吠陀和吠陀六支的声音啊?我听它就像从前沙迦提吟诵吠陀和六支的声音。(13)

隐娘说:

这是我肚子里怀的你儿子沙迦提的孩子,我怀他十二年了,他正在学习吠陀。仙人啊!(14)

健达缚说:

出类拔萃的极裕仙人,闻听此言之后,不禁心花怒放。"有后代了!"他一言说罢,便打消了寻死的念头。普利塔之子啊!(15)随后,他偕同那位儿媳向森林道院走去了。无咎的人啊!那时,仙人看见那个斑足王正坐在一处荒凉的丛林里。(16)而斑足王一看见仙人,就怒气冲冲地站起身来了。婆罗多的子孙啊!由于有凶恶的罗刹附体,他遂想吃掉仙人。(17)隐娘看见那个行为凶残的国王就在面前,她惊惶失措,声音发颤,哆哩哆嗦地对极裕说道:(18)

"尊者!他就像是死神,手执神杖在我的面前。可怕的罗刹紧握木棍逼过来了！（19）大地上没有什么人能够阻止住他，今天只有您了。大有福分的人啊！精通全部吠陀的佼佼者啊！（20）请您保护我吧，尊者！这个目光阴森的罗刹，现在想到这里来吃我们了！"（21）

以上是吉祥的《摩诃婆罗多》中《初篇》第一百六十七章(167)。

一六八

极裕说：

你不要胆怯，儿媳！你根本不必害怕什么罗刹！你看见他的威胁迫近，可他并不是一个罗刹。（1）他是国王斑足，十分勇武，大地之上威名远扬。正是这个骇人的汉子，住在这座森林里。（2）

健达缚说：

尊者极裕仙人神光辉焕，一见那位国王步步逼近，便发出"吽"字真言，阻止了他。婆罗多的子孙啊！（3）仙人又喃喃念动咒语，给他淋洒上圣水，把那位王中至贤从可怕的罗刹控制下这样解救了出来。（4）斑足王在十二年里，一直被沙迦提的法力制住了，犹如太阳在蚀变时分，被罗睺吞下去了。（5）而今国王被婆罗门从罗刹手中解救出来了，他的光辉闪闪，映照着那片广袤的森林，好似夕阳照亮了黄昏的浓云。（6）

国王随即恢复了神志，双手合十，向仙人敬礼。那时，他对仙人至贤极裕说道：（7）"我是苏陀娑之子，大有福分的人啊！我是您的祭主（弟子），至善的再生者啊！此时此刻，您想要我为您做什么？请您说一说吧！"（8）

极裕说：

事情已经了结，请即刻回去，治理你的王国吧！对于婆罗门，人中魁首啊！任何时候你都不要轻视他们！（9）

国王说：

婆罗门啊！无论什么时候，我绝不轻视那些婆罗门雄牛。我坚决遵从您的教诲，将永远崇敬众位婆罗门。（10）我盼望自己因此不再是甘蔗王族中欠下子债的人。出类拔萃的再生者啊！我愿意从您得到这个恩典。精通吠陀的佼佼者啊!(11)我的王后渴望生个儿子。她深有教养,容貌美丽,品行优良,请您为了我到她那里去吧,以求得甘蔗族的蓬勃发展!(12)

健达缚说:

"我赐你恩典!"婆罗门翘楚,实践真理的极裕,当场这样答应了那位武艺超群的国王。(13)无咎的人啊!尔后,国王由极裕陪同,当即走向了首善之区,世界最著名的阿逾陀城。(14)灵魂伟大的国王已经摆脱罪恶,那时,臣民百姓都欢天喜地来迎接他,俨如天国神明迎接他们的主公。(15)

在高贵的极裕仙人的陪同下,那位人中魁首不久就进入了京城。居此京城的市民百姓,都循规蹈矩,具有善行。(16)随后,王爷啊!居住在阿逾陀城的人民,都看见了斑足王,犹如见到伴有宝沙星的正冉冉升起的朝阳。(17)① 那位吉祥国王的吉祥之气,弥漫了整座阿逾陀城,宛若高悬的朗朗秋月,以其清辉弥漫的天空。(18)条条道路洒扫得干干净净,高高飘扬的旌旗装点着全城,那座首屈一指的阿逾陀城,使国王心中高兴莫名。(19)俱卢的子孙啊!此城处处尽是满意又丰足的人民,那时,它俨然永寿天宫②,因为有了天帝释而大放光芒。(20)

尔后,王中魁首回到了王国的京城。王后遵照国王的命令,来到了极裕仙人的面前。(21)在王后的月经期里,大仙和王后结合了。洪福齐天的极裕仙人,遵循着神圣的规定。(22)那位王后怀上了身孕,至善的仙人受到了国王的深深的尊敬,他重新返回了森林道院。(23)

王后怀胎已经有很长时间了,却不生孩子。王后那时候由于忧虑不安,后来她自己用岩石把肚子剖开了。(24)接着,孩子出生了。这已经过了整整十二个年头了。人中雄牛啊!他名叫阿湿摩迦(岩石),就是这位王仙创建了宝多那城。(25)③

以上是吉祥的《摩诃婆罗多》中《初篇》第一百六十八章(168)。

---

① 宝沙星,即鬼宿,印度古代认为此星主繁荣昌盛。这节诗中是将极裕仙人比作此星,将斑足王比作太阳。

② 天帝因陀罗的宝殿名叫永寿天宫。

③ 以下四章是插话《股生传》,第一百七十三章的内容与本章直接相连。

一六九

健达缚说：

后来，隐娘在森林道院里生下了儿子。王爷啊！他延续了沙迦提的家族，如同第二个沙迦提一样。（1）有关孙子出生礼等一应事体，那位仙人中的雄牛，尊者极裕，全都亲自妥善操办了。出类拔萃的婆罗多的后裔啊！（2）因为极裕正执意轻生，有他怀在胎中那时才保住了仙人的性命，所以世人将他称做波罗奢罗（破灭）。（3）

以正法为灵魂的波罗奢罗，当时把极裕认作是父亲。他自从出生，一直生活在极裕身边，犹如生活在父亲的膝下。（4）贡蒂之子啊！"爸爸！"波罗奢罗这样呼唤极裕仙人；就在母亲隐娘的面前。诛灭敌人的英雄啊！（5）"爸爸！"他这一声饱含深情的甜蜜的呼唤，隐娘听了，满眼泪水，对他说道：（6）"不要'爸爸、爸爸'的乱叫，大仙不是你的爸爸。你的爸爸被罗刹吃掉了，娇儿啊！就在那森林的深处。（7）而你认作是爸爸的大仙，并不是你的爸爸。憨儿啊！他是你高贵的父亲的父亲。"（8）

出语为实的仙人至贤，听罢此言之后痛不欲生。思想伟大的波罗奢罗，心中产生了毁灭全世界的念头。（9）高贵的波罗奢罗心中这样决定之后，苦行法力广大无边的极裕阻止了他。他援引的理由，请你听一听吧！（10）

极裕说：

大地上曾经有一位大名鼎鼎的成勇王，是一位王中雄牛。他是世界上精通吠陀的婆利古族的祭主。（11）在一次苏摩祭结束的时候，这位人主以丰厚的珍宝钱财为谢仪，这使首屈一指的婆利古族的众位婆罗门十分满意。孩子啊！（12）

这位人中之虎宾天之后，在某一个时候，他的家族后人们，钱财之事却迫在眉睫了。（13）诸位王子都知道婆利古家族广有钱财，孩子！他们都拥向婆利古族的大德大贤家里，向他们讨取钱财。（14）婆利古族知道以后，对那帮刹帝利十分恐惧，有些人把不易朽坏的钱财埋入地里，有些人把钱财送给了别家婆罗门。（15）也有些婆利古族的人，按照刹帝利的愿望给他们许多钱财。亲爱的！当时他们是出于别的缘故。（16）

尔后，有个刹帝利在地上挖来挖去，孩子啊！恰巧在婆利古家族的房子里发现了一堆钱财。那些刹帝利雄牛正麇集一处，他们也都看见了那堆钱财。（17）婆利古族人请求饶恕，那群刹帝利根本不屑一顾。那些大弓箭手在盛怒之下，射出纷纷利箭，把婆利古族人都屠杀了。啊！他们还在大地上四处游弋，连胎儿也要斩尽杀绝！（18）

后来，婆利古家族的男子都被这样屠戮净尽了。那时候，孩子啊！婆利古家族的女人们，她们惊恐万状，一路逃跑来到了雪山。（19）她们当中有一位两股美丽的女子，因为害怕，便将有神光的胎儿改怀在一条大腿里，以求将来延续繁衍丈夫的家族。可是，那些刹帝利还是发现了这位神光照人的婆罗门女子。（20）

这时，那个胎儿自己破开婆罗门女子的大腿，生出来了！他俨然中午的杲杲烈日，灼瞎了那些刹帝利的双眼。随后，那一帮双目失明的家伙，便在雪山的险峻之处团团乱转。（21）那些刹帝利雄牛图谋落空，害怕得要命。他们为了眼睛复明，都向那位纯洁无瑕的婆罗门女子祈求保佑。（22）那些痴痴呆呆的刹帝利，失去了视力，痛苦难忍，好比是堆堆烈火火焰已经澌然而熄。他们向那位大有福分的女子哀求道：（23）

"仰仗尊者开恩，求眼光回到我们的双眼吧！我们不再犯罪作恶了，让我们都一起回去吧！（24）你有了儿子，请你赐予我们一个恩典吧！求你赐给我们眼光，救救我们这些王子！"（25）

以上是吉祥的《摩诃婆罗多》中《初篇》第一百六十九章(169)。

一七〇

婆罗门女子说：

我没有夺走你们的眼光，亲爱的！我也没有动气。可是，刚才从我大腿生出的这个婆利古族的后代，他今天对你们却万分愤慨！（1）

你们的眼光,是这高贵的孩子方才夺去了。他牢记着惨遭屠杀的亲人,怒不可遏。亲爱的!这是不用怀疑的。(2)你们大肆杀戮婆利古族的儿孙,甚至连腹中的胎儿也不放过,那时候,我用一条大腿怀这孩子整整有一百年啊!(3)

全部吠陀,包括六支,为了再一次向婆利古宗族表达友好的愿望,都注入了这个当时尚在胎中的孩子。(4)由于父辈遇害,这孩子怒火万丈,是他用圣灵的神光灼瞎了你们的眼睛,此刻他正想杀掉你们!(5)你们去乞求我这个卓越的儿子股生吧!亲爱的!你们跪倒在他的脚下,使他感到满意,他就会让你们双目复明。(6)

极裕说①:

众位王子听罢此言,一齐向那位从大腿出生的孩子说道:"请您开恩吧!"那孩子当时向他们赏赐了恩典。(7)因为此事,这位至善之人在众世界里名动遐迩。这位婆罗门仙人得名"股生",是由于他破开母股而降生。(8)

王子们恢复了视力之后,一起离去了。而那位婆利古族的仙人,竟认为应该毁灭整个世界!(9)孩子!那位思想伟大的股生仙人,下定决心,要把众世界全部毁灭净尽,荡然无存!(10)那位婆利古族的至贤,想给婆利古族报仇雪恨,为了毁灭所有的世界,他修炼起广大的苦行。(11)他修炼严厉的大苦行,一心让祖先们感到高兴,却使天神、阿修罗和凡人的诸世界痛苦不安。(12)

尔后,孩子!他的众位祖先察知了婆利古族至贤的心情,从祖先世界前来了,对他说了这一番话:(13)

"股生啊!你严厉苦行的法力,我们已经看见了,孩子!你要向众世界施个恩惠,把自己的愤怒压抑下去!(14)亲爱的!因为灵魂圣洁的婆利古族,当时并非孱弱无能。凶残的刹帝利的这场屠杀,我们大家早就知道得一清二楚。(15)由于我们的寿命绵绵,我们那时都已经感到厌烦了。孩子!我们大家都盼望自己让刹帝利杀掉。(16)

"在婆利古家族房子里,被刹帝利挖出来的那些钱财,是我们希望激怒刹帝利,让他们大逞暴虐,而有意藏进去的。我们都盼望升

---

① 精校本原为"健达缚说",从上下文看应为"极裕说",因为这里是健达缚转述极裕向波罗奢罗讲的故事。通行本也是"极裕说",据改。

天，为什么还要钱财呢？再生者雄牛啊！（17）这是在死神不能把我们全都带走的情况下，我们那时候找到并商量好的一个办法。孩子啊！（18）一个自杀的人，得不到美好的众世界。亲爱的！因此，我们一起找到了这样一个办法，毋须自戕就能毁灭自己。（19）

"你打算做的那件事，孩子！那不是我们所喜欢的。你要远离毁灭全部世界的罪行，紧紧约束住你这个思想吧！（20）因为那些刹帝利和七重世界没有损害我们的苦行和威力，孩子啊！你要消除升起的愤怒。"（21）

以上是吉祥的《摩诃婆罗多》中《初篇》第一百七十章（170）。

一七一

股生说：

列位祖先啊！我怒不可遏，我那时才发出了毁灭全部世界的誓愿，我这一誓愿不能不实现。（1）因为愤怒的誓愿倘若落空，我就难以存活。因为愤怒如果不发泄出去，它会像烈火焚烧干柴一样烧死我！（2）

有缘有故产生的愤怒，一个人将它悄然平息了，此人定不能正确地维护人生的三要（法、利、欲）。（3）因为惩治凶残者，才是保护贤良人。那些想要征服天堂的国王们，愤怒应该发泄在正当的地方。（4）

当我怀在娘胎里，怀在母股中的时候，刹帝利大肆屠杀婆利古族，我总是不断听到母亲们的哀嚎。（5）天神的众世界伙同卑劣的刹帝利，一道杀戮婆利古家族，直至胎儿，我的心中始终充满了愤怒，强忍不发。（6）我的怀有身孕的母亲们，我的父亲们，他们虽然万分恐惧，在众世界里竟然找不到一处庇荫！（7）那时候，不曾有任何人接近婆利古族的妻子们。彼时彼刻，敬爱的母亲只好用一条大腿怀着我。（8）

因为当时众世界里如果有一个惩治罪恶的英雄，那么，茫茫世界里就不会有行凶作恶之徒。（9）无论在什么地方，罪恶都得不到制止,那时,在这个世界上自然会有许多人为非作歹。(10)一个人对罪行知道得一清二楚,又有能力,却不制止罪恶,就算他是一位主宰,也是与罪恶同流合污了!(11)

由于贪恋现世的生活,那些国王们,以及诸位神主,虽有能力,也没有保护我的父辈们。(12)因此,愤怒的我,今天就是众世界的主宰!不过,我也不会违背列位祖先的盼咐。(13)然而,作为世界的主宰,如果我忽视了惩治世界的罪恶,我可能会遭遇大难。(14)

我这一腔生于激愤的怒火,本来是想焚毁众世界。它一旦受到我的约束,会自放神光烧死我。(15)我知道列位祖先希望众世界获得安宁,请你们让众世界和我两全其美吧,各位主人啊!(16)

祖先们说:

你的生于愤怒的一腔火,是想焚毁众世界,你把它投到水里吧!愿你有福!因为众世界依托于水。(17)所有的汁液都包含水,整个的宇宙以水赋形,因此,你把一腔怒火投放到水中吧!至善的再生者啊!(18)把你的那腔火留在大海里吧,婆罗门!如果你愿意。让你的愤怒之火焚烧海水吧!据说众世界是以水构成。(19)这样,你的誓愿将成为真实,无咎的人啊!而包括天神的众世界也不会遭到毁灭。(20)

极裕说:

尔后,股生把生自愤怒的一腔烈火,投进了伐楼拿的水府中。孩子!那火就在浩淼的大海里舔食着海水。(21)那火变成了巨大的马首之形,这是通晓吠陀的人都知道的。它在大海里,用嘴巴不住地喷火和吞咽海水。(22)因此,我也愿你有福!你不应该毁灭众世界。波罗奢罗!你深明最高正法,你是出类拔萃的有智有识的人啊!(23)

以上是吉祥的《摩诃婆罗多》中《初篇》第一百七十一章(171)。

一七二

健达缚说:

婆罗门仙人波罗奢罗,闻听高贵的极裕如此之言,他也克制住了自己胸中想毁灭全部世界的怒火。(1) 尔后,神光广被的仙人,通晓全部吠陀的佼佼者,沙迦提之子,举行了一场名为罗刹祭的祭祀。(2) 为了纪念遇害的沙迦提,有许许多多年老年幼的罗刹,都在他举行的祭祀中烧死了。(3) 因为极裕没有阻止他诛杀罗刹,极裕决定:不阻拦他的第二个誓愿。(4)

在那场祭祀上,大仙安坐在光芒闪烁的三堆祭火前,他俨然就是第四堆火。(5) 举行圣洁祭祀的祭场,由于有他向祭火中倾洒酥油而大放光芒,宛似秋季晴朗的天空,因为有一轮丽日而无限辉煌。(6) 波罗奢罗以自己的神光照耀着上天,祭场上极裕为首的诸位仙人,都认为他仿佛是第二个太阳。(7)

尔后,睿智的阿多利仙人希望停止那场罗刹祭,于是,他偕同另外一些仙人,来到了那个极难接近的祭祀场地。(8) 补罗斯迭,补罗诃,以及迦罗都仙人也来到那场浩大的祭祀上,因为他们都想拯救众罗刹的性命。诛灭仇敌的人啊!(9)

婆罗多族的雄牛啊!由于有许多罗刹被诛杀,普利塔之子啊!补罗斯迭仙人向英勇的波罗奢罗说道:(10)"孩子!你的祭祀顺利无阻吗?孩子啊!诛杀一些毫不相干的无辜的罗刹,你难道感到快乐吗?(11) 卓越的苏摩祭祭师啊!在我看来,这完全是杀生!波罗奢罗,你是最优秀的人杰,你竟然做下了这件严重不法的事情!而那一位斑足王,此时正想升入天庭呢!(12) 极裕大仙的儿子们,沙迦提和他的诸位兄弟,如今他们一个个都十分快活,和诸神一起安享极乐。这一切极裕是知道的。大仙啊!(13) 亲爱的!你此间的祭祀虽然事出有因,但你这是在灭绝可怜的罗刹。极裕的孙子啊!请你放弃祭祀吧!祝你有福!请停止你的这场祭祀吧!"(14)

闻听补罗斯迭如此一讲,又经睿智的极裕一番开导,沙迦提之子波罗奢罗,当时结束了那场祭祀。(15) 为了整个一场罗刹祭所积聚的火,仙人把它扔到了雪山北面山坡上的大森林里。(16) 直到今天,每逢朔望等变日,还可看见那烈火在那里吞噬着罗刹、树木和山石。(17)

以上是吉祥的《摩诃婆罗多》中《初篇》第一百七十二章(172)。

一七三

阿周那说：

国王斑足向通晓圣典的佼佼者极裕师尊表示敬意之后，是何缘故要妻子与他交合呢？（1）高贵的极裕深明世上的最高正法，那位灵魂伟大的仙人为什么从前做下这与有夫之妇同床之事？请你回答我的询问，把一切述说周详吧！（2）

健达缚说：

胜财（阿周那）呀！关于英勇无敌的蜜多罗娑诃（斑足）王那样请求极裕，关于你所问的这件事，请让我告诉你吧！（3）

如同我在前面向你讲述过的那样，极裕仙人之子，高贵的沙迦提，出言诅咒了那位国王。婆罗多族的佼佼者啊！（4）斑足王落在了诅咒的控制下，眼睛里满含着愤怒。这位诛灭仇敌的英雄，随后偕同妻子离开了京城。（5）他偕妻来到了一处荒无人烟的森林，林中有种种不一的成群野兽，到处是各式各样的动物，他就在那里东游西荡。（6）森林中被覆着种类繁多的灌木葛藤，形形色色的杂树随地丛生，一阵阵声响十分可怕，被诅咒控制的国王就在这森林里不停地游荡着。（7）

有一天，国王饥饿难忍，四处给自己寻觅食物，心中十分烦恼。他在林中一条溪流旁，看见一个婆罗门女子和一个婆罗门男人，两个聚在一起正想交欢。（8）那两个男女尚未成事，看到了他，吓跑了。而国王将其中那个奔跑的婆罗门男人，用力抓住了。（9）

发现丈夫被抓住了，婆罗门女子随即说道："国王啊，请你听一听我要对你说的话吧！有美好誓愿的人啊！（10）你诞生于太阳族，你在世界上威名远扬，你谨言慎行又意志坚定，你忠于师教而笃爱正法。（11）你已经遭到了诅咒，你不要再犯下难以消除的罪恶了！而我正逢上月经之期，今天和丈夫相聚一次。（12）我想要怀孕，还未和丈夫成事，请你放开我的丈夫吧！求求你了，王中佼佼啊！"（13）

那女子就这样流着眼泪哀求着他。行为残忍至极的国王，还是把

她的丈夫吃掉了，如同猛虎吃掉一只久盼的麋鹿。(14)

那一位女子怒火满腔，一串串泪水洒落在地上，化为一片闪光的火焰，猛烈燃烧着那个地方。(15) 那位女子忧心如焚，为丈夫的不幸痛楚不堪。婆罗门女子怒不可遏，随即诅咒了王仙斑足：(16)

"贱种！我尚未了却心愿，就眼睁睁地看着我的主人，我的声名卓著的丈夫，今天竟被你残忍地吃掉了！(17) 因此，你这个混账！你也要受到我的诅咒的伤害：你交接月经期的妻子，你定要突然丧命！(18) 那位极裕仙人，他的儿子们都被你残害了。你的妻子和他同房，她才会生下一个儿子。这个儿子将为你的家族传宗接代！王中的败类啊！"(19)

鸯耆罗家族的那位美女，这样诅咒了斑足王之后，便在国王的面前，举步走入那堆炽烈燃烧的火里。(20) 大有福分的极裕仙人，运用真知瑜伽，施展广大的苦行法力，把这一切都看见了。诛灭仇敌的人啊！(21)

尔后，过了很长时间，王仙解脱了诅咒，在妻子的月经期他扑身上前，却被妻子摩陀衍蒂（醉娘）阻止住了。(22) 因为国王过去被诅咒搅昏了头，并不记得那一个诅咒。王中至贤听妻子述说了那位婆罗门女子的诅咒之后，他才回忆起来。当时，他感到痛苦不堪。(23) 由于这个原因，国王吃尽了那诅咒之苦，所以，他才让极裕和自己的妻子同衾共枕。婆罗多族的佼佼者啊！(24)

以上是吉祥的《摩诃婆罗多》中《初篇》第一百七十三章(173)。《奇车篇》终。

木柱王之女选婿大典篇

一七四

阿周那说：

健达缚啊！你无所不知，无所不晓。你若知道哪里有既精通吠陀，又对我们合适的祭司，就请你向我推荐一个。(1)

健达缚说：

在这座森林里，有一个叫做优德拘遮迦的圣地。提婆罗的弟弟烟氏仙人在那里修苦行，如果你愿意，可以去请他做你的祭司。(2)

护民子说：

阿周那听了非常高兴，依礼向健达缚赠送了烈火法宝，并对他说道：(3)

"最优秀的健达缚啊，祝你幸福快乐！你给的那些骏马现在先留在你身边吧，等用得到的时候，我会来把它们带走。"(4)

健达缚和般度五子互相祝福了一番，然后离开了风景秀丽的跋吉罗陀河岸，向各自要去的地方走去了。(5)

婆罗多的后裔啊！般度五子到了优德拘遮迦圣地，找到了烟氏仙人的森林道院，请他做他们的祭司。(6) 通晓吠陀的婆罗门中最优秀的烟氏仙人献上濯足水，拿出果和根，款待了般度五子，答应做他们的祭司。(7)

得到了这位婆罗门做祭司，般度五子觉得他们似乎已经得到了财富和王国，已经在选婿大典上赢得了般遮罗国公主。(8) 得到烟氏仙人做国师之后，这五位婆罗多族的雄牛和他们的母亲，六人都觉得有了依靠。(9) 理解吠陀的意义与实质、智慧博大的烟氏仙人，做了般度族的师长；般度五子，做了明了正法、学识渊博的烟氏仙人的施主。(10) 烟氏仙人认为，聪明、英勇、强壮有力、精力充沛如天神般的般度五子，可以凭借正法得到王国。(11) 得到他的祝福后，五位王子商定一起去参加般遮罗国公主的选婿大典。(12)

以上是吉祥的《摩诃婆罗多》中《初篇》第一百七十四章(174)。

一七五

护民子说：

人中之虎一般的般度五子出发了。他们兄弟要去看木柱王之女和天神们齐集的盛会。(1) 使敌人畏惧的人中之虎们和母亲一道前行，他们看到很多婆罗门也成群结队地走在路上。(2) 国王啊！那些修持

梵行的婆罗门向般度五子问道："你们是从哪里来？要到哪里去？"（3）

坚战说：

敬告诸位知道，我们兄弟随母亲出来，希望看到天神的盛会；我们刚从独轮城来。（4）

众婆罗门说：

你们现在就去般遮罗国木柱王的王宫吧！那里花了大量钱财，正举行盛大的选婿典礼。（5）我们也是结伴去那里。那选婿大典的盛况一定令人十分惊奇。（6）伟大的木柱王又叫祭军，他的目若莲花的女儿是从祭坛中央生出来的。（7）她有绝色的姿容，全身完美无瑕。她娇嫩妩媚，意志又很坚强。她的哥哥就是德罗纳的劲敌猛光。（8）猛光如火焰一般光辉，两臂修长，他是从熊熊燃烧的祭火中生出的，出生时还带着宝刀、铠甲和弓箭诸般武器。（9）他的妹妹——木柱王之女，纤纤细腰，全身无一处不是长得绝妙。她身上发出一股青莲似的芳香，很远就可以闻到。（10）祭军王的这个女儿就要选择夫婿了，我们趁此机会去看一看她的芳容，并看一看那天神云集的大会。（11）

有很多国王和王子，他们都举行过祭祀，做过大量布施，常常诵读吠陀，心地纯洁，灵魂高尚，信守誓愿。（12）他们来自各国，一个个年轻英俊，武艺高强，很善带兵打仗。（13）为了在竞选中取胜，一到举行选婿大典的地方，那些国王和王子就会将金钱、牛和食物等种种可施之物遍施各方。（14）我们准备到那里去领了布施，看过选婿大典的盛况，尽情享受那盛会的欢乐，然后各自回家。（15）那举行大典的地方，还会有来自各国的许多演杂技的，唱赞歌的，表演舞蹈的，说唱摩揭陀往事的，以及膂力非凡的相扑勇士。（16）高尚的人们呀！你们也去看看热闹，领了布施，然后和我们一道回来吧！（17）

你们都像天神一般，仪表堂堂，如果在选婿大会上看到你们，说不定黑公主会选中你们当中她觉得最好的一个。（18）你的兄弟气宇轩昂，相貌出众，臂粗力壮，在战斗中一定能打败敌人，得到很多财物。（19）

坚战说：

太好啦！我们和你们一道，去看看那女郎的选婿大典和天神云集

的盛会。(20)

以上是吉祥的《摩诃婆罗多》中《初篇》第一百七十五章(175)。

一七六

护民子说：

镇群王啊！听了众婆罗门的话，般度族的人们就往木柱王统治的南般遮罗国走去了。(1) 他们在路上看到了那位纯洁高尚，从不曾有一点过失的岛生仙人。(2) 他们像晚辈一般向他行礼，他也殷勤相待，使他们感到很满意。大家交谈一阵以后，他们向他告辞，继续前行，要去木柱王居住的地方。(3)

英勇善战的般度五子，一路上看到很多风光绮丽的森林和湖泊。他们慢慢向前行走，途中就住宿在那些湖滨和森林里。(4) 这几位俱卢族的后裔，经常诵习吠陀，纯洁无瑕，说话和蔼，语言甜蜜。他们一步步行去，终于到了般遮罗国。(5) 他们看到了京城和国王驻军的地方，找到一个陶匠的家，在他家中住了下来。(6)

在陶器匠家里住下以后，他们按照婆罗门的生活方式，依靠化缘为生，所以没有任何人知道这些英雄们前来了。(7)

祭军的宿愿是：要把黑公主嫁给般度的有王冠的儿子（阿周那）。但他从来没有把自己的心愿告诉过别人。(8) 镇群王啊！就是为了要寻找贡蒂之子们，般遮罗王才预备了一张别人拉不开的硬弓。(9) 他还让人做了一个悬在空中的机关，机关上安了一个金子的靶心。(10)

木柱王说：

谁能在这张弓上安上弦，并能用箭射中靶心，他就能得到我的女儿。(11)

护民子说：

婆罗多的后裔啊！木柱王把这一决定向各方宣布了。听到这个消息后，所有的国王都云集到他的国家。(12) 为了看一看这选婿大典的盛况，很多修道仙人也来了。迦尔纳和以难敌为首的俱卢族的人也来了。(13) 那些来自许多国家的有福的婆罗门和国王，都得到了高尚

的木柱王的礼遇。(14) 所有的国王和城镇居民涌进了童诛城,人声鼎沸,有如波涛滚滚的大海在呼啸。(15)

在城东北方的一块平整的土地上,选婿大典的会场在周围的楼台中大放光芒。(16) 会场的四周有高墙和深沟防护,一座座大门和拱廊将它巧装,场内处处张着五色缤纷的凉篷。(17) 成百种乐器奏出悠扬悦耳的乐声。上等沉香木焚烧着,香烟缭绕。地上洒了檀香水,许多鲜花扎成的花环使会场更加绚丽多彩。(18) 会场四周建起了很多豪华的宫殿和亭台,好似盖拉娑山的高峰耸入云霄。(19) 那些亭台宫殿都是一色鎏金装饰,用摩尼宝石铺的地面。台阶和楼梯令人上下感到舒适。室内陈设着宽大的宝座和卧榻。(20) 所有宫殿的底色优雅,白如天鹅,里面上等沉香木烧出的香气飘出好几由旬。(21) 那些宫殿饰以各种金属,光辉灿烂,好似喜马拉雅山的群峰一般;有成百高大的门,每个门都可让很多人同时出入。室内宝座和卧榻一应俱全。(22)

所有的国王进入这些形形色色的宫殿。他们一个个加意修饰,要互相比个高低。(23) 人们看到那些实力雄厚,英勇威武而又极有福分的国王们坐在那里,身上擦着黑檀香的香膏。(24) 这许多国王慈悲为怀,常对婆罗门行善。他们保卫自己的国家,做了很多好事,深受人民爱戴。(25)

城镇的居民们,以一睹黑公主的芳容为快,从四面八方赶来,坐在那些华贵的座位上。(26) 般度五子也和众婆罗门坐在一起,观看般遮罗国王的这无比豪华的排场。(27)

大会继续了很多天,每天有戏剧杂耍,有舞蹈表演,还发放很多珍珠财宝作为布施,更增加了大会的光彩。(28)

在第十六天上,在那绚丽的会场里,木柱王之女沐浴完毕,穿着十分华丽的衣服,戴着各式各样的首饰,(29) 拿着要给自己选中的夫婿的金制花环,登上了选婿台。啊,婆罗多族的雄牛!(30)

苏摩迦族的那位精通经典、身心纯洁的婆罗门祭司安放好圣火,撒下吉祥草,往火里浇洒酥油如仪。(31) 让圣火尽情享用过酥油,众婆罗门高喊"吉祥如意",一切乐器都停止了奏鸣。(32)

国王啊!在会场静下来的时候,猛光来到选婿台的中央,用雷鸣

401

一般高亢而严肃的声音，说出一番意义重要而又令人心中振奋的话语：(33)

"诸位国王，请听我说！这里有弓箭和靶。请你们射五支箭，箭射到空中后，必须穿过那高悬的机关的圆孔，然后中靶。(34)如果有哪一位，相貌英俊、身强力壮、出身高贵的人，他做到了这件艰难的事，我的妹妹黑公主今天就成为他的妻子。我说话算数，决不食言！"(35)

说完这些话，木柱王之子开始向木柱王之女报出到会诸王的姓名、家世和业绩。(36)

以上是吉祥的《摩诃婆罗多》中《初篇》第一百七十六章(176)。

一七七

猛光说：

难敌，难拒，丑面，难攻，毗文沙提，奇耳，娑诃，难降，娑摩，(1)尚武，风迅，猛速，利器，多鹤，金寿，毗罗旃，(2)妙环，花军，妙采，金旗，欢喜，具手，罐生，难近，(3)以及持国王的其他很多儿子，为了想得到你，随迦尔纳一道，都来到了这里。还有数以千计声名卓著、高尚而卓越的刹帝利也来到了这里。(4)

沙恭尼，钵罗，毕舍迦和巨力等犍陀罗国王的儿子们也全部来了。(5)所有武士中的佼佼者马嘶和婆阇，为了想得到你，华装严饰，也来到了这里。(6)

增生，佩珠，英勇的执杖，偕天，胜军，摩揭陀国王云连；(7)带着商佉和优多罗这两个儿子的毗罗吒，晚福，妙容和国王军丸；(8)超胜和他的儿子苏达摩，妙荣，妙友，美童，狼氏，真坚；(9)日旌，有光，尼罗，花械，有辉，显光，以及膂力非凡的有序；(10)海军的威风凛凛的儿子月军，水连，以及苏檀陀和檀陀父子；(11)崩德罗族的婆薮提婆之子，英勇的福授王，羯陵伽王，铜喜王和波多那王；(12)偕子同来的摩德罗国沙利耶王，英勇的金钏和金车；(13)俱卢族的丹授和他的三个英勇善战的儿子普利，广声，沙罗；（14）善施，甘波阇，俱卢族的坚弓和巨力，苏舍那，奥湿那罗，尸毗；（15）婆薮提婆之子力天和黑天，艳光公主的英勇的儿子（始光），商钵，美赠，娑罗那，伽陀；（16）阿迦卢罗，善战，力大无比的优陀婆，诃利迪迦之子成铠，普利图，维普利图；（17）维杜罗陀，刚迦，萨密迦，沙罗弥阇耶，英勇的风主，耆利，宾达罗迦和战无不胜的优湿那罗等大名鼎鼎的苾湿尼族人；（18）跋吉罗陀，广域，信度国王胜车，巨车，波力迦，英勇善战的闻寿；（19）优楼迦，吉多婆，花钏王，吉钏王，稳重沉着的婆蹉国国王和憍萨罗国国王；（20）以及普天下出身刹帝利的其他很多赫赫有名的国王，贤妹呀！他们都为你而来了。（21）一心想得到你，这些英雄们都要去射那绝妙的靶。艳丽的公主呀！如果谁射中了靶，你今天就选他做你的丈夫吧！（22）

以上是吉祥的《摩诃婆罗多》中《初篇》第一百七十七章（177）。

一七八

护民子说：

那些戴着耳环和项圈等饰物的年轻人聚在一起，跃跃欲试，要竞争一番。他们都认为自己武艺高强，力量过人，非常骄傲。（1）[①] 他们因为相貌堂堂，英勇无畏，门庭高贵，恪守正法，而且风华正茂，一个个傲气十足，俨然像雪山上颞颥流涎的狂醉的象王。（2）他们虎视眈眈，互相窥探着，都想把别人胜过。强烈的欲望折磨着他们的身体。他们纷纷扬言："黑公主一定属于我！"他们一边说，一边猛地从王座上站起身来。（3）

这些刹帝利走进了选婿的会场，都想赢得木柱王之女。他们簇拥在她周围，犹如诸神簇拥着雪山之王的女儿乌玛。（4）这些人中之王一心想得到黑公主，身体全被爱神的箭射伤了。为了木柱王之女走进选婿会场时，他们把好友也视作了仇敌。（5）

就在此时，众位楼陀罗，众位阿提迭，众位婆薮，双马童，众位

[①] 本章全部改变诗律。

沙提耶，众位摩录多和阎摩等诸神，以及财神俱比罗也乘天车来到了。（6）众位提迭，众多金翅鸟，众多大蛇，众位神仙，众多俱希迦和遮罗那，健达缚王众富，那罗陀和波尔伐多二仙，健达缚首脑们和众仙女也来了。（7）

以犁为武器的罗摩，黑天，追随黑天的苾湿尼族、安陀迦族和雅度族的首领们也站在那里观望。（8）

雅度族首屈一指的英雄（黑天）看见般度五子走来，好似五头发情的象王，好似闪光的祭火掩盖在灰烬之中，不觉沉思起来。（9）然后，他对大力罗摩说："这五人一定是坚战、怖军、吉湿奴（阿周那）和那一对孪生的英雄。"大力罗摩一听，也慢慢端详起他们五人，然后欣喜地望着遮那陀那（黑天）。（10）

别的王子王孙们，把目光和心思都集中在黑公主一人身上，见她走来，一个个咬紧嘴唇，涨红了脸，全神贯注地望着她。（11）两臂粗壮的普利塔之子们，以及经验丰富的孪生英雄无种和偕天，也凝视着木柱王之女，都被爱神的箭射伤了。（12）

这里到处是天神、仙人、健达缚；到处有金翅鸟、蛇族、阿修罗和悉陀；到处飘着仙香，到处撒满了艳丽的花朵。（13）巨大的铜鼓敲响了，琴声、笛声、铙钹声响成一片。天车拥挤，道路阻塞，天空都显得狭小了。（14）

国王们为了得到黑公主，依次威风凛凛地上前，要把本领显示一番；但他们无论如何也拉不开那张坚硬的大弓。（15）他们使足了力气，好不容易拉开了弓，正想安上弦，一下却被弓反弹得倒在地上，狼狈不堪，心情十分沮丧。（16）他们佩戴的金钏和耳环等饰物也撒落在地上，一个个为那张坚硬的弓叫苦不迭。对得到黑公主失去了希望，所有的国王都变得痛苦悲伤。（17）

正当到会的人们都惊慌起来，国王们也不再敢说大话的时候，贡蒂的英勇的儿子吉湿奴（阿周那）走上前去，准备挽弓上弦搭箭。（18）

以上是吉祥的《摩诃婆罗多》中《初篇》第一百七十八章(178)。

一七九

护民子说：

当国王们都安不上弓弦退下时，睿智不凡的吉湿奴（阿周那）从婆罗门中挺身而起。（1）看见像因陀罗的旗帜一般光辉的普利塔之子站了出来，那些婆罗门长者发出一片喧哗，并且不停晃动他们穿的兽皮衣。（2）有的很担心，有的很高兴。有些聪明睿智、经验丰富的婆罗门，相互议论纷纷地说：（3）

"像迦尔纳和沙利耶这样一些名王，以力大而精通箭术闻名于世，他们都不能拉开那张弓。（4）一个根本不懂武艺，身体无力，专修梵行的青年婆罗门，他怎么可能拉开弓，安上弓弦？（5）如果他不能圆满地完成这件他根本做不到的事，我们这些婆罗门岂不要被所有的国王耻笑！（6）众位婆罗门啊！这青年婆罗门那样骄傲，冒冒失失，兴冲冲地就要去拉弓，快把他拦住！叫他最好别去啊！（7）这样，我们不会被笑话，不会被人看轻，在世上，我们也不会受到国王们憎恨。"（8）

而有些婆罗门说："这位青年婆罗门仪表堂堂，肩膀宽阔，双臂和大腿如象鼻一般。他沉着镇定，宛若巍巍的喜马拉雅山。（9）看他兴冲冲的劲头，说不定他能拉开弓，射中靶。他勇气过人，一定膂力也非凡。如果没有力气，他不会自己走上前去。（10）何况活动于三界的众生中，还从不知有什么事是婆罗门做不到的呢！（11）婆罗门严格遵守戒行，有的只饮水，有的只喝清风，有的只吃果子。他们看起来没有力气，但是，由于梵行的威力，他们极具勇力。（12）婆罗门不应该受到丝毫不尊重，不管他做了好事，还是做了不好的事；不管他给人带来了幸福，还是给人带来了痛苦；不管他做的是一件伟业，还是一件渺小的事情。"（13）

正当众婆罗门发表着不同意见的时候，阿周那已经走到弓前，犹如一座高山，峭然屹立在那里。（14）这位严惩仇敌的英雄绕弓右旋一周，俯首向它表示了敬意，然后欣喜异常地把它拿了起来。（15）

一眨眼的工夫，他就安上了弓弦，拿起五支箭，对准靶射去。箭不偏不倚地穿过圆孔，射中了靶。因他射得太猛，靶也被射落在地上。(16)①

天上顿时响起一阵欢呼，人群中也发出一片喧嚷。天神们朝善于杀敌的普利塔之子的头上洒下如雨的仙花。(17) 所有的人们激动得晃起衣衫，发出惊叹声。天上落下的花雨洒在四面八方。(18) 乐师们奏起了成百种乐器，声音美妙的歌人和歌功颂德的伶工高唱起赞歌。(19)

看到了阿周那，使敌人受挫的木柱王心中说不出的欢喜，一心想用自己的军队来帮助这位贡蒂之子。(20)

在喧嚣的声浪高高掀起来的时候，遵守正法的佼佼者坚战，已经带上那一对无与伦比的男儿——孪生兄弟无种和偕天，很快地向住处走去了。(21)

一见普利塔之子射中了靶，又见他俨然如天帝释一般，黑公主拿起赠新郎的白色花环，微微含笑，走到这位贡蒂之子跟前。(22)

阿周那在竞赛中获胜，完成了一件不可思议的业绩，受到众婆罗门极大的尊敬。他走出了竞赛场，他的妻子紧紧跟随在他的身后。(23)

以上是吉祥的《摩诃婆罗多》中《初篇》第一百七十九章(179)。

<h1 style="text-align:center">一八〇</h1>

护民子说：

一见要把公主嫁与那位高尚的婆罗门，在场的诸王面面相觑，十分气愤。(1)

他们说："我们聚集在这里，这木柱王把我们视同草芥，这般侮辱，竟想把他的女儿，那位最完美的公主嫁给一个婆罗门！(2) 这坏蛋看不起我们，让我们把他杀了吧！他不值得人们尊敬；他也没有高

---

① 第16、17、21、22、23颂改变诗律。

尚的品德，值得人们把他当老年人敬重。（3）我们要把这个与群王为敌、行为恶劣的人，连同他的儿子，统统杀了才是！他把我们所有的国王召来，客气一番，用美食款待一番，随后就这般侮辱我们！（4）如群集的天神一般聚在此地的国王之中，他难道就找不出一个相当的吗？（5）自古传下这样的名训：'自己选婿招亲，只在刹帝利中进行。'所以，婆罗门根本没有中选的权利。（6）如果这女子不愿选任何一个国王，就把她投到火里去！然后，我们这些国王就各回各的国家。（7）

"那个婆罗门，或出于年轻无知，或出于贪婪，做了这件令国王们不快的事，但绝不能把他杀掉。（8）因为我们的国家、生命、财产、子孙以及其他一切财富，都是为了婆罗门的。（9）为了避免受辱，为了维护自己的法，我们不能让其他一些选婿场合再发生这样的事情！"（10）

说完这些话，那些臂如铁棍，英勇如虎的国王们，心情激奋，拿起武器，朝木柱王奔去，要把他杀掉。（11）木柱王见国王们愤怒地操弓持箭，朝自己奔来，惊恐万状，赶紧去找众位婆罗门保护。（12）

威镇敌人的英勇的般度之子怖军和阿周那，看见国王们好似发情的狂象一般奔来，就迎着他们走去。（13）那些手戴皮护指的国王们，怒气冲冲，操持兵刃，扑向这两位俱卢族王子阿周那和怖军，想把他们杀死。（14）①

力大的怖军，英勇如雷，常做出惊人的英雄业绩。这时，他用双手拔起一棵大树，把树叶统统捋掉，好似大象一般。（15）然后，这巨臂的普利塔之子，袭扰仇敌的英雄怖军，举起那棵树，站到人中雄牛普利塔之子阿周那的身旁，俨然死神手执严酷的法杖站在那里。（16）

智慧超人的吉湿奴（阿周那）和他的兄长做出这些奇迹，行事出人意料的达摩陀罗（黑天）看见之后，对他那位勇猛的长兄持犁罗摩说道：（17）

"商迦舍纳！那位行走如发情的雄牛的人，拉开了棕榈树一般的

---

① 第14至22颂改变诗律。

长弓,他肯定就是阿周那,如同我毫无疑问是婆薮提婆之子。(18)那个拔起一棵大树,猛地冲上前去,要收拾那些国王的人,他一定就是狼腹(怖军)。除了他,在大地上还没有一个凡人能拔起那么大的树。(19)坚定不移的人啊!那一个早一点离去的人,一双大眼宛若莲花,身躯魁伟,步如雄狮,皮肤白皙,高鼻秀美,他一定就是正法王坚战了。(20)那两个战神一般的青年,依我想,就是双马童神的两个儿子无种和偕天。据说,般度五子和普利塔,已经从紫胶宫的大火中逃脱了。"(21)

如同晴空之云的持犁罗摩,深信不疑,对他的弟弟说道:"我真高兴!真是上天保佑,我们的姑母普利塔和俱卢族最优秀的人们已经逃出来了!"(22)

以上是吉祥的《摩诃婆罗多》中《初篇》第一百八十章(180)。

一八一

护民子说:

这时,众位婆罗门雄牛,抖动着身上的兽皮衣和手中的饭钵,说道:"别怕!让我们来和敌人拼斗!"(1)

阿周那对口出此言的众婆罗门笑一笑,说道:"请你们站在一旁观看吧!(2)我要用成百支利箭让这些愤怒的国王溃退离散,如同用咒语驱走一群毒蛇。"(3)

说完这句话,英勇善战的阿周那,把黑公主作为妆奁的那张弓挽在手中,和哥哥怖军一道,像岿然不动的高山一般屹立在那里。(4)接着,他俩毫无畏惧地冲向了以迦尔纳为首的那些恼怒发狂的刹帝利,仿佛两头大象冲去和敌对的大象拼斗。(5)

杀人心切的国王们严酷地宣称:"一打起仗来,杀死企图介入战斗的婆罗门是容许的,是不算罪过的!"(6)

随后,太阳神之子迦尔纳,十分勇敢地冲上前来和阿周那拼斗,犹如为争母象,一个公象冲上前去和另一头公象拼斗一般。(7)摩德罗国的英勇有为的国王沙利耶,也向怖军冲去。难敌等人则向其他一

些婆罗门冲去。他们和那些婆罗门打起仗来轻松得很，毫不费力。(8)

聪明的阿周那看见太阳神之子迦尔纳向自己冲来，马上拉开硬弓，向他射去三支箭。(9) 被那极其锋利的羽箭射中之后，罗陀的养子几乎失去了知觉，但他仍然竭力挣扎着向阿周那还击。(10) 两位常胜英雄中的佼佼者，都想战胜对方，迅猛地把箭连连向对方射去，令人眼花缭乱，分不清箭是从哪一方射出。(11) 他们要显示自己的英勇，都向对方说道："看我挡住你的箭吧！看看我的臂力吧！"(12)

看见阿周那盖世无双的臂力和英勇，太阳神之子迦尔纳愤怒地和他展开激战。(13) 他像雄狮一般高声怒吼着，把阿周那迅速射来的箭都挡住了。兵士们异口同声地对他称赞不已。(14)

迦尔纳说：

婆罗门之首啊！在战斗中见你英勇不凡，臂力强大，精通武艺，箭无虚发，我心里十分欢喜。(15) 卓越的婆罗门啊！你难道是弓箭术的化身？你难道是（持斧）罗摩，或者是乘诃利马的因陀罗，或者是百战百胜的毗湿奴显形？(16) 你大概是隐藏了自己的真身，变成一个婆罗门，凭你强大的臂力和英勇在这里作战吧？(17) 我只要一发怒，打起仗来，除了沙姬天女之夫（因陀罗）和般度的那个戴王冠的儿子（阿周那），谁也不是我的对手！(18)

护民子说：

听迦尔纳这么说，颇勒古拿（阿周那）回答道："迦尔纳！我既不是弓箭术的化身，也不是威严的（持斧）罗摩，我是婆罗门，是杰出的战士，是所有使用兵器者中的翘首。(19) 承蒙老师的指教，我能熟练地使用大梵天和因陀罗的法宝。英雄啊！你好好站稳吧，我今天要在战斗中打败你！"(20)

听阿周那这样一说，罗陀的养子，英勇善战的迦尔纳就退出了战斗。他认为，大梵天的神力是不可能胜过的。(21)

国王啊！在此同时，沙利耶和狼腹（怖军）这一对疯狂的大力士也走在一起，竭力拼斗起来。(22) 他们朝对方大声吼叫，犹如两头发情的大象。他们用拳头和腿脚互相攻打，不大一会儿工夫，就扭成了一团。(23) 随后，最杰出的勇士怖军，用双手把沙利耶高高举起，用力摔在地上。众婆罗门一见，都哈哈大笑起来。(24) 令人诧异的是，人中雄牛，大力勇士怖军把颇有力量的沙利耶摔在地上，却没有把他杀死。(25)

见沙利耶被怖军摔倒在地，见迦尔纳也迟疑惧战，所有的国王都吓得走上前去簇拥在狼腹（怖军）的周围。(26)

他们聚集在那里说道："好啊！这些婆罗门中的雄牛！我们得弄清楚他们是何出身，居住何方。(27) 除了（持斧）罗摩，德罗纳和有年仙人之子慈悯，谁能和罗陀之子迦尔纳在战场上拼斗？(28) 除了提婆吉之子黑天和严惩仇敌的颇勒古拿（阿周那），又有谁能在疆场和难敌交锋？(29) 同样，除了英勇的力天和般度之子狼腹（怖军），谁又能斗得过最强大的力士、摩德罗国的沙利耶王？(30) 快停下来，别和这些婆罗门打了，等弄清他们的底细，我们再和他们打吧！"(31)

看了怖军的功绩，黑天就怀疑这两人可能是贡蒂之子，因此，他婉言劝诸王不要打了，说那位婆罗门本是依照正法得到了黑公主。(32) 于是，那些富有经验的杰出的王公们就停止了战斗，满怀惊异之情，走回自己的住处。(33)

那些聚集到这里来的人也一边往回走，一边说道："这次竞赛，婆罗门大出了风头，般遮罗国的公主被婆罗门得去了！"(34)

这时，怖军和阿周那被身穿羚羊皮衣的婆罗门层层围住，很困难地挤出身来。(35) 从人群中挤出来之后，有黑公主一步步紧跟在他们身后，这两位被敌人打伤了的英雄显得非常光彩。(36)

看到化缘的时候已过，儿子们还没有回来，他们的母亲心里起了种种疑虑，怕有不测，非常担忧。(37) 是不是持国的儿子们认出了这些俱卢族的雄牛，把他们杀了？是不是会施幻术的可怕的劲敌罗刹把他们害了？(38) 难道崇高的毗耶娑仙人的意见也不对了么？普利塔疼爱儿子，就这样忧心忡忡地做着种种揣测。(39)

正午过了很久，如同太阳被朵朵白云围绕，吉湿奴（阿周那）在众婆罗门簇拥下，让婆罗门在前，走进了屋里。(40)

以上是吉祥的《摩诃婆罗多》中《初篇》第一百八十一章(181)。

一八二

护民子说：

本领高强的普利塔之子怖军和阿周那，回到了陶匠的作坊，见到普利塔，十分欢喜，对她介绍祭军之女道："这是我们化缘所得！"（1）[①]

贡蒂在茅屋里，看不清她的儿子们，听了他们的话，就回答说："你们大家一同分享吧！"随后，她看清了他们指的是一个少女，马上说道："糟了！我刚才的话很不适合！"（2）

怕触犯了正法，又感到惭愧，贡蒂用手拉起高高兴兴的木柱王之女，走到坚战跟前，这样对他说道：（3）

"王儿啊！你的两个弟弟带着木柱王的女儿，来到我的跟前。我当时没有留心，就像往常一样，脱口说道：'你们一同分享吧！'（4）俱卢族的雄牛啊！你说说，现在怎样才能使我的话不成妄言，同时，前所未有的不法的罪名，又不会落到这位般遮罗国公主身上？"（5）

最坚强勇敢的坚战，思索了片刻，安慰了母亲贡蒂，然后，这位俱卢族的卓越英雄对胜财（阿周那）说道：（6）

"般度之子啊！你赢得了祭军之女，你会使这位公主称心如意的。快令人燃起圣火，投下祭品，你依礼携起她的手，和她完婚吧！"（7）

阿周那说：

人中魁首啊！你不要让我违背正法吧！要我结婚，在别人看来，是不合正法，不能容许的。首先应该结婚的是你，其次应该是能做出令人难以想象的功业的巨臂怖军。（8）然后才轮得到我。在我之后，就轮到玛德利的儿子无种，最后是偕天。国王啊！狼腹，我，孪生的无种和偕天，以及这位公主，都是属于你的。（9）你想想，应该怎么办，才能既不违背正法，又能受到称赞，还能让般遮罗国王欢喜。你吩咐吧，我们都听从你！（10）

[①] 第1—10颂改变诗律。

护民子说：

他们都看了看站在那里的美名远扬的黑公主，然后，互相望了望，坐下来，心里都很爱她。（11）无限光辉的般度五子看过木柱王之女，爱神显然搅动着他们的感官。（12）造物主亲自把这位般遮罗国公主造得那样妩媚动人，超群出众，使一切众生心迷神荡！（13）

人中的雄牛啊！贡蒂之子坚战，从弟弟们脸上的表情看出了他们的心事，想起了岛生仙人的全部谈话。（14）因为怕兄弟间起分裂，坚战王对弟弟们说道："美好的木柱王之女将成为我们大家的妻室！"（15）

以上是吉祥的《摩诃婆罗多》中《初篇》第一百八十二章（182）。

一八三

护民子说：

听了长兄的话，般度的威力无穷的儿子们都默默坐在那里，心里考虑那话的含义。（1）①

这时，苾湿尼族的杰出英雄黑天，因为猜想他们就是俱卢族的那几位英雄，便和卢醯尼之子（大力罗摩）一道，来到了这几位人杰住的陶器匠的家。（2）一进屋，黑天和卢醯尼之子就看见两臂又粗又长的无敌（坚战），以及围他而坐的光辉似火的几位弟弟。（3）婆薮提婆之子向严守正法的佼佼者贡蒂之子走去，按了按阿阇弥吒王坚战的双足，说道："我是黑天！"（4）

婆罗多族之首啊！卢醯尼之子也上前和坚战王见了礼。几位俱卢的子孙很高兴地欢迎了他二人。两位雅度族英雄又向姑母普利塔行了触足礼。（5）

俱卢族英雄无敌（坚战），向黑天问好，报过平安，然后说道："婆薮提婆之子！你怎么知道我们隐姓埋名住在这里呢？"（6）

婆薮提婆之子笑了一笑，对他说道："坚战王啊！火藏住也会被

---

① 本章全部改变诗律。

发现。除了般度的儿子们，凡人中有谁能做出那般英雄业绩？（7）真是天幸，你们这些严惩仇敌的般度族人逃离了那场大火！真是天幸，持国的罪恶的儿子和他的大臣们的如意打算落空了（8）愿你们幸福！你们的幸福如今就寓于隐姓埋名之中。愿你们兴旺发达，犹如熊熊燃烧之火！我们现在要回营帐去了，免得那里的群王知道你们的下落。"幸福无尽的黑天辞别般度之子，和力天一道迅速离去。（9）

以上是吉祥的《摩诃婆罗多》中《初篇》第一百八十三章（183）。

一八四

护民子说：

俱卢的后裔怖军和阿周那返回陶器匠家的时候，般遮罗国王子猛光悄悄跟在他们的后面。（1）他吩咐随从加意小心，隐藏起来，他自己躲入陶器匠家近旁，未让人发现。（2）

天已黄昏，袭扰敌人的英雄怖军和吉湿奴（阿周那），以及神通广大的孪生兄弟无种和偕天，这四个精力充沛的人，把乞讨来的食物交与坚战。（3）①

贡蒂和蔼地对木柱王之女说道："贤媳啊！你把讨来的食物先拿出一份敬神，布施婆罗门。（4）然后，再给那些想得到食物的人，和附近那些仰人生活的人。给过他们之后，把剩下的分成两半，把其中一半再分成四份，加上我和你的各一份。（5）贤媳啊！你把那另一半全给怖军，因为这黝黑健壮，像发情的公牛一般的年轻英雄，一向都很能吃。"（6）

听了贡蒂这合理的话，忠贞的公主毫不犹疑，欢欢喜喜地依照她的吩咐，把食物分开，大家就吃起饭来。（7）

英勇强壮的玛德利之子偕天，用拘舍草在地上铺好床。英雄们展开各人的兽皮，便在草铺上睡觉了。（8）出类拔萃的俱卢族英雄们，头朝投山仙人所管的南方。贡蒂睡在他们的头前，黑公主睡在他们的

---

① 第3至18颂改变诗律。

脚后。(9)

黑公主和般度五子一起躺在地上的拘舍草铺上,像做了他们的靠脚一般,但她的心里并不觉苦,对几位俱卢族雄牛也无丝毫不敬。(10)

几位勇士讲起了故事,关于战争战略的奇妙故事,关于神奇的法宝的故事,还谈到战车和战象,以及刀剑、大杵和斧钺等武器。(11)

般遮罗国王的儿子听到了他们互相间的谈话,他的随从们也都看到了黑公主睡觉的那番境况。(12)猛光王子赶紧跑回去,准备把这夜晚所见到的一切情况和他们所讲的一切,全都禀报木柱王。(13)

高贵的般遮罗国王因没有找到般度诸子,心里正觉懊丧。他向猛光问道:"黑公主哪里去了?什么人把她带去了?(14)该不是哪个出身低下的首陀罗,或者向国家纳税的吠舍把她得了去,像一脚踏在我的头上,使我受辱吧?该不是一个美丽的花环落在了火葬场吧!(15)我的儿啊!是优秀的同种姓的人,或者更高种姓的什么人把她带去了吧?该不是什么低贱种姓的人,今天强娶了黑公主,等于用左脚踏在我的头上吧?(16)如果是和普利塔的某个儿子,一位人中雄牛结亲,我会非常高兴地祭祀一番。你如实告诉我吧!今天哪个本领高强的人赢去了我的女儿?(17)难道今天是俱卢族的杰出英雄,奇武王之子般度的几个儿子还活着?难道今天是普利塔的最小的儿子阿周那拿起了弓,射中了靶?"(18)

以上是吉祥的《摩诃婆罗多》中《初篇》第一百八十四章(184)。

一八五

护民子说:

听了父亲的这些话,苏摩迦族最卓越的王子猛光喜形于色,立刻把所发生的事和谁带走了黑公主作了详细禀报:(1)[①]

"有一个眼睛大而红的青年,身穿黑色兽皮衣,模样如同天神一

[①] 本章全部改变诗律。

般。他在弓上安好弦,将靶射落在地上。(2)他没有停留,快步走了。许多婆罗门首领围住了他,向他致敬。他步履矫健,俨然因陀罗冲向提底诸子,有众多天神和仙人簇拥左右一般。(3)黑公主牵着他的兽皮衣,欢天喜地地跟随着他,犹如一头母象跟着一头公象。国王和王子们不能忍受,怒火中烧,当场向他发起进攻。(4)这时,另一个青年,从地上拔起一棵生长茂盛的大树,在众王之中将他们驱赶,俨然愤怒的死神要结果一群活人的性命。(5)随后,在众王的注视下,那两位人中佼佼带走了黑公主。那两人光辉璀璨,犹如日月一般。他俩带着黑公主,走入城外一个陶匠家中。(6)

"屋里坐着一位有火焰般光辉的妇女,还有三个和他俩一样的英雄,犹如烈火一样光芒闪烁,坐在那妇女的身旁。我想她是他们的母亲。(7)那两人上前向她行了触脚礼,吩咐黑公主也向她行了礼。他俩站立一旁,把黑公主交给她,然后,几位英雄就出去化缘了。(8)

"他们带回了乞讨的食物,黑公主接了过来,拿出一份敬神,施与婆罗门,然后分一份给老妇人,给五个英雄每人一份,她自己也吃了一份。(9)国王啊!然后,他们全都睡下了,黑公主就像是他们的脚枕一样。他们在地上的床,就是铺好的达哩薄草和几张兽皮。(10)

"几位英雄用那乌云中雷鸣般的声音,谈起种种奇异的故事。他们讲的那些故事绝不是吠舍、首陀罗或者婆罗门能讲得出来的。(11)根据他们讲述的关于战争的故事判断,他们毫无疑问是一些杰出的刹帝利了。国王啊!我们的愿望完全实现了,因为我们听说,普利塔的儿子们已经从大火中逃出来了。(12)既然那年轻人稍一用劲就在弓上安好了弦,并射中了靶;既然他们之间那样谈论,他们肯定是隐姓埋名、四处漂流的普利塔之子了!"(13)

木柱非常高兴,马上派国师前去那里,吩咐道:"你就说,我们想知道你们是不是高贵的般度之子?"(14)

知道法度的国师,奉了国王之命前去以后,将他们称赞一番,然后,他把国王吩咐的话,如实、完整、有条不紊地对他们讲出:(15)

"大地之主般遮罗国王木柱,想了解你们诸位值得受恩荣的人。因为他亲眼看到那位英雄射中了靶,心中无比欢喜。(16)所以,请把你们的出身和家世依次讲一讲吧!你们在仇敌们的头上踏上一脚,让我的心，让般遮罗国王和跟随他的人们的心无限欢畅吧！（17）因为般度王是木柱王最亲密的朋友和知己，所以木柱王有一个心愿，希望他的女儿能做俱卢族的媳妇。（18）完美无瑕的人们啊！木柱王的心里一直怀着这个愿望，他想：'但愿胳臂又粗又长的阿周那能依法娶去我的女儿！'"（19）

那位国师说完这番话，坚战王见他侍立一旁，谦恭有礼，便向在一旁的怖军吩咐道："去拿洗脚水，献上礼品！（20）他是木柱王的可敬的国师，我们对他要格外尊敬。"怖军依照吩咐办了。国师也接受了那番敬意。（21）

当国师舒适地坐下之后，坚战对那位婆罗门说道："般遮罗国王是依照自己的规定嫁出了女儿，也遂了他的心愿。（22）木柱王公布了条件，这位英雄是按照那条件得到了公主。他当场并没有要求报种姓，也没有要求报何以为生，以及家庭和身世。（23）一安上弓弦，射中靶，黑公主就嫁出来了。这位高贵的人，就是这样在众王之中赢得了黑公主。（24）苏摩迦族的木柱王如今不应该烦恼，也不应该不快活。这位国王所抱的那一愿望也将实现。（25）婆罗门啊！我认为这位绝色的公主是幸福如意的。因为，一个力量绵薄的人不可能在那张弓上安上弦；因为，一个不懂武艺的人，一个出身低微的人，也不能那样射落靶。（26）在这广袤大地上，除了这位英雄，绝没有别的凡人能中靶，使靶落地。所以，般遮罗王今天用不着为女儿担忧了！'"（27）

坚战王正这样说着的时候，般遮罗国王驾前的另一个使者也很快来到了。这第二位使者报告喜筵已经备好。（28）

以上是吉祥的《摩诃婆罗多》中《初篇》第一百八十五章（185）。

<h1 style="text-align:center">一八六</h1>

使者说：

木柱王已为新郎一方的人准备好了庆婚礼的喜筵，请你们把祈祷等例行诸事做完,就同黑公主一道,快去那里享用,请莫迟延!(1)①车已经准备好,车上有金莲装饰,套着上等骏马,完全配得上国王乘坐。请你们登车,前去般遮罗国王的王宫吧!(2)

护民子说:

俱卢族的雄牛们出发了。他们首先请国师启程,然后才登上那几辆宽敞的车,启程前去。贡蒂和黑公主同乘一辆车上。(3)

国王啊!国师把正法王坚战说的话都禀报了木柱王。木柱王听后,想试探一下他们是否俱卢族卓越的人们,令人取来各式各样的很多物品。(4)国王啊!那些物品中有水果,精美的花环,皮革,盔甲,宝座,牛,绳索,和一些用于耕种的器械。(5)连手工艺中用的工具,以及用于游乐的物件,木柱王也令人全取来了。(6)他还令人取来了战车、骏马,带来了铠甲、闪光的匕首、有彩绘的大马车、优良的弓箭以及镶金的大刀和长矛。(7)他还令人搬来了标枪、弩炮、斧钺和作战用的其他一切武器,以及装饰华丽的坐具和卧榻等一切东西。(8)

贡蒂带着贤淑的黑公主,进了木柱王的内宫。宫里的贵妇们都对俱卢族的王后殷勤致敬。(9)

一见那些身穿兽皮衣,肩膀宽阔,步履如雄狮,眼如雄牛,臂如长蛇的男中英杰,(10)国王啊!木柱王和他所有的大臣、儿子、朋友和侍从们都高兴万分。(11)那几位英雄,人中的佼佼者,毫不畏怯,也没有一点惊讶,进屋后就按序坐到那些有踏脚和靠背的宝座上。(12)服饰华丽的男女宫奴,用金银器皿,端上王家食用的种种珍馐佳肴。(13)几位人中的英杰随意吃起来,怡然自乐。宴毕,他们去看那些作战的武器,对别的一切财物都未置一顾。(14)

看到这情形,木柱王和他的儿子,以及所有的大臣,都很高兴,一致向前对这几位帝王的子孙——贡蒂之子表示敬意。(15)

以上是吉祥的《摩诃婆罗多》中《初篇》第一百八十六章(186)。

---

① 本章全部改变诗律。

一八七

护民子说：

容光焕发的般遮罗国王，把王子坚战请到自己跟前，用适于婆罗门的礼节，向他表示了敬意。(1) 然后，这位神采奕奕的国王又向气宇轩昂的贡蒂之子问道："我应当把你们看作刹帝利呢？还是看作婆罗门？(2) 我应当把你们看作有德的吠舍呢？还是看作首陀罗？或者看作会行幻术、在四方游走的悉陀？(3) 或者看作为了得到黑公主，化作凡人，自天而降的神明？请告诉我实话吧！因为，对这一点，我们心中有很大的疑惑。(4) 使仇敌受苦的人啊！但愿我们的心会因去掉这疑惑而充满欣喜！但愿我们会交好运！(5) 你诚心诚意地说出实话吧！在国王们中，说真话是光彩的事，不说假话要胜过敬神、布施等善行。(6) 天神一般的人啊！压倒群敌的人啊！听了你的回答后，我就会依照礼法，为我的女儿完婚！"(7)

坚战说：

般遮罗王！请你不要忧愁！你的心愿毫无疑问地会得到实现，你应当高兴起来。(8) 国王啊！我们出身刹帝利，是高贵的般度王之子。你要知道，我就是贡蒂的长子坚战，这两个就是怖军和阿周那。国王啊！就是他们俩在群王云集的大会上赢得了你的女儿。(9)① 那坐在黑公主身旁的就是孪生的无种和偕天。人中的雄牛啊！你心中的忧虑可以消除了。我们是刹帝利，你那莲花一般的女儿是从一个池塘移到了另一个池塘。(10) 国王啊！我把全部真话都向你说了，你是我们的长辈和我们最敬爱的人。(11)

护民子说：

木柱王的眼里充满了喜悦，一时竟找不出一句适当的话来回答坚战。(12) 这位使敌人受苦的国王好不容易才压制住了兴奋喜悦之情，找出了恰如其分的答话。(13) 他问酷爱正法的坚战，他们一家人是

---

① 第9、10颂各增一行。

如何逃出多象城的。般度之子把逃出的经过，从头至尾地告诉了他。（14）木柱王听了贡蒂之子的叙述，狠狠地骂起持国王来。（15）最善辞令的木柱王安慰了贡蒂之子坚战一番，并发誓说，一定要使他们收复王国。（16）随后，贡蒂，黑公主，怖军，阿周那，以及孪生的无种和偕天，都受国王的邀请，住进了一座很大的宫殿。（17）

国王啊！他们住进那座宫殿后，国王祭军对他们十分尊重。有一天，祭军王带着儿子们，来到心中已得宽慰的般度诸子跟前，对他们说道：（18）

"今天是个吉日，让俱卢的苗裔，巨臂的阿周那，依礼和黑公主完婚吧！"（19）

法王之子坚战听了就对他说道："人主啊！我也要结婚呢！"（20）

木柱王说：

那你就按礼携起我女儿的手，和她完婚吧！英雄啊！或者，你想让谁和她结婚，就让谁和她结婚吧！（21）

坚战说：

国王啊！你的女儿将作我们共同的王后，因为我的母亲已这样说过了。（22）我和般度之子怖军还没有结婚，普利塔之子阿周那赢得了你的如宝之女。（23）国王啊！我们兄弟间有过誓言，获得珍宝要共同分享。最可敬的国王啊！我们不愿违背这个誓言。（24）所以，黑公主要依法成为我们共同的王后，她要在火前，从长到幼，依次携起我们的手，和我们结为夫妻。（25）

木柱王说：

俱卢的后裔啊！法典规定，一个男人可以有很多妻子，但并没有说一个女子可以有几个丈夫。（26）贡蒂之子啊！你为什么会有这样的想法？你是心地纯洁、精通正法的人，绝不应做那种违背世情、违反吠陀、不合正法的事情啊！（27）

坚战说：

国王啊！正法是微妙的，我们不知道如何遵循它；但前人走过的路，我们知道，我们将循它走去。（28）我的口中从不出虚言妄语，我的心也想不到不合正法的事上。我的母亲是那样吩咐的，我心里也认为那样合适。（29）因此，国王啊！这一定就是合乎正法的了。你

不用再考虑什么了，大地之主啊，就这样办吧，不要再有一点犹疑！(30)

木柱王说：

贡蒂之子啊！你和贡蒂，以及我的儿子猛光，你们三人去商谈商谈，看该怎样办吧！你们商量好了，我明天就照你们说的办。(31)

护民子说：

婆罗多的后裔啊！当贡蒂、坚战和猛光三人在一起商量的时候，岛生仙人（毗耶娑）忽然来到了那里。(32)

以上是吉祥的《摩诃婆罗多》中《初篇》第一百八十七章(187)。

一八八

护民子说：

一见崇高的黑仙到来，般度族所有的人，和声名赫赫的般遮罗国王等，连忙起身迎接，对他礼拜。(1) 心胸宽阔的仙人受过大家的礼，向大家问了好，然后坐到辉煌灿烂的黄金宝座上。(2) 般度诸子等人中翘楚，也照威力无穷的黑仙的吩咐，在华贵的宝座上落了坐。(3) 过了片刻，水滴王之子木柱王，用甜美动听的声音，向崇高的仙人问起自己女儿的事情道：(4)

"尊者啊！一个女子能有很多丈夫吗？那样不会亵渎正法吗？请你如实告诉我们一切。"(5)

毗耶娑说：

因为违反世俗人情，违反吠陀，这样一妻多夫制已经不通行了。关于这个问题，你们各有什么意见，我倒想听一听。(6)

木柱王说：

杰出的婆罗门啊！一女多夫的事从未有过，我认为它违背了世俗人情和吠陀，所以不合正法。(7) 过去的圣人们也从未实行过一妻多夫。这种一妻多夫制绝不是应当遵行的永恒的法。(8) 因此，我反对实行一妻多夫，我对这样的婚姻的合法性持有怀疑。(9)

猛光说：

再生者中的雄牛啊！以苦行为财富的婆罗门啊！一个品行端庄的

兄长，怎么能去亲近自己的弟媳呢？（10）正法是很微妙精深的，所以我们难以遵循它，不能确切知道什么事合乎正法，什么事又不合乎正法。（11）婆罗门啊！像我们这样的人，根本不能确切地知道正法与非正法的区别，我又怎么能说黑公主能不能做五个人的妻子呢？（12）

坚战说：

我口中从不出妄言，我的心也不会有不合正法之念，但对这件事，我却心生向往，因此，它无论如何也不会是违反正法的。（13）坚守正法的仙人啊！听说往世书里就有一个乔答摩家族的女郎，名叫阇蒂娜，她和七个仙人结了婚。（14）深明正法的仙人啊！大家说，师长说的话就是法；而所有的师长中，母亲是最好的师长。（15）我们的母亲说了这话："你们像分享乞讨来的食物一般，分享去吧！"因此，杰出的婆罗门啊！我认为，照母亲的话去做，是合乎正法的。（16）

贡蒂说：

遵守正法的坚战说的是实话。我很怕口出妄言，请问，怎么才能使我免掉口出妄言之过？（17）

毗耶娑说：

善良的贡蒂啊！你的话不会成为妄言，它永远是合乎正法的。不过，我不在这里对大家讲。般遮罗王啊！你单独听我说吧！（18）我要对你讲此事的由来，为什么贡蒂之子坚战说的话合乎正法，毋庸置疑。（19）

护民子说：

岛生毗耶娑站起身来，拉住木柱王的手，一同进了王宫。（20）般度诸子，贡蒂，水滴王之孙猛光，都一动也不动地坐在那里，等待着他们两人。（21）岛生仙人进去后就对高贵的木柱王讲，一个女子同时做几个男人的妻子，并不违背正法。（22）

以上是吉祥的《摩诃婆罗多》中《初篇》第一百八十八章（188）。

一八九

毗耶娑说：

国王啊！从前天神们在飘忽林举行苏摩大祭，太阳之子阎摩负责宰杀祭祀的牺牲。（1）由于阎摩忙于准备祭祀，没有顾得让世上的人死去，人们都迟迟不死，世上的人越来越多了。（2）[①]于是，因陀罗，伐楼拿，俱比罗，沙提耶，楼陀罗，婆薮和双马童等众神，一同去找创造世界的生主大梵天。（3）他们一齐对众界的长老大梵天说道："由于世上的人数不断增多，我们惶惶不安，恐惧异常，所以来求您保护，希望得到幸福。"（4）

大梵天说：

你们都是长生不死的神，为何要怕凡人？对要死的凡人，你们无论如何也用不着害怕啊！（5）

众神说：

要死的凡人现在也不死了，所以，他们和我们之间已经没有什么差别。一没有差别，我们感到惶恐不安。我们希望保持原有的差别，所以到这里来（求您）。（6）

大梵天说：

太阳之子阎摩正忙于苏摩大祭，所以凡人都不死了。但等他忙完祭祀，人们的死期还是要来的。（7）那时，太阳之子阎摩的身体里有了你们的精力，而他的力量会大大增加；而凡人的身体里失去了精力，他们灭亡的时候也就到来了。（8）

毗耶娑说：

听了老祖宗的话，天神们就回到了他们举行祭祀的地方。有一天，强有力的众神坐在恒河岸边，忽然看见河中漂来一朵莲花。（9）看到那朵莲花，他们都感到奇怪，不知它从哪里长出。于是，他们中英勇的因陀罗就向恒河的源头走去。在那里，他看到一个如火一般光辉夺目的女郎。（10）那女郎一边哭，一边走下恒河汲水。她那一滴滴的眼泪，掉入河水，就变成了一朵朵金莲。（11）见到这奇异的现象，手持金刚杵的（因陀罗）走到女郎跟前，问道："你是谁？为什么哭泣流泪？我想知道其中原因，你快告诉我吧！"（12）

女郎说：

天帝释啊！你会知道我是谁，知道我为什么哭泣。我真不幸！天

[①] 第2至4，7至40及49颂改变诗律。

神之王啊！我在前面走，请你跟我行，那样，你就会看到一切，会明白我哭泣的原因。(13)

毗耶娑说：

女郎带路，因陀罗跟她走去。不一会儿，到了群山之王的顶上，看见一个年轻俊美的男子，坐在狮子宝座上，正和一个青年女子掷骰子作乐。(14)

天神之王对那青年说道："你要知道，这宇宙各界都在我的治下！"见那青年仍然一心一意地掷骰子，没有理睬他，他又愤怒地说道："我是宇宙的主宰！"(15)

见天帝释发怒了，那天神笑了起来，慢慢抬眼朝天帝释一望。被他的目光一扫，天帝因陀罗变得如同柱子一般，立在那里，一动也不能动了。(16)

等尽兴地掷完了骰子，那位大神才对哭泣着的神女说道："把这家伙带到我跟前来！我要收拾收拾他，免得他以后再这样傲慢。"(17)

神女的手一碰天帝释，天帝释的身子活动起来，一下跌倒在地上。那位具有极大威力的大神对他说道："天帝释！你以后再不许有这样的行为了！(18) 你有无穷的力量和勇气，你把这雄伟的群山之王打穿吧！打穿后进到里面去，你会在那里看到和你一模一样，和太阳一般光辉的几个因陀罗。"(19)

他从大山顶上打开一个洞，看见里面有四个和自己长得一般模样者。一见他们，他难过起来，心里想："莫不是我自己也要落到和他们一样的下场？"(20)

这时山主神（湿婆）愤怒地睁开双目，对手持金刚杵的因陀罗说道："行过一百次祭祀者啊！你钻进这山缝里去吧！因为你刚才愚昧无知，侮慢了我！"(21)

听见主神口中的咒骂，天帝释吓得浑身发抖，犹如山顶上菩提树的叶子，被风吹得簌簌抖动一般。(22) 大神的话脱口一出，他即双手合十，低垂了头，对那位能以多种形象出现的严酷的大神说道："至尊啊！请您见宥，今天就饶过了我吧！"(23)

有吓人弯弓的大神笑了笑，说道："此地那些有你这种气性的家伙都没有得到宽宥，他们也全要受到惩罚。所以，你也钻进山洞，到里面去躺下吧！（24）毫无疑问，也有饶过你们之法。你们都投生到人世，去做种种艰难的业绩，并使很多人的生命完结。（25）尔后，你们再回到自己过去用业赢得的宝贵的因陀罗界。我说的全必须照办，这里面还有其他种种意义。"（26）

原先的因陀罗们说：

我们将遵命从天界转生到人世去。在人世，要想得到解脱，十分困难。希望让法王阎摩，风神，因陀罗和双马童神使我们的生母怀下我们！（27）

毗耶娑说：

听了他们的话，持金刚杵的因陀罗又对卓越的大神说道："为了完成使命，我不亲自到人世去，只消用我的精液生出五个男子中的一个就是了。"（28）

持吓人弯弓的大神开了恩，答应了几个因陀罗的请求，并决定让那年轻女郎——大家喜欢的吉祥天女转生去做他们的妻子。（29）随后，大神又带着他们，一同去见无量大神那罗延。那罗延得知一切经过后，也同意这样的安排。于是，他们就到地上转生去了。（30）

诃利大神拔出自己的两根头发，一根白，一根黑。这两根头发进入雅度族两个妇女，卢醯尼与提婆吉的怀里。第一根白的，生出来是力天；第二根黑的，生出来就是美发者黑天。（31）

到人世后，早被关在山洞里的四个因陀罗，转生为般度的四个英勇的儿子。后去的因陀罗，用他身体的一部分，转生成了般度的能左手射箭的儿子阿周那。（32）国王啊！从前的因陀罗就这样转生成了般度五子。你那天仙般美丽的女儿就是吉祥天女，她早已注定了要做般度五子的妻子。（33）她的容貌如日月般光辉夺目，她身上散发的香气能飘出四分之一由旬。像她这般的女子，如果不是出于天意，怎么会在祭祀快完时，从大地中生出来呢？（34）国王啊！我十分高兴，现在就赐你神奇的天眼通，你用它去看看贡蒂之子们原来那神圣的真身吧！（35）

护民子说：

再生者毗耶娑功业恢宏，纯洁无瑕。他凭苦行的功力，赐给木柱王天眼通，于是，木柱看到了般度五子的本来面目。（36）他们确是名不虚传的因陀罗，戴着金子的王冠和花环，肤色如火，与太阳一般光艳。身上还有许多首饰装点，一个个年轻貌美，胸膛宽阔，高如棕榈树一般。（37）他们穿着纤尘不染的天衣，戴着绝妙的花环，俨然是三眼大神湿婆，或者是婆薮，或者是具有一切美德的阿提迭出现在眼前。看到原来那几位相貌堂堂的因陀罗，木柱王又惊又喜。（38）他觉得，天神的幻化真是不可限量；他也觉得，他那如吉祥天女一般的女儿，从容貌、天资和声誉来看，都适合做般度五子的妻子。（39）

看到这十分令人吃惊的现象后，木柱王心里非常高兴。他以手触过贞信之子毗耶娑的双足，对他说道："至高无上的仙人啊！对你说来，这算不得一件奇事！"（40）

毗耶娑说：

从前，在一个苦修林里，住着一个高贵仙人的女儿。她美丽，贞洁，但却找不到一个丈夫。（41）于是，她修起严峻的苦行，以她的苦行取得了商迦罗（湿婆）的欢心。大自在天（湿婆）很高兴地对她说道："你想要什么，就向我请求吧！"（42）

听了这话，仙人的女儿连连对赏赐恩典的商迦罗大神说道："我希望得到品德完美的丈夫！"（43）

众神之主很高兴地答应照她的要求赐给恩典，对她说道："你会有五个很好的丈夫！"（44）

已取得大神欢心的女郎又央求大神道："我只求您赐给我一个品德完美的丈夫啊！"衷心喜悦的神中之神又对她口吐吉言道：（45）①

"好姑娘啊！你求我赐你丈夫，反复说了五遍，所以你会有五个丈夫。你会幸福的！在你转生后，你会如愿地得到五个丈夫。"（46）

木柱王啊！那貌如天仙的女子，作为你的女儿，生到了世上。你这完美无瑕的女儿黑公主注定了要做五个人的妻子。（47）她是天上的吉祥天女，为了做般度五子之妻，修了严峻的苦行，才在一次盛大的祭祀中生出，做了你的女儿。（48）这位受神关注的美丽的仙女，由于自己的业，修来了一人做五人之妻的果。是世界的创造主造就了

---

① 第45、46颂各增一行。

她做天神之妻。木柱王啊！听了我讲的这一切以后，你愿意怎么办就怎么办吧！（49）

以上是吉祥的《摩诃婆罗多》中《初篇》第一百八十九章(189)。《木柱王之女选婿大典篇》终。

婚 礼 篇

一九〇

木柱王说：

大仙啊！我原先没有听到你说的这些情形，所以那样竭力反对。神意决定了的事是不能违背的，而这确实是神意的安排。（1）① 命运连的结是拆不开的，个人做什么都没有用！本来想得到一个女婿，结果得到了几个。（2）黑公主在前世向尊神请求赐给她不止一个丈夫，而尊神也答应赐给她恩惠。这事尊神最清楚。（3）既然商迦罗决定了这事，并为此造出了黑公主，那就让他们欢欢喜喜地依礼和她携手成婚吧！是合乎正法，还是不合乎正法，都全然不是我的过错了。（4）

护民子说：

尔后，毗耶娑仙人对正法王（坚战）说道："般度之子啊！今天是月亮与鬼宿星会合的大好吉日，你先拉起黑公主的手，和她成婚吧！"（5）

祭军王和他的儿子，随即令人拿来很多珍贵财物，作为给男家的彩礼；又召黑公主，令她沐浴后，盛饰珠宝前来。（6）

国王的亲友，大臣，以及婆罗门和城中的居民，皆大欢喜。他们按自己的身份和地位，前来观看婚礼。（7）乞食求财的人群使王宫大大生辉。王宫的庭院里有各色莲花增艳，又有无数珍贵的宝石装点，犹如无云的天空镶着点点繁星。（8）

俱卢族的几位青年王子，沐浴完毕，抹了檀香膏，戴好耳环，穿上华贵的衣服，做完了祈福的礼拜。（9）尔后，国王啊，他们依次按

---

① 本章全部改变诗律。

礼同他们那位光辉似火的国师烟氏仙人进入了大殿,犹如一头头受人祝福赞美的雄牛进入牛栏。(10)

精通吠陀,熟悉经咒的烟氏仙人,燃起祭火,一边念诵经咒,一边往火里投放祭品,然后拉住坚战的手,让他和黑公主结合。(11)这位精通吠陀的仙人,携起他俩的手,让他们向右绕祭火而行,完成了他们的婚礼。然后,他就辞别了以精通战术著称的坚战,离开了王宫。(12)

就这样,使俱卢族繁荣兴盛的英勇善战的王子们,盛装严饰,依次每日一人,和美好的黑公主携手完婚。(13)

婆罗门仙人还说了这样一件非人世能有的奇迹:高贵的细腰美人黑公主每天和一人结婚,但第二天又依然是处女。(14)

完婚时,木柱王送了很多珍贵的财物给英勇善战的般度五子。其中有一百辆饰以黄金的战车,每辆车套有四匹骏马,马笼头等都是金的。(15)有一百头如金峰耸立的高山般的大象,象身上有莲花状的斑纹。还有一百个妙龄宫女,个个穿着华丽的衣服,戴着贵重的首饰,挂着美丽的花环。(16)苏摩迦族王(木柱),还在圣火前赠给般度五子每人十万钱财,并赠了首饰和服装等很多贵重财物。(17)

结了婚,如因陀罗一般英勇有力的般度五子,得了大量珍珠财宝和吉祥天女般的妻子,他们便在般遮罗国王的京城里游乐起来。(18)

以上是吉祥的《摩诃婆罗多》中《初篇》第一百九十章(190)。

一九一

护民子说:

和般度五子联姻结好后,木柱王就是对天上诸神也毫无畏惧了。(1)

高贵的木柱王的后妃们都来到贡蒂跟前,向她通报了各自的姓名,在她的双足前俯首致敬。(2)

黑公主穿着绸服,戴着新婚的吉祥线,来到婆婆跟前,向她行礼请安,然后双手合十,谦恭有礼地侍立一旁。(3)

贡蒂慈爱地对姿容艳丽、具有福相、谦逊有礼、品行端庄的木柱王之女祝福道：(4)

"就如因陀罗尼与诃利宝马主（因陀罗），娑婆诃与毗跋婆薮（火神），卢醯尼与月亮，达摩衍蒂与那罗，(5) 婆陀罗与吠湿罗文（俱比罗），无碍与极裕仙人，吉祥天女与那罗延，愿你与你的丈夫们也恩爱不绝！(6) 贤媳啊！愿你生下英勇长命之子！愿你享尽欢乐，成为最有福的人！愿你追随丈夫，在你的丈夫们举行祭祀时，常以妻子的身份伴在他们身旁！(7) 愿你的时间常在款待来宾及修道人，爱护儿童，尊敬老人和长辈中度过！(8)

"愿你和爱好正法的国王一同接受灌顶礼，成为俱卢之野的首要王国和京城的王后！(9) 愿你把你的丈夫们以勇武征服的大地，以盛大的马祭方式，献给婆罗门！(10) 贤德的媳妇啊！愿大地上的一切珍宝都能为你所有！有福的人啊！愿你长命百岁，享尽欢乐与幸福！(11) 今天，你身穿新婚的绸服，我十分高兴地祝贺你；等你生下儿子，我还要同样高兴地祝贺你这贤惠的人！"(12)

般度五子完婚后，诃利（黑天）给他们送来了很多镶有珍珠翡翠的金首饰。(13) 摩豆族之王黑天还送来了很多华贵的异国服装，以及很多宝石和柔软的上等毛毯与兽皮。(14) 送来了各式各样的很多宽大的床榻、坐具、车辆以及镶着珠宝和钻石的餐具。(15) 黑天还送来了选自各国的成千侍女，一个个青春年少，容颜俊美，机灵乖巧，装束艳丽。(16) 他还送来很多驯顺而标致的大象，很多备有精致马具的骏马，以及用黄金和华丽的绸幔装饰的很多车辆。(17) 无比崇高的诛杀摩图者（黑天），还送来了价值千万的未加工的金块。(18) 为了让黑天欢喜，正法王坚战满面春风地收下了他送来的全部礼品。(19)

以上是吉祥的《摩诃婆罗多》中《初篇》第一百九十一章(191)。
《婚礼篇》终。

维杜罗来临篇

一九二

护民子说：

各国国王通过自己可靠的密探得到消息，知道美丽的木柱王之女已得了般度五子为夫。（1）知道那位拉开弓，射中了靶的高贵的人就是精通箭术，最善取胜的阿周那。（2）知道那位把摩德罗国王沙利耶高高举起，在空中挥动几圈，然后，将他摔在地上的大力士；那位在交战中，愤怒地用一棵大树将众人吓倒的人；（3）那位临阵毫无畏惧，却叫敌人一碰就胆战心惊，把敌人的各军种兵种打得落花流水的人，他就是高贵的怖军。（4）听了贡蒂之子们——化装为婆罗门的般度王的儿子们的事情，国王们惊讶不已。（5）他们原先听说，贡蒂和她的儿子们一同烧死在紫胶宫了，所以现在还以为他们是死而复生了呢。（6）这时，想起布罗旃干的那种残酷无情、灭绝人性的勾当，国王们都谴责俱卢族的持国王和毗湿摩。（7）听到选婿的结果是般度之子中选，所有来竞选的国王就各回自己的王国去了。（8）

难敌王心情十分沮丧，带着他的弟弟们，灰溜溜地和马嘶、迦尔纳、慈悯以及舅舅沙恭尼，一同转回象城。（9）

看到木柱王之女已选有白色坐骑者（阿周那）为夫，在回去的路上，难降羞愧地低声对难敌说道：（10）

"王兄啊！胜财（阿周那）如果不是扮了婆罗门，绝不会赢得木柱王之女。那时，谁也不知道他实际上就是阿周那！（11）依我看，天命是最重要的，人的努力全是徒劳。兄长啊！我们费了那么大的力，般度族的人仍然好好地活着，我们的英勇和努力真该受诅咒啊！"（12）

难敌和他的兄弟们这样一路谈论，并咒骂着布罗旃，灰心丧气，满肚子不痛快地回到了象城。（13）

看到威力无穷的普利塔之子们已从大火中逃出，又和木柱王结了亲，难敌和他的兄弟们惊恐不已，一个个都丧失了勇气和信心。（14）再想想猛光和束发，以及木柱王的其他儿子，想到他们个个精于战术，能征惯战，难敌兄弟更是胆战心惊。（15）

维杜罗听说般度诸子已被木柱王之女选为夫婿，持国王的儿子们已被打掉锐气，满面羞惭地回来了。（16）国王啊！他心花怒放，满面笑容地对持国王说道："上天作美，俱卢族繁荣昌盛啦！"（17）

婆罗多的后裔啊！听了维杜罗的话，奇武王之子持国王欣喜万分，连声说道："真是交了好运！真是交了好运！"（18）

这位以智慧为眼的国王还不知真相，以为木柱王之女选中他的长子难敌呢！（19）因此，他立刻令人给黑公主准备了很多首饰，并令儿子难敌带黑公主前来。（20）

这时维杜罗才对他说："般度五子被选中了。这些英雄们都很好，很受木柱王敬重，并得到了其他很多有力的盟友。"（21）①

持国王说：

般度的儿子，我也看作自己的儿子，甚至更亲。所以，维杜罗，知道英勇的般度五子平安无恙，并得到了盟友，我更加高兴。（22）奴婢子啊！有哪一个失去荣华、寻求富贵的国王，会不与木柱王及其亲友结盟？（23）

护民子说：

听持国王这般说，维杜罗回答道："国王啊！愿你一百年都保有这样的智慧！"（24）

尔后，难敌和罗陀之子迦尔纳一道，来到持国王跟前，对他这样说道：（25）

"国王啊！在维杜罗面前，我们不能对你讲什么，现在你独自一人，我们要你说说，你到底想做什么？（26）父亲啊！你竟把仇敌的繁荣昌盛当作自己的繁荣昌盛！人中佼佼啊！你竟在维杜罗面前把仇敌赞扬！（27）从善无恶的人啊！该做的事你不做，偏去做不该做的事！父亲呀！你应经常注意去削弱他们的力量才是啊！（28）是时候了，我们应商量一下如何办才好，才不致让他们把我们，连同我们的

---

① 第21、22颂各增一行。

儿子、亲属和军队，统统吞掉。"（29）

以上是吉祥的《摩诃婆罗多》中《初篇》第一百九十二章(192)。

一九三

持国王说：

我的想法正和你们的一样，不过我不愿在维杜罗面前披露。（1）所以，我特地夸赞他们的优点，好使维杜罗从表情上也看不出我的真意。（2）难敌啊！你认为现在该怎么办，你就说吧！迦尔纳！你认为现在该怎么办，你也对我说说！（3）

难敌说：

现在就派一些可靠而精明能干的婆罗门，让他们悄悄到般度五子那里，去离间贡蒂之子和玛德利之子间的关系。（4）再多用些钱财，去贿赂木柱王和他的儿子及大臣们，（5）劝他们弃绝贡蒂之子坚战王，或者让般度族安心住在他们那里。（6）让人去说住在我们这里的种种不好，使般度五子愿离开我们，留在般遮罗国。（7）或者，派些善施计谋的人，去使般度五子互相争吵，失去和气。（8）或者去对黑公主进行挑拨。她有几个丈夫，这样做并不难。或者，去离间般度五子和她的关系，使他们对她不满，她也就对他们不满了。（9）

或者，国王啊！派一些会出谋划策的人，去悄悄设法把怖军弄死，因为怖军是他们当中力量最大的。（10）父王啊！怖军是他们的依靠，怖军一死，他们失去了勇气和力量，也就不会来争夺王国了。（11）在战场上，有狼腹（怖军）做后盾，阿周那是所向无敌的；他一死，打起仗来，颇勒古拿（阿周那）就顶不了迦尔纳的四分之一了！（12）怖军一死，势衰力弱的般度诸子知道自己的巨大弱点，知道我们比他们强大，他们也就偃旗息鼓了。（13）

国王啊！如果普利塔之子们到这里来，肯听我们的命令，受我们约束，我们就有把握消灭他们。（14）或者，派很多风骚多姿的女子去将他们一个个诱惑，使黑公主对他们的感情淡漠下来。（15）

或者，就派罗陀之子迦尔纳去请他们，等他们一同来时，让一些

心腹密使，在路上悄悄结果了他们的性命。(16)

我说的这些办法，你看哪一个最完善，就用哪一个吧！时光不停地流逝，事不宜迟啊！（17）趁如今王中雄牛木柱对他们还没有充分信任，还可以用一些计策；一旦他们成了木柱王信赖的人，那就什么办法也没有用了！（18）父亲啊！这些就是我想的制服他们的办法，你看好呢，还是不好？罗陀之子啊！你的看法又是如何？（19）

以上是吉祥的《摩诃婆罗多》中《初篇》第一百九十三章(193)。

一九四

迦尔纳说：

难敌！依我看，你想的办法都不行。俱卢族的后裔啊！你用那些办法绝不能制服般度五子。（1）英雄啊！你从前也曾用过很多巧计，想把他们制服，但都失败了。（2）王子啊！那时他们在你的身边，年龄尚小，羽翼未丰，孤立无援，也没有被你困倒。（3）如今他们羽翼丰满，有了支援，又住在国外，从各方面说，他们都已发展壮大，所以，我认为，用你那些办法去对付贡蒂之子们行不通。（4）

要让他们受到灾难也不可能，因为他们是幸运的宠儿。他们惶惶欲求的是他们的父亲和祖辈留下的王位。（5）

想使他们互相不和根本不可能，因为他们爱着同一妻子，不可能受人离间而闹分裂。（6）要让人使黑公主对他们产生嫌隙不满，也不可能。因为她是在他们处于逆境时选了他们，如今他们已时来运转，她哪会嫌弃他们？（7）对妇女们来说，一个人有几个丈夫，是值得艳羡的好处，黑公主既已得到，她是不会受人离间而把这幸福抛掉的。（8）

般遮罗国王是品德高尚的人，不是贪财之辈，即使送给他整个王国，他也不会背弃贡蒂的儿子们。（9）他的儿子既有品德，又喜欢般度五子，所以我想，用你那些办法去整他们，无论如何也是行不通的。（10）

人中的雄牛啊！现在我们应做的是，趁般度诸子的根基尚未巩固,赶快向他们进攻。人主啊!他们是可以消灭的,显一显你的威力吧!(11)现在我们这一方强大,般遮罗国那一方还弱小,趁这时进攻,把他们除掉,不要再考虑什么了!(12)甘陀利之子啊!趁他们还没集中大量战车坐骑,还没有召来大批盟友的时候,立刻向他们进攻吧!(13)趁般遮罗国王和他的英勇非凡的儿子们还没有考虑备战的时候,赶快进攻吧!(14)趁苾湿尼族的黑天还没有带着雅度人的军队,来为般度五子争夺王国的时候,赶快进攻吧!(15)大地之主啊!对黑天来说,为了般度五子的利益,财富,种种享受,甚至王国,都不是不能抛弃的。(16)

伟大的婆罗多以自己的威力征服了大地,诛灭巴迦者(因陀罗)以自己的威力征服了三界。(17)人们颂扬刹帝利的勇武,人主啊!勋功伟业就是英雄们的正法。(18)因此,我们现在应赶快以四大兵种俱全的强大军队,去击败木柱王,把般度五子擒来。(19)调解、送礼、离间等都不能制服般度五子,只有用武力去消灭他们。(20)人主啊!你用自己的英勇和力量去战胜他们,然后享受这整个大地吧!除此之外,我看不出有任何解决问题的办法。(21)

护民子说:

听了罗陀之子迦尔纳的话,威严的持国王对他称赞一番,然后说道:(22)

"车夫之子啊!你有大智大慧,又精通武艺,所以能说出这般充满英雄气概的话来。(23)不过,你和难敌两人再去同毗湿摩、德罗纳以及维杜罗一道商量商量,看怎么办才对我们有利。"(24)

然后,国王啊!声名卓著的持国王把所有的大臣召来,和他们一同商量对策。(25)

以上是吉祥的《摩诃婆罗多》中《初篇》第一百九十四章(194)。

一九五

毗湿摩说:

和般度的儿子们作战,我无论如何也不愿意。因为,对我来说,持国和般度都一样,毫无疑问。(1) 对甘陀利之子和贡蒂之子,我都一视同仁。持国啊!如同我应保护他们一般,你也应对他们加以保护。(2) 婆罗多的后裔啊!他们是我的亲人,同样,也是你和难敌王,以及俱卢族其他一切人的亲人。(3) 在这样的情况下,我不愿和他们开战。你去和那几个英雄议和,分给他们一片国土吧!因为这王国也是俱卢族的这几位优秀子孙的祖辈和父亲留下来的。(4)①

难敌!就如你把这王国看作你的祖传的一样,孩子啊,般度五子也把它看作他们的祖传国土。(5) 如果历尽磨难的般度五子无权得到这个王国,那么,你和婆罗多族的其他人中,又有谁有权得到这个王国呢?(6) 婆罗多族的雄牛啊!如果你认为,按照正法,你有权得到这个国家;那么,我认为,按照正法,他们早就有权得到它了!(7) 所以,人中之虎啊!高高兴兴地把他们的半个王国给他们吧!只有这样做才对大家有利。(8) 否则,非但对我们大家不利,而且毫无疑问,你还会落个臭名昭著的下场!(9) 你还是好好维护自己的名声吧!美名就是最大的力量。要知道,一个声名狼藉的人,活着也是毫无意义的。(10) 俱卢族的雄牛啊!只要有美好的名声,一个人死了也等于活着;而名声败坏以后,甘陀利之子啊,一个人活着也和死了一样。(11) 巨臂的英雄啊!你好好遵守俱卢族应当遵守的正法,做事把你的先辈们当作楷模吧!(12)

幸亏英勇的般度五子还活着!幸亏普利塔还活着!幸亏布罗旃的罪恶阴谋没有得逞,而他自己倒死了!(13) 甘陀利之子啊!自从我听说贡蒂死了以后,在这世上,我就无颜见任何活人了。(14) 人中之虎啊!世人都认为你是有罪的,但却不认为布罗旃也有和你同样的罪过。(15) 王子啊!般度族的人还活着,还能见到他们,你应当认为这是洗刷了你的污点。(16)

俱卢的后裔啊!只要英勇的般度五子还活着,即使手持金刚杵的因陀罗亲自到来,也夺不去他们父亲留下的王国。(17) 特别应注意的是:般度五子协力同心,又站在正义的一方,他们是被不义地赶出了他们应享受同样权利的王国。(18) 如果你愿遵守正法,如果你愿照

---

① 第 4 颂改变诗律。

我所喜欢地去做,如果你愿有好结果,你就分给他们一半王国吧!(19)

以上是吉祥的《摩诃婆罗多》中《初篇》第一百九十五章(195)。

一九六

德罗纳说:

持国王啊!我们都听过这样的古训:当大臣们被召来议事时,他们应当说些合乎正法,大有裨益,并会给人带来美名的意见。(1)亲爱的持国啊!我的意见和可敬的毗湿摩一样。应当把般度五子的那一份国土给他们。这样做完全合乎正法。(2)

婆罗多的后裔啊!你现在立即派一个善于辞令的人到木柱王那里去,并给他们带去很多珠宝。(3)令派去的使者把送新郎新娘的礼物献给木柱王,并对他说,两家联姻是再好也没有的事了。(4)婆罗多的后裔啊!你要叫使者一再向木柱王和猛光表示,你和难敌都因两家联姻而感到欣慰。(5)还要叫他一再安慰贡蒂的儿子们和玛德利的儿子们,并说一些他们的亲事非常合适、非常美满之类的话。(6)

王中之王啊!你还要令使者以你的名义,向木柱王之女赠送许多上等的金首饰。(7)婆罗多族的雄牛啊!你还要让使者给木柱王的所有儿子,以及般度五子和贡蒂,送去一些适当的首饰等物。(8)让他对木柱王和般度五子宽慰一番,然后就说,请般度族的人回象城来。(9)

当木柱王同意英勇的般度五子回象城的时候,你要让难降和奇耳,带着欢迎大军,前去迎接他们。(10)他们一回来,杰出的国王啊!你要对他们待之以礼,并在取得百姓的同意后,让他们登上他们父亲留下的王位。(11)婆罗多族的君主啊!我和毗湿摩都认为,这是对待他们和你的儿子们的恰当办法。(12)

迦尔纳说:

这两人都靠你的金钱生活,受到你的敬重。你凡事都要问他们的意见,而他们却不为你的利益着想。比这更奇怪的事哪里还会有?(13)那心怀恶意,但把内心的真情实意掩盖起来说话的人,他如何能提出对善良的人们有益的意见呢！（14）不过，在很多灾难中，幸与不幸的缘由也不在于朋友，因为，一切人的甘苦都是命运注定了的。（15）不管是智者还是愚人，不管是老人还是小孩，不管是有依靠的人还是孤苦无助者，每人都在不同的地方得到他应得的一切。（16）

听说，从前在王舍城，有一个叫水波的国王，他是摩揭陀诸国中的大君。（17）他除了呼吸，什么事也不做，一切事务都由他的宰相处理。（18）他的宰相巨箭大权独揽，实际成了国中惟一的君主。他自以为有权在手，连国王也不放在眼里。（19）这愚蠢的宰相，把应由国王享用的美女、珠宝、金钱和一切荣华富贵，都自己享用了起来。（20）受用了一切之后，他变得越来越贪婪，最后竟想把整个王国都占为己有。（21）但听说，尽管那宰相用尽了一切努力，仍没有从除呼吸外什么事也不做的国王手中夺去他的王国。（22）

除了天命所使外，那国王有什么力量保住他的王国呢！所以，国王啊，如果天命注定你有这个王国，它就会属于你。（23）一切世人都将眼望着它为你所有。如果命里注定你没有，那么，不管怎么费尽力气，你也不可能得到它。（24）明智的国王啊！你要考虑考虑，大臣们中哪些是好人？哪些是坏人？对好人和坏人的话，你要分辨得清才好。（25）

德罗纳说：

迦尔纳！我知道你居心叵测，所以才说出这番话。你指责我们，说我们的不是，那只是因为你仇恨般度族。（26）我说的一切，都有利于家族的繁荣兴盛，符合最高的利益。你如认为我说的不好，迦尔纳，你说说，怎样做才是最好的吧！（27）我认为，如果不照我说的做，不顾最高利益，而要倒行逆施，那么，用不了多久，俱卢族就要遭到毁灭了！（28）

以上是吉祥的《摩诃婆罗多》中《初篇》第一百九十六章(196)。

一九七

维杜罗说：

持国王啊！你的亲友对你说的话，无疑是于你有利的，但你不愿听,所以他们说了也无用。(1)国王啊!福身王之子——俱卢族最卓越的毗湿摩说的话全是为你好,但你一点也听不进去。(2)德罗纳也说了许多对你十分有益的话,但罗陀之子迦尔纳却认为他的话对你不利。(3)国王啊!我想了又想,但想不出除了这两位人中雄狮以外,还有谁是更关心你和更有学问的人。(4)

从年龄、智慧和学识来说,他们两位都是长者。王中之王啊!他们俩对你和对般度族都同样关切。(5)婆罗多的后裔啊!在维护正法和坚持真理方面,他们俩无疑不亚于十车王之子罗摩和王仙伽耶。(6)过去从不曾听他们说过对你不利的话,也从不曾见他们做过对你不利的事。(7)国王啊!你也从不曾伤害过这两位酷爱真理、英勇如虎的人,他们又怎么会不向你提出有益的建议呢?(8)人主啊!他们俩是这个世上最有智慧,最善良的人,他们决不会给你出些实际上对你不利的坏主意。俱卢的苗裔啊!这就是我的坚定不移的想法。(9)这两位精通正法的人,绝不会因贪图私利而说偏袒一方的话。婆罗多的后裔啊!他们所说的,都是他们认为于你最有益的。(10)

国王啊!难敌等是你的儿子,同样,般度五子也是你的儿子,这是无疑的。(11)有些大臣,由于不明智,向你提出些对般度五子不利的建议,他们实际上是没有好好为你的利益着想。(12)国王啊!即使你心中更爱自己亲生的儿子们,那些把你的内心意识说出来的人,他们也是做了于你不利的事。(13)因此,国王啊!你还没有决定怎样做,他们两位极其英明而高贵的人也没有明白说出你的意图。(14)

人中之虎啊!那两位人中雄牛说:要战胜般度五子是不可能的。他们这话一点也不错。愿你安宁幸福!(15)国王啊!打起仗来,即使是因陀罗,也怎能胜过能用左手射箭、威慑群敌的般度之子阿周那?(16)巨臂怖军有万头大象之力,打起仗来,即使是长生不死的天神们,也怎能将他胜过?(17)一上战场,想活命的人怎能抵挡得住如阎摩之子一般的孪生兄弟(无种和偕天)?(18)般度五子中的长者,一向刚毅沉着、慈悲为怀、坚持真理、英勇无畏的坚战,在战争中如何能被胜过?(19)

大力罗摩站在他们一方，遮那陀那（黑天）是为他们出谋划策的人，善战也支持他们，一开了战，他们怎能不是所向无敌？（20）木柱王是他们的岳父，猛光等英勇的水滴王之孙是他们的妻舅，他们如何能被战胜？（21）因此，婆罗多的后裔啊！你首先要考虑到他们不会被战胜，更要知道，依照正法，他们应享有对王国的权利，然后，再以适当的态度去对待他们吧！（22）

国王啊！由于布罗旃干的勾当，你身上已沾了不名誉的污点，你现在就用对般度五子的慈爱，去把那些污点洗清吧！（23）

木柱王是强大的国君，过去又一直和我们敌对，国王啊，和他缔盟结好，我们一方的力量也可以大大增强。（24）

国王啊！陀沙诃国人口众多，力量强大，黑天在哪一方，陀沙诃国的人就站在哪一方，而黑天肯定是胜利的一方。（25）

能用亲善怀柔之策解决的事，国王啊，谁受了命运的诅咒，要用战争去解决它？（26）城中居民听说普利塔之子们还活着，都渴望能见到他们。所以，国王啊！你要对他们亲切爱护。（27）难敌、迦尔纳和妙力之子沙恭尼，都不守正法，年轻无知，心术不正，你不要听信他们的话。（28）有德明君啊！过去我就对你说过，这全国的黎民百姓会因为难敌的罪恶而遭到毁灭的。（29）

以上是吉祥的《摩诃婆罗多》中《初篇》第一百九十七章（197）。

一九八

持国王说：

博学的福身王之子毗湿摩，修行的德罗纳尊者，他们对我说的话，以及你对我说的话，都是最有益的良言和真理。（1）贡蒂的英勇善战的儿子们是般度之子，依照正法，他们无疑也是我的儿子。（2）正如我的儿子们对王国有权一般，般度的儿子们也毫无疑问有对王国要求的权利。（3）奴婢之子啊！你去以礼把他们和他们的母亲，以及天女般的黑公主都接回来吧！（4）真是上天保佑，普利塔之子们还活着！真是上天保佑，普利塔还活着！真是上天保佑，这些英勇善战的人得到了木柱王之女！（5）大智者啊！靠上天保佑，我们大家都交了好运！靠上天保佑，布罗旃已经安息！靠上天保佑，我们的极大痛苦已经过去！（6）

护民子说：

婆罗多的后裔啊！维杜罗奉了持国王之命，前去般遮罗国王祭军和般度五子处。（7）国王啊，到了那里，深明正法并精通一切经典的维杜罗，依礼如仪地上前恭候木柱王接见。（8）木柱王依照正法，迎接了他。然后，两人彬彬有礼地互问安好。（9）

婆罗多的后裔啊！在那里见到般度诸子和婆薮提婆之子（黑天）时，他极其亲切地拥抱了他们，并问他们是否健康无恙。（10）他们依次上前向智慧超群的维杜罗请了安。维杜罗又转达了持国王的话，一再亲切地（11）向他们问好。然后，国王啊，又送了他们各种各样的很多珠宝等财物。（12）人主啊！他把从俱卢族带来的财礼适当地分送给了般度诸子、贡蒂、木柱王之女和木柱王的儿子们。（13）

尔后，无比聪明睿智的维杜罗，谦逊有礼地在般度诸子和黑天面前，对木柱王说道：（14）

"国王啊！请您和您的大臣及王子们听我致言！持国王和他的王子、大臣和亲属们，（15）都很高兴，一再要我向您问好。国王啊！和您结了亲，他们真是喜出望外。（16）福身王之子——大智大慧的毗湿摩，和俱卢族所有的人，一同向您问好，祝您万事如意。（17）婆罗堕遮之子，您的亲密的朋友，伟大的弓箭手德罗纳，亲切地拥抱你，向你问好。（18）般遮罗王呀！持国王和俱卢族所有的人都认为，和您结了亲是一件十分令人满意的事。（19）祭军王啊！即使得了一个王国，他们心中的喜悦也不会比和你结了亲的喜悦大。（20）知道这情况后，请您让般度五子回去吧！俱卢族的人都迫不及待地想见到般度王的儿子们呢！（21）这些人中雄牛和普利塔已离国很久了，他们一定也很想看到祖国的京城吧！（22）俱卢族所有的妇女，和我们京城的居民，也十分希望看到般遮罗国的黑公主。（23）所以，请您毫不迟延地让般度诸子带着他们的妻子回国吧！我就是为接他们才来到这里。（24）祭军王啊！只要您应允高贵的般度五子回去，我立刻派快使去向持国王禀报，说贡蒂之子们和贡蒂就要带着黑公主回象城

了。"（25）①

以上是吉祥的《摩诃婆罗多》中《初篇》第一百九十八章（198）。《维杜罗来临篇》终。

得 国 篇

一九九

木柱王说：

大智大慧的维杜罗啊！事实确实如你此刻对我讲的一般。人主啊！结了这门亲，我也十分高兴。（1）这些高贵的人们要回自己的家，这当然是应该的。但要我亲口对他们说，那就不恰当了。（2）如果贡蒂的英勇的儿子坚战、怖军、阿周那和孪生的人中雄牛无种与偕天想走，（3）如果深明正法的大力罗摩和黑天说他们可以走，那么，他们就可以回去。因为这两位人中之虎很爱他们，很关心他们的利益。（4）

坚战说：

国王啊！我和跟随我的人都是依附于您的，无论您说什么，我们都会很乐意地照办。（5）

护民子说：

这时，婆薮提婆之子（黑天）说道："我很赞成他们回去，只要通晓全部正法的木柱王同意。"（6）

木柱王说：

陀沙诃族的杰出巨臂英雄认为，在目前的情况下，他们可以回去。这一点，我很同意。（7）现在，有大福的贡蒂之子们是我的亲人，但毫无疑问，他们也是婆薮提婆之子（黑天）的亲人。（8）英勇如虎的美发者（黑天）对他们的幸福是那样关注，恐怕贡蒂的长子，

---

① 第 25 颂增一行。

法王之子坚战自己，尚不及呢！(9)

护民子说：

般度诸子，黑天和大智大慧的维杜罗，辞别了高贵的木柱王，(10)带着木柱王之女黑公主和德高望重的贡蒂，开始了愉快的旅行，朝象城走去。(11)

俱卢族之王持国听了英勇的般度诸子到来的消息，立刻派人去迎接他们。(12) 婆罗多的后裔啊！前去迎接的人中，有精于箭术的奇耳，花军，有在箭术上出类拔萃的德罗纳，有乔答摩族的慈悯大师。(13)英勇的般度诸子，在众人簇拥下，缓缓进入象城，荣耀万分。(14)

见到这几位英勇如虎的人归来，城中居民的忧伤顿时烟消云散。他们欣喜若狂，使整个象城沸腾了起来。(15)

般度五子听到那些爱戴他们的百姓谈论着一些亲切的、使他们心中充满兴奋与喜悦的话。(16) 有的说："坚守正法的人中之虎回来了，他会像保护自己的亲人一样，用正法保护我们。"(17) 有的说："今天真好像我们那位喜欢林居的般度王，因为疼爱我们，从森林里回来了。"(18) 有的说："今天，爱护我们的英勇的贡蒂之子们回来了，对我们来说，还有什么比这更好的事呢？"(19) 有的说："如果我们通过布施、祭祀和修炼苦行，结果能使般度五子在象城呆上一百年就好了！"(20)

般度五子见到了持国王，可敬的毗湿摩及其他长者，以手触他们的双足，向他们行了礼。(21) 又向蜂拥而来欢迎他们的百姓问好，然后，才遵持国王之命，进了王宫。(22)

强大有力、心灵高尚的般度五子休息了一段时间，持国王和福身王之子毗湿摩派人请他们前去。(23)

持国王说：

贡蒂子（坚战）！你和你的弟弟们都听着，我有话说：为了不再有纠纷，你们到甘味林去居住吧！(24) 你们住到那里，没有谁会使你们受苦，因为普利塔之子（阿周那）保护着你们，犹如手持金刚杵的因陀罗保护着众神。在分得半个王国后，你们住到甘味林去

吧！(25)①

护民子说：

人中雄牛们接受了持国的意见，向他行了礼，得了半个王国，动身向莽莽森林走去，进入了甘味林的范围。(26) 常立不败之地的般度诸子，在黑天的引导下，到了那里后，把城堡建得如同天堂一般。(27)

英勇善战的般度五子，首先请岛生仙人在一块圣洁吉祥之地做了禳灾祈福的法事，然后，又跟他去丈量建城的土地。(28)

城的四周是海洋一般的护城河。高高的城墙，直冲霄汉，(29) 白如雪山，皎若晴空之云。这美妙绝伦的城，璀璨辉煌，宛若蛇族聚居的多福城。(30) 一座座城门，赫然如大鹏金翅鸟展开双翼。城门上的塔楼，好似层云笼罩，好似曼陀罗山高耸。(31) 城墙上设有多处岗楼，内有标枪、长矛等各种兵器，锋利如长有双舌的长蛇。很多战士守护在那里，使敌人不得靠近城池一步。(32) 锐利的铁钩、杀百敌和铁轮等兵器密布如网，使这极其美好的城增添了无限光辉。(33)

城中道路宽阔，布局合理，便于防止一切意外灾难。白色的屋宇，千姿百态，构造精巧，使全城显得一派富丽堂皇。(34) 这天帝城真好似天堂般美丽，宏伟又如空中发着闪电的云层。(35)

在城里一片景色宜人的地方，兴建起了俱卢族五位王子的宫殿。宫殿里珠宝财物充盈，俨然似财神居住的仙宫。(36)

国王啊！精通全部吠陀，操着各种语言的婆罗门都来到了那里，欢欢喜喜地居住下来。(37) 为了谋利，商人们也从四面八方来到那里；各种各样的手艺匠人，也到那里定居下来。(38)

城周建起了很多幽美的林园，里面有芒果树、李子树、尼波树、无忧树、瞻部迦树；(39) 有丁香树、龙华树、罗构迦树、波罗蜜树、娑罗树、棕榈树、迦丹波树、槐树、露兜树；(40) 有花朵艳丽、果实压弯枝头的古老的随风子树、卢特罗树，以及繁花似锦的莺俱罗树；(41) 有瞻部树、海棠树、曲干树、夹竹桃树和珊瑚树等等，种类繁多，不胜枚举。(42)

---

① 第25、26颂各增一行。

那些林园里，终年鲜花盛开，果实挂满枝头，成了种种鸟类云集之地。园里时时响彻着如醉如狂的孔雀和杜鹃的啼声。(43)

园里有明镜般光洁的楼阁，有各种各样的花棚藤架，有彩绘的亭台，有供游乐的山丘，有清水盈盈、形状各异的湖泊和池塘。(44)①那些美丽的湖泊和池塘里，散发着莲花的芬芳。许多天鹅、野鸭和鸳鸯戏游水中，给湖光水色增添了无穷意趣。(45)整个城被这些幽美的林园所环绕，被这许多明珠似的、大大小小的湖泊和池塘所镶嵌。(46)

国王啊！住在充满有德之人的广大的国土上，般度五子的快乐不断增长。(47)由于毗湿摩和持国王执行了正法，他们得以住到甘味林的天帝城。(48)天帝城有精于箭术、酷似因陀罗的般度五子，犹如无比美好的多福城有了蛇族，光辉益增。(49)

英勇的美发者（黑天），等般度五子安居下来后，征得了他们的同意，就同大力罗摩一道，转回了多门城。啊，国王！(50)

以上是吉祥的《摩诃婆罗多》中《初篇》第一百九十九章(199)。

《得国篇》终。

阿周那林居篇

二〇〇

镇群王说：

以苦行为财富的人啊！在得到了王国，并在天帝城住下来后，可敬的般度五子又做了些什么？(1)我那几位曾祖父都是心灵高尚的人，木柱王之女是他们共同的合法妻子，她和他们如何相处？(2)那五位有大福的人主，如何同一个妻子黑公主相处，而彼此能无嫌隙？(3)以苦行为财富的人啊！在得了黑公主以后，他们彼此的关系又如何？我希望详细知道一切，请你一一对我明示！(4)

---

① 第44颂增一行。

护民子说：

持国王遣走了般度五子与黑公主，使敌人受煎熬的人中之虎们得到王国，欢喜不已。（5）得到王国后，精力非凡、坚持正义的坚战王，即和兄弟们一道，以正法治理邦国。（6）战胜敌人的般度之子们有非凡的智慧，又酷爱正理和正法，他们在自己的王国里过得很快乐。（7）这几位人中雄牛坐上了华贵的帝王宝座，处理着国家的一切事务。（8）

一天，高贵的般度五子同坐一堂，那罗陀仙人信步来到了他们那里。一见仙人到来，坚战王连忙起身，把自己精美的宝座恭让给仙人。（9）① 仙人坐下后，睿智的坚战王亲自按照礼节，向仙人献上礼宾诸物，然后，才慢慢对他谈起国家大事。（10）

仙人接受了坚战王的敬意，心中感到高兴，对他祝福一番，并吩咐他坐下。（11）

坚战王遵照仙人的吩咐坐了下来，然后，派人去向黑公主禀报仙人的莅临。（12）听到这消息，木柱王之女连忙沐浴净身，准备停当，来到那罗陀与般度五子一同就座之处。（13）奉行正法的木柱王之女，以手轻触仙人的双足，向他行了礼，整好衣襟，双手合十，恭立一旁。（14）

以正法为本、口出真言的杰出仙人那罗陀，给了公主种种祝福，然后才对这完美无瑕的人说道："你可离去了！"（15）

黑公主离去后，可敬的仙人才对以坚战为首的般度五子说道：（16）

"美名远扬的般遮罗国公主，一人做了你们大家的合法妻子。为了使你们不致为她不和，你们应该定出一个规约。（17）

"从前有闻名三界的孙陀和优波孙陀两个阿修罗，他们是两兄弟，常常在一起，谁也不能将他们杀死。（18）他们共有一个王国，共有一个家，睡同床，餐同席。但后来为了狄罗德玛，竟互相残杀致死。（19）所以，坚战呀！你们要保持兄弟间亲密无间的情谊，不要弄得兄弟不和才好。"（20）

---

① 第9颂增一行。

坚战王说：

大仙啊！孙陀和优波孙陀是谁之子？他们如何闹翻的？又是怎样互相残杀致死？（21）那使他们由于爱，疯狂地互相残杀起来的狄罗德玛是谁之女？是仙女呢，还是天神之女？（22）以苦行为财富的婆罗门啊！请你把这一切都详细讲讲吧！我们都十分好奇地想听个究竟。（23）

以上是吉祥的《摩诃婆罗多》中《初篇》第二百章(200)。

二〇一

那罗陀说：

普利塔之子坚战！你和兄弟们一道，听我把这古老的故事详详细细地讲来吧！（1）从前，在著名的阿修罗金座的家族里，生下一个强壮有力、神采非凡的提迓，名叫尼恭跋。（2）尼恭跋有两个异常英勇强悍的儿子，吃饭也在一起，要去什么地方，非同行不可。（3）他们行事要让对方欢喜，说话也要使对方心里高兴。他们的性情和行为都一模一样，好似一个人分身成双。（4）

这英勇非凡，事事持同样态度的两个阿修罗长大了，一同下决心要把三界征服。（5）于是，他们行了祭献之礼，一同上了文底耶山，修起严格的苦行，一直修了很长一段时间。（6）

他们忍受着饥饿与疲劳，只靠餐风维持生命。头上披着粘结的乱发，身披树皮，遍体泥污。（7）他们用脚趾尖站立，把双臂高高举起，眼睛一眨也不眨，长期严格约束自己，坚守誓言，不断把自己身上的肉投入祭火。（8）他们长期的苦行竟有了惊人的结果，文底耶山也被他们的苦行之火烤得冒起烟来了！（9）

看到他们那种严峻的苦行，天神们惊恐万分，曾想法加以阻挠，希望使他们的苦行中止。（10）他们用了很多珍宝与美女，去一再诱惑他们；但这两个阿修罗坚守誓愿，一点也没有因为受到诱惑而放弃苦行。（11）

于是，天神们又在这两兄弟面前施行幻术，让他们的母亲、姐妹、妻子和其他亲人,(12)披头散发,首饰坠落,身上一丝不挂,被手执长矛的罗刹打翻在地。(13)她们吓得朝这兄弟俩奔来,齐声喊道:"救命啊!救命啊!"但坚守誓言的两个阿修罗仍没有停止他们的苦行。(14)见他们俩没有一点焦急和痛苦不安,那些妇女和罗刹也就消失得无影无踪了。(15)

这时,一切众界的老祖宗(大梵天)现了身,走到那两个大阿修罗跟前,告诉他们可向他请求赏赐恩典。(16)

一见天神老祖,孙陀和优波孙陀这一对英勇坚定的兄弟,立刻双手合十,恭身站立,(17)齐声对老祖宗大梵天说道:"神啊!主啊!如果我们的苦行使您高兴,(18)那么,请您赏恩,让我们俩会行幻术,会使用法宝,具有强大的力量,能随意变换形象,并且长生不死!"(19)

老祖宗说:

你们要求的一切,除长生不死外,都可以让你们得到满足。死是定了的,你们另选一个和长生不死相当的要求吧!(20)考虑到你们俩修这艰巨苦行的目的,不能让你们长生不死。(21)你们修苦行是为了征服三界。提迭王啊!为了你们有这目的,我不能满足你们的长生不死的愿望。(22)

孙陀和优波孙陀说:

老祖宗啊!那就希望我们在三界中不用怕被任何能动或不能动的生物伤害致死,除非我们俩彼此加害。(23)

老祖宗说:

好吧!照你们的要求和愿望赐予你们恩典,你们的死也将如你们所说的实现。(24)

那罗陀说:

老祖宗大梵天赐了孙陀和优波孙陀恩典,让他们结束了苦行,自己返回了梵界。(25)

两个提迭王得到了所求的一切恩典,在三界中再不怕会被谁杀死,于是,也返回自己的宫中。(26)见这两个大阿修罗得到了恩典,满足了心愿,他们的一切亲友都为他们高兴万分。(27)他俩去掉了散乱的长发,戴上了王冠和贵重的首饰,穿上了一尘不染的衣裳。(28)

能使一切愿望得到满足的月光节还未到来,这两个欣喜至极的提迭王和他们的亲友就欢庆起节日来了。(29)家家响起这样的喧嚷声：
"吃吧！喝吧！享受吧！唱吧！寻欢作乐吧！布施吧！"(30)

提迭们到处狂欢痛饮,并高声击掌称庆,闹得满城一片欢腾。(31)这些能随意变相的妖魔,用了很多方法寻欢作乐。对他们说来,一年年的时间,如一日一样,飞快逝去。(32)

以上是吉祥的《摩诃婆罗多》中《初篇》第二百零一章(201)。

二〇二

那罗陀说：

过完节,一心想征服三界的两个阿修罗一起商量,要下令出兵。(1)他们得到了自己的亲友、年长的提迭和大臣们的赞同,一天夜里,在摩迦星座高照下,出发了。(2)他们俩带着提迭大军,向前进发。那些提迭们遵守共同的法,身带大杵和大刀,手执标枪和铁锤。(3)

歌手们吟唱颂歌,祈求胜利。他俩在赞歌声中前进,欢喜无比。(4)

这两个傲气十足、热衷于战争的提迭,能随心所欲,去任何地方。他们走上天空,直向天神们居住的地方走去。(5)知道他们到来,又知道大梵天给了他们恩典,天神们赶紧离开天堂,向大梵天的梵天界奔去。(6)

这两个勇猛无比的提迭征服了因陀罗统治的天界,又征服了药叉、罗刹和在天空飞行的一切生物。(7)这两个强大的阿修罗还征服了地下的蛇族,并打败了住在海上的一切弥戾车族。(8)然后,这两个残酷的统治者就想着手征服整个大地。他们把士兵召集起来,对他们这样严酷地命令道：(9)

"王仙们举行盛大的祭祀,众婆罗门向祭火投入祭品,他们以此增加天神们的锐气、力量和幸福。(10)我们大家应同心协力,把那些举行祭祀、投放祭品、与阿修罗为敌的人,统统杀死！"(11)

在大海的东岸向士兵们下了这样的命令后,他们俩就怀着恶毒的念头,向四面八方走去。(12)只要看见婆罗门在举行祭祀,或为人举行祭祀,这两个强大的阿修罗就用暴力把他们统统杀死。(13)他们的士兵肆无忌惮,跑到那些灵魂净化了的修道人的道院里,把祭品夺来抛入水中。(14)

以苦行为财富的圣洁的修道人愤怒至极,开口诅咒他们。但因为有大梵天赐的恩典,诅咒一点也不能伤害这两个狂妄的阿修罗。(15)见自己的诅咒如箭射到石头上一般,毫无作用,再生者们就放弃义务,逃命去了。(16)大地上所有以苦行为本、能控制感官、性喜安宁的修道人,都因畏惧这两个阿修罗而奔逃他方,犹如蛇见了大鹏鸟,吓得四处逃窜。(17)道院被弄得一片狼藉,水罐全被打翻或打破,往祭火里浇酥油用的木勺全被抛在地上。世界变得空荡荡的,好像死亡已把一切吞噬!(18)

王仙们和修道人们都逃得无影无踪,为了把他们找来杀死,两个大阿修罗变出了种种形状。(19)有时他们变成两头发狂的大象,把躲入城堡的修道人都打发去见了阎摩。(20)有时他们变成两头狮子,有时变成两只老虎,有时又隐身不见。就这样,这两个残酷的阿修罗用了种种办法,一见修道人就将他们杀死。(21)

于是,国王们和众婆罗门都从大地上消失不见了,没有人举行祭祀,也没有人学习经典,举行祭祀的盛况和欢乐全没有了。(22)大地吓得哀号呼叫,做买卖的停业了,没有人再敬神,没有人再做功德,没有人再办婚事。(23)农耕停顿,乳牛也无人保护。城镇和森林道院被毁得荡然无存,只见白骨成堆,骷髅遍野,景象十分可怖。(24)再不见有人祭祖,再听不到祭祀时的呼唱,再不见喜庆活动。世界被一片恐怖笼罩,简直不堪目睹。(25)看到孙陀和优波孙陀的所作所为,太阳、月亮、星星和天上居住的星宿都悲痛不已。(26)

这两个提迭用残酷的手段征服了各方,成了所向无敌的妖魔,于是,就在俱卢之野居住下来。(27)

以上是吉祥的《摩诃婆罗多》中《初篇》第二百零二章(202)。

二〇三

那罗陀说：

看到孙陀和优波孙陀那样残杀无辜，所有的神仙、悉陀和至上仙，都非常悲痛。(1) 出于对世人的怜悯，这些能压制怒气、克制自己并控制感官的仙人们，一同去到大梵天的宫中。(2) 他们看见大梵天中众位天神坐在一起，看见悉陀们和梵仙们簇拥在大梵天的身旁。(3) 神中之神大天，火神，风神，月亮，太阳，法王阎摩，至上之神和水星等都在座。(4) 山林仙，拇指矮仙，饮光仙，林居仙，不生仙，不惑仙和怀精仙等各种修道仙人，也都在一旁侍奉老祖大梵天。(5)

所有的大仙一同上前，对大梵天陈述孙陀和优波孙陀的所作所为。(6) 他们把这两个阿修罗做的事，从头至尾，一桩桩一件件地对大梵天讲了。(7) 天神们和至上仙们，也敦请大梵天快制服这两个妖孽。(8)

大梵天听完所有的仙人和天神的话，沉思了片刻，考虑如何办才好。(9) 考虑之后，为了杀死这两个阿修罗，大梵天召唤工巧大神。见了工巧大神，威力无穷的大梵天对他命令道："去造一个大家都想追求的绝色美女来！"(10)[①]

工巧大神向大梵天行了礼，高兴地接受了命令，煞费苦心，造出了一个绝色妙龄女郎。(11) 在三界能动和不能动的万物中，凡有美妙悦目之处，工巧大神都取了来，放到她身上。(12) 他又把亿万宝石安在她身上，用宝石造出了她那天女般的姿容。(13) 工巧大神竭尽全力造出的这绝色佳丽，在三界中没有一个妇女可与她相比。(14) 她身上无处不是美妙绝伦，谁的目光落在她身上任何一个地方，就会被那处的美深深吸住。(15) 那像吉祥天女一样容貌艳丽、体态婀娜的少女，把一切生灵的眼和心都吸引住了。(16) 工巧大神把宝石一个个精心选择了，将她一点点精心制造，使她身上每一小点地方都美

---

① 第10颂增一行。

妙无比，所以大梵天给她取名狄罗德玛①。(17)

老祖宗说：

去吧，狄罗德玛！到孙陀和优波孙陀那里去吧！去用你的美色将他们迷惑，引诱！(18) 你要使他们俩一见你的绝色容颜就都想得到你，并为你反目相斗。(19)

那罗陀说：

狄罗德玛应了声"遵命！"领了大梵天的旨，向大梵天行了礼，并对在场的诸神及众仙也逐一右旋致敬。(20)

那时，大梵天面东而坐，湿婆大神朝南，其他诸神朝北，仙人们朝各方的都有。(21) 当狄罗德玛绕大家右旋致敬时，因陀罗和斯塔奴（湿婆）大神都竭力端坐在自己的座位上。(22)

因为非常想看她，当她转到湿婆大神的右边时，他的右边就长出一个脸，那脸上的眼睛紧紧盯住她。(23) 当她转到他的后面时，他的后面又生出一个脸；当她转到他的左面时，他的左面也长出一个脸！(24)

因陀罗也很喜欢看她，当他绕他右转致敬时，他的前后左右，周身长出了上千只又大又红的眼睛。(25) 就这样，从古时起，斯塔奴（湿婆）大神有了四个脸，诛杀勃罗的因陀罗有了千只眼。(26)

狄罗德玛绕其他诸神和众仙右转致敬时，她一转到哪里，他们的脸也跟着转向哪里。(27) 那时，除了老祖大梵天以外，在场的所有天神和仙人的目光都集中在她身上。(28) 当她向大家行礼完毕，马上要离去的时候，所有的天神和至上仙们都认为，他们的目的一定会达到了。(29)

狄罗德玛离去以后，创造众界的老祖大梵天即令所有的天神和仙人散去。(30)

以上是吉祥的《摩诃婆罗多》中《初篇》第二百零三章(203)。

---

① 意即每一点都完美无比。

二〇四

那罗陀说：

孙陀和优波孙陀这两个提迭达到了目的。他们已征服了大地，使三界沉寂；他们所向无敌，再没有忧愁烦恼。（1）他们把天神、健达缚、药叉、蛇族、国王和罗刹们的一切珍宝都据为己有，感到心满意足了。（2）

当他们看到世上再没有谁能抵挡他们，能制服他们的时候，他们就不再努力，而像长生不死的天神一般，悠闲自在地寻欢作乐。（3）他们有众多美女，有无数鲜花和香料，有极美的食品，有种种美酒和饮料，享受着极大的快乐。（4）他们像天神一般，想往何处就到何处去游乐，有时在深宫，有时去森林，有时在花园，有时去高山或园林。（5）

有一天，他们到文底耶山的顶峰去玩。那峰顶有平坦的岩石，有枝头开满鲜花的树丛。（6）他们俩带去了一切心爱的美好之物，和美女们坐在精致的宝座上，十分开心。（7）为了博取他们的欢心，很多美女在他们身边吹弹奏乐，翩翩起舞，高唱赞歌。（8）

这时，狄罗德玛来到那里的林中采花。她身上只穿着一件红色的衣裳，好似没有穿衣，看来格外富有魅力。（9）她去采长在溪边的夹竹桃花，边采边走，慢慢走到了那两个大阿修罗所在的地方。（10）

他俩已经喝了很多酒，醉得两眼通红；一见了这绝色女子，双双都被爱神的箭射中。（11）他们爱得如醉似狂，立刻离开座位，走到她站立的地方，向她求起爱来。（12）孙陀用手拉住了双眉秀丽的狄罗德玛的右手，优波孙陀也一下把她的左手抓住。（13）他俩因有大梵天所赐恩典，因生来勇猛有力，因有大量财宝，已经十分狂妄，又喝醉了酒。（14）在这种情况下，再加上爱欲使他们发了狂，两兄弟竟横眉怒目，互不相让地争吵起来。（15）

孙陀说："她是我的妻子，也就是你的嫂子，所以，你快放开她！"优波孙陀说："她是我的妻子，是你的弟媳，该你放开她！"（16）

他们两个都说,"她是我的,不是你的!"越说越动肝火。为了争夺美丽的狄罗德玛,双双举起了可怕的大杵。(17)他们都为她发了狂,都想得到她,都使出可怕的战杵,口里高声嚷叫道:"我先拉住她的手!我先拉住她的手!"① 一边嚷,一边拼斗起来。(18)

他俩都被杵击中,受了重伤,身上流着鲜血,倒在地上,好似两个太阳从天坠落。(19)见他们倒地而亡,男女提达们又悲伤,又害怕,都战战兢兢地向地底逃去了。(20)

接着,灵魂高洁的老祖大梵天带领天神和大仙们,来到那里,对狄罗德玛出色完成使命夸奖一番。(21)大梵天要赐给狄罗德玛恩典,她选择让大梵天高兴。大梵天高兴地对她说道:(22)"光艳的女郎啊!太阳能走到的各界,你都能走到;你光辉的神采将使谁也不能对你正视!"(23)

这样赐了恩典后,所有各界的老祖又将统治三界的大权交与因陀罗。然后,神主就回梵天界去了。(24)

孙陀和优波孙陀形影不离,事事一条心,但为了狄罗德玛,竟反目成仇,互相残杀致死。(25)出于爱,我要对你们几位婆罗多族最杰出的人说:如果你们愿使我心中欢喜,你们就应想出一个办法,使你们不会因木柱王之女闹得不和。祝你们幸福快乐!(26)②

护民子说:

国王啊!听那罗陀大仙这样说了以后,高贵的般度五子互相商议一阵,然后,当着精力无穷的神仙之面,做了这样一个规定:(27)

"我们兄弟中,若有一人和木柱王之女单独在一起,其他兄弟就要回避;如谁不回避,上前见了,他就须去林中过十二年梵居生活。"(28)

遵循正法的般度五子做出这样的规定后,那罗陀大仙非常高兴,于是,别了他们,到他想去的地方去了。(29)

婆罗多的后裔啊!般度五子事先照那罗陀的话做了这样的规定,所以,他们没有纷争,没有闹得不和。(30)

以上是吉祥的《摩诃婆罗多》中《初篇》第二百零四章(204)。

---

① 行婚礼时,新郎新娘须拉起手来,因此拉手即结婚之意。
② 第26、27颂各增一行。

二〇五

护民子说：

般度五子有了协定，安居下来，以他们强大的武力征服了其他的国王。(1)

黑公主同这五位具有无穷威力的人中雄狮在一起，对他们十分温柔顺从。(2) 她的五位英勇的丈夫和她在一起，夫妻恩爱，欢情不尽，好似大象沐浴在婆罗私婆蒂河。(3)

高尚的般度五子依照正法行事，俱卢族的人都不为非作歹，大家过着繁荣幸福的美满生活。(4)

人主啊！这样过了很长的一段时间。有一天，一些盗贼忽然抢去了一个婆罗门的奶牛。(5) 财富被抢去后，那婆罗门气得晕了过去。随后，他跑到甘味林里的天帝城，叫着般度五子，大声哭喊道：(6)

"般度的儿子们啊！那些凶狠恶毒、没有教养的小人用强力抢走了我的奶牛，你们快去捉他们吧！(7) 天哪！这就像婆罗门未留意，乌鸦就啄去了他的祭品！就好似老虎不在洞里，下贱的豺狼就跑去把虎穴践踏！(8) 般度之子啊！盗贼抢去了婆罗门视为财富的牛，正法遭到了破坏，我在痛哭流涕，你们快拿起武器去捉强盗吧！"(9)

般度之子胜财（阿周那）在离哭救的婆罗门很近的地方，婆罗门的话，这位贡蒂之子都听见了。(10) 巨臂的阿周那忙安慰婆罗门道："别怕！别怕！"但这时正法王坚战正单独同黑公主在高贵的般度五子陈放兵器的屋里。(11)[①] 因为有约在先，虽然婆罗门的那些话鞭策着他，使他一再想去拿兵器，但他仍不能走进那间屋，只在婆罗门的哀叫声中苦思。(12)

思索了一会儿，阿周那下了决心，觉得应当去救这位被盗去了财产的修苦行的婆罗门，为他擦干眼泪。(13)

"如果我今天不保护这哭上门来求救的婆罗门，国王就要蒙受不

---

① 第11、12、17颂各增一行。

法的极大罪过。（14）大家要说我们没有尽到保护的职责，我们将在世上落个不守正法的罪名。（15）如果未得坚战王的同意，我就进了那屋，无敌王（坚战）和我之间肯定会有不愉快。（16）而且，一进去了，我就得受罚去林居。要么是犯违背正法的大罪，要么是我去死在森林。让躯体遭到毁灭吧！相比之下，坚守正法更为重要！"（17）

万民之主啊！这样决定以后，贡蒂之子胜财（阿周那）走进那间屋，征得了国王的同意，（18）取了弓，很高兴地出来对那位婆罗门说道："婆罗门！快走吧！（19）趁那些卑鄙的小人还没有走远，我们一同追去吧！今天，我要从那些强盗的手里，把你的财产夺来，归还给你！"（20）

巨臂的普利塔之子披上甲，拿起弓，登上车，扬着旗，追上前去，用箭射倒了强盗，夺回了婆罗门的财产。（21）把牛夺来归还了婆罗门，受到了赞扬后，能用左手射箭、威镇敌人的般度之子就回到了城里。（22）

他向一切长者致了敬，受了他们的祝贺，然后对正法王说道："请让我履行誓言吧！（23）我看到了你（单独和黑公主在一起），违犯了我们的公约，我要去林居。这是我们共同规定的。"（24）

突然听到这样令人伤心的话，哥哥正法王坚战的心情变得沉重了。他难过地对永立不败之地的弟弟阿周那说道："为什么？（25）[①]无辜者啊！如果信任我，尊重我，你就听我说吧！英雄啊！你闯了进来，那对我虽然是不愉快的，但我完全可以原谅你，因为我心里一点也没有介意。（26）弟弟闯进了兄长的屋，那算不得罪过，兄长闯进了弟弟的屋，那才是违背礼法的。（27）所以，巨臂的英雄啊！听我的话，留下别走吧！因为你并没有触犯法，我也没有受到侮辱。"（28）

阿周那说：

我听你说过，对正法，不能阳奉阴违。我不能不坚守真理，因为有了真理，我就有了武器。（29）

护民子说：

得到坚战王的同意后，阿周那即出发到森林，去过为期十二年的

[①] 第25、26颂各增一行。

梵居生活。(30)

以上是吉祥的《摩诃婆罗多》中《初篇》第二百零五章(205)。

二○六

护民子说：

为俱卢族取得荣誉的巨臂英雄出发去林居时，很多精通吠陀的高尚的婆罗门都跟在后面送他。(1) 吠陀和吠陀支的专家们，潜心探讨灵魂、敬奉天神的虔诚的婆罗门，以及说唱往世书的歌人，(2) 国王啊！还有一些普通说书人，一些林居的沙门和用悦耳的声音讲述天神故事的再生者们，(3) 所有这些，以及其他很多擅长辞令的人，都随着般度之子向前走去，好似摩录多们簇拥婆薮之主因陀罗前行。(4)

婆罗多的后裔啊！一路上，婆罗多族的雄牛看见了很多美丽可爱的丛林、湖泊、河流、海洋和国家。(5) 还看到了很多圣地。后来他到了名叫恒河之门的圣地，就在那里住了下来。(6) 镇群王啊！请听我讲讲，那位纯洁、高尚、在般度五子中最英勇善战的人，到那里后，做出了什么惊人的事吧！(7)

贡蒂之子和众婆罗门在恒河之门住下后，燃起很多祭火，往火里浇酥油，投祭品。(8) 酥油一浇，祭火好似苏醒了一般，熊熊燃烧起来。他们还在恒河岸边的祭火之旁摆了鲜花。(9) 国王啊！那些能控制感官、遵循正道、学识渊博的高尚的婆罗门，又用恒河水沐浴净身。他们的到来，使恒河源增添了无限光辉。(10)

一天，般度与贡蒂之子在这婆罗门聚居的地方，走下恒河去沐浴。(11) 国王啊！他沐浴完毕，向祖先祭了水，正想走出水，去向祭火礼拜。(12) 这时，蛇王之女为爱情驱使，又将这位巨臂英雄拖入水里。(13) 般度之子在蛇王憍罗吠耶的庄严肃穆的宫中，见到燃着一堆祭火。(14) 贡蒂之子胜财（阿周那），心中毫无畏惧，上前向祭火投了祭品。火神饱餐之后，对他非常满意。(15)

对祭火礼拜完毕，贡蒂之子兴高采烈地问蛇女道：(16)

"腼腆而厉害的美人啊！你怎么如此大胆？这是什么福地宝国？

你是谁？是谁之女？"（17）

优楼比说：

在爱罗婆多族里，生下一个叫憍罗吠耶的蛇王。普利塔之子啊！我就是这蛇王之女，名叫优楼比。（18）贡蒂之子啊！当你下河沐浴的时候，一见你，我就如痴如醉地爱上了你。（19）俱卢族的后裔啊！为了你，我受着无身躯的爱神折磨，你今天就私自把你自己给了我，让我这尚未婚配的少女得到快乐吧！（20）

阿周那说：

美丽的蛇女啊！我是身不由己的人，我奉了坚战王之命，要独自过十二年梵居生活。（21）水中活动者啊！我也愿将爱情给你，但我从未说过一句谎言。（22）蛇女啊！如何能使我梵居的诺言不成诳语？如何能使我爱你而不会违背正法？（23）

优楼比说：

般度之子啊！你为何漂泊于大地，你的兄长为何让你过梵居生活，这些我全都知道。（24）你们相约，有一人和木柱王之女在一起时，再有谁犯糊涂，闯了进去，他就得去森林过十二年梵居生活。（25）①你们彼此间这梵居的规定只是为了木柱王之女，你按规定出来就是遵法了。在这里爱了我，并不会使你违背正法。（26）大眼的人啊！保护受苦受难者是应尽的责任，我因爱你而受着折磨，对我加以保护绝不会使你背离正法。（27）阿周那！即使正法受到一点损害，你把我的生命给了我，你的正法也就保全了。（28）普利塔之子啊，享受我真诚的爱吧！这样做符合善人们的意愿。主人啊！如果你不爱我，那就看着我死吧！（29）巨臂英雄啊！赠我生命，执行最高的法吧！人中佼佼啊！我现在就靠你保护了！（30）贡蒂之子啊！你常常保护孤苦无助的人们，我痛苦无依，在悲伤哭泣，在求你保护呀！（31）我请求你，我希望得到你，快爱我吧！把你自己给了我，让我的欲望得到满足吧！（32）

护民子说：

听了蛇王之女的话，贡蒂之子认为她说的也合乎正法，于是，就

---

① 第 25 颂增一行。

满足了她的一切愿望。(33) 英勇威武的阿周那在憍罗吠耶的宫中住了一夜,第二天,太阳一升起,他就离去了。(34)

以上是吉祥的《摩诃婆罗多》中《初篇》第二百零六章(206)。

二〇七

护民子说：

手持金刚杵的因陀罗之子,婆罗多的后裔阿周那,把头一天的事全部告诉了众婆罗门,然后,就向喜马拉雅山附近走去。(1) 他到了投山仙人的榕树和极裕仙人山,在婆利古峰净了身。(2) 在这些圣地里,俱卢族最卓越的人赠送了数以千计的牛和房屋给婆罗门。(3) 随后,这位杰出的人又到了叫金点山的圣地,在那里沐浴净身,观赏了那美好的山和山上的一些圣地。(4) 婆罗多的后裔啊！观看完毕,俱卢族的雄牛、人中的佼佼者和众婆罗门一道下山,继续往前走,想去东方。(5) 一路之上,这位俱卢族最杰出的人朝拜了一个又一个圣地,在飘忽林附近,看到了迷人的莲花河。(6) 婆罗多的后裔啊！他还到了难陀河,阿波罗难陀河和极负盛名的憍尸吉河,伽雅河,大河①与恒河。(7) 他这样朝拜了所有的圣地,观看了所有的森林道院,使自己变得圣洁了,又布施婆罗门很多财物。(8) 他还到过安伽、万伽和羯陵伽等国,朝拜了它们的所有圣地,并依礼仪赠送了财物。(9)②

婆罗多的后裔啊！一到羯陵伽国的国门,那些跟随贡蒂之子出来的婆罗门便辞别了他,转回去了。(10) 和众婆罗门告别后,英勇的贡蒂之子胜财（阿周那）,只带了少数人,继续向大海的方向走去。(11)

他越过了羯陵伽人的国土,一路上又看到很多美丽的圣地。(12) 他看到了摩亨陀罗山和使此山增辉的苦行者们,然后,慢慢沿着海岸,到了曼奴罗国。(13)

---

① 又译马哈纳迪河。
② 第9、14、16颂各增一行。

到了曼奴罗国后,国王啊,巨臂的阿周那又去了那里的很多圣地和圣洁的地方,然后就去会见深明正法的曼奴罗国王花乘。(14)

那位国王有一花容月貌的女儿,名叫花钏。花钏公主在城中随意走游时,凑巧为阿周那所见。(15)一见丰臀绝色的花乘王之女,阿周那顿生爱慕之心,立刻去见花乘王,对他说明自己的来意。花乘王好言宽慰他道:(16)

"在我们家族里,曾有一个名波罗旁迦罗的国王。这位卓越的国王没有儿子,为求子息,他开始修苦行。(17)他以自己严厉的苦行和虔诚的礼拜取得了优摩之夫,大神商迦罗的欢心。(18)大神赐了他恩典,让他的家族每一代都有一个孩子。因此,我们这一族每一代都是单传。(19)我的前辈祖先,每一代都生下一子,惟独到我这一代,生下这个女儿,必须靠她传宗接代。(20)所以,最杰出的人啊,我是把我这女儿当儿子看待的。婆罗多族的雄牛啊!按照仪规,我这女儿之子将来要做我这一族的传宗人。(21)我这女儿之子就算我从她的夫家收的财礼,他将繁衍我的家族。般度之子啊!如果同意这条件,你就娶我的女儿吧!"(22)

贡蒂之子说了声"同意",于是,和花钏公主结了婚。婚后,他在那个城里住了三年。(23)

以上是吉祥的《摩诃婆罗多》中《初篇》第二百零七章(207)。

二〇八

护民子说:

尔后,婆罗多族的雄牛前往南方海边的圣地。那些圣地因苦行者们而光辉圣洁。(1)

从前,那一带苦行者最多的圣地有五个。后来,因苦行者们纷纷离去,那五个圣地都冷落下来了。(2)那五个圣地就是投山仙人圣地,苏婆陀罗圣地,宝罗摩圣地,给人快乐和马祭之果的迦烂陀摩圣

地，以及能使罪恶消除的婆罗堕遮大圣地。(3)①

般度之子见那些圣地荒无人迹，通晓正法的修道仙人已弃它们而去。(4) 于是，俱卢族的后裔双手合十，问苦行者们道："为什么精通吠陀的众婆罗门要离开那些圣地呢？"(5)

苦行者们说：

俱卢族的后裔啊！那五个圣地的水域里住着五条鳄鱼，它们专伤害以苦行为财富的婆罗门，所以他们离开了那些圣地。(6)

护民子说：

听了苦行者们的话，虽然受到他们的劝阻，但卓越的巨臂英雄还是要去看一看那些圣地。(7)

他首先到了大仙苏婆陀罗的美好圣地。一到那里，威镇群敌的英雄就去水中沐浴。(8) 这时，水中的一条大鳄鱼一下就把英勇如虎的贡蒂之子胜财（阿周那）紧紧抓住。(9) 但贡蒂的最英勇的巨臂儿子毫无畏惧，使劲把这迅猛游行于水的鳄鱼捉住，拖到了岸上。(10)

国王啊！被英名远扬的阿周那一拖出水，那鳄鱼立刻变成了一个盛装严饰的妇人，雍容华贵，具有天仙般迷人的姿色。(11)②

一见这惊人的大奇迹，贡蒂之子胜财（阿周那）高兴地问那妇人道：(12)

"有福者啊！你是谁？为何变成了水中的游鱼？为何要犯这样大的罪过？"(13)

妇人说：

巨臂英雄啊！我是常在天神们的林中漫游的仙女，名叫婆利伽，一向受财神宠爱。(14)

我有四个女友，她们都美丽善良，能随心所欲地走到任何地方。有一次，我同她们一道去世护俱比罗的住处。(15) 我们在路上见到一个坚守誓愿、相貌不凡的婆罗门，独自在一僻静处钻研经典。(16) 王子啊！他的苦行之光照遍了整个森林，他犹如太阳照耀在那里，使那一带地方都光辉明亮了。(17)

看到他那样的苦行和他那惊人的堂堂相貌，我们从天上下降到那

---

① 第3颂增一行。
② 第11、20颂各增一行。

地方，想去阻挠他的苦行。（18）婆罗多的后裔啊！我和我的那四个女友——苏罗佩伊、沙弥吉、菩菩达、罗达一道，向那婆罗门走去。（19）

英雄啊！我们一边唱，一边笑，竭力想引诱他。但那位有巨大苦行威力的婆罗门丝毫不为我们动心，仍坚定不移，毫无杂念地修他的苦行。（20）刹帝利中的雄牛啊！后来那位婆罗门发怒了，诅咒我们变成鳄鱼，并要在水中生活一百年。（21）

以上是吉祥的《摩诃婆罗多》中《初篇》第二百零八章(208)。

二〇九

婆利伽说：

婆罗多族最优秀的人啊！一听那样的诅咒，我们都很忧伤悲痛，于是求那位以苦行为财富的、坚定不移的再生者保护：（1）

"再生者啊！我们因自己年轻、貌美、会弄情而骄傲，一时有了很不恰当的行为，请您宽恕我们吧！（2）以苦行为财富的婆罗门啊！我们来到此地，想引诱您这样坚守誓愿的修行人，我们真是死有余辜。（3）但通晓正法的人认为，妇女被创造出来是不应被杀害的。所以，深通正法的婆罗门啊，请您遵循正法，不要伤害我们！（4）知法者啊！学者们说，婆罗门是一切有生命者之友。行善造福的人啊，请您让智者们的这话成为真言吧！（5）善良可敬的人对求他们保护者都加以保护，我们求您庇护，请您饶恕了我们吧！"（6）

护民子说：

听了仙女们这番话，英雄啊，那位崇尚正法、奉行善业、灿若日月的婆罗门，心里高兴了起来。（7）

婆罗门说：

百、千、万可指无限数，但我说的百是一个有限数，就指一百，并不是一个无穷数。（8）你们变成鳄鱼，到水里去捉人吧！有一天，一位杰出的人会把你们从水里拖到岸上。（9）那时你们又会恢复原形，重新变成仙女。我开玩笑的话也不会成为虚言，我说的话一定会实现。(10) 等你们恢复原形后，你们呆过的那些圣地都将以妇女圣地之名著称于世，它们又将是睿智博学的修道人聚集的圣洁的地方。(11)

婆利伽说：

我们绕那位婆罗门右转致敬，辞别了他。然后，离开那里，心中闷闷不乐地想：(12)"我们在哪里才能很快遇到那位会使我们恢复本来面目的人呢？"(13)

婆罗多的后裔啊！我们正这样想着，不一会儿，有大福的神仙那罗陀出现在我们眼前。(14)见到这位具有无穷威力与光辉的神仙，我们都高兴了起来。普利塔之子啊！我们向他行了礼，又愁容满面地站着。(15)

他问我们因何悲伤发愁，我们将一切告诉了他。他听后说道：(16)

"在南方海边的半岛上，有五个景色秀丽、受人膜拜的圣地。你们不要迟延，快到那五个圣地去吧！(17)般度之子胜财（阿周那）很快会到那里，那位高尚纯洁的人中之虎一定会把你们从这痛苦中解救出来。"(18)

英雄啊！听了他的话，我们大家就来到了这五个圣地。纯洁无瑕的人啊，今天我真被您解救了！(19)我那四个女友，和我原先一样，还在水里呢！英雄啊！求您行行好，把她们也都解救了吧！(20)

护民子说：

国王啊！般度五子中最英勇卓越的阿周那很高兴，立刻把她们都从诅咒中解救出来了。(21)国王啊！一出水，那些仙女们都恢复了本来面目，看起来和原先一模一样。(22)

把那五个圣地整顿好了以后，阿周那令仙女们回去，他自己则转回曼奴罗国，去看妻子花钏公主。(23)

国王啊！花钏公主为阿周那生下一个儿子，那就是后来的褐乘王。看到儿子生下后，般度之子就到戈迦尔纳去了。(24)

以上是吉祥的《摩诃婆罗多》中《初篇》第二百零九章(209)。

二一〇

护民子说：

无比英勇威武的阿周那到了西部边陲，踏遍了那里的每一个圣地。(1) 西部海中的那些圣地全去过以后，最后，他来到一个名为波罗婆沙的圣地。(2)

诛灭摩图的黑天听说，常立不败之地的毗跋蕤（阿周那）周游各圣地，现在已到了波罗婆沙。(3) 于是，摩豆族后裔（黑天）出其不意地去找贡蒂之子，黑天与般度之子就在波罗婆沙见了面。(4) 这两位亲密的好友，一个是那罗仙人转世，一个是那罗延仙人再生。他们互相拥抱，问好，然后一同在树林里坐下。(5)

婆薮提婆之子（黑天）问起阿周那这一向的行踪，说道："般度之子啊！你为何在那些圣地周游。"(6)

于是，阿周那把出来林居的原委全部告诉了他。苾湿尼族后裔（黑天）听完后说道："你这样做是完全正确的。"(7)

黑天和般度之子在波罗婆沙尽情地游乐了一段时间，然后，到了奈婆陀迦山，想在那里住一些日子。(8)

奉了黑天之命，人们事先已去山上布置一番，并准备好了膳食。(9) 般度之子阿周那接受了人们奉上的一切，尽情享用后，又同婆薮提婆之子（黑天）一起观看杂耍和舞蹈。(10) 观看完毕，光彩万分的般度之子赏赐了众人，令他们散去，然后，到装饰华丽的榻上卧下。(11)

婆罗多的后裔啊！阿周那躺在床上，对沙特婆多族后裔（黑天）讲起了他所见到的那些圣地，讲起了他所见到的高山、河流和丛林。(12) 镇群王啊！讲着，讲着，贡蒂之子就在那天堂般舒适的床上入了梦乡。(13)

纯洁无瑕的国王啊！第二天，阿周那被甜美的歌声、琴声和喜庆的赞颂声唤醒了。(14) 他做完晨起的应行例事，接受苾湿尼族后裔黑天的祝福，登上金车，向多门城走去。(15)

镇群王啊！为了对贡蒂之子表示尊敬，整个多门城盛装打扮起来，花园和房屋都装饰一新。（16）为了看一看贡蒂之子，成千上万的多门城居民涌上了王道。（17）博遮族、苾湿尼族和安陀迦族的成千上万妇女也蜂拥上前，想一瞻他的风采。（18）博遮族、苾湿尼族和安陀迦族的一切人都向他致敬。他向一切应受礼的人行了礼，受到大家的祝福，非常高兴。（19）接受了所有年轻公子的热忱欢迎与敬礼后，他又和自己同龄的人们一再拥抱。（20）然后，才和黑天一道，去黑天那满屋珍宝与享乐之物的富丽堂皇的宫中，在那里住了多夜。（21）

以上是吉祥的《摩诃婆罗多》中《初篇》第二百一十章（210）。

《阿周那林居篇》终。

劫妙贤篇

二一一

护民子说：

国王啊！过了一些日子，苾湿尼族人和安陀迦族人在奈婆陀迦山举行一个盛大的节日。（1）节日中，博遮族、苾湿尼族和安陀迦族的英雄们在山上布施了成千的婆罗门。（2）

国王啊！那山上处处有宝石镶嵌的宫殿，处处安着树状灯座的华灯，真是一片灿烂辉煌。（3）乐师们奏乐，舞伎们翩翩起舞，歌人们纵声歌唱。（4）苾湿尼族的威武英俊的公子们，盛装打扮，乘着描金绘彩的车辆，出来四处游乐。（5）城中地位高低不等的居民们，也成百上千地带着妻子和同伴，出来行乐；有的乘车，有的徒步。（6）

婆罗多的后裔啊！持犁罗摩也醉醺醺地带着妻子勒婆蒂出来游乐，很多健达缚跟随在他的身后。（7）苾湿尼族人的威风凛凛的猛军王也带着上千的嫔妃宫女出来了，健达缚们一路跟着他，高声唱着颂歌。（8）作战英勇无敌的艳光公主之子始光和商波也喝了酒，双双出来游乐。他们都戴着美丽的花环，穿着华丽的衣服，如同两位天神。（9）

463

其他还有阿格奴罗，沙罗纳，伽陀，婆奴，维杜罗陀，维沙陀，美赠，普利图；(10) 维普利图，萨谛迦，萨谛奇，彭伽迦罗，萨诃遮罗和成铠等，不一一细说。(11) 他们也带着自己的妻子，由很多健达缚簇拥，去到山上，给那盛大的节日增辉不少。(12)

在那盛大节日的喜庆中，在那狂欢的喧嚣声中，婆薮提婆之子和普利塔之子也一起来到那里。(13) 他们俩在各处游走，看见了婆薮提婆之女妙贤公主。她天生妙相，服饰华丽，有众多女伴簇拥。(14) 一见了她，阿周那顿生爱慕之心，黑天也看出普利塔之子的心已为之倾倒。(15)

婆罗多的后裔啊！眼如莲花的黑天笑着说道："怎么？难道林居者的心也为爱情所动了？(16) 普利塔之子啊！她是我的妹妹，和沙罗纳是一母所生。如果你对她有意，我可亲自去禀告我的父亲。"(17)

阿周那说：

啊！她是婆薮提婆之女，是你黑天之妹！她有如此容貌，谁能不为她倾心呢？(18) 如果能让苾湿尼族的女儿，你的妹妹做我的妃子，那无疑是给了我一切幸福。(19) 遮那陀那啊！你说说，有什么法子能得到你这位妹妹？为了得到她，凡是人可做到的一切，我都要去做。(20)

婆薮提婆之子说：

人中的雄牛啊！自己选婿本是刹帝利的结婚方式，但是人的性情难以捉摸，所以，普利塔之子啊，这种方式也靠不住。(21) 英勇的刹帝利们也常用抢婚的办法，深通正法的人对这办法也很赞赏。(22) 阿周那，你就用抢婚的办法，硬把我那绝色的妹妹抢去吧！因为，到选婿时，谁知她会属意于谁呢！(23)

护民子说：

国王啊！阿周那和黑天决定要抢婚后，派出快使，(24) 让他们去天帝城禀报正法王坚战，看他意下如何。巨臂的般度之子听完禀报，同意了抢婚。(25)

以上是吉祥的《摩诃婆罗多》中《初篇》第二百一十一章(211)。

二一二

护民子说：

镇群王啊！胜财（阿周那）征得了兄长的同意，又得知公主到了奈婆陀迦山。(1) 这位婆罗多族的雄牛，得到了婆薮提婆之子（黑天）的同意，决定就在此时抢婚，并照黑天的主意，立刻动身上路。(2)

他坐上由名叫塞尼耶和妙项的两匹马拉的金车，车上一切装饰应有尽有，还挂着一串串小铃。(3) 车上放着诸般武器；车轮滚动，声如雷鸣；车身金光闪闪，犹如燃烧的火焰，使敌人丧胆生悲。(4) 婆罗多族的雄牛啊！阿周那身穿铠甲，腰佩宝剑，手着护指套，一身行猎的装束，突然到了山上。(5)

妙贤公主向众山之王奈婆陀迦山及一切天神行了礼，又布施过众婆罗门，得到了他们的祝福。(6) 她向右绕山一周，礼拜完毕，正向多门城走去。这时，贡蒂之子突然向她奔来，把她抢上了自己的车。(7)

把一笑千娇百媚的妙贤公主抢到手后，人中之虎阿周那立刻驾起如凌空飞驰的车，向自己的京城驶去。(8)

一见妙贤公主被掳，士兵们一片喧哗，大家惊呼号叫，向多门城奔去。(9) 进了城，他们直奔妙法大会堂，向处理日常事务的大臣报告，说普利塔之子强行掳去了妙贤公主。(10) 大臣听了报告，立刻击起以黄金镶饰的战鼓，鼓声激越，声声催人备战。(11)

听到鼓声，博遮族、苾湿尼族和安陀迦族的人都大吃一惊，立刻丢下手中饮食，激动不安地跑到大会堂。(12) 大会堂设有许多黄金的宝座，上面镶有宝石珊瑚，铺着华贵的坐垫，好似燃烧着的火一般光辉夺目。(13) 苾湿尼族和安陀迦族的英勇善战的人中之虎们，坐上了那成百的宝座，犹如食祭品的火神端坐祭坛。(14) 如诸神聚会一般，等他们都坐好了以后，处理大会日常事务的大臣向大家报告了吉湿奴（阿周那）的所作所为。(15)

苾湿尼的高傲的英雄们听完后，醉眼通红，立刻从座位上站起身来，简直无法容忍普利塔之子的这种行为。（16）有的叫快套战车，有的叫快拿飞镖，有的叫快拿宝弓，有的叫快拿铠甲。（17）有的对御者大声呐喊，催快套好战车，有的自己跑去牵出佩挂金饰的战马。（18）

车套好了，铠甲和弓也拿来了，那些英勇善战的人们大声喊叫着，人如潮涌，一片喧腾鼎沸。（19）

这时，大力罗摩戴着野花做成的花环，穿着青如盖拉娑山一般的衣服，喝得醉醺醺地说道：（20）

"愚昧无知的人们啊！遮那陀那一语未发，你们为何就要蠢动？还不知他的意见如何，你们这样大喊大叫，毫无意义。（21）让睿智的黑天先说说他的意见，看他觉得怎样办好，你们再毫不懈怠地去照办吧！"（22）

大家觉得可以采纳以犁为武器的大力罗摩的意见，连声说："好吧！好吧！"然后闭上嘴，不再嚷嚷。（23）他们听从了睿智的大力罗摩的意见，平静下来，又重新回到大会堂坐下。（24）

这时，大力罗摩问威镇群敌的婆薮提婆之子道："遮那陀那啊！你看到这一切情况，为什么默默不语地坐着？（25）因为你的缘故，我们大家对普利塔之子都很尊重，但这玷污自己家族的蠢人，简直不配受大家那样敬重。（26）哪有自认出自名门的人，会在吃完饭就把盛饭的碗盏打破？（27）如果希望结亲，又念旧好，谁能做出这样胆大妄为的事情？（28）他不尊重我们，也不把你美发者放在眼里，今天居然掳去妙贤，简直是自己寻死！（29）乔宾陀啊！他这是当头踢我一脚，我绝不能忍受，就如同蛇受不了谁踩它一脚。（30）我今天要把俱卢族的人统统从大地上消灭，因为我对阿周那的这种越轨行为绝对不能宽恕！"（31）

博遮族、苾湿尼族和安陀迦族所有在场的人，都以雷鸣和击鼓般的呼声，表示了对大力罗摩的赞同。（32）

以上是吉祥的《摩诃婆罗多》中《初篇》第二百一十二章(212)。《劫妙贤篇》终。

取妆奁篇

二一三

护民子说：

苾湿尼族的人都一再说着不满的话时，婆薮提婆之子道出了这样一番合乎正法与利益的话：（1）

"毫无疑问，浓发（阿周那）非但没有侮辱我们的家族，恰恰相反，倒是增加了我们家族的尊严。（2）普利塔之子知道，沙特婆多人不是贪财之辈，又觉得等公主自己选婿也靠不住。（3）在这世上，有谁愿意将女儿当牲畜一般赠送，或像货物一般卖出？（4）照我看，般度与贡蒂之子是看到了这些弊病，所以才依据正法，强行抢去了公主。（5）妙贤公主美名远扬，普利塔之子为众人称颂，这门亲事再合适也没有了。考虑到这一点，普利塔之子才掳去了妙贤。（6）

"阿周那出生在婆罗多世系的福身王家族，又是贡提婆阇王的外孙，谁不希望和他联姻？（7）可敬的英雄们啊！包括因陀罗和楼陀罗在内的各界中，我还没有看到谁有力量战胜普利塔之子。（8）他有那样的战车，车上驾着我的那些骏马；他英勇善战，用起兵器神速难挡，有谁能和他对垒相拼？（9）所以我想，最好还是赶快跑去好言安慰他一番，让他欢欢喜喜地回到这里才是。（10）如果他用武力打败了你们，回到自己的天帝城，你们就名誉扫地了。所以，只有好言相劝，你们才能立于不败之地。"（11）

人主啊！听了婆薮提婆之子这番话。大家依言照办，阿周那也就回到了多门城，并和妙贤公主完了婚。（12）

完婚后，贡蒂之子在多门城度过了整整一年。以后他又到了补湿迦罗圣地，在那里度过了剩下的时间。等十二年林居期满，他就回到了甘味林。（13）①

---

① 第13、15、18、20颂各增一行。

回去后，普利塔之子照例先去拜见坚战王和众婆罗门，然后去见木柱王之女。（14）

木柱王之女娇嗔地对俱卢的后裔说道："贡蒂之子啊！你到沙特婆多族的公主那里去吧！旧情虽坚，一方另有所系，旧情就如松散的结了！"（15）

见黑公主这样哭哭啼啼，说了很多抱怨的话，胜财（阿周那）就一再安慰她，求她宽恕。（16）然后，他很快去妙贤公主那里，让她脱去红绸衣服，换成一身牧女打扮，这才让她去到后宫。（17）

英雄阿周那之妻妙贤公主贤淑有德，长着一对褐色大眼，窈窕多姿，容光照人，穿上牧女服装，显得更加妩媚。到了华丽无比的后宫，她首先俯身向普利塔行了礼。（18）然后，这面如满月的美人很快走到木柱王之女那里，对她说道："王后！我是来候您差遣的！"（19）

黑公主立刻站起身来，拥抱了摩豆族后裔（黑天）的妹妹，并高兴地对她说道："愿你的丈夫天下无敌！"妙贤公主也很高兴地回答道："但愿如您的祝福！"（20）

镇群王啊！这以后，英勇善战的般度五子欢喜无比，贡蒂的心情也很舒畅。（21）

眼如莲花的美发者（黑天）听说，般度之子中最杰出的阿周那，已回到了自己无比美好的天帝城。（22）于是，这位纯洁无瑕的美发者，和大力罗摩一道，带着苾湿尼族和安陀迦族的大臣和勇士们，出发到天帝城去。（23）使敌人受折磨的梭利（婆薮提婆）也来了。一路上他有兄弟们、王子们和成百的战将及浩浩荡荡的大军簇拥保护。（24）声名显赫的阿格奴罗也来了。他是苾湿尼族英雄们的主帅，乐善好施，常常压倒敌人。（25）无比英明的阿那提湿提，像祭主的门徒一般具有非凡智慧的优陀婆，（26）萨谛迦，萨谛奇，成铠，始光，商波，尼沙陀，商俱，（27）遮奴提湿纳，英勇无畏的耆利，维普利图，巨臂的沙罗纳和最有学识的伽陀也来了。（28）他们和苾湿尼族、博遮族及安陀迦族的其他很多人到达了甘味林地区，并带来了很多财物。（29）

听到黑天莅临的消息，坚战王立刻派自己的孪生兄弟前去迎

接。(30)苾湿尼族的浩浩荡荡的豪华队伍,在无种和偕天的欢迎下,进入了旗帜飘扬的甘味城。(31)

城里处处点缀着鲜花;街道打扫得十分清洁,并洒了檀香水,便满城显得凉爽宜人,并飘逸着高雅的幽香。(32)很多地方焚着沉香木,在那些香烟缭绕的地方,可见到很多服装整洁的行人和做生意的人。(33)巨臂的美发者(黑天)和大力罗摩一道,在苾湿尼族、安陀迦族和博遮族众人的簇拥下,进入了甘味城,(34)并在成千上万的婆罗门和城中居民的礼拜下,进了那能与因陀罗的宫殿媲美的王宫。(35)

坚战王按礼上前和大力罗摩相见,吻了美发者(黑天)的头,并用双臂将他拥抱。(36)黑天十分谦恭地对心情怡悦的坚战王行了礼,并依礼向人中之虎怖军致敬问好。(37)然后,正法王坚战又依礼与苾湿尼族和安陀迦族的杰出英雄们一一相见。(38)他对一些人施以长辈之礼,对一些人以同辈之礼相待,对一些人十分亲切地上前交谈;很多人恭敬地向他行了礼。(39)

尔后,极有声威的婆薮提婆之子(黑天)拿出很多财物,作为妙贤公主带到夫家的妆奁。(40)他给了一千辆金车和一万头母牛。每辆车套着四匹骏马,并配有很好的御者,车上挂着一串串的响铃。(41)①母牛都产自马图拉,出奶多,毛色光洁。出于高兴,遮那陀那(黑天)还给了一千匹色泽如月光般的母马,马身佩挂着黄金饰物。(42)又给了一千头黑鬃白毛、跑起来疾快如风的驯顺的母骡。(43)眼如莲花的黑天还给了一千个肤色白皙,服饰整齐,专侍候人沐浴及听候差唤的年轻女奴。(44)这些衣着讲究的女奴,每人戴着一百个金币穿成的项链。她们健康无疾,巧于侍奉。(45)此外,陀沙诃族的遮那陀那(黑天)还给了十个人重的、光辉似火的黄金,有的已加工,有的尚未加工。(46)

有一千头颞颥开裂,流着三道醉涎的大象。它们高如山峰,在战争中绝不会逃跑退却。(47)它们戴着响铃和金环,勇敢而招人喜爱,每头象上都坐着赶象的人。(48)这一千头象是持犁罗摩送与普利塔

---

① 第41、42颂各增一行。

之子的结婚礼物,用以表示他对这门亲事十分满意。(49)

这些财物珠宝汇成了长流,衣服毡毯好似浪花,大象好似水中的大鱼,旗帜好似水上的浮萍。(50)这巨大的长河向大海一般的般度五子的宫中流去,等灌满了大海时,那大海就要把仇敌们淹没在忧伤中了。(51)

正法王坚战接受了这一切财礼,对苾湿尼族和安陀迦族的英勇善战的武士们殷勤款待,十分敬重。(52)

尔后,俱卢族、苾湿尼族和安陀迦族的人们聚在一起,到各处游乐,犹如善人们在天堂游乐一般。(53)他们按照自己的爱好,尽情吃喝玩乐,尽情鼓掌喧哗。(54)这样玩了多日,备受俱卢族人盛情款待后,苾湿尼族和安陀迦族的英雄们返回多门城。(55)他们带着俱卢族的杰出英雄们赠送的上等珠宝,让大力罗摩在前,浩浩荡荡向多门城行去。(56)

婆罗多的后裔啊!心胸宽阔的婆薮提婆之子独自留下来,陪普利塔之子在美丽的天帝城又住了些时候,后来又同普利塔之子一同去阎牟那河岸边游玩。(57)[①]

尔后,美发者的亲爱的妹妹妙贤公主生下一个儿子,好似因陀罗之妻宝罗弥生下了阇延多。(58)妙贤公主所生之子叫激昂,他是人中雄牛,长臂,牛眼,力大无比,能消灭一切敌人。(59)阿周那的这位能粉碎敌人的杰出儿子无所畏惧,爱大声怒号,所以大家叫他激昂。(60)沙特婆多族的公主为胜财(阿周那)生下这无比英勇善战的儿子,好似祭祀时拨动引火的莎弥树枝,生出了火来一样。(61)

王子激昂一出世,贡蒂之子、巨臂的坚战王赠送了众婆罗门一万头母牛和一万个金币。(62)如同月亮为众人喜爱一般,激昂从小受到父辈们,舅舅婆薮提婆之子,以及黎民百姓的热爱。(63)他一生下,黑天就为他做了庆祝小儿出世等诸般典礼。好似白半月的月亮,他一天天地长大起来了。(64)

镇服敌人的激昂,跟通晓吠陀的阿周那学了弓经中的十种箭术和

———
[①] 第57颂增一行。

四种箭法,把天上人间的一切箭术箭法都学到了手。(65)勇武有力的阿周那又教会了他使用种种武器和法宝,教会了他种种战略战术。(66)胜财(阿周那)把妙贤公主所生之子训练得和自己一样。看到他已熟悉兵法经书,并能应用,心里非常满意。(67)他见儿子有刚毅不屈的性格,有一切吉祥的体征,肩如雄牛,嘴阔如蛇。(68)他这儿子是极出色的射手,高傲如雄狮,勇猛如醉象,吼声如雷似鼓,面如满月。(69)他的英勇、威武和相貌都可与黑天媲美。毗跋蕹(阿周那)看到儿子,犹如因陀罗看到他。(70)

具有福相的般遮罗国公主也为五位丈夫生下了五个英勇的儿子,个个如高山般雄伟。(71)和坚战生的儿子叫向山,和狼腹(怖军)生的儿子叫子月,和阿周那生的叫闻业,和无种生的叫百军,(72)和偕天生的叫闻军。般遮罗国公主生下这五个英勇善战的儿子,犹如众神之母阿底提生下了众神。(73)

众婆罗门根据经书,称坚战王的儿子为向山,说道:"让他成为善于打击敌人的向山吧!"(74)怖军的儿子英勇善射,光辉如同日月,是在压榨了上千次苏摩酒后才生下的,所以叫子月。(75)阿周那的儿子是在阿周那有了很多著名的业绩,从林居归来后生下的,故名闻业。(76)无种为了纪念为俱卢族增添荣誉的王仙百军,给自己那为家族增光的儿子取名百军。(77)偕天的儿子是黑公主在婆诃尼神的星座高升时生下的,所以取名闻军。(78)

王中之王啊!木柱王之女的这五个著名的儿子,每个相差一岁。他们彼此关心爱护。(79)婆罗多族的贤王啊!国师烟氏仙人按规定为他们一个个举行了诞生礼、剃发礼和拜师礼。(80)尔后,这些决心端正品行的小王子们学习了吠陀,又跟阿周那学习了使用天上人间的一切武器。(81)王中之虎啊!般度五子有了这样一些胸宽力大,俨如脱自神胎的儿子,心中异常快慰。(82)

以上是吉祥的《摩诃婆罗多》中《初篇》第二百一十三章(213)。《取妆奁篇》终。

焚烧甘味林篇

二一四

护民子说：

国王啊！遵照持国王和福身王之子毗湿摩的命令住到天帝城期间，般度五子把其他一些国王都征服了。（1）在正法王的庇护下，所有的百姓过着幸福的日子，好似灵魂附在那些好行善事、有吉相者自己的体内，感到十分舒适一般。（2）

婆罗多族的雄牛对法利欲三者都同样对待，如同把它们看做自己的三个亲兄弟。（3）法利欲好像被平等地分开，具了形体，来到大地上。国王自己好似第四者——解脱。（4）

这位人主精通吠陀，热心举行祭祀，并且是种姓的极好的维护者。（5）由于他的统治，处处呈现出一片繁荣幸福，心思都用在探求人生的最后目的上，正法成了亲人一般。（6）

如同有了四大吠陀，盛大的祭祀得以举行一样，有了四个兄弟，坚战王更加显赫了。（7）好似众神簇拥着生主，以烟氏仙人为首的那些如同祭主一般的大婆罗门，常随在他的周围。（8）在黎民百姓的眼里和心中，他如同空中晶莹无瑕的满月，一见了他，他们心中就充满了欢悦之情。（9）老百姓爱他，不仅因为出于天命，他做了他们的国王，也因他做了些值得他们爱戴的事，他们真情实意地爱他。（10）富有智慧、巧于辞令的普利塔之子从不说不恰当、不真实的话，从不出谎言和令人不悦之语。（11）婆罗多族的这位英明威武的国王，一心致力于增进自己和世间一切人的利益，幸福快乐地度着光阴。（12）

般度五子就这样以自己的威力镇服了其他众多的国王，过着无忧无虑、无比幸福美满的生活。（13）

过了一些日子，毗跋蹉（阿周那）对黑天说道："黑天呀！现在已是夏季来临，我们去阎牟那河玩玩吧！（14）我们带一些朋友，去那里游玩一阵，傍晚即回，我想你一定愿意去吧？"（15）

婆薮提婆之子说：

贡蒂之子啊！我也正有此意，想和好友们一道，去水中尽兴游一游，乐一乐。啊，走吧，普利塔之子！（16）

护民子说：

婆罗多的后裔啊！普利塔之子和乔宾陀（黑天）商量好了以后，得到了正法王的同意，带上一些朋友出发了。（17）到了阎牟那河游乐区，但见楼台亭阁高低参差，种种树木郁郁葱葱，整个游乐区像因陀罗的天宫一般。（18）那里已备下供苾湿尼族后裔和普利塔之子享用的种种珍馐和美味的饮料，也备下了形形色色的花环。（19）到了那处处有各种美好珍宝的地方，婆罗多的后裔啊，他们大家就尽情地寻欢作乐起来。（20）

有的妇女到树林里去游玩；有的妇女去戏水；有的就在行宫内，照黑天和普利塔之子的喜好，作乐寻欢。（21）玩到高兴至极的时候，木柱王之女和妙贤公主便拿出很多贵重的衣物首饰，赏赐给宫女们。（22）

有的宫女高兴得跳起舞来，有的大声欢叫，有的尽情欢笑，有的畅饮美酒。（23）有的互相打闹，哭了起来；有的却聚在一起，窃窃私语，交换着一些秘密。（24）

园林里响彻了悦耳的笛声、琴声和鼓乐声，显出一派歌舞升平的繁荣景象。（25）就在这一片欢乐声中，俱卢族和陀沙河族的后裔来到了一个美丽的地方。（26）到了那里，两位征服敌人城堡的高贵英雄，黑天与阿周那，便在巨大的宝座上坐下来。（27）然后，普利塔之子和摩豆族后裔谈论起过去的英雄业绩，提起其他一些有趣的事，两人都很开心。（28）

正当婆薮提婆之子（黑天）和胜财（阿周那）坐在那里，犹如双马童神坐在天堂，心中十分欢畅的时候，一个婆罗门来到了他们跟前。（29）这位婆罗门好似一棵高大的娑罗树。他四肢匀称，肤色橘黄，胡子也是红黄色，浑身闪着熔化了的黄金般的光泽。（30）他身穿黑色的衣服，头梳发辫，面如莲花，身上那种燃烧的火似的黄光，使他如早上的太阳一般光辉灿烂。（31）看到这位光彩夺目的卓越的婆罗门走了过来，阿周那和婆薮提婆之子连忙离开座位，站起身来相

迎。(32)

以上是吉祥的《摩诃婆罗多》中《初篇》第二百一十四章(214)。

二一五

护民子说：

那位婆罗门对站在甘味林附近的、举世闻名的两位英雄阿周那和沙特婆多族的婆薮提婆之子说道：(1)

"我是一个食量很大的婆罗门，经常要吃无限多的食物。苾湿尼族后裔和普利塔之子啊！我现在向你们乞求，希望你们让我饱餐一顿！"(2)

听他这样说，黑天和般度之子就对他说道："请问你要吃什么样的饭才满意？你说了，我们一定尽力照办。"(3)

这样对那位婆罗门说了后，两位英雄开始商量为他准备怎样的饭食。(4)

而那位婆罗门却说道："我是不吃粮食的。你们就把我当做火吧，火以什么为食，你们就给我吃什么。(5) 因陀罗经常保护着这座甘味林，因有他的保护，我不能将这树林烧掉。(6) 这树林里住着蛇王多刹迦和他的亲友。多刹迦是因陀罗的朋友，所以手持金刚杵的因陀罗将这树林加以保护。(7) 除蛇王及其亲属外，这树林里还住着别的很多有生之物，他们也都受到了保护。我想烧林，因有天帝释的威力，不能将它烧掉。(8) 他一见我焚烧，立刻兴云降雨，将火浇灭，所以我无论如何想烧，也不能把这林子烧起来。(9) 你二位精通兵法，善用武器，有你们之助，我就能把这甘味林烧掉，求你们让我以这甘味林为食吧！(10) 林子烧起来，因陀罗会降大雨，各种生物会四处奔逃，你们二位武艺高强，能将大雨和一切奔逃的生物阻挡。"(11)

听了这番话，毗跋蔌（阿周那）对违反百祭之神因陀罗的意愿、想烧掉甘味林的火神说道：(12)

"我有很多天赐的上等武器法宝，用这些武器法宝，我敌得过很多手持雷杵的因陀罗。(13) 但是，尊者啊！一打起仗来，我没有一张和我的臂力相配的弓,能让我使劲拉它,用它很快把箭射出。(14)我射箭很快,因此需要取之不尽的箭。我的战车也载不动我所需要的那么多箭。(15)因此,又需要一辆光辉如太阳,响声如云中雷鸣般的战车,还要一些疾行如风的白色宝马拉这战车。(16)和黑天的勇武相配的武器也没有,他也需要合用的武器才能消灭群蛇和毕舍遮。(17)所以,尊者啊!请您说说,有什么法子能使我们为您把事办成?能使我们阻止因陀罗在这大森林里把雨降落?(18)火神啊!只要人能办到的,我们俩都能努力去办到,但您得把我们需要的器具给我们。"(19)

以上是吉祥的《摩诃婆罗多》中《初篇》第二百一十五章(215)。

二一六

护民子说:

听了阿周那的话,以烟为旗帜、以祭品为食的火神便想见一见阿底提之子、住在水中的水神世护伐楼拿,心中默念起他。(1)① 知道火神念着自己,水神立刻出现在火神面前。火神向第四位世护及保护者水神伐楼拿施了礼,然后对他说道:(2)

"请你快把苏摩王给你的神弓、箭壶和有猴旗的战车给我吧!(3)普利塔之子有了那张甘狄拨神弓,婆薮提婆之子黑天有了飞轮,他们就会为我办成大事,所以,请你把它们给我吧!"水神回答说:"好吧,我给你!"(4)

于是,水神把那神奇而威力极大的弓中之宝和两个箭壶给了火神。那弓能增添荣誉;能毁掉一切武器,而不为任何武器所伤。它比一切兵器都大,能将敌军摧毁。(5)它能当千百张弓使用,能使国家扩大。它有各色彩绘,美观而又不会损坏。(6)它经常受天神们、檀那婆们和健达缚们的礼拜。那箭壶里,箭取之不尽,用之不竭。水神把宝弓和箭壶都给了。(7)

---

① 第1、2、4、5颂各增一行。

他也给了以神猴哈奴曼为旗帜、套着神马的战车。那些马产自健达缚之乡，白得如银如云，脖子上挂着金环，行速如心中的思想和风一般。（8）① 车上有种种兵器和应用之物，镶有世间一切宝石，华丽非凡。它响声如雷，谁上了它，天神和檀那婆们都敌他不过。（9）这车是生主之一的工巧大神费了大力制出。它像太阳一般光辉夺目，使人不能逼视。（10）它如山如云一般高大，熠熠生辉，斑斓多彩。苏摩乘上它，曾打败过檀那婆们。（11）在这无比优越的车上，立着一根美妙的旗杆，像因陀罗的雷杵一般金光闪闪。（12）杆顶高踞着如雄狮猛虎般的神猴，似乎正要大声呼啸。（13）除以神猴为标志的旗帜外，车上还插有以其他各种生物为标志的旗。一听这些生物的号叫，敌人的军卒就会吓得动弹不得。（14）

阿周那绕着那被种种旗帜衬托得绚丽多彩的战车右转一周，对它表示了敬意，又向诸神行过了礼。（15）然后，披上铠甲，佩上宝剑，戴上护指的皮手套，登上了那辆战车，正如有品德的人登车一样。（16）

把过去大梵天创造的神弓甘狄拨拿在手，阿周那欢喜非凡。（17）他向火神行了礼，使出力气，在弓上安好弦。（18）力大勇猛的般度之子上弦时，弓弦的铮铮响声回荡四方，听见那巨大声响的人，惊得心都颤抖起来了。（19）有了战车、神弓和两个取之不尽的大箭壶，贡蒂之子就能很好地帮助火神了，因此他心里很愉快。（20）

火神给了黑天一个以金刚石为心的飞轮。有了这件火神法宝，黑天也能很好地帮助火神了。（21）

火神对黑天说道："诛灭摩图者啊！用这飞轮，在战争中你连人以外的一切都能打败。（22）用了它，你在作战中肯定能胜过人类，胜过天神，胜过罗刹，胜过毕舍遮，胜过提迭和蛇族，你将永远是根除仇敌的优胜者。（23）② 作战时，你把它一次又一次地朝敌方投去，它在杀了你的仇敌后，又会自动回到你的手里。"（24）

水神伐楼拿给了诃利（黑天）一个名叫月光的大杵。这杵是消灭提迭们的好武器，能发出雷鸣般惊人的声音。（25）

---

① 第 8 颂增一行。
② 第 23 颂增一行。

有了这些兵器和法宝，有了战车和旗帜，黑天和般度之子高兴地对火神说道：(26)

"尊者啊！现在我们已打得过所有的天神和阿修罗了，惟独看如何去胜过要为保护蛇族而战的、手持金刚杵的因陀罗。"(27)

阿周那说：

一打起来，英勇的黑天只要投出飞轮和法宝，三界中便没有谁不会被他打败。(28) 有了这甘狄拨神弓和取之不尽的箭壶，我能战胜一切世界。(29) 所以，您今天就把这大森林围住，然后如愿地把它烧起来吧！我俩已准备好了，一定助您成功。(30)

护民子说：

听了陀沙诃族后裔和阿周那的话，火神立刻现出极其光辉的形象，开始焚烧树林。(31) 有七条火焰的火神把甘味林团团围住，愤怒地将它燃烧，犹如世界的末日已经来临。(32) 婆罗多族的雄牛啊！火神紧紧围住甘味林，随后又钻入林中，发出雷电般的轰鸣，燃烧着林中的一切生物。(33) 啊，婆罗多的后裔！那燃烧起来的甘味林金光闪闪，看起来活像充满黄金的山中之王弥卢山。(34)

以上是吉祥的《摩诃婆罗多》中《初篇》第二百一十六章(216)。

二一七

护民子说：

两位人中之虎，各登战车，守在林子的两端，对朝各方逃跑的生物大肆屠杀。(1) 居住在甘味林的生物向什么地方逃跑，两位英雄就追到什么地方。(2) 他们各自乘着车，飞快地在森林四周奔跑，因为跑得太快，两驾车好似连在一起，一点缝隙也没有。(3)

甘味林继续在燃烧，成千上万的生物向十方逃窜，发出恐怖的号叫。(4) 很多被烧残了肢体；很多全身被烧焦；很多被烧瞎了眼；很多吓得东奔西逃；很多被烧得失去知觉，跌到地上。(5) 有的抱着孩子，有的抱着父母，因亲情难割，不能抛下他们而去，便大家抱着丧失了生命。(6) 有的已被烧得奇形怪状，逃来窜去，兜了很多圈子，

最后还是掉进了火里。(7) 到处见到烧掉了翅膀、烧瞎了眼、烧断了腿的生物在地上挣扎，到处见到已丧失了生命的生灵。(8)

婆罗多的后裔啊！林中的湖水溪水也被烧得沸腾起来，只见水面上漂着成千上万的死鱼和死龟。(9)

林中那些具有形体的生物一被烧起来，它们那已失去生命的、燃烧着的尸体，犹如一团团具有形骸的火。(10)

林中的鸟儿被烧得飞了起来，普利塔之子一边笑，一边把箭朝它们射去。鸟儿们被箭穿身，纷纷落在燃烧的火里。(11) 有的鸟身上中了箭，但仍然大声啼叫着，奋起高飞；刚飞起一点，很快又落到火里。(12) 林中的飞禽走兽被箭射，被火烧，痛苦地大声哀号。那惊天动地的声音有如大海被搅时发出的咆哮。(13)

无比欢乐的火冒着巨大的火焰，直冲云霄，使住在天堂的诸神大为恐慌起来。(14) 于是，他们一同去找破坏城堡的千眼大神，天神之王因陀罗，求他庇护。(15)

天神们说：

长生不死者的主啊！所有这些人为什么被火焚烧？难道所有各界的毁灭之期已经来临？(16)

护民子说：

杀死弗栗多的、乘诃利宝马的神听了他们的话，自己也看到了大火，于是，他动身去抢救甘味林。(17) 这位手持金刚杵的天神之王，兴起种种形状的云，让它们布满了天空，接着就下起雨来。(18) 千眼大神对准甘味林里熊熊燃烧的火下起大雨，千百万粗如车轴的雨柱倾泻了下来。(19)

但火烧得那么猛，雨还在半空就被烧干，一滴也没有落在火上。(20) 诛灭那牟吉之神非常愤怒，又对着火兴云作雨，倾下了更多的水。(21) 雨水碰到火，升起一片浓烟，密密的云层里又不断发出闪电与雷鸣，这一切使这森林变得十分可怕。(22)

以上是吉祥的《摩诃婆罗多》中《初篇》第二百一十七章(217)。

二一八

护民子说:

看见因陀罗下了那么大的雨,般度之子毗跋蒅(阿周那)也使出自己那些无比优越的兵器法宝,射出雨点一般的箭,和因陀罗抗衡。(1)他用箭把整个甘味林遮蔽了,把雨挡在离树林一段距离的地方。(2)能用左手射箭的阿周那,用箭雨把林子封得那么严密,使任何有生之物都不可能从那里逃出。(3)

这时,英勇有力的蛇王多刹迦却不在甘味林。林中大火烧起来的时候,他已到俱卢之野去。(4)他的儿子马军这时在林里。英勇有力的马军用了极大的努力,想逃出森林,免受火灾。(5)但他遭到贡蒂之子的箭的折磨,逃不出去。他的母亲蛇女把他吞下,这才救了他的性命。(6)

母蛇已把他的头吞到肚里,正吞着他的尾巴,就这样,怀抱儿子,向空中逃去。(7)般度之子用一支锋利的宽镝箭,射断了这逃跑着的母蛇的头。天神之王眼看她中了箭。(8)一心想救下马军,手持雷杵的大神立刻兴风作雨,用幻象迷惑了般度之子,此时马军才得以乘机逃出。(9)

看到那可怕的幻象,看出自己受了蛇的骗,阿周那勃然大怒,把任何逃到天空者都射得断为两段三段。(10)他和婆薮提婆之子(黑天),以及火神,都愤怒地诅咒蜿蜒而行的蛇道:"你会名誉扫地,永远站不起身来!"(11)

吉湿奴(阿周那)想到受骗的事,愤怒地与千眼大神作起战来,把利箭对天射击,使它们密密布满天空。(12)看见颇勒古拿(阿周那)怒冲冲地上前挑战,天神之王也使出自己光辉锐利的法宝,把整个天空挡严。(13)

天上的风也大吼起来,把整个大海掀得怒涛滚滚,并在天上布满乌云;云层里顿时泻下倾盆大雨。(14)善于应付一切情况的阿周那,立刻念起咒语,使出他那绝妙的风器,以挫败风雨的袭击。(15)这法宝一使出，因陀罗的雷杵和云的威力就没有了，雨水也干了，雷电也消失得无声无息。（16）霎时间，乌云扫尽，晴空明丽，干燥而凉爽的清风拂来，太阳又依旧高高挂在空中。（17）

火毫无阻碍地、兴高采烈地燃烧着，变换着种种形状，发出巨大的声响，把它光辉的火焰伸满了世间。（18）

看到两位黑王子守护着被大火焚烧的树林，名叫美翼等的鸟都高傲地向天空飞去。（19）翅膀、嘴喙和脚爪都坚如金刚石的大鹏鸟，从天上飞下来，想攻打黑天和般度之子。（20）

成群的毒蛇，满脸怒火，口里喷着剧毒，从般度之子跟前一溜烟逃去。（21）阿周那愤怒地把箭朝那些逃向空中的飞鸟和毒蛇射去，它们被射落到火里，顿时形消体灭。（22）

见到这情况，修罗、健达缚、药叉、罗刹和蛇族都大声呐喊着，奔向前去，要投入这场战斗。（23）他们怒不可遏，使出了能发射铁丸、石弹和巨石等的多种兵器，想把黑天和普利塔之子杀死。（24）

毗跋蹤（阿周那）见他们叫嚣着要见高低，并射来雨点般的凶器，他也拿出很多锋利的箭，把他们射得身首异处。（25）英勇非凡、杀敌有名的黑天也投出飞轮，将提迭们和檀那婆们屠杀。（26）英勇的妖魔们，或中了箭，或为飞轮砍伤，纷纷倒下，动弹不得，好像被冲到岸边的潮水。（27）

这时，三十三天之首天帝释满腔怒火，跨上白象，直向阿周那和黑天冲去。（28）消灭阿修罗之神抓住能发雷电的法宝金刚杵，猛力朝他们打击，并对天神们说道："这两个完啦！"（29）

看见天神之王高举巨大的雷杵，天神们也纷纷拿起各自的武器和法宝。（30）阎摩王拿起催死棒，财神拿起湿比迦杵，伐楼拿拿起了套索，湿婆拿起了三叉戟。（31）双马童神拿起闪闪发光的药草，陀多拿起弓箭，阇耶拿起了一根大棍。（32）力大无比的陀湿多一怒之下举起一座大山，鸯舍拿起萨羯底剑，死神拿起斧钺。（33）阿尔耶玛拿着长矛走来，蜜多罗也拿起锋利如刀的飞轮，准备投入战斗。（34）普善、薄伽和萨毗多也愤怒地拿起弓和剑，向黑天和普利塔之子奔去。（35）力大勇猛的众位楼陀罗，众位婆薮，众位摩录多，以及自身光辉夺目的毗奢神们和沙提耶们，（36）还有其他许许多多

名称的天神群，都拿起各式各样的武器，奔向前去，要杀死两位人中佼佼黑天和普利塔之子。(37)

婆罗多的后裔啊！这场大战中出现了一些惊人的不祥之兆，好像世界的末日来临，一切生灵都要遭到毁灭了。(38)

在战争中英勇无畏，坚强不屈，万无一失的两位英雄，看因陀罗偕众神已准备杀过来，连忙备好弓箭。(39) 他们愤怒地对准杀奔而来的天神们，用金刚石一般的利箭，把他们一个个击退了。(40) 天神们一次又一次地被击败，已丧失了斗志，吓得弃战而逃，求天神之王因陀罗保护。(41)

站在天上的修道仙人们，看见天神也被摩豆族后裔黑天和阿周那打得四散溃逃，无不感到惊讶万分。(42)

看见两位英雄一次又一次地在作战中显出非凡的英勇，天帝释心里非常高兴，又一次上前和他们俩拼斗。(43) 降伏巴迦之神想再试一试阿周那的勇武，把巨石像雨点般倾下。能左手射箭的阿周那用飞快的箭，把石雨全挡了回去。(44)① 举行过一百次祭祀的天神之王见那石雨没有起作用，又下起更大的石雨。(45)

降伏巴迦的大神之子阿周那，迅速地射出很多箭，把那可怕的倾盆石雨也射得无影无踪，他的父亲见了心中着实欢喜。(46)

接着，因陀罗用双手举起曼陀罗山的一座树木丛生的山峰，把它向般度之子抛去，想把他打死。(47) 阿周那飞快地射出箭头，发出烈焰的箭，把那山峰射得碎成了数千块。(48) 山峰的碎块从天上落下，好似日月星辰的陨石纷纷坠地一般。(49) 巨大的山石落在甘味林，林中栖息的有生之物又被打死了很多。(50)

以上是吉祥的《摩诃婆罗多》中《初篇》第二百一十八章(218)。

二一九

护民子说：
山石落在甘味林，林中居住的檀那婆、罗刹以及深藏在林中的

---

① 第44颂增一行。

蛇、熊、虎、豹、狮和两颗流着醉涎的象等，都惊恐万分。（1）林中的鹿、八足兽、飞鸟和其他的有生之物，也吓得飞的飞，逃的逃。（2）看见两位黑王子举起了武器，看见林中起了大火，又听见突然响起惊天动地的声音，一个个都吓呆了。（3）这时，遮那陀那（黑天）举起他那本身发着灿烂光华的飞轮，向檀那婆和夜游的罗刹们砍去；他们被砍得碎尸百段，顿时落到火里。（4）那些罗刹被黑天用飞轮砍得粉身碎骨，他们身上厚厚的脂肪染着鲜血，看去真像黄昏时天上的一片片彩云。（5）

婆罗多的后裔啊！苾湿尼族的英雄好似死神一般，一边走，一边杀着成千上万的毕舍遮、飞鸟、长蛇和野兽。（6）杀敌英雄黑天将飞轮一次又一次地抛出，飞轮在杀死许多生灵后，一次又一次地回到他的手里。（7）婆罗多的后裔啊！黑天是一切生灵之魂，在这样杀害那一切生灵的时候，他的形象显得十分可怕。（8）

所有来参战的天神和檀那婆中，没有一个能从黑天和般度之子的手中获胜。（9）天神们见他俩力量增大，自己不能战胜他们，不能扑灭大火，不能将森林保护，于是，转身逃去。（10）百祭之神（因陀罗）见天神们转身逃去，不觉喜从心生，对黑天和般度之子夸赞起来。（11）

当天神们都回来了的时候，只听一个严肃深沉的说话声，却不见说话者的形体；那声音对因陀罗说道：（12）

"你的朋友，杰出的蛇王多刹迦，在大火开始烧甘味林时已不在林里。他去俱卢之野了。（13）天帝释呀！相信我的话吧，你也不能打败在此作战的婆薮提婆之子和阿周那。（14）他们是天上有名的两位天神那罗和那罗延。他俩英勇善战，威力不凡，这你也知道。（15）打起仗来，在所有各界中，没有谁能胜过他们，使他们受一点挫折。他俩是最古老卓越的修道仙人。（16）一切天神，阿修罗，药叉，罗刹，健达缚，紧那罗和蛇都崇拜他们。（17）因此，婆薮之主，你最好还是带领众神回去吧！这甘味林的毁灭，你就看作是天意吧！"（18）

听了这些话，天神之王认为确实道出了实情，于是，打消了心头的气恼愤恨，动身回天堂去了。（19）国王啊！看见伟大的百祭之神

动身一走，天神们也赶快跟着他，转回了天国。(20)

看见天神们已随天神之王因陀罗走了，英勇的婆薮提婆之子和阿周那立刻发出雄狮般的吼声。(21) 国王啊！天神之王一走，黑天和般度之子非常欢喜，又毫无畏惧地去继续焚烧甘味林。(22)

犹如风驱散了云层一般，阿周那把天神们击退后，又用他锋利的箭，去消灭那些居住在甘味林的生物。(23) 任何一个生物，只要被能左手射箭的英雄射中，他就绝不能逃出树林。(24)

在战争中，再强大有力的生灵也不敢正视箭无虚发的阿周那，和他交锋就更谈不到了。(25) 他有时用一百支箭去射一个有生之物，有时又用一支箭射中一百个。那些生物被射落火里，好似被死神亲自所杀。(26)

不论是在河岸，还是在高山，在低谷，还是在祖先与天神居住的所在，生灵们都不得安身，到处被烤得灼热难忍。(27) 成千上万的生物痛苦得大声哀嚎，大象、野鹿和飞鸟都在悲鸣。他们的声音使恒河和海中的游鱼都惊慌起来。(28) 没有谁敢看一看巨臂的阿周那，也没有谁敢看一看强大有力的黑天，当然更无谁敢去和他们拼斗。(29) 有些罗刹、檀那婆和蛇，从小路逃跑出去，但统统被诃利（黑天）用飞轮砍死了。(30) 锋利的飞轮砍去，砍断了他们的头颅，他们身首异处的庞大躯体顿时落在熊熊大火里。(31)

火神吃了大量的血肉和脂油，非常满意。只见他升向天空，一点烟也没有冒出。(32) 火神的眼睛发着光，舌头、巨大的口和高耸的头发也闪闪发着光。他睁大红黄的眼，尽情喝着各种生物的脂油。(33) 食祭品的火神喝脂油，如同喝着由黑天和阿周那之助得来的甘露，感到满足，感到喜悦，感到丰富。(34)

这时，诛灭摩图者（黑天）突然看见一个叫摩耶的阿修罗，从蛇王多刹迦居住之处出来，飞快地逃跑了。(35) 以风为御者的火神现出身形，披着长发，发出雷鸣般的声音，想去烧他；婆薮提婆之子立刻举起飞轮，要将他打杀。(36) 婆罗多的后裔啊！罗刹见黑天举起飞轮，见火要烧他，立刻大声喊道："阿周那呀！快跑来救我吧！"(37)

婆罗多的后裔啊！阿周那听见摩耶惊恐的叫声，好似赐予他生命一般，对他说道："不要怕！不要怕！"(38)

普利塔之子让那牟吉之子摩耶不用怕，陀沙诃的英雄（黑天）也就不去杀他，火也不去烧他。（39）在这场大火中，火神只放过马军、摩耶和四只花斑鸟，没有把他们同别的生灵一同烧掉。（40）

以上是吉祥的《摩诃婆罗多》中《初篇》第二百一十九章(219)。

二二〇

镇群王说：

婆罗门！请您快对我讲，在这场焚毁森林的大火中，火神为什么没有烧死那几只花斑鸟呢？（1）没有烧马军和檀那婆摩耶的原因您都讲了，但没有烧这几只花斑鸟的原因您还没有说呢！（2）婆罗门啊！这几只花斑鸟没有死掉真是奇迹，请您说一说，它们在这场大火中怎么会没有遭到毁灭？（3）

护民子说：

婆罗多的后裔啊！火神为何没有烧死那几只花斑鸟，这事的原委我要全部讲出，你请听吧！（4）听说有一个叫迟护的大仙，他修苦行，严格遵守誓言，在精通正法的学者中算得上出类拔萃者。（5）国王啊！他坚持走禁欲的修道人之路，努力自己研究经典，热爱正法，修炼苦行，战胜了自己的感官。（6）他达到苦行的彼岸，抛弃肉体，来到自己祖先所在之界时，他却没有得到他的苦行之果。（7）

一见没有达到自己通过苦行应达到的界，一见自己的苦行没有结果，这位迟护仙人便去问法王身旁的众位天神道：（8）

"我修苦行应得到的诸界为什么对我关闭？我有什么没有做到，以致受到这样的业报？（9）天神们啊！是什么使我的苦行一无所获？请把那原因告诉我，我好将这障碍排除。"（10）

天神们说：

婆罗门，你听我们告诉你吧！人类一生下来便无疑地有举行宗教仪式、过梵行生活和繁衍后代的三重债务。（11）举行祭祀，修苦行和生子即可把债还清。你修了苦行，举行了祭祀，但没有生子。（12）就因为没有生子，所以一切福界都对你关闭。你快生儿育女吧！有了儿子，你就可以永在福界享乐。（13）卓越的婆罗门啊！儿子"补得乐"是将父亲从名叫"补得"的地狱救出的人，所以你努力去生子吧！（14）

护民子说：

听了天神们的话，迟护仙人心里想，到哪里去找一个能为我又快又多地生下儿女者呢？（15）后来他想，飞鸟不是一下能生出很多后代来吗？于是，他变成一只花斑鸟，去找了一个叫晚年的雌花斑鸟。（16）他让这只雌花斑鸟为他生下了四个通晓吠陀的儿子，然后就把他那些尚在卵中的幼儿和他们的母亲抛在林中，又去另找了一个叫巧音的雌花斑鸟。（17）①

婆罗多的后裔啊！这位有福的仙人到巧音那里去之后，晚年因疼爱自己的孩子，变得非常胆小，常常忧虑重重。（18）国王啊！虽然仙人把他的儿子们抛在甘味林，但晚年仍没有丢开那些不应被抛弃的孩儿。她把他们从卵中孵出，小心翼翼地抚育他们，省下自己口中之食喂养他们。（19）

有一天，迟护仙人正偕情侣巧音在甘味林漫游，看见火神走来，想要烧毁甘味林。（20）知道火神的意图，又知道自己的孩子们还幼小，这位婆罗门大仙十分害怕，连忙赞颂光辉无比的火神，想讨他欢喜。（21）

迟护说：

> 火神啊！您是众神之口，
> 您是祭品运送者。
> 纯洁光明的火啊！
> 您悄悄藏在一切生灵中。（22）
>
> 据智慧的诗人们说来，
> 您是一个，又是三个，
> 有时又是八个，
> 他们想象您将祭品携带。（23）

---

① 本章第17、19、21、30颂各增一行。

食祭品的火啊！至上仙们说：
您是世界的创造者，
如果没有您，
整个世界就不会存在。(24)

众婆罗门对您礼拜，
然后带着妻儿，
去到那由他们的业，
赢得的永恒而幸福的境界。(25)

火啊！他们说，
您是空中带电的浮云，
从您喷出的烈焰，
烧着一切生灵。(26)

光辉灿烂的火呀！
您是世界的创造主，
世间的一切动静生物，
均出于您的祭仪。(27)

火神啊！您首先生出水，
整个世界就存在于您之中，
有了您，才有祭品献与神，
才有饭食献与祖宗。(28)

火神啊！您是烈焰，
您是创造者，
您是祭主，您是双马童，
您是太阳，您是月亮，您是风！(29)

护民子说：
国王啊！听了迟护仙人对自己这般赞颂，火神感到非常满意，于

是，亲切地对这位无比光辉的仙人说道："你愿求什么？说吧！我会使你的愿望满足。"（30）①

迟护仙人连忙双手合十，对火神说道："当您焚烧甘味林的时候，请您放过我的孩子们吧！"（31）

"我答应你的这个要求！"这样许诺了迟护仙人，火神立刻燃烧起来，要把甘味林毁于大火之中。（32）

以上是吉祥的《摩诃婆罗多》中《初篇》第二百二十章（220）。

二二一

护民子说：

林中大火烧起来时，那些小花斑鸟又是惊恐，又是悲伤，眼看找不到藏身之处，忧虑万分。（1）人主啊！那些小花斑鸟的母亲，那个修苦行的晚年，见自己的儿子们还很幼小，被痛苦折磨得哭着说道：（2）

"这可怕的大火烧着森林，火光照亮了整个世界。现在火势逼来，让我的痛苦不断加深。（3）我的孩儿们紧紧抱住我，他们还不懂事，翅膀和脚都没有长出，但拯救我们的祖先得靠他们，而火却不断地舔食大树，可怕地朝这边扑来了！（4）②

"我的孩子们幼小无力，不能逃走；我也不能把他们都带着逃到别的地方。（5）我绝不能把他们丢下！丢下了，我的心会像被火烧灼一般痛苦。不能全带，我又丢下谁，带走谁好呢？（6）怎么办才好呢？儿子们！你们看怎么办才好啊？我想了又想，但总想不出一个能救你们的办法。我想用我的身子遮住你们，让我们一同死去算了！（7）

"你们的父亲曾说，他的大儿晚年子会保住家族；叫沙利室利戈的儿子会生儿育女，使祖宗传下的家族得到繁衍。（8）叫柱友的儿子

---

① 第30颂增一行。
② 本章第4、7、12颂各增一行。

会修苦行；叫德罗纳的儿子将是一个精通吠陀的大学者。你们那狠心的父亲说完这些话就走了。（9）我把哪一个儿子带走才好呢？灾难落到哪一个儿子头上呢？怎么办才妥当呢？"晚年这样哀声说着，一筹莫展，惊恐万分。（10）

母亲想不出办法把他们从这场大火中救出，小花斑鸟们便对她说道：（11）

"妈妈！您快抛开对我们的爱怜，看哪里没有火，就往哪里逃去吧！我们死了，您还可再生出别的孩子；如果您死了，这家族的延续便没有了指望。（12）妈妈！是和我们一同被烧死，还是丢下我们逃命，您应好好考虑一下，看两者哪一个对家族有利。是时候了，快下决心吧！（13）您不要再沉溺在对儿子的爱中了，这样会毁掉整个家族的！我们那希望生子而升入天堂的父亲，他所做的一切不应该落空！"（14）

晚年说：

这棵树边的地下有一个老鼠洞，你们快钻进这个洞里躲起来吧！躲进了洞，就不怕火烧着你们了。（15）儿子们啊！等你们钻进了洞，我就用泥土把洞口封住。看来这是躲避吐着黑烟的熊熊大火的惟一办法了。（16）等火熄灭后，我就会来把洞口的泥土扒开。你们就照我说的这办法来躲避这场大火吧！（17）

小花斑鸟们说：

我们翅膀也没有，只是一个肉团团，老鼠一见，会把我们当美餐吃掉。想到会遭到这样的结局，我们不能钻进老鼠洞里。（18）火怎么才会不烧死我们？老鼠怎么才会不吃我们？父亲生子的目的怎么才会不落空？我们的母亲怎么才能保住性命？（19）钻进洞去，老鼠会吃掉我们；留在外面，大火会烧死我们。这两种死法比起来，还是烧死比被老鼠吃了好。（20）在洞里被老鼠吃了，我们的死会是可羞可悲的；而葬身烈火，这是有教养的人们所希望的。（21）

以上是吉祥的《摩诃婆罗多》中《初篇》第二百二十一章（221）。

二二二

晚年说：

有一只小老鼠很快地从这个洞跑出，一只老鹰立刻用爪将它抓去了。所以，你们现在钻进洞去，完全没有害怕的必要。（1）

小花斑鸟们说：

我们不知有老鹰抓去了一只老鼠，即使抓去了一只，这洞里还可能有别的老鼠，所以我们还是害怕。（2）火会不会烧到这里还是问题。不是也见过风会转向的情况么？如果钻进洞去，妈妈呀，我们将必死无疑！（3）在一个不一定死的地方，总比去那必死无疑的地方好。妈妈！您最好还是飞上天去吧，将来您好再生别的好儿子。（4）

晚年说：

我亲眼看见强大的雄鹰到了洞口，把走出洞的老鼠抓住就飞了。（5）我跟在那从洞口抓起老鼠、迅速飞去的老鹰后面，对他祝福道：（6）

"鹰王！您把我们的仇敌捉去了，您会无敌于世，并会变成金身，升到天堂居住！"（7）

然后，等那饥饿的雄鹰把老鼠吃完了，我才向他告辞，回到家中。（8）儿们呀！快放心大胆地钻进洞去吧，你们一点也不用害怕，我千真万确地看见雄鹰把老鼠抓去吃了。（9）

小花斑鸟们说：

妈妈！我们不知老鼠是否被抓去了，在不知洞里有没有老鼠之前，我们是不能钻进洞去的。（10）

晚年说：

我知道鹰抓去了老鼠，所以，你们别怕，相信我的话，照我说的办吧！（11）

小花斑鸟们说：

您不要用无益的办法来让我们解除恐惧！明知靠不住，而偏要那样去做，那是很不明智的。（12）我们从没有对您有过什么好处，您也不知道我们怎样,为什么要为救我们而受苦?您和我们是什么关系,我们和您又是什么关系呢?(13)您还年轻美貌,还能找到丈夫,所以,您快到自己的丈夫那里去吧!他会使您生下一些好儿子的。(14)我们即使落入火里,死后也可以到达善界。如果火没有烧死我们,您还可以再得到我们。(15)

护民子说:

听了这话,雌花斑鸟就把儿子留在甘味林,自己很快地飞到了火烧不到的安全地方。(16)不久,火神带着强烈的火光和熊熊烈焰,来到了迟护仙人的儿子——那些小花斑鸟们所栖息的地方。(17)小花斑鸟们看到带着光焰的烈火,晚年子说了这些话,让火神听到。(18)

以上是吉祥的《摩诃婆罗多》中《初篇》第二百二十二章(222)。

二二三

晚年子说:

在灾难没有到来以前,智者就有所警惕,灾难一来,他从不会因有灾而受苦。(1)愚昧无知的人对要到来的灾难无警觉,灾难一来,他就痛苦不安,简直不知所措。(2)

沙利室利戈说:

你沉着聪慧,现在危及我们性命的灾难来了,你想法救救我们大家吧!在集体之中,无疑地有一个是最勇敢最聪明者。(3)

柱友说:

长兄是弟弟们的保护者,所以,大哥应该设法使我避免灾祸。如果大哥也不知该怎么办才好,弟弟们就更没有办法了。(4)

德罗纳说:

有七舌的金色之火已熊熊燃烧着,舔噬着被他燃烧的一切,迅速地朝这边走来,马上要把我们毁灭了!(5)

护民子说:

他们兄弟说完以上的话后,晚年子便合起双爪,对火神赞美起

来。大地之主啊，请听他是怎样赞美的吧！（6）
晚年子说：
>火啊！你是风之魂，净化者，
>又是一切蔓草的身体。
>光辉的火啊，你由水中出，
>水又由你生！（7）

>英勇无比的火啊！
>你的火焰高高升起，
>又扑落下来，蔓延各方，
>好似普照的太阳之光！（8）

沙利室利戈说：
>以莲花为旗帜的火啊！
>我们的母亲已去逃难，
>我们尚未与父亲谋面，
>我们的羽翼尚未丰满，
>火神啊！保护我们只靠你！
>独一无二的英雄啊！
>请将我们保护！
>请对我们怜惜！（9）①

>火神呀！你有吉相，
>你有七种光焰。
>我们将你赞颂，
>愿你保护我们！（10）

>惟有你能将热产生，
>火神啊！除了您，

---

① 本章第9、11、14、16颂改变诗律。第23颂增一行。

在这广阔的大地上，
没有另一个发热者。
我们是仙人的稚子弱婴，
运送祭品的火神啊！
请你将我们保护，
请你远离我们他处行！（11）

柱友说：

火啊！惟独你是一切，
整个世界赖你生存，
你维持一切众生，
你维持一切存在。（12）

你是燃烧的火，你运祭品，
自己又是祭品中的最上等。
智慧的人们祭祀你，
你是多个，又是一个。（13）

火神啊！你创造三界，
到时候，又将它们焚毁。
你是一切存在的产生者，
又是一切存在的安息处。（14）

世主啊！你藏在众生体内，
生发增长，不息不停。
不断消化他们所食所饮，
一切生物都赖你生存。（15）

德罗纳说：

火神啊！你变作太阳，
用光芒吸去地上的水和汁液。

到了创造时节，光辉者啊！
你又将它们化作雨水降下。（16）

光明纯洁的火啊！
正是因为有了你，
才有蔓草和绿阴，
才有池塘和大海！（17）

发热发光的火啊！
这里是水神的庇护所，
请你成为我们的恩主，
今天不要毁掉我们！（18）

黄眼睛红脖子的火啊！
走黑路享祭品的火啊！
请去别处，放过我们，
如同放过大海的居处！（19）

护民子说：
听完做事不知疲劳的德罗纳的颂辞，火神打心底高兴起来，想起了答应过迟护仙人的诺言，于是，对德罗纳说道：（20）

"德罗纳！你是仙人，你说的话像吠陀一样真实。我会满足你的愿望，你不用害怕。（21）迟护仙人早就对我说过，要我烧甘味林时不要烧了他的儿子们。（22）有迟护仙人的话，又有你刚才说的这番话，已经足够了。说吧，婆罗门主人！我能为你做些什么？你的赞颂使我非常高兴，我愿你幸福！"（23）

德罗纳说：
运送祭品的光辉灿烂的火啊！这些猫儿经常使我们不得安宁，请您将他们，连同他们的亲属，都放到您的牙中去吧！（24）

护民子说：
镇群王啊！火神答应了小花斑鸟们的请求，满足了他们的愿望，

然后，发出猛烈的火焰，继续焚烧甘味林。(25)

以上是吉祥的《摩诃婆罗多》中《初篇》第二百二十三章(223)。

二二四

护民子说：

俱卢的苗裔啊！迟护仙人虽然得到发着炽热光焰的火的应允，但他仍然挂念着他的儿子们，心中焦灼难安。(1)

因为挂念儿子，忧心如焚，他便对情侣巧音说道："巧音呀！我的儿子们还不能飞，不知现在处境如何？(2) 风刮得这么紧，火一定烧得越来越猛，我的儿子们一定不能逃过这场大难了！(3) 他们那修苦行的母亲无力保护他们，眼看救不了自己的儿子，她一定痛苦万分。(4) 带着我那些不能飞、不能走的孩子们，她一定焦急不安，不住地悲啼，无可奈何地东奔西窜。(5) 唉！我的大儿晚年子现在怎么样？我的沙利室利戈怎么样？我的柱友儿和德罗纳儿又怎么样？我那修苦行的妻晚年又是如何？"(6)

婆罗多的后裔啊！迟护仙人在林中这样悲诉，他的情侣巧音听了妒火中烧，这样对他说道：(7)

"你完全用不着为你的儿子们担心，因为你说他们全是英勇而有威力的仙人，他们根本无须怕火。(8) 况且，你已当我的面求过火神保护你的儿子们，享受祭品的伟大的火神也已答应了你的请求。(9) 护世主火神从无虚言。你的那些儿子也能说会道，所以你根本不是为他们操心。(10) 你是在思念我那情敌晚年，为她焦急不安。你对我可一点也没有从前对她的那种恩爱啊！(11) 一个有能力的人也不应对自己的亲人没有爱怜，绝不能看着他们受难而漠不关心。(12) 所以，去吧！到你为她痛苦悲伤的晚年那里去吧！让我像所遇非人的妇女一样，独自去漂泊流浪吧！"(13)

迟护说：

我的行为绝不如你想的那样。我是为生子传宗才来到这个世上，现在我遇到困难。(14) 抛弃现在而寄希望于未来者是愚人，是要被世人看轻的。你愿意怎样，就按你自己的心意去做吧！（15）这燃烧的烈火不断舔食树木，使我心中十分痛苦，有一种不祥之感。（16）

护民子说：

当火越过了小花斑鸟们栖息的地方时，十分惦念儿子的雌花斑鸟晚年很快地回到了儿子们身边。（17）她见儿子们在林中安然无恙，一点也没有被火烧伤，感动得哭了起来。（18）简直不敢相信还能见到儿子们，她哭着上前，一次又一次地将他们每一个拥抱。（19）

婆罗多的后裔啊！正当晚年与儿子们重聚的时候，迟护仙人突然来到那里。但她的儿子们见了他，谁也没有向他请安行礼。（20）他一再对每一个儿子和晚年表示他的爱意，但他们都不吭一声，不说好，也不说坏。（21）

迟护说：

谁是你的大儿子？谁是老二？谁是老三？谁是最小的？（22）大火烧起来，我心急如焚，痛苦不安。来到这里，对你说话，你理也不理。我虽然丢下你走了，但我从未得到过安宁。（23）

晚年说：

大儿子和你有什么相干？二儿子和你有什么相干？老三和修苦行的老幺又和你有什么关系？（24）先前你觉得我什么都不好，抛弃了我。你现在还是去找年轻善笑的巧音吧！（25）

迟护说：

对妇女们来说，在这世上，除了找情夫以外，再没有比妻妾间争风吃醋更坏的事了。（26）有福的晚年啊！忠贞贤淑的无碍备受各界称颂，但她还曾怀疑过她的丈夫极裕仙人。（27）她一度对七大仙人之一的极裕仙人不尊重，虽然那位卓越的仙人心地纯洁，并常为自己爱妻的利益着想。（28）由于无端的怀疑，无碍失去了美貌，变得和黑红色的烟一样，忽隐忽现。（29）我是为了要孩子才找你，你也是为了要生孩子才和我在一起。愿望一满足，你也就和无碍对极裕仙人一般对待起我来。（30）男子绝不能相信妻子对自己如何好，因为一有了孩子，妻子就一点也不把他放在心上了。（31）

护民子说：

国王啊！听了迟护仙人的这些话，他的儿子们都一同向他行礼致

敬，他也上前对他们一个个亲切安慰一番。(32)

以上是吉祥的《摩诃婆罗多》中《初篇》第二百二十四章(224)。

二二五

迟护说：

火烧甘味林之前，我就请求火神保护你们，火神已预先答应了我的请求。(1) 想到有火神的许诺，想到你们母亲信奉正法，你们又无比英勇，所以，我一开始没有到这里来。(2) 孩子们啊！你们是懂得梵的仙人，火神也知道你们，所以，你们死不了，不用害怕。(3)

护民子说：

婆罗多的后裔啊！迟护仙人这样安慰了儿子们后，便带着妻儿，离开那里，到别的地方去了。(4)

火神借了两位黑王子的帮助，喷出烈焰，把甘味林毁于大火，而保证世界安全。(5) 脂油淌成了大大小小的河流，火神喝足了脂油，感到非常满足，走到阿周那跟前，对他现出了自己的本形。(6)

接着，天神之王因陀罗，在众摩录多簇拥下自天而降，对普利塔之子和摩豆族的英雄说道：(7)

"你俩做了天神也难做到的事，我很高兴，你们可向我请求赏赐难得的、非人所能有的恩典。"(8)

于是，普利塔之子请求因陀罗把他所有的兵器法宝都赐予自己。天帝释答应了他的请求，但规定了一个给他的时间：(9)

"般度之子啊！将来（湿婆）大神对你满意了，我就会把我所有的兵器法宝给你。(10) 俱卢的苗裔啊！我会知道何时给你那些兵器法宝，我将根据你艰巨的苦行功力，把它们给予你。(11) 胜财啊！时候一到，你就把我的火器、风器以及其他诸般兵器法宝都拿去吧！"(12)

接着，婆薮提婆之子又走上前请求让他和普利塔之子的亲密友爱长存不衰。天神之王欢喜无比，立刻答应了给他这恩典。(13)

摩录多之主（因陀罗）高高兴兴地赐了他们二人恩典，然后，和

众神一道，辞别火神，返回天堂。(14)

火神把甘味林，连同林中的鸟兽等，足足烧了六天，然后，才心满意足地停了火。(15)

万民之主啊！火神吃足了肉，喝足了脂油和血，非常满意地对黑天和阿周那说道：(16)

"你们二位男中佼佼使我十分满足和幸福。二位英雄啊！我可让你们走了，你们想去什么地方就到什么地方去吧！"(17)

辞别了高尚纯洁的火神，阿周那，婆薮提婆之子，和那个叫摩耶的檀那婆一同离去。(18)他们一同周游了各地，然后，婆罗多族的雄牛啊！他们又一同来到一个景色宜人的河边，在那里坐了下来。(19)

以上是吉祥的《摩诃婆罗多》中《初篇》第二百二十五章(225)。《焚烧甘味林篇》终。《初篇》终。

第二　大会篇

大会堂篇

一

护民子说：

然后，摩耶在黑天面前，一再对阿周那顶礼膜拜，双手合十，用委婉动听的声音说道：（1）"贡蒂之子啊！您从愤怒的黑天和想把甘味林毁于烈焰的火神手里救了我，请告诉我，我能做点什么为您效劳呢？"（2）

阿周那说：

大阿修罗呀！你这样礼拜我，并说出这样的话，这对我说来就足够了。你现在可以走了，祝你平安！愿你常对我们友好，我们也将永远对你亲善。（3）

摩耶说：

主啊！人中的雄牛！您这样说和您高尚的品德完全符合，但由于我心中喜欢和对您的热爱，婆罗多后裔啊！我很想为您做点事。（4）般度之子啊！我精通艺术，是檀那婆们的工艺大师，因此很想做一点什么为您效劳。（5）

阿周那说：

你觉得是我把你从死亡的威胁中救了出来，所以要报答我；但我却不能因为救过你，就要你替我做点什么。（6）不过，檀那婆啊！我也不愿辜负了你的好意，使你的决心落空，所以，你就为黑天做点什么吧，那样也算是对我的回报。（7）

护民子说：

婆罗多族雄牛啊！摩耶去请求黑天，黑天仿佛思索了一会儿，考虑让他做什么才好。（8）想好了以后，黑天就对摩耶说："提底的儿子啊！你就给坚战王造一个大会堂吧！你看什么样好，就造成什么样。(9) 要造得令世上的人看了都惊讶不已，要造出人世间没有谁能造出的大会堂来。(10)在你造的那大会堂里，要有天上、人间和阿修罗界的种种设施。摩耶啊！你就去造出这样一个大会堂来吧！"(11)

听了黑天的话，摩耶非常高兴，马上答应为般度族建造一所像云车一样的大会堂。(12)

随后，黑天和阿周那把这一切经过都对坚战王讲了，并让摩耶会见坚战王。(13) 坚战王对摩耶致礼如仪，摩耶很恭敬地接受了他的敬礼，并对他表示了自己的尊敬。(14) 婆罗多族的国王啊！见过礼后，提底的儿子摩耶就对般度五子讲起了自己祖先的故事。(15)

后来，檀那婆们的工艺大师摩耶休息了一段时间，消除了旅途的劳顿，经过一番考虑，就动手为伟大的般度族修建大会堂。(16) 按照般度族五兄弟和心灵高尚的黑天的意愿，英勇威武的摩耶选了一个吉祥的日子，热热闹闹庆祝了一番。(17) 成千上万的婆罗门得到了各式各样的很多布施，饱餐了牛奶糖粥，皆大欢喜。(18) 然后，摩耶丈量了土地，着手建造长宽一万吉私古①，一年中各个季节都让人感到舒适的、无比华丽的大会堂。(19)

以上是吉祥的《摩诃婆罗多》中《大会篇》第一章(1)。

二

护民子说：

值得尊敬的黑天在甘味城受到坚战王兄弟的亲切款待，愉快地住了一段时间。(1) 后来，大眼的黑天想去看望父亲，就向坚战王和姑母贡蒂辞别。(2) 受世人尊敬的黑天俯身在自己姑母的双足前，向她行礼。姑母贡蒂拉他起来，吻他的头，拥抱他。(3)

尔后，声誉卓著的感官之主黑天又去见自己的妹妹妙贤公主。兄妹情深，眼里含满了泪水。(4) 他对温文尔雅、说话甜蜜的妹妹作了

---

① 吉私古：长度单位，等于一腕尺，也有说大约四分之一腕尺。

临别赠言，话虽短，却有深刻的含义，都是些切合实际、很有益处的话。（5）妙贤公主也一再将头俯在他的足前，向他致敬，并恭请他回去代她向一切亲人问好致意。（6）

别过妹妹，对她嘱咐完毕，苾湿尼族的英雄黑天又去见般度五子之妻黑公主和祭司烟氏仙人。（7）最令人尊敬的黑天按礼向烟氏仙人请安致敬，又安慰黑公主一番，向她辞行。（8）然后，聪明而英勇有力的黑天和阿周那一道，去到其余几个兄弟的身边。黑天被般度族五兄弟围住，就像五位天神簇拥着天王因陀罗。（9）

雅度族雄牛黑天用花环和种种香料供奉众天神和婆罗门，吟诵祷词，致以敬礼。做完这一切，这位坚定的勇士就动身了。（10）他向那些可敬的婆罗门祝福，赠给他们一罐罐酸奶，还有水果、粮食和金钱，右绕而行。（11）他登上以大鹏鸟为旗徽的、速度飞快的金车，车上备有铁杵、飞轮、刀剑和弓等诸般兵器。（12）由塞尼耶和妙项这两匹马拉车，眼如莲花的黑天在福星高照的吉祥时刻动身了。（13）

俱卢族之王坚战对黑天依依不舍，也跟着上了车，让最优秀的御者达禄迦离开车座，他亲自拿过缰绳，为黑天驾车。（14）阿周那也登上了车，拿着金柄白色麈尾，在黑天头上右旋摇拂。（15）强壮有力的怖军则带着孪生的弟弟无种和偕天，跟在黑天的后面。一大群婆罗门祭司和城中居民将他们簇拥。（16）他们兄弟这样伴随着消灭敌方英雄的黑天，使他显得十分光彩，就像老师被他的得意门生依依不舍地跟随着。（17）

走了一段路后，黑天向心中难过的阿周那告别，和他拥抱，又向坚战、怖军以及孪生的无种和偕天致礼告别。（18）无种和偕天也上前和他热烈拥抱告别。黑天又和他们说了些辞别的话。（19）他劝般度五子和随从们回去。等他们停步不前了，他才驱车向自己的京城进发，活像又一个因陀罗乘车飞驰。（20）

般度五子对黑天惓惓情深，一直站在那儿目送他渐渐远去。眼睛已经看不到他，他们的心也还在跟着他继续前进。（21）他们无论怎样看他，心里也是感到看不够，而他那可爱的身影却很快从他们眼前消失了。（22）这些人中的雄牛一心思念着黑天，很不情愿地转身返回自己的京城。黑天乘着他的快车，到时候也抵达了他的多门

城。（23）

以上是吉祥的《摩诃婆罗多》中《大会篇》第二章（2）。

三

护民子说：

黑天去后，摩耶对优秀的胜利者阿周那说："如果您同意，我想离开一下，很快就回来。（1）从前，檀那婆们在盖拉娑山北面的美那迦山附近举行祭祀。我在宾度湖畔为那些举行祭祀的檀那婆做了一个美丽的玉器。（2）做完后，就放在信守诺言的牛节的大会堂里。婆罗多后裔啊！我想去看看，如果那玉器还在那里，我就把它拿来。（3）然后，我就为美名远扬的般度五子建造一座奇妙的大会堂，镶嵌一切宝石，令人心里产生欢快。（4）俱卢族子孙啊！那宾度湖里还有一根无与伦比的铁杵，上面镶有金子。它又重又坚固，能承受很大重量，是名叫壮马的国王在战争中消灭了敌军后藏在那里的。（5）它抵得上十万根铁杵，能消灭一切敌人，给怖军使用是再合适不过的了，就像甘狄拨神弓对您十分合适一样。（6）此外，那湖里还有水神伐楼拿的一个叫天授的、音色嘹亮的大螺号。我一定把这一切都拿来给您，决不虚言。"这样对阿周那说完后，阿修罗工艺大师摩耶就朝东北方向走去了。（7）

在盖拉娑山的北面，美那迦山的附近，有一座叫金峰的大山，山里蕴藏着大量宝石。（8）美丽的宾度湖也在那儿。跋吉罗陀王见过他的女儿恒河后，就在那湖畔住了很多年。（9）婆罗多族的贤王啊！众生之主，那伟大的因陀罗，在那儿举行过一百次盛大的祭祀。（10）那里有一些玉石的祭柱和黄金的祭坛。它们只是为了增添祭祀的光辉，并不是按照经典规定建造。（11）沙姬天女的丈夫，那千眼大神因陀罗，举行祭祀后如愿以偿。具有无比强大神威的、永恒的大神湿婆在那里创造了各界，受到了成千上万生灵的礼拜。（12）在一千由伽（时代）之末，那罗、那罗延、大梵天和阎摩，第五位是斯塔奴（湿婆），都在那儿举行过祭祀。（13）为了建立良好的秩序，婆薮提婆之子，美发者黑天，多年来怀着虔诚的信念，在那儿举行过上千次祭祀。（14）他在那儿建立了很多用金子花环装饰的祭柱和很多无比光辉灿烂的祭坛，还布施了上千万财物。（15）

婆罗多后裔啊！摩耶到了那儿，把牛节王的铁杵、螺号和适合建造大会堂用的水晶宝石都拿了，让紧迦罗们和罗刹们替他搬运。（16）运回后，他用那些水晶和宝石，建造了驰名三界的、无比富丽辉煌的大会堂。（17）他把那异常优越的铁杵给了怖军，把那叫做天授的无与伦比的螺号给了阿周那。（18）

大王啊！那大会堂长宽是一万吉私古，竖着很多黄金做的大树。（19）它是那样美丽，又是那样光辉夺目，俨若火神、太阳神和月神。（20）它的光辉仿佛使太阳光也黯然失色，像燃烧着的火一样灿烂辉煌。（21）它像一座云山，高高耸立，直抵天界。它是那么宽阔，又是那么晶莹美丽，找不出半点毛病。人一进去，疲劳就会消失。（22）它里面有种种上等的设施，四周有玉石的围墙。这位工艺大师用了很多珠宝和财富才把它建得这般美好。（23）他把它的形象造得那样富丽堂皇，就是陀沙诃族黑天的妙法宫和大梵天的大会堂都逊色了。（24）

为了保护大会堂，摩耶还安排了八千个称作紧迦罗的罗刹负责守卫和搬运。（25）这些紧迦罗能在天空行走，身躯庞大，勇猛有力，长着红眼睛或黄眼睛，耳朵像贝壳。（26）

摩耶在大会堂里造了一个天下无双的荷花池。池中的荷花和荷梗用摩尼宝石制成，荷叶用琉璃制成。（27）池塘散发着阵阵莲香，池里还有各式各样的珍禽。盛开的荷花美丽如画，水中的游鱼和龟鳖更为这美景增色。（28）池里无论春夏秋冬都是一泓清澈见底的水，微风吹来，水珠飞扬。从池边有台阶下到池里。（29）整个池塘用珍珠宝石镶成。一些国王来到这里，见了这荷花池，以为它只是珠宝堆，不知不觉跌进了池里。（30）

大会堂的四周有各种各样终年开花的大树，绿色的浓荫使人感到凉爽，景色赏心悦目。（31）到处是散发幽香的丛林和开满荷花的池塘，那里有天鹅、野鸭和鸳鸯。（32）微风吹拂，从四面八方把水中荷花的芳香以及陆地上的各种各样的花香带给般度族，供他们分

享。(33)

这样的大会堂，摩耶用了十四个月就造成了。建造完毕，他就去向坚战王报告大会堂落成的消息。(34)

以上是吉祥的《摩诃婆罗多》中《大会篇》第三章(3)。

四

护民子说：

听说大会堂已建成，人主坚战王就去到那座大会堂。他宴请一万婆罗门，(1)用奶油、蜂蜜、甜奶粥、可口的根菜和水果款待他们，将崭新的衣服和各式各样的花环赠与他们。(2)接着，慷慨的坚战王又送了他们每人一千头牛。主人啊！那些婆罗门欢喜得连声说："这真是好啊！"他们的欢声直冲云霄。(3)

俱卢族最卓越的坚战让人奏起种种乐器，唱起种种歌曲，并用种种香料，敬奉神明，然后进入大会堂。(4)那里面，摔跤的、演杂耍的、使枪弄棒的和歌手都殷勤献艺，让伟大的坚战王一连欣赏了七夜。(5)

般度之子坚战王和他的弟弟们做完礼拜后，一同坐在可爱的大会堂里，尽情享乐，好似因陀罗在天堂里一般。(6)很多修道的仙人也和般度五子一同坐在大会堂里。和他们一同在座的还有来自各地的很多国王。(7)

在那些仙人中有阿私多、提婆罗、萨帝耶、萨尔波玛利、摩诃悉罗、马财、妙友、友善、修那迦和钵利，(8)钵迦、陀婆耶、巨首、黑仙岛生和我们这些毗耶婆的弟子：苏迦、苏曼度、阇弥尼和拜罗。(9)还有鹧鸪仙人、耶若婆耶、毛喜及其儿子、阿布苏诃摩耶、烟氏仙人、矛尖曼陀和睺尸迦，(10)绳幞、三语、食叶、罐膝、蒙遮延、食风、破灭仙人之子毗耶娑和两位沙利迦，(11)力音、悉尼伐迦、苏德巴罗、成役、金刚耳、有焰、妙力和巴利遮多迦，(12)大山、摩根德耶、圣手、沙婆尼、婆奴吉和伽罗婆，(13)股亲、吟赞、怒闻、婆利古、绿火、恭底耶、火环和永恒，(14)迦湿盘、奥湿遮、那吉盖多之子、乔答摩、潘伽、婆罗诃、修那迦、商狄耶、迦尔迦罗、竹腿、迦罗布和迦陀。（15）除了这些仙人以外，还有别的很多仙人。他们都能克制自我，控制感官，精通吠陀和吠陀支。（16）这些优秀的修道人深明正法，纯洁无瑕。他们讲述一些神圣的传说故事，在大会堂里侍奉灵魂高尚的坚战王。（17）

同样，那些优秀的刹帝利也侍奉法王坚战。他们中有一心遵守正法的、灵魂高尚的蒲旗和增进，（18）战胜、丑面、英勇无畏的猛军、大地之主林军、不可战胜的赐福和甘波阁王藕荷，还有力大无比的震撼。（19）他常常一人就使很多耶婆那人吓得战栗不已，就像手持金刚杵的因陀罗把那些称作迦罗迦耶的阿修罗吓得胆战心惊一样。（20）还有辫发阿修罗、喜光、贡提王、吉罗陀王俱陵多、盎伽、梵伽和崩德罗迦，般德耶王、优陀罗王和安陀罗迦，（21）吉罗陀王苏摩那、耶婆那王遮奴罗、神赐、博遮和怖车，（22）羯陵伽王闻杵、摩揭陀王胜军、善佑、显光和粉碎敌人的妙车，（23）有光、赠财、毗提诃王成室、妙法、无阻和勇武有力的闻寿，（24）无双王难袭、福胜、善巧、童护和他的儿子以及迦卢沙王。（25）还有苾湿尼族那些貌若天神的不可战胜的王子们，阿护迦、非广、伽陀和娑罗纳，（26）阿格鲁罗、成铠、悉尼之子善战、具威、阿赫抵、英勇的光军以及羯迦夜族手持大弓、英勇善战的武士们和苏摩迦族的祭军。（27）

很多勇猛有力、身穿羚羊皮衣的王子来跟阿周那学习弓箭吠陀。（28）国王呀！还有黑天与艳光公主之子始光、黑天与阇婆婆蒂之子商波和闻名遐迩的萨谛奇，这些使苾湿尼族增添欢乐的王子们也来这里学习武艺。（29）此外，还有很多国王以及阿周那的朋友东布鲁也经常住在这里。（30）

奇军和他的大臣们，精于歌唱奏乐、擅长击鼓敲钹的健达缚们和仙女们也来了。（31）在音律方面下过一番苦功的紧那罗依照冬布鲁的指示，和健达缚们一同高唱起来。（32）这些聪明伶俐的紧那罗和健达缚高唱神圣的歌曲，使般度五子和修道的仙人们心中漾起极大的欢乐。（33）就像天神们在天上敬奉大梵天一样，这些坚守誓言、决心为真理而战的人们，也在大会堂里对坚战王顶礼膜拜。（34）

以上是吉祥的《摩诃婆罗多》中《大会篇》第四章（4）。

五

护民子说：

婆罗多后裔啊！有一天，灵魂高尚的般度五子坐在大会堂里。和他们坐在一起的还有一些著名的健达缚。（1）这时，正在各界周游的、威力非凡的仙人那罗陀，带着一些仙人，来到了大会堂。（2）王中因陀罗啊！神仙那罗陀光辉无比，行动像思想一样迅速，为了看一看在大会堂中的般度五子，与巴利遮多、聪明的奈婆多、妙颜和绍密耶一同来了。（3）

一见那罗陀仙人到来，通晓一切正法的般度族俊杰坚战王连忙起身，率领他的兄弟们迎上前去，非常谦逊而又高兴地低头致敬。（4）深明正法的坚战王请那罗陀仙人坐上适合他的尊贵身份的座位，向他奉献了很多珠宝和一切符合他心愿的东西。（5）精通吠陀的大仙受了般度之子的这般尊敬和供奉后，就向坚战王问了这样一些有关法、欲和利的问题。（6）

那罗陀说：

你的钱财是否都用在正当有益的地方？你的心是不是以奉行正法为乐？你是不是感到幸福？你的心没有困惑不安吧？（7）人中之神啊！你是否和你的祖先一样，对待百姓的行为既合乎正法，又合乎利益？（8）你该没有为了利而不顾法？或者为了法而不顾利吧？或者为了满足自己的欲，对利和法二者都不顾？（9）胜利者中的佼佼者啊！识天时并常给人恩典者啊！你是不是能在适当的时间正确对待法利欲三者？（10）纯洁无瑕者啊！你是不是用王者的六德①来检验自己的得失强弱？是不是正确地运用了七计②，并注意了十四忌③？（11）婆罗

---

① 王者六德：能言善辩，有压倒敌人的准备，善于思考，记忆力强，精通《政事论》，学识渊博。

② 七计：安抚、收买、惩罚、离间、会谈、下药、出奇制胜。

③ 十四忌：不信神，不诚实，易怒，失误，事事拖拉，不接近智者，懒散，沉溺于恶习，贪婪，好纳蠢人之言，决定之事不照办，不保密，不举行喜庆活动，同时向数敌进攻。

多后裔啊！胜利者中的佼佼者啊！你是不是把自己和敌方的情况都仔细考察了，和敌方有了和平协定，再悉心过问治国的八事①？（12）婆罗多族雄牛啊！你的国家的六大支柱②是不是都完整无缺？他们是不是富有而不懈怠，一心一意爱戴你，为你效命？（13）你的秘密该没有从谈话中、从使者、从那些无所惧怕的人、从你自己或你的大臣泄漏出去？（14）你是不是能在适当的时候和敌人议和，又能在适当的时候和他们开战？对那些不参加争端的中立者，你是不是能对他们采取中立的态度？（15）

英勇的国王啊！你的大臣们是不是和你一样聪明睿智，心地善良，精明能干，而又出身名门，对你非常爱戴？（16）婆罗多后裔啊！国王们的胜利之本就在于有大臣们出谋划策。你的周围有没有许多精通经典、足智多谋的大臣？（17）

你没有贪眠不起吧？你是到时候就醒来吗？懂得利益的人啊！每日在夜快尽、天将明的时候，你有没有思考过一些关于利益的问题？（18）你是不是既不单独和人商议，也不和很多人一起商议？你暗中商议的事没有一下传到全国去吗？（19）有些事只要稍为努力就能办到，收益也很大，你立刻着手办这样一些事了吗？没有遇到什么障碍吧？（20）你开始做什么事的时候，有没有看到那件事的结果？有没有什么疑惧？对已开始做的一切事，你有没有半途而废？你把它们都完成了吗？（21）坚战王啊！人们知道你那些已做完了的或正在做的事吗？英勇的国王呀！那还没有做的一些事，人们自然是不知道的吧？（22）

有精通一切经典的学者们在教王子们和主要的战士们吗？（23）你有没有用成千上万的傻瓜去换一个有学问的人？因为只有有学问的人才能使一个国王渡过重重财政难关，谋得最大的福利。（24）你的所有的城堡里是不是储满了金钱、粮食、水、武器和器械，并有很多匠人和弓箭手？（25）一个有智慧而又英勇、沉着，并有深谋远虑的大臣，就足以使一个国王或王子得到大量的财富。（26）

你有没有派出互不相识的、三人一组的暗探，把敌方的十八种要

---

① 治国八事：农耕，商业，修碉堡，造桥，保护大象，开采宝石，开采金银等矿，收税。
② 国家的六大支柱：宰相，统帅，大法官，财政大臣，祭司，要塞守将。

害人物和自己方面的十五种重要人物①的情况，都了解得清清楚楚？（27）消灭敌人者啊！你是不是常常想尽一切办法不让敌人知道自己的情况，而对所有一切敌人的情况却了如指掌？（28）你的祭司谦逊有礼，出身名门，知识渊博，不妒贤嫉能，不用说，是很受尊敬的吧？（29）你是不是安排了通晓礼仪、聪明而又单纯的人看守祭火，让他随时告诉什么时候祭祀完毕，或什么时候该作祭祀了？（30）你的天文学家是不是精通一切天文知识？是不是善于阻止一切自然灾害的发生？（31）

你是不是把一切事都分为上中下三等，而分别安排上中下三等人去做？（32）你是不是把父辈祖辈留下的、世代忠良的卓越的大臣们都安排在最好的职位上？（33）老百姓是不是因你的严刑恐惧不安？婆罗多族雄牛啊！你的大臣们是不是依照你的命令治理国家？（34）他们该没有不尊重你，就像举行祭祀的人不尊重堕落的人，或妇女们不尊重性情暴躁、一意孤行的丈夫吧？（35）你的大军统帅是不是英勇无畏，足智多谋，坚毅沉着，心地纯洁，出身名门，对你忠心爱戴而又精明干练？（36）你的军队中的那些精通一切战术、品行端正、能征惯战的主要将领们是不是都受到你的尊敬？（37）你是不是按时将粮饷发给你的军队？是不是到时候就把应给的都给了他们，使他们一心向着你？（38）因为，如果你不按时发给他们粮饷，他们就会干出坏事，以发泄对主子的怨恨。有学问的人一向认为，引起这种麻烦是最不妥当的。（39）那些出身上等人家的子弟们是不是都很爱戴你？在战争中是不是都愿为你的利益将他们的性命抛弃？（40）

你没有贪图财富，刚愎自用，到处发动战争，为所欲为地进行统治吧？（41）如有人以他的英勇气概做出了光辉的业绩，他是不是能受到你的极大的尊敬，从你那里得到很多粮食和俸金？（42）对那些饱有学识而又十分谦逊的大学者，你是不是依照他们的品德给了他们应受的赏赐？（43）婆罗多族雄牛啊！那些为了你丧失性命或遭受灾难的人，他们的眷属是不是受到了你的抚恤赡养？（44）

---

① 敌方十八种要害人物：宰相，祭司，太子，统帅，门卫，内宫守卫，典狱长，司库，税官，教师，城市长官，总管，法官，执杖者，大会主席，要塞守将，边防官，护林官。自己方面的十五种重要人物，即以上十八种人中除了宰相、祭司和太子以外的十五种。

坚战王啊！对那些惧怕你，或丧失勇气和力量，或在战争中失败而投靠你的敌人，你是不是像对自己的儿子一样对待他们？（45）大地之主啊！这整个大地上的人是不是都把你看做他们的父母一般，觉得你对他们一视同仁，对你没有疑惧？（46）婆罗多族雄牛啊！你听到自己的敌人已陷于困境时，你是不是抓紧时间，检查自己的三种兵力，向他发起进攻？（47）你是不是知道后卫的重要性，事关士气和胜败？大王啊！你是不是预先给军队发了饷银？（48）折磨敌人者啊！那些在敌国为你出力的一些主要人物，你是不是根据他们的贡献暗中给了他们很多珠宝？（49）

普利塔之子啊！你是不是首先控制自己的感官，然后征服那些不能控制感官，一味纵情声色的仇敌？（50）在向敌人进攻以前，你是不是很好地运用了安抚、赏赐、离间和惩罚这四种手段？（51）国王啊！你是不是先把自己的国家巩固了再去向敌人进攻；等把敌人征服以后，又对他们善加保护？（52）你那由名将训练出来的，共有四类八部①的大军是不是能阻挡敌军？（53）大王啊！折磨敌人者啊！你是不是连敌国的收获季节都不放过，在战争中杀戮你的敌人？（54）你是不是在自己的国家里和别人的国家里安排了很多人为你谋利，并让他们互相保护？（55）

大王啊！你吃的食物、穿的衣服和涂的香料是不是都由可以信赖的人掌管？（56）你的宝库、粮仓、坐骑、大门、武器和收入，是不是都交给为你谋利的、忠心耿耿的人管理？（57）你是不是首先保护自己不受宫内宫外的人侵犯，然后保护他们不受你的亲友侵犯和互不侵犯？国王啊！（58）

每天上午有没有人向你报告你饮酒、掷骰子和纵情声色的开支？（59）你的收入的一半够你开支呢？还是四分之一，或三分之一？（60）你是不是常拿些钱粮周济亲戚、长者、老人、商人、工匠和投奔你的遭难之人？（61）你的那些管账记账的人是不是每天上午都要结算一次你的收支？（62）那些善于为你谋利、一心为你好的忠臣，你没有无缘无故解除他们的职务吧？（63）婆罗多后裔啊！你是不是

---

① 四类指正规军、友军、雇佣军和非正规军。八部指车兵、象兵、马兵、步兵、指挥、后勤、情报和向导。

把高尚的人、低下的人和中等的人都分得清楚，而且依据他们的人品让他们做相应的事情？（64）百姓之主啊！你该没有把你的工作委托给那些贪婪的野心家、盗贼、心怀敌意的人或没有实际经验的人吧？（65）国家没有因为贪婪的野心家、盗贼、王孙公子、妇女或你的缘故遭受苦难吧？农民感到满意吗？（66）在你的国家里，是不是到处都有蓄满水的大池塘？农田是不是只靠雨水灌溉？（67）农民需要种子和口粮时，你是不是能以百分之一的薄利借给他们？（68）

孩子啊！是不是由善良正直的人们从事各种职业？这个世界依靠职业，增进幸福。（69）国王呀！你是不是在各个村庄都委任五个聪明睿智、办事公道的人管理一切事务，保证各个村庄安宁幸福？（70）为了保卫城市，你是不是把村庄都治理得和城市一样繁荣，把一切边陲之地又治理得和村庄一样繁荣？（71）如果盗贼在一些平原和崎岖的山地出没，你是不是都能派兵将他们制服？（72）

你对妇女们是不是予以安慰和保护？你没有轻信她们，或向她们泄露一些秘密吧？（73）晚上，你是不是听取探子的汇报，将事情考虑周全，并告诉最亲近的人，然后舒舒服服地睡觉？（74）国王啊！你每天晚上是不是在前半夜都能熟睡，到后半夜就起来考虑有关法与利的事情？（75）般度之子啊！你是不是经常在适当的时候起身，和大臣们一道，接见那些穿戴得整整齐齐的人？（76）征服敌人的英雄啊！在你接见他们的时候，为了保卫你，是不是有身穿红色服装、戴着首饰、拿着宝剑的卫士站在你的身旁？（77）民众之主啊！你是不是像阎摩一样分得清哪些人该受罚，哪些人应受尊重，哪些人可亲，哪些人不可亲，并以正确的态度对待他们？（78）

贡蒂之子啊！你是不是用斋戒和药草治疗身体的疾病，而通过侍奉老人治疗思想的疾患？（79）你的医生们是不是都精通医术中的诊断、用药和护理等八支？是不是对你衷心爱戴，始终努力增进你的健康？（80）

国王啊！有人告状，或者被告人申诉，你没有因为骄傲、昏庸或沉溺情欲，而对他们的事不给予应有的关心吧？（81）你没有因为贪心或昏庸，使那些出于信任或爱戴前来投靠你的人生活无着吧？（82）你的城市居民或国民中，有没有一些人被敌人收买了，与你作

对？(83)坚战啊！遭到打击而变得软弱无力的敌人，有没有因为采取良策或积聚兵力，又变得强大起来？(84)

那些重要的王侯是不是都忠于你？在你需要时，他们是不是愿为你的利益捐出他们的生命？(85)为了你的幸福，对那些通晓一切的婆罗门和善人，你是不是依据他们的品德给了他们应有的尊敬？(86)你的祖先们奉行以吠陀为基础的正法，你是不是也像他们一样努力奉行？(87)那些有德的婆罗门是不是在你的宫中享用美食佳肴？是不是能从你那里得到布施？(88)

你是不是能控制感官，专心致志举行强力酒祭和白莲祭？(89)你是不是见到亲戚、师长、老人、天神、苦行者、塔庙、给人幸福的婆罗门和圣树都俯首行礼？(90)纯洁无瑕的人啊！我所说的智慧和品行是令人寿命增长，美名远扬，通晓法、利、欲三者，你有这样的智慧和品行吗？(91)一个国王有了这样的智慧和品行，他的国家就不会衰败，他就会征服整个大地，得到极大的幸福。(92)

有没有清白无辜的人，被那些既无学识又无能力的人，出于贪婪而诬为盗贼，置于死地的？(93)人中雄牛呀！有没有人赃俱获的盗贼，由于你的大臣贪图贿赂而把他放了的？(94)在富人和穷人发生争执时，你的大臣们有没有收受富人的钱财而不主持正义的？婆罗多后裔啊！(95)

不信神，不诚实，易发怒，粗心，办事拖拉，不接近智者，懒惰，不专心，(96)有事只与一人商量，向不懂利益的人请教利益，决定要做的事不动手做，不听取大家的建议，(97)不举行吉祥仪式，做事只凭感觉，这十四项是国王们的缺点，你是不是都能克服？(98)

坚战王啊！你在学习吠陀、学习古代经典以及在钱财、妻室诸事上是否成功？(99)

坚战说：

怎样才算在学习吠陀、学习古代经典以及在钱财、妻室诸事上获得成功？(100)

那罗陀说：

向祭火投放祭品是学习吠陀获得成功，布施和享受是钱财获得成功，房中之乐和生育儿子是妻室获得成功，品行端正是学习古代经典

获得成功。（101）

护民子说：

大苦行者那罗陀仙人说了这些话后，又继续询问一心遵守正法的坚战王。（102）

那罗陀说：

对那些远道而来谋利的商人，你的收税官们是不是按照规定课以税收？（103）国王啊！他们带来商品，在你的京城和你的国内是不是受到尊敬？有没有受到欺骗？（104）

孩子啊！你是不是经常听取懂得利益并能指示正法的老年人讲一些合乎法和利的话？（105）你是不是为了正法，为了农业增产、母牛兴旺、花果丰盛，常将酥油和蜂蜜赠给婆罗门？（106）你是不是常常预先给所有的工匠四个月的工具、原料和生活费用？（107）大王啊！有人做了好事，你是不是知道，并当着善人们的面，表扬他，善待他，以示尊敬？（108）

婆罗多族雄牛啊！你是不是把象经、马经和车经等等一切经书都掌握了？（109）婆罗多族雄牛啊！在你的宫里，弓弩吠陀和有关城市建设的经书是不是经常被人诵习？（110）纯洁无瑕的人啊！武器、梵杖和使用毒药等等一切消灭敌人的办法，你都知道吗？（111）你能保护自己的国家，使之不怕遭受火灾、毒蛇、猛兽、疾病和罗刹的侵害吗？（112）深知正法的人啊！对那些瞎子、哑巴、瘸腿断肢的人、无亲无靠的人和出家人，你能像父亲一样养育他们吗？（113）

护民子说：

俱卢族雄牛、灵魂高尚的坚战王听了杰出的婆罗门那罗陀的这番话，满怀喜悦，用手摸着天神般的那罗陀的双足，深深致敬，然后说道：（114）"我一定照您说的办。您的话使我增长了很多智慧。"坚战王这样说了，也这样做了，所以得到了以大海为边的大地。（115）

那罗陀说：

凡是这样保护四种姓的国王，他会得到很大的幸福，还会升到因陀罗统治的天堂。（116）

以上是吉祥的《摩诃婆罗多》中《大会篇》第五章（5）。

六

护民子说：

大仙那罗陀说完以后，法王坚战向他顶礼致敬，然后获得他的允许，回答他提出的问题：（1）"尊者啊！您说的一切都合乎正义，合乎正法，我一定要尽力照您说的做。（2）古代国王们所做的事，毫无疑问，都有道理，合乎利益，得到了应有的成果。（3）主人啊！我们想要遵循古代国王们的正道，但恐怕我们不能像那些能控制自己的国王们一样走在正道上啊！"（4）

以正法为魂的坚战谦恭地说了这话后，停顿了一会儿，望着周游各界的仙人那罗陀，觉得这是恰当的时机。（5）那罗陀怡然自得地坐着，大智慧的般度之子坚战坐在他的跟前，当着众国王的面，问道：（6）"尊者啊！您的行动像思想一样迅速，经常往来于大梵天创造的各种各样的众多世界中，把一切都看在眼里。（7）婆罗门啊！请问您在什么地方见过和这一样的大会堂，或者比这还要好的大会堂？请您告诉我吧！"（8）

听了法王坚战的问话，那罗陀仙人微微一笑，用甜蜜动听的声音回答道：（9）"孩子啊！婆罗多族国王啊！像你的这座摩尼宝石的大会堂，我在人间既没有见过，也没有听说过。（10）我对你讲一讲阎摩的大会堂，聪明的水神伐楼拿的大会堂，因陀罗的大会堂和居住在盖拉娑山的财神俱比罗的大会堂吧！（11）还有大梵天的那座能消除疲劳的绝妙的大会堂，婆罗多族雄牛啊！如果你想知道的话，我也可以讲一讲。"（12）

听罢那罗陀仙人这样说，法王坚战和兄弟们以及围绕他的所有国王一起双手合十。（13）胸襟博大的法王对那罗陀说道："大仙啊！请把所有这些大会堂的情况都讲一讲吧！我们很想听一听。（14）那些大会堂有什么结构？规模如何？婆罗门啊！在大梵天的大会堂上有谁对他礼拜？（15）在天王因陀罗的大会堂上，在太阳之子阎摩的大会堂上，在水神伐楼拿和财神俱比罗的大会堂上都有谁对他们顶礼膜

拜？（16）神仙啊！这些都请您——如实讲给我们听，我们好奇心切。"（17）

听了般度之子坚战王的请求，那罗陀回答说："国王啊！我现在就逐一讲述那些美妙的大会堂的情况，你们听着吧！"（18）

以上是吉祥的《摩诃婆罗多》中《大会篇》第六章（6）。

七

那罗陀说：

俱卢后裔啊！因陀罗的大会堂神奇美丽，像太阳一样辉煌。它是因陀罗用自己的功果赢得的，也是因陀罗自己建造的。（1）它长一百由旬，宽一百五十由旬，高五由旬，可以在天空随意移动。（2）它能消除衰老、忧伤和疲劳，驱散疑虑。它带来宁静、吉祥和幸福。它里面有居室，有宝座，有很多仙树，赏心悦目。（3）普利塔之子坚战啊！在这大会堂里，天帝因陀罗和他的吉祥幸福的妻子沙姬天女一同坐在最高的宝座上。（4）他的周身美得不可名状，头上戴着王冠，臂上戴着镶红宝石的镯子，身上穿着一尘不染的衣服，脖子上戴着美丽的花环。他是那么优雅，那么光辉。（5）坚战王啊！在那大会堂里，所有的摩录多、居家者、悉陀、神仙、沙提耶和天神都向这位灵魂伟大的因陀罗膜拜致敬。（6）他们都带着随从，形态美丽，盛装严饰，一同侍奉这位征服敌人的天王因陀罗。（7）

普利塔之子啊！那些神仙纯洁无瑕，没有一点罪恶，和火一样熠熠生辉，常行苏摩祭，不知疲倦。他们全都侍奉因陀罗。（8）他们中有破灭仙人、大山仙人、沙瓦尔尼、伽罗伐、桑伽、利奇多和白首仙人。（9）有长期修炼苦行的敝衣仙人、耶若婆耶、婆奴吉、优陀罗伽、白旗和沙达延。（10）有诃毗私曼、伽毗私陀、国王诃利游陀罗、诃利德耶、优陀罗商底耶、破灭仙人之子毗耶娑和迦希诃罗。（11）风肩、维沙卡、毗陀多、死神迦罗、阿难檀达、工巧天和冬布鲁也在场。（12）

还有那些胎生的和非胎生的、餐风的和拜火的仙人，也都侍奉手执金刚杵的众界之主因陀罗。（13）有偕天、苏尼陀、大苦行者蚁垤、沙弥迦、萨谛梵和信守诺言的波罗支多。（14）有智宾、左天、布罗斯迭、布罗诃、迦罗都、摩录多、摩利支、私陀奴和大苦行者阿多利。（15）有迦耆梵、乔答摩、达尔刹、毗首那罗、迦罗伐婆耆耶、聆听、赐金、卷云、天供和英勇的毗首伽生。（16）

般度之子啊！天上的水、药草、信仰、智慧、文艺女神、法、利、欲和闪电，（17）带雨的云、风、雷、东方和二十七种运送祭品的火，（18）苏摩火、因陀罗火、密多罗、萨毗多、阿尔耶摩、薄伽、毗奢们、沙提耶们、祭主仙人和太白金星，婆罗多后裔啊！（19）所有的祭祀、布施、星宿、颂歌和负载祭祀的咒语，都出现在因陀罗的大会堂里。（20）

坚战王啊！那些美丽的仙女和健达缚唱着各种歌曲，跳着各种舞蹈，奏着各种乐器，并以欢声笑语来取悦百祭天王因陀罗。（21）他们举行仪式，展示武艺，用吉祥的颂歌赞颂这位杀死波罗和弗栗多的、灵魂伟大的因陀罗。（22）

所有梵仙、王仙和神仙乘着各式各样的、像火一样光辉的云车，（23）戴着花环和很多首饰，经常来往于因陀罗的大会堂。祭主仙人和太白金星也经常来到大会堂。（24）大王啊！还有很多严格约束自己、遵守誓言的仙人，以及婆利古和北斗七仙，也听从大梵天的盼咐，乘着美丽如月的云车，显出和月亮一样令人喜爱的容颜，来往于因陀罗的大会堂。（25）

纯洁无瑕的国王啊！我已经讲述我见到的因陀罗的叫做补沙迦罗玛利尼的大会堂，现在再听我说一说阎摩的大会堂吧！（26）

以上是吉祥的《摩诃婆罗多》中《大会篇》第七章（7）。

八

那罗陀说：

坚战王啊！我要讲一讲工巧天为太阳的儿子阎摩造的那座神奇的大会堂，你好好听着吧！（1）

般度之子啊！阎摩王的大会堂金光闪闪，长和宽都超过一百由旬。(2) 它和太阳一样光辉灿烂，可以随意移动。里面不太冷，也不太热，令人心旷神怡。(3) 这里没有忧伤，没有衰老，没有饥渴，没有难受，没有贫困，没有疲劳，也没有障碍。(4)

消灭敌人的英雄啊！大会堂里有天上人间一切大家希望得到的东西，有很多美味的珍馐。(5) 那儿的花环芳香圣洁；那儿的树木长年开花结果；那儿的水，不管是冷是热，都甘甜爽口。(6)

孩子啊！那些纯洁无瑕的王仙和梵仙满怀喜悦，在大会堂里侍奉太阳的儿子阎摩。(7) 迅行王、友邻王、补卢、曼达多、苏摩迦、尼伽、陀斯陀逾、杜罗耶、成勇和闻声，(8) 驱敌、妙狮、成迅、格提、尼弥、波罗达旦、尸毗、摩差、广目和巨车，(9) 爱德、摩录多、拘湿迦、商迦奢、商格提、跋婆、骏马、马光和作武王，(10) 婆罗多、妙车、苏尼陀、尼奢陀、那罗、天奴、妙心、安波利沙和跋吉罗陀，(11) 无马、善马、婆陀私婆、五手、广闻、鲁沙古、牛军和力大无比的楚波，(12) 怒马、富心、悬旗乘车的布卢俱差、阿哩湿底赛那、底离钵和灵魂伟大的优湿那罗，(13) 奥湿那罗、崩德利迦、沙利耶提、沙罗跋、苏吉、安伽、阿利私吒、维那、杜善达、全胜和庆胜，(14) 旁伽苏利、尼奢陀、望车、迦兰达摩、波力迦、妙光和强有力的摩豆，(15) 鸽毛、狄纳迦、偕天、阿周那、十车王之子罗摩、罗什曼那和穿刺，(16) 阿罗迦、林军、伽耶、白马、食火仙人之子持斧罗摩、那跋伽和娑伽罗，(17) 广光、巨马、广马、遮那迦、威尼耶、伐利奢那、布卢遮和镇群，(18) 梵授、三穴、优波离遮罗、帝光、怖膝、伽耶、普利陀、那耶和无瑕，(19) 莲华、牟朱恭陀、广辉、胜幻、坚辀、猛光、独马和阿遮迦。(20)

还有一百个摩差王、一百个尼波王、一百个诃耶王、一百个持国王和八十个镇群王，(21) 一百个梵授、一百个伊利纳、一百个维利纳、王仙福身和你的父亲般度，(22) 优沙伽婆、百车、天王、胜车、弗栗沙达毗和带着大臣的达曼。(23) 还有成千上万叫做兔丸的王仙在举行了很多次马祭、给了很多布施以后，也来到阎摩的大会堂。(24) 王仙坚战呀！这些圣洁的王仙声名卓著，学识渊博，在这座大会堂里侍奉太阳之子阎摩。(25)

还有投山仙人、摩登伽、时间、死亡、行祭者们、悉陀们和瑜伽行者们，（26）吃祭火的祖先、吃泡沫的祖先、吃烟雾的祖先、吃祭品的祖先、坐在拘舍草垫上的祖先和其他有形体的祖先。（27）时间之轮、运送祭品的火神、做过恶事的人们和死于夏至的人们，（28）坚战王啊！那些为人们带去死亡的阎摩使者、新娑巴树、波罗舍树、迦舍草和俱舍草等，都显出形体，侍奉法王阎摩。（29）来到祖先之王阎摩的大会堂的人还有很多很多，他们的名字和功业简直无法数说得清。（30）

　　普利塔之子坚战啊！阎摩的这座大会堂美丽可爱，雄伟宽敞，能随意移动。它是工巧天修炼了长期苦行后建成的。（31）婆罗多后裔啊！它自身的光泽使它像燃烧着一样，灿烂辉煌。那些说话诚实、信守誓言的严格的苦行者都来到这里。（32）他们弃世而平静，从事神圣的功业而纯洁，成就卓著。他们周身闪发光辉，身上穿着一尘不染的衣服，（33）戴着五光十色的手镯和色彩绚丽的花环，佩着闪闪发光的耳环。他们以善行和圣洁的穿戴为装饰。（34）

　　灵魂高尚的健达缚们和数以百计的仙女们在唱歌，跳舞，奏乐，到处都是一片欢笑声。（35）坚战王啊！大会堂里到处弥漫着圣洁的芳香和声音，到处装点着美妙的花环。（36）千千万万奉行正法、相貌美好、富有智慧的人们侍奉这位灵魂伟大的万民之主。（37）

　　国王啊！祖先之王阎摩的大会堂就是这样。现在你听着，我还要讲一讲伐楼拿的叫做补沙迦罗玛利尼的大会堂。（38）

以上是吉祥的《摩诃婆罗多》中《大会篇》第八章（8）。

九

那罗陀说：

　　坚战王啊！伐楼拿神奇的大会堂洁白晶莹，规模和阎摩的一样，围墙和门楼漂亮。（1）这大会堂是工巧天到水底下为他建成的。里面有很多宝石镶成的美丽的树，上面开着花，结着果，（2）还有挂着红、黄、黑、白、蓝各色花束的蔓藤和一丛丛开着各色鲜花的灌

木。(3) 在那些树丛中，有成百上千各式各样从未见过的鸟儿，鸣声悦耳。(4)

伐楼拿的这座洁白美丽的大会堂里有很多屋子，室内都有宝座。里面不冷不热，感觉舒适。(5) 坚战王啊！伐楼拿穿着华丽的、镶有宝石的衣服，戴着很多首饰，和他的妻子一同坐在大会堂里。(6)

阿提迭们戴着精美的项链和花环，侍奉水中之王伐楼拿。(7) 蛇王婆苏吉、多刹迦、爱罗婆多、克利希那、罗希多、红莲和吉多罗，(8) 毛毯、骡子、持国、波罗诃迦、佩玉、佩环、迦拘吒迦和胜财，(9) 欢欣，食鼠和镇群，全都头部膨胀，打着旗帜。(10) 坚战啊！这些和其他很多蛇王，不知疲劳地侍奉灵魂伟大的伐楼拿。(11)

毗娄遮那之子钵利，征服大地的那罗迦、波罗诃罗陀、毗波罗制谛和迦罗康加，(12) 妙颔、丑面、商佉、善心、妙智、私婆那、罐腹、巨肋、迦罗坦和毗陀罗，(13) 万相、妙相、异相、巨首、十首、波利、云裳和陀沙婆罗，(14) 盖闷跋、维吒杜多、僧诃罗陀和因陀罗达本，这些提迭和檀那婆全都佩戴闪闪发光的耳环，(15) 佩戴项链和王冠，穿着华丽的衣服。这些勇士都得到长生不死的恩典。(16) 他们受正法约束，行为端正，恪守誓言，常来这里侍奉灵魂伟大的水神伐楼拿。(17)

四个大海、跋吉罗陀之女恒河、迦陵底河、毗底沙河、维纳河和急速奔流的那尔摩达河，(18) 断索河、百溪河、月牙河、室罗莎婆底河、伊罗婆底河、毗多湿达河、信度河和天河，(19) 戈达瓦利河、黑维纳河和一切河流中最美的卡维利河，所有这些和其他的河，还有河边圣地和湖泊，(20) 水井、水泉、水池和水塘，都显出形体，婆罗多后裔坚战啊！(21) 还有大地、群山、东南西北各方和所有的水中生物，全都侍奉灵魂伟大的伐楼拿。(22)

健达缚和天女们演奏乐器，载歌载舞，在大会堂里将水神伐楼拿尽情歌颂。(23) 蕴藏着种种宝石、饱含汁液的群山显出形体，侍奉水神伐楼拿。(24)

婆罗多族雄牛啊！这是我在各处周游时见到的水神伐楼拿的大会堂。现在再听我讲述财神俱比罗的华丽的大会堂吧！(25)

以上是吉祥的《摩诃婆罗多》中《大会篇》第九章 (9)。

一〇

那罗陀说：

国王呀！名声之子俱比罗的大会堂洁白晶莹，宽一百由旬，长七百由旬。（1）它像盖拉娑山的巍巍高峰一样雄伟，像月亮和星星一样皎洁明亮，是俱比罗依靠自己的苦行将它建造。（2）它由俱希迦们托起，像紧紧挨着蓝天。那里有很多高大的金树，使它更加光辉灿烂。（3）它闪闪发光，异香扑鼻，看似一座白色的云山飘在天上，美丽可爱。（4）

吉祥幸福的俱比罗王身穿五彩斑斓的衣裳，戴着各种各样美丽的首饰和闪闪发光的耳环，由成千美女簇拥，坐在大会堂上。（5）他的宝座像太阳一样光辉，配备有精美的铺垫和脚枕。（6）

圣洁的风穿过香气浓郁的曼陀罗花丛，穿过白莲花池，（7）穿过檀香树林，穿过阿罗迦莲花池，带来各种醉人的芳香，侍奉俱比罗。（8）

婆罗多后裔啊！天神们和健达缚们，由天女们簇拥着，来到这里，吟唱神圣的仙曲。（9）坚战王啊！秀发、兰跛、笑容迷人的花军、眼睛美丽的露浓、美那迦和蓬吉迦斯陀罗，（10）毗湿婆吉、偕生、下行、优哩婆湿、伊罗、婆利迦、苏罗佩伊、莎弥吉、菩菩达和罗达。（11）这些和其他成千上万擅长歌舞的天女来到这里，侍奉财神俱比罗，般度之子啊！（12）健达缚们和仙女们美妙的歌舞和奏乐声日夜不息，大会堂充满欢乐的气氛。（13）

那些叫紧那罗、那罗和其他名字的健达缚们，妙珠、施财、白善和俱希迦，（14）迦舍罗加、甘陀甘杜、强有力的波罗药多、俱湿东布鲁、毕舍遮、象耳和吠舍罗迦，（15）猪耳、美唇、食果、果露、安伽朱陀、卷发、金眼和吠毗沙那，（16）花面、宾伽罗迦、赤水、波罗巴罗迦、荫庐和吉罗婆娑，婆罗多后裔啊！（17）这些和其他成千上万的药叉们，以及吉祥天女和那罗俱波罗，都经常来到这里。（18）我和像我一样的其他很多老师，以及其他很多神仙，都来到

这里。(19)

群兽之主、乌玛的丈夫、毁掉薄伽眼睛的、手持三叉戟的湿婆大神，也在成千上万精灵的簇拥下，来到这里。(20) 王中之虎啊！这位三眼大神和不知疲倦的妻子一道，在一群矮小、奇形怪状、驼背、红眼、速度快似思想、(21) 啖肉饮血、声音尖厉、面目狰狞、拿着各式武器、行动像风一样的精灵簇拥着，经常来到朋友财神跟前，国王啊！(22)

我所见到的这座在天空中移动的大会堂就是这样，国王啊！现在听我讲述老祖宗大梵天的消除疲劳的大会堂吧！(23)

以上是吉祥的《摩诃婆罗多》中《大会篇》第十章 (10)。

— —

那罗陀说：

坚战王啊！在从前圆满时代，不知疲倦的阿底提之子太阳神想看一看人世，从天国来到人间。(1) 般度之子啊！阿底提之子化作凡人，在人间周游，向我如实描述了他所见到的大梵天的大会堂。(2) 婆罗多族雄牛啊！他说大自在天的大会堂由心中的愿望产生，光辉无比，美妙绝伦，令一切众生感到欢欣。(3)

般度之子啊！我听他讲了大会堂的种种妙处，很想亲眼看一看，就对阿底提之子说：(4) "太阳尊者啊！我很想看一看老祖宗大梵天的大会堂。要修什么苦行，做什么功业，(5) 或吃什么药草，施什么幻术才能看到？请您告诉我，好让我亲眼看一看那大会堂！" (6)

于是，英勇豪爽的太阳神就带着我，到了大梵天那座消除罪过和疲劳的大会堂。(7) 人民之主啊！要说出那大会堂究竟像什么样简直是不可能的，因为它的形状时时刻刻都在变化，无法对它加以形容。(8) 婆罗多后裔啊！那大会堂究竟有多大，究竟在什么地方也无从知道，像那样的大会堂我过去从未见过。(9)

坚战王啊！那大会堂里不冷不热，一进去就使人感到很舒适，不会感到饥渴，不会再有什么烦恼。(10) 那大会堂的形状变幻多端，五光十色，灿烂夺目。支撑它的没有屋基，没有梁柱。它永远那样崭新，不会衰朽，不会减色。（11）它的光辉超过了太阳，超过了月亮，超过了火。它在天空中闪闪发光，宛如太阳也是被它照亮。（12）国王啊！各界众生的老祖宗大梵天亲自用神奇的幻力造出各界以后，自己就经常呆在那大会堂里。（13）

生主们侍奉这位大神，他们是陀刹、波罗支多、摩利支和迦叶，（14）婆利古、阿多利、极裕、乔答摩和安吉罗。还有心、空、知识、风、火、水和地，（15）声、触、色、味和香，婆罗多后裔啊！自然的、变化的和其他种种造化之因。（16）月亮带着星星，太阳带着光辉，风神之群、各种祭祀、意志和生命。（17）法、利、欲、欢喜、仇恨、苦行和克制，所有这些都来侍奉自在之神大梵天。（18）

健达缚和天女们，还有二十七位世界护主也都来到这里。（19）金星、木星、水星、火星、土星和罗睺等所有的星宿。（20）曼陀罗、罗檀多罗、诃利曼、婆薮曼、阿底提的儿子们、天王因陀罗和那些成双作对的天神们。（21）婆罗多后裔啊！摩录多们、婆薮们和工巧天，所有的祖先和祭品。（22）

般度之子啊！人民之主啊！梨俱吠陀、娑摩吠陀、夜柔吠陀、阿达婆吠陀和所有的章节，（23）所有的历史传说、副吠陀和吠陀支，所有的星星、月亮、祭祀和众天神，（24）难于掌握的莎维德丽经咒、七种语言、聪明、坚毅、学问、智慧、才智、名誉和宽容。（25）万民之主啊！所有的娑摩曲调、颂歌、偈颂和论证精辟的经注都显出形体，来到这里。（26）

婆罗多后裔啊！刹那、腊缚、牟呼栗多、昼、夜、半月、整月和六季，（27）年、纪、四种不同的昼夜①和永不停息、永不衰朽、永无损缺的时轮。（28）阿底提、底提、檀奴、须罗娑、毗那陀、伊罗、迦罗迦、须罗毗、婆罗摩和乔答弥，（29）阿底提的儿子们、婆薮们、摩录多们、双马童、毗奢神们、沙提耶们和速度如同思想的祖先

---

① 指活人、去世的祖先、神及梵天的四种不同昼夜。活人的昼夜各为十二小时；死去的祖先的昼夜各为半月；神的昼始于夏至，夜始于冬至；梵天的昼为一个四时，夜为一千个四时。四时即圆满时，三分时，二分时和争斗时。

们，(30)罗刹们、毕舍遮们、檀那婆们、俱希迦们、美翼们、龙蛇们和兽类们也都侍奉老祖宗大梵天。(31)

天神那罗延、众位神仙、侏儒仙人、胎生和非胎生的生灵，(32)人中之主啊！你要知道，这三界中，一切能动的和不能动的，我都在大会堂上见到了。(33)

般度之子啊！在大梵天的大会堂上还有八万八千严格禁欲的苦行者和五万有子女的仙人。(34)所有居住天上的神明都能随意来拜见大梵天，向他俯首致礼，然后，如何来的又如何回去。(35)

对来到大会堂的所有尊贵的客人，天神、提迭、龙蛇、牟尼、药叉、美翼、迦勒耶、健达缚和天女，(36)世界老祖宗大梵天都给以应有的礼遇。他智慧无量，怜悯一切众生。(37)人主啊！宇宙万物之魂、自在之神、无比光辉的大梵天接待他们，抚慰他们，拿出很多东西供他们享用。(38)婆罗多后裔啊！孩子啊！他们不断来来去去。大会堂里经常宾客满座，给人以幸福。(39)

具有一切神光，有梵仙们出没其中，又有大梵天自身的光辉，这座能消除疲劳的大会堂光彩夺目。(40)王中之虎啊！就像你这大会堂在人间无双一样，我见到的大梵天的大会堂在各界中也找不出第二个来。(41)般度之子啊！这些是我从前见过的天神们的大会堂。在人间，你这大会堂就是最出色的了。(42)

坚战说：

擅长辞令的人啊！主啊！在讲阎摩的大会堂时，您几乎提到了所有的国王的名字。(43)尊者啊！在讲水神伐楼拿的大会堂时，您提到了很多蛇、提迭王、河流和大海。(44)在讲财神俱比罗的大会堂时，您提到了很多药叉、俱希迦、罗刹、健达缚和天女，还提到了以牛为旗徽的大神湿婆。(45)在讲老祖宗大梵天的大会堂时，您提到了很多大仙，提到了所有的天神和经书。(46)牟尼啊！在讲举行过一百次祭祀的因陀罗的大会堂时，您提到了很多天神，提到了各种各样的健达缚和很多大仙。(47)大牟尼啊！在讲这位灵魂伟大的天王的大会堂时，您只提到诃利旃陀罗这一位王仙。(48)这位名声赫赫的王仙究竟有什么功业，修什么苦行，如何恪守誓言，以致他能与因陀罗媲美？(49)婆罗门啊！您是怎样见到我那已经升入祖先之界的

有福的父亲般度的？（50）尊者啊！他对您说了些什么？我热切地希望知道这一切，请您讲给我听吧！（51）

那罗陀说：

王中因陀罗啊！你问我关于诃利旃陀罗的事，现在我就对你讲一讲这位睿智的国王的伟大之处吧。（52）他强大有力，是凌驾一切国王之上的大王，所有的国王都向他低头，听从他的命令。（53）人主啊！他乘着一辆所向无敌的镶金战车，用他的武器的威力，征服了七洲。（54）大王啊！他征服了囊括高山和森林的整个大地后，举行了隆重的王祭。（55）所有的国王都依照他的命令，带来钱财，在祭祀中施舍给婆罗门。（56）这位人主在祭祀中，高兴地赐给祭司财物，比他们想要的五倍还多。（57）祭祀结束时，他赐给来自四面八方的婆罗门许多钱财，满足他们的愿望。（58）用种种美食款待他们，让他们尽情享用。那些婆罗门带着成堆的珠宝回去，心满意足，到处宣扬诃利旃陀罗的光辉和名声胜过一切国王。（59）

婆罗多族雄牛啊！你要知道，就这样，诃利旃陀罗胜过成千的国王。（60）人中之主啊！在那次大祭完毕以后，这位威风凛凛的国王举行了灌顶礼，成为皇帝，荣耀万分。（61）婆罗多后裔啊！另外还有一些举行过盛大王祭的国王，他们也和因陀罗一同享受快乐。（62）婆罗多族雄牛啊！那些在战场上永不退却、英勇献出生命的人，也能到因陀罗的身边，共享快乐。（63）还有那些修过严厉的苦行、舍弃肉体的人，也能到达因陀罗的天堂，得到永远的幸福和光荣。（64）

贡蒂之子啊！你的父亲、俱卢后裔般度，也看到了诃利旃陀罗王的荣耀，感到惊讶。（65）婆罗多后裔啊！他对你说道："你的兄弟都受你管，听你的话，你能征服整个大地，举行祭祀中最卓越的王祭。"（66）人中之虎啊！般度之子啊！按照你父亲的意愿做吧！然后你就可以和你的祖先们一同到因陀罗的天界了。（67）

国王啊！听说举行这种祭祀会遇到很多障碍。那些梵罗刹总要寻找借口，破坏祭祀。（68）为了这祭祀，还会引起毁灭大地的战争。祭祀中出现的任何问题都会带来毁灭。（69）所以，王中因陀罗啊！你好好考虑一下，看怎样好就怎样办吧！愿你永远保护四大种姓，不要松懈。愿你繁荣昌盛，幸福快乐，常以布施满足婆罗门。（70）你

所问的一切，我都详细讲给你听了。现在，我要向你告辞，到黑天的京城去了。(71)

护民子说：

镇群王啊！这样对贡蒂之子们说了以后，那罗陀仙人就在那些同他一道来的仙人们的簇拥下离去了。(72) 那罗陀离去后，婆罗多后裔啊！贡蒂之子坚战就和兄弟们商量，如何举行最卓越的祭祀王祭，俱卢后裔啊！(73)

以上是吉祥的《摩诃婆罗多》中《大会篇》第十一章 (11)。
《大会堂篇》终。

商 议 篇

一二

护民子说：

婆罗多后裔啊！听过那罗陀仙人的一番话，坚战王长吁短叹起来。他一心想着举行王祭的事，不得安宁。(1) 听了灵魂伟大的王仙们的丰功伟业，想到他们举行神圣的祭祀，获得世界；(2) 特别是想到王仙诃利旃陀罗举行祭祀，美名远扬，荣耀万分，坚战王也想要举行王祭。(3) 他对来到大会堂的所有宾客致以敬礼，也接受了他们的敬礼。然后，他思考祭祀的问题。(4)

王中因陀罗啊！俱卢族雄牛坚战一再考虑之后，决心要举行王祭。(5) 勇气惊人的坚战又考虑如何遵循正法行事，心里想，怎样才能对一切世界都有利？(6) 这最精通正法的坚战关怀一切众生，一视同仁地为大家谋求福利。(7) 因此，老百姓对他像父亲一样信任，没有谁对他怀有敌意，他也得名无敌。(8)

有一天，擅长辞令的坚战王把大臣们和兄弟们召来，再三询问他们王祭的事。(9) 群臣受到想要举行王祭的大智慧的坚战王询问，如实回答说：(10)"一个灌顶的国王希望通过举行王祭获得伐楼拿的地位，得到皇帝的一切优点。(11) 俱卢后裔啊！你具备皇帝的品德，你的朋友们都认为是举行王祭的时候了。（12）恪守誓言的婆罗门念诵娑摩吠陀，点燃六堆祭火，举行祭祀的时间由刹帝利们决定。（13）举行了陀利毗祭，完成了一切祭祀和灌顶，王祭结束，他被称作征服一切者。（14）巨臂大王啊！你完全有能力举行王祭。我们都服从你，不要再考虑什么了，下决心举行王祭吧！"（15）

人民之主啊！朋友们异口同声地说了这些话。听了这些合乎正法、大胆而又充满希望的话，消灭敌人的般度之子衷心接受。（16）婆罗多后裔啊！听了朋友们的话，知道了自己的能力，聪明的坚战王一再考虑举行王祭的事。（17）他又和兄弟们、祭司们、烟氏和岛生等仙人以及大臣们一起商议。（18）

坚战说：

我真心诚意想要举行皇帝才能举行的王祭，这个愿望如何才能实现呢？（19）

护民子说：

眼如莲花者啊！坚战王这样询问，他们立即对以正法为魂的坚战说："精通正法的国王啊！你能举行盛大的王祭。"（20）

祭司们和仙人们对坚战王这样说，大臣们和众兄弟表示赞同他们的话。（21）富有智慧、又能控制自己的普利塔之子坚战王凭着为世界谋利的愿望，再次考虑这事。（22）智者做事要先理智地考虑自己的实力和办法、时间和地点以及利弊得失，才不会失败悲伤。（23）决不能只为自己的安危才去举行祭祀。这样考虑以后，坚战王就努力承担这个任务。（24）

为了做出最后的决定，他想到了黑天，认为他是全世界最优秀的人。（25）般度之子认为大臂黑天具有天神般的业绩，无与伦比，无生而生，凭愿望出生在凡人中。（26）他认为黑天无所不知，没有什么事情做不成，也没有什么不能承受。（27）普利塔之子坚战下定决心后，立刻派遣使者去见众生的导师黑天。（28）

使者驾驶快车，到达雅度族，在多门城见到住在城里的黑天。（29）普利塔之子渴望见到黑天，黑天也渴望见到普利塔之子，于是就和使者帝军一同出发，前往天帝城。（30）

黑天乘坐飞速奔驰的快车，穿过很多国家，来到了住在天帝城的普利塔之子坚战王身边。(31)在坚战王的宫中,他受到法王坚战和怖军的兄弟般的尊敬,也高兴地拜见了姑母。(32)他和最亲密的朋友阿周那亲切欢聚,十分快乐。孪生的无种和偕天像对长者一般,依偎在他身旁。(33)

黑天住在可爱的地方,恢复了旅途疲劳,舒适悠闲,法王坚战才到从不失败的黑天跟前,向他说明请他来的原因。(34)

坚战说：

黑天啊!我想举行王祭,但王祭并不是想举行就能举行的,你是完全知道的。(35)能做到一切事情的,在各处都受到尊敬,只有这种凌驾一切之上的帝王才能举行王祭。(36)我的朋友们都劝我举行王祭,但要不要举行王祭,我还要听一听你的意见才能决定,黑天啊!(37)因为有些人出于友情,看不到事情坏的一面;有些人贪图钱财,说些好听的;(38)有些人觉得对自己有利,希望得到好处。在遇到问题时,人们通常都是这样发表意见。(39)黑天啊!你不受贪欲和怒气支配,摆脱了这些原因,你能如实告诉我们怎样做最好。(40)

以上是吉祥的《摩诃婆罗多》中《大会篇》第十二章(12)。

一 三

黑天说：

大王啊!你具备一切美德,能够举行王祭。虽然你什么都知道,婆罗多后裔啊!有些事我还是要对你讲一讲。(1)从前食火仙人的儿子持斧罗摩几乎杀死了所有的刹帝利,只有极少数逃出性命,传下的后人就是今天世上的刹帝利。(2)婆罗多族雄牛啊!这些刹帝利按照口传的说法确认自己的家族,这你也是知道的,大地之主啊!(3)

现在世上很多国王和刹帝利都说自己是伊罗族和甘蔗族的后代。(4)婆罗多族雄牛啊!你要知道,伊罗族和甘蔗族的国王们有一百零一个家族。(5)迅行族和安乐族的后人很多,成倍成倍增长,大王啊!现在已经扩展到四面八方。(6)

所有的刹帝利都因他们的繁荣崇拜他们。他们中的一个国王占据着中部的大地，尽情享受，并和别人闹着矛盾。（7）这个名叫遮杜尔逾的国王，是第一百零一个国王。他也就是妖连，一生下来就当了皇帝。（8）大智大慧的国王啊！勇猛的童护完全依附着妖连，当上了他的大元帅。（9）大王啊！能以幻术作战的迦卢沙国王婆迦罗就像学生一样呆在妖连的身边。（10）汉沙和狄婆迦这两个灵魂和勇气伟大的人也投奔了英勇强大的妖连。（11）齿曲、迦卢沙、迦罗婆和云乘也归顺了他。他头上戴着人们称作众生之宝的神奇宝石。（12）大王啊！他统治着牟罗和那罗迦这两个耶婆那王，在西方像伐楼拿一样无比强大。（13）婆罗多后裔啊！你父亲的朋友、年迈的福授王都向妖连低了头，说话和做事都要听命他的意愿。（14）但他心中像父亲一样对你充满慈爱，忠诚于你。那位统治着西部和南部边陲的国王，（15）也就是你的舅舅布卢吉多。惟独这位折磨敌人的贡提族后裔怀着慈爱，对你忠心耿耿。（16）

车底国那位以无上士著称的邪恶国王，过去我没有杀掉他，他现在归顺妖连了。（17）他自以为是世上最优秀的人，昏庸无知，经常采用我的标志。（18）他是统治梵伽、崩德罗和吉罗陀的强大国王，世间称他为婆薮提婆之子崩德罗迦。（19）

大王啊！因陀罗的朋友、安乐族的遮杜尔逾[①]强大有力，凭借知识的力量征服了般德耶族、迦罗陀族和竭湿迦族。（20）他的弟弟阿赫提作战像食火仙人的儿子持斧罗摩一样英勇。这位消灭敌方英雄的国王具威，也效忠摩揭陀王妖连。（21）我们是他们的亲戚，常常向着他们，做些使他们喜欢的事，而他们却对我们不友善，惹得我们不愉快。（22）坚战王啊！他们已经不知道自己家族的荣誉和力量，只看到妖连的显赫和名声，便跑去依附了他。（23）

北方有十八个安乐族，因惧怕妖连，逃到了西部。（24）苏罗塞纳族、婆陀迦罗族、波陀族、沙鲁瓦族、波陀遮罗族、苏斯陀罗族、苏俱陀族、古宁陀族和贡提族。（25）沙鲁瓦族的国王们，南方的般遮罗族的国王们和东部憍萨罗的贡提族的国王们，带着兄弟和随从，

[①] 前面第8颂中的遮杜尔逾是指国王妖连，这里的遮杜尔逾是指另一位国王具威。

逃到了西部。(26)摩差族和离足族的国王们，也因惧怕妖连，放弃北方，逃往南方。(27)所有的般遮罗族人都因惧怕妖连，放弃自己的国家，逃往四面八方。(28)

过了一些时候，头脑空虚的刚沙打败同族的亲戚，娶妖连的两个女儿为妻。(29)她俩是偕天的妹妹，名叫阿斯蒂和波罗波蒂。刚沙凭武力征服自己的亲戚，(30)取得优势，更加无所顾忌。安乐族年老的国王们受着这个恶棍折磨。(31)为了拯救自己同族的人，他们就和我们联合。我让阿护迦的女儿妙身和阿迦楼罗结婚。(32)我和大力罗摩一起杀死刚沙和他的弟弟美名，尽到了亲戚的责任。(33)

坚战王啊！由于害怕妖连前来进攻，我们又同十八个分支家族共同商议。(34)即使用百杀器这类重武器，不停地杀上三百年，我们也不能消灭妖连的军队。(35)因为他有两位杰出的勇士，名叫汉沙和狄婆迦，威力如同天神。(36)依我看，这两位英雄，再加上英勇的妖连，这三人足以征服三界。(37)智者中的佼佼者啊！不单我们有这样的想法，其他的国王们也这样想。(38)

那时有个大国的国王也叫汉沙，正在和十八个小部落作战。(39)婆罗多后裔啊！有人说汉沙在作战中被杀死了。狄婆迦一听这消息，就跳进阎牟那河，让自己淹死了。(40)因为他想："没有汉沙，我不能活在这个世上。"所以寻了短见。(41)攻克敌人城堡的人啊！汉沙一听狄婆迦死去，也走到阎牟那河，跳水自沉。(42)婆罗多族雄牛啊！妖连王听说他们两人都死了，就回到苏罗塞那自己的城堡。(43)消灭敌人者啊！看到妖连回去，我们大家非常高兴，又在马图拉安居了下来。(44)

这时，刚沙的眼如莲花的妻子跑到她的父亲、摩揭陀国王妖连跟前。(45)征服敌人的王中因陀罗啊！这个失去丈夫而悲痛的女子一再向妖连说："请把杀死我丈夫的人杀死吧！"(46)

于是，大王啊！我们又想起从前商议的结果，心情沮丧地开始逃亡。(47)国王啊！由于惧怕妖连，我们逃跑时，把巨大的财富分散，各人带着一些财富和亲戚逃跑。(48)就这样，我们逃到西部，到了奈婆多山里一个名叫俱舍地的美丽城池。(49)

国王啊！到了那里以后，我们重新修建住宅，定居下来。城堡修建得很好，就是天神也很难将它攻下。（50）在那样的城堡里，妇女也能作战，更何况苾湿尼族的雄牛们，杀敌的国王啊！住在这里，我们就不再害怕了。（51）俱卢族之虎啊！摩豆族的人们看到这座大山和摩豆族的这块圣地，心里欢喜无比。（52）就这样，我们虽有能力，由于妖连带来危害，只好退避到这里。（53）我们占地三由旬，分成三部分，每一由旬的边界建造一百座城门和拾级而上的门楼，分别由十八个作战奋勇的刹帝利年轻勇士守卫。（54）

我们家族有一万八千支系。有阿护迦的一百个儿子，每一个手下有三百壮士。（55）有美施和他的弟弟，有轮天和萨谛奇，有我和大力罗摩，还有作战和我一样勇猛的商波。（56）这是我们的七员大将，国王啊！请听我再告诉你其他的勇士：成铠、无阻、沙弥迦和战胜，（57）迦诃、商古尼和檀达，这七位大勇士加上老王安陀迦博遮和他的两个儿子，总共十位。（58）这些英勇的大力士能铲平世界，他们在苾湿尼族中无忧无虑，只是想念中部的国土。（59）

婆罗多族俊杰啊！你具备皇帝的品质，完全有资格在刹帝利中称帝。（60）但我认为，只要强大有力的妖连还活着，国王啊！你不可能完成王祭。（61）犹如狮子把抓来的大象关在喜马拉雅山洞中，妖连也把抓来的国王们关在他的山城里。（62）妖连王想把这些国王用作祭品，因为他是在敬拜大神湿婆后，才打败这些国王的。（63）他每次在战斗中打败国王们，就把他们带回城里，囚禁狱中。（64）大王啊！我们就是害怕被妖连抓住，才离开马图拉，跑到了多门城。（65）

大王啊！如果你想举行祭祀，那就设法救出那些国王，杀死妖连。（66）俱卢后裔啊！智者中的佼佼者啊！如果你不能先做到这些，你就不可能顺利完成王祭。（67）我的意见就是这样，国王啊！你认为怎样合适，就怎样做吧，无罪的人啊！你自己考虑周全，做出决定后再告诉我吧！（68）

以上是吉祥的《摩诃婆罗多》中《大会篇》第十三章(13)。

一四

坚战说：

黑天啊！你富有智慧，你说的这一席话，没有别人说得出。在这大地上，也没有别人能这样解除疑难。（1）许多国王在自己的国家做事令人喜欢，但是都得不到帝位。要得到皇帝的称号是不容易的。（2）知道别人威力的人怎么能称赞自己呢？与敌人较量后受到称赞，这样的人才值得尊敬。（3）

苾湿尼族后裔啊！这大地非常辽阔，又有很多宝藏，只有远行的人才知道幸福所在。（4）我认为宁静至高无上，解救国王们的行动得不到宁静，举行王祭也得不到无上的宁静，这就是我的意见。（5）黑天啊！出生在我们家族的智者们认为，在一定的时候，我们家族中会出现最优秀的人。（6）

怖军说：

一个国王不发奋图强，软弱无力，在强敌面前束手无策，就会像蚁垤一样遭到覆灭。（7）王兄啊！一个国王，虽然力量不大，却能振作起来，用正确的方法去与强敌斗争，那他也能胜利，获得他希求的利益。（8）黑天有谋略，我有力量，普利塔之子胜财保证胜利，我们三人犹如三堆火，能够打败摩揭陀国王妖连。（9）

黑天说：

无知的人只想达到自己的目的，做事不计后果。因此，人们不宽恕这种只想达到自己目的的、无知的敌人。（10）我们听说五位皇帝，壮马依靠免除税收，跋吉罗陀依靠保护百姓，作武王依靠苦行和瑜伽，婆罗多依靠武力，摩录多依靠财富。（11）婆罗多族雄牛啊！你要知道，现在需要运用正法、财富和谋略惩治巨车之子妖连。（12）那一百零一个王族并不甘心服从他，因此，他只能用武力保持帝位。（13）享有珠宝的国王们侍奉妖连，而他生性愚昧，没有教养，从不满意。（14）他依靠武力掠夺那些行过灌顶礼的国王，我们没有见到哪儿有人不向他纳贡。（15）就这样，妖连已经迫使近百个国王接受他的统治，普利塔之子啊！一个弱小的国王怎么能顶撞他呢？（16）婆罗多族雄牛啊！那些国王就像已被洗净，送到湿婆庙里做牺牲的家畜，对生活还有什么指望？（17）如果那些即将死于刀下的刹帝利受到我们礼遇，我们大家怎么不能抵挡妖连？（18）坚战王啊！有八十六个国王已被妖连囚禁，还有十四个未被囚禁，他就要实施残酷的举动。（19）所以，谁能阻止妖连的暴行，就会美名远扬；谁能打败妖连，必定能当皇帝。（20）

以上是吉祥的《摩诃婆罗多》中《大会篇》第十四章(14)。

一五

坚战说：

我怎么能只顾达到自己的目的，想当皇帝，就强迫怖军和你们出战？（1）黑天啊！我把怖军和阿周那看做我的两只眼睛，把你看做我的心。如果没有了心和眼，人怎么能活下去？（2）遇到妖连勇猛可怕、难以征服的军队，你们会败于困顿劳累，这还有什么可说的呢？（3）去惹他一定会引起麻烦，所以，请你听听我的想法吧！（4）黑天啊！我认为最好打消举行王祭的念头。现在我心里反对这样做，因为王祭难以实现。（5）

护民子说：

普利塔之子阿周那有最好的神弓和两个取之不尽的箭囊，有战车、旗帜和大会堂，便劝说坚战道：（6）"王上啊！神弓、法宝、箭、勇气、盟军、土地、名誉和力量，大家都希望得到，而又难以得到，我已经全部得到。（7）受尊敬的学者们都称赞名门出身。而没有什么能与力量相比，我喜欢勇气。（8）一个没有勇气的人出生在一个英勇的家族又能做什么？王上啊！只有以打败敌人为职责，才配称为刹帝利。（9）一个有勇气的人，即使缺乏一切优点，也能打败敌人；而一个没有勇气的人，即使具备一切优点，他又能做什么呢？（10）一切美德都立足于勇气。决心是成功之本，业报则依靠天命。（11）一个人虽然强大有力，但懈怠疏忽，也成不了事。这样的人终将在敌人面前衰败下去。(12) 没有力量时丧魂落魄，有力量时胡作非为，想要取得胜利的国王应该排除这两个毁灭之因。(13) 如果我们能杀死妖连，救出受难的国王们，举行王祭，还有什么比这更好的呢？(14) 如果我们不举行王祭，大家一定认为我们没有能力。可是，国王啊！我们毫无疑问是有能力的，你为什么认为没有能力呢？(15) 犹如企求宁静的牟尼很容易得到袈裟，你想得到帝位，我们就会和敌人作战。"(16)

以上是吉祥的《摩诃婆罗多》中《大会篇》第十五章(15)。

一六

婆薮提婆之子（黑天）说：

阿周那表现出的思想风范正是生在婆罗多族的人、特别是贡蒂的儿子应有的。(1) 我们不知道死的时间会在夜里或白天，也从没有听说过不打仗就不会死。(2) 男子汉应该按照常规，去和敌人拼搏，以求心灵的满足。(3) 在交战中，策略正确无误至关重要。如果双方情况相同，胜负也就难说。不过，双方情况不可能完全相同。(4) 我们运用策略，接近敌人，攻击敌人的弱点，保护自己的弱点，怎么不能消灭敌人，犹如洪水冲垮大树？(5)

不与阵容、后盾和兵力占据优势的敌军交锋，这是智者的策略，我也赞成。(6) 但悄悄进入敌人内部，进攻敌人，达到自己的目的，这也无可非议。(7) 人中雄牛啊！妖连向来独享荣耀，好像是众生的灵魂。只要把他杀死，他的军队也就毁灭。(8) 如果我们杀死他后，与剩下的军队交战，我们将为了保护亲友而升入天国。(9)

坚战说：

黑天啊！这妖连是谁？他怎样英勇，怎样威武？他与你接触，怎么没有像飞蛾扑火那样遭到焚毁？(10)

黑天说：

坚战王啊！你请听吧！妖连怎样英勇，怎样威武，怎样多次冒犯我们，而我们都放过了他。(11)

第二　大会篇

摩揭陀国有个名叫巨车的国王，统率三支大军，作战奋勇。（12）他英俊漂亮，光辉吉祥，英勇无比，因经常斋戒而身材瘦削，犹如另一位因陀罗。（13）他像太阳一样灿烂，像大地一样宽容，发起怒来像死神阎摩，富裕比得上财神俱比罗。（14）婆罗多族俊杰啊！他与生俱来的美德如同太阳的光辉，照亮整个大地。（15）

婆罗多族雄牛啊！这位大勇士娶了迦尸国的一对孪生公主。这两位公主又美貌又富有。（16）人中雄牛巨车王当着两个妻子的面，做出承诺："我将不得罪你们。"（17）如同一头公象和两头母象，巨车王和两个与他相配的、可爱的王后一起，过得幸福快乐。（18）这位大地之主在两位王后中间，就像大海在恒河和阎牟那河中间一样，光彩熠熠。（19）就这样，巨车王沉湎欢情，度过青春，却还没有一个传宗接代的儿子生下。（20）这位优秀的国王渴望生儿子，举行了很多吉祥的祭祀仪式，仍然没有得到一个繁衍家族的儿子。（21）

后来，他听说灵魂伟大的乔答摩族仙人迦耆梵高尚的儿子旃陀憍尸迦，因修苦行而疲倦，（22）随意来到一棵树根下，坐在那里。于是，他带着两个王后，献上一切珠宝。（23）这位优秀的仙人信守誓言，说话诚实，对巨车王说："遵守法规的国王啊！我对你很满意。你想求什么恩惠，请说吧！"（24）于是，巨车王和妻子一起向他俯首行礼，怀着见不到儿子的失望心情，流下眼泪，话音哽塞。（25）

巨车说：

尊者啊！我已抛弃王国，住进苦行林。对我这样不幸的人，恩惠还有什么意义？我没有儿子，王国对我还有什么用处？（26）

黑天说：

听了巨车的话，心情激动的仙人坐在那棵芒果树的树阴下，集中思想，继续打禅。（27）那样坐着，没有风吹，没有鸟啄，却有一个芒果落到牟尼怀里。（28）这位优秀的牟尼拿起芒果，心里念诵咒语，然后把这枚无与伦比的、使人得子的芒果，赐给巨车王。（29）大智大慧的大牟尼对巨车王说："国王啊！你的目的已经达到了，现在回去吧！"（30）

婆罗多族雄牛啊！杰出的巨车王记得自己过去的承诺，把这枚芒果赐给两个王后。（31）这两个美丽的王后分吃了这枚芒果。这位牟

尼说话诚实,不会落空。(32)两个王后吃下芒果后都怀孕了。巨车王看到后,无比高兴。(33)

大智大慧的坚战王啊!怀胎足月,到时候生下了两爿身体状的肉块。(34)两爿肉块上各有一只眼、一只手臂、一条腿、半个脸、半个肚子和半个屁股。两个王后看了吓得浑身发抖。(35)可怜的两姐妹惊恐不安,经过商量,痛苦不堪地吩咐扔掉这两爿有生命的肉块。(36)两个奶妈小心包好这两个怪胎,从后宫的门走出去,迅速把它们扔掉。(37)

人中之虎啊!有一个吃肉喝血的女罗刹名叫遮罗,捡到扔在十字路口的这两爿肉块。(38)也是命运的力量,为了便于携带,女罗刹把两爿肉块合在一起。(39)人中雄牛啊!两爿肉块一合,立即变成一个身体,一个英勇的小男孩。(40)国王啊!女罗刹惊奇不已!睁大了眼睛,无法抱起这个像金刚石一样的婴儿。(41)婴儿把红红的小手握成拳头,放在嘴上,放声哭喊起来,好似雨云发出雷鸣。(42)

折磨敌人的人中之虎啊!听见婴儿的哭喊声,后宫里的人赶忙与国王一道走出来。(43)两个王后疲弱无力,绝望忧伤,双乳因乳汁充盈发胀,这时也奔出来,想要得到儿子。(44)

看到两个王后的情形,看到国王渴望子嗣,又看到婴儿这么有力,女罗刹心想:(45)"国王求子心切,而我住在他的国土里,我不能带走这个孩子,犹如乌云席卷太阳。"(46)女罗刹变做人形,对国王说道:"巨车啊!这是你的儿子。我交给你,带回去吧!(47)按照卓越的婆罗门的命令,你的两个王后将他生下,奶妈们把他扔掉,是我保住了他。"(48)

婆罗多族俊杰啊!这时,迦尸国的两个美丽的公主立刻扑到孩子跟前,用乳汁为他沐浴。(49)国王知道了这一切,欣喜万分,询问已非女罗刹形状、全身金光闪耀的女罗刹道:(50)"莲花萼一般的美人啊!你自愿还给我儿子。请告诉我,你是谁?你看来像是一位女神。"(51)

以上是吉祥的《摩诃婆罗多》中《大会篇》第十六章(16)。

一七

女罗刹说:

王中因陀罗啊!祝你幸福!我是女罗刹名叫遮罗,能随意变形。在你的居处我受到敬重,住得很舒服。(1)我常想做点好事回报你,遵守正法的国王啊!今天,我看见你的分成两爿的儿子。(2)凑巧我把它们一合,就变成了一个小王子,大王啊!这完全是你的好运气,我只是促成这事。(3)

黑天说:

女罗刹说完这些话,就隐身不见,国王啊!巨车王抱起儿子,回到自己的王宫。(4)他按照规定为婴儿的诞生举行了仪式,并命令在摩揭陀全国,以女罗刹的名义,举行盛大的庆典。(5)因为这身体是女妖连接起来的,像生主一样的巨车王就为儿子取名妖连。(6)

摩揭陀国王的这个儿子精力旺盛,像火吞食祭祀的酥油,很快成长起来,长得又高大又有力气。(7)

过了一些时候,大苦行仙人旃陀憍尸迦又来到摩揭陀国。(8)一听仙人来了,巨车王非常高兴,连忙带着大臣、侍从、两个王后和儿子,一同出城迎接。(9)婆罗多后裔啊!巨车王献上洗脚水、净口水和其他礼物,然后把儿子和王国都交给仙人。(10)

坚战王啊!仙人接受了摩揭陀王对他的敬意,内心充满喜悦,说道:(11)"大王啊!我用慧眼洞察一切,王中因陀罗啊!你这儿子将来会怎样,你听听吧!(12)国王们都不会有他那样的勇气,大地之主啊!天神们投出的武器也不会伤害他,犹如河流冲不毁山岩。(13)他将在一切受过灌顶礼的国王们的头顶上闪耀,使他们黯然失色,犹如太阳的光辉盖过一切发光体。(14)那些有很多军队和坐骑的国王们一接近他就会遭到灭亡,犹如飞蛾扑火。(15)像雨季里大海把一切涨满了水的河流纳入自己的怀抱,他也会把一切国王的荣华富贵归为己有。(16)像生长五谷的辽阔大地兼容并蓄,强大有力的妖连也会让四种种姓并存。(17)所有的国王都会照他的命令行事,就像一切有躯体的生物都受自身的灵魂——气息控制。（18）这位一切世界中最有力的摩揭陀王还会亲眼见到毁灭三城的大神楼陀罗。"（19）

消灭敌人者啊！仙人这样说着，想起自己还有事，便辞别巨车。（20）摩揭陀王在亲友们簇拥下回到城里，为妖连灌顶。这样，巨车达到至福。（21）妖连灌顶后，巨车王带着两个王后，到苦行林去了。（22）婆罗多后裔啊！妖连在父亲和两个母亲呆在苦行林的时候，凭自己的英勇，征服了很多国王。（23）巨车王在苦行林里修了很长时间的苦行，后来和两个妻子一同升入天国。（24）

汉沙和狄婆迦不能被任何武器杀死，善于出谋划策，又精通战术兵法。（25）关于这两位大力士，我在前面已经对你讲过。我认为他们三人联合起来，足以征服三界。（26）古古罗人、安陀迦人和苾湿尼人英勇有力，但从策略考虑，没有理会妖连，大王啊！（27）

以上是吉祥的《摩诃婆罗多》中《大会篇》第十七章（17）。
《商议篇》终。

诛妖连篇

一八

婆薮提婆之子（黑天）说：

汉沙和狄婆迦已倒下，刚沙和他的大臣也已被杀，现在杀死妖连的时机已到。（1）在战争中，天神和阿修罗都不能战胜妖连，所以我们认为应当用生命搏斗的办法战胜他。（2）我有策略，怖军有力气，阿周那是我们的保护者，国王啊！我们三人犹如三堆火，一定能消灭妖连。（3）

我们三人在无人的地方遇上妖连王，毫无疑问，他就会和我们中的一个交战。（4）他藐视世界，狂妄自大，一旦受到激将，就会和怖军搏斗。（5）大臂大力士怖军一定会杀死他，犹如死神毁灭狂躁的世人。（6）如果你心里明白，如果你信任我，你就赶快把怖军和阿周那托付给我吧！（7）

护民子说：

听了黑天这么说，又看到怖军和阿周那两人脸上充满喜悦，坚战王回答道：(8)"坚定不移者啊！别这么说！折磨敌人者啊！你是般度族的主人，我们都依靠你。(9) 乔宾陀啊！你说的话完全正确，因为你从不指导背向幸运的人。(10) 照你说的办，就能杀死妖连，解救国王们，并举行王祭。(11) 最杰出的人啊！办事迅速的人啊！你就行动吧，完成我的事业和这个世界的事业。(12)

"没有你们三人，我就像没有法、利和欲，疾病缠身，痛苦不堪，没有活的勇气。(13) 我认为，没有梭利（黑天），就没有普利塔之子（阿周那）；没有般度之子（阿周那），就没有梭利（黑天）。黑天和阿周那在一起，世上就没有什么不可战胜。(14) 此外，吉祥的狼腹（怖军）是最有力气的人。你们两人加上这位大名鼎鼎的英雄，还有什么事办不到？(15)

"有好的领导，军队才能出色地完成任务，否则就盲目愚钝，所以人们说，军队应由有真知灼见的人领导。(16) 人们见哪儿地势低，就把水往那儿引，聪明的领导引导军队攻击敌人的漏洞。(17) 乔宾陀啊！你精通战略战术，举世闻名，我们依靠你，努力争取完成任务。(18)

"黑天啊！想要完成事业，就应该让以智慧和策略为力量、遇事善出主意的人在工作中领头。(19) 就这样，为了完成事业，让普利塔之子阿周那跟随雅度族俊杰黑天，让怖军跟随阿周那。有策略，有力量，有胜利的保证，我们的事业一定会成功。"(20)

坚战王对威武有力的兄弟们说了这些话后，苾湿尼族黑天与两位般度之子怖军和阿周那动身前往摩揭陀。(21) 他们乔装刚完成学业的、神采奕奕的婆罗门，接受朋友们美好的临别赠言，心里非常高兴。(22) 他们为了实现亲人的目的，穿着婆罗门服装，燃着怒火，浑身像太阳、月亮和火一样，使人畏惧。(23)

看到在战斗中从不失败的黑天和阿周那走在怖军的前面，一心为共同的事业奋斗，坚战觉得妖连已经被杀死。(24) 因为这两个灵魂伟大的人主宰一切事情，就像平时处理与法、利和欲有关的事情一样。(25)

他们从俱卢出发，穿过俱卢的田野，到了美丽的莲湖，又越过迦罗俱吒山。（26）然后，先后渡过发源于同一山脉的甘陀吉河、索纳河和萨达尼罗河，继续向前行去。（27）渡过美丽的萨罗逾河，看到了东部的憍萨罗国，经过毗提诃国京城弥提罗，渡过玛拉河和遮尔曼婆蒂河。（28）他们三人坚定不移，继续向东行去，渡过恒河和索纳河后，到达覆盖着俱卢树的摩揭陀国土。（29）他们爬上遍布牛群、水源充足、树木茂盛的牛车山，看到摩揭陀国京城。（30）

以上是吉祥的《摩诃婆罗多》中《大会篇》第十八章（18）。

一九

婆薮提婆之子（黑天）说：

普利塔之子啊！摩揭陀国京城又大又美，牲畜兴旺，水源充足，房舍精美，无病无灾。（1）毗诃罗山、野猪山、公牛山、仙人山和支提迦山，座座雄伟壮丽。（2）山峰高耸，树木成阴，这五座大山拥在一起，仿佛守卫妖连的京城耆利婆罗阁。（3）它仿佛掩藏在卢特罗树林中。这些树林花满枝头，散发着醉人的芬芳，是情人喜欢的所在。（4）

灵魂伟大、严守誓言的仙人乔答摩在这里和首陀罗女子奥湿那厘生下迦耆梵等儿子。（5）乔答摩住在这里，受到国王们恩宠，因而效忠摩揭陀王朝。（6）阿周那啊！从前，安伽和梵伽等强大有力的国王都到过乔答摩住的地方，在那里度过快乐的时日。（7）看啊，普利塔之子！乔答摩住地附近的卢特罗树林和钵哩耶罗树林美丽迷人。（8）折磨敌人的蛇王阿尔补多和萨迦罗伐毗，还有蛇王摩尼和苏斯提迦，也住在这里。（9）由于摩尼的作用，雨云不离开摩揭陀国。憍尸迦和有珠也对它垂爱。（10）因此，妖连认为他没有达不到的目的。我们今天就去打掉他的傲气。（11）

护民子说：

说完这话，精力充沛的兄弟们，苾湿尼族黑天与两位般度之子怖军和阿周那，动身前往摩揭陀城。（12）他们到达不可攻克的耆利婆罗阁城。城里住着四大种姓的人，心满意足，身体肥壮，一片节日繁荣景象。（13）他们没有进入城门。那里有一座巨车之子妖连的人们和城中居民崇拜的高山。（14）在这座山上，巨车曾遇到一头吃豆子的牛，杀死它后，用豆秸做了三面鼓。（15）他把牛皮蒙在这些鼓上，放在自己的京城里。这些鼓遇到天花敲击，就会发出声响。（16）

　　黑天、怖军和阿周那一心想杀死妖连，向摩揭陀人喜爱的支提迦山顶冲去，就像要去砍掉山顶。（17）这座古老的山峰岿然屹立，巍峨雄伟，备受崇敬，经常有人给它献上花环。（18）这三位英雄用粗壮的臂膀打击它，推倒它，然后看到和进入摩揭陀城。（19）

　　这时，祭司们举着火，围着乘坐大象的国王妖连绕行，向他礼拜。（20）婆罗多后裔啊！他们三人乔装完成学业的婆罗门，没带任何武器，赤手空拳，一心想与妖连搏斗，进入妖连的京城。（21）他们看到市场繁荣，摆满食品和花环，货物丰富，应有尽有，能满足人的一切愿望。（22）黑天、怖军和阿周那这三位人中俊杰走在大道上，观看路边的繁荣景象。（23）这三位大力士夺取花匠制作的花环。他们穿着杂色的衣服，戴着花环和锃亮的耳环。（24）他们一路观看着，向聪明的妖连的王宫走去，好似雪山雄狮走向牛圈。（25）大王呀！他们三人抹了檀香和沉香的粗壮的胳臂像石柱一样。（26）看到他们魁梧似大象，高大似婆罗树干，胸膛宽阔，摩揭陀人都感到惊讶。（27）

　　这三位力大无比的人中雄牛经过三道布满人的围墙，高傲地来到妖连王那里。（28）妖连看见这三位可敬的、应向他们献上洗脚水和蜜食的婆罗门到来，起身依礼迎接，（29）对他们说道："欢迎你们！"国王啊！世上的人都知道妖连立下的誓言。（30）婆罗多后裔啊！这位在战争中获胜的国王曾经发誓说，只要听到学习结业的婆罗门到来，哪怕是在半夜里，他也要起身去迎接。（31）

　　卓越的国王妖连看见他们奇特的装束，惊讶地走向前去。（32）婆罗多族雄牛啊！这三位杀敌英雄看到妖连王，对他说道：（33）"国王呀！愿你平安幸福！"王中之虎啊！他们站在那里，互相望着。（34）王中因陀罗啊！妖连对乔装婆罗门的雅度族英雄和般度的两个儿子说道："请坐吧！"（35）三位人中雄牛就座，吉祥的光芒闪耀，

犹如祭祀中燃起的三堆祭火。(36)

  俱卢后裔啊！信守誓言的国王妖连责备他们的穿着打扮，说道：(37)"我完全清楚，在这世上，学习结业、还在守戒的婆罗门不戴花环，也不抹香膏。(38)而你们戴着鲜花，手臂上又留有挽弓的印痕。你们明明有刹帝利的豪气，却说自己是婆罗门。(39)你们穿着五颜六色的衣服，戴着花环，身上涂了香膏，你们究竟是谁？如实说吧！对国王们来说，说真话才光彩。(40)你们怎么不怕国王加罪，敢于推倒支提迦山的顶峰，敢于不经过大门就闯入我们的宫殿？(41)婆罗门的英勇表现在言谈里，不像你们表现在行动上，说吧，你们的目的究竟是什么？(42)你们这样来到我跟前，我按规定向你们献礼致敬，你们为什么又不接受？你们到底来我这里干什么？"(43)

  听了这些话后，思想伟大又擅长辞令的黑天用柔和而深沉的声音回答他说：(44)"国王啊！婆罗门、刹帝利和吠舍都有学习期满守戒的人。他们有共同的戒律，也有特殊的戒律。(45)遵守特殊戒律的刹帝利常有好运，戴花的人肯定吉祥如意，所以我们就戴上了花环。(46)刹帝利的勇气在于臂力，而不在于言谈，所以，巨车之子啊！你记住，他们的话并不厉害，(47)创造主把自己的勇气放进了刹帝利的手臂，如果你想看一看的话，国王啊！你今天就能看到，毫无疑问。(48)善人从不由大门进入敌人家，只有去朋友家才由门进，所以，我们不由城门进入你的家。(49)你还应知道，我们为完成事业，到了敌人的住地，不能接受敌人对我们的敬意。这是我们永不改变的誓言。"(50)

以上是吉祥的《摩诃婆罗多》中《大会篇》第十九章(19)。

二〇

妖连说：
  我不记得什么时候和你们结过仇，我想了又想，也想不起曾经得罪过你们。(1)既然我没有得罪过你们，你们为什么要把我这无罪的人称为敌人？婆罗门啊！说真话吧，这是善人的准则。(2)即使是刹帝利，如果他伤害无辜的人，毫无疑问，也会因破坏正法而内心痛苦。（3）即使他通晓正法，誓言伟大，但言行不一，在这世上也会得到罪人的下场，失去幸福。（4）你们知道我遵循刹帝利正法，在三界中是优秀的行善者，却对我妄加指责，胡言乱语。（5）

婆薮提婆之子（黑天）说：

大王啊！有一个人担负着家族重任，我们三人只是执行他的命令。（6）国王啊！你把世上的刹帝利都抓了起来，做了这样残酷的事，怎么还能认为自己是没有罪过的人呢？（7）卓越的国王啊！一个国王怎能残杀一些善良的国王呢？你把那些国王抓了起来，想把他们献给毁灭之神楼陀罗。（8）巨车之子啊！你的罪行也会伤及我们，因为我们依法行事，有能力保护正法。（9）从没有见过把人当祭品，你为什么想拿人祭供大神商迦罗[①]？（10）妖连啊！你是上等种姓的人，却要把同种姓的人当牲畜祭祀。除了你，谁会做这样的蠢事？（11）我们同情受难者，为了家族的繁荣，我们来到这里制服你这个危害我们亲族的人。（12）

国王啊！你认为这世间的刹帝利中，除了你，再没有第二个英雄好汉。这不过说明你极端愚昧无知。（13）国王啊！有哪一个知道家族尊严的刹帝利不愿战死沙场，升入无与伦比的不朽天国？（14）摩揭陀王啊！你要知道，刹帝利就是向往升天，而举行战争祭祀，祭拜众界。（15）国王啊！获得胜利能升入天国，名声卓著能升入天国，修苦行能升入天国，在战争中也能直达天国。（16）这是因陀罗永远恪守的美德。依靠这种美德，百祭（因陀罗）战胜阿修罗们，保护整个世界。（17）摩揭陀军队庞大，有力，骄狂，想要升入天国的人，没有比你更合适的作战对象了。（18）国王啊！你不要看轻别人。虽不是人人都英勇，人中之主啊！也有和你一样威武的人。（19）只是大家不知道，就显得你英勇。我们却不能忍受这一点，国王啊！我要对你说：（20）在和你一样的人面前，抛弃你的自负和骄傲吧！摩揭陀王啊！不要带着你的儿子、大臣和军队去阎摩殿。（21）骄生、作武、优多罗和巨车这些国王就是因为看轻胜过他们的人，连同自己的

[①] 楼陀罗和商迦罗均是大神湿婆的别名。

军队，遭到毁灭的下场。（22）

我们不是所说的婆罗门，我是感官之主梭利（黑天），这两位人中英雄是般度之子。我们要从你这里解救那些国王。（23）摩揭陀王啊！我们向你挑战，你要挺身应战！你或者释放所有的国王，或者前往阎摩殿。（24）

妖连说：

那些国王没有哪个不是被我打败了抓来的，有谁不败就给关起来？这里有谁不曾被我打败？（25）黑天啊，人们说，刹帝利的生活法则就是征服别人，然后，想把他们怎么样就怎么样。（26）黑天啊！我为了祭神，把那些国王抓来。想到刹帝利的誓言，我今天怎么能因为害怕，就把他们放了呢？（27）要打，不管是布阵的军队对军队，还是一个对一个，或者我一个对你们两个、三个，同时或者分别，我都奉陪。（28）

护民子说：

说完这些话，妖连王准备进行一场恶战，便下令给儿子偕天行灌顶礼。（29）婆罗多族雄牛啊！在战斗即将开始时，妖连王想起憍尸迦和画军两员大将。（30）他俩就是著名的汉沙和狄婆迦，从前在世上备受人们尊敬。（31）

国王啊！人主梭利（黑天）想到妖连是优秀的力士，像猛虎那样威武，人中之虎啊！（32）信守誓言、永不动摇的大地之主黑天也记得杀死世上这位凶猛的妖连注定是他人的使命。（33）持犁罗摩的弟弟、杀死摩图的黑天最能控制自我，决定遵从大梵天的指示，不亲自杀死妖连。（34）

以上是吉祥的《摩诃婆罗多》中《大会篇》第二十章(20)。

二 一

护民子说：

于是，擅长辞令的雅度族后裔黑天对一心要打仗的妖连王说道：(1)"国王啊！你心里想和我们三人中谁打呢？我们中谁准备和

你打呢?"(2)国王啊!听黑天这么问,大光辉的摩揭陀王妖连就挑了怖军和他打。(3)

这时,祭司带着一些能恢复知觉的止痛药,前来侍奉好战的妖连。(4)聪明的妖连让声誉卓著的婆罗门念了祈福的经咒,然后遵照刹帝利正法,准备投入战斗。(5)他取下王冠,整理一下头发,站起身来,犹如涌过海岸的潮水。(6)聪明的摩揭陀王对凶猛的怖军说道:"怖军啊!我要和你打,因为败在强者手中也是好的。"(7)说完,英勇的克敌者妖连向怖军冲去,好似阿修罗钵利冲向天帝释。(8)

这时,有力的怖军也经过商议,由黑天为他念了祈福的经咒,迎向前去,求战心切。(9)这两个英雄都是人中之虎,走到一起,满心欢喜,都想胜过对方,以双臂为武器,厮打起来。(10)他俩互相拳击,拽过来推过去,像雷劈大山,发出可怕的声响。(11)他俩兴奋至极,都想战胜对方,都有过人之力,都希望击中对方的致命弱点。(12)国王啊!他俩撇开众人,单独展开一场恶战,就像从前因陀罗和弗栗多之间的那场战斗。(13)他俩使出推、拉、压、摔等手法,并用膝盖顶撞对方。(14)他俩互相大声责骂,拳脚相加,犹如石头砸在对方身上。(15)他俩都有宽阔的胸膛,长大的手臂,又都英勇善战,互相用铁闩般的手臂打个不休。(16)他们从八月初一开始,不分白天黑夜,打了十三天,没有停息。(17)打到第十三天,他俩仍然精神饱满。而到了第十四天夜里,摩揭陀王妖连累了,打不动了。(18)

国王啊!黑天看到摩揭陀王筋疲力尽,就对行为可怕的怖军说,仿佛提醒他:(19)"贡蒂之子啊!在战斗中,筋疲力尽的敌人经不起打击,因为再遭到打击,他就会彻底送命。(20)所以,贡蒂之子啊!婆罗多族雄牛啊!你也不必使劲打击这个国王了,就用双臂和他搏斗吧!"(21)

听黑天这样说,诛灭敌方英雄的般度之子知道妖连已有致命弱点,决定要在这时杀死他。(22)于是,优秀的力士、俱卢后裔狼腹(怖军)为夺取胜利,猛冲上前,抓住不曾被人战胜过的妖连。(23)

以上是吉祥的《摩诃婆罗多》中《大会篇》第二十一章(21)。

二二

护民子说：

尔后，怖军想要杀死妖连，十分理智地对雅度族后裔黑天说：（1）"雅度族之虎黑天啊！这个罪人，不值得我用腰带勒死他。"（2）

听了这话，人中之虎黑天盼望狼腹（怖军）赶快杀死妖连，回答他说：（3）"怖军啊！你有至高的神力，有风神的力量，今天就在这妖连身上显示给我们看看吧！"（4）

国王啊！听黑天这么说，力大无比的克敌者怖军就把有力的妖连高高举起，在头上旋转。（5）婆罗多族雄牛啊！怖军用双手举着他，在空中打了一百个转，然后吼叫着扔下，摔断他的脊背。（6）

粉身碎骨的妖连的惨叫声和般度之子的吼叫声混在一起，令一切众生恐怖异常。（7）怖军和妖连的叫声使所有的摩揭陀人胆战心惊，使孕妇们流产。（8）听到怖军的吼声，摩揭陀人还想，是不是雪山崩塌了？是不是大地开裂了？（9）

这三位克敌英雄在夜里把死去的妖连王丢在王宫门口，好像他熟睡了一样，然后离去。（10）黑天驾起妖连的挂有旗帜的战车，让怖军和阿周那兄弟俩坐在上面，前去解救被囚的亲友。（11）国王们得救，摆脱巨大的恐怖，送给黑天很多珠宝，以示敬意。（12）黑天战胜了敌人，没有受伤，带着武器，乘坐这辆神车，与得救的国王们一起，出了妖连的京城耆利婆罗阇。（13）

这辆战车有两位武士和御者黑天，确实有了同胞兄弟。它看上去久经厮杀，任何国王难以战胜它。（14）有怖军和阿周那这样的武士乘坐，黑天亲自驾驭，这辆出色的战车光彩熠熠，任何弓箭手难以战胜它。（15）从前，在达罗迦引起的一场大战中，因陀罗和毗湿奴正是乘坐这辆战车。现在，黑天乘坐它，向前赶去。（16）

这辆车闪烁着黄金的光辉，挂着一串串铃铛，车声隆隆如同雷鸣，乘上它能打败一切仇敌。（17）因陀罗乘坐这辆车，杀死了九十九个檀那婆。人中雄牛们获得这辆车，心中充满喜悦。（18）摩揭陀人看见大臂黑天与怖军和阿周那两兄弟坐在这辆车上，惊讶不已。（19）

婆罗多后裔啊！这辆车由几匹神马拉着，快速似风。有黑天坐在上面，它更加光彩夺目。（20）这辆美好的车上还有一面天神制作的旗帜，自由飘扬，像彩虹一般绚丽，一由旬之外就能看见。（21）

这时，黑天想起大鹏鸟，大鹏鸟立刻到来，在车上高似祭柱。（22）吃蛇的大鹏鸟停在这辆美好的车上，一些张开大口、发出巨大叫声的生灵停在旗杆上。（23）这辆车闪发强烈的光辉，犹如中午光芒万丈的太阳，所有的生物难以正视。（24）国王啊！那面神奇的旗帜不受树木阻挡，不怕兵器损伤，人和神都能看见它。（25）

永不退却的人中之虎黑天和两位般度之子坐在神车上，驱车出城，车轮发出雷鸣般的声音。（26）这辆神车，婆薮王得自因陀罗，巨车又得自婆薮，从巨车又传到妖连王手中。（27）胳臂粗长、眼如莲花、声誉卓著的黑天出了妖连的京城耆利婆罗阇，来到一片平原。（28）国王啊！城中以婆罗门为首的所有居民都来到这里，依照礼仪，向他致敬。（29）

从囚禁中得救的国王们也向杀死摩图的黑天致敬，满怀感激地对他说道：（30）"提婆吉之子啊！大臂者啊！这并不奇怪，你依靠怖军和阿周那的有力支持，维护正法。（31）我们被妖连囚禁，陷入可怕的痛苦深渊，是你拯救了我们。（32）毗湿奴啊！人中俊杰啊！我们被关在可怕的山城里，幸亏你救出我们，你也声名大振。（33）人中之虎啊！请说吧，我们能做什么？人中雄牛啊！即使再难的事，我们这些国王也会照你的吩咐去做。"（34）

感官之主、灵魂伟大的黑天宽慰他们说："坚战想要举行王祭。（35）这位遵行正法的国王想要取得帝位，你们在举行王祭的事上帮助他吧！"（36）婆罗多族雄牛啊！所有的国王欣然接受黑天的命令，说道："一定照办！"（37）国王们又送给陀沙河族黑天很多珍宝。出于同情，乔宾陀（黑天）勉强收下了他们的礼物。（38）

英勇善战的妖连之子偕天让祭司在前，率领百姓和大臣走来。（39）他谦恭地低下头，走到人中之神、婆薮提婆之子黑天跟前，献上很多珠宝。（40）黑天为胆战心惊的妖连之子偕天解除了恐惧，当场为他举行登基为王的灌顶礼。（41）聪明的国王偕天受到黑天和两位普利塔之子的礼遇，与他们团结一致，然后回到巨车之子妖连的京城。（42）

眼如莲花的黑天和两位普利塔之子带着很多珠宝，周身闪耀无比吉祥的光辉，继续赶路。（43）坚定不移的黑天和两位般度之子回到了天帝城，与法王坚战相会，高兴地对他说：（44）"最贤明的国王啊！怖军已经幸运地打倒强大的妖连，也救出了囚禁的国王们。（45）婆罗多后裔啊！怖军和胜财（阿周那）双双平安回到天帝城，非常幸运，一点伤也没有。"（46）

坚战听了非常高兴，给了黑天应受的崇敬，并拥抱怖军和阿周那。（47）然后，无敌的坚战和众兄弟共享怖军和阿周那带来的诛灭妖连的胜利喜悦。（48）对那些一同到来的国王们，般度之子坚战依照长幼给了他们应受的礼遇，然后送别他们。（49）那些国王高兴地告别坚战王，坐上大大小小的车辆，很快向各自的国家奔驰而去。（50）

就这样，大智大慧的人中之虎黑天与般度的儿子们一起，杀死了仇敌妖连。（51）婆罗多后裔啊！克敌者黑天运用智慧杀死妖连后，辞别法王坚战、普利塔和黑公主，（52）辞别妙贤公主、怖军、阿周那、孪生的无种和偕天，以及烟氏仙人，返回自己的京城。（53）他坐的是法王坚战送的宝车，像早晨的太阳一般光辉灿烂，车声响彻四面八方。（54）婆罗多族雄牛啊！以坚战为首的般度五子围着做事不知疲倦的黑天行右旋礼。（55）

提婆吉之子、世尊黑天赢得巨大的胜利，消除了国王们的恐惧，已经离去。（56）婆罗多后裔啊！由于他的这一功绩，般度五子威信大增，也使木柱王之女黑公主快乐无边。（57）这期间，凡是有关法、利和欲的事，享有治国美名的坚战王都依法去做。（58）

以上是吉祥的《摩诃婆罗多》中《大会篇》第二十二章(22)。
《诛妖连篇》终。

征四方篇

二三

护民子说：

普利塔之子阿周那已经得到一张最好的弓和两个取之不尽的箭囊，还有战车、旗帜和大会堂，对坚战说道：（1）"国王啊！神弓、法宝、利箭、勇气、盟友、土地、名声、力量，这些想要得到又难以得到的东西，我全得到了。（2）现在，我认为应该做的事就是增加国库收入，所以，最优秀的国王啊！我要去向所有的国王收税。（3）我要在一个吉星高照的好日子和好时辰，出发去征服财神俱比罗守护的地方。"（4）

听了胜财的话，法王坚战用深沉悦耳的声音回答他说：（5）"婆罗多族雄牛啊！你就接受值得尊敬的众婆罗门祝福，出发吧！让敌人痛苦，让朋友快乐吧！普利塔之子啊！你一定会取得胜利，如愿以偿。"（6）

听了这话，普利塔之子就坐上火神给的能创造奇迹的神车出发了，浩浩荡荡的大军簇拥着他。（7）随后，怖军和孪生的人中雄牛也接受法王坚战的礼拜，带着军队，登上征程。（8）因陀罗之子阿周那去征服财神喜欢的方向，怖军去征服东方，偕天去征服南方。（9）国王啊！熟悉一切武器的无种去征服西方，而法王坚战留在甘味城。（10）

镇群说：

婆罗门啊！请您把我的祖先征服四方的事详详细细讲给我听吧！因为他们的伟大业绩我是怎么也听不够的。（11）

护民子说：

般度的儿子们是同时征服这大地的，但我先对你讲胜财（阿周那）征战的事吧！（12）胳臂粗长的胜财（阿周那）没有费多大的力，首先征服了古宁陀地区的国王们。（13）征服了古宁陀人、阿那尔多人和迦罗俱吒人后，他让克服罪恶的苏曼多罗担任后卫。（14）国王

549

啊！严惩敌人的左手开弓者阿周那带着苏曼多罗征服沙迦罗岛，打败岛上的国王波罗底文底耶。(15) 沙迦罗岛的居民们，七个岛上的国王们，阿周那和他们的军队发生激战。(16) 但是，婆罗多族雄牛啊！大弓箭手阿周那把他们都打败了，并带着他们，一同去征服东光国。(17) 人民之主啊！东光国有个伟大的国王叫福授，他和伟大的阿周那展开了一场大战。(18) 东光国王周围有吉罗陀人和支那人，还有许多住在海边的战士。(19) 在战争中不知疲倦的福授王，和胜财大战了八天后，笑着对他说：(20) "大臂般度之子啊！你这样英勇，给战争增添了光彩，不愧是因陀罗的儿子。(21) 我是修罗之王因陀罗的朋友，打起仗来，一点也不比他差。但是，孩子啊！和你打起来，简直敌不过你哩！(22) 般度之子啊！你想要什么？我能为你做什么？大臂者啊！你说吧！孩子啊！只要你说出来，我都照你说的去做。"(23)

阿周那说：

俱卢族雄牛、正法之子坚战王，我希望他当皇帝，人人都向他交税。(24) 您是我父亲因陀罗的朋友，我又这样喜欢您，所以我不能命令您，只能请您心甘情愿地向他交税。(25)

福授说：

我对待你就像你的母亲贡蒂，我也这样对待坚战王。我一定照你说的做。除此以外，我还能为你做些什么呢？(26)

以上是吉祥的《摩诃婆罗多》中《大会篇》第二十三章(23)。

二四

护民子说：

贡蒂之子、大臂胜财（阿周那）征服东光国后，又继续向财神俱比罗保护的北方行去。(1) 接着，贡蒂之子、人中雄牛又征服了内山、外山和上山。(2) 他征服了这些山国，让统治这些山国的国王们归顺自己，从各处得到了很多珠宝。(3) 然后，他又带着这些归顺他的国王，去征服俱卢多国王苾亨多。(4) 一路上，车轮滚滚，战鼓齐

摇，大象长鸣，声音震撼大地。（5）

年轻的苾亨多王带着象、马、车、步四大兵种出城，迎战般度之子阿周那。（6）胜财（阿周那）和苾亨多之间展开了一场大战。苾亨多敌不过般度之子的英勇。（7）这个愚昧的山区国王认识到阿周那根本不可抗拒，也就献出各种珠宝。（8）

国王啊！阿周那安顿好俱卢多国后，就带着俱卢多王，继续前行，很快就把军丸赶出他的王国。（9）他又降服了摩达布罗、左天、苏达玛、苏僧俱罗和北俱卢多的国王们。（10）国王啊！根据法王坚战的命令，胜财（阿周那）在那里用兵，征服了这五个国家。（11）接着，他到达军丸的大京都天城，进驻四大兵种。（12）然后，威武的人中雄牛又带着所有这些国王，去征服布卢族的毗首伽婆王。（13）他在战争中打败英勇善战的山民，攻下毗首伽婆守卫的城堡。（14）打败毗首伽婆和山区的陀私优人后，般度之子阿周那又打败七个喜志族部落。（15）接着，刹帝利雄牛阿周那又打败迦什弥罗国英勇的刹帝利们，打败国王罗赫多和十个部落。（16）

国王啊！然后，三穴国、木头国和蛙鸣国的许多刹帝利也都归顺了贡蒂之子阿周那。（17）俱卢后裔阿周那又攻下美丽的阿比沙利城，并在战场上打败居住在优罗伽的娄遮摩那。（18）接着，因陀罗之子阿周那又发动大军，在战争中攻克画兵坚守的美丽的狮城。（19）随后，般度族雄牛、俱卢后裔阿周那又以全部兵力攻克苏诃摩国和朱罗国。（20）无比英勇的俱卢后裔阿周那又带领大军，给难以进攻的波力迦人以毁灭性打击，降服了他们。（21）尔后，般度之子遣散没有战斗力的队伍，带上他们的精锐部队，因陀罗之子又降服了陀罗陀人和甘波阇人。（22）

后来，阿周那又打败以东北部为据点以及住在森林里的所有陀私优人。（23）大王啊！因陀罗之子又继续进兵，征服了罗诃人、上甘波阇人和北利湿迦人。（24）征服利湿迦族时，普利塔之子和利湿迦人之间展开了一场恐怖的恶战，如同从前达罗迦引起的那场大战。（25）国王啊！在战场上打败了利湿迦人后，阿周那得到了颜色像鹦鹉肚子一样的八匹名马，还得到一些颜色像孔雀一样的马和双色马。（26）然后，他又继续征战，攻克雪山和尼湿俱陀山。到达白山，

人中雄牛在那里安营住了下来。（27）

以上是吉祥的《摩诃婆罗多》中《大会篇》第二十四章(24)。

二五

护民子说：

婆罗多后裔啊！英雄阿周那越过白山，到达德鲁摩之子保护的紧那罗国土。（1）这位般度族中的佼佼者以消灭刹帝利的大战击败了紧那罗，让他们交税。（2）征服了紧那罗国后，因陀罗之子又坚决领兵前进，到俱希迦守护的诃陀迦国。（3）俱卢后裔阿周那用安抚的办法降服俱希迦们，看到美丽的心湖和所有的仙人河。（4）然后，般度之子到达心湖，征服诃陀迦附近健达缚守护的王国。（5）他从健达缚们的城里得到很多名叫鹧鸪、花斑和蛙眼的上等骏马，算是贡税。（6）随后，般度之子阿周那又到达诃利婆沙，这位因陀罗之子也想征服这个国家。（7）

这时，那些身躯魁梧、英勇非凡和力大无比的城门卫士来到阿周那跟前，和颜悦色地对他说道：（8）"普利塔之子啊！这座城池你是无论如何也攻不下的。快回去吧，坚定不移的人啊！你征服到这里也足够了，幸运的人啊！（9）人只要进到这个城里，他就一定活不成。英雄啊！我们很喜欢你，你得到的胜利也够多了。（10）况且这里也没有什么值得征服的，阿周那啊！这里是北俱卢，没有战争。（11）贡蒂之子啊！即使进了城，你也不会看见什么，因为以凡人之身，在这里是什么也看不见的。（12）不过，人中之虎啊！你如果想在这里做点别的什么事的话，你就说吧！婆罗多后裔啊！你说了，我们一定照你的话去办。"（13）

于是，国王啊！因陀罗之子阿周那就对他们说："我想让睿智的法王坚战当皇帝。（14）如果凡人不能进你们的国家，那我就不进去了。不过你们给我们一些什么东西，作为交给坚战王的税吧！"（15）那些城门守卫就给了阿周那很多神奇的衣服和首饰，很多神奇的蛇皮和兽皮，作为贡税。（16）

就这样，人中之虎阿周那和刹帝利们以及陀私优人打了很多仗，终于征服了北方。（17）他打败那些国王，让他们都成了上税的人，从他们那里得到很多钱财和珠宝。（18）还得到很多鹧鸪马、花斑马、鹦鹉马和孔雀马。这些马跑得像风一样快。（19）国王啊！这位英雄在四大兵种簇拥下，浩浩荡荡，回到了最美好的天帝城。（20）

以上是吉祥的《摩诃婆罗多》中《大会篇》第二十五章（25）。

二六

护民子说：

在这期间，英勇的怖军也奉法王坚战之命，去了东方。（1）这位婆罗多族雄牛率领摧毁敌国的大军，给敌人带去忧愁。（2）王中之虎、般度之子怖军首先到达般遮罗的大城堡，用种种办法安抚般遮罗人。（3）然后，英勇的人中雄牛在很短的时间内就征服了甘陀吉和毗提诃，又向陀沙那国进军。（4）陀沙那国王妙法赤手空拳，和怖军展开一场大战，令人毛骨悚然。（5）折磨敌人的怖军看到大力士妙法有这样的本领，就让他担任军队统帅。（6）然后，威风凛凛、令人生畏的怖军带着庞大的军队，继续向东行去，一路上大地仿佛也震动摇晃。（7）

国王啊！大力士中的佼佼者、英勇的怖军在战争中打败举行过马祭的国王娄遮摩那和他的弟弟。（8）打败娄遮摩那后，贡蒂之子、俱卢后裔、大英雄怖军，没有费很大的力，就征服了东部的国家。（9）接着，他又向南进军，到达布邻陀的京城，降服国王妙童和妙友。（10）

尔后，镇群王啊！婆罗多族雄牛怖军又奉法王坚战之令，向无比英勇的童护进军。（11）折磨敌人的车底国王童护已经听说般度之子想做什么，亲自出城迎接怖军。（12）大王啊！俱卢族和车底族的这两位雄牛相遇后，互相问候对方家族亲人。（13）然后，人民之主啊！车底国王把自己国家的情况对怖军讲了，并笑着对他说："纯洁无瑕的人啊！你来这里要做什么？"（14）

于是，怖军把法王坚战的意愿对他说了，国王童护答应照办。(15)国王啊！怖军在童护那里住了十三夜，备受尊敬，然后带着大军和车骑，继续前进。(16)

以上是吉祥的《摩诃婆罗多》中《大会篇》第二十六章(26)。

二七

护民子说：

尔后，克敌者怖军到达鸠摩罗国，打败有序王，又征服了憍萨罗的国王巨力。(1)接着，这位般度族佼佼者又进军阿逾陀，没有费很大的事，就征服了精通正法、强大有力的国王长智。(2)后来，他又征服了戈巴罗迦车国，征服了北部的优达摩人和摩罗国王。(3)然后，他到达雪山旁，只用了很短的时间，就把整个遮罗伽婆国征服了。(4)

就这样，人中雄牛怖军征服了很多国家。这位英勇非凡的优秀力士般度之子又用武力征服优那陀国，并攻下附近的俱希曼山。(5)威武可怕的大臂怖军又在战争中降服从不退却的迦尸国王妙亲。(6)接着，般度族雄牛又向妙边国进军，在战场上奋力打败出来迎战的国王迦罗陀。(7)随后，威武的怖军又打败摩差人，打败强大有力的摩罗耶人和无可指摘的伽耶人，征服了整个兽地国。(8)

尔后，大臂怖军回过头来，攻克摩陀维迦山和索巴国。接着，强有力的贡蒂之子又转向北去，用武力征服了婆差普弥。(9)他又打败婆尔伽王、尼沙陀王和以有珠王为首的其他许多国王。(10)般度之子怖军没有费很大的事，很快又攻下南摩罗国和薄伽梵山。(11)高贵的怖军用安抚的办法降服了沙尔摩迦人和婆尔摩迦人。这位人中之虎也没有费多大的事，就征服了毗提诃国王遮那迦。(12)在毗提诃停留期间，贡蒂和般度之子怖军还征服了住在因陀罗山附近的七个吉罗陀酋长。(13)

接着，英勇有力的贡蒂之子又在战争中击败苏诃摩人、东苏诃摩人和沙摩刹人，然后向摩揭陀进军。(14)一路上他打败檀陀王和执刑王，带着他们，一同前往摩揭陀的都城耆利婆罗阇。（15）国王啊！到了那里，他安抚了妖连之子，让他答应缴税，然后又带上所有的国王，向迦尔纳进军。（16）般度族佼佼者以四大兵种和毁灭敌人的迦尔纳交战，仿佛大地都发抖了。（17）婆罗多后裔啊！英勇的怖军击败迦尔纳，让他归顺了，并征服了一些居住在山中的国王。（18）尔后，英勇的般度之子怖军在大战中杀死强大有力的摩达耆利王。（19）怖军又征服大力士崩德罗王婆薮提婆子和一个住在憍尸吉河边的、威武的国王。（20）这两个国王英勇善战，又有强大的军队，但是，大王呀！他们都被怖军打败了。然后，怖军又向梵伽王进军。（21）征服了海军王、月军王、铜裹王和梵伽国迦支王。（22）征服了苏诃摩王和海边的一些国王后，婆罗多族雄牛怖军又征服所有的弥戾车人。（23）

这样，英勇有力的风神之子怖军征服了各式各样的很多国家，从它们那里收取财富，然后到达罗希提耶国。（24）他让所有住在海岛上的弥戾车族国王交税，献出各种宝石，（25）还有檀香、沉香、衣物、上等的摩尼珠、金子、银子、钻石和珊瑚等珍贵物品。（26）灵魂无比伟大的弥戾车王把数以亿万计的巨大财富，像下雨一样，洒向般度之子怖军。（27）威风凛凛的怖军回到天帝城，把所有的财物都交给了法王坚战。（28）

以上是吉祥的《摩诃婆罗多》中《大会篇》第二十七章（27）。

二八

护民子说：

偕天也受了法王坚战的祝福，带领大军，出发去南方。（1）这位有力的俱卢后裔首先打败所有的苏罗塞那人，又用武力降服摩差国王。（2）他在大战中击败诸王之首齿曲，让他缴税纳贡，仍让他统治自己的王国。（3）然后，他又降服妙童王和妙友王，并打败摩差国西部的盗匪。（4）聪明的偕天很快又占领了尼沙陀国的领土和美丽的牛角山，征服了国王有序。（5）

征服那婆国后，偕天向贡提王进军。贡提王愉快地接受他的统治。（6）尔后，偕天在遮尔曼婆蒂河边见到赡婆迦之子博遮。婆薮提婆之子黑天和他有仇，但饶了他的命。（7）婆罗多后裔啊！偕天和博遮开战，打败了他，然后向南进军。（8）他让国王们献出种种珍宝，作为贡税，并带着他们，一同向那尔摩达河行去。（9）到了阿凡提国，威武的双马童之子偕天打败率领大军前来迎战的两位英雄文陀和阿奴文陀。（10）

从阿凡提国得到很多珍宝后，偕天又进军玛喜湿摩提城。在那里，人中雄牛偕天和国王尼罗展开了大战。（11）威力逼人的殷度之子偕天杀戮敌方英雄，这场大战令人胆战心惊。（12）然而，火神帮助尼罗王，摧毁军队，威胁生命。（13）只见在偕天的军队里，马匹、战车、大象、战士和铠甲都带着火燃烧。（14）镇群王啊！俱卢后裔偕天心慌意乱，想不出怎么办才好。（15）

镇群说：

婆罗门啊！偕天为了举行祭祀而作战，火神为什么要在战争中与他为敌呢？（16）

护民子说：

听说从前火神住在玛喜湿摩提城的时候，曾被当奸夫捉住。（17）那时，他化作一个随意行走的婆罗门。他被带到从前的尼罗王跟前。（18）信奉正法的国王依照法典训斥他，于是，火神忿怒地燃烧起来。（19）国王见到火神，非常吃惊，连忙低头向他致敬。火神仁慈地宽恕了他。（20）善于满足别人愿望的火神还让国王选择一个恩典，国王就要求让他的军队无所畏惧。（21）国王啊！从那时起，凡是不知道此事的国王，用武力去征服这座城，都会被火焚烧。（22）俱卢后裔啊！从那时起，在玛喜湿摩提城里，妇女们自由自在，不受约束。（23）因为火神赐给妇女们恩典，她们不受任何阻拦，自己做主，自由行动。（24）人中俊杰啊！大王啊！从那时起，因为惧怕火神，所有的国王都不敢进攻尼罗的王国。（25）

看见自己的军队被大火围困，惊恐不安，国王啊！以正法为魂的偕天像大山一样，岿然不动。（26）他沾水净身后，对火神说："以黑烟为道路的火神啊！我向您致敬！我出军远征全是为了您。（27）火神啊！您是众神之嘴。您就是祭祀。您使一切变得圣洁，所以您叫净化的神。您带着祭品上天，所以您又叫运送祭品的神。（28）为了您，才产生了吠陀，所以您又是产生吠陀的神。运送祭品的火神啊！您来阻碍我们举行祭祀，实在不应该。"（29）

说完这些话，人中之虎、玛德利之子偕天就在地上铺了俱舍草，按礼对着大火坐下。（30）他坐在惊恐万分的大军前面，婆罗多后裔啊！大火不能越过他，像海水不能越过海岸一样。（31）这时，火神走到俱卢后裔、人中之神偕天跟前，悄悄安慰他说：（32）"俱卢后裔啊！起来吧！起来吧！我只是想试试你，才这样做的。你和正法之子坚战想做的事，我全都知道。（33）婆罗多族俊杰啊！我必须保护这座城池，维持尼罗王世系。但是，般度之子啊！你心里想要什么，我也一定会让你得到满足。"（34）

于是，玛德利之子、人中雄牛偕天满心欢喜，站起身来，双手合十，低头对火神礼拜。（35）火神离去后，尼罗王来到大军统帅、人中之虎偕天跟前，向他致敬。（36）玛德利之子偕天接受了他的礼拜，让他交税纳贡，然后又胜利地继续南行。（37）

大臂偕天降服无比英勇的三城国王，又很快征服婆多那国王。（38）然后，大臂偕天竭尽全力，降服以憍尸迦为祭师的苏罗湿特罗国王阿赫提。（39）在苏罗湿特罗国住下时，以正法为魂的偕天派使者去见福席城魁梧而又聪明的国王宝光，（40）同时也见因陀罗的好友具威。大臂具威和儿子宝光接受偕天的统治，国王啊！（41）因为他想起女婿黑天，心里高兴。大军统帅偕天从他那里得到很多珠宝，又继续前进。（42）

而后，英勇非凡的大力士偕天征服苏尔巴罗迦、优波迦利多和檀陀迦。（43）接着，又征服住在海岛上的弥戾车族国王们，征服吃人的尼沙陀人以及耳遮人。（44）征服罗刹生的黑面人，征服整个戈罗山和牟罗吉波坦。（45）大智大慧的偕天还征服了铜傲岛和罗摩迦山，降服狡明耆罗王。（46）然后，又派一些使臣去见独脚族和住在森林的盖婆罗族，去胜利城、毕芜陀国和莲藕国，让他们归顺，交纳贡税。（47）又派一些使臣去般底耶、达罗毗荼、奥陀罗、盖拉罗、安陀罗、达罗文、羯陵伽和优湿陀羯尼伽，（48）去安达乞、罗马和耶

557

婆那城堡，让他们归顺，交纳贡税。（49）

王中因陀罗啊！聪明的克敌者、以正法为魂的玛德利之子偕天到达婆奴迦车，派遣一些使者去见灵魂高尚的布罗私底耶之子吠毗沙那。（50）聪明的吠毗沙那王愉快地接受他的统治，认为这样做很合时宜。（51）随即，他派人送去各种各样的宝石，很多上等的檀香和沉香，很多精美的首饰，（52）送去很多华贵的衣服和贵重的摩尼珠。聪明而威严的偕天接受了他的贡品，然后返回自己的国土。（53）

就这样，克敌者偕天或强攻，或安抚，很快就征服了这些国王，让他们交税纳贡，凯旋而归。（54）婆罗多族雄牛啊！镇群王啊！偕天把一切财物都交给法王坚战，完成了使命，愉快地住下。（55）

以上是吉祥的《摩诃婆罗多》中《大会篇》第二十八章（28）。

二九

护民子说：

现在我要讲讲无种的功绩和胜利，讲讲他怎样征服曾被婆薮提婆之子黑天征服过的西方。（1）聪明的无种带着浩浩荡荡的大军，出了甘味城，向西方行去。（2）战士们发出的狮子吼和车轮滚滚的声音，震撼大地。（3）他首先奔向战神迦缔吉夜喜欢的罗喜达迦山，那里牛马成群，物产丰富，景色宜人。（4）无种和英勇的摩多摩优罗迦人展开了一场激战，征服了整个沙漠地带。（5）大光辉的无种又征服谷物丰盛的舍利沙迦、摩赫车、尸毗、三穴、安波私吒、马尔华和五褛国。（6）然后，又征服摩提弥迦耶和伐陀达那的再生族，又掉转大军，打败青莲林居民。（7）人中雄牛打败喜志族后，又打败信度河边强大有力的伽罗摩奈耶人。（8）打败娑罗私婆蒂河流域以捕鱼为生的首陀罗和阿毗罗人，以及那一带的山野居民。（9）接着，大光辉的无种又很快征服整个五河国，征服阿波罗波利耶吒、北光、文达吒迦和门卫城。（10）般度之子无种还征服了罗摩陀国、诃罗胡纳国和西部地区所有的国王。（11）英勇的无种在那里驻下大军，派使者去见婆薮提婆之子黑天。黑天及其十个王国接受他的统治。(12)有力的无种又向摩德罗国沙迦罗城进军,让他的舅舅沙利耶高高兴兴地归顺。(13)人民之主啊!大军统帅无种受到摩德罗王应有的尊敬和款待,得到很多珠宝,又出发去征战。(14)他征服了住在海湾的凶恶残暴的弥戾车人、波罗婆人和所有的钵尔钵罗人。(15)

善用巧计的人中俊杰无种征服这些国王后,带着很多珠宝,凯旋而归。(16)大王啊!灵魂伟大的无种带回的大量财富,一万头骆驼驮着也吃力。(17)吉祥的玛德利之子无种到达天帝城,把这些财物统统交给英勇的坚战。(18)就这样,婆罗多族雄牛无种征服了受水神伐楼拿保护、又曾被婆薮提婆之子黑天征服过的西部地区。(19)

以上是吉祥的《摩诃婆罗多》中《大会篇》第二十九章(29)。

《征四方篇》终。

王 祭 篇

三〇

护民子说:

因为有法王坚战的保护,正义得到保障,敌人受到镇压,百姓安居乐业。(1)税收合理,依法统治,风调雨顺,国家欣欣向荣。(2)一切事业兴旺发达,特别是畜牧业、农业和商业。这些都是国王的功绩。(3)国王啊!既听不到盗贼和骗子互相说谎,也听不到国王的宠臣说谎。(4)坚战王永远坚持正法,所以,在他的统治下,没有旱灾、涝灾、火灾、瘟疫和夭亡。(5)国王们一个个来到坚战王跟前,不是为了别的事,而是来向他讨好,为他效力或向他进贡。(6)

由于依法积累财富,国库大大充实,就是用上几百年也用不完。(7)看到自己的国库和粮食这样充实,贡蒂之子、大地之主坚战心里决定要举行祭祀。(8)他的朋友们或个别或一起对他说:"主人啊!现在是举行王祭的时候了,请着手行动吧!"(9)

大家这样说着的时候,诃利(黑天)来到了。他是古老的仙人,以吠陀为魂,智者们有目共睹。(10)他是万物中的精英,世界的起源和毁灭,过去、将来和现在的主宰,杀死妖魔盖湿的美发者。(11)他是保护全体苾湿尼人的城墙,在灾难中消除恐惧,毁灭敌人。他把军权托付给父亲大鼓(富天)。(12)这位摩豆族的人中之虎在大军簇拥下,给法王坚战带来大批财物。(13)他带着大量的财富和无数的珠宝,潮涌般进了无比美好的天帝城,车轮声响彻整座城池。(14)像没有太阳的地方升起了太阳,没有风的地方吹来了风,黑天来到,婆罗多族的这座城里一片欢腾。(15)

坚战高兴地向他走去,按照礼仪接待他。等他舒适地坐下后,又向他殷勤问好。(16)然后,与烟氏和岛生等仙人以及怖军、阿周那、孪生的偕天和无种一起,人中雄牛坚战对黑天说道:(17)"黑天啊!由于你的功劳,我才征服了这整个大地,苾湿尼族后裔啊!由于你的恩惠,我才积聚了这么多财富。(18)所以,提婆吉之子啊!摩豆族后裔啊!我要把所有的财物按照礼仪用于优秀的婆罗门和祭火。(19)陀沙河族大臂者啊!我希望与你和我的弟弟们一起举行祭祀,请你同意我这样做吧!(20)大臂乔宾陀啊!请你做好祭祀的准备吧!有你参加祭祀,我就会成为无罪过的人。(21)主啊!请你下令,让我和兄弟们一起举行祭祀吧!有了你的命令,我的祭祀就能圆满成功。"(22)

黑天细细称述坚战的很多长处,然后对他说:"王中之虎啊!你完全配做皇帝,所以,你就举行王祭吧!你完成了祭祀,我们也就完成使命。(23)你照自己的意愿举行祭祀吧!我是一切为你的幸福着想。你无论让我做什么,我都一定会照你说的去做。"(24)

坚战说:

黑天啊!感官的主宰啊!我一想举行祭祀,你就来到了。这表明我的决心是对的,祭祀一定会成功。(25)

护民子说:

得到黑天同意,般度之子坚战就和兄弟们一道,着手准备举行王祭。(26)诛灭敌人的般度之子坚战对优秀的武士偕天和所有的大臣下令道:(27)"你们要照婆罗门所说的,准备好这次祭祀所需的一切器具和吉祥之物。(28)要照烟氏仙人的吩咐,按用途,按顺序,派人送来各种祭祀用品。(29)为了让我高兴,请我的御者帝军、怖军的御者除忧和阿周那的御者补卢去采集食物。(30)俱卢族俊杰啊!要采集那些婆罗门喜欢吃的食物,香气浓郁,滋味美好。"(31)优秀的武士偕天听了灵魂高尚的法王的话,立即表示一切照办。(32)

国王啊!而后,岛生黑仙带来祭司,这些大福大德的婆罗门犹如吠陀的化身。(33)贞信之子岛生黑仙毗耶娑亲自担任祭官,胜财族雄牛苏娑摩担任诵唱娑摩吠陀的歌咏祭司。(34)精通吠陀的耶若婆耶担任主要的行祭祭司,婆薮之子拜罗和烟氏仙人担任吁请祭司。(35)这些祭司的精通吠陀和吠陀支的学生们和儿子们则担任助手。(36)

祭司们确定良辰吉日,按照经典规定,布置大祭坛。(37)工匠们奉命在那儿修建镶嵌宝石的大殿,一座座宛如天宫。(38)

尔后,优秀的国王、俱卢族俊杰坚战又命令身为大臣的偕天说:(39)"你赶快派遣行动迅速的使者去邀请人吧!"听了坚战王的话,偕天马上派出使者,对他们说:(40)"你们到各国去,把那些令人尊敬的婆罗门、国王、吠舍和首陀罗统统都请来!"(41)遵照般度之子的命令,使者们邀请来所有的国王。接着,偕天又派出另一批使者。(42)

婆罗多后裔啊!这时,众婆罗门及时地让贡蒂之子坚战做好举行王祭的准备。(43)以正法为魂的法王坚战做好了祭祀的准备,在成千婆罗门的簇拥下,来到了行祭的地方。(44)人中因陀罗啊!簇拥着他的还有他的兄弟、亲戚、朋友、大臣以及来自各地的刹帝利国王和他们的大臣。这位杰出的国王如同正法的化身。(45)

熟悉一切学问、精通吠陀和吠陀支的婆罗门从很多国家聚集到这里。(46)遵照法王坚战的命令,数以千计的工匠为这些婆罗门修建各自的住房。房里备有床榻和很多吃食,一年各季都令人舒适。(47)国王啊!这些婆罗门住在那里,受到很好的款待,常常说故事,看戏剧舞蹈表演。(48)人们经常听到这些灵魂伟大的婆罗门在那里愉快地进餐和高声谈话。(49)人们经常听到他们在那儿说:"请把这个给我!请把那个给我!"或"请吃吧!请吃吧!"(50)婆罗多后裔啊!法王分别给了他们成百成千的母牛、黄金、床榻和美女。(51)

灵魂伟大的般度之子是大地上独一无二的英雄，犹如天上的因陀罗。他的祭祀就这样开始了。（52）婆罗多族雄牛啊！坚战王还派般度之子无种去象城邀请毗湿摩，（53）邀请德罗纳、持国王、维杜罗、慈悯和众位堂兄弟，邀请所有热爱坚战的人。（54）

以上是吉祥的《摩诃婆罗多》中《大会篇》第三十章(30)。

三一

护民子说：

在战争中取胜的般度之子无种到了象城，邀请毗湿摩和持国王。（1）他们高兴地让众婆罗门率先，一同去参加祭祀大典。一些懂得祭祀的学者，听说法王要举行王祭，也跟着上了路。（2）另外还有数以百计的国王满心欢喜，很想看一看大会堂和般度之子法王。（3）婆罗多后裔啊！他们带着各种珍贵的珠宝，从四面八方赶来。（4）

持国王、毗湿摩、大智大慧的维杜罗、难敌和他所有的弟弟，（5）以教师德罗纳为首的所有王公，都应邀而来，受到盛情的款待。还有犍陀罗王妙力和大力士沙恭尼，（6）不摇、毕舍迦、优秀的武士迦尔纳、正道、摩德罗王沙利耶和大勇士波力迦，（7）俱卢族月授、普利、广声、沙罗、马嘶、慈悯和信度王胜军，（8）祭军和他的儿子们、沙鲁瓦王和东光国大名鼎鼎的福授王，（9）所有住在海边的弥戾车人、山区的国王们和巨力王，（10）崩德罗王婆薮提婆子、梵伽王、羯陵伽王、阿迦尔沙王和贡多罗王，伐那婆希耶和安达罗的国王们，（11）达罗毗荼、僧诃罗和迦尸弥罗的国王们，无比威严的贡提婆阇和强大有力的苏诃摩，（12）另一些英勇的波力迦国王们、毗罗吒王和他的儿子们、大勇士摩遮罗王以及其他国王、王子和邑主。（13）

婆罗多后裔啊！在战争中英勇非凡的童护，也带着儿子，前来参加般度之子的祭祀大典。（14）大力罗摩、无阻、跋波鲁、沙罗那、伽陀、始光、商波和英勇的美施，（15）优罗牟迦、大力罗摩之子尼沙陀、英勇的始光之子和苾湿尼族其他的大勇士都来了。（16）他们

和中部地区的其他很多国王都来参加般度之子盛大的王祭。(17)

国王啊！依照法王的吩咐，安排这些国王住在有很多围墙的院落，绿树掩映，池塘增辉。(18) 正法之子坚战对到来的国王们致以最高的敬意，给予最好的礼遇，然后，这些国王到指定的住所歇息。(19)

这些宾馆像盖拉娑山峰一样高耸，精心装饰，美丽迷人，四周有高高的、精致的白色围墙。(20) 金制的窗棂，镶嵌摩尼珠的通道，柔软舒适的台阶，宽敞的坐垫。(21) 花束和花环遍布各处，优质沉香香气飘逸，这些宾馆像天鹅一样洁白明亮，在一由旬之外就能看见。(22) 它们的门都很宽大，进出从不拥挤，而且各有不同的特点。它们的构件装有很多金属，像雪山山峰一样斑斓夺目。(23)

国王们在宾馆休息后，又去见法王坚战。只见他在祭司们中间慷慨布施。(24) 国王啊！会堂里挤满灵魂高尚的国王和婆罗门，宛若众神聚集的天堂。(25)

以上是吉祥的《摩诃婆罗多》中《大会篇》第三十一章(31)。

<h1 style="text-align:center">三二</h1>

护民子说：

国王啊！坚战走上前去，向祖父毗湿摩和老师德罗纳行了礼，然后对他们和慈悯、德罗纳之子以及难敌和毗文沙提说道：(1) "在这次祭祀中，愿你们从各方面给我支持！我这里的财产就和你们自己的一样，你们随意使用，不必拘束。"(2)

这样说了以后，准备行祭的般度长子立即分派给他们适当的职责。(3) 他把受理膳食的事交给难降，把接待婆罗门的事交给马嘶。(4) 把款待国王们的事交给全胜，把决定该做不该做的事交给睿智的毗湿摩和德罗纳。(5) 把管理黄金珠宝和发放布施的事交给慈悯，对其他的人中之虎也一一安排了任务。(6) 无种让波力迦、持国、月授和胜车聚在一起，像主人那样在那里享乐。(7) 通晓一切正法的奴婢子维杜罗管理金钱开支，难敌负责接受礼品。(8)

想要得到最好的回报,想要看一看大会堂和般度之子法王,所有的人都聚集到了那里。(9)大家送了很多珠宝给法王坚战,没有谁送的财礼少于一千。(10)国王们竞相向坚战王赠送财礼,都想:"我送的珠宝够不够俱卢后裔举行王祭?"(11)

这些人间国王的宫殿和婆罗门的精舍,有殿堂,有宫顶,有塔楼,有军士守卫。(12)这些住宅修建得像天宫一样,镶嵌宝石,富丽堂皇。(13)国王们又带来大量财富,国王啊!这一切使灵魂伟大的贡蒂之子的会堂更添光彩。(14)

坚战在财富上可与水神伐楼拿媲美。他举行点燃六堆祭火的祭祀,大量布施,充分满足人们的一切愿望。(15)这个集会上充满食物和品尝食物的人们,还有作为礼品的珠宝。(16)在祭祀中,熟悉经咒的大仙们念诵祷辞,向火里投放酥油祭品,使天神们心满意足。(17)众婆罗门得到食品和大量钱财的布施,像天神们一样心满意足。一切种姓的人在这次祭祀中都非常高兴。(18)

　　　　　　以上是吉祥的《摩诃婆罗多》中《大会篇》第三十二章(32)。
　　　　　　《王祭篇》终。

献 礼 篇

三三

护民子说:

到了举行灌顶礼的那一天,婆罗门大仙们和国王们进入里面的祭坛,准备接受款待。(1)以那罗陀为首的灵魂高尚的婆罗门和王仙们一起坐在那里,光彩夺目,(2)就像众天神和众神仙聚集在大梵天的宫殿。这些无比威严的人等着进行下一项仪式,闲谈起来。(3)很多人在互相争论,有的说"是这样",有的说"不是这样",有的说"是那样",有的说"不是那样"。(4)一些人引经据典,把无理证明为有理,把有理证明为无理。(5)一些聪明的学者攻破别人证实的问题,犹如兀鹰啄破抛入空中的肉。(6)一些精通所有吠陀的、严守誓言的婆罗门讲述有关法和利的故事，以作消遣。（7）有这些精通吠陀的天神、婆罗门和大仙在这里，坚战的祭坛就像洁净的天空闪烁着许多明亮的星星。（8）

国王啊！坚战王进入时，祭坛附近没有一个首陀罗，也没有一个不守戒的人。（9）看到吉祥聪明的法王举行王祭，得到繁荣幸福，那罗陀很满意。（10）人主啊！当那罗陀仙人看到这里聚集着所有的刹帝利，心中又不免思虑起来。（11）婆罗多族雄牛啊！他想起以前发生在大梵天的宫里众天神部分化身下凡的故事。（12）俱卢后裔啊！认识到这是众天神的集会，那罗陀心中想起眼似莲花的诃利（黑天）。（13）他就是消灭天神们的仇敌、摧毁敌人城堡的、睿智有力的那罗延。为了履行诺言，他亲自转生在刹帝利家族。（14）创造一切生灵的那罗延从前亲自对众天神下令道："你们到人间互相杀戮后，再回到天国。"（15）

那罗延，也就是世界之主商部，这样对所有的天神下令后，自己就转生在雅度族。（16）这位最优秀的家族维系者降生在大地上安陀迦族和苾湿尼族的世系中，无限荣耀，犹如月亮出现在群星中。（17）因陀罗和众天神都崇拜他的臂力。这位消灭敌人的诃利现在确实成了凡人。（18）天哪！多么奇怪！自在天那罗延将亲自收回这些强大有力的刹帝利！（19）

通晓正法的那罗陀就这样思考着，认为诃利·那罗延这位大神应该在祭祀中受到称颂。（20）精通正法的、大智大慧的那罗陀在法王的大祭中，备受尊敬。（21）

国王啊！这时，毗湿摩对法王坚战说："婆罗多后裔啊！现在向这些国王们致以应有的敬意吧！（22）坚战啊！老师、祭司、亲属、学习结业的婆罗门、朋友和国王，这六种人应该受到献礼。（23）人们说，这些人住了一年就应该受到献礼，而他们来到我们这里已经有很长时间了。（24）所以，坚战王啊！他们每人都应该受到一份献礼，现在先向他们当中最优秀、最有本领的人献礼吧！"（25）

坚战说：

俱卢后裔啊！老祖父啊！请告诉我，您认为他们当中哪一位适合首先接受献礼？（26）

护民子说：

婆罗多后裔啊！福身王之子毗湿摩明智地断定，在这大地上，蕊湿尼族黑天最配接受献礼。（27）他说："威武、有力和英勇的黑天在聚集这里的国王中，就像炽热的太阳在所有的发光体中。（28）就像没有太阳的地方升起了太阳，没有风的地方吹起了风，黑天一来，我们的祭祀就充满光明和欢乐。"（29）

威武的偕天遵照毗湿摩的旨意，依礼如仪，向蕊湿尼族黑天奉上最高的献礼。（30）黑天按照经典规定的礼仪，接受了献礼。但童护不能忍受给予婆薮提婆之子黑天这样的礼遇。（31）这位强大有力的车底国王在集会上抱怨毗湿摩和法王，贬斥黑天。（32）

以上是吉祥的《摩诃婆罗多》中《大会篇》第三十三章（33）。

三四

童护说：

俱卢后裔啊！这些灵魂伟大的国王都站在这里，蕊湿尼族黑天不配像国王那样接受应给国王的献礼。（1）般度之子啊！你任意对眼似莲花的黑天表示崇敬，这种行为与灵魂伟大的般度族不相称。（2）般度的儿子们啊！你们还是孩子，不懂得正法是微妙的。而恒河之子毗湿摩目光短浅，背离正法。（3）毗湿摩懂得正法，却像你这样凭自己的喜好行事，只能在世上受到善人蔑视。（4）这陀沙诃族黑天又不是国王，你们怎么在所有的国王中，给予他这样的礼遇？（5）

婆罗多族雄牛啊！如果你认为黑天是长者，那么，年迈的婆薮提婆也在场，怎么反而儿子更受尊敬？（6）如果婆薮提婆之子（黑天）一向对你们好，顺从你们，那么，木柱王也在场，怎么就该这位摩豆族后裔（黑天）受尊敬？（7）俱卢族雄牛啊！如果你把黑天当老师，那么，德罗纳也在场，你为何尊重蕊湿尼族黑天？（8）俱卢后裔啊！如果你把黑天当祭司，那么，岛生黑仙也在场，怎么就该黑天受你尊敬？（9）俱卢族俊杰啊！这诛灭摩图的黑天既不是祭司，又不是老师，又不是国王，你这样敬重他，除了出于偏爱，还能有什么别的理

由？（10）

婆罗多后裔啊！如果你们要尊敬诛灭摩图者，为什么又要把这么多国王邀来，让他们受辱？（11）我们大家交纳贡税并不是害怕灵魂伟大的贡蒂之子，也不是贪图什么，也不是取悦讨好。（12）只是因为他遵行正法，想要获得大地之主的地位，所以我们大家向他交税纳贡，而他却不尊重我们！（13）国王啊！你在国王们的集会上，对这个没有获得国王标志的黑天献礼致敬，这不是侮辱众位国王又是什么？（14）所以，正法之子以正法为魂的名声扫地了，因为谁会崇敬苾湿尼族这个抛弃正法、曾经杀死一位国王（妖连）的黑天呢？（15）由于向黑天献礼致敬，今天坚战已经失去以正法为魂的品质，堕入可悲的境地。（16）

如果贡蒂之子们胆怯，苦恼，可怜，难道你不该提醒他们，你这个摩豆族后裔配不配受到这样的尊敬？（17）遮那陀那啊！那些可怜的人给予你不配接受的礼遇，你怎么能同意接受？（18）你得到了不合适的崇敬，还自鸣得意，就像一条狗捡到一点撒落的祭品，想在没有人的地方吃它。（19）遮那陀那啊！这不仅是对国王们的侮辱，也是俱卢族人公然耍弄你。（20）诛灭摩图者啊！犹如去势的男人不能交欢，瞎子不能看见美色，你不是国王，当然不能像国王那样接受尊敬。（21）坚战王怎么样，看清了；毗湿摩怎么样，也看清了；婆薮提婆之子又怎么样，也看清了。一切全都如实看清了。（22）

这样说完，童护从上等座位上站起身来，和国王们一起离开这个集会。（23）

以上是吉祥的《摩诃婆罗多》中《大会篇》第三十四章(34)。

三五

护民子说：

于是，坚战王追上童护，用委婉的话语劝慰他说：（1）"大地的保护者啊！你说的这一番话不合适。国王啊！它完全不合乎正法，尖

567

刻而无意义。(2) 国王啊！福身王之子毗湿摩决不会不懂最高的法。这不是事实，你不要这样侮辱他。(3) 你看，这里许多国王都比你年长，他们都同意敬重黑天，因此，你也该这样才是。(4) 车底国王啊！俱卢族毗湿摩真正了解黑天，你对黑天的了解不会像他那样深。"(5)

毗湿摩说：

黑天是世界上最老的人。对于不愿敬重黑天的人，用不着去安抚他，也不值得去劝说他。(6) 一个优秀的刹帝利在战斗中打败另一个刹帝利，降服他，又释放他，也就成为他的师长。(7) 在这国王们的集会上，我还没有见过一个国王不曾在战争中被黑天威力压倒。(8) 坚定不移的黑天不仅最值得我们尊敬，也值得整个三界尊敬。(9) 很多刹帝利雄牛在战争中被黑天打败，整个世界都依赖这个苾湿尼族后裔。(10) 所以，即使有年高德劭的人在，我们还是崇敬黑天，而不崇敬别人。你不配这样说话，不要失去理智！(11)

国王啊！我侍奉过很多智慧老人。这些善人聚在一起，我听到他们谈起品德高尚的梭利（黑天）具有很多公认的美德。(12) 我还多次听到人们谈论睿智的黑天诞生以来的种种功绩。(13) 车底国王啊！我们崇敬黑天，绝不是出于偏爱，绝不是看重亲戚关系。(14) 他给大地带来幸福，受到大地上一切善人崇敬。我们知道他的名声、勇气和胜利，才崇敬他。(15) 我们没有忽视这里的任何人，哪怕是很年轻的人。而我们认为诃利的品德胜过年长者，他最值得崇敬。(16)

婆罗门中的智慧老人，刹帝利中的英雄豪杰，乔宾陀（黑天）两者兼备，这是他值得崇敬的两个坚实的理由。(17) 他有吠陀和吠陀支的知识，又有无限的力量，在人世上，还有谁像美发者黑天这样出类拔萃？(18) 乐善好施、精明能干、博学、英勇、知耻、名声卓著、无上智慧、谦恭、沉着、吉祥、满足和繁荣昌盛，这些都为坚定不移者黑天所有。(19) 所以，你们大家都应该同意他是具备一切美德的老师、父亲和长者，值得崇敬。(20) 祭司、师长、女婿、完成学业的婆罗门、国王和亲人，这些集于感官之主黑天一身。所以，这位坚定不移者值得崇敬。(21)

黑天是世界的起源和毁灭。黑天造就宇宙万物。(22) 他是未显的原初物质,永恒的创造者,超越一切众生,所以,这位坚定不移者最古老。(23)智、心、大、火、风、水、空、地以及四种生物(胎生、卵生、湿生和化生)全都依赖黑天。(24)太阳、月亮、大小星星和四面八方全都依赖黑天。(25)这个无知的童护不知道黑天无处不在,无时不在,他才这样说话。(26)有智慧的人思考至高的正法,依照正法看人,而这车底王不是这样的人。(27)在灵魂伟大的国王们中,无论年龄长幼,谁不认为黑天值得崇敬?谁不崇敬黑天?(28)如果童护认为这种崇敬不合适,那么,他认为怎样合适,就怎样做好了!(29)

以上是吉祥的《摩诃婆罗多》中《大会篇》第三十五章(35)。

三六

护民子说:

享有盛誉的毗湿摩说完这些话就住了口,偕天接着说了这样意味深长的话:(1)"国王们啊!我崇拜诛灭盖湿的、威力无比的黑天。他们之中有谁受不了,(2)当心我的脚踩在哪位力士头上,请他出来回应我的挑战。(3)凡有理智的国王,都应该承认黑天是老师、父亲和长者,值得崇敬。"(4)

偕天亮出他的脚后,那些聪明、善良、骄傲而有力的国王们中,没有谁说一句话。(5)这时,一阵花雨降落在偕天的头上,一片无形的声音喊道:"好啊!好啊!"(6)那罗陀也拍击黑鹿皮衣。这位仙人通晓一切世界,能说出过去和未来,消除一切疑惑。(7)

这时,应邀而来的、以苏尼陀(童护)为首的那伙人勃然大怒,脸色都变了。(8)这些国王不懂吠陀,自以为是,谴责坚战的灌顶礼和对婆薮提婆之子黑天的崇拜。(9)他们嚷嚷着,被朋友们拉开,就像一群狮子咆哮着,被拉着离开一堆肉。(10)看到浩瀚的国王大海翻滚着无尽的军队波浪,黑天知道他们要挑起战争了。(11)

敬拜应该敬拜的婆罗门和刹帝利,人中之神偕天完成这个仪式。(12)在黑天受到敬拜时,粉碎敌人的苏尼陀(童护)气得两眼通

红，对国王们说：(13)"有我当大军统帅，你们看怎么样？我们准备好，与联合起来的苾湿尼族和般度族开战吧！"(14)

车底国雄牛童护就这样鼓动所有的国王，和他们商量如何破坏王祭。(15)

以上是吉祥的《摩诃婆罗多》中《大会篇》第三十六章(36)。《献礼篇》终。

诛童护篇

三七

护民子说：

坚战看到国王们忿怒骚动，如同汹涌的大海。(1) 就像威力无比、广受吁请、杀戮敌人的因陀罗请教祭主仙人那样，他对智慧出众的俱卢族老祖父毗湿摩说道：(2) "祖父啊！国王们忿怒骚动，如同汹涌的大海。请告诉我，应该怎么办？(3) 怎样才能使祭祀不受阻挠，百姓平安幸福？老祖父啊！请您现在告诉我！"(4)

通晓正法的法王坚战这样说完，俱卢族祖父毗湿摩就对他说道：(5) "俱卢族之虎啊！你不要怕！难道狗还能咬死狮子吗？我早就想好安全妥善的出路。(6) 这些国王聚在一起喧闹，就像狮子睡着时，一群狗跑来狂吠。(7) 孩子啊！在苾湿尼族雄狮黑天面前，这些国王像一群忿怒的狗，在睡狮身边狂吠。(8) 在坚定不移的黑天像狮子那样睡着未醒时，这位车底国雄牛、人中之狮童护就把那些国王当成狮子了。(9) 最杰出的国王啊！孩子啊！这愚昧无知的童护是一心要把所有的国王引向阎摩殿。(10) 婆罗多后裔啊！轴下生（黑天）肯定会打掉童护身上的锐气。(11) 贡蒂之子啊！你是最有智慧的人，祝你幸运！这位车底国王童护和所有的国王失去了理智。(12) 人中之虎黑天想要打掉谁的锐气时，这人的理智就和童护一样，早已失去。(13) 坚战啊！摩豆族的黑天是三界中四种生物的起源和毁灭。"(14)

婆罗多后裔啊！车底国王童护听了毗湿摩的这些话，又说出一番刻薄难听的话。(15)

以上是吉祥的《摩诃婆罗多》中《大会篇》第三十七章(37)。

三八

童护说：

毗湿摩啊！你用这么多吓人的话威胁所有的国王，难道也不害臊吗？你这玷污家族名声的老家伙！(1)你这位俱卢族俊杰生来是第三性①，说出这样背离正法的话倒也相称。(2)毗湿摩啊！你引导着俱卢族，就像一条船拖着另一条船，一个瞎子牵着另一个瞎子。(3)你特别称颂黑天从前杀死布多那等等事迹，这又刺伤我们的心。(4)毗湿摩啊！你又骄傲又愚蠢，你一心只想赞美黑天，为什么舌头没有裂成百片呢？(5)连无知的人也蔑视放牛的黑天，毗湿摩啊！你是有知识的长者，却要赞美黑天！(6)毗湿摩啊！如果黑天在小时候杀死一只鸟，杀死了根本不懂作战的马和牛，这有什么了不起呢？(7)如果他一脚踢翻没有知觉的木头车子，毗湿摩啊！又有什么值得惊奇的呢？(8)毗湿摩啊！如果他站着不动，把蚁垤一般大的牛增山举了七天，我认为也没有什么稀奇。(9)毗湿摩啊！你说他在山顶上玩耍，吃了很多食物，大家听了惊讶至极。(10)懂得正法的人啊！他吃的是强大有力的刚沙的食物，却把刚沙杀了，这难道不是天大的怪事？(11)

毗湿摩啊！不懂正法的俱卢族贱人啊！看来你不知道善人们说过这样的话，让我来说给你听：(12)"对妇女、母牛、婆罗门以及供你吃饭的人和求你庇护的人，都不能使用武器。"(13)这是遵行正法的圣者和善人的训诫，毗湿摩啊！看来世上这一切对你都不起作用。(14)俱卢族俊杰啊！你向我称颂美发者黑天智慧深厚，年高德劭，好像我是个无知的人，毗湿摩啊！一个杀死牛和妇女②的人，怎

---

① 这是指毗湿摩终身不娶。
② 指化作牛的阿修罗阿利私吒和化作兀鹰的女罗刹布多那。

么配受赞美呢?(15)

你说黑天是智者中的佼佼者,是世界的主宰,他也以为真是这样。其实,这完全是无稽之谈!(16)一支歌并不能支配歌唱者,虽然他把它唱上很多遍。像普陵伽鸟一样,[①] 生物都是按照自己的天性行事。 (17)毫无疑问,你的天性卑劣,般度五子自然更加邪恶。(18)因为他们最崇敬黑天,而你不懂正法,背离善者之道,却在宣讲正法,充当他们的引路人。(19)

毗湿摩啊!有哪一个优秀的智者认为自己遵奉正法,会像你这样依法行事?(20)懂得正法的人啊!祝你幸运!安芭公主已另有所爱,你这自以为有智慧的人为什么要把她抢走?(21)毗湿摩啊!你的弟弟奇武王遵循善者之道,没有要你抢来的这个姑娘。(22)你自以为有智慧,但奇武王的两个妻子就在你的眼前,依照善人的行为规范,和别人[②]生下后代。(23)

毗湿摩啊!你的这种梵行毫无意义,不是正法。毫无疑问,你坚持这样做只是由于痴愚或者生理缺陷。(24)懂得正法的人啊!我没有看见你有任何长进,因为你没有侍奉那些宣讲正法的长者。(25)祭祀、馈赠、诵习吠陀和慷慨布施,所有这些功德都不及生育儿子的十六分之一。(26)毗湿摩啊!不管守了多少戒律,做过多少斋戒,对一个没有儿子的人来说,一切都是白费。(27)你教导虚妄的正法,现在老了,又没有儿子。像天鹅一样,你就要被自己的亲属们杀掉。(28)毗湿摩啊!从前,那些知识渊博的人讲过这个天鹅的故事,现在我讲给你听。(29)

从前,在海滨住着一只年老的天鹅。它对鸟儿们宣讲正法,但他的行为又是一套。(30)毗湿摩啊!鸟儿们经常听它宣讲正法:"要行正法,不要行非法!"(31)毗湿摩啊!我们听说,为了遵行正法,另一些生活在海水中的鸟也供给这只天鹅食物。(32)毗湿摩啊!鸟儿们把自己产的卵安放在天鹅附近,然后跳进海水游乐去了。(33)这只罪恶的天鹅对自己的事从不粗心,而把那些粗心的鸟儿们的蛋全吃了。(34)那些蛋渐渐减少,有一只非常聪明的鸟心中产生疑惑,有

---

① 普陵伽鸟平时一再声称"别鲁莽行事",但它自己却从狮子的牙缝里剔食吃。
② 即毗耶娑。

一天发现了这只天鹅在吃鸟蛋。(35)看到天鹅的恶行,这鸟儿痛苦不堪,马上把这事告诉了所有的鸟儿。(36)俱卢后裔啊!鸟儿们亲眼目睹后,一起把这只伪善的天鹅杀死了。(37)

毗湿摩啊!你的行为和这只天鹅一样卑劣,这些大地之主也会杀死你,就像忿怒的鸟儿们杀死天鹅。(38)毗湿摩啊!熟悉古事的人们唱过这首歌,婆罗多后裔啊!我也念给你听听吧!(39)"以翼为车的鸟儿啊!你的灵魂堕落,满嘴谎言,你吃鸟蛋的罪恶行为戳穿了你的话。"(40)

以上是吉祥的《摩诃婆罗多》中《大会篇》第三十八章(38)。

三九

童护说:

我很尊敬强大有力的国王妖连。他认为黑天是奴隶,所以不愿和他交战。(1)在杀妖连的事上,美发者黑天、怖军和阿周那的所作所为,谁能认为是正当的?(2)黑天看到了聪明的妖连的威力,不由正门进入,还乔装改扮,谎称自己是婆罗门。(3)妖连以正法为魂,自觉尊重婆罗门,首先向这恶人献洗脚水,他却不愿接受。(4)俱卢后裔啊!妖连请黑天、怖军和阿周那用膳,而黑天拒绝。(5)愚蠢的人啊!如果你认为黑天是世界的创造者,那他为什么不真正认为自己是婆罗门呢?(6)我感到奇怪的是,尽管你拉着般度五子偏离善者之道,他们还认为你做得很好。(7)或许,婆罗多后裔啊!有你这样一个女人气的老头指导他们的一切,这也就不奇怪了。(8)

护民子说:

听了童护充满刻毒字眼的恶言恶语,优秀的力士、威风凛凛的怖军勃然大怒。(9)他那双红莲般的眼睛本来就很大,盛怒之下,变得更大更红。(10)所有的国王见他额上的眉峰竖成了三道,就像恒河在三峰山上分三路流下。(11)他气得咬牙切齿,脸色可怕,像世界末日前来焚毁一切众生的死神。(12)刚强的怖军冲向童护,而大臂毗湿摩一把将他拽住,犹如大神湿婆拽住战神。(13)

573

婆罗多后裔啊！老长辈毗湿摩拦住怖军，用种种言语劝说，平息他的怒气。(14) 克敌者怖军不违抗毗湿摩的话，就像大海在雨季里波涛汹涌，也不越过海岸。(15) 人主啊！尽管怖军发怒，英勇的童护仗着自己的勇武，并没有吓得战栗。(16) 怖军一再跃身要向前冲，克敌者童护毫不担心，就像狮子面对小鹿。(17) 看见威力骇人的怖军怒不可遏，英勇的车底王童护笑着说道：(18) "毗湿摩啊！你放开他吧！让这些国王们看看，我的威力之火会把他像飞蛾一样烧掉！"(19)

听了车底王的话，智者中的佼佼者、俱卢族俊杰毗湿摩又对怖军说了这番话。(20)

以上是吉祥的《摩诃婆罗多》中《大会篇》第三十九章(39)。

四〇

毗湿摩说：

这童护出生在车底王族，一生下就有三只眼、四只胳臂，哭起来声音像驴叫。(1) 父母和亲戚见他长得奇形怪状，心里害怕，想把他抛掉。(2) 正当国王、王后、大臣和祭司惶恐不安，只听传来一个无形的声音说：(3) "国王啊！你的这个儿子天生有福，强大有力，所以你不要害怕，打消疑虑，抚养这个孩子吧！(4) 国王啊！你现在要他死，他也死不了，因为他的死期还没有到。他将来会死于兵器，杀死他的人现在也降生了。"(5)

听见隐身的精灵说出这话，母亲爱子心切，就说道：(6) "那说了关于我儿子这话的神灵，我这里双手合十向他致敬，请他再说一说。(7) 我想听一听，我的儿子将死在谁的手里？"于是，那隐形的精灵又说：(8) "那人将你儿子抱在怀中，他多生出的两只胳臂就会像两条五头蛇一样掉在地上；(9) 你儿子一见那人，他额上的第三只眼就会消失不见。那人就将是杀死你儿子的人。"(10)

听说他有三只眼、四只胳臂以及有关他的那些话，整个大地上的国王们都跑来看他。(11) 车底王对所有到来的国王都依礼款待，表示敬意，并把儿子让每个国王在怀中抱一抱。(12) 这样，数以千计

的国王们一个个依次把孩子抱在怀里，但没有任何事发生。(13)

后来，雅度族的大力罗摩和黑天来到车底城，看望他们的姑母。(14)他俩依长幼之序和应有的礼节，拜见在座的国王们，向他们问好，然后就座。(15)向这两位英雄致以敬意后，王后格外高兴，亲自把儿子放在黑天怀里。(16)一到黑天怀里，这孩子的两只多余的胳臂就掉了下来，额头上的那只眼睛也消失了。(17)

一见这情形，王后又难过，又害怕。于是，她向黑天祈求恩惠说："大臂者啊！我又难过，又害怕，请你赐给我一个恩惠吧！(18)因为你能使痛苦的人得到安慰，使恐惧的人消除恐怖！"黑天对姑母说道："别害怕！(19)姑妈！您要什么恩惠？要我做什么？不管做得到还是做不到，我一定照您说的话去做！"(20)

听了雅度族后裔黑天这么说，王后就说道："大力士啊！愿你宽恕童护的罪恶！"(21)

黑天说：

姑妈啊！即使您的儿子有一百条罪过，应该被杀，我也会饶恕他。请您宽心，切莫忧伤！(22)

毗湿摩说：

英雄啊！因此，这愚昧无知的罪人童护王仰仗乔宾陀（黑天）赐予的恩惠，有恃无恐，向你挑战。(23)

以上是吉祥的《摩诃婆罗多》中《大会篇》第四十章(40)。

四一

毗湿摩说：

怖军啊！你是不可动摇的。车底王向你挑战绝不是出自他的智慧。这肯定是世界之主黑天的安排。(1)怖军啊！这大地上有哪一个国王会像这个受到命运捉弄的败家子这样辱骂我？(2)他肯定是大臂的诃利（黑天）的精力的一个部分，而声誉卓著的诃利想把这部分精力收回了。(3)因此，俱卢族之虎啊！这愚昧无知的车底王不把我们放在心上，像猛虎一样对我们咆哮哩！(4)

护民子说：

车底王无法忍受毗湿摩的话，满腔愤怒向毗湿摩回嘴。（5）

童护说：

毗湿摩啊！你像歌功颂德的歌手一样赞美黑天，那就让黑天在我们这些仇敌身上显显他的威力吧！（6）毗湿摩啊！如果你要常常歌颂别人，心里才快活，那你丢开黑天，歌颂一下别的国王吧！（7）你歌颂最优秀的波力迦王陀罗陀吧！他一生下来就把大地劈开。（8）还有盘伽和梵伽的国王迦尔纳，手挽大弓，力量可与千眼神因陀罗相比，毗湿摩啊！你歌颂他吧！（9）德罗纳和他的儿子马嘶永远是最优秀的婆罗门和大勇士，值得歌颂，毗湿摩啊！你歌颂这父子俩吧！（10）毗湿摩啊！我想他们两人中只要有一个发了怒，就会把这大地连同一切生物消灭干净。（11）我看没有任何一个国王能在战争中抗衡德罗纳或马嘶，毗湿摩啊！你却不想歌颂他们俩。（12）毗湿摩啊！如果你一向喜欢歌颂，你为什么不歌颂沙利耶等国王呢？（13）

王爷啊！你从前肯定没有听过懂得正法的老人们说话，我又能做什么呢？（14）谴责自己，歌颂自己，或谴责别人，歌颂别人，这四种都不是高贵的人们应有的行为。（15）毗湿摩啊！你执迷不悟，一心赞美不值得赞美的黑天，没人赞赏你的这种做法。（16）你怎么能随心所欲，说整个世界都依赖博遮王（刚沙）的一个灵魂卑贱的牧人呢？（17）

婆罗多后裔啊！或者，你的赞美并不真诚，和我前面说过的普陵伽鸟一样。（18）毗湿摩啊！在雪山那一边，有一只名叫普陵伽的鸟，经常说一些不符合事实的话。（19）她常常叫喊道："别鲁莽行事！"但她并不觉得自己做事就非常鲁莽。（20）毗湿摩啊！这只愚昧无知的鸟竟然从嚼食的狮子嘴里叼取夹在牙缝中的肉！（21）毫无疑问，这只鸟能不能活命全凭狮子的意愿，毗湿摩啊！不懂正法的人啊！你也常常像这只鸟一样说话。（22）毫无疑问，你能不能活命，也得看国王们的意愿，毗湿摩啊！没有人像你这样行事，与世人为敌。（23）

护民子说：

国王呀！听了车底王这些刻毒的话，毗湿摩又对他说道：（24）"确实，我活着要看这些国王的意愿。但我把这些国王看得草芥不

如。"(25)

听到毗湿摩这么说,国王们勃然大怒。有些国王汗毛直竖,有些国王责骂毗湿摩。(26)有些大弓箭手听了毗湿摩的话,说道:"这个毗湿摩一大把年纪了,还沉湎于罪恶,简直不可饶恕。(27)愤怒的国王们联合起来,把这个思想邪恶的毗湿摩像畜牲一样杀掉,或者,用干草点火,把他烧死!"(28)

俱卢族智慧的祖父毗湿摩听后,对这些国王说道:(29)"国王们啊!我看这样说来说去没完没了。我说几句最后的话,你们听着吧!(30)把我像畜牲一样杀掉,或用干草点火烧死,那就请吧!我只把我的这只脚踏在你们所有人的头上!(31)我们崇拜的坚定不移的乔宾陀(黑天)就在这儿,你们之中想死的,就冲向这位摩豆族后裔吧!(32)现在,就让他向这位手执弓和杵的黑天挑战,战死后,进入这位神的身体吧!"(33)

以上是吉祥的《摩诃婆罗多》中《大会篇》第四十一章(41)。

四二

护民子说:

听了毗湿摩的话,英勇的车底王童护想和婆薮提婆之子黑天交战,对黑天说道:(1)"遮那陀那啊!我向你挑战,你来和我打吧!我今天要把你和般度五子统统杀掉!(2)黑天啊!你不是国王,般度五子无视在场的国王们,越规向你献礼。我要把你和他们一同杀掉。(3)黑天啊!你是奴隶,不是国王,思想邪恶,不配受到尊敬,而他们愚昧无知,崇拜你,所以我认为他们该杀。"说完这话,王中之虎童护站在那里忿怒地发出吼叫。(4)

听他说了这些话,黑天当着他的面,用温和的语气对所有的国王和般度五子说道:(5)"国王们啊!这个沙特婆多族妇女的儿子成了我们的凶恶敌人。我们沙特婆多族人没有得罪他,而他生性残酷,却要损害我们。(6)国王们啊!这个行为邪恶的人知道我们到东光城去了,尽管他是我父亲的外甥,却放火焚烧我们的多门城。(7)有一次,博遮王族在奈婆陀迦山上游乐,他杀戮和捆绑他们,带回自己的城堡。(8) 我的父亲举行马祭,祭马放出,有很多人监护,而他居心险恶,偷走祭马,破坏马祭。(9) 声名卓著的跋波鲁王的妻子前往妙雄国时,他头脑发昏,强行把她抢走。(10) 这个行为残酷的人还幻化成迦卢沙王,把许配给迦卢沙王的、自己的舅舅毗沙罗王的女儿贤美掳走。(11) 我只是为了姑母,才忍受了他带来的巨大痛苦。幸好今天这些发生在所有的国王们面前。(12) 你们已经看到了他给我的侮辱,也知道了他背着我做的那些坏事。(13) 今天,当着所有国王们的面,我再也不能原谅这该死的人狂妄地犯下的罪行。(14) 这该死的蠢货还想要得到艳光公主哩!正像首陀罗不能听取吠陀,这蠢货当然也不可能得到艳光公主。"(15)

聚集在那里的国王们听了婆薮提婆之子黑天的话,开始谴责车底王童护。(16) 而威风凛凛的童护听了他的话却大笑起来,笑过之后说道:(17)"黑天啊!艳光公主原本是许配给我的,你在集会上,当着所有国王的面,提起这事,不觉得害臊吗?(18) 除了你,黑天啊!有哪个受尊敬的人会当着善人们的面,提到原本属于别人的妻子?(19) 黑天啊!不管你言而有信,原谅我,还是不原谅我,也不管你生气还是欢喜,你又能把我怎么样呢?"(20)

童护正说着这话,诛灭摩图、粉碎敌人的黑天怒不可遏,放出飞轮,砍下了他的头颅。大臂童护像大山遭到雷击倒在地下。(21) 大王啊!这时,国王们看见一团光华从童护的身体里升起,就像空中升起太阳。(22) 这光华向举世尊敬的、眼如莲花的黑天顶礼致敬,然后进入他的身体。(23) 看到这光华进入人中俊杰、大臂黑天的身体,国王们惊讶不已。(24)

在黑天杀死童护的时候,天上并没有一丝云彩,却下起了大雨,电闪雷鸣,大地震动。(25) 有些国王默不作声,不知说什么才好,只是睁大眼睛望着黑天。(26) 有些国王忿怒地用手心搓着指头,有些国王用牙咬着嘴唇,气得发昏。(27) 有些国王悄悄地称赞苾湿尼族黑天,有些国王情绪激愤,有些国王保持中立。(28) 大仙们、灵魂伟大的众婆罗门和强大有力的国王们高兴地走上前去,赞美黑天。(29)

尔后，般度之子坚战命令他的兄弟们依礼给英勇的陀摩高沙之子童护王举行葬礼，不要延迟。他的兄弟们马上执行他的命令。（30）普利塔之子坚战又和国王们一道，为童护之子举行灌顶礼，立他为车底国国王。（31）

然后，国王啊！俱卢族坚战王的王祭极尽繁华，光辉灿烂，为青年们喜爱。（32）在黑天保护下，排除了阻挠，王祭顺利进行，财物充裕，食品丰盛。（33）世尊梭利（黑天）手持弓、飞轮和杵，一直守护着盛大的王祭，直至结束。（34）

法王坚战在祭祀完毕后沐了浴，所有的刹帝利国王走到他跟前，说道：（35）"精通正法者啊！上天护佑你繁荣发达，主人啊！你得到了帝位，阿阇弥吒后裔啊！你提高了阿阇弥吒族的声誉，王中之王啊！由于这个祭祀仪式，你的正法也得以发扬光大。（36）人中之虎啊！我们受到款待和尊敬，满足了一切愿望。现在请允许我们向你告别，回到各自的国家去。"（37）

听了国王们的话，法王坚战向他们表示了应有的敬意，然后对他所有的弟弟们说：（38）"这些折磨敌人的国王友好地来到我们这里，现在向我告别，要回各自的国家去。你们把这些卓越的国王一直送到我们的边界。祝你们一路平安！"（39）

奉行正法的般度之子们按照长兄坚战的吩咐，依礼把这些杰出的国王一一送走。（40）威武的猛光陪送毗罗吒，大勇士阿周那陪送灵魂伟大的祭军，迅速向前行去。（41）大力士怖军陪送毗湿摩和持国王；大勇士偕天陪送英雄德罗纳和他的儿子。（42）大王啊！无种陪送妙力和他的儿子；黑公主的儿子们和妙贤公主之子陪送山区的国王们。（43）就这样，这些刹帝利雄牛陪送另一些刹帝利。众婆罗门接受敬意后，也离去了。（44）

婆罗多族雄牛啊！所有的王中因陀罗都离去后，英勇威严的婆薮提婆之子黑天对坚战说道：（45）"俱卢后裔啊！你幸运地完成了至高无上的王祭。我也要向你告辞，回多门城去。"（46）

法王坚战听后，对诛灭摩图的黑天说道："乔宾陀啊！托你的福，我完成了王祭。（47）托你的福，所有的刹帝利国王归顺我，侍奉我，向我交纳贡品。（48）英雄啊！没有你，我们不会有快乐。但你回多

门城也是应该的。"（49）

于是，以正法为魂、声名赫赫的黑天在坚战陪同下，去见普利塔，高兴地对她说道：（50）"姑妈啊！您的儿子们现在得到了帝位，实现了愿望，有了财富，您应该心满意足了！（51）请您允许我回多门城去。"黑天又辞别了妙贤和德罗波蒂。（52）然后，由坚战陪同，出了后宫，沐浴祈祷完毕，得到众婆罗门的祝福。（53）

大王啊！这时，达禄迦套好那辆造得像云彩一般美丽的车，赶了过来。（54）心胸博大、眼如莲花的黑天见到这辆以大鹏金翅鸟为旗徽的宝车，向它右绕而行，然后登车启程，向多门城驶去。（55）

吉祥的法王坚战和弟弟们一起，徒步跟在大力士黑天车后。（56）眼如莲花的诃利（黑天）让他的宝车暂停片刻，对贡蒂之子坚战说道：（57）"万民之主啊！你要小心谨慎，时时保护臣民！就像万物依靠雨云，飞鸟依靠大树，众神依靠千眼神因陀罗，你的亲属也都靠你为生。"（58）黑天和般度之子们互道珍重，互相告别，然后分手回家。（59）

国王啊！沙特婆多族俊杰黑天返回多门城后，难敌王和妙力之子沙恭尼这两位人中雄牛还留下，住在精美绝伦的大会堂里。（60）

以上是吉祥的《摩诃婆罗多》中《大会篇》第四十二章(42)。

《诛童护篇》终。

赌 骰 篇

四 三

护民子说：

婆罗多族雄牛啊！难敌和沙恭尼一起住在大会堂里，慢慢把整个大会堂都观看了一遍。（1）这位俱卢后裔在那里见到的巧夺天工的构造是在他的象城里从来没有见过的。（2）有一天，持国之子难敌王在大会堂中见到水晶地，以为是池塘。（3）在错误的幻觉中，他撩起自己的衣服，意识到错了，心中怏怏不乐，又到大会堂的别处转悠。(4)他来到一个池塘前,池水水晶般清澈,荷花水晶般晶莹。他又把这池塘当作水晶地,和衣跌入其中。(5)见他掉进水里,侍从们忍不住大笑起来。然后,奉国王之命,他们给他换上华丽的衣服。(6)看到他当时那副形状,大力士怖军、阿周那、无种和偕天也都大笑不已。(7)

见众人发笑,难敌心中冒火,难以按捺,但他不动声色,不朝他们望一眼。(8)走到另一个地方,他又以为是一片水,撩起衣服,像涉水一般,众人又大笑起来。(9)他走到一扇门前,以为门开着,往里一走,脑袋竟撞到门上。走到一扇敞开的门前,他又以为是关着,因而过门不入。(10)

万民之主啊!就这样,难敌王出尽种种洋相后,辞别般度族。(11)他在王祭大典中见到惊人的富庶,心中不悦,返回象城。(12)一路上,想着般度之子的幸运,难敌王心中像闷火燃烧,罪恶的念头就此产生。(13)俱卢后裔啊!看到普利塔之子们心情舒畅,国王们都归顺他们,整个世界老老少少都为他们的利益着想,(14)看到灵魂高尚的般度五子无比显赫,持国之子难敌气得脸无血色。(15)他精神恍惚,回想着聪明的法王坚战的无与伦比的大会堂和荣华富贵。(16)由于心不在焉,妙力之子沙恭尼一再叫他,和他说话,他都没有听见,没有回答。(17)沙恭尼见他精神恍惚,询问道:"难敌啊!你为什么一边走一边长吁短叹?"(18)

难敌说:

看到骑白马的阿周那用武力征服这整个大地,由坚战统治,(19)大光辉的舅舅啊!看到普利塔之子如同天神中的因陀罗完成这样的祭祀,(20)我日夜妒火中烧,整个人干枯得像旱季只剩下一点点水的池塘了。(21)你看,沙特婆多族俊杰黑天杀死童护时,在场的人中,没有一个站出来支持童护。(22)国王们慑于般度五子烈火似的威力,容忍了这桩罪恶,否则谁能容忍?(23)依靠般度五子的威力,婆薮提婆之子黑天做成了这件不应该做的大事。(24)

国王们带来各式各样的珠宝,献给贡蒂之子坚战,如同一群纳税的吠舍。(25)看到坚战这样耀眼的荣华富贵,我妒火中烧,虽然我不应该这样。(26)我要么跳进火里,要么吞下毒药,要么投水自尽,我不能再活下去了！（27）世上有哪个血性男子，看到对手繁荣，自己衰落，会心甘情愿？（28）看到般度族这样兴旺，如果我能忍受，我就成了女不女、男不男的人了。（29）看到别人主宰大地，享有那么多的财富，还举行了那样的祭祀，有谁会不像我一样妒火中烧？（30）我一个人不能夺得这种帝王的荣华，又看不到有人助我一臂之力，所以只想一死了之。（31）

看到贡蒂之子得到那样的荣华富贵，我认为天命至高无上，人力微不足道。（32）妙力之子啊！过去我竭力消灭他，但他还是战胜一切，像水中的荷花一样茁壮成长。（33）所以，我认为天命至高无上，人力微不足道，持国之子们日益衰落，普利塔之子们日益兴旺。（34）看到他们繁荣昌盛，有那样的大会堂，而我又受到侍卫们讪笑，我像被烈火焚烧。（35）舅舅啊！你现在知道我妒火中烧，痛苦不堪，请把这消息告诉持国吧！（36）

以上是吉祥的《摩诃婆罗多》中《大会篇》第四十三章(43)。

四四

沙恭尼说：

难敌啊！你不要妒忌坚战，因为般度五子常常交好运。（1）过去你不止一次用过多种办法，这些人中之虎都幸运脱险。（2）他们获得木柱王之女为妻，有木柱王父子们和英勇的婆薮提婆之子黑天相助，获得大地。（3）大地之主啊！他们得到自己父亲的那份国土，没有被压倒，靠自己的威力，在那片土地上繁荣起来，还有什么可悲伤的？（4）胜财（阿周那）满足了火神，得到甘狄拨神弓、两个取之不尽的大箭囊和一些法宝。（5）他靠那张神弓和自己的臂力，征服所有的国王，这有什么可悲伤的？（6）折磨敌人、左手开弓的阿周那从大火中救出檀奴之子摩耶，让他修建了大会堂。（7）听从摩耶的吩咐，那些叫做紧迦罗的可怕的罗刹负责守卫大会堂，这有什么可悲伤的？（8）婆罗多国王啊！你说你孤苦无助，这话不对。你的那些英勇善战的兄弟们就是你的助手。（9）大弓箭手德罗纳和他的聪明的儿子、车夫之子迦尔纳和大勇士慈悯,(10)我和我的兄弟们以及英勇的月授之子广声,有我们这些人支持,你也能征服整个大地。(11)

难敌说:

国王啊!如果您同意,我就和您以及那些大勇士一道,去征服般度五子。(12)只要战胜了他们,这整个大地、所有的国王、那个大会堂和巨大的财富,就都是我的了。(13)

沙恭尼说:

胜财(阿周那)、婆薮提婆之子黑天、怖军、坚战、无种、偕天、木柱王和他的儿子们,(14)这些大弓箭手和大勇士精通武艺,作战奋勇,甚至众天神也不能以武力战胜他们。(15)不过,难敌王啊!我知道有个办法可以战胜坚战本人。你听我说,并希望你采纳。(16)

难敌说:

舅舅啊!如果不需要朋友们和其他灵魂高尚的人们冒险,就能战胜他们,就请您告诉我吧!(17)

沙恭尼说:

贡蒂之子坚战喜欢掷骰子,但又不精此道。只要有人邀请他,这位王中因陀罗就难以拒绝。(18)掷骰子我是一把好手,不用说在这个世界上,就是在三界中,也没有谁能与我相比。你去邀请贡蒂之子坚战掷骰子吧!(19)人中雄牛啊!难敌王啊!我擅长掷骰子,会为你赢来他的王国和荣华富贵,这毫无疑问。(20)难敌啊!你把这事禀告国王吧!只要你的父亲同意,我就会赢他,这毫无疑问。(21)

难敌说:

妙力之子啊!你去以合适的方式禀告俱卢族元首持国吧!我不能对他说。(22)

以上是吉祥的《摩诃婆罗多》中《大会篇》第四十四章(44)。

四五

护民子说:

和甘陀利之子难敌一同领略了坚战王的盛大的王祭,(1)妙力之子沙恭尼早已明白难敌想做什么。听了难敌的话后，他就去见大智大慧的持国。（2）具有智慧之眼的持国坐在宝座上，沙恭尼对他说道：(3)"大王啊！您要知道，难敌变得面黄肌瘦，婆罗多族雄牛啊！他懊恼沮丧，忧心忡忡。（4）您的长子忍受不了敌人带给他的忧伤，您怎么没有觉察，一点也不知道？"（5）

持国说：

难敌儿啊！你为什么这样难过？俱卢后裔啊！如果可以告诉我的话，你就说给我听听吧！（6）沙恭尼说你忧心忡忡，变得面黄肌瘦，但我看不出你有什么忧愁悲伤的理由。（7）儿啊！这巨大的财富和权力都交给你了，你的弟弟们和朋友们也没有做什么令你不快的事。(8)你穿的是锦衣，吃的是肉饭，骑的是骏马，为什么还会面黄肌瘦？（9）贵重的床榻，迷人的美女，舒适的宫殿，娱乐的园林，(10)这一切，只要你开口，毫无疑问，马上就会得到，就像天神一样。儿啊！你难以征服，怎么会像弱者那样忧愁悲伤？（11）

难敌说：

我像个不中用的男人，吃啊穿啊消磨时光，忍受着不堪忍受的剧烈痛苦。（12）真正的男人不能容忍自己的臣民依附敌人，而设法解除敌人造成的痛苦。（13）婆罗多后裔啊！满足和骄傲有损于繁荣幸福，慈悲和胆怯也成就不了大事。（14）目睹贡蒂之子坚战的荣华富贵，我的享受也就算不得什么。他的辉煌令我黯然失色。（15）我看到敌人兴旺，自己衰落。贡蒂之子的荣华即使不在眼前，也仿佛出现在眼前，所以我痛苦沮丧，变得面黄肌瘦。（16）

坚战供养八万八千个完成学业的、居家的婆罗门，给他们每人三十个女奴使唤。（17）还有一万个婆罗门经常在坚战的宫里，用金盘享用美食。（18）甘波阇王给坚战送去了黑色、棕黑色和红色的迦多利鹿皮，名贵的毯子，（19）成百成千的车、马、牛和美女，还有三万头雌骆驼。（20）

父王啊！在王祭大典中，国王们带来各色各样的大量珠宝，送给坚战。（21）聪明的般度之子在祭祀中得到那么多财富，我真是见所未见，闻所未闻。（22）父王啊！看到敌人享有无尽的财富，我焦虑烦恼,永远不得安宁。(23)成百群有牛的伐陀达那①婆罗门带着三百亿贡税,也被挡在门外。(24)他们把美丽的金水罐也拿出当贡品送上后,才得以进去。(25)

大海也送给他一罐罐连天女们也没有给天帝释送过的伐楼拿的玉液琼浆。(26)看到成千条镶有宝石的金绳套,我浑身就像火烧一样。(27)人们提着罐子到东部和南部的大海,婆罗多族雄牛啊!也到西部的大海。(28)但除了飞鸟,没有人去北部的大海,父亲啊!请听我接着向您讲述那里的奇迹。(29)

那里规定,每十万婆罗门用完餐,就吹一次螺号。(30)婆罗多后裔啊!一次又一次响起悦耳的螺号声,我听了汗毛直竖。(31)人主啊!很多国王带着各种珠宝,前来观看祭祀,把大会堂的住处都占满了。(32)这些国王在聪明的般度之子的祭祀中,像吠舍那样侍奉婆罗门。(33)父王啊!就是天王因陀罗、阎摩、伐楼拿和财神俱比罗也没有坚战那样的财富。(34)看到般度之子的荣华富贵无与伦比,我心如火焚,不得安宁。(35)

沙恭尼说:

以真理为勇气的人啊!你看到的般度之子的无上财富,我有办法让你得到,请听我说。(36)婆罗多后裔啊!在这大地上,数我精通掷骰子。我懂得人心,懂得如何下赌注,懂得赌博的诀窍。(37)贡蒂之子喜好掷骰子,但又不精于此道。他受到邀请,肯定会来。你就去邀请他说:"我俩掷骰子吧!"(38)

护民子说:

沙恭尼这样说完,难敌王马上对持国说道:(39)"父王啊!舅舅擅长掷骰子,能通过赌博赢得般度之子的财富,您就答应了吧!"(40)

持国说:

我的顾问奴婢子(维杜罗)富有智慧,我一向听取他的意见。等我和他商量后,才能决定事情该怎么办。(41)他富有远见,把正法

---

① 伐陀达那是婆罗门女子与非婆罗门男子所生的后裔,成为贱民。

放在首位,会说出对双方都最有利的意见。(42)

难敌说:

王中之王啊!如果奴婢子(维杜罗)来见您,他就会劝阻您。如果您被劝阻,我就必死无疑。(43)父王啊!我死了,您和维杜罗就舒服了!您就可以享受整个大地,还用为我操心什么?(44)

护民子说:

听了难敌哀怨凄楚的话,持国依了他的意思,吩咐侍从道:(45)"让工匠们赶快给我造一座大会堂,要有一千根柱子和一百扇门,美观迷人。(46)整座大会堂要镶嵌宝石,摆上骰子,让人一进去就感到舒适。完工后,再来向我禀报。"(47)

大王啊!大地之主持国为了安抚难敌,就这样决定了,然后派人去请维杜罗。(48)从前,不先问问维杜罗,他是什么决定都不做的。他也知道赌博的害处,但因心疼儿子,不得不做出这个决定。(49)

听到这个消息,聪明的维杜罗知道争端之门一打开,毁灭之口也就张开,连忙跑来见持国王。(50)到了灵魂高尚的兄长跟前,把头俯在他的双足前,说道:(51)"王上啊!我不赞成你的决定,主人啊!赶快采取办法,别让孩子们因赌博而闹翻。"(52)

持国说:

奴婢子啊!无疑,天上的众天神会对我们开恩,孩子们不会闹翻。(53)不管是凶是吉,是利是弊,就让他们友好地掷骰子吧,这无疑是天意。(54)有我和婆罗多族雄牛毗湿摩在身边,决不会出现什么厄运。(55)所以,你驾上快速如风的马车,今天就去甘味城,把坚战带来。(56)我告诉你说,我的这个决定不可扭转,维杜罗啊!我认为这事的发生是至高无上的天意。(57)

聪明的维杜罗听后,心想:"不是这回事。"他十分痛苦,去见大智大慧的恒河之子毗湿摩。(58)

以上是吉祥的《摩诃婆罗多》中《大会篇》第四十五章(45)。

四六

镇群说：

兄弟间的那场灾难性的赌博怎样发生，使我的祖父般度五子们遭逢不幸？（1）优秀的知梵者啊！有哪些国王出席那次大会？有哪些人赞成掷骰子？又有哪些人反对？（2）再生族啊！我想请您详细地讲给我听，因为那是大地遭到毁灭的根本原因，婆罗门俊杰啊！（3）

歌人说：

听了镇群王这么说，毗耶娑的弟子、通晓全部吠陀、具有威力的护民子就如实讲述一切经过。（4）

护民子说：

婆罗多族俊杰啊！如果你想听的话，大王啊！请听我详详细细讲述这件事吧！（5）安必迦之子持国知道维杜罗的意见后，在没有旁人时，又对难敌说道：（6）"甘陀利之子啊！维杜罗不赞成赌博。他富有智慧，说话不会害我们。（7）我认为维杜罗说的话最有益。儿啊！你就照他说的做吧，那是为你好。（8）智慧卓越的神仙祭主对聪明的学生、天王因陀罗讲解经典，（9）所有一切和其中的奥义，大智者维杜罗都通晓。儿啊！我就一向听从他的话。（10）国王啊！就像大智者优陀婆在苾湿尼族中受到崇敬，睿智的维杜罗是俱卢族公认的俊杰。（11）

"儿啊！不要掷骰子吧！掷骰子会引起分裂，分裂会导致王国毁灭。所以，儿啊！放弃掷骰子吧！（12）父母对儿子应做的，我们都很好地做到了，孩子啊！你已经得到祖传的王位。（13）你受过教育，通晓经典，在家里一直受到宠爱，在王国中你是长兄，还有什么好东西你没有得到呢？（14）一般人得不到的精美饮食和衣物你都能得到，大臂儿子啊！你为何还要忧伤？（15）这祖传的王国辽阔富饶，大臂者啊！你经常发布命令，俨然像天上的众神之王因陀罗。（16）你的聪明才智众所周知，为何这样忧伤，痛苦不堪？请把原因告诉我。"（17）

难敌说：

古人说过，只顾吃穿的人是罪人，缺乏愤慨的人是贱人。（18）主人啊！王中因陀罗啊！普通的富贵不能令我快乐。看到贡蒂之子耀眼的荣华富贵，我感到痛苦。（19）看到整个大地屈从坚战，我居然还活着，站在这里。我是满怀痛苦，对您说话。（20）

那些遮多罗吉族、戈古罗族、迦罗斯迦罗族和铁股族的人在坚战的宫中都像柔顺的仆役。（21）蕴藏一切珍宝的雪山、大海和海滨放在坚战的宫中，也显得微不足道。（22）父王啊！坚战认为我年长，超凡出众，尊敬地把收受珠宝的事交给我。（23）婆罗多后裔啊！那些珍贵而无价的珠宝堆得两头都望不见边。（24）我的手已经累得接不动财礼，人们还带着财礼，站在那里等我接收。（25）

婆罗多后裔啊！摩耶用宾度湖的宝石造了一座莲花池，我看上去仿佛充满了水。（26）当我撩起衣服时，狼腹（怖军）大笑起来，以为我缺少宝石，见了敌人的财富，目眩心迷。（27）如果我有能力的话，我一定会把狼腹打倒在地，婆罗多后裔啊！敌人的嘲笑像火一样焚烧我。（28）人主啊！当我又看到一个像那样长满莲花的池塘时，我以为又是石头铺设的，结果掉进了水里。（29）那时黑天[①]和普利塔之子阿周那，德罗波蒂和妇女们，一起笑我，很伤我的心。（30）我的衣服在水中湿透，紧迦罗们奉国王之命给我送来另外的衣服，我狼狈不堪。（31）

人主啊！请听我讲另一件上当的事吧！有一个地方形状像门洞，却不是门洞，我通过时，撞在石板上，碰伤额头。（32）孪生的无种和偕天在一边游玩，远远地看见了，难过地用胳臂搂住我。（33）偕天仿佛对我表示惊讶，一再对我说："王兄啊！门在这儿，从这儿走。"（34）

还有那些我过去连名称也没有听说过的珠宝，这一次都看到了。为此，我的心受着煎熬。（35）

以上是吉祥的《摩诃婆罗多》中《大会篇》第四十六章（46）。

[①] 按照前面的叙述，当时黑天已经返回多门城，因此，有的抄本将这里的黑天改写为怖军。

四七

难敌说：

婆罗多后裔啊！请听听我见到国王们从各处给般度族带来的主要财物吧！(1) 看到敌人的财富，我发现自己意志不坚强，婆罗多后裔啊！请听听那些来自果实和土地的财物吧。(2) 甘波阇王送的财物是镶金的羊皮、猫皮和优质鹿皮。(3) 还有三百匹色斑像鹧鸪、鼻子像鹦鹉的马，三百匹用比芦、婆弥和因古陀树的果实喂养的雌骆驼。(4) 为了讨好灵魂伟大的法王坚战，那些养牛婆罗门和混血婆罗门带着三百亿的贡税，也被挡在门外。(5) 他们把美丽的金水罐也拿出当贡品送上后，才得以进去。(6) 首陀罗们送来居住在迦尔巴湿迦的十万个女奴，黝黑苗条，长发，戴着金首饰；还送来很多适合婆罗门用的上等羚羊鹿皮。(7) 大王啊！婆奴迦车人呈送的贡品全部是犍陀罗马。(8) 那些住在海湾和河边、以河口野生的稻谷为生的人，(9) 那些毗罗摩人、巴罗陀人、梵伽人和吉达婆人，送来各种各样的贡品和珠宝，(10) 黄金、牛羊、驴、骆驼、蜜糖和各色毛毯，都被挡住，站在门口。(11)

英勇的东光国福授王、有力的弥戾车国王和耶婆那人，(12) 送来的贡品全部是快速如风的骏马，也被挡住，站在门口。(13) 东光国福授王又献上一个金刚盘和一把优质象牙柄的宝剑，才得以进去。(14) 来自各方的长着两只眼、三只眼或眼睛长在额上的奥湿尼湿人、阿尼伐沙人、巴胡迦人和布卢沙陀迦人，(15) 还有独脚族人，我看见他们送来很多黄金和白银作为贡税，也被挡在门外。(16) 速度快似思想的骏马，颜色像臙脂虫，像鹦鹉，像彩虹，像彩霞，(17) 还有速度快似思想的杂色野马和贵重的黄金，这些都是独脚族送来的贡品。(18)

支那人、匈奴人、塞种人、奥陀罗人、住在山中的人、苾湿尼人、诃罗胡那人、黑人和雪山上的人，(19) 带着各色各样的许多物品前来进贡，也被挡在门外。(20) 他们带来一万头闻名四方的驴子,黑脖子、身躯高大,驯顺,能跑一百由旬;(21)还有波力迦和支那产的幅宽、鲜艳、柔滑的毛绒、鹿皮和绢绸,(22)成千匹莲花般柔软的、不是棉花织的布,各种柔软的羊皮,(23)锋利的长剑、短剑、长矛和斧头,西方产的锋利的战斧。(24)他们带着各种美味、香料和成千上万的珠宝,作为贡税,都被挡住,站在门口。(25)

塞种人、杜伽罗人、刚迦人、罗摩沙人和湿陵进人带来一千万匹能长途跋涉的快马,(26)带来无数莲花般的黄金,作为贡税,都被挡住,站在门口。(27)许多贵重的象牙宝座、车舆和床榻,镶嵌珍珠和黄金;(28)各种形状的战车,镶嵌黄金,套着训练有素的马,铺着虎皮;(29)各种美丽的坐垫,数以千计的珠宝、铁箭、半铁箭和各种武器。(30)东部地区的国王送上这样大宗的贡品,进入灵魂伟大的般度之子的祭祀大典。(31)

以上是吉祥的《摩诃婆罗多》中《大会篇》第四十七章(47)。

四八

难敌说:

纯洁无瑕者啊!请听我继续讲,为了祭祀,国王们给坚战送来各种各样的大量财物。(1)在弥卢山和曼陀罗山之间的石水河边的竹林荫下,(2)有伽沙人、爱伽沙那人、卓诃人、布罗陀罗人、长竹人、波苏巴人、俱宁陀人、坦伽纳人和波罗坦伽那人。(3)那里的国王们给坚战送来一斛名叫蚂蚁的黄金。这一把把黄金是蚂蚁赐给他们的恩惠。(4)黑色的或月亮般洁白的塵尾,美味的雪山蜂蜜,(5)北俱卢的花环和水,北盖拉娑山的强身壮骨的药草。(6)这些山区的国王们还带来另一些贡品,都被挡在坚战王的门外,垂首站着。(7)

那些吉罗陀国王住在雪山半坡,住在太阳升起的山顶,住在伐利奢那海滨,住在罗希提耶河边,穿兽皮,以根果为生。(8)他们送来大量的檀香和沉香,成堆的兽皮、宝石、黄金和香料。(9)人民之主啊!他们还送来一万个吉罗陀女奴和产自遥远国度的、美丽的飞禽走

兽，(10) 以及从山上采集的、光灿灿的黄金，作为贡税，也都被挡住，站在门口。(11)

迦耶维耶人、陀罗陀人、苏罗人、韦雅摩迦人、奥东波罗人、杜尔维帕迦人、巴罗陀人和波力迦人，(12) 迦什弥罗人、贡陀曼人、汉沙迦延人、波罗迦人、尸毗人、三穴人、约特耶人、摩德罗人和羯迦夜人，(13) 安波私吒人、戈古罗人、达尔刹人、伐斯陀巴人、波诃罗婆人、伐沙提人、摩勒耶人、克苏德罗迦人和玛尔华人，(14) 匈狄迦人、俱古罗人、沙迦人、安伽人、梵伽人、崩德罗人、沙那婆提人和伽耶人，人民之主啊！(15) 这些优秀的刹帝利出身名门，排列有序，手持武器，也为坚战送来数以百计的财物。(16) 梵伽、羯陵伽、铜裹和崩德罗迦的国王们送来丝绸、绢布和许多衣服。(17) 门卫遵照国王的命令对他们说，要交足贡税才能进去。(18) 迦摩耶迦湖边的大象身躯像高山，颜色像莲花，象牙像犁柄，时时都在发情，腰上围有金带，背上搭着绣褥，(19) 身上披着铠甲，驯良温顺，他们每人送了一千头，才让进了门。(20)

他们和其他许多来自四面八方的灵魂伟大的国王都送来很多珍宝。(21) 一个名叫花车的、追随因陀罗的健达缚，送来四百匹速度如风的快马。(22) 名叫冬布鲁的健达缚高兴地送来一百匹骏马，颜色像芒果叶，戴着金子花环。(23) 俱卢族后裔啊！人民之主啊！苏迦罗国王格利提送来数百头宝象。(24) 摩差王毗罗吒送来两千头戴着金子花环、春情发动的大象作为贡税。(25) 父王啊！国王施财从般苏国送来二十六头大象和两千匹戴着金子花环的马。(26) 这些马正值青壮期，速度飞快，全都作为贡税，交给般度族。(27) 人民之主啊！祭军送来一万四千个女奴和一万个带着妻子的奴隶，(28) 还送来二十六辆套有大象的战车，大王啊！为了普利塔之子们的祭祀，他把整个王国都献上了。(29)

僧伽罗人送来很多海岛珍品，吠琉璃、珍珠和贝螺，还有成百成百条鞍巾。(30) 他们都是黑皮肤，红眼睛，穿着镶有珠宝的衣服，拿着这些贡品，被挡住，站在门口。(31) 满怀好意的婆罗门、被征服的刹帝利、驯顺的吠舍和首陀罗，都高高兴兴，带着贡品，恭敬地走向坚战。(32) 所有的弥戾车人，一切种姓，不同国家、不同出身的上中下层的人都来了，好像整个世界都聚集在坚战宫中。（33）看到国王们送给我的敌人们各色各样的礼品，我难受得今天就想死去！（34）

婆罗多后裔啊！我还要告诉您般度族的那些侍从。坚战供给他们生食和熟食。（35）他们有三兆零一万人骑象和骑马，有一千万辆车，还有很多人步行。（36）这里在量米，做饭，分送，那里有吉日良辰的祈祷声。（37）我在坚战宫中看见一切种姓的人，没有谁不吃喝，不高兴，乞求遭到拒绝。（38）有八万八千个完成学业而居家的婆罗门，坚战派给他们每人三十个女奴。他们高兴满意，也盼望他的敌人遭到毁灭。（39）坚战宫中还有一万个禁欲的耶提，他们使用金盘进餐。（40）人民之主啊！祭军之女黑公主在自己用餐前，要一一察看所有的人，直至那些驼背和侏儒是否吃好。（41）

婆罗多后裔啊！只有两个王族没有给贡蒂的儿子交纳贡税，那就是与他们联姻的般遮罗族，与他们友好的安陀迦和苾湿尼族。（42）

以上是吉祥的《摩诃婆罗多》中《大会篇》第四十八章(48)。

四九

难敌说：

那些尊贵的国王崇尚真理，坚守誓言，学识渊博，擅长辞令，经过吠檀多洗礼。（1）他们坚韧刚毅，谦恭文雅，遵守正法，名声远扬。这样一些受过灌顶礼的国王拜倒在坚战之前。（2）我在那里到处看见国王们为布施带来数以千计的野生母牛和铜奶罐。（3）婆罗多后裔啊！为了给坚战举行灌顶礼，国王们恭恭敬敬，主动带来各种各样的器具。（4）波力迦带来一辆镶金的车。善巧为这车套上几匹甘波阇产的白马。（5）声名显赫的苏尼陀送来无与伦比的车轴，车底王迅速亲自送来旗帜。（6）南方的国王送来盔甲，摩揭陀王送来花环和顶冠，大弓箭手施财送来一头六十岁的象王。（7）摩差王为车子安上轴，爱迦罗耶送来一双鞋，阿凡提王为灌顶带来很多种水。（8）显光带来了箭壶，迦尸王带来弓，沙利耶带来宝柄金剑和镶金绳套。（9）

然后，苦行高深的烟氏和毗耶娑让那罗陀、提婆罗和阿私多几位仙人在前，开始举行灌顶礼。（10）大仙们满怀喜悦侍奉灌顶礼。食火仙人之子持斧罗摩和其他一些精通吠陀的人，（11）念着经咒，走向灵魂伟大、慷慨布施的坚战，犹如天上的七仙人走向天王因陀罗。（12）以真理为勇气的萨谛奇为他撑伞，胜财（阿周那）和怖军为他摇扇。（13）在过去的一个劫中，生主将水神伐楼拿的贝螺给了因陀罗，现在大海将它给了坚战。（14）工巧天曾为它镶上上千枚金片。黑天就用它给坚战灌了顶，我在那里黯然神伤。（15）

父亲啊！人们从东边的大海走到西边的大海，走到南边的大海，但北边的大海，除了飞鸟，谁也不能到达。（16）为了喜庆，人们吹响数以百计的螺号，发出欢呼，令我汗毛直竖。（17）那些勇气不足的国王也吓得倒下。猛光、般度五子、善战和黑天他们八人，（18）却岿然不动，英勇坚强，相亲相爱。看见那些国王和我吓晕了，他们笑了起来。（19）婆罗多后裔啊！这时，毗跋蓤（阿周那）非常高兴，送给为首的那些婆罗门五百头角上饰金的公牛。（20）

无论是杀死商波罗的因陀罗，或是少马王之子曼陀多，或是摩奴，或是维那之子普利图，或是跋吉罗陀，（21）都不曾像贡蒂之子这样享有无上的幸运，能像诃利旃陀罗那样完成王祭。（22）主人啊！婆罗多后裔啊！看到普利塔之子享有诃利旃陀罗那样的荣华，您怎么还能把我活着看成幸福？（23）婆罗多后裔啊！真是瞎子套车，颠三倒四！年幼的兴旺，年长的衰落。（24）见了这般情形，我纵然仔细思量，也无法安心，俱卢族英雄啊！所以，我才面黄肌瘦，满怀忧伤！（25）

以上是吉祥的《摩诃婆罗多》中《大会篇》第四十九章(49)。

五〇

持国说：

儿啊！你是王后生的长子，别和般度族结仇吧！仇恨带来的痛苦如同死亡。（1）婆罗多族雄牛啊！坚战有和你同样的财富，同样的朋友，他不和你结仇，你为什么要和他结仇呢？（2）王儿啊！你同样出身高贵，同样英勇，为什么要贪图兄弟的荣华？不要痴迷不悟，要冷静下来才好。（3）婆罗多族雄牛啊！如果你想得到举行祭祀的荣耀，你的祭司们也可以为你举行包括七个典礼的大祭。（4）国王们也会很高兴，很恭敬，给你送来大量财富和珠宝首饰。（5）儿啊！贪图别人的财产是卑劣的行径。一个人满足于自己的财产，安分守己，才会得到幸福。（6）不觊觎别人的财富，一贯努力从事自己的事业，并能守住自己的财富，这才是兴旺的征兆。（7）在灾难中不沮丧，精明能干，奋发向上，控制自我，不轻率鲁莽，这样的人常常遇到好运。（8）婆罗多族雄牛啊！把钱财用于祭坛，按照自己的心愿尽情享受，无忧无虑，和妇女们一同玩乐，平静下来吧！（9）

难敌说：

你明明是在愚弄我，像一条船系住另一条船。您是不关心自己的利益呢，还是仇恨我？（10）照您说的办，持国的儿子们就全完了。您尽说些将来的利益和自己的责任。（11）向导自己迷路，要靠别人指路，那些跟着他走的人怎么能走上正路？（12）父王啊！您富有智慧，敬奉老人，战胜感官，但我们追求自己的事业，您为什么要把我们引入歧途？（13）祭主仙人说，国王的行为标准和一般人不一样，国王要经常考虑自己的利益。（14）大王啊！刹帝利的行为准则在于夺取胜利，婆罗多族雄牛啊！不用管自己的行为合法，还是不合法。（15）婆罗多族雄牛啊！想要得到敌人的耀眼的荣华，就要像赶车人那样策马驰骋四面八方。（16）精通武器的人认为，不管是暗的，还是明的，只要能用于挫败敌人，就是武器，并不是能用来砍杀的才是武器。（17）不满足是繁荣之本，所以，我不满足，父王啊！努力向上的人才精通政道。（18）

对王权或财富不必执著，因为别人也会夺走自己过去获得的一切。人们认为这就是王者之道。（19）因陀罗曾经允诺不与那牟吉作对，但却砍下了他的头。在因陀罗看来，永远应该这样对待敌人。（20）就像蛇吞掉躺在洞中的生物，大地也会吞掉那些不反抗的国王和不出门的婆罗门。（21）人民之主啊！人不是生来就是谁的敌人。与他行为相同，他就成了敌人。（22）看到敌方兴旺发达，还糊里糊涂，掉以轻心，敌人就会像不断加重的疾病，致他死命。（23）即使最弱小的敌人，一旦成长壮大，就会像生在树根的蚂蚁，最终把大树吃空。（24）

阿阇弥吒后裔啊！您不应该为敌人的繁荣幸福高兴，婆罗多后裔啊！坚强的人肩负着治国重任。（25）希望财富像出生后的身体一样增长，这样的人在亲戚中出类拔萃，因为强力在于迅速增长。（26）得不到般度族的权势，我会惶惑不安。我要么得到荣华富贵，要么就战死疆场。（27）人民之主啊！般度族不断发展壮大，我们却停滞不前。在这样的情况下，我活着还有什么用？（28）

以上是吉祥的《摩诃婆罗多》中《大会篇》第五十章(50)。

五一

沙恭尼说：

你看到般度之子坚战的荣华，心中烦恼。我会用赌博把它赢来，只要把敌人邀请来。（1）我不用到大军前面去冒险战斗。我精通赌博，万无一失，一掷骰子就会战胜那些不精此道的人。（2）婆罗多后裔啊！你知道，赌博是我的弓，骰子是我的箭，骰子点是我的弓弦，骰子盘是我的战车。（3）

难敌说：

父王啊！这位掷骰子高手准备通过赌博夺取般度之子们的荣华。但愿这个办法让您喜欢。（4）

持国说：

凡事我都听取灵魂高尚的兄弟维杜罗的意见。我要与他商量后，才决定这事该怎么办。（5）

难敌说：

俱卢后裔啊！毫无疑问，维杜罗会改变您的想法，因为他只顾般度五子的利益，而不顾我的利益。（6）俱卢后裔啊！自己的事情不应该按照别人的意见办。在一切事情上，没有两个人的意见是一致的。（7）愚蠢的人躲避危险，保护自己，像雨季中淋湿的草席等着烂

掉。(8)疾病或阎摩都不等待幸福到来。所以,人只要有可能,就要追求幸福。(9)

持国说:

儿啊!我不喜欢与强者发生争端。争端会引起变态的仇恨,而仇恨就是不用铁制的武器。(10)你把有害当成有利,王儿啊!一旦陷入可怕的纠纷,无论怎样,它都会使出刀和箭。(11)

难敌说:

古人发明了赌博,并不见它招来毁灭,也不见它引起战争,所以希望您采纳沙恭尼的意见,立刻下令修建大会堂。(12)一掷起骰子,天堂的门就会为我们打开。我们这样做完全合适。他们和我们会处在平等的地位。您就让我们和般度的儿子们开赌吧!(13)

持国说:

你说的话,我不赞成,王中的因陀罗啊!但你喜欢怎样,就怎样做吧!事过以后,你会后悔自己说的这些话,因为它们不合正法。(14)依靠智慧和学识行事的维杜罗早就预见一切。毁灭刹帝利种子的大难就要来临,不可避免。(15)

护民子说:

这样说完,聪明的持国王认为天命难以违抗。他心中纠缠于天命,就依了儿子的话,高声对侍从下令道:(16)"你们赶快给我造一座长宽一迦罗沙的大会堂!有一千根镶有黄金和吠琉璃的柱子,有一百扇装有水晶拱顶的门。"(17)

听了他的命令,成千个聪明能干的工匠毫不迟疑,迅速建造大会堂,运来一切物资。(18)只用了很短时间,工匠们就高兴地报告国王,这座可爱的大会堂镶嵌许多宝石,配备许多金光闪烁的宝座,已经落成。(19)

于是,聪明的持国王对宰相维杜罗说道:"你马上去向王子坚战传达我的话,把他带到这儿来。(20)请他和兄弟们一起来看这座镶嵌很多宝石、配备很多精美床榻和宝座的大会堂,并在这儿友好地玩耍掷骰子。"(21)

持国王明白儿子的心思,认为天意难违,才这样做了。(22)而杰出的智者维杜罗听了这种不恰当的话,向兄长表示异议,说道：(23)"人主啊！我不赞成这个使命，不能这样做！我害怕家族要遭到毁灭。我担心孩子们在赌博中肯定会发生冲突。"(24)

持国说：

奴婢子啊！如果命运不作对，冲突就不会麻烦我。这整个世界都不由自主，都在创造主的支配下活动。(25) 所以，维杜罗啊！你今天就按照我的命令，立刻去把难以制服的贡蒂之子坚战带来吧！(26)

以上是吉祥的《摩诃婆罗多》中《大会篇》第五十一章(51)。

五二

护民子说：

受持国王强行派遣，维杜罗驾驭几匹强壮、快速而又驯顺的马，出发前往聪明的般度五子的住地。(1) 他上了路，到达坚战王的都城。进城时，这位大智者受到众婆罗门敬拜。(2) 他进入像财神俱比罗宫殿那样的王宫，走到以正法为魂的正法之子坚战跟前。(3) 坚持真理的阿阇弥吒后裔、灵魂高尚的坚战按照礼仪，恭敬地接待他，然后问候持国王和他的儿子们。(4)

坚战说：

看上去您心里不愉快，奴婢子啊！你身体好吗？老王的儿子们孝顺吗？百姓们驯顺吗？(5)

维杜罗说：

灵魂高尚的持国王和他的儿子们都很好。有因陀罗一般的亲戚和恭顺的儿子们围绕在身边，他欢欢喜喜，无忧无虑，怡然自得，精神稳定。(6) 俱卢王让我先问你好，然后再告诉你说："孩子啊！来看看你的兄弟们的这座和你们一样的大会堂吧！(7) 普利塔之子啊！和兄弟们一起来到这座大会堂，友好地玩耍掷骰子吧！你来了，我们会很高兴，整个俱卢族相聚一堂。"(8) 灵魂高尚的持国王已经在那里安排好掷骰子的人。你去了，就会看见那些赌徒已经坐在那里了。我就是为这事来的，国王啊！你这就去吧！(9)

坚战说：

奴婢子啊！在赌博中，我们之间会发生争执。明明知道这一点，

597

谁还会乐意去赌博呢？你认为怎样才合适呢？我们都相信您的话。(10)

维杜罗说：

我知道赌博是祸根。我已经努力加以劝阻，但国王还是派我到你这里来。你听了之后，聪明的人啊！怎么好就怎么办吧！(11)

坚战说：

除了持国王的儿子们外，还有哪些人在那儿参加赌博？我问您，维杜罗啊！成百人聚在那儿，请说说我们要和哪些人赌博？(12)

维杜罗说：

国王啊！有赌博的老手、想掷出什么骰子就掷出什么骰子的犍陀罗国王沙恭尼，还有国王毗文沙提、奇军、诚誓、多友和庆胜。(13)

坚战说：

那里聚集着一些非常可怕的赌徒，很会耍花招。这也是创造主的安排，我今天不得不去和这些赌徒赌一赌了。(14) 由于持国王的命令，我不能不去赌博，智者啊！父亲总是爱儿子，维杜罗啊！我会照您说的去做。(15) 我不愿意赌博。如果沙恭尼在会堂上不邀请我赌，我就不和他赌。一旦我受到邀请，就不能拒绝。这是我一贯的誓言。(16)

护民子说：

法王坚战这样对维杜罗说后，命令赶快做好旅行的一切准备。第二天清晨，他带领众人、随从和以德罗波蒂为首的妇女们出发。(17) "命运使人丧失理智，就像强烈的光芒刺瞎眼睛。人受创造主控制，就像被套索套住。"(18) 这样说后，征服敌人的普利塔之子坚战王急于应邀前往，和维杜罗一起出发。(19) 般度和普利塔之子、消灭敌方英雄的坚战乘上波力迦赠送的车，带着随从和兄弟们一起出发。(20) 一路行来，有众婆罗门在他的前面，显示王者的威严荣耀。他受持国的召唤，也受天命的制约。(21)

到了象城，以正法为魂的般度之子坚战前往持国王宫，拜见持国王。(22) 他又依礼拜见德罗纳、毗湿摩、迦尔纳、慈悯和德罗纳之子马嘶。(23) 英勇的大臂坚战又会见月授、难敌、沙利耶和妙力之子沙恭尼，(24) 还有早已到达那里的其他国王以及胜车和所有的俱卢族人。(25) 然后，大臂坚战在兄弟们簇拥下，又回到聪明的持国王的宫中。(26) 在那里，他见到忠于丈夫的王后甘陀利。她在儿媳们簇拥下，犹如众星围绕的卢醯尼。(27) 他向甘陀利行礼问候，受到甘陀利祝福。他又拜见以智慧为眼的伯父持国王。(28) 国王啊！持国吻了俱卢后裔坚战和以怖军为首的其余四个般度之子的头。(29) 看到这些相貌堂堂的人中之虎般度五子，俱卢族人都很高兴。(30)

般度五子和众人告辞，进入那些镶嵌宝石的行宫。以甘陀利为首的妇女们前来看望他们。(31) 持国的儿媳们看到祭军之女黑公主雍容华贵，心中不是滋味。(32) 人中之虎般度五子上前和妇女们交谈一会儿，然后完成每日应做的事。(33) 诸事完毕，在身上擦了神圣的檀香膏，心情愉快，让众婆罗门念颂祝福祷词。(34) 然后，这些俱卢后裔享用美餐，进入各自的寝室，在妇女们的歌声中入睡。(35)

这一夜，他们享受了房中之乐，过得很好。第二天，在赞歌声中醒来，身上的疲劳完全消除。(36) 舒舒服服睡了一夜，清早起来，做完每日例行诸事，他们在赌徒们陪伴下，进入美丽的大会堂。(37)

以上是吉祥的《摩诃婆罗多》中《大会篇》第五十二章(52)。

五三

沙恭尼说：

坚战王啊！大会堂里铺好了毯子，人们等着玩耍骰子。让我们掷骰子吧，先定个赌博的规矩。(1)

坚战说：

赌博是欺诈，是罪恶。赌博中没有刹帝利的英勇，也绝没有正义。国王啊！你为何赞赏赌博？(2) 赌徒耍弄诡计，自鸣得意，人们并不赞许，沙恭尼啊！你不要用不正当的手段，残忍地赢取我们。(3)

沙恭尼说：

能掐会算，懂得欺诈之道，不知疲倦地下赌，聪明的赌徒精通赌博，能应付一切事变。(4) 凭掷下的骰子能战胜我们的敌人，所以，

你把它说成是死亡之神,普利塔之子啊!让我们赌博吧,不要犹疑了!下赌吧,不要再迟延!(5)

坚战说:

那经常出入各界之门的优秀牟尼阿私多·提婆罗这样说过:(6)"和赌徒们一起用骗术进行赌博是一种罪恶。用正法在战斗中取胜才正当,高于赌博。"(7)高贵的人不以话语伤人,不以欺骗行事。不欺不诈地进行战斗,这才是正人君子的誓言。(8)沙恭尼啊!我们一向努力学会敬奉婆罗门。你不要用不正当的赌博赢取我们的财富。(9)我不想靠欺诈取得幸福和财富。何况,即使不欺诈,赌徒的行为也不值得尊敬。(10)

沙恭尼说:

坚战啊!有学问的智者运用计谋对付没有学问的愚者,人们并不说那是欺诈。(11)你来到这里同我赌博,如果你认为这是欺诈,感到害怕,那就退出赌博吧!(12)

坚战说:

受到挑战,我不会退缩,这是我立下的誓言。命运强大有力,国王啊!我也是受着命运的支配。(13)在这个聚会上,谁将和我赌博?赌注是什么?说好了就开始吧!(14)

难敌说:

坚战王啊!珠宝和金钱由我提供,我的舅舅沙恭尼代我赌博。(15)

坚战说:

让别人代赌,对我来说似乎不公平,聪明的人啊!你也明白这一点。既然你要这样赌,也就这样赌吧!(16)

护民子说:

赌博就要开始,所有的国王让持国在前,一同进入大会堂。(17)婆罗多后裔啊!毗湿摩、德罗纳、慈悯和大智大慧的维杜罗心中充满不悦,跟随在后。(18)大家两人一起或单独一个,坐上那些绚丽的狮子座,一个个有狮子般的脖子,威武雄壮。(19)国王们聚集在大会堂,光辉灿烂,犹如大吉祥的众天神聚集在天国。(20)他们全都通晓吠陀,英勇非凡,形象如同太阳,大王啊!他们入座后,友好的

赌博就开始了。(21)

坚战说：

这里是海湾出产的上等珍珠项链，镶有纯金，十分值钱，也很漂亮。(22)国王啊！这是我押的赌注。你押什么呢？只要按照规则，兄弟啊！我会赌赢的。(23)

难敌说：

我有很多珠宝，有各种各样的财富。我不吝惜钱财，但我要赢得这场赌博。(24)

护民子说：

精通骰子的沙恭尼抓起骰子一掷，对坚战说道："赢啦！"(25)

以上是吉祥的《摩诃婆罗多》中《大会篇》第五十三章(53)。

五四

坚战说：

沙恭尼啊！这回你是用欺诈的办法赌赢了我。让我们再押上成千倍的赌注吧！(1)我有数以百计的装满成千金币的罐子，有金库，有取之不尽的、各种各样的黄金，国王啊！我就用这些财产和你赌。(2)

护民子说：

坚战王说完这些话，沙恭尼又对他说道："我又赢了！"(3)

坚战说：

这儿有一辆顶得上一千辆的车子，铺着虎皮，挂着一串串金铃，造型优美，轮子和其他部件精良。(4)这辆王室宝车行驶时响声如雷鸣海啸。它是圣洁的胜利之车，把我们带到这儿。(5)驾车的八匹骏马举国闻名，颜色像鹖，据说马蹄不触地面，国王啊！我现在就押上这件财产和你赌。(6)

护民子说：

听了这话，沙恭尼又果断地施展花招，对坚战说道："我又赢啦！"(7)

601

坚战说：

我有一千头春情发动的雄象，妙力之子啊！它们围着金肚带，戴着头饰，挂着金花环，有莲花斑。（8）它们都很驯顺，在战斗中不怕任何响声，适合国王骑坐。象牙如同犁柄，身躯高大，每头雄象还配有八头雌象。（9）它们都像高山和巨云，能摧毁城堡，国王啊！我现在就用我的这份财产和你赌。（10）

护民子说：

普利塔之子坚战这样说完，妙力之子沙恭尼仿佛笑着说道："我又赢啦！"（11）

坚战说：

我有十万个打扮得很漂亮的年轻女奴，个个戴着贝壳腕环和金项链，（12）戴着贵重的花环、珠宝和金首饰，身上洒了檀香水，穿的是细料衣服。（13）她们能歌善舞，遵奉我的命令，侍候完成学业的婆罗门、大臣和国王们，国王啊！我现在就用我的这份财产和你赌。（14）

护民子说：

坚战这样说完，沙恭尼又果断地施展花招，说道："我又赢啦！"（15）

坚战说：

我还有数千个奴仆，他们都很恭顺，安分守己，经常穿戴得整整齐齐。（16）他们机警，聪明，灵巧，年轻，戴着发亮的耳环，手里端着盘子，日夜侍候客人们用餐，国王啊！我就用我的这份财产和你赌。（17）

护民子说：

听了这话，沙恭尼又果断地施展花招，对坚战说道："我又赢啦！"（18）

坚战说：

我还有同样数目的战车，车上有金制器具和旗帜，套着驯熟的马，配有车夫和奇妙的武士。（19）这些武士不管打不打仗，每人每月都领取一千饷金，国王啊！我就用我的这份财产和你赌。（20）

护民子说：

听了普利塔之子坚战说完这话，灵魂邪恶的沙恭尼怀着敌意说

道:"我又赢啦!"(21)

坚战说:

奇军对手持甘狄拨神弓的阿周那心悦诚服,送给他一些佩戴金花环、颜色像鹧鸪的健达缚马,国王啊!我就用我的这份财产和你赌。(22)

护民子说:

听了这话,沙恭尼又果断地施展花招,对坚战说道:"我又赢啦!"(23)

坚战说:

我还有数万车马,车上套着各种各样的牲口。(24)还有从各种种姓召来的数以千计的壮士,他们都喝牛奶,吃米饭。(25)这六万人都有宽阔的胸膛,国王啊!我就用我的这份财产和你赌。(26)

护民子说:

听了这话,沙恭尼又果断地施展花招,对坚战说道:"我又赢啦!"(27)

坚战说:

我有四百个铜皮和铁皮箱,每个箱里都装有五斛黄金。国王啊!我就用我的这份财产和你赌。(28)

护民子说:

听了这话,沙恭尼又果断地施展花招,对坚战说道:"我又赢啦!"(29)

以上是吉祥的《摩诃婆罗多》中《大会篇》第五十四章(54)。

五五

维杜罗说:

大王啊!像一个病入膏肓却不愿吃药的人一样,你不愿听我的话。但我说的话,你还是听听吧!(1)心思邪恶的难敌在出生时就发出豺狼般的怪叫声,那时就知道他是祸根,会毁灭婆罗多族。(2)家里住着一个以难敌面目出现的豺狼,你知道了也不警惕。请听我告诉你诗人（优沙那）说的话：(3)"那采集蜂蜜的人看见有蜜，不顾坠落的危险，爬上去，结果是淹死或摔死。"(4)这难敌昏了头，不顾一切，想以掷骰子赢得蜜一样的好处，不知道和大勇士们结仇如同攀登悬崖。(5)

大王啊！你知道，过去安陀迦族、雅度族和博遮族一同除掉了国王中的败类刚沙。(6)消灭敌人的黑天奉命把他杀死后，这三族所有的人享受了百年的幸福快乐。(7)你让左手开弓的阿周那把难敌抓起来吧！把这罪恶的人抓了起来，俱卢族就能安享幸福。(8)您用这个像乌鸦、像豺狼的难敌去换像孔雀、像老虎的般度五子吧，国王啊！别让自己堕入苦海！(9)为一个家族可以抛弃一个人，为一个村庄可以抛弃一个家族，为一个国家可以抛弃一个村庄，为自己的灵魂，则可以抛弃整个大地。(10)这话是诗人（优沙那）说的。他通晓一切，了解一切情状，令一切敌人恐惧，劝说大阿修罗们抛弃瞻婆。(11)

从前有一个人，出于贪婪，扼死了一些在林中飞翔、在宅内筑巢、能吐金子的鸟。(12)折磨敌人的国王啊！因为想得到金子，他财迷心窍，一下子把永久的生活指靠，把眼前和未来的利益都毁了。(13)所以，婆罗多族雄牛啊！你不要贪图眼前的利益，和般度族作对。否则，你就会像头脑愚昧的杀鸟人那样后悔。(14)婆罗多后裔啊！就像花匠那样，在花园里，精心养花护花，一次次摘取开放的花朵，你也一点一点地获取般度族的财富吧！(15)你不要连根毁掉他们，就像烧炭人焚烧树林。你不要与儿子、大臣和军队一起自取灭亡。(16)婆罗多族国王啊！谁能和团结一致的普利塔之子们作战？即使摩录多王因陀罗亲自率领摩录多们一同前来，也敌不过他们。(17)

以上是吉祥的《摩诃婆罗多》中《大会篇》第五十五章(55)。

五六

维杜罗说：

赌博是争吵的根源，闹得彼此分裂，必将酿成大战。持国的儿子难敌热衷赌博，制造仇恨，为自己树立劲敌。（1）由于难敌的罪恶，波罗底波、福身、怖军和波力迦的后裔们将陷入困境。（2）难敌疯狂地毁掉国家的安宁，就像一头疯牛自己用力撞断自己的角。（3）

持国王啊！一个勇敢而有智慧的人放弃自己的主见，由别人牵着转，就像一个人出海，登上了一条由傻子驾驶的船，定会遭到灭顶之灾。（4）难敌开赌局，对手是坚战。你想到难敌会赢，感到高兴。大王啊！这场娱乐玩得过分，会引发战争，导致人类毁灭。（5）你的误导会造成恶果。你要深思圣典的教导，牢记心中。你要亲近坚战，安抚阿周那，以消除敌意。（6）持国王啊！波罗底波后裔们啊！福身后裔们啊！请记取诗人的真言，不要置若罔闻！仇恨的烈火已经烧起，快在战争前就将它熄灭吧！（7）

如果般度之子无敌（坚战），还有狼腹（怖军）、左手开弓者（阿周那）、孪生的无种和偕天，遭受骰子打击，无法控制愤怒，那么，战乱一起，哪里会有你们的避难所？（8）大王啊！你就是财富的源泉，在赌博前就已称心如愿。如果赢得般度族的大量财产，又有什么用？你要知道，普利塔的儿子们就是你的财产！（9）

我们知道妙力之子沙恭尼的赌博本领。这位山国之王精通赌博的花招。婆罗多后裔啊！这个耍弄诡计的山国之王从哪里来，就让他回到那里去吧！（10）

以上是吉祥的《摩诃婆罗多》中《大会篇》第五十六章(56)。

五七

难敌说：

你常常颂扬敌人的美名，背地里责骂持国的儿子们，维杜罗啊！我们知道你喜欢谁。你把我们看成不懂事的孩子，一点也瞧不起。（1）一个人谴责谁，称赞谁，就表明他向着谁。你的舌头和思想暴露了你的心，说明你和我们作对。（2）你像抱在怀中的蛇，像咬伤主人的猫。人们说，没有比杀害自己的主人更大的罪恶，奴婢子啊！你怎么就不怕这种罪恶？（3）

我们赢了敌人，获得硕果，奴婢子啊！你不要对我们说那些刻毒的话！你喜欢和敌人搅在一起，糊里糊涂，一下就成了我们的敌人。（4）说出令人不能容忍的话，也就成为敌人。而称赞敌人则掩盖着隐秘。你这样做，为何不感到羞耻？你今天说出了你心里想的。（5）维杜罗啊！你不要再瞧不起我们。我们已经知道你的心思。你到年高德劭的人们那儿去学点智慧吧！保住你已有的名誉，不要再插手别人的事情。（6）维杜罗啊！不要自以为是主事者，瞧不起我们。不要总是对我们说些难听的话。我不会向你请教求益了，维杜罗啊！愿你吉祥！奴婢子啊！你别再来伤害我们这些宽容大度的人了！（7）

统治者只有一个，没有第二个。统治者连母亲腹中的胎儿也统治。我受他支配，犹如水向下流，让我流向哪儿，我就流向哪儿。（8）用头去撞山岩的人，拿食物去喂蛇的人，也是遵奉统治者的命令行事。（9）

强行教训别人，他会与别人结仇。友好地对待别人，智者才会看重他。（10）婆罗多后裔啊！点燃起烈火后，如果不赶快跑在它前面，那他连余灰也找不到。（11）奴婢子啊！不能把敌方的仇人，特别有害的人，养在自己的家里，维杜罗啊！你想到哪儿去就到哪儿去吧！一个不贞洁的妇人，尽管受到百般抚爱，也是要抛弃丈夫的。（12）

维杜罗说：

国王啊！这样抛弃一个人，意味着绝交。国王们的心变幻莫测，刚给予安慰，又赐予棍棒。（13）王子啊！你认为自己聪明，我是傻瓜，糊涂的人啊！把一个人当作朋友，后又加以诋毁，这样的人才是傻瓜。（14）不可能将愚蠢的人引上正道，就像一个坏女人在智者的家里也不会变好。你这位婆罗多族雄牛不喜欢忠告，就像少妇不喜欢六十岁的丈夫。（15）如果你在一切事情上，不管有益无益，只喜欢听好话，那么，国王啊！你就去向妇人、白痴和断肢瘸腿的傻瓜们请教吧！（16）波罗底波后裔啊！甜言蜜语的人在这世上容易找，但能说和能听逆耳忠言的人很难找。（17）不管主子爱不爱听，只依正法行事，能进逆耳忠言，这样的人，才对国王有帮助。（18）辛辣，尖锐，灼热，有损名誉，苦涩，难闻，善人们喝下这种利于除病的良药，而恶人们不喝，大王啊！平息怒气，喝下良药吧！（19）我一向期望奇武之子持国和他的儿子们享有名誉和财富，现在该怎样就怎样吧！我向你们辞别了！愿众婆罗门也给我祝福。（20）俱卢后裔啊！我坚持再对你说一句话，智者决不会去激怒那些牙里和眼里都充满毒液的蛇。（21）

以上是吉祥的《摩诃婆罗多》中《大会篇》第五十七章(57)。

五八

沙恭尼说：

坚战啊！你已经输掉般度族的很多财产，如果你还有什么没有输掉的财产，贡蒂之子啊！你就说吧！（1）

坚战说：

妙力之子啊！我知道我的财产数不清。可是，沙恭尼啊！你为什么要询问我的财产呢？（2）我有万、百万、千万、亿、百亿、千亿、万亿、千万亿的无数钱财，国王啊！我就用这些钱财和你赌。（3）

护民子说：

听了这话，沙恭尼果断地施展花招，对坚战说道："又赢啦！"（4）

坚战说：

妙力之子啊！信度河以东的大片领土上，有我的无数牛马羊，国王啊！我就用这份财产和你赌。（5）

护民子说：

听了这话，沙恭尼果断地施展花招，对坚战说道："又赢啦！"（6）

坚战说：

我有城池、王国、土地、婆罗门以外的一切人的财产和婆罗门以外的一切人，这些是我剩下的财产，国王啊！我就用这些财产和你赌。（7）

护民子说：

听了这话，沙恭尼果断地施展花招，对坚战说道："又赢啦！"（8）

坚战说：

这些王子佩戴的耳环和项链等各种首饰光彩夺目，国王啊！我就

用这份财产和你赌。(9)

护民子说：

听了这话,沙恭尼果断地施展花招,对坚战说道："又赢啦！"(10)

坚战说：

年轻的无种,黑皮肤,红眼睛,长胳膊,狮子肩,也是我的财产,我就押上这个赌注。(11)

沙恭尼说：

坚战王啊！你亲爱的弟弟无种王子成了我们的财产后,你还拿谁来赌呢？(12)

护民子说：

这样说后,沙恭尼掷出骰子,对坚战说道："又赢啦！"(13)

坚战说：

偕天王子宣扬正法,在这世上以学识渊博著称,是我亲爱的弟弟,本不该用他赌博,现在我把他当作仇人押上和你赌。(14)

护民子说：

听了这话,沙恭尼果断地施展花招,对坚战说道："又赢啦！"(15)

沙恭尼说：

坚战王啊！我赢得玛德利的两个爱子——无种和偕天,但我觉得你把怖军和胜财看得更重。(16)

坚战说：

蠢材啊！你不顾道义,企图在我们相亲相爱的兄弟中进行挑拨离间,你的行为违背正法。(17)

沙恭尼说：

醉汉会掉进深坑,疯子会顶撞柱子,坚战王啊！婆罗多族雄牛啊！你年长有德,我向你致敬 。(18) 坚战啊！赌徒在赌博时会像醉汉一样,说出一些在睡梦中或清醒时也不曾看见的事。(19)

坚战说：

沙恭尼啊！英勇的王子阿周那在战争中战胜敌人,犹如把我们渡到彼岸的船,本不应用这位人间英雄押注,我现在就用他和你赌。(20)

护民子说：

听了这话,沙恭尼果断地施展花招,对坚战说道："又赢啦！"(21)

沙恭尼说：

坚战王啊！我赢得左手开弓的般度族弓箭手阿周那，你就剩下可爱的怖军了，你现在就拿他来赌吧！(22)

坚战说：

他经常带领我们作战，犹如檀那婆的敌人、手持金刚杵的因陀罗；他睥睨一切，有浓浓的眉毛和雄狮般的肩头，常常怒不可遏。(23)世人中没有谁的力量能和他相比，在用杵作战的武士中首屈一指。这位粉碎敌人的英雄本不该用作赌注，国王啊！现在我就用王子怖军和你赌。(24)

护民子说：

听了这话，沙恭尼果断地施展花招，对坚战说道："又赢啦！"(25)

沙恭尼说：

你已经输掉很多财产，输掉兄弟们，输掉马和象，贡蒂之子啊！你说吧，还有什么没有输掉的财产？(26)

坚战说：

还剩下我。我受所有的兄弟爱戴。一旦我们都输给你，我们甘愿蒙受苦难，为你做事。(27)

护民子说：

听了这话，沙恭尼果断地施展花招，对坚战说道："又赢啦！"(28)

沙恭尼说：

你输掉自己真是犯了大罪，国王啊！还有财产剩下，却把自己输掉，真是罪孽。(29)

护民子说：

精通赌博的沙恭尼凭掷骰子，把这几个人间英雄一个个都赢来了。(30)

沙恭尼说：

你现在还剩下爱妻没有输掉。你就押上这位般遮罗国黑公主，赢回你自己吧！(31)

坚战说：

我用她和你赌！她不高不矮，不胖不瘦，不太黑，也不太白，有一双美丽的红眼睛。(32)眼睛如同秋莲，芬芳如同秋莲，容貌如同侍奉秋莲的吉祥天女（33）她是男人渴望得到的那种温柔、美丽和端庄的女人。（34）她常常最后一个安歇，最早一个醒来，连养牛和养羊的人们做了什么，没做什么，她都知道。（35）她的莲花脸上沁出汗珠，像素馨花一样美丽。她腰如祭坛，[①] 头发长，眼睛赤红，身上很少汗毛。（36）妙力之子啊！我就把这位腰肢纤细、体态美丽的般遮罗国公主德罗波蒂押上赌啦！（37）

护民子说：

婆罗多后裔啊！听到法王坚战说出这样的话，大会堂上那些年长者都发出谴责的"呸！呸！"声。（38）国王啊！整个大会堂一片骚动，国王们议论纷纷，毗湿摩、德罗纳和慈悯等都急得冒汗。（39）维杜罗捧住自己的头，仿佛失去知觉。他低头沉思，像蛇那样喘息。（40）但持国王非常高兴，不加掩饰地一再询问："赢了吗？赢了吗？"（41）迦尔纳和难降等人也无比欢喜。但是，大会堂上其他的人都流下了眼泪。（42）妙力之子沙恭尼稳操胜券，毫不迟疑，如醉如狂，掷出那些骰子，说道："又赢啦！"（43）

以上是吉祥的《摩诃婆罗多》中《大会篇》第五十八章(58)。

五九

难敌说：

维杜罗啊！你去把般度五子共同的爱妻德罗波蒂带来，让她打扫宫室，和女奴们一起听候差使，让我们高兴。（1）

维杜罗说：

愚蠢的人啊！你简直不可理喻，全然不知道自己已被绳索捆住，不知道自己悬在深渊边上。你极端无知，像一头小鹿激怒几头猛虎。（2）毒囊里充满毒液的毒蛇在你头上，愚昧的人啊！你不要激怒它们，不要向阎摩殿走去。（3）婆罗多后裔啊！我认为黑公主不可能成为女奴，因为坚战王拿她做赌注时，已经不是她的主人。（4）竹子

[①] 祭坛中央部分狭窄。

结果就毁灭自己,持国之子难敌王也是这样。他不知道赌博召来仇恨和恐怖,收获的果实是死亡。(5)

不要伤害别人,不要说话粗鲁,不要压榨贫困的人,不要说令人伤心的话,不要说刺耳的话,以致你堕入地狱。(6)开口说出刺人的话,受到伤害的人会日夜悲哀。所以,智者们不说伤及别人要害的话。(7)曾经有一只羊用蹄子刨土,刨出一把遗失的刀,结果割断了自己的喉咙。你不要像这只羊,刨出与般度五子的仇恨。(8)

像狗一样的人总是那样说话,不是称赞,而是诋毁林居者、居家的婆罗门和学识渊博的苦行者。(9)持国之子啊!你不知道狡诈欺骗是可怕的地狱之门,而俱卢族的许多人还跟着你,和难降一道,参与这场赌博。(10)倘若葫芦会沉入水底,石头会漂在水面,船会潜入水中,愚蠢的持国之子难敌王也不会听我良言相劝。(11)结局肯定是俱卢族悲惨地彻底覆灭,因为他们不听圣贤和朋友们的有益良言,而一味放纵贪欲。(12)

以上是吉祥的《摩诃婆罗多》中《大会篇》第五十九章(59)。

六〇

护民子说:

狂妄的持国之子难敌骄横地说了句:"呸!你这个奴婢子!"然后,望着侍者,当着会堂里那些最尊贵的人们,对他说道:(1)"侍者啊!你去把德罗波蒂带来!你不用惧怕般度五子。这个奴婢子胆小怕事,反对我。他从不希望我们繁荣昌盛"。(2)难敌这样说后,侍者遵奉国王的命令,立即出发,像狗跑进狮子洞一样,见到般度族王后。(3)

侍者说:

德罗波蒂啊!坚战赌博赌疯了,难敌已把你赢到手。祭军之女啊!你到持国王宫里去吧,我来带你去听从差遣。(4)

德罗波蒂说:

你怎么说出这样的话?侍者啊!有哪个王子会拿自己的妻子去

赌？坚战王确实赌疯了，赌傻了。他难道没有别的东西可以做赌注了吗？(5)

侍者说：

在没有剩下什么可做赌注时，般度之子无敌（坚战）就把你押上了，公主啊！他先押上兄弟们，又押上他自己，最后押上了你。(6)

德罗波蒂说：

御者之子啊！你到大会堂去，询问那个赌徒，他是先输掉他自己，还是先输掉我？问明白这个以后，你再回来，御者之子啊！那时你再带我走吧！(7)

护民子说：

于是，侍者走到大会堂，传达德罗波蒂的话："德罗波蒂问你说：'你把我们输掉，是谁的主人？你是先输掉自己，还是先输掉我？'"(8)

坚战木然不动，仿佛失去了知觉，面对这位侍者，连一句话也回答不出。(9)

难敌说：

让般遮罗国黑公主到这儿来问这个问题吧！在这儿，大家都可以听到她和他之间的对话。(10)

护民子说：

侍者不得不遵照难敌的命令，前往王宫，仿佛难过地对德罗波蒂说：(11)"公主啊！大会堂的人们要你去。我感到俱卢族的毁灭来临，公主啊！你一去大会堂，那个浅薄的人就保不住繁荣了！"(12)

德罗波蒂说：

这是造物主的安排。智者和愚者都有两种触觉。但他说，在这世上，惟独正法至高无上。只要正法受到保护，就会给予我们安宁幸福。(13)

护民子说：

婆罗多族雄牛啊！坚战听了难敌的话，知道他的目的，于是，派一位可靠的御者，去见德罗波蒂。(14)虽在经期，下身只穿一件衣服，般遮罗国公主也只能来到大会堂，哭泣着站在伯父持国面前。(15)

尔后，难敌王瞧了瞧般度五子的脸，兴高采烈地对侍者说道："侍者啊！去把她带到这儿来！俱卢族的人要当着她的面说话！"（16）

侍者不敢不服从难敌的命令，但又害怕木柱王之女发怒，顾不得自尊，再次向大会堂上的人们说道："我对黑公主怎么说呢？"（17）

难敌说：

难降啊！我的这个愚蠢的御者之子害怕狼腹（怖军），你亲自去把祭军的女儿抓来吧！这些敌人已经失去自主，能把你怎么样呢？（18）

护民子说：

这位王子听了哥哥的话，站起身来，眼睛气得发红，跑进那些大勇士的宫中，对德罗波蒂公主说道：（19）"走吧！走吧！般遮罗黑公主啊！你已被输掉了！不要害羞，去见难敌吧！大眼如莲花的女郎啊！你现在去侍候俱卢族的人吧！你是我们依法得来的，到大会堂去吧！"（20）

黑公主站起身来，满怀悲伤痛苦，用手擦了擦失去颜色的脸，向俱卢族雄牛、老国王的后妃们的住处跑去。（21）难降忿怒地咆哮着，快步追上她，一把抓住这位王后波浪型的乌黑长发。（22）这头发在王祭大典结束时，用念过经咒的圣水浸洗过，而持国的儿子竟然无视般度五子的勇气，粗暴地拉扯它！（23）难降抓住黑公主乌黑的头发，把这位有夫主的妇人，当作没有夫主的妇人拖向大会堂，犹如一阵狂风卷走芭蕉。（24）黑公主被拖得弯着身子，低声说道："我今天在经期，只穿了一件衣服，愚蠢的人啊！你不应该把我带到大会堂去，卑鄙的人啊！"（25）

难降依然猛拽住黑公主的乌发，对她说道："你向黑天、阿周那、那罗延和那罗呼救吧！我就是要把你带走。（26）祭军之女啊！不管你在经期，只穿了一件衣服，或者没有穿衣服，你已在赌博中输给我们，成为我们的女奴。到了女奴们中间，你愿做什么就做什么吧！"（27）

在难降的拽拉下，黑公主披头散发，衣服也滑脱了一半，又羞又怒，身上灼热。她又慢慢地说道：（28）"大会堂里这些人都精通经典，遵守礼仪，如同因陀罗，都是可敬的师长，我不能像这样站在他们面前。(29) 行为卑鄙残酷的人啊！你不要让我赤身裸体，不要拖我，否则，即使有因陀罗为首的天神们帮助你，王子们也不会饶恕你！(30) 正法之子坚战王恪守正法，而正法微妙，只有聪明人懂得。即使丈夫发话，我也不愿意放弃自己的美德，而犯下哪怕极其微小的过错。(31) 在俱卢族的英雄们中，你强拉硬拖我这样一个正在经期的妇女，这是卑劣的行为。而这里没有人表示对我敬重，一定是都同意了你这样的做法！(32) 呸！婆罗多族的正法和刹帝利的高尚品行已经毁灭！所有的俱卢族人居然在大会堂上睁眼看着俱卢族正法遭到践踏！(33) 德罗纳和毗湿摩的勇气失去了，灵魂高尚的维杜罗和持国王肯定也是这样。这些俱卢族的长辈都看不见这种残暴的非法行为！"(34)

　　细腰的黑公主这样悲伤地诉说着，轻蔑地望着她的忿怒的丈夫们。她的轻蔑的眼光点燃般度五子充满全身的忿怒。(35) 王国、财产和珠宝都被剥夺，这一切没有黑公主忿怒的蔑视带给他们的痛苦深。(36)

　　难降也注意到黑公主在观看她的那些可怜的丈夫。他粗暴地拽拉几乎失去知觉的黑公主，仿佛笑着叫喊道："女奴！"(37)

　　听了难降这话，迦尔纳非常高兴，笑着大声喝彩。妙力之子、犍陀罗国王沙恭尼也同样高兴地祝贺难降。(38) 除了他们两个和持国之子难敌外，大会堂里所有的人看到黑公主被这样拖到大会堂都非常难过。(39)

毗湿摩说：

　　贤女啊！正法微妙，我不能正确解答你的这个问题。一个没有钱的人不能拿别人的钱做赌注，但女人们又应当听命于他们的丈夫。(40) 坚战可以抛弃整个富饶的大地，但他不能抛弃真理。他已经说他自己输了，所以我无法说清这个问题。(41) 在赌博方面，世上无人能与沙恭尼相比。而灵魂高尚的坚战自愿和他赌博，不认为那是欺骗。因此，我无法回答你的问题。(42)

德罗波蒂说：

　　这些灵魂邪恶的赌博高手热衷赌博，卑鄙狡诈，在大会堂里向不谙此道的坚战发出挑战，这怎么能说是出于自愿呢？(43) 俱卢族和般度族的佼佼者坚战心地纯洁，不知道是阴谋诡计。他们串通一气，赢了他。他先输掉自己，然后再把我赌上。（44）大会堂里坐着的这些俱卢族人都有儿子和媳妇，请大家考虑考虑我的话，对我提出的问题给一个适当的回答。（45）

护民子说：

黑公主这样悲伤地哭诉着，一次次地望着丈夫们，难降又对她说了些粗鲁难听的话。（46）狼腹（怖军）看见经期中的黑公主蒙受不该有的侮辱，被拽拉着，上衣也扯脱，心里痛苦不堪，对坚战动了肝火。（47）

以上是吉祥的《摩诃婆罗多》中《大会篇》第六十章(60)。

<h1 align="center">六一</h1>

怖军说：

坚战啊！在赌徒之国中有淫荡的女人，但赌徒们也不拿她们去赌，对她们也还有怜悯。（1）迦尸王进贡的财物和其他珍宝，其他国王们进贡的很多珠宝，（2）车辆、金钱、铠甲和武器，王国、你自己和我们，都作为赌注，被敌人夺走。（3）就这样，我都没有生气，因为你是我们这一切的主人。但把德罗波蒂也押作赌注，我认为未免太过分了。（4）这位公主不应受到这样的对待。她得到般度之子们，却因你的缘故，受到这些残酷、卑鄙、狡诈的俱卢族人凌辱。（5）国王啊！为了黑公主受的凌辱，我要把一腔怒火发在你身上！我要把你的双臂烧掉！偕天啊！拿火来！（6）

阿周那说：

怖军啊！你过去可从来没有说过这样的话，一定是这些残酷的敌人毁掉了你对正法的尊重。（7）不要让敌人们的妄想得逞，你要遵行最高的正法，不应该冒犯恪守正法的兄长。（8）王兄受到敌人挑战，考虑到刹帝利的法则，才依从敌人的意愿，进行赌博。这是为我们增添荣誉的事。（9）

怖军说：

胜财啊！如果我知道他是为了自己这样做，我一定要抓住他的双

手，放进燃烧的火中！（10）

护民子说：

看见般度五子这么痛苦，看见般遮罗公主遭受折磨，持国的儿子奇耳（毗迦尔纳）说道：（11）"国王们啊！请回答祭军之女黑公主提出的问题。如果不解答这个问题，我们都会堕入地狱。（12）毗湿摩和持国是俱卢族中两位老长辈，维杜罗具有大智大慧，但他们都不说话。（13）婆罗堕遮之子德罗纳和慈悯是大家的老师，是婆罗门中的俊杰，他们也不回答这个问题。（14）还有这些来自各方的国王们，请他们抛开爱憎，按照自己的想法回答吧！（15）国王们啊！吉祥的德罗波蒂一再提出的问题，请你们考虑考虑。你们站在哪一边，请回答吧！"（16）

奇耳对所有在场的人这样说了很多遍，但那些国王既不说个是，也不说个不是。（17）一遍又一遍对所有的国王说了那些话，一点反应也没有，奇耳无可奈何地搓搓手，叹了口气，又这样说道：（18）"国王们啊！俱卢族的人们啊！不管你们说不说话，我认为怎样合乎正义，我就怎样把它说出来！（19）最优秀的人们啊！人们说给国王们带来灾难的嗜好有四种，那就是打猎、喝酒、赌博和沉湎女色。（20）一个人迷上这些嗜好，就会做事不顾正法。对这样的人做出的事，世人不予承认。（21）般度之子坚战染上这个嗜好，接受赌徒们的挑战，把德罗波蒂押作赌注。（22）无辜的黑公主是般度五子共有的妻子，坚战又是先输掉自己，然后把她押作赌注。（23）而且，又是妙力之子沙恭尼提出要把黑公主押作赌注。考虑到这一切，我不认为黑公主已被输掉！"（24）

听了这些话后，会堂里响起一片赞扬奇耳和谴责妙力之子的喧嚣声。（25）响声静下来后，气得发晕的罗陀之子迦尔纳抓住奇耳美丽的手，这样说道：（26）"从奇耳的话中能发现许多荒谬之处。正像钻木取出的火会烧毁木，他的话也会毁灭自己。（27）这些国王即使受到黑公主催问也不回答，我想他们都认为黑公主是依法赢得的。（28）持国之子啊！你完全是出于年幼无知，才说出这样一些话。你只是个孩子，却在大会堂上像老人一样说话！（29）难敌之弟啊！你智力迟钝，根本不懂正法是什么，所以你把赢得黑公主说成没有赢得。（30）

般度族长兄坚战在大会堂上把一切财产押上输掉，持国之子啊！你怎么能说黑公主没有输掉呢？（31）婆罗多族雄牛啊！德罗波蒂是坚战所有财产的一部分，所以她是依法赢得的，你怎么能说她没有赢得呢？（32）坚战亲口说了拿德罗波蒂来赌，其他几个般度之子也服从，你凭什么理由说她没有赢得呢？（33）

"或许你认为她只穿一件衣服就被带到大会堂，不合正法，那你就听我回答这个问题吧！（34）俱卢后裔啊！天神们规定一个女人只能有一个丈夫，而她却有几个丈夫，无疑是个淫荡的女人。（35）所以，我认为她只穿一件衣服或者赤身裸体被带到大会堂，都没有什么值得大惊小怪的。（36）她和般度五子以及他们的财物，都是妙力之子沙恭尼依法赢得的财富。（37）难降啊！装得像智者一样说话的奇耳是个无知的孩子，你把般度五子和德罗波蒂的衣服扒下来吧！"（38）

婆罗多后裔啊！听了这话，般度五子脱掉自己的上衣扔下，坐在大会堂里。（39）国王啊！这时，难降在大会堂的中央，生拉硬扯，想要扒下德罗波蒂的衣裳。（40）但是，国王啊！黑公主的衣服被扒下的时候，里面又会出现一件同样的衣服，这样一次又一次。（41）看见世间出现这样的奇迹，所有的国王都大声喧哗起来。（42）

怖军气得嘴唇发抖，使劲搓着手，当着国王们的面，大声发誓说：（43）"住在人间的刹帝利们啊！你们听着我这话吧！这是过去没有人说过，将来也不会有人说的。（44）国王们啊！我决不会去见我所有的祖先们，如果我说了这些话不照着去做，（45）如果我不在战场上撕开这个罪恶的劣种、婆罗多族的败类难降的胸膛，喝他的鲜血。"（46）

听了怖军的令一切世界欢欣的话，大家都敬重他，而谴责持国的儿子。（47）这时，在大会堂的中央，衣服已经成堆，而难降扒得疲惫不堪，羞愧地坐了下来。（48）大会堂里的国王们看了看贡蒂的儿子们，发出令人毛骨悚然的"呸！呸！"声。（49）人们责备持国，叫嚷着说："俱卢族人为什么不回答黑公主的问题？"（50）

这时，通晓一切正法的维杜罗举起双臂，控制会场，这样说道。（51）

维杜罗说：

在场的诸位啊！德罗波蒂提出了问题，像无依无靠的人一样在哭泣，你们没有回答，正法在这儿遭到蹂躏。（52）一个蒙受痛苦的人，如同燃烧的火，来到大会堂，大家就应该依据真理和正法安抚他。（53）蒙受痛苦的人向会众提出关于正法的问题，他们就应该抛开爱憎，给他以回答。（54）国王们啊！就像奇耳依据自己的智慧回答问题，你们也依据自己的想法回答问题吧！（55）明了正法的人在会堂上不回答问题，那么，他就要分担说谎者应得的一半恶果。（56）而明了正法的人在会堂上又作了不真实的回答，那么，他肯定要承受说谎者应得的全部恶果。（57）在这方面，人们以古代传说中波罗诃罗陀和牟尼鸯耆罗之子的对话为例。（58）

有一个名叫波罗诃罗陀的提迭王，他的儿子毗娄遮那为了一个姑娘，跑到鸯耆罗之子妙弓那里。（59）听说他俩都想得到那个姑娘，互相说道："我比你强。"并拿自己的性命打赌。（60）他们争论不休，于是去问波罗诃罗陀，说道："你说说我们两个谁更强，不要说假话！"（61）

波罗诃罗陀害怕这场纠纷，呆呆地望着妙弓。妙弓怒火燃烧，如同梵杖，说道：（62）"波罗诃罗陀啊！如果你说假话，或者不说话，因陀罗会用金刚杵把你的头劈成一百块！"（63）

听了妙弓的话，波罗诃罗陀吓得像无花果树叶一样颤抖。于是，这位提迭就去询问威力巨大的迦叶波。（64）

波罗诃罗陀说：

大智者啊！天神、阿修罗和婆罗门的正法您都知道。这里有一个关于正法的难题，您请听吧！（65）请您告诉我：如果一个人不回答别人的问题，或者给了错误的回答，他会获得什么样的世界？（66）

迦叶波说：

如果他知道应该怎么回答，由于欲望、忿怒或畏惧而不回答，那么，伐楼拿的一千条绞索会套住他。（67）套上绞索后，过一年才松开一条。所以，知道实情的人应该如实地说真话。（68）在一个大会上，正法遭到非法袭击，与会者却不拔除毒箭，那么，他们也会遭到袭击。（69）这罪恶的责任一半由大会的主持者承担，四分之一由作恶者承担，另外四分之一由与会者承担，他们没有对应受谴责的人进行谴责。（70）如果对应受谴责的人进行了谴责，那么，大会主持者和与会者就得到解脱，罪恶的责任只由作恶者承担。（71）波罗诃罗陀啊！那些以假话对待正法的人，他们会毁掉自己前后七代祭祀积下的功德。（72）丧失财产的痛苦，丧子的痛苦，负债的痛苦，被国王抄没家产的痛苦，（73）失去丈夫的痛苦，掉离队伍的痛苦，丈夫纳妾的痛苦，受假证陷害的痛苦，（74）天神们说，这些痛苦相同，而说假话的人会得到所有这些痛苦。（75）亲眼见到，亲耳听到，便是见证人。见证人说真话，便不会失去正法和利益。（76）

维杜罗说：

听了迦叶波的话，波罗诃罗陀就对儿子说道："和你相比，妙弓更强；和我相比，莺耆罗更强；（77）妙弓的母亲也胜过你的母亲，毗娄遮那啊！这位妙弓是你的生命的主宰。"（78）

妙弓说：

你抛弃对儿子的爱，坚持正法，因此，我原谅你的儿子，他可以活到一百岁。（79）

维杜罗说：

与会的人们啊！你们听了这至高的正法，对黑公主提出的问题，好好想想该怎么回答吧！（80）

护民子说：

听了维杜罗的话，国王们仍然一言不发。这时，迦尔纳对难降说道："你把这黑女奴带进宫里去吧！"（81）于是，难降在会堂中央拽住浑身颤抖、满面羞容、大声呼唤着般度五子的黑公主，要把她拖走。（82）

以上是吉祥的《摩诃婆罗多》中《大会篇》第六十一章（61）。

六二

德罗波蒂说：

我被这身强力壮的人生拉硬拽，惶恐不安，有一件一开始就应做

的最重要的事我没有做。（1）我要向俱卢族大会上的所有长者致敬。我事先没有向你们行礼，这不是我的过错。（2）

护民子说：

可怜的黑公主被难降拽拉着，跌倒在地。她不应受到这样对待，在会堂里痛苦地哭诉起来。（3）

德罗波蒂说：

除了在选婿大典时，我在彩台上被国王们看到过，再没有被谁在别的地方见到过，如今却被带到会堂上。（4）过去在家里，连风和太阳都不曾见到过我。今天，我却在俱卢族大会堂里抛头露面。（5）过去在家里，连风碰我一下，般度五子都不能容忍，而今天，他们却容忍这个坏蛋来碰我！（6）看来是时乖世变，俱卢族人居然容忍一个不应遭受折磨的儿媳遭受折磨。（7）把一个贞洁善良的妇女带到会堂上来，还有比这更卑劣的行为吗？国王们的正法到哪儿去了？（8）过去我们听说，遵守正法的妇女是不会被带到会堂上的。这种永恒的正法在俱卢族中毁灭了！（9）作为般度五子的妻子、猛光的妹妹、黑天的女友，我怎么能到国王们的会堂上？（10）俱卢族的人们啊！我是法王的同种姓的妻子，你们说，我是不是女奴？我将照你们说的去做。（11）这个损害俱卢族荣誉的小人残酷地折磨我，我再也不能忍受。（12）国王们啊！俱卢族的人们啊！你们是否认为我是被赢走的？我想听到你们的回答，并照你们说的去做。（13）

毗湿摩说：

贤女啊！我已说过，甚至世上那些灵魂伟大的婆罗门都不能把握正法的最高准则。（14）世间有力量的人认为是正法，其他人也就认为是正法。（15）由于这件事微妙，深奥，严重，我不能对你的问题给以确定的回答。（16）这个家族的末日肯定不远了，所以俱卢族所有的人都陷入贪婪和愚痴。（17）

贤女啊！般度五子出身高贵，虽遭灾难，也不背离正法之道，就像你作为我们的儿媳站在这里。（18）般遮罗公主啊！你的行为就是这样，尽管遭受苦难，仍然尊重正法。（19）德罗纳等等年迈而懂得正法的人，一个个都低头坐着，像是失去生命、空有躯壳之人。（20）我认为坚战能对这个问题做出回答，说明你是否被赢走。（21）

护民子说：

看到黑公主非常痛苦，像鸥鹦一样哭号，国王们惧怕持国之子，都不说一个是或不是。（22）看到这些王子王孙都沉默不语，持国之子难敌仿佛笑着对这位般遮罗公主说道：（23）"祭军之女啊！把这个问题交给勇猛的怖军、阿周那以及你的孪生丈夫偕天和无种吧！让他们回答你，（24）般遮罗公主啊！如果为了你的缘故，他们当着这些高贵的人的面，声明坚战不是你的夫主，坚战也就成为说谎者，那么，你就可以免去当女奴。（25）或者让遵守正法、像因陀罗一样灵魂伟大的法王坚战自己说他是不是你的丈夫，然后你再做出决断。（26）在这会堂上的所有俱卢族人都为你的痛苦感到难过。这些高尚的人看到你的丈夫们那样不幸，就什么也不说。"（27）

听了俱卢族王难敌的话，所有到会的人都大声表示赞同，边说边晃动衣服。但也有人发出哀叹声。所有的国王都很高兴，向遵守正法的俱卢族俊杰难敌表示敬意。（28）他们都把脸转向坚战，期待着，想听一听懂得正法的坚战会说什么。（29）他们也非常好奇，想听一听在战争中从不失败的阿周那会说什么，怖军会说什么，孪生的无种和偕天会说什么。（30）

会堂里的声音刚一静下，怖军就抓住自己抹了檀香的粗壮胳臂说道：（31）"如果法王坚战不是我们的兄长，不是一家之主，我们决不会容忍他所做的这一切。（32）他是我们的主人，是我们的功德、苦行和生命的主宰。如果他认为自己被输掉了，那么我们也就认为自己被输掉了。（33）但任何一个脚踩大地、逃不出死亡规律的人胆敢碰一碰般遮罗公主的头发，他就别想让我饶命。（34）你们看一看我这两只又粗又长、像铁闩一样的胳臂吧！就是因陀罗到了这两只胳臂中，也休想逃脱！（35）我是受到正法约束，尊重兄长，接受阿周那的劝阻，才没有发作。（36）只要法王坚战下令，我就会用刀剑一般的手掌劈碎持国的这些罪恶的儿子，像狮子撕碎小鹿。"（37）

这时，毗湿摩、德罗纳和维杜罗对怖军说道："你能做到这一切，但现在希望你宽宏大量！"（38）

以上是吉祥的《摩诃婆罗多》中《大会篇》第六十二章（62）。

六三

迦尔纳说：

美女啊！三种人是没有财产的，那就是奴隶、学徒和不能自立的女人。现在你是奴隶的妻子和难敌的财产。你不是主人的妻子，而是作为财产的奴隶，也就是女奴。（1）公主啊！你快进宫去，叫你做什么，你就做什么，好好侍候我们吧！现在你的主人已不是般度五子，而是持国王的儿子们了。（2）发怒的美女啊！你赶快另选一个丈夫吧！选一个不会拿你去赌的丈夫，你就不会当女奴。你要知道，女奴自由选择丈夫，永远不会受谴责。（3）无种、怖军、坚战、偕天和阿周那都输掉了，祭军之女啊！你快进宫去当女奴吧！他们已经输掉，不再是你的丈夫。（4）普利塔之子坚战在会堂里把般遮罗国木柱王的女儿押作赌注，他现在想到自己的英勇威武和丈夫气概，还有什么用？（5）

护民子说：

听了迦尔纳的话，怖军怒不可遏，但受着正法约束，要顺从坚战王，只得长声叹息，形容凄苦，眼中的怒火像要把他烧毁一样。（6）

怖军说：

坚战王啊！我不对这车夫的儿子迦尔纳生气，因为我们确实已经沦为奴隶，王中因陀罗啊！如果你不拿黑公主押作赌注，仇敌们怎敢这样对待我？（7）

护民子说：

听了罗陀之子迦尔纳的话，难敌王对沉默不语，像失去了知觉的坚战说道：（8）"大王啊！怖军、阿周那、孪生的无种和偕天都听从你的命令，如果你承认黑公主被输掉了，那你就回答她的问题吧！"（9）

对贡蒂之子坚战说了这些话后，难敌陶醉在自己的权势中，撩起自己的衣服，仿佛微笑着拿眼挑逗般遮罗公主。（10）他把自己具备一切优点，像香蕉杆一样圆润，像象牙一样白净，像金刚杵一样沉重的左腿,(11)露给德罗波蒂看,仿佛故意要刺伤怖军,对罗陀之子迦尔纳笑笑。(12)狼腹(怖军)圆睁着气得通红的眼睛,当着国王们的面,用整个会堂都能听到的声音,对难敌说道:(13)"如果我不在大战中用铁杵打断你的这条腿,那我狼腹将来就不能进入我的祖先们所在的天国!"(14)像燃烧着的大树,树干的每个空洞都冒出火焰,怒火燃烧的怖军,浑身每个毛孔都冒火。(15)

维杜罗说:

国王们啊!你们看看怖军展示的无比恐怖吧!你们就把它看作是水神伐楼拿的套索吧!这肯定是天意预示婆罗多族将遭到厄运。(16)持国的儿子们啊!你们越出了赌博的范围,在会堂上为一个妇女发生争执。俱卢族人施展阴谋诡计,眼看着幸福安乐转变为巨大的灾祸。(17)俱卢族的人们啊!你们应该赶快认清正法。在一个大会上,正法遭到破坏,所有与会者都会受到玷污。如果坚战王在把自己输掉以前用黑公主做赌注,那他还是她的主人。(18)而一个不是财产主人的人,在听了沙恭尼的话后,把那财产押作赌注,就是输掉了,那也不过像梦中见到的财产。所以,俱卢族的人们啊!你们不要背离正法。(19)

难敌说:

祭军之女啊!我听怖军、阿周那、孪生的无种和偕天怎么说。只要他们说坚战不是他们的主人,你就可以免做女奴。(20)

阿周那说:

俱卢族的人们啊!贡蒂之子、灵魂高尚的法王坚战在赌博之前是我们的主人,但当他把自己输掉以后,他还能是谁的主人?这你们应当知道。(21)

护民子说:

国王啊!这时,一只豺狼跑进持国王的宫中,在祭祀厅中高声嗥叫,一些驴子和猛禽遥相呼应,在四方大叫起来。(22)通晓一切的维杜罗和妙力之女甘陀利都听到了这种可怕的声音。毗湿摩、德罗纳和博学的慈悯高声念诵道:"吉祥平安!吉祥平安!"(23)甘陀利和博学的维杜罗看到这种可怕的征兆都很难过,把这事告诉了持国王。持国王听后说道:(24)"愚蠢的难敌啊!你完了!你在俱卢族群英聚集的大会上,对妇女,尤其是对正法之妻德罗波蒂这样说话,这样粗暴。"(25)说完,聪明睿智的持国王思索了一阵,为了亲友们的利益,安慰般遮罗国黑公主。(26)

持国说:

般遮罗公主啊!如果你愿意,你就向我求取一个恩惠吧!你是我的最好的媳妇,最遵守正法,贞洁无瑕。(27)

德罗波蒂说:

婆罗多族雄牛啊!如果您愿意赐我恩惠,那我就请求了。我求您让遵守一切正法的、吉祥的坚战免为奴隶。(28)别让那些无知的王子说我那聪明的儿子向山是奴隶的儿子。(29)婆罗多后裔啊!他原本是王子,像他一样的王子简直没有第二个,所以很受宠爱。一旦发现自己是奴隶的儿子,他会死去。(30)

持国说:

我还要赐你第二个恩惠,贤女啊!你向我求取吧!我心里觉得你应该获得不止一个恩惠。(31)

德罗波蒂说:

那我还要驾车持弓的怖军和胜财(阿周那),还要无种和偕天,这就是我选择的第二个恩惠。(32)

持国说:

再求取第三个恩惠吧!我认为两个恩惠还不足以表示对你尊敬,因为你遵行正法,是我的最好的儿媳。(33)

德罗波蒂说:

尊者啊!贪婪会毁灭正法,我不再要求什么了。最值得尊敬的国王啊!我也不配要求第三个恩惠,王中俊杰啊!(34)人们说,吠舍可以要求一个恩惠,刹帝利妇女可以要求两个,国王可以要求三个,婆罗门可以要求一百个。(35)国王啊!我的丈夫们沦为奴隶,现在已经得救。他们会以他们的善行获得幸福。(36)

以上是吉祥的《摩诃婆罗多》中《大会篇》第六十三章(63)。

六 四

迦尔纳说：

我们听说过人间有很多以美貌著称的妇女，但从没有听说过她们有她这样的功德。（1）在般度五子和持国的儿子们都满腔愤怒的时候，黑公主德罗波蒂给般度五子带来安宁。（2）对沉入水中、面临灭顶之灾的般度五子来说，这位般遮罗公主成了救度他们到岸边的船只。（3）

护民子说：

听到迦尔纳在俱卢族人中间说般度五子靠妻子得救，怖军怒不可遏，痛苦地说道：（4）"提婆罗仙人说过，人有三种光：子嗣、功业和学问。有了这三种光，才有众生。（5）当一个人失去生命，身体不洁，被亲属抛在旷野，这三种光就会有用。（6）我们的妻子受了侮辱，我们的光也就受到损害，胜财啊！受了侮辱的妻子生下的儿子会怎么样？"（7）

阿周那说：

不管卑劣的人说什么或不说什么，婆罗多后裔从不理睬那些极端难听的话。（8）善人总是记人好处，不记仇，因为他们知道该怎么做，对自己充满信心。（9）

怖军说：

王中因陀罗啊！我很快就要把聚集在这儿的仇敌都杀掉，婆罗多后裔啊！或者你站出来，把他们彻底消灭吧！（10）我们何必在这儿争论？何必在这儿忍受痛苦？婆罗多后裔啊！我现在就把他们都杀掉，你来统治这整个大地吧！（11）

护民子说：

怖军说完这话，一再望着自己的铁杵，像狮子站在鹿群中间，他的弟弟们把他团团围住。（12）行为纯洁的阿周那劝慰他，又给他摇着扇，但英勇无畏的大臂怖军内心仍然冒着火，浑身是汗。（13）国王啊！怒火从他的耳朵等等孔窍冒出，带着烟、火焰和火光。（14）

他皱着眉头，脸色可怕，犹如世界末日到来之时死神的面孔。（15）婆罗多后裔啊！这时，坚战伸手拦住大臂怖军，对他说道："别这样，安静下来！"（16）

坚战拦住气得两眼通红的大臂怖军后，双手合十，走到伯父持国跟前。（17）

以上是吉祥的《摩诃婆罗多》中《大会篇》第六十四章（64）。

六五

坚战说：

国王啊！我们能为您做什么呢？请吩咐吧！婆罗多后裔啊！您是我们的主人，我们愿意永远为您效命。（1）

持国说：

无敌啊！祝你幸运！平平安安地回去吧！我同意你带着财产，回去治理你自己的王国吧！（2）但你要常常记住我这老人的话。我说的话经过深思熟虑，能使人获得至高幸福。（3）坚战儿啊！大智者啊！你懂得正法的微妙规则，谦恭有礼，孝敬老人。（4）哪里有智慧，哪里就有和平，婆罗多后裔啊！愿你心平气和！刀斧只砍木头，不砍其他的东西。（5）看人往好处看，不往坏处看，不记仇，不作梗，这是最好的人。（6）坚战啊！在争论中，口出恶言的是下等人，予以回击的是中等人，不予回击的是上等人。（7）无论别人是不是说了对自己不利的粗言恶语，决不予以理睬，这是意志坚定的上等人。（8）善人总是记人好处，不记仇，因为他们知道该怎么做，对自己充满信心。（9）你在这个善人的集会上行为高尚，孩子啊！你不要把难敌的那些粗言恶语放在心上。（10）婆罗多后裔啊！你就看在坐在这儿的伯母甘陀利和我这瞎眼伯父的面上吧！我们都希望你有优良的品德。（11）我原来只是想见见朋友们，并看看儿子们有没有力量，才希望安排这场赌博。（12）坚战啊！俱卢族人不会悲伤，你是他们的统治者，精通一切经典的智者维杜罗是顾问。（13）你恪守正法，阿周那英勇，怖军威武，人中翘首无种和偕天虔诚，孝敬长辈。（14）无

敌啊！祝你幸运！你回甘味城去吧！愿你和兄弟们和睦相处！愿你一心守护正法！（15）

护民子说：

听了持国的话，婆罗多族的俊杰法王坚战履行一切高贵的礼节，然后和兄弟们一道启程出发。（16）他们带着黑公主，乘坐云一般的车，满怀喜悦，向美好的天帝城驶去。（17）

以上是吉祥的《摩诃婆罗多》中《大会篇》第六十五章(65)。

《赌骰篇》终。

赌骰后篇

六六

镇群说：

得知般度五子奉命带着珠宝财物离去，持国的儿子们心中怎么想？（1）

护民子说：

国王啊！得知睿智的持国王吩咐他们回去，难降马上跑去找他的兄长。（2）婆罗多族雄牛啊！他看到难敌正和大臣们在一起，婆罗多族俊杰啊！便满怀痛苦地说道：（3）"大勇士们啊！好不容易得来的一切全给老头子毁啦！你们要知道，他把所有的财产都交还敌人了。"（4）

于是，难敌、迦尔纳和妙力之子沙恭尼这些高傲的人聚在一起商量对付般度五子的办法。（5）商量停当后，他们很快就去见奇武之子持国王，说出一番动听的话。（6）

难敌说：

国王啊！您没有听说过众天神的博学多才的祭司祭主仙人对因陀罗讲解策略吗？（7）杀敌者啊！祭主仙人说，要在敌人用战争和武力伤害你之前，想尽一切办法消灭敌人。（8）如果我们拿般度族的钱财去讨好国王们，让他们去和般度族作战，对我们有什么坏处呢？（9）

把愤怒的、要咬人的毒蛇放在脖子上和背上，谁还能把它们驱走呢？（10）父亲啊！愤怒的般度五子手持武器，登上战车，会像发怒的毒蛇那样，把我们彻底毁灭。（11）阿周那全副武装，打开无与伦比的箭袋，走时一次又一次举起甘狄拨神弓，喘着粗气。（12）我们听说，狼腹（怖军）举起沉重的铁杵，迅速驾驭自己的战车离去。（13）无种也举起剑和镶有八个月亮的盾牌，偕天和坚战王用姿势表明了心意。（14）他们登上配备有许多武器的战车，驱策车队，去集合军队。（15）他们受了我们的侮辱，决不会饶恕我们。看到德罗波蒂蒙受的痛苦，他们中有谁会饶恕我们？（16）

婆罗多族雄牛啊！愿您吉祥平安！我们要和般度的儿子们再赌一次，输了的到森林中去住。这样，我们就可以控制他们了。（17）或者是他们，或者是我们，哪一方赌输了，哪一方就到大森林去，身穿兽皮，住上十二年。（18）到第十三年，就和兄弟们一起到一个无人知道的地方隐居。如果被发现，就得再去森林里住十二年。（19）是我们去住森林，还是他们去住森林，这由赌博来决定。般度的儿子们会拿起骰子，进行这场赌博的。（20）父王啊！婆罗多族雄牛啊！这是我们最应该做的事，因为沙恭尼精通赌博的学问，掌握掷骰子的一切技巧。（21）我们会在国内打下坚实的基础，团结朋友，建立起一支庞大、精锐、不可战胜的军队。（22）如果他们按照誓约，度过十三年，我们就会战胜他们，折磨敌人的父王啊！希望您赞同我们的这个办法。（23）

持国说：

快去把他们追回来吧！即使他们已经走了大半路程，也要把他们追回！让般度的儿子们回来再赌一次。（24）

护民子说：

这时，德罗纳、月授、大勇士波力迦、维杜罗、德罗纳之子马嘶和吠舍女之子尚武，（25）广声、福身王之子毗湿摩和大勇士奇耳都说："别再赌了！但愿平安无事！"（26）

尽管明白事理的朋友们都不希望赌博，但持国疼爱儿子，坚持派人去召回般度五子。（27）大王啊！这时，甘陀利忧心忡忡，出于对儿子们的关心，对持国王说道：（28）"难敌生下来时，大智大慧的维杜罗就说，最好让这个会使家族倒霉的人死去。(29) 婆罗多后裔啊！那一生下来就发出豺狼般叫声的人，一定是家族的毁灭者。俱卢族的人们啊！你们要警惕！(30) 夫主啊！你不要听从这些愚昧的孩子们的意见，不要让家族遭到可怕的毁灭。(31) 谁会去挖开拦住洪水的堤坝？谁会去点燃已经扑灭的大火？婆罗多后裔啊！谁会再去激怒已经安静的般度族？(32) 阿阇弥吒后裔啊！你肯定记得，但我仍要提醒你，经典无法给愚昧的人指出祸福。(33) 国王啊！孩子的想法决不可能成熟，但愿你指导儿子们，不要让他们粉身碎骨，离你而去。(34) 你的智慧产生于平静、正法和别人的智慧，希望你不要背道而驰。用残酷的手段敛聚的财富会带来毁灭，用和善的办法积累的财富才能传至子孙后代。"(35)

然而，持国王对通晓正法的甘陀利说道："家族要毁灭就让它毁灭吧！我也阻挡不住。(36) 他们想怎么办就怎么办吧！让般度的儿子们回来，让我的儿子们和他们再赌一次！"(37)

以上是吉祥的《摩诃婆罗多》中《大会篇》第六十六章(66)。

六七

护民子说：

于是，侍者遵奉聪明的持国王的命令，赶去对走在途中的普利塔之子坚战说道：(1)"坚战啊！婆罗多后裔啊！您的伯父说：'会堂里已经摆好骰子，般度之子啊！来掷骰子，赌一赌吧！'"(2)

坚战说：

众生得祸得福，全由造物主安排，无法逃避。如果需要再赌一次，也只能如此。(3) 老人发出掷骰子赌博的邀请，我明知会带来毁灭，也不能违抗。(4)

护民子说：

这样说着，坚战和兄弟们一起转身回去。他明知沙恭尼诡计多端，还得再去赌博。(5) 这些英勇无比的婆罗多族雄牛又走进那座会堂，令朋友们心中难过。(6) 他们随意选择座位坐下，在命运的逼迫

下，又开始赌博，要毁掉整个世界。(7)

沙恭尼说：

婆罗多族雄牛啊！老王把那些财产还给你，我们尊重他这样做。你听我说，现在有一个大赌。(8) 如果我们输给你们，我们就穿上羚羊皮，到森林去住十二年。(9) 到第十三年，就带着众人到一个地方隐居一年。在这一年中如果被人发现，就再到森林去住十二年。(10) 如果你们输给我们，那么，你们得带上黑公主，身穿兽皮，到森林里去住十二年。(11) 按照规定度过十三年，你们或我们就可以重新得到自己的王国。(12) 坚战啊！婆罗多后裔啊！就按照这样的规定，再来掷骰子，和自家人赌一赌吧！(13)

与会者们说：

哎呀！大难临头，亲属们也不出来提醒他。凭智慧可以看清的事，这些婆罗多族雄牛却看不清。(14)

护民子说：

坚战王听了人们的种种非议，很是羞愧，但为了恪守正法，只好再次赌博。(15) 大智大慧的坚战王明白事理，但还是再次参赌，心里在想："这该不会导致俱卢族毁灭吧？"(16)

坚战说：

沙恭尼啊！像我这样一个注意维护自己的正法的国王，受到你的邀请，怎么会拒绝呢？我就和你赌一赌吧！(17)

沙恭尼说：

这些牛、马和奶牛，无数的山羊和绵羊，还有大象、金库、黄金和所有男女奴仆，(18) 般度五子啊！全都押在林居这一个赌注上，你们或我们，谁输了谁就到森林去居住。(19) 婆罗多族雄牛啊！我们就这样说定了，开赌吧！只要掷一次骰子，谁去林居就决定了。(20)

护民子说：

坚战王同意沙恭尼提出的赌法。于是，妙力之子沙恭尼拿起骰子一掷，对坚战王说："我赢啦！"(21)

以上是吉祥的《摩诃婆罗多》中《大会篇》第六十七章(67)。

六八

护民子说：

贡蒂的儿子们赌输了，决定去过林居生活，按照规定披上了兽皮衣。(1) 看见这些征服敌人的英雄失去王国，披上兽皮，动身要去森林居住，难降说道：(2) "灵魂伟大的难敌王成了转轮王，般度的儿子们遭了大难。(3) 今天天神们都从平坦的空中之路向我们走来，我们的优势远远超过了敌人！(4) 贡蒂的儿子们永久地堕入地狱，永远失去幸福，失去王国。(5) 般度的儿子们依仗着武力，骄傲狂妄，嘲笑持国的儿子们。现在他们失败了，被剥夺财产，前往森林。(6) 按照沙恭尼押的赌注，他们脱下那些美妙的铠甲和华丽的衣服，穿上羚羊皮。(7) 般度的儿子们一向认为世上没有人能与他们相比，现在身处逆境，该知道自己只不过是干瘪的空心芝麻。(8) 俱卢族后裔啊！像你们这样的勇士不应该居住森林。请看，这些英勇有力的般度之子们不举行仪式就穿上兽皮衣！(9) 大智慧的苏摩迦王祭军把般遮罗公主嫁给般度五子真是做了一件错事，因为她的这些丈夫们已经变成毫无能力的阉人。(10) 祭军之女啊！看到你的丈夫们失去财产，无家可归，穿着一点遮身之物和兽皮，住在森林里，你还会有什么快乐呢？这儿有谁中你的意，就选他做丈夫吧！(11) 聚集在这儿的所有俱卢族人都很宽容大度，拥有财富，你就选一个最好的做你的丈夫吧！这样你就可以免遭厄运了。(12) 般度的儿子们像干瘪的空心芝麻，像用皮子制作的野兽，像空壳麦穗。(13) 你为什么还要侍奉这些落难的般度五子？这就像照管干瘪的空心芝麻，徒劳无益！"持国之子难降的这残酷粗鲁的话是说给普利塔的儿子们听的。(14)

听了难降的话，怖军怒不可遏，扑上前去，抓住他，好似雪山雄狮抓住一只豺狼，高声骂了起来。(15)

怖军说：

残酷的人啊！你说的都是恶人们才会说的混话！你在这些国王们面前吹牛，只不过靠了沙恭尼的骗术。(16) 就像现在你用语言之箭射击我们的致命之处,将来我要在战争中打击你的要害,让你记起你今天说的这些话。(17)那些陷入贪欲,跟着你、保护你的人,我会把他们,连同他们的亲友送往阎摩殿。(18)

护民子说:

怖军这样说着。他身穿兽皮,忍受着痛苦折磨,不得不遵行正法。而难降在俱卢族人中间,无耻地围着怖军跳起舞来,还大声叫着:"蠢牛!蠢牛!"(19)

怖军说:

难降啊!只有你才会说出这种残酷无情的恶毒的话,因为有谁施展诡计获得财富后,还会自吹自擂?(20)我普利塔之子狼腹(怖军)若不在战争中撕开你的胸膛,喝你的血,我死后就不会进入善界。(21)我不久就要在战场上,当着所有弓箭手的面,杀死持国的儿子们,达到和平,这就是对你们立下的誓言。(22)

护民子说:

般度五子走出大会堂时,愚蠢的难敌王得意洋洋,模仿怖军狮子般的步态,摇摇摆摆走路。(23)狼腹(怖军)转过半个身子,对他说道:"蠢货!你别学样了!我很快就要杀死你和你的亲友,让你记起你学我的样子。"(24)

眼见自己受到这般侮辱,高傲有力的怖军压住自己的怒火。他跟随坚战王走出俱卢族大会堂时,这样说道:(25)"我将杀死难敌,胜财(阿周那)将杀死迦尔纳,偕天将杀死掷骰子骗人的沙恭尼。(26)我要在大会堂上再说一遍这些庄严的话。一旦战争爆发,天神们会让我的誓言实现。(27)在战争中,我要用铁杵杀死这个罪恶的难敌,用脚把他的头踩在地上。(28)这个灵魂邪恶、出口伤人的难降,我要像兽王狮子一样喝他的血。"(29)

阿周那说:

怖军啊!善人的决心不仅仅用语言表达。从现在起,到了第十四年,他们就会看到将发生什么。(30)难敌、迦尔纳和灵魂卑鄙的沙恭尼,第四个是难降,大地会喝下他们的血。(31)怖军啊!遵照你的吩咐,我将在战争中杀死这个嫉妒心重、挑拨离间、纵容恶人的迦尔纳。(32)为了让怖军高兴,我阿周那发誓,一定要在战争中用箭

632

杀死迦尔纳和他的追随者。(33) 其他的一些国王，如果头脑发昏，和我作战，我会用成百成千支箭，把他们统统送往阎摩殿。(34) 如果我的誓言不能实现，那么，雪山就会移动位置，太阳就会失去光辉，月亮就会失去清凉。(35) 如果从现在起，到第十四年，难敌不恭恭敬敬地把国土归还我们，我的誓言就一定会兑现！(36)

护民子说：
阿周那说完这些话后，威武吉祥的玛德利之子偕天抱住自己粗壮的胳臂。(37) 他一心想要杀死妙力之子沙恭尼，气得两眼通红，像蛇一样喘着气，说道：(38) "败坏犍陀罗族名誉的蠢货啊！你认为那些是骰子，其实它们不是骰子，而是你在战争中选用的利箭。(39) 怖军说了，要我杀死你和你的亲属。我一定会完成这个任务，你就做好一切准备吧！(40) 妙力之子啊！如果你将来遵照刹帝利法则，站到战场上，我一定会大显身手，在战斗中把你杀死！"(41)

民众之主啊！听了偕天的话，人中美男子无种也说道：(42) "在这场赌博中，持国的儿子们为了取悦难敌，对祭军之女口出恶言。(43) 持国的这些儿子受死神驱使，想要找死，干尽坏事，我要给他们中大多数人指明通往阎摩殿的路。(44) 依照法王的命令，遵循德罗波蒂的足迹，不用很久，我就会在大地上肃清持国的儿子们。"(45)

就这样，所有这些人中之虎都伸臂立下誓言。然后，他们走向持国王。(46)

以上是吉祥的《摩诃婆罗多》中《大会篇》第六十八章(68)。

六九

坚战说：
我向婆罗多族人，向年迈的祖父毗湿摩，向月授王和波力迦大王辞别；(1) 向德罗纳、慈悯和其他国王，向马嘶、维杜罗、持国和持国的所有儿子辞别；(2) 向尚武、全胜和其他与会的人们辞别。辞别大家后，我就要走了，以后再来看望你们。(3)

护民子说：
出于羞愧，大家什么话也没有说，但心中都祝愿聪明的坚战幸

福。(4)

维杜罗说：

尊贵的普利塔公主不宜前往森林。她身体娇柔，年事也高，又享惯了福。(5) 她就住在我的家里。在我的家里，她会受到很好照顾，普利塔的儿子们啊！你们要相信这一点。祝你们一切平安！(6)

婆罗多族雄牛坚战啊！你要记住我的话：一个人被非正法战胜时，不必为失败而痛苦。(7) 你通晓正法，胜财（阿周那）善于作战，怖军能杀死敌人，无种能聚集财富，(8) 偕天善于管理，烟氏仙人是最优秀的知梵者，德罗波蒂精通正法和利益，遵行正法。(9) 你们相亲相爱，说话和蔼可亲，彼此感到满意，敌人不能离间你们，在这世上有谁不羡慕你们呢？(10) 婆罗多后裔啊！你内心的镇定会带来一切幸福，不可动摇的人啊！甚至和因陀罗一般的敌人也不能战胜它！(11)

从前，你在雪山，受过弥卢沙婆哩尼的教导；在象城，受过岛生黑仙的教导；(12) 在婆利古东迦，受过持斧罗摩的教导；在德利私陀婆底河，受过商部的教导；在安遮那，受过阿私多大仙的教导。(13) 你的祭司烟氏仙人经常见到那罗陀仙人。你不要在危难中失去仙人们崇尚的智慧！(14)

般度之子啊！你凭智慧胜过伊罗之子补卢罗婆娑；你凭能力胜过其他的国王；你凭奉行正法胜过仙人们。(15) 愿你坚定信心，像因陀罗那样获取胜利，像阎摩那样控制怒气，像俱比罗那样慷慨布施，像伐楼拿那样控制感官。(16) 自我奉献、温和和生存得自水，宽容得自大地，充沛的精力得自太阳。(17) 你要知道，力量得自风，自我存在得自万物。愿你们无病无灾，吉祥平安！我会看到你们回来。(18) 坚战啊！在艰难和困厄中，在一切工作中，都要顺应时势，做出适当的行动。(19) 贡蒂之子啊！再见吧！祝你一路平安，婆罗多后裔啊！我们盼望你达到目的，平安幸福地回来！(20)

护民子说：

听了这些话，以真理为勇气的坚战说道："好吧！"向毗湿摩和德罗纳行了礼，然后动身上路。(21)

以上是吉祥的《摩诃婆罗多》中《大会篇》第六十九章(69)。

七○

护民子说：

在出发时，黑公主走到声誉卓著的普利塔面前，万分痛苦地向她和别的女眷告别。（1）按照礼节行礼拥抱后，她就要离别而去。顿时，般度族后宫中响起一片哀号声。（2）贡蒂看到德罗波蒂就要走了，满怀忧伤，焦虑不安，艰难地说道：（3）"孩子啊！你品行端庄，懂得妇道，遭到这样的大难，你不应悲伤。（4）笑容美丽的人啊！我不需要教导你怎样对待丈夫们。你以淑女的美德，为娘家和夫家都增添了光辉。（5）纯洁无瑕的人啊！那些俱卢族人算是走运，没有被你的怒火焚毁。愿你一路平安，愿我的思念给你力量。（6）对于将要发生的一切事情，善良的妇女都不会惊慌失措，儿媳啊！长辈的正法保护着你，你很快就能得到幸福。（7）住在森林里，要经常照看我的儿子偕天，让他身处逆境，而思想不消沉。"（8）

黑公主答应道："遵命！"泪流满面，穿着一件为经血染污的衣服，披散着头发，走了出去。（9）普利塔痛苦地跟在边走边哭的黑公主后面。接着，她看见了她的已被夺走首饰和衣服的儿子们。（10）他们全都披着羚羊皮，羞愧地微微低垂着头，周围是兴高采烈的敌人和忧伤的朋友们。（11）

看到儿子们的这种处境，她爱子心切，跑上前去，满怀悲伤，对他们和亲友们哭诉道：（12）"你们奉行正法，行为端正，品德高尚，信仰虔诚，一向敬奉神明，（13）怎么会遭逢不幸？命运的法则怎么会这样颠倒？是谁出于妒忌犯下这样的罪过？（14）也许是我的命运不济，我生下你们就是为了让你们受苦受难，尽管你们具有完美的品德。（15）在失去荣华富贵以后，你们在人迹罕至的森林里怎么居住？你们并不缺乏勇气、威武、力量、热情和精力，现在却这样可怜。（16）如果我知道你们注定要居住林中，般度死后，我就不会从百峰山回到象城。（17）我觉得你们的父亲潜心苦行和智慧，他是幸运的。他没有为儿子们烦恼，早就实现升入天国的美好愿望。（18）我现在觉得大福大德的玛德利也是幸运的,她通晓正法,知觉超人,早就到达最高的归宿。(19)受爱情、思想和前途的束缚,贪恋生命,导致我遭逢不幸,真该诅咒!"(20)

般度五子竭力安慰悲恸不已的贡蒂,向她行了礼,然后忧郁地动身前往森林。(21)维杜罗等人自己也很难过,但他们寻找种种借口安慰伤心的贡蒂,慢慢地带她进入维杜罗的家。(22)

持国王心中焦虑不安,派人召请维杜罗迅速前来。(23)于是,维杜罗赶到持国王的宫中。持国王急忙向他询问。(24)

以上是吉祥的《摩诃婆罗多》中《大会篇》第七十章(70)。

七一

持国说:

贡蒂之子法王坚战、怖军、左手开弓的阿周那和玛德利的双生子,他们是怎么走的?(1)烟氏仙人和可怜的德罗波蒂是怎么走的?维杜罗啊!我很想听一听,你把他们一举一动都告诉我。(2)

维杜罗说:

贡蒂之子坚战是用衣服蒙着脸走的,般度之子怖军是挥动着粗壮的双臂走的。(3)左手开弓的阿周那撒着沙子,跟在坚战王后面走,玛德利之子偕天抹了抹脸走的。(4)世上的美男子无种心烦意乱,全身抹了泥,跟在坚战王后面走。(5)大眼的美人黑公主用披散的头发蒙住自己的脸,啼哭着,跟在坚战王后面走。(6)国王啊!烟氏仙人手里拿着俱舍草,边走边唱着阎摩和楼陀罗的颂歌。(7)

持国说:

维杜罗啊!般度族人走的样子都不一样。请你告诉我,他们为什么那样走?(8)

维杜罗说:

虽然受了骗,被你的儿子夺走王国和财产,但聪明的法王的理智没有偏离正法。(9)婆罗多后裔啊!坚战王一向善待你的儿子们,他们却施展诡计。他怒火中烧,不愿睁开眼睛。(10)他想:"我不应该用可怕的目光看人，以免焚烧人。"所以，他蒙住脸走。（11）婆罗多族雄牛啊！怖军为什么挥动双臂走，请你听我说！他想："我的臂力无与伦比。"（12）所以，以双臂为财富和骄傲的怖军边走边挥动双臂，表明他要用双臂报复敌人。（13）左手开弓的贡蒂之子阿周那一边跟着坚战王走，一边撒沙子，表明他要发射无数的箭。（14）婆罗多后裔啊！像他今天撒沙子一样，到时候，他会向敌人泼洒箭雨。（15）婆罗多后裔啊！偕天边走边往脸上抹泥，他是想："今天，别让谁认出我的脸。"（16）主人啊！无种浑身抹泥，他是想："在路上，别让我这身子吸引妇女们的心。"（17）德罗波蒂月经来潮，穿着一件被经血染湿的衣服，披散着头发，边哭边说：（18）"那些使我落到这种地步的人，到了第十四年，他们的妻子会失去丈夫，失去儿子，失去亲属和一切亲爱的人。（19）她们身上将染着亲人的血，披散着头发，在月经到来的时候，给死去的亲人祭过了水，然后进入象城。"（20）

婆罗多后裔啊！祭司烟氏仙人拿着献给尼梨提的俱舍草，唱着阎摩赞歌，走在前面。（21）他边走边说："婆罗多族在大战中遭到杀戮时，俱卢族长辈们也会诵唱这些赞歌。"（22）

城中居民非常悲痛，到处哭着说："天啦！天啦！看吧！我们的主人就这样走了！"（23）

聪明而坚毅的贡蒂之子们就这样以不同的姿态和表情说出他们的心意，前往森林。（24）这些人中俊杰走出象城时，空中无云，却出现雷电，大地也震动起来。（25）大王啊！不是日蚀的时候，罗睺却吞没太阳；流星右绕京城，崩溃陨落。（26）食肉的兀鹰、豺狼和乌鸦围绕神殿、寺塔、城墙和门楼，大声号叫。（27）国王啊！由于你的坏主意，般度五子前往森林时，出现了这样一些预示婆罗多族毁灭的可怕征兆。（28）

这时，那罗陀仙人在大仙们的簇拥下，走到大会堂俱卢族人面前，说了这样可怕的话：（29）"由于难敌的罪过，从现在起，到第十四年，俱卢族人将毁于怖军和阿周那的武力。"（30）这样说完，这位具有梵力和吉祥的优秀仙人立刻升上天空，隐身不见。（31）

这样，难敌、迦尔纳和妙力之子沙恭尼都把德罗纳看作他们的庇护,把王国托付给他。(32)而德罗纳对怒气冲冲的难敌、难降、迦尔纳和所有的婆罗多族人说道:(33)"婆罗门们说过,般度五子是天神们的儿子,不会被杀死的。但我会尽力保护投靠我的人。(34)我不会抛弃全心全意投靠我的持国之子们和国王们。但最终的结果要靠天意。(35)般度的儿子们赌博输了。他们遵循正法,前往森林,俱卢族的人们啊!他们要在森林里住十二年。(36)他们遵奉梵行,压制愤怒,将来肯定要报仇。这使我感到痛苦。(37)婆罗多后裔啊!我和木柱王曾经发生朋友之间的争吵,使他失去王国。他出于愤怒,举行祭祀,祈求得到一个儿子杀掉我。(38)由于仙人耶阇和小耶阇的苦行威力,他从祭坛中央的祭火中得到儿子猛光和细腰的女儿德罗波蒂。(39)天神赐给猛光肤色似火,天生就带着弓箭和铠甲。我属于终有一死的人类,所以很怕他。(40)难敌啊!人中雄牛猛光站在般度族一边,我要不顾性命,和你的敌人们作殊死搏斗。(41)大家都知道,声誉卓著的猛光是为杀死我而来到人世的。你的时运肯定要倒转。(42)快快为你自己谋福吧!你现在所做的一切不行。你得到的短暂幸福只不过像冬天棕榈树的阴影。(43)举行大祭,尽情享受,慷慨布施吧!因为从现在起,到第十四年,你们将遭到大难。(44)难敌啊!你已经听明白,觉得怎样好就怎样办吧!如果你愿意,就好好安抚般度五子,同他们和解吧!"(45)

护民子说:

听了德罗纳的话,持国王说道:"维杜罗啊!德罗纳老师说的话很对,你去把般度五子召回来吧!(46)如果般度五子不肯回来,那就客客气气让这些孩子走,让他们带上武器、车辆、步卒和一切享用的东西。"(47)

以上是吉祥的《摩诃婆罗多》中《大会篇》第七十一章(71)。

七二

护民子说:

大王啊!贡蒂的儿子们在赌博中输了,前往森林,持国王担心起来。（1）他坐在那儿，思绪纷乱，长吁短叹。这时，全胜对他说道：（2）"大地之主啊！充满财富的大地已经到手，般度五子放弃王国出走，国王啊！您为何还要忧愁？"（3）

持国说：

般度五子能征惯战，又有很多盟友，与这些大勇士结仇，谁能不发愁？（4）

全胜说：

国王啊！这都是您做的好事，结下大仇，连一切亲属在内，所有的人都要遭到毁灭。（5）毗湿摩、德罗纳和维杜罗都曾劝阻，但般度五子的爱妻、遵行正法的德罗波蒂，（6）仍然遭到羞辱。您的愚昧而又无耻的儿子难敌下令侍者把她带到大会堂上。（7）

持国说：

天神们要想让谁遭到毁灭就会让他失去理智，神魂颠倒。（8）智慧受到蒙蔽，毁灭就在眼前，他却将歪道视作正道，心里不肯放弃。（9）他把不利看成有利，把有利看成不利，因而偏偏会喜欢那些使他遭到毁灭的事。（10）死神并不举起棍子敲碎谁的脑袋，他的力量在于颠倒人的神智。（11）他们把可怜的般遮罗公主拽到大会堂上，造成这种令人毛发竖立的可怕局面。（12）她出自名门，不是人胎所生，容颜俏丽，光彩照人，通晓一切正法，备受人们赞美。（13）除了邪恶的赌徒，谁会将她强行带到大会堂？这位臀部美丽的女子月经来潮，经血染湿了衣服。（14）这位般遮罗公主只穿着一件衣服，望着失去财产、失去魂魄、失去妻子和失去荣华富贵的般度五子。（15）他们已经没有任何欲望，沦为奴隶。由于受到正法约束，他们仿佛无能为力。（16）对于这位怒不可遏、悲痛难忍的黑公主，难敌和迦尔纳还在俱卢族集会上说些尖酸刻薄的话。（17）全胜啊！黑公主充满哀伤的目光能把大地焚毁，我的儿子们现在还能逃脱吗？（18）

看到黑公主被拽到大会堂，婆罗多族的妇女们和甘陀利一同痛哭起来。（19）因为黑公主被拽到大会堂，众婆罗门很生气，已经到了黄昏时候，但到处都没有举行祭火的法事。（20）狂风骤起，雷声大作，天空坠下流星，不该有日蚀的时候，罗睺吞噬太阳，百姓陷入大恐怖。（21）所有的车棚起火，旗杆折断，预示着婆罗多族的灾祸。(22)难敌的祭火厅里,豺狼发出可怕的叫声,驴子们也在四面八方响应豺狼,发出嗥叫。(23)全胜啊!这时,毗湿摩、慈悯、月授、大勇士波力迦和德罗纳一起走了。(24)于是,我在维杜罗的催促下,说道:"黑公主无论要求什么恩惠,我都答应。"(25)般遮罗公主要求给她乘着战车、佩着弓的无比光辉的般度五子,我就照她的要求给了她。(26)

然后,通晓一切正法的大智者维杜罗说道:"婆罗多后裔们啊!黑公主一站到大会堂上,就表明你们完啦!(27)般遮罗王的这位女儿无比吉祥,是天神创造出来交给般度五子的。(28)怒不可遏的般度五子,或者苾湿尼族大弓箭手们,或者般遮罗国大勇士们,不能忍受她遭此苦难。(29)他们受到恪守誓言的婆薮提婆之子(黑天)的保护。阿周那会在般遮罗人的保护下回来的。(30)他们之中,力大无穷的大弓箭手怖军也会回来,挥舞着他的铁杵,犹如死神挥舞刑杖。(31)国王们听到聪明的阿周那的甘狄拨神弓的弦声和怖军的铁杵的呼啸声,都无法忍受。(32)我一向不赞成和普利塔的儿子们发生争吵,因为我始终认为般度族比俱卢族强大有力。(33)无比光辉有力的妖连王在作战中被怖军抓住双臂摔死了。(34)所以,婆罗多族雄牛啊!你就和般度族和解吧!毫不犹豫地去做对双方都有益的事吧!"(35)

全胜啊!维杜罗说了这些合乎正法和利益的话,但我希望儿子们得利,没有采纳。(36)

以上是吉祥的《摩诃婆罗多》中《大会篇》第七十二章(72)。

《赌骰后篇》终。《大会篇》终。

附录一

《摩诃婆罗多》1993年版
第一卷翻译说明

印度古代大史诗《摩诃婆罗多》，意为"婆罗多族的长篇传说"。《摩诃婆罗多》的"精校本"，据原著记载，共有82136颂（诗节），转梵为汉，译成散文，近五百万言，鸿篇巨制，文字艰深，内容繁难，实非一人一时能够翻译完成者。为了向中国人民尽快介绍这部世界名著，金克木、赵国华、席必庄、黄宝生、郭良鋆五人商定：统一体例，集体翻译，或分或合，文责自负。金克木先生担任指导，只做少量翻译。赵国华为项目主持人，兼做些筹划和协调的组织工作。

关于翻译依据的"精校本"。《摩诃婆罗多》是由《婆罗多》（婆罗多族的传说）逐渐扩充而成。《摩诃婆罗多》的现存形式，大约形成于公元前4世纪直至公元4世纪。它从古代起长期口头流传，写下来的有多种传本，互不相同。本世纪的印度学者V. S. 苏克坦卡尔，集合印度和外国的一些学者，根据现存的各种写本校勘出了所谓"精校本"。不幸的是，全书尚未完成，他即于1943年逝世。但工作有其他学者继续下去，终于大功告成。印度浦那班达卡尔东方研究所，从1927年起，到1966年止，将全书陆续出版。这是一个遵照某些校勘原则重订的本子，目的是想根据现有写本推出较古的本子。然而史诗本来是流动不定的，所以，这个"精校本"实际上是一个推定本，它和任何一种流行传本的音节词句都不完全相同。

关于译本的卷帙。《摩诃婆罗多》梵文原著分为18篇，长长短短，不能按照自然篇相应成册。印度出版的"精校本"，分为19卷、22册。汉译本分为12卷，陆续翻译，陆续出版。

关于译文的形式。《摩诃婆罗多》原有很少量的散文。大史诗基本上用的是八音一句、四句一节的"颂"体诗律。汉译本除若干必要处，一般都译为散文。其余的格式，如篇、章、颂的排列及序数等，一律遵照原著，只是使用了现代通行的标点。

关于专名的翻译。《摩诃婆罗多》中有许许多多的专名，汉译本采用从前汉译佛经的办法，音译和意译并用，以便于阅读。为了向接触印度文化的各界读者提供一点参考资料，第 12 卷末尾将附有全书的梵汉专名对照表。为了帮助读者减少书中人名、神名繁复难记的困扰，我们编制了主要人物表。

关于注释。原著没有注释，汉译本的注释采用脚注的方式，力求简明，不做重复，常识性的问题一般不予说明。

关于参考用书。为了正确地理解原著中某些疑难词句，我们在翻译过程中主要参考了印度青项的梵文注释本，印度 K. M. 甘古利的英文译本，美国 J. A. B. 布依特恩的未能全部完成的英文译本，印度 C. D. 夏尔玛等的三种印地文译本，苏联 А. П. 巴兰尼柯夫的俄文译本第 1 卷，以及其他有关书籍和文献。

汉译本第 1 卷是《摩诃婆罗多》的《初篇》。第 1 章至第 4 章为金克木译；第 5 章至第 173 章为赵国华译；第 174 章至第 225 章为席必庄译。赵国华通读了本卷译稿，对其中部分译文做了校改和润色，并统一了所有译名。本卷仅仅是《摩诃婆罗多》这部巨著翻译的开始，为了以后 11 卷的翻译水平能有所提高，欢迎读者提出批评意见。

赵国华
1987 年 2 月 10 日

附录二

《摩诃婆罗多》1993年版
第一卷后记

《摩诃婆罗多》第一卷的汉译，完成于1986年夏。可是，直到四年后的今天，它才找到出版的机会。其中原委，不说也罢。

中国社会科学出版社以出版高层次的学术著作而闻名遐迩。总编辑郑文林先生及出版社各位负责人士，目光高远，气魄恢弘，在我们进退维谷的艰难时刻，援手相助，毅然接受了这个要历时数载、卷有十二、耗资甚巨的大型出版项目。此一善举，诚可谓功德无量！我们的感激之情实难言表，谨以后记志之。

责任编辑黄燕生女士[①]将为《摩诃婆罗多》全译本的出版长期付出辛苦，于此由衷致谢。

"山重水复疑无路，柳暗花明又一村。"这话可借来表示对事业的达观。然而，翻译这部大史诗，却犹如跋涉在无际的沙漠，倾尽满腔热血，付出整个生命，最终所见或许只是骆驼刺的蒙眬的绿。好吧，就为了那蒙眬的绿！

赵国华
1991年1月8日

[①] 中国社会科学出版社1993年版《摩诃婆罗多》中译本第一卷（《初篇》）责任编辑为黄燕生。